Ruth Axtell

MASKERADE IM MONDLICHT

Ruth Axtell

Maskerade im Mondlicht

francke

Über die Autorin:
Ruth Axtell wusste schon als Kind, dass sie Schriftstellerin werden wollte. Sie studierte Vergleichende Literaturwissenschaften und wohnte zeitweise in Paris, Miami, den Niederlanden und auf den Kanarischen Inseln. Heute lebt sie zusammen mit ihrem Mann und den drei Kindern in Maine.

Bibliografische Information der Deutschen Nationalbibliothek
Die Deutsche Nationalbibliothek verzeichnet diese Publikation in der Deutschen Nationalbibliografie; detaillierte bibliografische Daten sind im Internet über http://dnb.dnb.de abrufbar.

978-3-86827-713-5

Originally published in English under the title
Moonlight Masquerade
by Revell
a division of Baker Publishing Group, Grand Rapids, USA

35037 Marburg an der Lahn
Deutsch von Dorothee Dziewas
Cover Photography by Brandon Hill
Umschlaggestaltung: Verlag der Francke-Buchhandlung GmbH / Christian Heinritz
Satz: Verlag der Francke-Buchhandlung GmbH
Printed in Czech Republic

www.francke-buch.de

Anmerkungen zur deutschen Übersetzung:

Die Zeitepoche, in der der vorliegende Roman spielt, heißt in der Geschichtswissenschaft *Regency*. Es handelt sich um eine besondere Zeit in der britischen Geschichte, mit der der deutsche Leser vielleicht nicht so vertraut ist. Deshalb einige kurze Erklärungen vorab:

Als *Regency* bezeichnet man die politische Epoche von 1811 bis 1820. In dieser Zeit wurde das Vereinigte Königreich Großbritannien und Irland aufgrund einer Erkrankung von König George III. von seinem Sohn, Georg August Friedrich von Hannover, als Prinzregent regiert – englisch für Regentschaft: *Regency*. Diese Regentschaft endete mit dem Tod von George III. und mit der Inthronisierung von Georg Friedrich August als George IV.

Auch kulturell und gesellschaftlich war die Epoche des *Regency* bedeutend. Es war eine Zeit der großen gesellschaftlichen, politischen und sozialen Umbrüche.

„Maskerade im Mondlicht" spielt teilweise im Milieu der französischen Einwanderer, die in jener Zeit auf das gesellschaftliche Leben in England – vor allem im Adel – Einfluss nahmen. Nach den Wirren der Französischen Revolution waren viele Menschen aus Frankreich in die umliegenden europäischen Staaten geflohen. Auch in England suchten sie Zuflucht. Sie lebten dort, oft in armen Verhältnissen, aber voller Sehnsucht danach, in ihre Heimat zurückkehren zu können. Viele von ihnen, vor allem aus dem alten französischen Adel, träumten davon, das Königtum der Bourbonen wiederherzustellen – das *Ancien Régime*. Der in ihren Augen legitime Thronfolger, der Comte de Provence, lebte tatsächlich wie im vorliegenden Buch beschrieben im Exil auf dem Anwesen *Hartwell House* in der Nähe von Oxford. Nach dem Sieg der alliierten europäischen Mächte über Napoleon und dessen Vertreibung bestieg er als Louis XVIII. den französischen Thron und regierte bis 1824.

Fiktive Figuren in „Maskerade im Mondlicht“

Hauptpersonen:
Céline de Beaumont, verwitwete Countess of Wexham: englische Countess französischer Abstammung, die der Spionage für Frankreich verdächtigt wird
Rees Phillips: Angestellter des britischen Außen- bzw. Innenministeriums, der, als Butler getarnt, unter dem Namen „Harrison MacKinnon“ in den Haushalt der Countess of Wexham eingeschleust wird

Im Haushalt der Countess of Wexham:
Valentine Simonette: französische Zofe
Gaspard Guignoret: französischer Koch
Rumfort: ehemaliger Butler
Mrs Finlay: Haushälterin
Virginia, Sally, Ellie, Sarah: britische Dienstmädchen
William, Tom, Jacob: britische Angestellte

Verwandte der Countess of Wexham:
Geoffrey, Earl of Wexham: der verstorbene Ehemann der Countess
Agatha Wexham: unverheiratete Schwägerin von Céline; lebt in deren Londoner Haushalt
Bernice, Countess of Wexham: Schwägerin von Céline. Nach dem Tod von Célines Mann hat ihr Ehemann den Adelstitel geerbt.
Kimberley, Countess of Wexham: Nichte von Céline, Tochter von Bernice

Personen aus der britischen Politik:
Alistair Oglethorpe: Beamter im britischen Außenministerium, Vorgesetzter von Rees
Bunting: Kontaktmann von Rees Phillips zum Innenministerium

Personen aus dem Umfeld der französischen émigrés:
Roland de Fleury: Kontaktperson der Countess bei ihrer Spionagetätigkeit

Monsieur de la Roche: Vertrauter des Comte de Provence
Sophie de Beaumont: Mutter der Countess of Wexham

Weitere Personen:
Megan Phillips: Schwester von Rees Phillips
Jessamine Barry: Megans Freundin
Stéphane Delacroix: französischer Soldat, in den die junge Céline verliebt war
Priscilla Edgecomb: erste Liebe von Rees Phillips

Historische Figuren in „Maskerade im Mondlicht“

Britische Monarchen aus dem Haus Hannover:
George I.: Regierungszeit von 1714–1727
George II.: Regierungszeit von 1727–1760
George III.: Regierungszeit von 1760–1820 (seit 1811 regierungsunfähig)
George IV.: Prinzregent von 1811–1820; Regierungszeit von 1820–1830
William IV.: Regierungszeit von 1830–1837
Victoria: Regierungszeit von 1837–1901

Weitere Mitglieder des britischen Königshauses:
Augusta (1737–1813): Prinzessin von Großbritannien, verheiratet mit dem Herzog von Braunschweig. Nach dem Tod ihres Mannes verbrachte sie ihre letzten Lebensjahre wieder in England. Ihre Enkeltochter war Prinzessin Charlotte Augusta.
Charlotte Augusta (1796–1817): Tochter des britischen Kronprinzen und späteren Regenten George IV.

Mitglieder des französischen Königshauses:
Louis (Ludwig) Stanislas Xavier, Comte de Provence (1755–1824): Im britischen Exil lebender französischer Thronfolger aus dem Königshaus der Bourbonen. Als Louis (Ludwig) XVIII. bestieg er im April 1814 den französischen Thron.
Charles Ferdinand d'Artois, Duc de Berry (1778–1820): Neffe des

(kinderlosen) Comte de Provence. Er fiel einem Attentat zum Opfer.

Marie Thérèse von Frankreich, Madame Royale (1778–1851): Tochter von Louis XVI. und Marie Antoinette. Sie überlebte als einziges Mitglied ihrer Familie die Revolution.

Louis Antoine d'Artois, Duc d'Angoulême (1775–1844): Cousin und Ehemann von Marie Thérèse. Als Sohn des letzten Bourbonenkönigs Karl X. erhob er Anspruch auf den Thron, doch seit 1830 regierte das Königshaus Orléans.

Maria de' Medici (1575–1642): entstammte der reichen Familie Medici aus Florenz, verheiratet mit dem französischen König Heinrich IV.

Weitere europäische Monarchen:

Alexander Pawlowitsch Romanow (1777–1825): Der Zar von Russland hatte entscheidenden Anteil daran, dass Napoleon Bonaparte besiegt wurde und die Bourbonen nach Frankreich zurückkehren konnten.

Friedrich Wilhelm von Preußen (1770–1840): preußischer König zur Zeit der Napoleonischen Kriege

Napoleon Bonaparte (1769–1821): Revolutionsführer und selbst ernannter Kaiser der Franzosen. Unter der Schreckensherrschaft der Jakobiner und der anschließenden Regierungszeit Napoleons flohen viele französische Adelige ins Exil, u. a. nach England. Von dort aus versuchten sie, den Sturz Napoleons herbeizuführen und dem *Ancien Régime*, der alten Herrscherfamilie der Bourbonen, wieder an die Macht zu verhelfen. Aufgrund seiner aggressiven Expansionspolitik befand sich Napoleon Bonaparte mit vielen europäischen Ländern im Krieg – so auch mit England.

Britische Politiker:

Robert Stewart, Viscount Castlereagh (1769–1822): von 1812 bis 1822 britischer Außenminister

Henry Eddington, Viscount Sidmouth (1757–1844): von 1801 bis 1804 britischer Premierminister; von 1812 bis 1822 Innenminister

William Huskisson (1770–1830): Britischer Abgeordneter der Torys (konservative Partei); hatte verschiedene Ministerposten inne. Zeitweise war er von der britischen Regierung damit beauftragt, den Umgang mit den französischen Emigranten zu regeln.

William Wilberforce (1759–1833): britischer Politiker; kämpfte vehement für die Abschaffung der Sklaverei

Robert Banks Jenkinson, Earl of Liverpool (1770–1828): von 1812 bis 1827 britischer Premierminister

Henry Earl Bathurst (1762–1834): britischer Politiker, von 1812 bis 1827 Kriegsminister

Weitere Politiker:

James Madison (1751–1836): von 1809 bis 1817 vierter Präsident der USA

Charles-Maurice de Talleyrand-Périgord (1754–1838): einflussreicher Politiker während der Französischen Revolution, der Ära Napoleon und beim Wiener Kongress

Wichtige Militärs zur Zeit der Napoleonischen Kriege:

Arthur Wellesley, Duke of Wellington (1769–1852): Britischer Feldmarschall, besiegte im Juni 1815 Napoleon in der Schlacht von Waterloo, ein Vertreter der Briten beim Wiener Kongress

Hugh Percy (1742–1817): bekannter britischer Militärführer und einer der reichsten Männer seiner Zeit

Horatio Nelson (1758–1805): Britischer Admiral, errang viele entscheidende Siege gegen Napoleon, starb in der Schlacht von Trafalgar

Gebhard Leberecht von Blücher (1742–1819): Preußischer Generalfeldmarschall und Kriegsheld in den Befreiungskriegen gegen Napoleon. Gemeinsam mit Wellington führte er die Koalitionstruppen in der Schlacht von Waterloo zum Sieg.

Personen aus der britischen Gesellschaft:

Thomas Lawrence (1769–1830): bekannter und beliebter Porträtmaler der britischen Oberschicht

Maria Edgeworth (1767–1849): britische Schriftstellerin

Lord Byron (1788–1824): Skandalumwobener Schriftsteller der englischen Romantik. Mit der erwähnten (verheirateten) Lady Caroline Lamb hatte er eine Affäre.

Jean-François-Thérèse Chalgrin (1739–1811): berühmter französischer Architekt

Emma, Lady Hamilton (1765–1815): Geliebte von Admiral Nelson

1. Kapitel

London, April 1813

Noch nie hatte Rees so viele Kostbarkeiten auf einmal gesehen. Perlenschnüre, goldene Ketten, mit Edelsteinen besetzte Tiaras und Armreifen jeglicher Art lagen auf ihren Satinstoffen.

Die Schmuckschatulle der Countess of Wexham enthielt genügend Juwelen, um halb London ernähren zu können.

Aber ihn interessierte nicht, welche Preise der Schmuck auf dem Markt erzielen würde. Er suchte etwas anderes. Etwas viel Wertvolleres – und Belastenderes –, wenn es überhaupt zu finden war.

Informationen.

Rees warf einen schnellen Blick über die Schulter – schon den ganzen Abend lang bildete er sich ein, Schritte hinter sich zu hören –, bevor er jedes Schmuckstück hochhob, um sich zu vergewissern, dass darunter nichts verborgen war. Dann legte er die Stücke sorgfältig wieder in die Schatulle und bemühte sich dabei, alles so zurückzulassen, wie er es vorgefunden hatte. Ihm war bewusst, wie die Sekunden verstrichen, aber noch immer war er nicht sicher, wonach er suchte. Er wusste nur, dass er es erkennen würde, wenn er es sah.

Er ließ den Deckel leise zuklappen und verschloss die Schatulle wieder. Als Nächstes öffnete Rees mit seinem Dietrich die schmale Schublade im unteren Teil des Kastens und zog sie heraus. Reihenweise Ohrringe und Ringe, besetzt mit Amethysten, Topasen, Rubinen und Smaragden, funkelten ihn im Licht seiner Kerze an.

Wieder ging er jeden Gegenstand durch und suchte in dem Satin darunter. Nichts Ungewöhnliches … für eine Dame aus der modischen Welt der Londoner Gesellschaft.

Rees schob die Schublade wieder zu und verschloss sie, während er tief durchatmete. Dann warf er einen Blick auf die Messinguhr neben der Schmuckschatulle. Zehn kostbare Minuten waren verstrichen, seit er das Ankleidezimmer der Countess betreten hatte. Davor hatte er bereits ihr Schlafzimmer durchsucht und nichts gefunden. Seiner Einschätzung nach hatte er noch mindestens eine Stunde Zeit, bevor sie oder ihre Zofe an diesem Abend zurückkam.

Nachdenklich betrachtete er das Möbelstück, auf dem die Schmuckschatulle stand – eine Mahagonikommode mit geschwungener Front und Schubladen, deren Messinggriffe die Form von Löwenköpfen hatten. Rees zwang sich, mit der unangenehmen Aufgabe weiterzumachen, in anderer Leute Privatangelegenheiten zu schnüffeln, und zog an den obersten beiden Griffen, um die erste Schublade zu öffnen. Stapelweise zu ordentlichen Quadraten gefaltete Taschentücher lagen darin, aus den verschiedensten Stoffen und in Nuancen von Schneeweiß bis Cremeweiß; von spitzenumrandetem feinstem Leinen bis zu schwerer Baumwolle mit einem Monogramm in der Ecke, so schlicht wie das Taschentuch eines Mannes.

Das passte nicht recht zu der Besitzerin, einer Dame von äußerster Weiblichkeit.

Rees sah jeden Stapel durch und tastete sie nach irgendwelchen Gegenständen ab, irgendetwas Verdächtigem – sei es ein gefalteter Zettel, eine Papierrolle, etwas Zylindrisches, in das man ein Dokument schieben könnte.

Der Duft von Mahagoni und Lavendel stieg ihm in die Nase. Seine Finger befühlten einige kleine Beutel mit Satinbändern. Auch diese untersuchte er einen nach dem anderen, ertastete mit den Fingerspitzen aber nur die kleinen Lavendelkügelchen.

Danach fuhr er über den Schubladenboden, der mit Papier ausgeschlagen war, fühlte in jeder Ecke und schob eine Hand sogar unter das Papier, während er mit der anderen die Taschentücher festhielt.

Dasselbe tat Rees in allen vier Ecken der Lade, links, vorne, hinten und rechts. Schließlich warf er noch einen prüfenden Blick hinein, um sich zu vergewissern, dass alles an seinem Platz war, bevor er die Schublade vorsichtig zurückschob.

Wo würde er etwas verstecken, wenn er eine Dame wäre? Mit leicht zusammengekniffenen Augen sah er sich in dem anmutigen Ankleidezimmer um und betrachtete die Einrichtung – zwei große Kleiderschränke an einer Wand, die Schubladenkommode, vor der er stand, ein Frisiertisch mit Spiegel und zwei bequeme Sessel rechts und links davon, ein weicher Teppich in Rosa- und Grüntönen, der einen Großteil des Bodens bedeckte. Ein schwacher Parfümduft hing in der Luft, nichts Schweres, sondern ein ganz leichter Hauch, der ihn an ein Dorf in Sussex im Hochsommer erinnerte, wenn die Hecken von Rosenblüten übersät waren, die ihren Duft entfalteten, wenn man sie berührte.

Er wandte sich wieder der Kommode zu. Ihm blieb nichts anderes übrig, als systematisch alle Schubladen und jeden Gegenstand darin durchzusehen, so wie er es im Schlafzimmer gemacht hatte.

Diesen Aspekt seiner Arbeit hasste er in den privaten Dingen einer Dame herumzuspionieren. Da zog er eine blutige Schlacht auf hoher See mit gekreuzten Schwertern an Deck einer Fregatte vor.

Die tickende Uhr erinnerte Rees wieder daran, dass er sich besser an die Arbeit machen sollte, damit er nicht entlarvt wurde, bevor seine erste Arbeitswoche vorüber war.

Also stählte er sich für die Aufgabe und zog die nächste Lade heraus. Zum Glück war alles in dem eleganten Stadthaus der Lady Wexham neu und gut gepflegt. Er brauchte keine klebrigen Schubkästen oder knarrenden Scharniere zu fürchten. Aus ihrem Dossier wusste er, dass die Countess erst vor drei Jahren hierhergezogen war, nachdem ihr Mann gestorben war.

Verwirrt und etwas verlegen betrachtete er den Inhalt der Schublade. Seidene und leinene Unterwäsche.

Gegen seinen Willen tauchte die Dame, der diese Dinge gehörten, vor seinem geistigen Auge auf.

Eine schöne Frau mit dunklen Haaren und strahlenden Augen, eleganter und vornehmer als jede andere Frau, die Rees kannte. Und, bis auf Weiteres, seine Arbeitgeberin.

Und höchstwahrscheinlich eine Spionin gegen Großbritannien.

Seine Aufgabe war es, das herauszufinden.

Rees starrte auf die spitzenbesetzten Hemdchen und Seidenstrümpfe, während er die Hände zu Fäusten ballte.

Doch dann zwang er sich weiterzumachen. Er wusste, dass jede Minute kostbar war. Er musste seine Suche beenden, so zuwider sie ihm auch war, und das Zimmer verlassen, bevor jemand ihn zufällig sah.

Rees konzentrierte sich auf seine Aufgabe und tauchte die Hände in die Schublade, um jeden Gegenstand zu untersuchen, so wie er es bei der vorigen Lade getan hatte. Wieder tastete er den Boden nach etwas ab, das unter dem Papier versteckt sein könnte.

Als er die Schublade zur Hälfte durchsucht hatte und bei einem Stapel Korsettstangen und Schnürmieder angekommen war, hörte er, wie die Tür im Nebenzimmer sich mit einem Klicken öffnete.

Er erstarrte, denn diesmal trog sein Gehör ihn nicht. Valentine, die Zofe der Countess, konnte es nicht sein. Er hatte gehört, wie sie dem Koch erzählt hatte, sie wolle ausgehen. Was Lady Wexham betraf, so kehrte sie nie vor Mitternacht zurück, und es war noch keine zehn Uhr.

Aber das leise Geräusch, das die Schritte von eleganten Damenschuhen auf dem Fußboden verursachte, war untrüglich. Rees löschte seine Kerze, während sein Blick durch das Ankleidezimmer huschte und er sich einprägte, wo die Möbel standen, bevor der Raum ins Dunkel getaucht wurde.

Seine einzige Hoffnung war einer der Kleiderschränke. Mit wenigen langen Schritten durchquerte er das Zimmer bis zu dem zweiten Schrank, der von der Tür zum Schlafzimmer am weitesten entfernt war. Es schien ihm am wenigsten wahrscheinlich, dass jemand die Tür zu diesem Schrank öffnen würde, wenn er das Ankleidezimmer betrat. Er öffnete eine der Türen und war erneut dankbar für die gut geölten Scharniere. Eine Sekunde später war auch die zweite Schranktür auf. Ress tastete nach dem unteren Fach. Es war breit und tief und mindestens sechzig Zentimeter hoch. Er schob die Kleidung darin zur Seite und kroch hinein, auch wenn er mit seiner Körperlänge von einem Meter achtzig Mühe hatte, sich in das Fach zu zwängen.

Er hörte weitere Bewegungen im Nebenzimmer, zog die Kerze näher zu sich und unterdrückte einen Schmerzensschrei, als heißes Wachs sich über seine Hand ergoss. Schnell legte er einige der Kleidungsstücke über sich und zog die beiden Türflügel von innen zu. Würde die Person nebenan den Geruch von heißem Wachs bemerken, den die gerade erst gelöschte Kerze ausströmte?

Von seiner Position aus schaffte es Rees nicht, die Türen ganz zu schließen. Er konnte die zweite Tür nur mit den Fingerspitzen erreichen und betete inständig, dass niemand hereinkam und bemerkte, dass eine Schranktür ein wenig offen stand.

Seine Wirbelsäule war gegen die Rückwand des Schranks gepresst, die Knie hatte er fast bis zur Brust angezogen, während seine Schuhspitzen ein Ende des Schranks berührten und sein Scheitel die andere. Er schloss die Augen und lauschte angestrengt, während er hoffte, dass er nicht entdeckt wurde.

Wer um alles in der Welt war in das Schlafzimmer der Countess gekommen? Sie selbst konnte es nicht sein. Und was ihre Zofe betraf, so hatte er sie selbst das Haus verlassen sehen, sobald ihre Herrin in ihrer Kutsche weggefahren war. Valentine war Französin und verachtete die anderen Dienstboten, abgesehen von dem französischen Koch. Die britischen Angestellten behandelte sie, als wäre es unter ihrer Würde, sich mit ihnen abzugeben.

Lange hörte Rees in seinem engen Versteck nichts. Der Schweiß stand ihm inzwischen auf der Stirn und im Nacken. Der Duft von Walnüssen mischte sich mit dem Geruch nach Rosen und Stärke, das von dem Kleidungsstück ausging, mit dem er sich bedeckt hatte. Er lockerte seine Finger ein wenig, die die Kerze fest umklammert hielten, und rieb den Saum des Gewandes zwischen Daumen und Zeigefinger, um sich von seiner unbequemen Haltung abzulenken. Seide.

In der knappen Woche, die er jetzt im Haushalt der Lady Wexham angestellt war, hatte er sie in einem Dutzend verschiedener Garderoben gesehen, da sie sich mindestens drei Mal am Tag umzog. Morgenkleider, Reitkleidung, Besuchskleider, Ballroben. Rees dachte an seine jüngere Schwester Megan, die immer hübsch aussah, aber nicht einmal den Bruchteil der Kleidermenge besaß, die seine Arbeitgeberin ihr Eigen nannte. Megan trug einfache Baumwollkleider, aus Modezeitschriften abgezeichnet und selbst genäht. Aber seine Schwester lebte auf dem Lande und konnte nie die gesellschaftliche Position einer Lady Wexham anstreben.

Trotz seiner Versuche, sich abzulenken, wurden die Minuten in dem beengten Raum lang. Schweißtropfen begannen Rees über die Schläfe und ins Auge zu rinnen. Er wagte nicht, sie fortzuwischen. Die Luft wurde stickig und er fragte sich unwillkürlich, ob ein Mensch in einem Kleiderschrank ersticken konnte.

Er stellte sich die Schlagzeile vor: „Butler im Kleiderschrank zwischen den Unterröcken seiner Herrin tot aufgefunden".

Sei nicht so ein Angsthase. Es ist auch nicht schlimmer, als im Bauch eines Schiffes zu schlafen. Das hast du jahrelang überlebt. Natürlich war er mehr als zehn Jahre jünger gewesen und ein paar Pfund leichter, als er in der Marine Seiner Majestät gedient hatte.

Vielleicht war ein anderes Dienstmädchen gekommen, um das Bett aufzuschlagen, und ging in wenigen Minuten wieder.

Doch als Rees hörte, wie die Tür zum Ankleidezimmer aufging, erstarrte sein Körper erneut, jeder Nerv alarmiert. Einigen Schritten folgte Stille. Der Eindringling musste den Teppich betreten haben. *Eindringling?*, sagte Rees sich. *Er* war der Eindringling.

Ein leises Summen drang durch den Türspalt herein.

Dieses Summen kannte er. Er hatte es schon gehört. Auf der anderen Seite der Kleiderschranktür stand Lady Wexham, nur wenige Zentimeter von der Stelle entfernt, an der er wie ein Würstchen im Schlafrock eingerollt lag.

Was machte sie nur um diese Zeit zu Hause? Vielleicht hatte sie etwas vergessen und war zurückgekommen, um es zu holen?

Doch das ergab keinen Sinn. Valentine sorgte schließlich dafür, dass ihre Herrin alles hatte, was sie brauchte, wenn sie das Haus verließ.

Oder konnte es sein, dass sie aus einem Grund zurückgekehrt war, der nichts mit ihrem offiziellen Leben zu tun hatte ... sondern mit etwas, was sie heimlich tun musste?

Sein Herz fing an zu hämmern, während seine Nervosität bei dem Gedanken stieg, dass er an diesem Abend vielleicht etwas Greifbares über Lady Wexhams Loyalität herausfinden würde. Wenn er beweisen konnte, dass sie eine französische Spionin war, hätte er diesen unbequemen Auftrag hinter sich.

Rees stellte sich den triumphierenden Gesichtsausdruck seines Vorgesetzten vor, doch dann wurde ihm bewusst, dass er für seine Entdeckung kaum belohnt werden würde. Seine Aufregung wich sogleich einer Abscheu angesichts der Tiefen, zu denen seine Arbeit ihn zwang.

Er musste im Haushalt einer Countess einen Dienstboten spielen, nur damit sein Vorgesetzter im Außenministerium, der junge

Alistair Oglethorpe, vor dem Außenminister mit seinen Ergebnissen angeben konnte.

„Hm!"

Rees' Gedanken kehrten in die Realität zurück. Angestrengt versuchte er, mehr zu hören. Lady Wexham klang verärgert.

Während er wünschte, er könnte durch den Türspalt spähen, blieb er stockstill liegen und bewegte nicht einmal die Augenlider.

„Zut!"

Was tat sie da?

Wieder Schritte; dann Stille.

War sie gegangen? Rees wartete. Noch immer wagte er nicht, sich zu rühren. Sein Hals schmerzte schon von der unbequemen Haltung und seine Füße waren von der mangelnden Durchblutung eingeschlafen, deshalb musste er sie trotz aller Gefahren ein wenig bewegen.

Nach einer Ewigkeit, wie es ihm schien, die aber wahrscheinlich nur einige Minuten gedauert hatte, näherten sich zwei weibliche Stimmen dem Kleiderschrank.

„Es tut mir leid, dass ich dich aus dem Bett holen muss, aber ich komme allein mit dem Korsett einfach nicht zurecht."

„Natürlich nicht, Mylady, bei all der Spitze auf dem Rücken."

Es war eins der jungen Dienstmädchen in Begleitung der Countess. Er kam immer noch mit den Namen durcheinander. War es Virginia oder Sally?

„Ich schnüre es gleich für Sie auf."

„Valentine ist nicht hier und ich wollte niemand anderen wecken."

„Das macht gar nichts, Mylady. Ich bin nur schlafen gegangen, weil ich Sie nicht zurückerwartet habe. Wenn ich gewusst hätte, dass Sie so früh wiederkommen, wäre ich aufgeblieben."

„Das solltest du aber nicht. Schließlich konntest du nicht wissen, dass ich das Gedränge bei der Prinzessin Esterhazy nicht ertragen würde." Lady Wexhams Tonfall klang leicht belustigt.

Einige Sekunden später sprach das Mädchen wieder. „So, das hätten wir, Mylady."

„Danke." Die Countess atmete hörbar auf.

„Brauchen Sie sonst noch etwas, Ma'am?"

„Ich mache dir nur ungern Mühe, aber vielleicht einen Tee? Ich habe leichte Kopfschmerzen. Das liegt gewiss an diesem schrecklichen Nebel. Deshalb bin ich auch so früh nach Hause gekommen."

Das Mädchen schnalzte mit der Zunge. „Es tut mir leid, dass es Ihnen nicht gut geht. Sie sehen auch ein bisschen blass aus. Ich bringe Ihnen sofort einen Tee."

Die Stimme des Dienstmädchens kam aus unterschiedlichen Entfernungen, als würde es herumlaufen. Wahrscheinlich räumte es Dinge fort. Solange es nicht beschloss, die Garderobe seiner Herrin in den Schrank zu hängen …

„Ich glaube, ein Kräutertee wäre jetzt gut. Vielleicht Kamille?"

„Natürlich, Mylady. So, in Ihrem Nachthemd werden Sie sich bestimmt viel wohler fühlen."

„Oh ja, sehr viel wohler. Danke, Virginia. Du bist ein Schatz."

Also war es Virginia, die ihrer Herrin geholfen hatte.

„Ich hole Ihnen Ihr Tuch."

„Das ist nicht nötig. Ich werde gleich schlafen gehen, sobald ich mir das Gesicht gewaschen und die Zähne geputzt habe."

„Wenn ich wiederkomme, bürste ich Ihnen die Haare, Mylady."

„Danke, aber das schaffe ich heute alleine."

„Also gut, ich bin gleich wieder da."

Rees wartete, während er voller Anspannung befürchtete, dass die Schranktür ihm jeden Augenblick aus den Fingern gerissen werden würde. Aber er hörte nur Wasser, das aus einem Krug gegossen wurde, und dann ein Plätschern.

Wieder wartete er einige Minuten, die ihm wie eine Ewigkeit vorkamen, bis er die Stimme des Mädchens erneut hörte. „Ich habe einen Becher an Ihr Bett gestellt." Seine Stimme entfernte sich. „Kommen Sie, ich flechte Ihnen die Haare."

Lady Wexham gähnte und sagte: „Ach nein, heute nicht."

„Aber Mylady, das dauert doch nur einen Augenblick."

„Schon gut, ich werde das Haar nur heute offen lassen."

„Wenn Sie sicher sind, Mylady …" Das Mädchen klang skeptisch.

Rees stellte sich Lady Wexhams braune Locken vor, die sie für gewöhnlich um den Kopf gewunden oder geflochten trug, während ein paar kürzere Strähnen um das Gesicht fielen, wie es derzeit

Mode war. Wie lang waren ihre Haare wohl? Bis zur Taille reichten sie vermutlich mindestens, überlegte er. Er verdrängte diesen unziemlichen Gedanken gleich wieder.

„Ich bin sicher, Virginia." Lady Wexhams Stimme klang bestimmt. „Ich werde den Tee trinken, den du mir freundlicherweise zu dieser nachtschlafenden Zeit noch aufgebrüht hast."

„Also gut, Mylady."

Plötzlich hörte Rees Virginias Stimme genau vor der Schranktür. „Sagen Sie Bescheid, wenn Sie noch irgendetwas brauchen."

„Ach, lass nur. Valentine kann die Sachen morgen früh forträumen."

„Ich hänge nur das Kleid auf, Mylady."

Rees' Herz hämmerte so laut in seiner Brust, dass die Schranktüren vibrieren mussten. Würde sie bemerken, dass das Türschloss nicht eingeschnappt war?

„Leg es einfach über den Stuhl. Valentine bekommt einen Anfall, wenn meine Kleider nicht genau nach ihrer Vorstellung aufgehängt werden. Und jetzt geh schlafen. Die Nacht ist kurz genug."

„Gut, Mylady. Dann gute Nacht, wenn Sie sicher sind, dass Sie sonst nichts brauchen."

„Heute Abend nicht mehr. Danke."

Die Stimmen verklangen, als Lady Wexham und Virginia sich aus dem Raum entfernten.

Rees zählte in Gedanken eine ganze Minute, bevor er seinem Körper gestattete, sich ein wenig zu entspannen.

Nun musste er nur noch einen Weg hinaus finden. Die einzige Tür, durch die er entkommen konnte, war die zu Lady Wexhams Schlafzimmer. Wie lange würde es dauern, bis sie ihren Tee getrunken hatte und eingeschlafen war?

Er musste sich also auf eine lange Wartezeit einstellen, denn er konnte nicht wagen, sich durch ihr Zimmer zu schleichen, bevor sie tief und fest schlief.

Während er betete, dass Kamillentee eine einschläfernde Wirkung haben möge, bewegte Rees seine verkrampften Füße und ließ die Schranktür los, die er immer noch krampfhaft umklammert hielt. Um das Gefühl in den Fingern zurückzuerlangen, bewegte er sie vorsichtig.

Wie lange er schon in dem Schrank lag, wusste er nicht. Irgendwann musste er eingeschlafen sein, denn er fuhr plötzlich aus einem Traum hoch. Als er sich zu erinnern versuchte, fiel ihm wieder ein, was er geträumt hatte. Er hatte in einem Sarg gelegen, alles um ihn herum vollkommen schwarz.

Rees blinzelte. Ihm wurde bewusst, dass er, genau wie in dem Traum, nicht das Geringste sehen konnte. Dann erinnerte er sich daran, wo er war und warum.

Er lauschte angestrengt. Als er nichts hörte, stieß er eine der beiden Schranktüren ein wenig auf. Dunkelheit und Stille herrschten auch jenseits der Tür, also riskierte er, sie weiter zu öffnen.

Als er kein Licht aus dem Nebenzimmer dringen sah, wagte er, die andere Tür ebenfalls aufzuschieben und die Beine aus dem Kleiderschrank zu strecken. Sofort fingen seine Füße an zu kribbeln.

Er musste einen Moment warten, bis dieses Gefühl nachließ. Dann stellte er die Kerze auf den Boden und schälte auch den Rest seines Körpers aus dem engen Schrankfach.

Mit gespitzten Ohren hielt er inne. Noch immer nichts. Lady Wexham musste eingeschlafen sein.

Eine Weile blieb er, auf allen vieren am Boden kauernd, und drehte den Kopf, um den steifen Hals und die verspannten Schultern ein wenig zu lockern. Dann versuchte er, den Inhalt des Schrankfachs wieder halbwegs in Ordnung zu bringen, in dem er mehrere Stunden gelegen hatte. Was würde Valentine denken, wenn sie die zerknitterte Kleidung sah? Würde sie ihre Herrin danach fragen? Er versuchte, im Dunkeln die Kleidungsstücke zu falten und aufeinanderzulegen.

Dann stand er auf, nahm die Kerze mit ihrem Halter und schob beides in seine Tasche. Wieder hielt er inne, um zu lauschen, dann schloss er vorsichtig die Schranktüren und drehte leise den Schlüssel im Schloss.

Da sich seine Augen inzwischen an die Dunkelheit gewöhnt hatten, konnte er die Umrisse der geöffneten Tür zum Schlafzimmer erkennen. Er streckte die Hände aus und tastete sich mit zögernden Schritten vorwärts. Auf dem Teppich machten seine Füße kein Geräusch. Als er den Dielenboden erreichte, ging er noch langsamer und vorsichtiger.

Schließlich war er im Nebenzimmer. Jetzt hörte er das gleichmäßige Geräusch von Atemzügen. Die Vorhänge um das breite Himmelbett waren zugezogen, sodass die Schlafende nicht zu sehen war.

Rees spürte wieder einen Teppich unter seinen Füßen und ging schneller, bis er wieder auf Holz trat, kurz vor der Tür zum Flur. Zwei Schritte später knarrte es laut unter seiner Schuhsohle. Das Geräusch hallte in der stillen Nacht wider. Er hielt den Atem an und bewegte nicht einen Muskel.

Lady Wexham rührte sich nicht.

Rees verlagerte sein Gewicht auf das andere Bein und hob den Fuß – Ferse, Fußballen, Zehen – langsam von dem knarrenden Boden, während er mit einem erneuten Geräusch rechnete.

„Sie verwechseln mich, Sir."

Rees erstarrte. Schließlich wagte er es, sich ein wenig zur Seite zu drehen, um zu dem dunklen Bett hinüberzusehen.

Lady Wexham murmelte etwas auf Französisch. Erleichtert erkannte er, dass sie im Schlaf redete. Ihre Bettlaken raschelten, als sie sich umdrehte und leise seufzte.

Rees wartete und zählte die Sekunden, bis er sie wieder ganz im Tiefschlaf wähnte.

Ohne weiteres Knarren erreichte er die Tür, wo er vorsichtig die Hand um den Messingknauf legte. Er drehte den Knauf ein wenig und stellte fest, dass er sich leicht bewegen ließ. Daraufhin drehte er weiter und stieß die Tür einen Spaltbreit auf. Eine Sekunde später war sie so weit geöffnet, dass er sich hindurchzwängen konnte.

Er trat auf den Gang. Das schwache Licht einer Straßenlaterne vor dem Haus schien durch das Fenster am Ende des Flures herein. Er schloss die Tür hinter sich und achtete sorgfältig darauf, dass der Knauf sich wieder in der ursprünglichen Position befand. Nur ein ganz leises „Klick" und die Tür war geschlossen.

Erleichtert lehnte er sich einen Moment lang an die Wand im Flur und fuhr sich mit der Hand über die Stirn, aber noch wagte er nicht, ein Taschentuch herauszuziehen. Das konnte warten, bis er wieder in seinem Zimmer im Untergeschoss war.

Die Nacht hatte sich als ergebnislos erwiesen. Er hatte die Räume von Lady Wexham nicht zu Ende durchsuchen können – und wer wusste, wann er wieder die Gelegenheit dazu bekam? Valentine bewachte die Zimmer ihrer Herrin wie eine Gefängniswärterin. Dass an diesem Abend beide ausgegangen waren, war äußerst ungewöhnlich. Und wenn Lady Wexham irgendetwas zu verbergen hatte, dann doch bestimmt irgendwo in ihren Privaträumen, überlegte Rees.

Wie hätte er erklären sollen, dass er inmitten von Lady Wexhams Kleidern kauerte, wenn das Mädchen vorhin den Schrank geöffnet hätte? Bei dem Gedanken brach ihm erneut der Schweiß aus.

Er musste vorsichtiger sein. Schließlich konnte er es nicht riskieren, dass jemand aus dem Haushalt ihn verdächtigte, schon gar nicht seine Herrin selbst. Alles hing davon ab, dass sie in ihm nichts als einen Butler sah.

2. Kapitel

Am Morgen waren Célines Kopfschmerzen verschwunden. Sie blinzelte in Richtung Uhr, die auf dem Nachtschränkchen stand. Sieben Uhr. Sie musste gestern Abend wirklich gleich eingeschlafen sein, wenn sie so früh wach wurde.

Während sie gähnend die Arme über den Kopf reckte, dachte sie an den vor ihr liegenden Tag. Die besten Ideen hatte sie immer gleich nach dem Aufwachen, also ließ sie sich noch einmal in die Kissen und Polster zurücksinken und genoss das Gefühl der Entspannung und des Wohlbefindens nach einem guten Nachtschlaf.

Beim Gedanken an den vergangenen Abend verzogen sich ihre Lippen angewidert. Erst das lange Abendessen, dann das Gedränge. Bei dieser Einladung hatte sie eigentlich intelligente Gesellschaft und Gespräche bei Tisch und im Salon erwartet, doch ihre Hoffnungen waren enttäuscht worden. Seit wann hatte sie eigentlich das Gefühl, dass eine Londoner Saison wie die andere war?

Vielleicht hatte sie deshalb der Bitte von Roland de Fleury stattgegeben.

Céline schlug gegen eines ihrer Kissen, weil sie nicht daran denken wollte. Stattdessen schimpfte sie lieber über die Engländer.

Sie waren so bemüht, ihre Rivalen jenseits des Ärmelkanals in Gedanken und Sitten zu übertreffen, aber es gelang ihnen lediglich, den Esstisch in einen Futtertrog zu verwandeln. Und was die Unterhaltung betraf … Sie rümpfte die Nase. Gerüchte und Anspielungen anstelle anregender Diskussionen. Was wussten sie schon von Salons, in denen sich nicht nur die Besten und Klügsten versammelten, um Ideen auszutauschen, sondern wo sogar öffentliche Politik geprägt wurde? Céline war mit den Geschichten ihrer Mutter von der intelligenten Gesellschaft in den Pariser Häusern aufgewachsen.

Hier auf der britischen Insel kam *Holland House* den französischen Salons von Madame Necker, Madame de Roland und Sophie de Condorcet noch am nächsten. Aber dieses Anwesen befand sich draußen in Kensington. In Paris fand man die besten literarischen und politischen Salons unmittelbar im Herzen der Stadt. Selbst der Schreckensherrschaft war es nicht gelungen, diese Form des Gedankenaustauschs zu verhindern.

Céline setzte sich im Bett auf und zog an der Klingel. Wahrscheinlich war es an der Zeit, mal wieder zu einem Diner einzuladen. Das letzte lag bereits mehr als zwei Wochen zurück. Seit der arme Mr Rumford sich verletzt und seinen Neffen als Ersatzbutler geschickt hatte, hatte sie es nicht gewagt, mit einem unerfahrenen Butler eine Abendeinladung zu veranstalten.

In der Zwischenzeit hatte sie kaum irgendwelche Dinge gehört, die sie an Roland hätte weitergeben können. Vielleicht sollte sie selbst ein wenig im Topf rühren und sehen, ob irgendetwas hochkochte. Wenn man eine ausgewählte Gesellschaft aus Politikern, Journalisten und Künstlern um den Tisch versammelte, wusste man nie, was man möglicherweise erfahren würde.

Céline betrachtete ihre Fingernägel und überlegte, ob Valentine sie polieren sollte. Der blasse Pfirsichton und der Glanz des Öls, mit dem ihre Nägel eingerieben worden waren, verblassten bereits und die hübsche Mandelform konnte gewiss etwas neue Fasson gebrauchen.

Sie berührte mit dem Zeigefinger ihre Lippen und kaute gedankenverloren auf dem Fingernagel, während ihre Überlegungen zu dem zurückwanderten, was sie lieber ausgeblendet hätte.

Selbst nach sechs Monaten gefiel ihr die Aufgabe immer noch nicht, Informationen zu sammeln und weiterzugeben. Sie fühlte sich einfach nicht wohl dabei. Aber es war ein nobler Zweck, wie Roland betont hatte. Nicht nur nobel, sondern auch äußerst dringlich. Frankreich brauchte ihre Hilfe. Was immer mit Napoleon geschah – die Royalisten durften auf keinen Fall wieder an die Macht gelangen.

Ein Schauer lief Céline über den Rücken, als sie an den korpulenten, alternden Comte de Provence dachte, der in *Hartwell House,* unweit von London, im Exil lebte und darauf wartete, als Louis XVIII. den französischen Thron zu besteigen, falls Napoleon jemals scheitern sollte.

Angesichts der katastrophalen Nachrichten von der russischen

Grenze schien dies jedoch mit jedem Monat wahrscheinlicher zu werden. Sie seufzte, während sie widerstrebend daran dachte, was nach diesem entsetzlichen Krieg mit ihrem geliebten Frankreich geschehen könnte.

Sie nahm den Finger aus dem Mund und betrachtete bestürzt den Schaden, den sie angerichtet hatte. Valentine würde schimpfen und ihre Nägel bis aufs Blut herunterfeilen.

Napoleon würde nicht scheitern. Er hatte seine Gegner bisher immer besiegt und würde es wieder tun.

Céline schlug die Bettdecke gerade in dem Augenblick zurück, als ihre Zofe mit einem Krug heißen Wasser in einer Hand und einem Stapel Handtücher in der anderen das Zimmer betrat.

„*Bonjour*. Wie geht es Ihnen heute Morgen?"

„Sehr gut." Sie gähnte. „Ich habe schon lange nicht mehr so gut geschlafen. Virginia hat mir einen Kräutertee gemacht."

Valentine blieb vor ihr stehen und sah sie prüfend an. „Sie sehen so blass aus wie geblichener Musselin."

„*Merci* für deine aufmunternden Worte, *ma chère*." Obwohl Céline sich bemühte, mit ihren beiden französischen Angestellten englisch zu sprechen, wenn andere anwesend waren, fiel sie für gewöhnlich ins Französische zurück, wenn sie unter sich waren.

Valentine ignorierte ihren Sarkasmus. „Und die Kopfschmerzen?"

Céline machte eine abwehrende Handbewegung. „Ganz und gar verschwunden. Aber sie waren schlimm genug, um mich das Gedränge bei Prinzessin Esterhazy gestern Abend nicht ertragen zu lassen."

Valentine schnaubte verächtlich. „Und Ihre Haare! *Quelle horreur!* Konnte das nutzlose Mädchen nicht einmal einen einfachen Zopf flechten?"

Céline berührte ihre lose fallenden Locken. Als sie versuchte, mit den Fingern hindurchzufahren, verstand sie Valentines Entsetzen. „Ich habe sie zu Bett geschickt. Das arme Mädchen hatte schon geschlafen, als ich nach ihr läutete – und das habe ich auch nur getan, weil ich mit dem Korsett nicht zurechtkam. Auf keinen Fall wollte ich meinem schmerzenden Kopf zumuten, dass jemand ihn mit einer Haarbürste bearbeitet", fügte sie mit einem strengen Blick auf ihre Zofe hinzu.

Valentine betrachtete sie noch einige Sekunden lang und schnalzte mit der Zunge, als sie davon überzeugt war, dass ihre Herrin an nichts Schlimmerem litt als einem zerzausten Schopf. „*Bien.* Ich werde den Krug mit Wasser füllen. Sally bringt Ihnen *chocolat* und Croissant. Ich hoffe, das wird Ihrer Erscheinung guttun."

„Sehe ich so schrecklich aus?" Céline stand auf, ging zu ihrem Frisiertisch im Nebenzimmer und blickte in den Spiegel. „Ach du liebe Güte!" Ihre Haare sahen wirklich zum Fürchten aus.

Valentine schüttete dampfendes Wasser in ihren Krug und mischte es mit kaltem. „*Pardonnez-moi*, dass ich nicht hier war, als Sie nach Hause kamen. Wenn ich gewusst hätte, dass Sie so früh zurückkommen, wäre ich auch heimgekommen."

„Woher solltest du das wissen?" Céline beugte sich über das Porzellanbecken, seifte sich Hände und Gesicht mit ihrer nach Lavendel duftenden Seife ein und spülte sie dann ab. Dann griff sie nach einem Handtuch und tupfte ihre Haut trocken. „Und wie war dein Abend?"

Valentine blickte kurz von Célines Kleid auf, das sie sorgfältig ausschüttelte, und zuckte die Achseln. „Bah! Das Übliche. Diese Engländer sind so *bêtes!*"

Céline lachte. „Dumm insofern, als sie deinen französischen Charme nicht zu schätzen wissen?"

Ihre Zofe nahm die Kleidungsstücke, die Virginia über den Stuhl gelegt hatte. „Was kann man von einem Land erwarten, in dem ständig Nebel herrscht? Wo die Menschen gebratenen Hammel und gekochte Kartoffeln ohne auch nur einen Hauch von Kräutern oder Wein essen?" Sie untersuchte den Rock des zitronengelben Kleides nach Flecken oder Beschädigungen.

„Aber in diesem Haus kannst du dich nicht beschweren. Gaspard ist ein ausgezeichneter provenzalischer Koch."

Valentine strich prüfend über das Mieder aus Chiffon. „Wenn man seine Wutanfälle ignorieren kann, dann sind seine Kochkünste es tatsächlich wert." Sie runzelte die Stirn, als sie einen Flecken entdeckte. „Sie haben etwas verschüttet."

Céline warf einen Blick über ihr Handtuch hinweg. „Wahrscheinlich Champagner. Dieser ungeschickte Narr Orrington hat mich vor dem Essen angerempelt. Ich glaube, er war schon vor seiner Ankunft betrunken."

Valentine rümpfte missbilligend die Nase und legte das Kleid beiseite. Dann nahm sie den seidenen Unterrock und das Unterhemd aus Musselin vom Stuhl und warf sie sich über den Arm.

Céline wandte sich wieder dem Waschtisch zu und versuchte noch einmal, mit den Händen durch ihre Haare zu fahren. Was für ein zerzaustes Dickicht. Hoffentlich bekam sie von Valentines Behandlung mit Kamm und Bürste nicht wieder Kopfschmerzen.

Die Haare fielen ihr bis zur Taille. Céline musterte sich im Spiegel. Manchmal spielte sie mit dem Gedanken, all ihre Locken abzuschneiden, so wie Lady Caroline Lamb es getan hatte. Valentine würde einen Anfall bekommen.

„C'est quoi, cette saloperie?!"

Bei dem empörten Aufschrei ihrer Zofe drehte sie sich um. „Was ist denn jetzt? Hast du entdeckt, dass meine Schuhe schmutzig sind oder meine Pelerine einige Federn verloren hat?"

Valentine kniete vor dem unteren Bord eines der beiden Kleiderschränke. Céline runzelte die Stirn. „Was ist los?"

Ein unverständlicher Laut entwich der Kehle ihres Dienstmädchens, das auf einen zerwühlten Haufen Kleidungsstücke zeigte, die sich aus dem Schrank auf den Boden ergossen hatten.

„Du brauchst mich gar nicht so anzusehen. Ich habe nicht darin gewühlt! Ich bin klug genug, nichts Derartiges zu tun."

„Dann muss es diese faule, nichtsnutzige Virginia gewesen sein. Ich wusste doch gleich, dass ich ihr nicht zutrauen kann, mich einen Abend lang zu vertreten."

„Ich versichere dir, meine Liebe, dass die arme Virginia nichts damit zu tun hat. Gleich nachdem sie mir beim Auskleiden geholfen und mir einen Kräutertee gebracht hatte, habe ich sie zu Bett geschickt. Ich weiß, wie eigen du mit meinen Kleidern bist, deshalb habe ich ihr gesagt, du würdest dich heute Morgen um alles kümmern."

Diese Erklärung besänftigte Valentines Zorn nicht. Sie fing an, die Kleidungsstücke eines nach dem anderen herauszuziehen, während sie französische Verwünschungen murmelte. „Aber wer hat dann Ihre Kleider so durcheinandergebracht?" Ein ärgerliches Zischen entwich zwischen ihren Zähnen, während sie begann, die Sachen ordentlich zusammenzulegen. „Glauben Sie, ich würde sie in einem solchen Zustand herumliegen lassen? Ich werde sie alle noch einmal plätten müssen. *Oh, là, là!*"

Wieder wandte Céline sich bei dem plötzlichen Aufschrei um. „Was ist denn nun schon wieder?"

Valentines Lippen waren zu einer dünnen Linie zusammengepresst. Sie sagte nichts, sondern stapfte zu Céline und hielt ihr ein hellblaues Satinkleid unter die Nase.

Céline starrte auf den knopfgroßen Tropfen aus gehärtetem Wachs auf dem Mieder. „Ach du liebe Güte!" Sie nahm der Zofe das Kleid ab. „Wie schade! Meinst du, der Fleck wird sich entfernen lassen?"

„Das ist ruiniert." Valentines Kinn bebte vor Zorn. *„C'est abominable."* Wieder folgte eine Reihe französischer Schimpfworte, darunter auch eine Bemerkung über diesen Haushalt voller englischer Schweine.

Sie sah Céline mit zusammengekniffenen Augen an. „Ich werde den Schuldigen finden und er wird dafür bezahlen."

„Da wünsche ich dir viel Glück, denn die Mädchen wissen, dass sie meine Kleider in Ruhe lassen sollen. Sie haben viel zu viel Angst vor dir, *ma chère*, um dein Missfallen zu riskieren."

Valentine sagte nichts mehr, aber ihr Rücken war stocksteif, als sie weiter für Ordnung sorgte. Céline kehrte zu ihrem Bett zurück und nahm eine Schreibtafel und einen Bleistift zur Hand, um mit dem Erstellen einer Gästeliste zu beginnen.

Einige Augenblicke später trat Sally, das andere Dienstmädchen, mit Célines Frühstückstablett ein.

„Danke. Das sieht köstlich aus." Céline zog das Tablett näher und entfaltete die Serviette, während ihr bewusst wurde, welchen Hunger sie hatte. Das Essen am vergangenen Abend hatte sie kaum genießen können.

Sie riss ein Croissant auseinander und atmete seinen buttrigen Duft ein. „Keiner kann ein so zartes Gebäck erschaffen, das auf der Zunge zergeht." Sie löffelte etwas Marmelade auf das Stück Croissant und freute sich schon auf den ersten Bissen. „Wenigstens können die Briten Konfitüre machen." Sie lächelte das junge Dienstmädchen an.

Das Mädchen erwiderte ihr Lächeln. „Das können sie wirklich."

„Ich bin froh, dass du mir das Tablett gebracht hast und nicht Virginia."

Sally, die gerade ein Kissen aufschüttelte, hielt mitten in der Bewegung inne. „Warum denn, Mylady?"

„Valentine ist sehr böse auf sie – ohne Grund, das sag ihr bitte."

Die Augen des Mädchens weiteten sich vor Schreck! „Oh nein! Was hat sie denn gemacht?"

„Überhaupt nichts. Valentine ist wohl einfach nur eifersüchtig, weil ich Virginia gestern Abend rufen musste, als ich früh nach Hause kam. Jedenfalls brauchst du dir keine Gedanken darüber zu machen. Sag ihr nur, sie soll Valentine in den nächsten Stunden aus dem Weg gehen."

„Ja, Ma'am, das sage ich ihr ganz bestimmt." Sally machte sich wieder an ihre Aufgabe, ihre Stimme klang noch immer besorgt.

Céline schenkte sich aus der silbernen Kanne eine Tasse von dem dampfend heißen Kakao ein und faltete die Ausgabe der *Morning Post* auseinander. Keine weltbewegenden Nachrichten auf der ersten Seite. *„Sprecher ergreift das Wort im Komitee gegen das Katholikengesetz" – „Ackermanns Galerie durch Gaslaternen erleuchtet"*. Hm. Wenigstens würden mit den Laternen die Gemälde und Drucke besser zu sehen sein. Bei dem literarischen Empfang am Mittwoch könnte sie sich selbst ein Bild davon machen. Sie fragte sich, ob die armen *émigrés*, die in den dunklen hinteren Räumen Paravents und Blumenhocker lackierten, auch von der neuen Beleuchtung profitieren würden.

Céline überflog die anderen Schlagzeilen und die Artikel, die sie interessierten. *„Prinzessin Charlotte ignoriert den Rat ihres Vaters und besucht nach der Beerdigung der Großmutter ihre Mutter."*

Ein Lächeln umspielte Célines Lippen angesichts des Berichts über den Besuch der Prinzessin bei ihrer Mutter, obwohl der Prinzregent und seine Gattin einander entfremdet waren. Erst vor ein paar Tagen hatte der *Morning Chronicle* einen Artikel veröffentlicht, nach dem Prinzessin Charlotte vor Dankbarkeit ihrem Vater um den Hals gefallen war, weil er ihr erlaubt hatte, an der Beerdigung ihrer Großmutter mütterlicherseits, Prinzessin Augusta, teilzunehmen.

Wer wusste schon, was man den Zeitungen glauben konnte?

Eine war Tory-treu, die andere hielt zu den Whigs. Die eine verteidigte den Prinzregenten, die andere lamentierte über seine Exzesse.

Als Céline den nächsten Artikel sah, wurde ihr Lächeln breiter. „*Russischer Kosake bietet Reitvorstellung im Hyde Park dar.*“ Sie las den Bericht über den legendären Offizier, der in seinen weiten Hosen, der roten Tunika und dem Fellhut Tricks vollführte, seine Schaschka an der Seite und seine Muskete auf dem Rücken.

Trotz der amüsanten Schilderung der Fähigkeiten und des Mutes, die der Mann bewies, spürte Céline einen Anflug von Traurigkeit, als sie daran dachte, wie viele tapfere junge Franzosen in der jüngsten Zeit in den Wäldern und Feldern zwischen Moskau und Minsk umgekommen waren. Wie viele von ihnen hatte dieser Kosake wohl auf dem Gewissen?

Noch ein Grund mehr, warum sie ihren Landsleuten helfen musste.

Céline legte die Zeitung beiseite und wandte sich wieder ihrer Gästeliste zu. Das Parlament tagte. Deshalb waren alle, die in Politik und internationalen Dingen Rang und Namen hatten, mittlerweile in der Stadt eingetroffen.

Sie nippte an ihrer heißen Schokolade und hakte im Kopf Namen ab. Ja, Castlereagh und Lady C., Lord Wellesley – vielleicht konnte sie etwas über seinen Bruder auf der Iberischen Halbinsel in Erfahrung bringen. Würde er Lady Hyacinthe mitbringen? Alle verachteten sie, aber wenigstens konnte Céline mit ihr französisch sprechen. Die arme Frau – wenn sie in Frankreich gelebt hätte, hätten alle sie respektiert. Auch wenn Wellesley sie schließlich geheiratet hatte, ächtete die feine Gesellschaft sie noch immer, weil sie früher Schauspielerin am *Palais Royal* gewesen war. Natürlich half es nicht, dass sie sich keine Mühe gab, Englisch zu lernen.

Ein erfolgreiches Diner zu planen, erforderte das Geschick eines Offiziers, der eine Kampfstrategie entwickeln muss.

Mit einem Seufzer schob Céline das Tablett zur Seite und stand auf. „Valentine, meine Reitkleidung bitte.“ Sie würde im Park ausreiten und dann bei ihrem morgendlichen Termin die Einzelheiten des Essens mit der Haushälterin und dem Butler besprechen. Würde ihr neuer Butler einem solchen Diner gewachsen sein? Er war gerade mal eine Woche bei ihr.

„Sind Sie sicher, dass es Ihnen gut geht?“

Céline lachte die Besorgnis ihrer Zofe fort.

„All die Erschütterungen im Sattel könnten Ihre Kopfschmerzen zurückkehren lassen.“

„Unsinn. Die frische Luft wird auch die letzten Nachwehen des stickigen Salons von gestern Abend vertreiben.“

Valentine kräuselte ein wenig die Nase und stolzierte ins Ankleidezimmer zurück.

3. Kapitel

Es war viertel nach zehn, als Rees seiner Herrin die Haustür öffnete. Er hatte die beiden Diener damit beauftragt, das Silber zu putzen, obwohl es für das ungeübte Auge makellos glänzte.

Er wollte sich vergewissern, dass die Countess am Abend zuvor nichts Verdächtiges in ihrem Schlafzimmer gesehen oder gehört hatte.

Als Lady Wexham eintrat, verbeugte er sich ein wenig. „Guten Morgen, Mylady. Hatten Sie einen angenehmen Ritt?"

Lächelnd gab sie ihm ihre Reitgerte. „Guten Morgen, Mr MacKinnon. Ja, es war wunderbar, danke. Wie geht es Ihnen an diesem schönen Morgen?"

Ihr Lächeln war wie immer entwaffnend. Es lang nichts Hochmütiges oder Berechnendes darin. Rees hatte nicht gewusst, was er von einer möglichen Spionin erwarten sollte, aber ganz sicher hatte er nicht diesen offenen, freundlichen Blick erwartet, mit dem sie ihn ansah – und jeden anderen Bediensteten auch, soweit er das nach seinem kurzen Aufenthalt in ihrem Haus beurteilen konnte.

Außerdem war sie die schönste Frau, die er kannte. Ihre Haut war wie die einer Porzellanfigur, doch im Gegensatz zu deren Weiß und Rosa lag auf ihren Wangen ein kräftigeres Rot, das ihre südfranzösische Herkunft verriet. Ihr Haar hatte eine glänzende kastanienbraune Farbe. Kurz huschte sein Blick ein Stück abwärts zu ihren Lippen, die voll und geschwungen waren. Ihre ebenmäßigen weißen Zähne bildeten einen hübschen Kontrast zu dem leichten Olivton ihres Teints.

„Mir geht es sehr gut, vielen Dank. Und Ihnen, Mylady? Virginia sagte, Sie hätten gestern Abend Kopfschmerzen gehabt?" Hätte ihr alter Butler eine solche Frage gestellt oder hielt sie ihn jetzt für anmaßend? Aber Rees wollte sehen, wie sie auf die Erwähnung des gestrigen Abends reagierte, und so beobachtete er ihre Züge sehr aufmerksam.

Sie lachte – ein heller, klingender Laut –, während sie den zarten, rosafarbenen Schal lockerte, den sie um den Hals trug, und ihren Hut absetzte, der in einer kecken Neigung auf ihren dunklen Locken thronte. „Es freut mich, dass es Ihnen gut geht. Was mich betrifft, das war nicht der Rede wert – nur ein leichter Kopfschmerz. Und er ist ganz verflogen, danke." Sie blickte sich um. „Wo ist William?"

Wieder war Rees überrascht, dass sie jeden Angestellten bemerkte, egal, welche Stellung er innehatte. „Tom und er polieren das Silber."

„Wunderbar." Sie reichte Rees ihre Handschuhe aus weichstem Ziegenleder und wandte sich ab, um ihr Haar vor dem Spiegel zu richten. „Ich bin gerne zu dieser Tageszeit im Park. Kaum ein Lebewesen zu sehen außer den Eichhörnchen, die die Bäume hinaufklettern, und dem Vieh, das in der Ferne grast."

„Gewiss, Mylady." Was sonst konnte er sagen, wo er doch noch nie ein Pferd besessen hatte und auch niemals die Muße oder Gelegenheit gehabt hätte, im Londoner Hyde Park ausreiten zu können?

Ihr Blick begegnete seinem im Spiegel. „Ich habe beschlossen, ein Diner zu geben, vielleicht am nächsten Donnerstag. Bis dahin haben wir noch fast eine Woche." Sie berührte ein letztes Mal ihre Haare und wandte sich dann wieder zu ihm um, wobei sie den Kopf ein wenig zur Seite neigte und die schwarzen Augenbrauen hochzog. „Glauben Sie, dass Sie das schaffen, oder soll ich lieber warten, bis Sie mit den Abläufen in diesem Haus vertrauter sind?"

Rees blinzelte und überlegte, wie er antworten sollte. Ihr Blick und Tonfall drückten eine Mischung aus Frage und Belustigung aus – und einen Anflug von Herausforderung. Oder deutete er zu viel hinein?

Dann wurde ihm bewusst, dass Lady Wexham auf eine Antwort wartete. „Donnerstag? Wie Sie wünschen, Mylady", erwiderte er mit einer angedeuteten Verneigung, wie er sie bei einem Butler für angemessen hielt.

Sie lachte leise. „Wenigstens kann ich sicher sein, dass das Silber besonders schön glänzen wird."

„Das Silber? Das Silber, natürlich. Sehr wohl." Sie musste ihn wirklich für einen Trottel halten. Wie benahm man sich nur als Butler? Gesetzt und würdevoll, so wie Rumford, vermutete er. Sein eigenes Verhalten wurde dem kaum gerecht. Der arme alte Rumford hatte nur wenige Tage Zeit gehabt, Rees alles zu erklären.

Lady Wexham legte einen schlanken Zeigefinger an ihre leicht geschürzten Lippen und betonte dadurch deren hübsche Wölbung. „Ich werde das Essen mit Ihnen und Mrs Finlay besprechen, wenn wir uns heute Vormittag zusammensetzen. Sagen Sie ihr Bescheid?"

Er trat einen Schritt zurück, weil er spürte, dass das Gespräch damit beendet war. „Natürlich, Mylady. Zur gewohnten Zeit?" Eine Verpflichtung für Butler und Haushälterin, das hatte er schnell gelernt, war das morgendliche Treffen, um den Tag ihrer Herrin durchzusprechen.

Sie lächelte – ein umwerfendes Lächeln, bei dem Rees ganz weiche Knie bekam. Entlockte sie so den hochrangigen Beamten ihre Staatsgeheimnisse? „Ja. Ich werde im Morgensalon sein, sobald ich mich umgezogen habe."

„Sehr wohl. Wir erwarten Sie dort, sobald es Ihnen genehm ist."

„Danke, Mr MacKinnon." Im Gegensatz zu den meisten anderen Arbeitgebern sprach sie ihn immer mit „Mister" an, was er seltsam respektvoll fand. Er hatte sich eigentlich darauf eingestellt, als „MacKinnon" herumkommandiert zu werden. So fiel es ihm schwerer, diese mögliche Verräterin zu verachten.

Lady Wexham raffte ihr Kleid und ging mit schwebenden Schritten zur Treppe. Rees wich schnell zurück, um ihr nicht im Weg zu sein.

Unter dem Vorwand, ihren Hut und die Gerte auf den Beistelltisch zu legen, damit die Zofe sie später wegräumen konnte, beobachtete er von seinem Standort am Spiegel aus, wie Lady Wexham die Treppe hinaufstieg. Jede ihrer Bewegungen war anmutig. Lag das daran, dass sie von Geburt Französin war? Oder einfach daran, dass sie die Tochter eines Marquis und die Witwe eines Earls war?

Als sie nicht mehr zu sehen war, fiel sein Blick auf sein eigenes Bild in dem Spiegel, in dem er gerade noch Lady Wexhams Züge gesehen hatte. Sah er wirklich so bedrohlich aus? Er bemühte sich, die Falten auf seiner Stirn zu glätten.

Doch das änderte nichts an dem Gefühl der Abscheu in seiner Brust, als er seine Erscheinung musterte. Wie er diese Butleruniform hasste! Er musste vermutlich dankbar sein, dass ein Butler keine Kniebundhosen und gepuderten Haare tragen musste, wie es für die anderen männlichen Dienstboten normalerweise die Regel war – obwohl Lady Wexham Letzteres nicht von ihren Bediensteten verlangte. Tom hatte gesagt, er habe Lady Wexham einmal sagen hören, eine solche Uniform erinnere sie zu sehr an den Grund, warum die Franzosen eine Revolution begonnen hatten.

Trotzdem, dachte Rees bei einem erneuten Blick auf sein Äußeres. Ein Gentleman würde niemals schwarze Hosen zu einem schwarzen Rock tragen, es sei denn als Abendgarderobe. Und er würde auch kein schwarzes Halstuch um seinen Kragen binden. Obwohl der schwarze, lange Rock und die Hosen und auch das gestärkte weiße Hemd elegant geschnitten waren, waren sie die charakteristischen Merkmale eines Dieners. Sie trennten ihn von all den Herren, die an den bogenförmigen Fenstern dieses großen Reihenhauses in Mayfair vorübergingen.

Das Halstuch eines Gentlemans war weiß gebleicht, gelegentlich war es auch gemustert, vor allem, wenn sein Träger sportbegeistert war. Die Farbe der Weste konnte von Schneeweiß bis zu jeder Nuance des Regenbogens reichen und war aus feinstem Tuch aus seidenem Faden. Und seine Beinkleider waren hellbraun oder beige.

Aber Schwarz war die Farbe der Bediensteten.

Rees würde lieber wieder die ausgebeulten Hosen und gestreiften Pullover eines einfachen Seemanns im Dienst Seiner Majestät tragen als diesen Gehrock, mit dem Rumford ihn ausgestattet hatte.

Wenn seine Mutter oder Schwester ihn jemals so sehen sollten – nicht auszudenken!

Zum Glück wohnten sie in einem Dorf weit genug von London entfernt und kamen nur selten in die Stadt. Er durfte niemandem von dem Doppelleben erzählen, das er führte. Es würde seiner armen verwitweten Mutter nur Fassungslosigkeit und Kummer bescheren – die Vorstellung, Rees' Vater hätte so lang und fleißig gearbeitet, um seinen Sohn als Gentleman großzuziehen, nur damit er als Butler endete – egal, wie fein der Haushalt war. Nein, so weit würde der Patriotismus seiner Mutter nicht gehen.

Rees wandte sich vom Spiegel ab. Es hatte keinen Sinn, über seine Umstände zu lamentieren. Er war aus einem konkreten Grund hier und diese Aufgabe musste er zu Ende bringen.

Céline sah ihren Butler und ihre Haushälterin über den kleinen runden Tisch im Morgensalon hinweg an, einen Notizblock vor sich. „Ich habe eine Liste von zwanzig Personen zusammengestellt, mich eingeschlossen. Ich werde heute noch die Einladungen verschicken."

„Sehr wohl, Mylady." Mrs Finlay hatte ihre eigene Liste dessen, was an Vorbereitungen für ein Diner zu tun war. Céline wusste, dass sie ihr vertrauen konnte. Seit dem Tag, an dem Céline ihr als junge Braut zum ersten Mal begegnet war, hatte sie sich als hervorragende Haushälterin erwiesen.

Céline legte ihren goldenen Stift nieder. „Wenn wir hier fertig sind, bespreche ich mit Gaspard das Menü. Übrigens werde ich heute Abend nicht hier essen. Ich werde zum Diner in *Marlborough House* erwartet und gehe anschließend in die Oper."

Mrs Finlay notierte sich das. „Ich gebe Gaspard Bescheid." Sie warf MacKinnon einen Blick zu. „Und Sie lassen Jacob wissen, dass er die Kutsche bereithalten soll?"

„Die restlichen Bediensteten können den Abend freinehmen, nachdem ich gegangen bin", sagte Céline zu ihrem Butler. „Sie natürlich auch."

„Aber die Tür …"

Céline tat seinen Einwand mit einer Handbewegung ab. „Der Stallbursche wird sich darum kümmern." Sie tippte mit dem Bleistift auf ihr Notizpapier. „Ich würde sagen, das blaue Sèvres-Geschirr für das Diner am Donnerstag?"

„Sehr wohl, Mylady." Mrs Finlay notierte auch dies.

Céline wandte ihre Aufmerksamkeit wieder ihrem neuen Butler zu. Wenn der alte Mr Rumford doch nicht gestürzt wäre! Er würde mindestens sechs Wochen ausfallen, hatte der Arzt ihr erklärt. Aber Mr Rumford hatte ihr versichert, sein Neffe Harrison MacKinnon sei der Aufgabe gewachsen.

Er ist seit acht Jahren Diener in Telford House *in Derbyshire und ist jetzt zum Unterbutler befördert worden. Es ist ein großes Anwesen, Mylady, mit mehr als hundert Bediensteten, deshalb kann man dort auf ihn verzichten,* hatte ihr alter Butler ihr geschrieben. *Der Butler und ich sind alte Freunde. Es macht ihm nichts aus, mir Harry ein paar Wochen lang auszuleihen.*

Sie hatte es nicht über sich gebracht, dem alten Rumford seine Bitte abzuschlagen. Nur wenige Tage später war sein Neffe eingetroffen. Bislang, das musste sie zugeben, hatte Mr MacKinnon sich bewährt – unaufdringlich und effizient wies er unerwünschte Besucher ab. Von den anderen Dienstboten hatte sie auch keine Klagen gehört – mal abgesehen von Valentine, die aber auch nur selten mit jemandem zufrieden war.

Diese Essenseinladung würde seine Bewährungsprobe sein. „Ich möchte gerne mit Ihnen die Weine durchgehen", sagte sie, an ihn gewandt. War er ein typischer Engländer, der nur Portwein und Brandy kannte?

„Zu Ihren Diensten."

Die grauen Augen des Mannes hatten etwas leicht Beunruhigendes an sich. Sein Blick war etwas zu direkt, als er sie ansah, selbst als ihr Wortwechsel beendet war. Es war kein unverschämter Blick, sondern eher ein prüfender. MacKinnon gab ihr das Gefühl, dass er mehr sah, als sie der Welt zeigen wollte.

Attraktiv war er auf jeden Fall – und viel zu jung, um Butler zu sein. Céline betrachtete ihn mit geneigtem Kopf und schätzte sein Alter auf irgendetwas zwischen achtundzwanzig und zweiunddreißig. Sein dunkelbraunes Haar war voll und seine Züge waren ebenmäßig von der breiten Stirn bis zu dem entschlossen wirkenden Kinn.

Die meisten Butler waren über fünfzig oder gar sechzig, weil sie ihre Position nach jahrzehntelangem Dienst erlangten.

Aber vielleicht waren die relative Jugend und das Aussehen dieses Mannes ja ein Gewinn, wenn ihre Gäste davon beeindruckt und dadurch geneigt waren, irgendwelche Schwächen großzügig zu übersehen. Andererseits war ein Butler kein gewöhnlicher Diener, der nicht nur seiner Fähigkeiten, sondern auch seines Äußeren wegen eingestellt wurde. Ein Butler musste diskret, würdevoll und vor allem vertrauenswürdig sein. Céline traute diesem jungen Mann nur, weil sie Rumford vertraute.

Sie seufzte insgeheim. Sie konnte nur hoffen, dass ihr Vertretungsbutler keinen unverzeihlichen Fauxpas beging, indem er zum

Beispiel die Namen der Gäste falsch aussprach oder die Reihenfolge, in der sie den Speisesaal betraten, durcheinanderwarf.

Jetzt wandte sie sich an Mrs Finlay. „Wir werden die Gäste zwischen halb acht und acht Uhr erwarten und uns im Salon versammeln." Sie richtete ihren Blick auf MacKinnon. „Um acht Uhr können Sie zum Essen laden. Wenn Viscount Castlereagh die Einladung annimmt, wird er mich in den Speisesaal begleiten. Lady Castlereagh kommt zu Huskisson, dem Tory." Sie warf einen Blick auf ihre Liste und sah dann wieder MacKinnon an. „Und Lady Wentworth kann am Arm ihres Mannes, des Earls, gehen ... dann Oberst Percy mit seiner Frau und vielleicht Wilberforce mit seiner Gattin gegenüber von seinem Whig-Kollegen, Lord Althorp. Das müsste zu einer lebhaften Diskussion über Politik und Moral führen. Und für meine Schwägerin, Lady Agatha, brauchen wir auch noch eine Begleitung. Wir könnten die Liste mit dem Duc de Berry ergänzen. Ich glaube, er ist in London", fügte sie wie zu sich selbst hinzu, bevor sie wieder ihren Butler ansprach, „aber ich gehe die endgültige Liste noch einmal mit Ihnen durch, wenn die Gäste geantwortet haben."

„Sehr wohl, Mylady."

Sie erläuterte noch einige Dinge bezüglich der Tischanordnung und welches Silber benutzt werden sollte, dann erhob sie sich vom Tisch. „Also gut. Wir gehen jetzt in den Weinkeller, dann werde ich mit Gaspard das Menü besprechen. Ich möchte, dass wir Fasane von *Wexham Hall* bestellen." Wenigstens gönnte der neue Earl ihr etwas von dem Überfluss des Anwesens.

Mrs Finlay sammelte ihre Notizen ein und stand auf. „Sehr wohl, Mylady. Der Verwalter wird gewiss ein oder zwei Paare schicken."

„Die ergänzen gut den zweiten Gang mit gebratenem Lamm oder Rind. Vielleicht Hummer oder Krabben und eine Suppe als ersten Gang." Sie wandte sich an MacKinnon. „Wenn Sie mich in den Weinkeller begleiten wollen, können wir eine Vorauswahl treffen."

Er erhob sich und verneigte sich ein wenig. „Wie Sie wünschen, Mylady."

Trotz seiner Worte spürte sie etwas hinter diesen dunkelgrauen Augen, das den äußerst respektvollen Tonfall Lügen strafte.

Doch sie wusste nicht, was es war.

ଓ

Rees ging zur Tür, um sie für Lady Wexham aufzuhalten. Seine Gedanken beschäftigten sich immer noch mit der Tatsache, dass ihre Gästeliste eine große Zahl hochrangiger Regierungsbeamte enthielt, darunter auch den Außenminister. Wenn sie tatsächlich die Einladung zu diesem Abendessen annahmen, hatte das Ministerium nicht übertrieben, als es ihr großen Einfluss unterstellt hatte.

Er folgte ihr den Gang hinunter und stieg dann als Erster die Treppe in den Keller hinab, wobei er auf dem Weg einen Kerzenleuchter und Zündhölzer an sich nahm.

Bevor er den Leuchter auf dem Boden platzieren konnte, nahm Lady Wexham ihn aus seinen Händen, damit er in der Tasche nach seinem Schlüsselbund kramen konnte.

„Danke sehr, Mylady."

„Verstehen Sie etwas von Wein?"

Ihre Frage überrumpelte ihn. Rees schloss die Tür zum Weinkeller auf und ließ sich mit der Antwort einige Sekunden Zeit. „Ich habe … gewisse Kenntnisse, was Alkoholika betrifft." Nicht ganz die Wahrheit, aber auch nicht die Unwahrheit.

Sie trat an ihm vorbei in den dunklen Raum, als er ihr die Tür aufhielt.

Durch die massiven Wände und den Steinfußboden war es drinnen deutlich kühler. Holzregale, die vom Boden bis zur Decke reichten, waren an den Wänden entlang aufgereiht. Dunkelgrüne und braune Flaschen lagen darin, deren dicke Böden nach vorne zeigten.

An seinem ersten Tag hier, als man ihm alles gezeigt hatte, war er angesichts der umfangreichen Sammlung im Keller beeindruckt gewesen. Als man ihm den Schlüssel ausgehändigt hatte, hatte er sich gefragt, was wohl geschah, wenn jemand in das Lager einbrach. Erwartete man von ihm, dass er den Wein verteidigte, dessen Wert seit der Blockade von Frankreich unschätzbar war? Aber bis jetzt hatte es keine Zwischenfälle gegeben. Er hatte sich mittlerweile daran gewöhnt, in den Keller zu gehen und eine Flasche für den Koch auszuwählen, der nicht in der Lage zu sein schien, ohne Wein zu kochen.

Rees folgte Lady Wexham in den Kellerraum und ließ die Tür

hinter ihnen weit offen stehen. Dann stellte er den Kerzenleuchter auf einen Tisch und entzündete ein Streichholz. Als der Raum von warmem Kerzenschein erleuchtet wurde, trat er zu seiner Arbeitgeberin, die vor einem Regal stand.

„Wie gefällt es Ihnen nach einer Woche?"

Er war immer noch nervös, wenn sie ihn ansprach, weil er fürchtete, seine Worte könnten verraten, dass er kein Butler war. „Ich mache mich zunehmend mit allem vertraut, danke, Mylady."

Er tat so, als untersuchte er ein Regalbord mit Flaschen, von denen er eine etwas nach rechts drehte, eine andere nach links. Durch die Arbeit in den Lagern seines Vaters in Bristol hatte er schon als Jugendlicher viel über Wein gelernt.

„Ist das Personal Ihnen dabei behilflich?"

Rees beobachtete sie unauffällig aus dem Augenwinkel. Sie stand in dem engen Raum keinen halben Meter von ihm entfernt. „Ja, alle sind sehr hilfsbereit."

„Dies ist Ihr erster Einsatz als Butler, nicht wahr?"

Worauf wollte sie hinaus? „Das ist wahr, Mylady."

„Sie brauchen nicht nach jedem Satz ‚Mylady' zu sagen."

Seine Finger, die gerade den Staub von einer Flasche wischten, hielten inne. War seine Ahnungslosigkeit, wie man den Adel anredete, so offensichtlich? „Es tut mir leid, Myl..." Unwillkürlich stieg ihm die Röte in die Wangen.

Sie lachte leise. „Wahrscheinlich fühlen Sie sich so, wie ich mich gefühlt habe, als ich frisch verheiratet war. Die ganzen Dienstboten haben mich sehr eingeschüchtert. Noch nie zuvor hatte ich in einem so großen Haushalt gelebt. Und doch erwartete man von mir als neuer Herrin mit meinen achtzehn Jahren, dass ich für sie alle die Verantwortung übernahm."

Ihr Geständnis überraschte ihn. „Sprechen Sie mich deshalb mit ‚Mister' an und nicht nur mit ‚MacKinnon'?"

Ihre Augen weiteten sich ein wenig, als hätte die Frage sie überrumpelt. Im Kerzenschein schimmerte die Farbe ihrer Augen fast wie reifer Calvados. Dann zuckten ihre Lippen nach oben, vollkommene Kurven in der Farbe eines Granatapfels, einer Frucht, die er in Gibraltar zum ersten Mal gesehen hatte, als sein Schiff dort im Hafen lag.

„Vielleicht. Eine neue Aufgabe kann beängstigend sein."

Rees räusperte sich, während er sich fragte, ob dies eine übliche Unterhaltung zwischen der Dame des Hauses und ihrem Butler war. „Augenscheinlich haben Sie Ihre Herausforderung bewundernswert gemeistert."

Sie neigte den Kopf ein wenig. „Danke. Es hat viele Jahre gedauert."

Nachdem sie einander noch einige Sekunden lang angesehen hatten, sagte sie: „Sie sind erst eine Woche in Ihrer Stellung."

„Ja. Die anderen Bediensteten waren sehr freundlich."

„Selbst Monsieur Gaspard?"

Jetzt verzogen sich seine eigenen Lippen zu einem Lächeln. „Er hat mir jedenfalls noch keinen Kochtopf an den Kopf geworfen. Nur französische Wörter."

„Ach, Sie verstehen Französisch?"

„Nur einige Wörter", wehrte er schnell ab. Er durfte den Vorteil nicht verlieren, dass er ihre Sprache nur zu gut verstand, während Lady Wexham, Valentine und Gaspard von dieser Fähigkeit nichts ahnten.

„Dann haben Sie wirklich Glück gehabt, wenn das alles ist, was Sie erdulden mussten. Warten Sie noch zwei Wochen."

„Ich hoffe, ich werde flink genug sein, mich rechtzeitig zu ducken."

Ihr helles Lachen hallte von den Mauern wider.

Warum fiel es ihm so leicht, auf diese Weise mit ihr zu reden? Er war noch nie jemand gewesen, der gerne Small Talk machte, schon gar nicht mit einer Dame, die gesellschaftlich so viel höher stand als er.

Ihre Miene wurde ernst. „Aber vielleicht erscheint Ihnen dieser Haushalt im Vergleich zu Ihrer vorigen Stellung recht klein. Ihr Onkel sagte, Sie hätten sich bis zum Unterbutler hochgearbeitet. Dann sind Sie mit Diners und der Beköstigung verschiedenster Gäste sicher vertraut."

Er zögerte, weil er seine Worte sorgfältig wählen wollte. Welche Geschichte er auch erfand, er musste sich in Zukunft bis in die Einzelheiten daran erinnern. Zum Glück war er ein Mensch mit Sinn fürs Detail – einer der Hauptgründe, warum er für diese Aufgabe ausgewählt worden war. „Es war ein großes Anwesen, aber wir haben nicht sehr viele Gäste gesehen. Mein Herr war ... ein Gentleman im fortgeschrittenen Alter, der nicht oft Einladungen gab. Außerdem waren er und die ... äh, Herrin oft für längere Zeit abwesend. Es war nicht ihr ... ihr Hauptwohnsitz. Der lag in ... Buckinghamshire."

Sie zog eine Augenbraue hoch. „Ach ja? Wo denn dort? Ich bin öfter in der Gegend von Aylesbury Vale."

Warum hatte er nur diese Grafschaft gewählt? Schnell überlegte er, welche Region weit von der entfernt war, die sie erwähnt hatte. „In der Nähe von Beaconsfield."

Sie nickte. „*Hartwell House* ist nahe Aylesbury. Kennen Sie es? Dort wohnt der Comte de Provence."

Der Comte de Provence, jüngerer Bruder des unglücklichen Louis XVI., der sein Leben unter der Guillotine verloren hatte, sah sich als selbst ernannten zukünftigen König Frankreichs, falls Bonaparte jemals fallen sollte. „Nicht sehr gut. Ich war selbst noch nie in Buckinghamshire."

„Meine Mutter verbringt einen Großteil ihrer Zeit in *Hartwell House*. Sie gehört zu dem kleinen französischen Hof des Comte. Es erinnert sie daran, wie ihr Leben in Frankreich war."

Er war nicht sicher, wie er ihren Tonfall deuten sollte. Ironisch oder mitfühlend? „Ich verstehe, Mylady." Würde Lady Wexham nach *Hartwell House* reisen, während er hier arbeitete? Und wenn ja, wie konnte er es einrichten, dass sie ihn mitnahm? Als Butler wurde von ihm sicherlich erwartet, dass er in London blieb und sich in Abwesenheit seiner Herrin um den Haushalt kümmerte.

Sie schürzte ihre hübschen Lippen. „Trotzdem sehen Sie zu jung aus, um ein Butler zu sein. Ich hoffe, mein Diner wird Sie nicht aus der Fassung bringen."

Rees dachte an die Gästeliste. Würde irgendjemand ihn erkennen? Wichtige Mitglieder der Regierung kamen oft ins Außenministerium, wo er einige Jahre gearbeitet hatte, bis er für diesen Spionageauftrag vom Innenministerium ausgeliehen worden war. Rees schüttelte die Sorgen ab, denn er bezweifelte, dass jemand einen einfachen Angestellten als Butler in einer Residenz im West End wiedererkennen würde.

Inzwischen hatte Lady Wexham sich dem Flaschenregal zugewandt. „Aber wir sollten uns erst einmal auf die bevorstehende Einladung konzentrieren. Die Diener werden sich fragen, wo Sie bleiben."

Auch er richtete seine Gedanken wieder auf die gegenwärtige Aufgabe. „Sie sagten, Sie wollen Muscheln und Suppe als ersten Gang servieren lassen?"

„Ja. Ich werde sehen, was Gaspard in Billingsgate findet, wenn er die Einkäufe erledigt. Dann einen Lammbraten, einen Rinds- oder Kalbsbraten und den Fasan als zweiten Gang, dazu Gemüse und Aspik." Sie tippte sich mit dem Finger auf die Lippen. „Spargel wäre in dieser Jahreszeit schön, dann Obst und Gelee oder vielleicht ein Trifle zum Abschluss."

Sein Blick wanderte über die Flaschen, während sie sprach. Jetzt nahm er eine, die auf Augenhöhe lag, in die Hand. „Darf ich einen 1771 Château Margaux Claret zum Lamm empfehlen?" Er zog sein Taschentuch heraus und wischte den Staub vom Etikett, bevor er Lady Wexham die Flasche hinhielt. „Und vielleicht einen Calon-Ségur zu Rind und Kalb, 1784. Beides hervorragende Jahrgänge und bereit zur Dekantierung, wenn Ihre Gäste einen solchen Wein verdient haben." Sein Blick begegnete ihrem.

Sie zog die dunklen Augenbrauen hoch, während sie die erste Flasche nahm. „Lord Castlereagh sehr wohl, würde ich meinen. Der Mann ist viel gereist und weiß einen guten französischen Wein zu schätzen."

Rees nahm eine weitere Flasche von einem höheren Bord und beglückwünschte sich zu der Tatsache, dass er sich bei seiner Ankunft die Zeit genommen hatte, den Weinkeller genauer zu inspizieren. „Zu Fasan und Fisch gibt es einige gute Pavillon Blancs."

„Sie scheinen mehr von französischen Weinen zu verstehen, als Sie zugeben. Im Gegensatz zu den meisten Ihrer Landsmänner", fügte sie mit einem leisen Lachen hinzu, das seine Nerven kitzelte wie ein seidenes Tuch.

Sein Blick wanderte in gespielter Lässigkeit weiter über die Regale, während er sich dafür schalt, dass er mit seinem Wissen angegeben hatte. „Der Butler in meiner … anderen Stellung hat mir viel beigebracht."

„Ich gebe zu, dass ich Zweifel hatte, als Ihr Onkel Sie empfahl, aber wie ich sehe, habe ich mich geirrt … zumindest was die Auswahl von Weinen betrifft", sagte sie amüsiert.

Er hielt es für klug, darauf nichts zu erwidern. Stattdessen holte er eine weitere Flasche vom Regal und nahm ihr die erste ab. „Madeira zu Beginn und … warten Sie … einen Armagnac und Portwein für die Herren nach dem Essen. Es sei denn, Sie bevorzugen ausschließlich französischen Cognac." Wieder trafen sich ihre Blicke.

„Die Portugiesen machen einen guten Brandy." Lady Wexham nahm ihm die Flasche ab. „Nur weil ich auf der anderen Seite des Ärmelkanals geboren wurde, bedeutet das nicht, dass ich französische Produkte grundsätzlich für besser halte."

„Sie hatten Glück, dass Ihr Keller vor der Blockade so gut sortiert war." Oder profitierte sie von Schmuggelei?

„Mein verstorbener Mann, der Earl, war so vorausschauend, während des kurzen Friedens Lieferungen aus dem Bordeaux und der Bourgogne zu organisieren." Ihre Lippen zuckten. „Ich glaube, er hat eine Schiffsladung nach England gebracht, bevor die Blockade wieder in Kraft trat."

„Ein weiser Gentleman." Unwillkürlich überschlug Rees im Geiste die Jahreszahlen. Lady Wexham war damals noch nicht mit dem alten Earl verheiratet gewesen, sondern hatte während der neun Monate des Friedens von Amiens als junge Dame in Paris gelebt. Was hatte sie dort gemacht? Die Frage hatte er sich schon gestellt, als er ihre Akte zum ersten Mal gelesen hatte, und jetzt, wo er ihr in die verführerischen Augen blickte, wurde seine Neugier wieder geweckt.

„In bestimmten Dingen war er weise." Ihre Worte schienen mehr anzudeuten, als sie auf den ersten Blick verrieten. Sie gab die Flasche zurück und rieb sich die Fingerspitzen.

Schnell reichte er ihr sein Taschentuch. „Entschuldigen Sie den Staub."

Sie wischte sich die Hände an dem weißen Stoff ab. „Das macht nichts. Danke", fügte sie hinzu und gab das Taschentuch zurück. „Wie ich sehe, kann ich die Auswahl der Weine getrost in Ihren fähigen Händen lassen. Sie können die endgültige Entscheidung mit Gaspard besprechen."

Er neigte den Kopf.

„Gut. Und achten Sie darauf, am Tag vor dem Diner Mrs Finlay um das richtige Service zu bitten. Die Dienstmädchen müssen alles spülen, bevor die Diener den Tisch decken. Geben Sie Ihr auch das Silber, das gesäubert werden muss."

„Sehr wohl, Mylady." Der kurze Augenblick der Vertrautheit zwischen ihnen war vorüber und sie hatte wieder den selbstbewussten Ton der Hausherrin aufgesetzt.

„Sie können sich darauf verlassen, dass alles für Ihre Gäste bereit sein wird, Mylady. Ich werde zugegen sein, um sie zu begrüßen und dafür zu sorgen, dass sie in den Salon geführt werden. Wenn alle eingetroffen sind, werden wir zum Abendessen bitten und die Hauben so unauffällig wie möglich entfernen."

„Hervorragend. Ich werde den Tisch vor der Ankunft der Gäste noch einmal selbst inspizieren."

„Sehr wohl." Er klang wie der vollkommene Butler. Vielleicht konnte er am Ende sogar sich selbst etwas vormachen.

Ihr Blick ruhte noch einmal auf ihm. „Wenn dieses Diner gut verläuft, werde ich für immer in Ihrer Schuld stehen."

Wieder hatte er den Eindruck, dass hinter ihren Worten mehr steckte als die offensichtliche Bedeutung. Waren sie mehr als eine einfache Unterhaltung zwischen Butler und Herrin?

Bevor er weitere Überlegungen anstellen konnte, trat Lady Wexham einen Schritt zurück und verließ den Keller. Rees blieb mit einer Reihe von Eindrücken zurück.

Er stand dort, eine Flasche in der Hand, und atmete den schwachen Rosenduft ein, der jetzt in der Luft lag – eine willkommene Abwechslung zu dem feuchten Mörtelgeruch, der sonst in dem kleinen Keller hing.

Wer war Lady Wexham: eine Dame, die zu ihrem neuen Butler freundlich war, oder eine französische Spionin, die jede neue Person in ihrem Haushalt verdächtigte, Gegenspionage zu betreiben?

Er blickte auf die Flasche hinunter, die er immer noch in Händen hielt, und ihm wurde bewusst, wie leicht er einen Fehler machen und sich verraten konnte.

Zum Teil war es Stolz – zum großen Teil sogar, musste er zugeben, weil die niedere Rolle, die er in diesem Haus spielen musste, ihm so zuwider war. Er hätte so tun sollen, als würde er nichts von

Wein verstehen. Zum Glück schien Lady Wexham seine Erklärung zu akzeptieren.

Als Christ mochte er keine Unwahrheiten, aber dieser Auftrag erforderte sie ständig, also musste er sich wohl damit abfinden, dass er Lügen auftischen musste. Das Diner war genau die gesellschaftliche Gelegenheit, weswegen Rees hier war, damit er Augen und Ohren offen halten konnte, um irgendeine Information über Lady Wexhams Rolle zu ergattern. Wem galt ihre Loyalität wirklich – dem Comte de Provence, der außerhalb von London im Exil lebte und der vielleicht schon bald König von Frankreich sein würde? Oder Napoleon Bonaparte, der immer noch einen Großteil von Europa in seiner Gewalt hatte und der ärgste Feind der Briten war?

Wenn Lady Wexham tatsächlich des Verrats gegen die britische Regierung schuldig war, würde Rees das in Erfahrung bringen – und wenn es ihn alle Würde kostete, die er hatte.

4. Kapitel

Céline warf ihrer Zofe im Spiegel des Frisiertischs einen finsteren Blick zu. „Vorsicht, meine Haare sind an der Kopfhaut befestigt."

Valentines einzige Antwort darauf war, die Bürste noch energischer durch Célines Locken hindurchzuziehen.

„Autsch!"

Valentine ignorierte den Aufschrei. Mit entschlossenen, geschickten Bewegungen nahm sie Célines Haar und drehte es zu einem Knoten oben auf ihrem Kopf, in den sie eine Reihe Nadeln steckte. „Wenn Sie heute Abend vorzeigbar aussehen wollen, hat das seinen Preis."

Céline gähnte. „Noch ein langweiliges Essen. Obwohl ich über die Oper *Artaxerxes* Gutes gehört habe." Dann erinnerte sie sich an ihre eigene Essenseinladung.

Sie sah Valentine im Spiegel an. „Was hältst du von Mr MacKinnon?"

Valentine schnaubte verächtlich. „Er ist kein Butler."

Diese Aussage ließ Céline stutzen. Sie dachte an das merkwürdige Gefühl, das er ihr in dem engen Weinkeller gegeben hatte. Sobald sie aus dem Keller nach oben gekommen war, hatte sie diese Empfindung beiseitegeschoben. Es war besser, nicht darüber nachzudenken.

Jetzt zog sie die Augenbrauen hoch. „Kein Butler? Was hat er denn falsch gemacht?"

„Was hat er *nicht* falsch gemacht?", gab Valentine hitzig zurück. „Er ist zu jung, um zu wissen, wie man einem wichtigen und großen Haushalt vorsteht."

Bei diesen Worten entspannte Céline sich wieder. Offenbar hegte ihre Zofe kein ungewöhnliches Misstrauen gegen den neuen Bediensteten. „Uns blieb nun einmal nichts anderes übrig, als ihn zu nehmen. Ich konnte Rumfords Angebot nicht ablehnen. Er hatte ohnehin ein so schlechtes Gewissen, dass ich ihm keinen zusätzlichen Kummer machen wollte."

„Bah! Er hätte Sie nicht zwingen sollen, an seiner Stelle ein Familienmitglied zu beschäftigen. Ich bin sicher, wir wären gut zurechtgekommen, ohne dass ein Fremder herkommen musste."

„Wir wussten nicht, wie lange Rumford ausfallen wird. In seinem Alter ist ein Sturz keine Kleinigkeit. Wenn er nicht so weit entfernt wäre, würde ich ihn besuchen, aber seine Schwester hat mir versichert, dass er die beste Pflege erhält."

„Nach Yorkshire auf Urlaub! Er hätte nicht so weit fahren sollen."

„Er kann doch nichts dafür, dass seine Familie dort wohnt. Wenn es nach dir ginge, würde keiner der Dienstboten jemals Urlaub bekommen oder seine Angehörigen besuchen, nicht wahr?"

„Die wissen gar nicht, was für eine gute Herrin sie an Ihnen haben – und sie nutzen es schamlos aus!" Valentine fuhr energisch mit dem Kamm durch die Bürste, um sie zu säubern, und legte dann beides auf den Frisiertisch. „Wenn Sie mich nicht hätten, um Sie zu schützen, hätten diese Personen Ihnen längst alles geraubt, was der Earl Ihnen hinterlassen hat."

Darüber musste Céline laut lachen. „Das wäre schon eine Leistung."

Valentine wickelte eine von Célines Locken um ihren Finger. „Trotzdem ist es nicht recht, so weit zu verreisen. Was wäre, wenn ich nach Frankreich reisen wollte?"

„Nun, angesichts der Blockade ist das kaum machbar. Wenn wir nicht im Krieg wären, würde ich es dir keinesfalls verbieten, auf Besuch nach Frankreich zurückzukehren."

Valentine schnaubte wütend und machte sich weiter an Célines Frisur zu schaffen. „So, das sollte genügen. Begleitet Lady Agatha Sie heute Abend?"

Céline zog eine Grimasse, als ihre Zofe die unverheiratete Schwester ihres verstorbenen Gatten erwähnte, die bei ihr im Haus lebte. „Ja. Wahrscheinlich wird sie über das Essen klagen und dann während der Oper die ganze Zeit plaudern."

„Warum dulden Sie diese Frau immer noch unter Ihrem Dach?"

Céline seufzte. Dasselbe fragte sie sich auch regelmäßig. „Weil sie nirgendwo anders hingehen kann."

Wieder schnaubte Valentine. „Weil niemand sonst sie aufnehmen würde!"

Céline stand auf und strich ihr elfenbeinfarbenes Kleid glatt. Ein quadratischer Smaragd funkelte inmitten eines breiten Perlenbandes an ihrem Hals. Valentine reichte ihr ein Paar weiche Handschuhe aus Ziegenleder. Céline zog sie an und trat vor den Wandspiegel. Sie sprach nicht gerne über ihre Schwägerin. Agatha war das Kreuz, das sie tragen musste, wie sie es insgeheim ausdrückte. Wenigstens musste sie den Earl nicht mehr ertragen.

Sie musterte sich ein letztes Mal in dem großen Spiegel und kniff sich in die Wangen. „Jetzt sehe ich doch nicht mehr so blass aus, oder?"

„Nein, Sie haben ein wenig mehr Farbe in den Wangen als heute früh."

Céline berührte die dünne Perlenschnur, die durch ihre Haare geschlungen war. „Schön genug?"

Valentine zupfte noch ein wenig an dem Kleid herum. Schließlich trat sie einen Schritt zurück und nickte kurz. „Schön genug. Die Farbe steht Ihnen."

„Ja, Madame Delantre hat ein gutes Auge."

„Ich finde immer noch, Sie hätten durch eine Agentur einen Ersatz für Rumford finden sollen."

Céline blinzelte angesichts des plötzlichen Themenwechsels zurück zu ihrem Butler. Sie berührte das Perlenhalsband und den Edelstein darin. „Eine Agentur? Du liebe Güte, nein. Schließlich wurde Mr MacKinnon uns von seinem Onkel wärmstens empfohlen. Sollte er der Aufgabe nicht gewachsen sein, wird er sich Rumford gegenüber verantworten müssen. Es tut mir leid, Valentine, aber du wirst deine Vorurteile einige Wochen lang ruhen lassen müssen."

„Für einen Butler ist er viel zu attraktiv!"

Céline spürte, wie ihre Wangen warm wurden. Auch sie hatte MacKinnons gutes Aussehen bemerkt, vor allem, als er so dicht vor ihr gestanden und die seltsame Bemerkung darüber gemacht hatte, dass sie ihn „Mr MacKinnon" nannte. Sie musterte ihr Spiegelbild und tat, als würde sie die Spitze an ihrem Ausschnitt richten. „Das sieht dir aber gar nicht ähnlich, dass du etwas gegen einen gut aussehenden Mann einzuwenden hast, Valentine." Sie schmunzelte innerlich. Wahrscheinlich hatte Mr MacKinnon einen von Valentines Annäherungsversuchen abgewiesen, dass sie ihn jetzt so verachtete.

Jetzt sah sie ihre Zofe im Spiegel an. „Ich jedenfalls werde mir beim Diner nächste Woche selbst ein Bild von Mr MacKinnons Fähigkeiten machen."

„Hoffen wir, dass er Sie vor Ihren Gästen nicht mit einem ungeschickten Fauxpas blamiert."

Céline lachte und ließ ihre Zofe zurück, damit diese das Durcheinander aufräumte. Doch insgeheim konnte sie sich selbst nicht ganz von jener Sorge frei machen, dass ihr Butler auf Zeit einer Gesellschaft wichtiger Gäste vielleicht nicht gewachsen sein könnte.

Am nächsten Morgen fuhr Rees mit panisch klopfendem Herzen aus dem Schlaf hoch. Rief Lady Wexham nicht gerade nach ihm? Wie konnte er zu ihr gelangen?

Erleichtert sank er auf sein Kissen zurück. Es war nur ein Traum gewesen. Er schloss wieder die Augen, um die Szene vor seinem geistigen Auge erneut heraufzubeschwören. Lady Wexham war in irgendwelchen Schwierigkeiten gewesen. So lebhaft träumte er sonst selten. Er streckte die Hand aus, als wollte er den Traum nachvollziehen. Es war dunkel gewesen. Sie waren ausgeritten – oder hatten sie nur gemeinsam in einer Kutsche gesessen? Jedenfalls hatte er ihr blasses Gesicht wie durch eine Glasscheibe gesehen.

Um ganz wach zu werden, fuhr er sich mit den Händen übers Gesicht, doch dadurch verblassten die Bilder nur noch schneller.

Es war nur ein Traum gewesen. Er hatte nichts zu bedeuten und war zweifellos durch die Sorge wegen der bevorstehenden Gesellschaft ausgelöst worden, für die Rees als Butler verantwortlich sein würde. Allmählich beruhigte sein Herzschlag sich wieder zu einem normalen Rhythmus, aber das Gefühl dunkler Vorahnung blieb.

Bitte, Herr, zeig mir, was das bedeutet – wenn es etwas zu bedeuten hat. Er lauschte, spürte jedoch nur Stille. Einige Momente betete er noch weiter.

Als ihm klar wurde, dass er an diesem Morgen nicht wieder einschlafen würde, schlug er die Bettdecke zurück und nahm seinen

Morgenmantel von dem Stuhl neben seinem schmalen Bett. Dann warf er einen Blick auf seine Taschenuhr, die auf seiner ordentlich zusammengelegten Kleidung auf dem Stuhl lag. Es war erst halb fünf; eigentlich noch zu früh, um aufzustehen. Als Butler hatte er das Privileg, länger schlafen zu dürfen als die anderen Angestellten, die sich bald in ihren Kammern rühren würden. Er brauchte vor dem Frühstück nicht zu erscheinen – für die Bediensteten war das zwischen acht und neun Uhr, je nachdem, wann jeder seine morgendlichen Pflichten erledigt hatte. Mit Erleichterung hatte Rees außerdem vernommen, dass er als Butler Anspruch auf ein eigenes Zimmer hatte, getrennt von den anderen Dienern, die im Dachgeschoss wohnten. Nur Mrs Finlay und der französische Koch waren ebenfalls im Keller untergebracht, aber ihre Quartiere befanden sich am anderen Ende des Flures in der Nähe der Küche.

Obwohl gemeinhin als Keller bezeichnet, handelte es sich eigentlich um ein Souterrain, das zu zwei Dritteln unterirdisch war, aber weit genug über das Erdreich hinausragte, sodass Platz für ein schmales Fenster neben dem Dienstboteneingang war.

Jetzt trat Rees zum Fenster und schob die dünne Gardine beiseite – noch ein Zeichen dafür, wie rücksichtsvoll seine Arbeitgeberin mit ihren Angestellten umging. Es war keineswegs selbstverständlich, dass eine Dienstbotenkammer durch eine Gardine vor den Blicken der Passanten geschützt war. Der Blick von seinem Fenster ging auf den betonierten Erker hinaus, von dem aus die Dienstbotentreppe zum Gehweg führte. Die Holzschuhe des Milchmädchens klapperten über die Straße, aber das Geräusch wurde leiser, als die junge Frau zum nächsten Haus ging, um dort die Milchkanne zu füllen. Der Lampenanzünder kletterte die Lampe hinauf, um die Flamme zu löschen. Sonst war auf der Straße alles ruhig.

Seine Gedanken wanderten zu den merkwürdigen Wendungen des Lebens, die ihn von der kleinen Zelle im Außenministerium, die er als sein Büro bezeichnet hatte, zu dieser eleganten Adresse geführt hatten.

Er hatte dort gesessen und Dokumente übersetzt und katalogisiert und Nachrichten dekodiert, die britische Agenten auf der anderen Seite des Ärmelkanals abgefangen hatten. Hatte genaue Berichte für Lord Castlereagh und vorher für Mr Fox erstellt in der Hoffnung, dass er irgendwann jemandem auffallen und in die Gefilde wahrer Diplomatie befördert werden würde, vielleicht als Geschäftsträger in irgendeiner ausländischen Botschaft oder auf einem anderen Posten in Übersee.

Aber nach zehn Jahren hatte Rees die Hoffnung auf eine solche Karriere aufgegeben. Und dann, kaum einen Monat war es her, hatte man die Beförderung, die er angestrebt hatte, vor seiner Nase baumeln lassen wie die französische Flotte vor Nelson.

Doch sie hatte ihren Preis. Einen hohen Preis.

Rees rieb sich die Nasenwurzel. Er war sich noch immer nicht sicher, ob er recht daran getan hatte, den Auftrag anzunehmen, den man ihm angeboten hatte. Nicht, dass man ihm eine echte Wahl gelassen hätte, dachte er bitter.

Er erinnerte sich noch an seine anfängliche Begeisterung bei den Worten seines Vorgesetzten: „Ich habe eine neue Aufgabe für Sie. Eine, die reiche Dividenden abwerfen wird, wenn Sie Ihre Karten richtig ausspielen."

Zuerst erwiderte Rees nichts, weil er den Worten des jungen Mannes nicht traute. Alistair Oglethorpe, der dritte Sohn eines Baronets – wie er Rees an seinem ersten Tag im Außenministerium und seither bei jeder sich bietenden Gelegenheit hatte wissen lassen –, war erst vor wenigen Monaten gekommen und hatte gleich die Verantwortung für die anderen Angestellten übertragen bekommen, die viel länger dort waren als er.

Oglethorpe zog eine Augenbraue hoch. „Haben Sie etwa kein Interesse? Wollen Sie lieber weiter unbemerkt an Ihrem Schreibtisch vor sich hin arbeiten?"

Rees ignorierte die Frage. Er hatte sich an die Sticheleien seines Vorgesetzten gewöhnt. „Also gut, was soll ich tun?"

Oglethorpe drehte eine Schreibfeder zwischen den Fingern. „Zu viele Informationen überqueren den Ärmelkanal und erreichen Bonaparte. Wir müssen unsere Überwachung der Einwanderer hier verschärfen."

Rees runzelte die Stirn. Während das Außenministerium alle britischen Spione auf dem Kontinent überwachte, war für Spionage-Aktivitäten auf den britischen Inseln das Innenministerium zuständig.

Oglethorpes nächste Worte sicherten ihm Rees' volle Aufmerksamkeit. „Wir versetzen Sie ins Innenministerium."

„Wie bitte?"

Oglethorpe lächelte, ein Gesichtsausdruck, den Rees immer als süffisantes Grinsen empfand. „Es ist ganz einfach, alter Knabe. Sie haben dort ein Auge auf alle französischen *émigrés*, die in England leben, und Sie können Französisch."

Die Französischkenntnisse aus seiner Kindheit hatte Rees noch in den Monaten verbessert, die er in einem französischen Gefängnis verbracht hatte, nachdem seine Fregatte vor der Küste von Brest gesunken war.

„Das Innenministerium braucht jemanden, der weiß, wie man etwas Ungewöhnliches aufspürt." Oglethorpe zuckte mit den Schultern. „Sie haben Codes geknackt, Phillips. Ich habe Lord Sidmouth gesagt, dass ich einen Mann habe, der ihre Anforderungen erfüllt."

So langsam machte sich Aufregung in Rees breit. Vielleicht war dies eine echte Gelegenheit auf Beförderung.

Oglethorpe beugte sich vor, stützte die Ellbogen auf seinen Schreibtisch und trommelte mit der Spitze der Feder auf die Tischplatte. „Wir wollen, dass Sie in einem französischen Haushalt in Mayfair einen Butler spielen."

Rees hatte Mühe zu begreifen, was Oglethorpe ihm da vorschlug. „Ich soll was tun?"

Oglethorpes Grinsen wurde noch überheblicher. „Spionieren. Sie werden die Rolle des Butlers einnehmen. Das dürfte für Sie keine allzu große Schwierigkeit sein. Sie brauchen nur steif zu sein – das sind Sie ja von hier gewohnt – und strammzustehen."

Als Rees gewagt hatte anzumerken, dass dies ein sehr ungewöhnlicher Auftrag für einen einfachen Angestellten sei, lehnte Oglethorpe sich auf seinem Stuhl zurück und musterte ihn durch sein Monokel. Es wurmte Rees, dass sein Vorgesetzter gerade einmal dreiundzwanzig war – acht Jahre jünger als er selbst.

„Die Sache ist die, Phillips. Jeder andere, der die nötigen Fähigkeiten für einen solchen Auftrag hat, ist entweder schon in Frankreich oder würde in einem Haus der feinen Gesellschaft im West End erkannt werden." Er lachte leise. „Wer würde einen einfachen Angestellten mit Ihrem – äh – Hintergrund erkennen?"

Oglethorpe liebte es, seine aristokratische Herkunft gegenüber Rees' Mittelschicht-Familie herauszukehren – wobei er gerne ignorierte, wie jung der nicht gerade hochrangige Titel seines Vaters war. Er rieb sich die Hände, als hätte er selbst diesen Plan ausgeheckt. „Es ist die perfekte Tarnung. Sie können Französisch und haben einen Blick für Einzelheiten. Sie haben die Gabe, Muster zu sehen, wo andere sie nicht erkennen. Es muss etwas damit zu tun haben, dass Sie den ganzen Tag auf diese Kritzeleien starren. Wenn irgendetwas in diesem Haushalt nicht stimmt, werden Sie es herausfinden."

Oglethorpe gähnte hinter einer vorgehaltenen schlaffen und manikürten Hand. „Es sollte Ihnen eigentlich eine Ehre sein. Das ist Ihre Eintrittskarte in das Leben der feinen Gesellschaft und ihre Vergnügungen, natürlich als Butler." Er lachte und schob einige Blatt Papier auf seinem Schreibtisch zusammen – Berichte, für deren Fertigstellung Rees Überstunden gemacht hatte. Herablassend sagte er: „Es dürfte nicht lange dauern, falls Lady Wexham tatsächlich Informationen an Bonaparte weitergibt. Sie sollen sich morgen früh beim Innenministerium melden. Alles Weitere erfahren Sie dort."

Als Rees sich erhob, um zu gehen, warf Oglethorpe ihm noch einen letzten Anreiz vor die Füße. „Sie werden gut entlohnt werden. Sidmouth hat mir höchstselbst zugesichert, dass sich die Krone erkenntlich zeigen wird, wenn Sie dabei behilflich sind, eine französische Spionin dingfest zu machen."

Rees hatte also die Wahl, einige Wochen lang die Maskerade als Butler im Londoner Haus einer Countess über sich ergehen zu lassen oder den Rest seiner Tage in einem Loch im Keller von Whitehall zu verbringen und einem aufgeblasenen Idioten Rechenschaft ablegen zu müssen.

Von einem Keller in den nächsten.

Céline läutete nach einer frischen Kanne Tee, bevor sie sich wieder ihren Gästen zuwandte. „Und, Kimberley, wie hast du dir die Zeit vertrieben, seit du in London eingetroffen bist?" Sie mochte ihre junge Nichte, genauer genommen die Großnichte ihres verstorbenen Mannes. Kimberley und ihre Mutter waren auf einen Besuch vorbeigekommen.

Man unterhielt sich über die verschiedenen Bälle und Veranstaltungen, an denen Kimberley seit ihrem Debüt teilgenommen hatte.

„Ich bin ja so erleichtert, dass sie vor dem Tod von Prinzessin Augusta bei Hof vorgestellt wurde", sagte Kimberleys Mutter, die neue Countess of Wexham. Da Célines verstorbener Mann keine eigenen Kinder gehabt hatte, war der Titel auf seinen ältesten Neffen übergegangen. Es war ein Entgegenkommen der Familie, dass Céline den Titel weiterhin führen durfte. „Kannst du dir vorstellen, was gewesen wäre, wenn wir bis jetzt gewartet hätten, wo alle Trauer tragen?" Sie erschauerte. „So war der Salon der Königin gut besucht, als Kimberley ihr Debüt hatte."

„Es geht doch nichts über die Vorstellung einer jungen Dame bei Hofe", sagte Agatha mit einem aufgesetzten Lächeln, während sie von ihrem Stickrahmen aufblickte. Da Kimberley und ihre Mutter ihre unmittelbaren Verwandten und die neuen Erben waren, hofierte sie die beiden. Céline hatte den Verdacht, dass Agatha hoffte, sie würde eingeladen, bei ihnen im Herrenhaus am Grosvenor Square zu wohnen – in dem Haus, das bis zum Tod des alten Earls Célines Zuhause gewesen war.

Bernice, die Countess, faltete ihre Hände auf dem Schoß. „Seitdem haben schon viele Besucher bei Kimberley vorgesprochen." Sie lächelte ihrer Tochter zu. „So nette junge Herren wie der Herzog von Devonshire und Lord Delamere haben sehr eifrig ihre Aufmerksamkeit gezeigt."

Die Wangen des Mädchens röteten sich.

Céline lächelte. „Gefällt dir einer von ihnen oder hältst du sie im Moment alle noch auf Abstand?", neckte sie Kimberley.

Kimberley blickte auf ihre Finger hinunter, die in zarten Spitzenhandschuhen steckten und krampfhaft ihr Ridikül umklammerten. „Ich weiß nicht … sie waren alle sehr höflich."

„Es besteht keine Eile, sich für einen bestimmten Gentleman zu entscheiden", versicherte Céline. „Du bist erst siebzehn und es ist deine erste Saison."

Kimberley sah sie mit ihren großen blauen Augen an. „Aber Tante Céline, haben Sie nicht auch in Ihrer ersten Saison geheiratet?"

Céline strich mit der Hand den bestickten Musselin ihres Kleides glatt. „Ja, das ist wahr. Aber ich meine, eine junge Dame hat viel Zeit und sollte ihre erste Saison genießen."

Agatha zog ihre Sticknadel durch den Stoff. „Eine junge Dame kann es sich nicht leisten, sich ein gutes Angebot entgehen zu lassen. Mehr als zwei Jahre und sie ist in Gefahr, als alte Jungfer zu gelten."

Céline unterdrückte ihre Verärgerung über ihre Schwägerin. Ganz egal, was sie sagte – grundsätzlich nahm Agatha die entgegengesetzte Position ein, wie es schien.

Bernice seufzte tief. „Viele junge Frauen heiraten in Kimberleys Alter. Ich selbst habe mit achtzehn eine, wie meine Eltern fanden, sehr gute Partie gemacht. So wie du auch", fügte sie mit einem vielsagenden Blick in Célines Richtung hinzu.

Célines Mitgefühl mit Kimberley wuchs. Zusammen würden ihre Mutter und ihre Großtante Agatha sie an den Meistbietenden verheiraten, ungeachtet dessen, ob das Paar zusammenpasste. Sie hasste den Gedanken, dass junge Frauen gegen ihren Willen zur Heirat gezwungen wurden, ohne dass man an ihr zukünftiges Glück dachte. An einen Menschen nur wegen seines Namens oder seines Vermögens gebunden zu sein, konnte zu einem Albtraum werden, wenn das Trauversprechen erst einmal gegeben war und das Paar das gemeinsame Eheleben begann.

Céline lachte leise, um die Atmosphäre aufzulockern. „Du musst das Leben genießen, Kimberley, egal, ob es eine Saison oder mehrere Jahre dauert."

„Mehrere? Ganz gewiss nicht!", erklärte Agatha, während sie einen Knoten in ihren Faden machte. „Ich bin sicher, Kimberley wird noch in dieser Saison keinen Geringeren als einen Herzog oder Marquis kennenlernen."

Céline sah zu ihrer Schwägerin hinüber und fragte sich, was ihre Schneiderin sich nur dabei gedacht hatte, Agatha bei ihrem Teint ein Kleid in dem Gelbton einer Nachtkerze zu nähen. „Ich bin sicher, sie wird viele junge Herren kennenlernen. Kimberley braucht wirklich keine Angst zu haben, sie könnte eine alte Jungfer werden." Sie warf Agatha einen vielsagenden Blick zu. Die Schwester des Earls hatte nie geheiratet. Kein Mann hatte um sie geworben, trotz ihres Erbteils.

Agatha presste die Lippen aufeinander und konzentrierte sich auf ihre Stickerei, während hässliche rote Flecken auf ihren blassen Wangen erschienen.

Céline überlegte, ob sie Kimberley ein wenig unterstützen sollte. Wenigstens könnte sie dem armen Kind helfen, seine Möglichkeiten zu prüfen, bevor es in eine lieblose Ehe gezwungen wurde. Während sie den Tee einschenkte, den William gerade gebracht hatte, dachte sie darüber nach, was sie tun könnte.

Als alle versorgt waren, sah sie die anderen Damen über den Rand ihrer Teetasse an. „Ich würde gerne einen Ball für dich geben, Kimberley."

Das Mädchen riss Mund und Augen auf. „Einen Ball? Wirklich, Tante Céline?" Mit einem breiten Lächeln wandte sie sich an ihre Mutter. „Hast du gehört, Mutter? Ein Ball für mich!"

„Wie aufmerksam von dir, Céline." Trotz ihrer liebenswürdigen Worte lag in der Bemerkung der neuen Countess eine Selbstgefälligkeit, die bewies, wie selbstverständlich sie es fand, dass Céline einen Ball für ihre Tochter veranstaltete. Céline versuchte, sich nicht darüber zu ärgern. Inzwischen sollte sie doch an die Tatsache gewöhnt sein, dass Bernice mit ihren Straußenfedern sich in Célines Salon nicht in Szene setzen würde, wenn Céline dem verstorbenen Earl einen Sohn geschenkt hätte.

„Wann soll der Ball denn sein?"

Kimberley klang so begeistert, dass Célines Verärgerung sich in Luft auflöste. „Warte mal ..." Sie legte einen Finger an ihr Kinn. „Wir brauchen Zeit, um die Einladungen zu verschicken. Es muss ein großer Ball sein. Wir werden den Salon und die hintere Stube ausräumen und die Tür dazwischen öffnen. Ich werde Musiker engagieren und außerdem brauchen wir Blumen und natürlich ein Motto."

„Oh ja, ein Motto!" Kimberley beugte sich aufgeregt vor. „Bei Lady Thorncrofts Ball waren es Feen und Elfen."

Céline nickte, während sie nach einer originellen Idee suchte. Obwohl sie es gewohnt war, Gäste zu empfangen, war es lange her, dass sie das letzte Mal Gastgeberin bei einem Ball gewesen war. Es war noch vor dem Tod ihres Mannes gewesen.

Während die anderen Damen den Gesprächsfaden aufnahmen

und beschlossen, wen man einladen wollte und wann der Ball stattfinden sollte, überlegte Céline weiter. Sie wollte die beste Gesellschaft anlocken und um Kimberleys willen dafür sorgen, dass genügend begehrenswerte Junggesellen erschienen. Wenn ihre Mutter darauf bestand, sie bereits in ihrer ersten Saison zu einer Verlobung zu drängen, konnte Céline wenigstens sicherstellen, dass das arme Mädchen eine große Auswahl hatte.

Sie dachte über das Motto des Balls nach. Hm. Was könnte in diesem Jahr Aufsehen erregen? Ein Blumenfest, ein Frühjahrsball, arabische Nächte? Sie verwarf diese Ideen wieder, weil sie entweder nicht neu waren oder zu prunkvoll für eine Zeit, in der das Land um Prinzessin Augusta trauerte.

Was liegt derzeit allen am Herzen?, überlegte sie.

Der Krieg.

Das war ein deprimierender Gedanke. Aber warum nicht die Sache umdrehen? Ein patriotischer Ball. Man konnte den Salon in den Farben verschiedener Regimenter dekorieren. Einige Siege auf der Iberischen Halbinsel feiern. Céline würde die Gardekavallerie einladen und was an anderen Offizieren auf Heimaturlaub war.

Es wäre eindeutig ein attraktives gesellschaftliches Ereignis. Eine Art Stärkung der Moral.

Und wenn so viel Militär in ihrem Ballsaal herumlief, wer wusste schon, was für Informationen sie vielleicht ergattern konnte?

Sie lächelte Kimberley zu. „Ich habe eine Idee für das Motto …"

Am Nachmittag darauf fiel es Céline schwer, für ihr Porträt Modell zu sitzen. Ihre Gedanken huschten von einer Sache zur nächsten – von Details des bevorstehenden Diners zu den vielen Aufgaben, die für Kimberleys Ball zu erledigen waren.

Beinahe bereute sie ihre impulsive Geste, den Ball zu organisieren, doch dann schüttelte sie jegliche Zweifel schnell ab, als sie an die Gründe dachte. Sie würde nicht zulassen, dass das arme Mädchen dasselbe Schicksal ereilte, das sie hatte erdulden müssen.

„Mylady? Wenn Sie vielleicht das Stirnrunzeln von Ihrem hübschen Gesicht verbannen und in meine Richtung schauen könnten?"

Sie warf dem Maler ein Lächeln zu. Er war einer der angesehensten Künstler im Land. „Verzeihen Sie, Mr Lawrence."

„Sie sind eine viel zu schöne Dame, als dass Sie der Nachwelt den Eindruck hinterlassen sollten, Sie seien ständig bekümmert."

„Auf keinen Fall." Céline straffte die Schultern und versuchte, ihre Züge zu entspannen, während sie in die Richtung sah, die der Maler vorgegeben hatte, und sich fragte, warum sie diesem Porträt überhaupt zugestimmt hatte. Vielleicht, weil sie in zwei Jahren dreißig sein würde.

Ein leises Klopfen unterbrach diesen deprimierenden Gedanken.

Sie rief „Herein" und versuchte, dabei nicht ihre Pose zu verändern.

„Entschuldigen Sie, Mylady, Sie haben nach mir geläutet?"

Bei dem Klang von MacKinnons Stimme drehte sie sich gerade so weit, dass sie ihn ansehen konnte. „Ja. Bitte stehen Sie nicht dort an der Tür, sondern kommen Sie herein."

Sein Blick wanderte zu dem Künstler. „Ich kann später wiederkommen. Schließlich möchte ich nicht stören."

Mit einer Handbewegung tat sie seine Bedenken ab. „Unsinn. Mr Lawrence kann weiterarbeiten, während wir uns unterhalten." Sie zeigte auf das silberne Tablett, das ihr Butler in der Hand hielt. „Gut, Sie haben mir meine Besucherkarten gebracht. Ich würde sie gerne mit Ihnen zusammen durchgehen. Könnten Sie mir bitte die Namen vorlesen?" Sie war selbst erst vor einer halben Stunde von ihren Vormittagsbesuchen zurückgekehrt und musste ihren neuen Butler mit den Besuchern vertraut machen, für die sie zu sprechen war, und mit jenen, die sie nicht empfangen würde.

„Natürlich." Er nahm die erste Karte. „Lord Dunston."

Sie rümpfte die Nase. „Wann war er hier?"

„Kurz nach Mittag. Es war sein zweiter Besuch heute."

Sie seufzte. „Also gut. Sollte er noch einmal kommen, bitten Sie ihn herauf." Der alte Langeweiler.

MacKinnon las die nächste Karte vor. „Die Countess of Wexham und ihre Tochter."

„Oh, tut mir leid, dass ich sie verpasst habe. Gewiss waren sie hier, um über den Ball zu sprechen." Als sie seine hochgezogenen dunklen Augenbrauen sah, fügte sie hinzu: „Ich habe beschlossen, einen Ball zu Ehren von Lady Kimberley zu geben." Ihr Butler hatte wirklich bemerkenswerte Augenbrauen, überlegte sie, während sie sprach – gerade und dicht und sehr dunkel. Sie ließen seine hellen grauen Augen besonders gut zur Geltung kommen, die durch die Brauen tiefer zu liegen schienen.

Sie neigte den Kopf ein wenig, ohne auf das ungeduldige Räuspern des Künstlers zu achten. „Meinen Sie, Sie sind einem Ball gewachsen, Mr MacKinnon?"

Ihr Butler verneigte sich leicht. „Ich werde mich bemühen, mein Bestes zu geben."

Auf jeden Fall hatte er die Unerschütterlichkeit, die er für seine Zukunft als Butler brauchen würde. Und doch ... irgendetwas lag hinter seinem ruhigen Blick. „Mehr kann ich nicht verlangen. Aber ich werde die Einzelheiten noch ausführlich mit Ihnen und Mrs Finlay besprechen."

„Sehr wohl, Mylady." Er las die nächste Karte vor. „Mrs Morrison. Sie war vor etwa einer Stunde hier."

„Für sie bin ich zu sprechen."

„Mr Smythe-Wiley und seine Schwestern."

„Nein", sagte sie, ohne zu zögern.

„Miss Jamieson."

„Ja."

„Lord Marley."

„Hm ..." Sie schürzte die Lippen und überlegte. „Ja."

Er ließ die letzte Karte sinken. „Das waren die Personen, die vorgesprochen haben, während Sie aus waren."

„Gut, damit hätten wir den Vormittag. Sie werden die anderen Karten in meinen Privatsalon bringen müssen, wann immer Besucher eintreffen." Ihre Lippen verzogen sich zu einem Lächeln. „Keine Angst, Sie werden schon bald wissen, wer hoffnungslos langweilig ist, wen ich empfangen *muss* und wen ich gerne empfange." Sie musste unwillkürlich lachen. „Letztere sind nicht sehr zahlreich, die Liste ist also kurz."

Seine eigenen Lippen zuckten ein wenig nach oben, aber dann räusperte er sich schnell und alle Belustigung verschwand aus seiner Miene. „Sehr wohl, Mylady."

Wieder kamen Céline Valentines Worte in den Sinn. Sie konnte schon verstehen, warum ihre Zofe das Aussehen und den zurückhaltenden Charme dieses Mannes unwiderstehlich fand. „Ich werde heute noch einmal ausgehen, deshalb sagen Sie dem Kutscher bitte, dass er den Wagen um fünf Uhr bereithalten soll."

„Natürlich, Mylady." Obwohl die Worte in einem ruhigen Tonfall gesprochen wurden, der nichts verriet, lag im Blick des Butlers eine Intensität, die sie nicht nur faszinierte, sondern auch anzog.

Mit Mühe riss sie den Blick von ihm los und sah stattdessen zu dem Maler hinüber. Er klopfte mit dem Pinsel auf seine Palette. „Ich muss jetzt für den sehr geduldigen Mr Lawrence wieder meine Pose einnehmen. Er ist überaus gefragt und ich darf seine Zeit nicht vergeuden."

MacKinnon trat einige Schritte zurück und verbeugte sich. „Bitte verzeihen Sie, Mylady."

Bevor Céline etwas erwidern konnte, wandte er sich ab und ließ sie mit dem Gefühl zurück, als wäre etwas zwischen ihnen unerledigt geblieben.

5. Kapitel

Am nächsten Morgen verließ Rees sein Zimmer und ging zum Frühstück den Flur im Keller entlang bis in den hinteren Teil des Hauses. Als er das Esszimmer der Bediensteten neben der Küche betrat, hörte er, wie Valentine mit einem der Zimmermädchen sprach. „Du glaubst wohl, du könntest dich damit bei Lady Wexham einschmeicheln!"

Die Zofe stieß dem Mädchen fast den Finger ins Gesicht. Rees blieb auf der Schwelle stehen und beobachtete die beiden, die ihn nicht hatten hereinkommen hören.

„Du passt besser auf, du dummes Ding, sonst kannst du demnächst den Boden schrubben."

Rees hustete und trat vor. „Was hat – Virginia", fiel ihm der Name gerade noch rechtzeitig ein, „denn getan, um Ihr Missfallen zu erregen?" Er versuchte, so frostig wie möglich zu wirken, während er die Französin ansah.

Valentine funkelte ihn an. „Diese Schlampe, die sich Dienstmädchen nennt, hat die Sachen von Lady Wexham durcheinandergebracht. Da bin ich ausnahmsweise einen Abend nicht da und sie kann Ihre Ladyschaft nicht einmal bedienen, ohne eine riesige Unordnung zu hinterlassen."

Er hob eine Hand, um Valentine zum Schweigen zu bringen, und wandte sich dann an das Mädchen, das kaum älter aussah als siebzehn und ihn mit ängstlich aufgerissenen Augen ansah. „Was hast du denn – ähem – angeblich getan?"

„Angeblich getan!" Valentine durchbohrte ihn förmlich mit einem Blick ihrer dunklen Augen. „Mit angeblich hat das gar nichts zu tun. Sie ist ungeschickt, dumm ..." Dann folgte ein Wortschwall auf Französisch, der mit einem deutlichen *cochon* endete. Schwein.

Rees durfte nicht verraten, dass er ihre Beleidigungen verstand. „Das reicht, Valentine." Er wandte sich wieder dem Dienstmädchen zu. „Bitte antworte, Virginia." Er wartete, die Hand noch immer erhoben, um die Zofe am Sprechen zu hindern. Valentine starrte ihn düster an, die Arme verschränkt.

„Bitte, Mr MacKinnon … ich habe nichts Falsches getan." Die junge Frau war den Tränen nahe. Mit ängstlichen Blicken in Richtung Valentine sprach sie weiter, als Rees nickte. „Mademoiselle Valentine hat g-gesagt, ich hätte an dem Abend, als I-Ihre Ladyschaft früher nach Hause g-gekommen ist, die Sachen Ihrer Ladyschaft d-durcheinandergebracht. Dabei hat Lady Wexham darauf bestanden, dass ich alles liegen lasse. I-ich habe versucht aufzuräumen, Sir, ganz ehrlich, aber sie wollte, dass ich gehe. Sie hat gesagt, Valentine würde sich morgens um alles kümmern."

Valentine schnaubte verächtlich. „Ich bin sicher, Ihre Ladyschaft wollte nicht, dass du in ihrem Kleiderschrank herumwühlst und ihre Kleider zerknitterst, wenn sie gesagt hat, dass du die Finger davon lassen sollst."

Rees schluckte, weil er genau wusste, wer die Unordnung hinterlassen hatte. „Ähem. Hast du den Kleiderschrank in dem Zustand hinterlassen, den Valentine beschreibt?"

Virginia schüttelte energisch den Kopf. „Oh nein, Sir, das habe ich nicht. Ihre Ladyschaft hat mir nicht einmal erlaubt, den Schrank zu öffnen."

„Gut."

„Ist das alles, was Sie sagen können?", keifte Valentine. „Sie lassen sie davonkommen, weil sie ein dummes junges Ding ist …"

Bevor sie anfing, ihn mit Beleidigungen zu überschütten, richtete er sich noch ein wenig mehr auf und sah auf sie herab. „Das genügt! Wenn Virginia sagt, dass sie nicht getan hat, wessen Sie sie beschuldigen, dann ist die Sache damit erledigt. Sie werden die Unordnung selbst beseitigen müssen."

„Wie – wie können Sie es wagen!"

„Ich bin der Butler in diesem Haus. Wenn Ihnen diese Tatsache nicht genehm ist, gehen wir zu Lady Wexham und fragen sie danach, was geschehen ist. Wenn sie Virginia gesagt hat, sie soll die Schränke nicht öffnen, dann hat sie es auch nicht getan." Rees wusste genau, dass Valentine nicht zur Countess gehen würde. Aber er wollte sie sich nicht noch mehr zur Feindin machen, als sie es ohnehin schon war.

Er war gerade mal einen Tag im Haus gewesen, als sie ihn in einem dunklen Flur abgepasst und angefangen hatte, mit ihm zu flirten. Das Letzte, was er brauchte, war ein Techtelmechtel mit einer französischen Zofe.

Valentine sah ihn noch immer wütend an. Sie war eine attraktive Frau, schlank, von mittlerer Größe, mit dunklen Haaren und Augen. Rees vermutete, dass sie ungefähr so alt war wie er selbst, etwa um die dreißig. Aber an ihrer verächtlichen Art fand er ganz und gar nichts Attraktives.

Ihm war zwar schon der Gedanke gekommen, dass ihm ein Flirt mit Lady Wexhams Zofe helfen könnte, an Informationen über die Countess zu gelangen. Sagte man nicht, dass Dienstboten die meisten Dinge in einem Haus mitbekamen – und eine Zofe, die vollstes Vertrauen genoss, die bestgehüteten Geheimnisse ihrer Herrin kannte?

Aber so weit würde Rees nicht gehen. Wenn es Geheimnisse zu entdecken gab, würde er nicht mit einem Dienstmädchen anbandeln, um sie zu enthüllen. Die Tatsache, dass sie ebenfalls Französin war, bedeutete, dass sie womöglich mit der Countess gemeinsam spionierte.

Er nickte den beiden Frauen kurz zu. „Also gut, dann machen Sie sich jetzt beide wieder an die Arbeit." Ein Vorteil seiner Rolle als Butler war, dass sein Wort Gesetz war.

Valentine zog die Nase hoch und stolzierte davon. Virginia lächelte dankbar und vollführte einen Knicks, bevor sie sich zurückzog. „Danke sehr, Sir. Ehrlich, ich habe nur gemacht, was ich sollte …"

Er erwiderte ihr Lächeln, um ihr Mut zu machen. „Schon gut. Ich bin sicher, es gibt für alles eine vernünftige Erklärung." *Die keine von euch jemals erfahren wird.*

Mrs Finlay kam von der Küche herein und scheuchte alle zum Tisch. „Das Frühstück ist fertig."

Rees ging zum Kopfende des langen Tisches, der mit einer weißen Tischdecke bedeckt war. Die beiden Küchenmädchen eilten mit dampfenden Schüsseln aus der Küche herbei.

Die Hausdiener, andere Dienstmädchen, die Haushälterin und die Männer, die draußen auf dem Anwesen arbeiteten, traten an ihre Plätze, stellten sich hinter die Stühle und warteten, bis Rees an seinem Platz angekommen war. Als ihm seine Stellung als Butler bewusst geworden war, hatte er zugleich Demut und Angst verspürt. Im Obergeschoss war er nur ein Dienstbote. Eine unsichtbare, unauslöschliche Grenze bestand zwischen ihm und der Welt seiner Arbeitgeber.

Aber im Untergeschoss war er der König. Alle anderen Bediensteten gehorchten ihm, selbst Mrs Finlay, obwohl sie ihm als Haushälterin fast ebenbürtig war, der große Schlüsselbund an ihrem Gürtel ein sichtbares Symbol für ihre gehobene Stellung. Alle respektierten Rees' Entscheidungen … außer den beiden französischen Bediensteten, Valentine und dem Koch Gaspard, der darauf bestand, *chef* genannt zu werden

„Guten Morgen", begrüßte Rees das um den Tisch versammelte Personal, dann gab er ihnen mit einem Nicken die Erlaubnis, sich zu setzen. In den wenigen Tagen, in denen er von Mr Rumford angelernt worden war, hatte der alte Butler Rees die genaue Hierarchie erklärt, die einen großen Haushalt prägte.

Rees ließ den Blick in die Runde schweifen, während alle darauf warteten, dass er das Tischgebet sprach, damit sie mit dem Essen beginnen konnten. Der Koch saß zu seiner Rechten, Valentine links von ihm, Mrs Finlay ihm gegenüber am anderen Ende des Tisches. Am Tisch entlang hatten die anderen Bediensteten in der Reihenfolge ihrer Wichtigkeit oder ihres Dienstalters Platz genommen. Ein Dutzend Dienstboten waren es, Hausdiener, Hausmädchen, Küchenmägde, Kutscher und Stallknecht.

Als die Mägde die letzten Schüsseln hereingebracht hatten, setzten auch sie sich ganz ans Ende des Tisches.

Rees neigte den Kopf. „Segne, himmlischer Vater, deine Gaben an uns und uns für deinen Dienst, um Christi willen. Amen."

Die anderen stimmten in das Amen ein, dann entfalteten sie sofort ihre Servietten und fingen an, die Teller herumzureichen. Rees war dafür zuständig, das Essen auszuteilen, eine Mischung aus traditionell englischen und französischen Gerichten. Er nahm die Teller, wie sie ihm angereicht wurden, und tat Rührei, Schinken, gedünstete Champignons und kalte *pâtés* darauf. Das Brot wurde in Körben um den Tisch gereicht.

Gaspard faltete seine Serviette auseinander und nahm den ersten Teller, den Rees füllte. Mit einem verächtlichen Blick unter seinen schweren schwarzen Augenbrauen und ohne jedes *merci* beugte er sich über seinen Teller und fing an zu essen.

Eins der Küchenmädchen stand kurze Zeit später auf und begann, den anderen Tee oder Kaffee einzuschenken.

Rees verglich diese Ansammlung von Dienstboten mit denen im Haus seiner Mutter. Mittlerweile mussten seine Mutter und seine Schwester lediglich mit einer Köchin und einem Mädchen für alles auskommen. Als sein Vater noch am Leben gewesen war und sie in der wohlhabenden Hafenstadt Bristol gewohnt hatten, hatte es zwei weitere Dienstboten gegeben. Aber er hatte noch nie in einem Haus gelebt, in dem so viel Personal für so wenige Personen arbeitete.

Nachdem er seinen ersten Bissen gegessen hatte, warf Rees dem Küchenchef einen Blick zu. Gaspard war ein begabter Koch, das musste er zugeben. Er war vielleicht Mitte vierzig, hatte strähniges schwarzes Haar und einen blassen, beinahe kränklich wirkenden Teint. Vielleicht verbrachte er zu viel Zeit an seinem Herd und zu wenig Zeit im Freien.

Rees achtete nur mit einem Ohr auf die Unterhaltungen um ihn herum, während er seinen nächsten Zug in dem geheimen Spiel überlegte, auf das er sich hier eingelassen hatte. Langsam ließ er den Blick in die Runde schweifen. Er hatte bislang nur Lady Wexhams Zimmer durchsucht – und damit war er noch nicht einmal fertig geworden. Vielleicht sollte er die Kammer der beiden Hausdiener durchforsten. Nicht, dass er sie in irgendeiner Weise verdächtigte. Tom und William, kräftige junge Männer von ähnlicher Statur und gleichem Wuchs, waren durch und durch britisch. Und selbst wenn Rees sich mit sehr viel Mühe irgendwie vorstellen könnte, dass sie verräterischer Umtriebe schuldig sein könnten, wären sie dazu nicht schlau genug. Sie waren diejenigen, mit denen er am engsten zusammenarbeitete, und schon nach der kurzen Zeit, die er im Haus der Lady Wexham lebte, hatte er sie durchschaut.

Tom plauderte angeregt mit Virginia und Sally, die ihm gegenübersaßen, während William, sein Kollege, zuhörte und gelegentlich eine Bemerkung einwarf. Tom hielt geradezu Hof, wie Rees belustigt feststellte, und die jungen Mädchen hingen wie gebannt an seinen Lippen, als würde er ein Märchen erzählen.

Jetzt fuchtelte Tom mit seiner Gabel in Richtung von Sally. „Von dem Ersten Hausdiener in *Melbourne House* weiß ich, dass Lady Caroline sich jetzt, wo sie aus dem Exil zurück ist, wieder einmal wegen Lord Byron zum Narren macht."

William lachte, den Mund voll Rührei. „Ich habe gehört, er hätte ihr eine Locke von Lady Oxford geschickt, als sie ihn um eine seiner Locken gebeten hatte."

Die jungen Männer lachten laut. „Er sagte, es sei ein Glücksfall, dass Farbe und Struktur übereinstimmten!"

Eins der Küchenmädchen sah sie mit großen Augen an. „Arme Lady Caroline. Ist Lady Oxford nicht alt?"

Tom warf ihr einen mitleidigen Blick zu. „So alt nun auch wieder nicht ...", fügte er mit einem Zwinkern hinzu.

Rees blickte zu Mrs Finlay am anderen Ende des Tisches hinüber, die so ruhig und gelassen aß, wie sie alles tat, und nur gelegentlich etwas zu den Mägden und den Hausmädchen sagte, die in ihrer Nähe saßen. Sie war ungefähr fünfzig Jahre alt, zeigte meistens eine ernste Miene und ihre honigfarbenen Haare waren von Grau durchmischt.

Jetzt blickte sie von ihrem Teller auf und sagte mit einer Stimme, die selbst über die Unterhaltung der Hausdiener hinweg zu hören war: „Mr Gaspard, hat Lady Wexham das Menü für das Diner mit Ihnen besprochen?"

Er wischte sich mit der Serviette über den Mund. *„Certainement."*

Mrs Finlay ließ sich nicht anmerken, ob sie seinen verächtlichen Tonfall bemerkt hatte. „Ich würde nach dem Frühstück gerne mit Ihnen darüber reden. Ich muss entscheiden, welches Geschirr ich für jeden Gang brauche."

„Bien sûr." Sein Blick huschte zu den Küchenmädchen hinüber. „Ellie, Sarah, ihr werdet mich heute Morgen zum Markt begleiten. Wir müssen die *truffes*, den Hummer, die Morcheln" – er wedelte mit der Hand – „und alles andere für das Diner besorgen."

„Ja, Sir", murmelten die beiden Mädchen.

Rees konzentrierte sich darauf, ein Stück Schinken auf seinem Teller zu schneiden. Wenn Gaspard später am Vormittag zum Markt ging und die beiden Hausdiener damit beschäftigt waren, Schuhe zu putzen, konnte er vielleicht das Zimmer des Kochs durchsuchen. Er würde nicht viel Zeit haben, aber wenigstens eine oberflächliche Suche müsste möglich sein.

Wenn jemand in diesem Haus ein Spion war, dann würde er sein Geld auf Monsieur Gaspard setzen.

Aber vielleicht war er auch nur ein arroganter Küchenchef, der vor nichts Respekt hatte außer vor dem Essen. Rees vermutete, dass selbst Lady Wexham ihn mit Samthandschuhen anfasste. Wenn er auch nur im Mindesten verärgert war, würde er damit drohen zu kündigen. Einen guten französischen Koch, so temperamentvoll er auch sein mochte, würde jede andere Hausherrin in Mayfair noch vor dem Nachmittagstee an sich reißen.

Als spürte er, dass er beobachtet wurde, wandte Gaspard ihm die schwarzen Augen zu, eine steile Falte zwischen den dichten dunklen Brauen. Rees hielt seine Gabel hoch. „Köstlicher Schinken."

„Hmpf!", schnaubte der Koch.

Spion oder Küchenchef, Rees würde herausfinden, was er war.

Rees verbarg seine Ungeduld, während er darauf wartete, dass Gaspard zum Markt aufbrach. Immer wieder fand er einen Grund, in die Küche zu gehen, aber zu seinem wachsenden Unbehagen war der Mann jedes Mal dort zugange und machte keine Anstalten, das Haus zu verlassen.

Bald würden die Hausdiener mit ihren morgendlichen Aufgaben fertig sein und dann wäre eine Suche zu riskant.

Erst als die Dienstboten ihre vormittägliche Teepause gemacht hatten, ging Gaspard endlich, die beiden Mägde im Schlepptau.

Rees wischte einen eingebildeten Flecken von einem Messingtürknauf, bevor er sich an die beiden Diener wandte. „Der Weinkeller ist in einem erbärmlichen Zustand. Ich möchte, dass Sie jede Flasche mit einem Lappen reinigen."

Tom und William starrten ihn mit großen Augen an. „Der Weinkeller, Sir?", wagte Tom, der kühnere von beiden, zu fragen.

Rees sah ihn streng an. „Das ist richtig. Als ich mit Lady Wexham dort war, habe ich mit Entsetzen festgestellt, wie staubig alles war."

„A-aber, Sir, der alte Rumford hat uns nie dort hineingelassen. Er wollte, dass man den Flaschen ansieht, wie alt sie sind. Wenn er eine Flasche raufgeholt hat, haben wir sie natürlich immer sauber gemacht."

„Das mag sein, aber mir ist es lieber, wenn jede Flasche abgewischt wird." Rees versuchte so kompromisslos und unerbittlich zu klingen, wie er sich einen guten Butler vorstellte. „Ich musste Lady Wexham mein Taschentuch leihen, damit sie sich die Finger säubern konnte, nachdem sie eine Flasche angefasst hatte."

Tom verkniff sich, was immer er hatte sagen wollen. „Sehr wohl, Sir, wenn Sie es so wollen. Ich hoffe nur, Rumford macht uns keinen Kopf kürzer, weil wir in seinem Keller herumgeräumt haben."

„Ich werde selbst mit Mr Rumford sprechen, wenn er zurück ist, und ihm erklären, welche zusätzlichen Aufgaben ich Ihnen beiden gegeben habe." Er wandte sich ab. „Und nun machen Sie sich an die Arbeit."

„Sir …"

Er fuhr herum und ließ einen Hauch von Ungeduld in seine Stimme fließen. „Ja?"

William räusperte sich. „Der Schlüssel. Sonst können wir nicht rein."

Rees spürte, wie seine Wangen warm wurden. „Ja, natürlich. Folgen Sie mir."

Er stieg die Treppe hinunter, als hätten die beiden etwas falsch gemacht. Die jungen Männer folgten ihm auf dem Fuß.

Er gab ihnen zahlreiche saubere Lappen und sah, wie sie mit offenem Mund die Flaschenreihen betrachteten. Er hatte kaum Skrupel dabei. Hoffentlich würde er nicht in einer Stunde wiederkommen und feststellen, dass Flaschen fehlten, oder irgendwelche Anzeichen dafür bemerken, dass die beiden Diener etwas getrunken hatten. Er überlegte, wie er die Männer warnen konnte, dass er wusste, wie viele Flaschen hier lagen. Mr Rumford führte genau Buch und hatte jede Flasche katalogisiert, aber Rees war nicht so naiv zu glauben, dass ein kurzer Blick genügen würde.

„Also gut, Sie können anfangen. Ich werde gelegentlich kommen und sehen, wie Sie vorankommen."

„Ja, Sir", sagten sie wie aus einem Munde.

Rees ging durch den dämmrigen Korridor und dann die Dienstbotentreppe hinauf, damit sie glaubten, er wäre im Obergeschoss des Hauses.

Die Zimmermädchen waren damit beschäftigt, die Salons zu putzen. Er konnte sie plaudern hören.

Er hatte nicht viel Zeit. Schnell stieg er die Treppe in den Keller wieder hinunter und wandte sich Mrs Finlays Zimmer zu.

Er klopfte und streckte den Kopf zur Tür herein, als sie sofort „Herein!“ rief. „Ihre Ladyschaft möchte Sie in ihrem Privatsalon sprechen.“ Das entsprach tatsächlich der Wahrheit, denn die Countess wollte Einzelheiten des Diners besprechen.

Die Haushälterin saß über ihrer Buchführung. „Sehr wohl, Mr MacKinnon. Ich gehe sofort hinauf.“ Sie klappte das Kontenbuch zu, erhob sich, wobei die Schlüssel an ihrer Taille klirrten, und rückte ihre gestärkte weiße Haube zurecht.

Er hielt ihr die Tür auf und schloss sie hinter ihr.

Während sie sich in Richtung Dienstbotentreppe von ihm entfernte, klirrte er mit seinen eigenen Schlüsseln und tat so, als wollte er zum Weinkeller gehen, aber sobald die Haushälterin nicht mehr zu sehen war, machte er auf dem Absatz kehrt und ging an ihrem Zimmer vorbei. Er warf einen schnellen Blick in die Küche, die leer und ordentlich war. Vor dem Esszimmer des Personals blieb er kurz stehen, dann ging er hindurch zu der Kammer dahinter, in der Gaspard wohnte.

Er klopfte, obwohl er nicht mit einer Antwort rechnete.

Nach wenigen Sekunden Stille warf er einen Blick über seine Schulter und drehte schnell den Türknauf, doch der gab nicht nach.

Rees hielt inne, erstaunt, weil die Tür verschlossen war. Warum tat ein Bediensteter das?

Schnell kramte Rees in seiner Tasche und holte seinen Dietrich heraus. Seine Handflächen begannen zu schwitzen, als er sich an dem Schloss zu schaffen machte, aber dann atmete er erleichtert auf, als der Knauf sich drehen ließ.

Er stieß die Tür auf und spähte durch den Spalt hinein. Als er sah, dass das Zimmer leer war, trat er ein und schloss die Tür leise hinter sich, um anschließend den Dietrich wieder in seiner Tasche zu verstauen. Er musste daran denken, dass er die Tür wieder verschloss, wenn er ging.

Nachdem er tief Luft geholt hatte, ließ er den Blick langsam durch den schmalen Raum wandern, wobei er auf alle Einzelheiten achtete. Als Erstes fiel ihm auf, wie unordentlich die Kammer war.

Wie in seinem eigenen war auch in diesem Zimmer lediglich genug Platz für ein eisernes Bettgestell, eine schmale Schubladenkommode und eine verschnürte Truhe am Fußende des Bettes. An einigen hölzernen Haken an der Wand gegenüber hingen Schürzen und andere Kleidungsstücke.

Damit endete die Ähnlichkeit zu seinem eigenen Zimmer aber auch schon. Das Bett war nicht gemacht, dreckige Wäsche und Schürzen lagen in einem Haufen mitten auf dem Fußboden, Zeitungen stapelten sich in einer Ecke und das Fenster, das nach hinten hinausging, war schmutzig. Benutzte Teller und Tassen standen herum.

Rees rümpfte die Nase angesichts des abgestandenen Geruchs in dem ungelüfteten Zimmer und trat leise an das Bett. Er hob die zerknüllten Laken an und warf einen Blick auf das Fußende. Dann ließ er den Stoff los und tastete durch das Laken die Matratze ab. Anschließend kniete er sich hin und hob die mit Stroh gefüllte Matratze hoch, um darunter nachzusehen. Durch die Seile, auf denen die Matratze sonst ruhte, waren Staubspuren auf den Holzdielen sichtbar. Er ließ die Matratze fallen und bückte sich, um die gesamte Bodenfläche unter dem Bett zu untersuchen. Dabei blieb sein Blick an etwas hängen und er streckte sich auf dem Boden aus, um bis ganz nach hinten zu gelangen. Mühsam angelte er nach dem Stück Papier, das zwischen den Fußbodendielen zu stecken schien.

Wie sich herausstellte, war es nur die abgerissene Ecke eines Blattes. Er holte sie heraus und strich sie glatt.

Schnell überflog er den auf Französisch geschriebenen Text darauf, der in Versen verfasst zu sein schien. *Le roi toujours. Toujours le roi.* Der König auf ewig. Auf ewig der König.

Eine monarchistische Aussage. Nicht gerade der Spionage verdächtig.

Unsicher, ob der Zettel wichtig war oder nicht, schob er ihn in seine Tasche. Später würde er ihn seiner Kontaktperson vom Innenministerium zeigen.

Rees erhob sich vom Boden, klopfte sich den Staub von den

Hosen und setzte seine Suche fort. Die Zeitungen waren ebenfalls auf Französisch, auch wenn sie in London gedruckt worden waren. Nachdem er einige der Titelseiten überflogen hatte, beschloss er, dass auch sie einen royalistischen Tonfall hatten. Das war keine Überraschung. Die meisten Personen, die während der Revolution aus Frankreich vertrieben worden waren, sehnten sich nach einer Rückkehr der Monarchie.

Er wandte sich der Kommode zu, auf der zwei Kochbücher lagen. Er nahm eins davon in die Hand. Der Umschlag des Buches war verschmutzt, die Seiten fleckig und eingerissen, die Bindung löste sich auf. Es war ebenfalls auf Französisch. Dünne, gefaltete Zettel waren hier und da eingelegt, aber auch auf ihnen, das konnte er sehen, standen nur Rezepte.

Pâte brisée. Sein Blick wanderte über die Liste der Zutaten. Mehl, Schweineschmalz, Salz. Ein Rezept für Mürbteig. Er schob es wieder in das Buch, das er ablegte, bevor er nach dem anderen griff. Noch ein ausgiebig benutztes französisches Kochbuch. Er beugte sich über die Schubladen.

Eigentlich müsste er diese Aufgabe inzwischen gewohnt sein, aber trotzdem zitterten seine Hände, während er Gaspards persönliche Dinge durchsuchte und jeden Moment damit rechnete, dass jemand hinter ihm den Raum betrat. Er fand Stapel mit weißen Schürzen, Taschentüchern und Hemden. Gestrickte Strümpfe und Unterwäsche.

In der untersten Schublade lag eine zusätzliche Decke. Darunter entdeckte Rees einen Stapel Umschläge, die mit einem Band zusammengeschnürt waren. Er ging damit zum Bett, lauschte dann aber in Richtung Tür, weil er glaubte, etwas gehört zu haben. Doch draußen herrschte nichts als Stille. Er setzte sich auf den einzigen Stuhl im Zimmer und löste schnell das Band, das die Briefe zusammenhielt. Die Umschläge waren frankiert und kamen aus Frankreich. Er öffnete den ersten Umschlag und versuchte, die Handschrift zu entziffern.

Nachdem er die obersten Briefe überflogen hatte, wusste er, dass sie von einer Ehefrau und von einer Mutter stammten, aber sie waren beinahe zwanzig Jahre alt. Also hatte Gaspard während der Zeit des Direktoriums mit Angehörigen in Verbindung gestanden. Aber was war in der Zwischenzeit mit diesen Verwandten geschehen?

Rees verschnürte das Bündel wieder und legte es in die Schublade zurück, bevor er diese schloss. Dann untersuchte er die wenigen Kleidungsstücke, die an den Haken hingen, fuhr mit den Fingern über den Mauervorsprung am schmalen Fenster darüber und blickte in jede Ecke des kleinen Raumes. Nichts Verdächtiges. Für jemanden, der schon so viele Jahre in diesem Haushalt lebte, gab es erstaunlich wenige persönliche Gegenstände. Vielleicht verbrachte Gaspard die meiste Zeit in der Küche und kreierte neue Gerichte, sodass er kein Zimmer voller Dinge brauchte.

Auf jeden Fall schien er ein überzeugter Monarchist zu sein. Aber das war Lady Wexham wahrscheinlich auch. Rees fiel es immer schwerer, sich vorzustellen, dass sie eine Spionin war. Dazu schien sie viel zu offen, viel zu nett zu sein.

Er zügelte die Gedanken, die in diese Richtung galoppieren wollten. Er verbrachte ohnehin schon viel zu viele Stunden damit, über die Eigenschaften seiner Arbeitgeberin nachzudenken.

So leise, wie er eingedrungen war, verließ Rees die Kammer auch wieder. Als er die Tür verschlossen hatte und sich umdrehte, stockte ihm der Atem. Valentine stand breitbeinig und mit verschränkten Armen in der Tür zum Esszimmer. Er wusste, dass sie nicht dort gestanden hatte, als er Gaspards Tür vorhin aufgeschlossen hatte.

Er setzte seine hochmütigste Miene auf, um ihrem misstrauischen Blick zu begegnen. „Ja, was ist?"

Sie ignorierte seine Frage und schob das Kinn vor. „Was machen Sie in Gaspards Zimmer?"

Krampfhaft suchte er nach möglichen Antworten und sagte schließlich würdevoll: „Das geht nur Gaspard und mich etwas an." Er tat so, als spiele ihre Anwesenheit überhaupt keine Rolle für ihn, und ging auf sie zu, während er hoffte, dass sie aus dem Weg gehen würde, bevor er bei der Tür ankam.

Sie blieb reglos stehen und sah ihn mit bohrendem Blick an.

Er blickte auf sie hinab. „Haben Sie nichts zu tun?"

Sie sagte nichts, aber ihre Nasenflügel bebten. Auge in Auge standen sie da, keinen halben Meter voneinander entfernt.

„Entschuldigen Sie, Mademoiselle, aber auch wenn Sie keine andere Beschäftigung haben, ich habe sehr wohl Arbeit. Bitte machen Sie den Weg frei."

Sie presste die Lippen zusammen, ihre Augen nur noch schmale Schlitze. Dann trat sie einen Schritt zurück.

Als er vorbeiging, zischte sie: „Wenn Sie wollen, dass ich schweige, wird es Sie etwas kosten."

Rees blieb auf der Schwelle stehen. „Wie bitte?"

Sie warf den Kopf in den Nacken. „Sie haben mich genau verstanden!"

Der Schweiß begann ihm den Rücken hinunterzurinnen. Rees hob das Kinn. „Ich habe keine Ahnung, was Sie damit andeuten wollen. Guten Tag." Er verließ sie und stolzierte aus dem Esszimmer und durch die Küche. Erst als er beim Weinkeller angekommen war, blieb er stehen. Die ganze Zeit hämmerte das Herz wie wild in seiner Brust.

Wenn die Zofe Gaspard oder Lady Wexham von seiner Schnüffelei erzählte, würde er sich eine plausible Erklärung überlegen müssen. Er zweifelte nicht daran, dass sie es einem oder auch beiden erzählen würde, da sie nicht einmal vor Erpressung zurückschreckte. Nicht, dass er nicht den Bruchteil einer Sekunde in Erwägung gezogen hätte, sich darauf einzulassen. Aber wahrscheinlich wollte sie mehr als nur Geld. Und viel Sicherheit würde er sich damit gewiss auch nicht erkaufen. Valentine war es zuzutrauen, dass sie beide Seiten gegeneinander ausspielen würde.

Wie bald würde sie es ihrer Herrin sagen? Gaspard konnte er mit einer hochnäsigen Geschichte abspeisen, dass er die Wohnräume inspizieren wollte, und ihm sagen, dass sein Zimmer eine Schande war.

Aber was Lady Wexham betraf – Rees stellte sich den höflich fragenden Blick in ihren weinbrandfarbenen Augen vor. Er würde die Sache mit der Inspektion ausschmücken und etwas erfinden müssen, dass es in *Telford House* zur Aufgabe des Unterbutlers gehörte, die Zimmer der Bediensteten zu kontrollieren.

Er fuhr mit den Fingern hinter seinem Kragen entlang, weil er sich plötzlich eingeengt fühlte. Würde sie eine so fadenscheinige Erklärung akzeptieren?

6. Kapitel

Von einem kleinen Ausflug zu *Hookman's Buchhandlung* und einigen Geschäften in der Bond Street kehrte Céline erschöpft zurück. Sie musste sich noch zum Essen und für den Gesellschaftsklub *Almack's* umziehen, wo ihre Nichte an diesem Abend offiziell eingeführt werden sollte. Vielleicht hatte sie vorher noch genug Zeit für eine Tasse Tee und ein kleines Nickerchen.

MacKinnon öffnete die Tür und nahm ihr die Pakete ab. Er legte die Einkäufe auf den Tisch im Eingangsbereich und nahm Célines Handschuhe entgegen.

„Danke", murmelte sie. Rasch knöpfte sie ihre Pelisse auf. „Schicken Sie einen der Hausdiener, damit er meine Pakete hinaufbringt. Und sagen Sie Valentine, dass ich zurück bin. Und wenn Sie bitte in der Küche eine Tasse Tee für mich bestellen können?"

Er half ihr aus dem bodenlangen Mantel. „Sehr wohl, Mylady."

„Danke." Aus einem unerfindlichen Grund fühlten ihre Wangen sich warm an. Vielleicht lag es daran, dass sie so dicht vor ihrem Butler stand. Er hatte einen merkwürdig durchdringenden Ausdruck in seinen grauen Augen. Sie wirkten beinahe silbern. Ihr Blick wanderte über seine Züge, seine gerade Nase, die festen Lippen und das kantige Kinn. Eine kleine blasse Narbe in Form einer hauchdünnen Mondsichel fiel ihr auf. Sie befand sich an einer Seite des Kinns, fast darunter … aber anstatt seine Züge zu entstellen, gewannen sie dadurch an Reiz.

„Mylady?"

Ihr Blick begegnete seinem, bevor sie sich von ihm abwandte. Sie fühlte sich ertappt, weil er bemerkt hatte, wie sie ihn angestarrt hatte. Hastig machte Céline sich an ihrer Haube zu schaffen, auch wenn ihre Finger mit dem Knoten Mühe hatten.

„Sie hatten mehrere Besucher, während Sie aus waren. Und Lady Agatha wünscht Sie zu sprechen."

„Wie bitte?" Seine Worte rissen sie aus dem merkwürdigen Bann, in den er sie zu ziehen schien. Diese alberne Frau. Céline war längst kein junges Mädchen mehr, das man herumkommandieren konnte.

Mit einem Blick auf das volle Tablett mit Visitenkarten ging sie auf die Treppe zu. „Also gut, Sie können die Karten mit dem Tee heraufbringen. Ich werde sie in meinem Zimmer durchsehen." Sie seufzte. „Und sagen Sie Lady Agatha, dass ich in meinen Privatgemächern bin."

In ihrem Zimmer angekommen, setzte sie sich in einen bequemen Sessel und knöpfte ihre halbhohen Stiefel auf. Wenige Augenblicke später klopfte Valentine leise und trat ein.

Sie kniete sich vor Céline hin und half, die Stiefel auszuziehen. „Der Tee kommt gleich."

„Gut, ich bin völlig ausgetrocknet. Du liebe Güte, Einkaufen ist wirklich ermüdend, vor allem, wenn man alle paar Schritte stehen bleiben und jemanden begrüßen muss, den man kennt."

Nachdem sie es sich in einem seidenen Frisiermantel bequem gemacht hatte, kündigte das nächste Klopfen Sally an, die das Teetablett brachte, gefolgt von William, der Célines Pakete trug. Virginia ging Valentine offenbar immer noch aus dem Weg.

Valentine nahm William an der Tür die Einkäufe ab.

Céline winkte ihre Zofe mit den Sachen zu sich. „Gut, meine Bücher. Ich möchte gleich eines beginnen." Sie durchtrennte die Schnur ihres Pakets, während Sally das Tablett abstellte. Sobald Céline die Bücher ausgepackt hatte, räumte Sally Papier und Schnur weg.

Liebevoll schlug Céline jeden einzelnen Band auf und las die Titel noch einmal. Sie strich genüsslich über die neuen Ledereinbände, bevor sie die Bücher auf den Tisch neben ihrem Sessel stapelte und das, was sie lesen wollte, auf den Schoß nahm.

„Brauchen Sie noch irgendetwas, Mylady?"

Lächelnd blickte sie zu Sally auf. „Nein, danke."

Zum Schluss war sie mit Valentine allein. Ihre Zofe ging geschäftig hin und her, während Céline die Seiten des neuen Romans von Maria Edgeworth auftrennte und an ihrem Tee nippte.

Sie war bereits in das erste Kapitel von *Der Abwesende* vertieft, als sie hörte, wie Valentine sich zum zweiten Mal räusperte. „Ja, was ist?", fragte sie, ohne von ihrem Buch aufzuschauen.

Ihre langjährige Gefährtin stand mit gefalteten Händen vor ihr und ihre Miene war grimmig. „Ich habe Ihnen doch gesagt, dass dieser Mann ein Fehler war."

Céline ließ das Buch auf ihren Schoß sinken, weil sie wusste, dass Valentine keine Ruhe geben würden, bis sie ihrem Herzen Luft gemacht hatte. „Welcher Mann?"

„Der Mann, der sich selbst als Butler bezeichnet."

Das stetige Ticken der Uhr drang an Célines Ohr, während sie ihre Zofe skeptisch ansah. „MacKinnon? Was hat er denn getan?"

„Er war in Gaspards Zimmer." Valentine wiegte sich auf ihren Fersen hin und her, die Nasenflügel bebten vor Wut.

Céline klappte ihr Buch zu. Jetzt konnte sie die Bedenken ihrer Zofe in Bezug auf den Butler nicht länger ignorieren. „Woher weißt du das?"

„Ich habe ihn mit meinen eigenen Augen herauskommen sehen. Mit einem Schlüssel in der Hand", fügte sie mit düsterer Miene hinzu.

„Hat er dich gesehen?"

„Natürlich. Dafür habe ich schon gesorgt."

Céline runzelte die Stirn. „Wann genau war das?"

„Heute Vormittag, als Gaspard zum Markt gegangen war."

„Was hat MacKinnon gesagt?"

„Er war ganz und gar unverschämt. Er hat zu mir gesagt, ich solle mich um meine eigenen Angelegenheiten kümmern!"

Céline schürzte die Lippen und überlegte, welche vernünftige Erklärung es geben könnte. „Er muss einen Grund gehabt haben, in das Zimmer zu gehen."

„Den hatte er sicher. Schnüffeln wollte er!"

„Aber er hat sich nicht verhalten, als hätte er etwas zu verbergen?"

„Natürlich nicht. Er ist zu gerissen, um Angst zu zeigen. Ein ganz Durchtriebener ist dieser Kerl!"

Céline überlegte. „Ich weiß nicht … als ‚durchtrieben' habe ich ihn bislang nicht erlebt. Aufmerksam, ja, und sehr respektvoll und seriös. Er *ist* schließlich der Butler. Er hat das Recht, jeden Raum zu inspizieren, wenn er das wünscht. Ich bin sicher, es gibt einen vollkommen akzeptablen Grund." Warum sträubte sie sich so sehr zu glauben, dass MacKinnon irgendwelcher hinterhältiger Aktionen in ihrem Haus fähig war?

Valentine warf den Kopf in den Nacken. „Oh, gewiss hat er irgendeine Ausrede. Er hat ja genug Zeit gehabt, sich eine auszudenken."

„Hast du es Gaspard erzählt?"

„Natürlich. Er sagt, zum Glück bewahrt er nichts Schriftliches in seinem Zimmer auf. Von jetzt an wird er vorsichtiger sein, *naturellement.*"

Céline nickte, froh darüber, dass ihr Küchenchef so umsichtig war.

„Ich sage ja nur, dass Sie den Kerl im Auge behalten sollten. Der ist aalglatt!"

Céline biss sich auf die Unterlippe, während sie nachdachte. „Ja, das werde ich", murmelte sie und wandte sich wieder ihrem Buch zu. Sie würde ihren neuen Butler genauer unter die Lupe nehmen müssen. Zumal sie ihn längst faszinierend fand.

Agatha erschien im Türrahmen. Sie schob sich an Valentine vorbei und marschierte auf Célines Sessel zu, ein Blatt Papier in der Hand.

Céline blickte von ihrem Buch auf. „Du wolltest mich sehen?"

„Ich möchte mit dir den Ball für Kimberley besprechen."

Mit einem Seufzer schloss Céline ihr Buch. „Natürlich."

„Ich habe eine Gästeliste erstellt. Die Countess und ich haben die guten Partien ausgewählt, die wir einladen sollten."

Ihre Schwägerin betonte für ihr Leben gern die Tatsache, dass Céline nicht mehr die eigentliche Countess of Wexham war. Sie ahnte nicht, wie wenig Céline der Titel bedeutete. Sie verband damit nur bittere Erinnerungen. „In Ordnung." Sie streckte die Hand nach der Liste aus.

Agatha blinzelte, als hätte sie diese sofortige Kapitulation nicht erwartet. „Nun, dann … dann muss ich sie noch einmal abschreiben."

Céline zog eine Augenbraue hoch. „Meinst du, ich würde sie nicht bis auf den letzten Namen befolgen?"

„Es hat einige Zeit und Mühe gekostet, die Liste zu erstellen. Ich werde nicht riskieren, dass sie irgendwo zwischen deinen Unterlagen verloren geht." Sie warf einen vielsagenden Blick auf Célines Schreibtisch, auf dem sich Briefe und Unterlagen türmten.

„Dann schlage ich vor, dass du die Einladungen selbst verschickst. Sag mir Bescheid, wie viele Personen ihr erwartet." Céline war zu müde, um sich über so etwas Unwichtiges wie eine Gästeliste zu streiten. Sie würde ihre eigenen Einladungen an diejenigen schicken, deren Gesellschaft ihre Nichte wahrscheinlich genießen würde.

„Sehr wohl. Ich möchte auch das Menü für den Nachtimbiss mit dir besprechen. Die Countess und ich dachten …"

Céline rieb sich die Schläfen mit den Fingerspitzen. „Ich habe ein wenig Kopfschmerzen. Wenn du dich morgen Vormittag mit Mrs Finlay und mir zusammensetzen willst, bin ich gerne dazu bereit."

Endlich ging ihre Schwägerin mit einem zufriedenen Lächeln. Céline lehnte sich zurück und ließ den Kopf an der Rückenlehne ihres Sessels ruhen. Sie hatte nicht gelogen, was ihren Kopf betraf. Irgendwann bei Valentines beunruhigendem Bericht über MacKinnon und Agathas hartnäckigem Beharren auf ihrer Gästeliste hatten Célines Schläfen angefangen zu pochen. Warum war ihr Leben mit einem Mal so kompliziert?

Das leise Klirren von Silber gegen Porzellan mischte sich mit dem Geplauder von Stimmen am Esstisch. Der Abend des Diners war gekommen.

Die drei Kronleuchter über der sechs Meter langen Tafel erstrahlten mit Dutzenden Bienenwachskerzen. Kunstvoll geschmiedete bronzene Wandleuchten gaben zusätzliches Licht.

Die Kristallkelche funkelten. Silberne Vasen waren mit Treibhausblumen gefüllt. Auf dem Tafelaufsatz in der Mitte waren gezuckerte Früchte dekorativ angerichtet.

Die Gäste waren in lebhafte Gespräche vertieft, während sie sich an Gaspards reichhaltigem Mahl und den erlesenen Weinen des Earls gütlich taten. Rees atmete auf. Die letzten Minuten vor dem Essen waren sehr hektisch gewesen, weil er die nervenaufreibende Aufgabe gehabt hatte, die hochstehenden Personen zu empfangen und in den Saal zu geleiten, wobei er inständig gebetet hatte, dass er ihre Namen nicht durcheinanderbringen würde.

Der erste Gang war aufgetragen und bisher war nichts schiefgegangen. Jetzt hatte Rees endlich ein paar Augenblicke Ruhe, um Luft zu holen. Er stand vor der getäfelten Wand des Speisesaals. Seine Verantwortung war es momentan, die Hausdiener zu beobachten und dafür zu sorgen, dass sie Teller und Gläser füllten, während er auf Lady Wexhams Zeichen wartete, die Hauben abzunehmen und den nächsten Gang aufzutragen.

Immer wieder wanderte Rees' Blick zu seiner Arbeitgeberin. Sie waltete über dem langen Tisch wie eine Königin, ihre dunklen Haare waren auf dem Kopf zu einer kunstvollen Frisur hochgesteckt und in den glänzenden Locken funkelten Diamanten.

Offenbar schien Valentine nichts über seine Anwesenheit in Gaspards Zimmer gesagt zu haben. Oder hatte sie es doch getan? Er war nicht so naiv zu glauben, dass Valentine ihn davonkommen lassen würde. Wahrscheinlich würde sie zuschlagen, wenn er am wenigsten darauf gefasst war. Aber Lady Wexham hatte weder mit Worten noch mit Blicken zu verstehen gegeben, dass sie von dem Vorfall wusste.

Der Anflug eines Lächelns lag auf ihren hübschen Lippen. Sie nickte kaum merklich, als wollte sie Rees versichern, dass alles zu ihrer Zufriedenheit war.

Und dann wurde ihre Aufmerksamkeit wieder von Lord Castlereagh angezogen, der zu ihrer Rechten saß. Ihr Lächeln strahlte und ihre Augen funkelten. „Sie kommen also nur zu Besuch, um die Köstlichkeiten meines französischen Küchenchefs zu kosten?"

Der Außenminister lächelte. „Haben Sie Mitleid mit einem Mann, der manchmal tagelang nicht rechtzeitig zum Abendessen zu Hause eintrifft." Er blickte über den Tisch hinweg seine Frau an. „Die Staatsgeschäfte haben keinen Respekt vor den Mahlzeiten einer Ehegattin."

Seine schöne Ehefrau, deren Diamanthalsband und Armbänder im Licht der Kronleuchter aufblitzten, lächelte nachsichtig. „Wenn Robert jeden fünften Abend heimkommt, ist das alles, was ich mir erhoffen kann – und dann haben wir für gewöhnlich noch eine gesellschaftliche Verpflichtung außer Haus."

„Dann bin ich doppelt froh, dass Sie heute Abend geruhen, an meiner Tafel zu sitzen."

Castlereagh lachte und tätschelte Lady Wexhams Hand. „Aber, wie Sie sagen, das liegt ausschließlich an Ihrem französischen Küchenchef! Dieser Hummer zergeht förmlich auf der Zunge." Er aß einen Bissen von dem Krustentier in Soße.

In der Mitte der Tafel wandte die Unterhaltung sich dem Krieg zu. „Jetzt, wo Preußen Frankreich den Krieg erklärt hat und in die Koalition eingetreten ist, wird seine Armee Napoleon bald in die Flucht schlagen."

Rees' Blick wanderte zu den beiden Mitgliedern des Oberhauses, die unmittelbar vor ihm saßen.

„Und da Zar Alexander ihm dicht auf den Fersen ist, nachdem er ihn aus Russland vertrieben hat, besteht Hoffnung auf die Befreiung Europas."

Der Duc de Berry auf der anderen Seite des Tisches erhob sein Glas. „Könnte es sein, dass wir dieses Jahr endlich den Sturz des korsischen Emporkömmlings erleben werden?"

Jetzt schaltete sich Oberst Percy ein, ein gut genährter, grauhaariger Gentleman, dessen goldene Knöpfe und Epauletten auf seinem roten Mantel hell leuchteten. „Das hängt von seiner Armee ab. Solange er ihre unverbrüchliche Treue hat, wird es schwierig sein, ihn zu entthronen."

„Aber diese Armee wurde in Russland sehr dezimiert", warf der Tory Huskisson ein, die Gabel auf die beiden anderen gerichtet.

Rees blickte zu Lady Wexham hinüber, um zu sehen, wie sie reagierte, aber ihre Miene war heiter. Nachdem sie diesem Gespräch gelauscht hatte, wandte sie sich mit irgendeinem Anliegen an Lady Castlereagh.

Die Unterhaltung wandte sich dem Krieg in Amerika und der Vereidigung von Mr Madison für seine zweite Amtszeit zu, um sich anschließend um die Kämpfe in Mexiko zu drehen und deren mögliche Auswirkungen auf den Krieg auf der Iberischen Halbinsel.

„Wellington hatte den Winter über Zeit, die Truppen neu zu organisieren. Wenn sie glauben, dass er sich wieder nach Portugal zurückziehen wird, können die Franzosen sich auf eine Überraschung gefasst machen."

Althorp von der Whig-Partei hielt sein Glas hoch, damit Tom es auffüllen konnte. „Hoffen wir es. Der letzte Herbst hat sich als Katastrophe erwiesen, nachdem wir Madrid aufgeben und uns bis nach Ciudad Rodrigo zurückziehen mussten. Der eiserne Herzog hat alles verloren, was er zu einem so hohen Preis gewonnen hatte."

Tom und William nahmen die Hauben von den Servierplatten. Die Gäste lehnten sich zurück und ihre Unterhaltungen flossen so reichlich wie der Wein, nachdem der erste Hunger gestillt war.

Nachdem die Gäste bedient waren und Rees dabei geholfen hatte, alle Gläser aufzufüllen, bezog er wieder seinen Posten, um die Geschehnisse zu beobachten und, was noch wichtiger war, zuzuhören.

Aber während das Essen sich hinzog, schweiften seine Gedanken allmählich ab. Nichts von dringender nationaler Sicherheit schien hier diskutiert zu werden. Das Gespräch wandte sich trivialen Dingen zu, vom neuesten Klatsch und Tratsch bis hin zu den Auftritten der führenden Ballerina am Theater.

Sein Blick wanderte über die gesamte Tafel und ruhte auf jedem Gast einen Moment lang – auf den funkelnden Juwelen und eleganten Gewändern, jede Miene lebhaft in gesellige Unterhaltung vertieft. Zum Schluss suchte sein Blick wieder einmal Lady Wexham, so wie er es den ganzen Abend getan hatte.

Nachdem er sie jetzt zwei Wochen beobachtete, fesselte sie ihn mehr denn je. Wer war sie? Eine einfache Dame der Gesellschaft oder eine französische Spionin? Sie war seit drei Jahren verwitwet. Warum hatte sie nicht wieder geheiratet? Auch wenn der Gedanke ihm zuwider war, dachte er darüber nach, ob Lady Wexham vielleicht einen Liebhaber hatte. Doch soweit er sich ein Urteil erlauben konnte, war das nicht der Fall. Es war allseits bekannt, dass eine Dame ihres Standes und Vermögens nicht den moralischen Konventionen unterworfen war. Aber sie war niemals eine ganze Nacht fort und es gab auch keinen besonderen männlichen Besuch, der ihr näherstand als alle anderen.

Auch enge Freundinnen oder Verwandte schien sie nicht zu haben. Eine Menge Bekannte, ja, eine Reihe gesellschaftlicher Verpflichtungen, aber keine wirkliche Vertraute oder beste Freundin, wie es bei vielen jungen Damen der Fall war.

Rees dachte an seine eigene Schwester und ihre beste Freundin

Jessamine. Es verging kaum ein Tag, an dem die beiden einander nicht besuchten, um nicht nur alltägliche Dinge zu besprechen, sondern einander auch ihre größten Geheimnisse anzuvertrauen.

Vielleicht war das etwas für junge Mädchen, das sich gab, wenn eine Frau heiratete, so wie Lady Wexham es getan hatte. Aber dann wanderten seine Gedanken zu seiner Mutter. Obwohl sie inzwischen seit mehr als zehn Jahren Witwe war, hatte sie einige Freundinnen, die ihr durch die schweren Zeiten im Leben halfen.

Er blickte zu Lady Agatha hinüber, Lady Wexhams Schwägerin, eine dünne Frau mit hochmütiger Miene und funkelnden Juwelen an ihrem faltigen Hals. Zwischen den beiden Damen hatte er bislang nichts als eine unterkühlte Förmlichkeit gespürt.

Wieder wanderten seine Gedanken zu Lady Wexham. Für eine Dame, die sich mit allen gut zu verstehen schien und selbst den Dienstboten gegenüber höflich und rücksichtsvoll war, hatte Lady Wexham einen seltsamen Mangel an Freundinnen. Nach allem, was Rees beobachtet hatte, verbrachte sie ihre Tage und Abende bei verschiedenen gesellschaftlichen Anlässen, kehrte aber immer wieder allein in ihr Haus zurück – und dort waren ihre einzigen Gefährtinnen eine verbitterte Schwägerin, die lieber für sich blieb, und eine mürrische französische Zofe.

Ein Anflug von Mitgefühl stieg in ihm auf, als Lady Wexham einem Gast zulächelte. War sie im tiefsten Innern vielleicht einsam?

Aber nein, die Tatsache, dass die Dame des Hauses auf Abstand blieb, war nur ein weiterer Beweis für ihre Tätigkeit als Spionin, sagte er sich.

Rees verlagerte das Gewicht seines Körpers auf das andere Bein. Seine Füße taten ihm weh. Nach einer ruhelosen Nacht war er früh aufgestanden. Da er seit Jahren einer Arbeit nachging, bei der er stundenlang saß, musste er sich erst einmal daran gewöhnen, ständig zu stehen, die Miene ausdruckslos. Letzteres allerdings sollte ihm eigentlich nicht schwerfallen, da er diese Gewohnheit auch im Außenministerium täglich üben musste, überlegte er seufzend.

Aber diese Dinge waren auszuhalten. Nein, was er an diesem Abend besonders ermüdend fand, war seine Doppelrolle als Butler, der die anderen Dienstboten beaufsichtigte, und als Geheimagent der britischen Regierung.

Nicht dass es in irgendeiner Form langweilig gewesen wäre, Lady Wexham zu beobachten. Einer solchen Dame war er noch nie zuvor begegnet. In den wenigen Romanen, die seine Schwester ihm aufgeschwatzt hatte, und bei dem gelegentlichen Blick in die Gesellschaftsseiten der Zeitung hatte er natürlich von ihnen *gelesen*, aber noch nie war er in ihrer Gegenwart gewesen.

Bezaubernd. Das Wort kam ihm plötzlich in den Sinn. Während Rees Lady Wexham im Gespräch mit ihren Gästen beobachtete, bemerkte er, wie sie die Herren um sich herum in ihren Bann zog. Dabei spielte das Alter dieser Gentlemen keine Rolle – vom pickeligen jungen Baron von Klemperer, der aus dem Herzogtum Sachsen stammte, bis zu dem über siebzigjährigen Oberst waren alle von ihren Worten gefesselt.

Und doch hörte sie mehr zu, als sie sprach.

Je länger er sie beobachtete, desto schwerer fiel es ihm, ihre Ausstrahlung nur auf ihr Aussehen oder ihren Charme zurückzuführen. Hinter diesen ausdrucksvollen Augen verbarg sich eine scharfe Intelligenz.

Rees ging die Liste von Informationen durch, die er aus dem Dossier über Lady Wexham und alle bedeutenden französischen émigrés auf den Britischen Inseln auswendig gelernt hatte.

Witwe des verstorbenen Earl of Wexham, achtundzwanzig Jahre alt. Sie war in der südwestfranzösischen Provinz des Périgord geboren worden, lebte aber seit ihrem siebten Lebensjahr in England, nachdem sie und ihre Mutter dem Terror entflohen waren. Ihr Vater, der verstorbene Marquis de Beaumont, war im September 1792 durch Madame Guillotine ums Leben gekommen, nur wenige Monate vor seinem König.

Aber die trockenen Fakten hatten Rees nichts verraten über die Dame hinter diesen cognacfarbenen Augen und dem großzügigen Lächeln.

Es war eine Sache, die sachlichen Fakten einer Biografie zu lesen, und eine ganz andere, die betreffende Person leibhaftig zu erleben. Darauf war er nicht vorbereitet gewesen. Allmählich begann er daran zu zweifeln, dass seine speziellen Begabungen ihm bei diesem Auftrag dienlich waren.

Oberflächlich betrachtet schien es, als wäre Lady Wexham, nachdem sie ihren Vater an die Revolution verloren hatte, eine eingeschworene Monarchistin geworden. Und da sie ihre prägenden Jahre in Großbritannien verbracht und dort einen wohlhabenden Adeligen geheiratet hatte, sollte man meinen, sie sei mittlerweile eine treue britische Untertanin.

Wieder ließ Rees den Blick über die lange Tafel mit den Gästen wandern, während er sich fragte, warum er die logischen Schlussfolgerungen, die er daraus ziehen müsste, so unbefriedigend fand.

Da waren zum Beispiel die neun Monate, die Lady Wexham im Jahr 1802 während des kurzen Friedens von Amiens mit ihrer Mutter in Paris verbracht hatte. Da war sie allerdings erst siebzehn gewesen und noch nicht bei Hofe vorgestellt worden. Als die Feindseligkeiten zwischen den beiden Ländern wieder aufflammten, war sie nach London zurückgekehrt und mit achtzehn Jahren Debütantin geworden.

Die Ankündigung einer hervorragenden Partie am Ende ihrer ersten Saison hatte ihr Schönheit und Charme bescheinigt. Denn auch wenn sie von adeliger Geburt war, war sie doch lediglich eine verarmte Immigrantin.

Oglethorpe hatte nur gelacht, als Rees dieses kurze Intermezzo in Paris erwähnt hatte. „Da war sie doch noch ein Kind. Was konnte sie da schon wissen? Nein, mein Lieber, Sie klammern sich an Strohhalme. Wenn sie eine Spionin ist, dann ist sie es erst seit Kurzem als finanziell unabhängige Witwe geworden."

Rees widmete seine Aufmerksamkeit erneut Lord Castlereagh, der gerade mit ernster Miene etwas zu Lady Wexham sagte und aufmerksam und respektvoll ihrer Antwort lauschte. Es war bekannt, dass Castlereagh seiner Frau in Liebe ergeben war. Er würde sich nicht so schnell von einem hübschen Gesicht den Kopf verdrehen lassen. Ganz offensichtlich respektierte er also Lady Wexhams Ansichten. Rees bekam Bruchstücke von Unterhaltungen über das europäische Festland mit und Spekulationen über die zukünftige Teilung des Kontinents in einer postnapoleonischen Welt.

Dies war eine Diskussion, an der er sich gerne beteiligt hätte. Stattdessen musste er stumm wie ein Fisch danebenstehen und so tun, als hätte er nichts im Kopf außer das Zählen des Bestecks und das Einschenken des Portweins.

Wenigstens hatte Castlereagh ihn nicht als Angestellten des Außenministeriums erkannt – oder wenn, dann hatte er sich nichts anmerken lassen. Rees hatte es den beiden Hausdienern überlassen, den Gästen die Tür zu öffnen. Doch es war seine Aufgabe als Butler gewesen, die Gäste zu empfangen und in den Speisesaal zu geleiten. Zudem hatte er alles zwischen Foyer, Salon und Speisesaal im Blick behalten müssen. Auch jetzt überwachte er den reibungslosen Ablauf des Servierens und Nachschenkens. Er hoffte, dass er sich trotz seiner hochgewachsenen Gestalt so unsichtbar wie möglich machen könnte.

Jetzt fing er die Worte von William Wilberforce auf, einem Mitglied des Unterhauses. Es war allgemein bekannt, dass er überzeugter Christ war und offen zu seinem Glauben stand. Es hatte Rees überrascht, seinen Namen auf Lady Wexhams Gästeliste zu finden. Nachdem Wilberforce jahrelang im Parlament für die Abschaffung der Sklaverei gekämpft hatte, war er nicht bei guter Gesundheit und hatte schlechte Augen. Aber er war ein Mann, den Rees sehr bewunderte, und es war ihm eine Ehre gewesen, Wilberforce begrüßen zu dürfen.

Der alte Staatsmann wandte sich gerade mit einem Lächeln an Lady Wexham. „Ich weiß um Ihre Skepsis, meine Liebe, aber nur in den Evangelien finden wir die ewigen Wahrheiten, die es uns ermöglichen, auch in den schweren Zeiten des Lebens weiterzumachen." Er unterstrich seine Worte, indem er mit dem silbernen Griff seines Messers sanft auf das weiße Leinentischtuch klopfte. „Ich bin sicher, dass der Glaube unsere jungen Soldaten durch die Schrecken des Krieges hindurchträgt."

Lady Wexham trank einen Schluck Wein, bevor sie erwiderte: „Das mag sein, aber ich bin sicher, dass die jungen Rekruten, die auf der anderen Seite des Schlachtfelds die Schrecken erleben, zu demselben Gott beten. Wie lösen Sie dieses Dilemma?"

„Ah! Doch nur der Eine, der um unser aller willen gestorben ist, kann das Leiden jedes Einzelnen begreifen, unabhängig davon, unter welcher Flagge er marschiert."

„Aber warum lässt er dieses Gemetzel überhaupt zu?"

„Der Krieg ist nicht Gottes Werk, sondern eine Folge der menschlichen Habgier."

Jemand anders ergriff das Wort, aber Rees konnte den kurzen Wortwechsel nicht vergessen. Lady Wexham hatte einen wichtigen Einwand vorgebracht – unabhängig davon, dass Napoleon der Angreifer gewesen war und eine ganze Generation junger Männer aufs Schlachtfeld gezerrt hatte. Hatte sie selbst einen lieben Menschen verloren? War das der Grund für ihren leicht zynischen Tonfall, als sie nach Gottes Rolle bei alldem gefragt hatte?

Einen kurzen Moment lang wünschte Rees, er könnte sich offenbaren und Lady Wexham die Art Trost bieten, die Wilberforce ihr geben konnte. Rees könnte ihr von Kummer und Verlust erzählen und davon, dass man tröstende Antworten in den ewigen Dingen finden konnte.

Doch gleich darauf war ihm die Realität wieder bewusst und er seufzte leise, während er sich erneut damit abfand, die Rolle des Butlers zu spielen. Seine jetzige Aufgabe war es, dafür zu sorgen, dass alle Gerichte heiß waren und in der richtigen Reihenfolge aufgetragen wurden.

7. Kapitel

In den frühen Morgenstunden, lange nachdem der letzte Gast gegangen war, saß Céline an ihrem Sekretär und schrieb in ihrer kleinen, ordentlichen Handschrift, die sie sich in dem feinen Internat für junge Damen angeeignet hatte. Ihre Mutter hatte damals ihren Schmuck verkauft, um das Schulgeld aufbringen zu können – und das alles nur, um Céline auf eine vorteilhafte Heirat vorzubereiten, nachdem ihr Vater getötet worden war, sie Frankreich verlassen hatten und ihr Wohlstand verloren war.

Sie schüttelte die Gedanken an die Vergangenheit ab und konzentrierte sich auf die Nachricht, die sie verfasste. Es hatte eine Weile gedauert, bis sie den Code verinnerlicht hatte, aber jetzt musste sie bei den Buchstaben und Zahlen nicht mehr lange überlegen.

Schließlich lehnte sie sich zurück und legte ihre Schreibfeder nieder. Das müsste genügen. Sie hatte beim Essen nicht sehr viel erfahren, aber vielleicht gaben die unterschiedlichen Ansichten über den Krieg von verschiedenen Mitgliedern des Parlaments und vom Außenminister den Franzosen einen Hinweis darauf, in welche Richtung der Wind von Premierminister Liverpools Regierung wehte.

Céline nahm die Dose mit dem Löschsand und streute etwas von dem feinen Puder auf das Papier, um die Tinte zu trocknen. Anschließend schüttelte sie das Blatt aus und rollte es auf, um es mit einem Band zu fixieren. Dann erhob sie sich von ihrem Schreibtisch und schob die kleine Schriftrolle in die Tasche ihres Frisiermantels, bevor sie den großen Kaschmirschal von einem Sessel nahm.

Nachdem sie den Schal um sich geschlungen hatte, ging sie zur Tür und öffnete sie leise. Gut, offenbar waren alle schlafen gegangen. Schnell trat sie auf den Gang hinaus und schloss die Tür hinter sich. Dann lauschte sie noch einen Moment, hörte aber nichts, und so begab sie sich zur Treppe. Das Licht der Laternen auf der Straße war hell genug, um ihr den Weg zu leuchten.

Im Foyer blieb sie stehen und warf einen Blick in den Speisesaal. Alles war wieder aufgeräumt. Das Diner war gut verlaufen, fand sie.

Eine gute Mischung der Gäste. Allmählich freute sie sich auf den Ball ihrer jungen Nichte.

Céline ging in den hinteren Teil des Hauses zu der Dienstbotentreppe, um die chiffrierte Nachricht Gaspard zu übergeben. Jetzt war der Weg gefährlicher, falls eine Stufe knarrte oder noch jemand vom Personal wach war. Oben an der schmalen Holztreppe hielt sie noch einmal inne. Alles war ruhig.

Sie setzte den Fuß auf die erste Stufe, dann auf die nächste. Auf halber Treppe stockte sie, weil sie Schritte hörte.

Die Schritte entfernten sich von ihr in Richtung Eingangsbereich. Wer konnte denn um diese Uhrzeit noch wach sein? Es war beinahe drei Uhr morgens gewesen, als sie ihr Zimmer verlassen hatte.

Céline hörte eine Tür und erkannte, dass der vordere Dienstboteneingang geöffnet wurde. Schnell machte sie kehrt und schlich zur Haustür.

Dort blieb sie stehen und schob sich zentimeterweise vor. Während sie sich dicht an der Wand hielt, spähte sie durch die Spitzengardinen des Fensters neben der Tür nach draußen.

Eine groß gewachsene, schemenhafte Gestalt erschien auf der Treppe, die zur Straße hinaufführte. Sie wich zurück. Mr MacKinnon! Niemand sonst war so groß wie die Silhouette, die sie da sah, nicht einmal Tom oder William. Trotz des Umhangs war sie sich sicher, dass es sich um ihren Butler handelte.

Wieder spähte sie vorsichtig aus dem Fenster. Er trat auf den Gehweg und ging, nachdem er sich schnell umgesehen hatte, mit langen Schritten die Straße hinunter.

Céline kehrte zur Dienstbotentreppe zurück, während sie an Valentines Warnung in Bezug auf den Butler dachte. Was sie als hämische Gerüchte von einer verschmähten Frau abgetan hatte, bekam jetzt einen bedrohlicheren Anschein. Wer war dieser Mann, der da vor Kurzem in ihr Haus gekommen war?

Wohin war er gegangen? Nur in eine nahe gelegene Taverne, um nach der Konzentration auf sein erstes Diner in ihrem Haus mit anderen Dienern etwas zu trinken? Aber wie viele von seinen Kollegen waren so spät noch auf? Sie hätte sich keinen besseren Ersatz für Rumford wünschen können. MacKinnon hatte seine Pflichten an diesem Abend fehlerlos erfüllt. Er war ruhig geblieben und hatte an alles gedacht, was zu tun war.

Er war würdevoll, unaufdringlich und immer aufmerksam. Stets hatte er vorausgeahnt, wann das Glas eines Gastes neu gefüllt werden musste oder jemand von einem Gericht nachnehmen wollte, das sich außerhalb seiner Reichweite befand.

Céline hatte ihn während des Essens beobachtet, weil die Worte ihrer Zofe ihr nie für längere Zeit aus dem Kopf gingen. Sie hatte das kaum sichtbare Nicken seines kantigen Kinns in Richtung William und Tom gesehen, woraufhin sich die Hausdiener dann eilig um die Bedürfnisse des betreffenden Gastes gekümmert hatten.

Er war ein Mann, der wusste, wie man Anweisungen gab, ohne dass es offensichtlich war. Was für eine Verschwendung, dass er lediglich eine Karriere als Butler anstrebte.

Und ein so feiner, elegant wirkender Mann. Er sah eher wie ein Politiker aus denn wie ein Butler. Wenn er in Frankreich gewesen wäre … Mit der richtigen Kleidung würde dieser Mann als Gentleman durchgehen.

Wo konnte er nur zu dieser Stunde hingegangen sein? Célines Gedanken wandten sich einer anderen Möglichkeit zu. Ein Stelldichein? Sie runzelte die Stirn. Dieser Gedanke gefiel ihr gar nicht.

Aber schlimmer als diese Möglichkeiten war die eine, die sie nicht in Erwägung ziehen wollte.

Konnte jemand ihr auf die Schliche gekommen sein? Hatten sie jemanden in ihr Haus eingeschleust, um ihr nachzuspionieren? War MacKinnon überhaupt mit dem alten Rumford verwandt? Aber ihr ehemaliger Butler hatte ihr eigenhändig geschrieben …

Sie kannte Rumford, seit sie nach der Heirat mit dem Earl in dessen Haus eingezogen war. Obwohl der Butler anfänglich mit seiner unterkühlten Art einschüchternd gewesen war, hatte es nicht lange gedauert, bis sie sich seinen Respekt verdient hatte … und sogar seine Sympathie.

Sie vertraute ihm. Er hatte ihr nie einen Grund gegeben, es nicht zu tun.

Jetzt schüttelte Céline den Kopf. Sie konnte nicht glauben, dass er sie verraten würde. Nein, das konnte nicht sein. Ihre Finger krallten sich in ihr Umschlagtuch. Konnte es sein, dass der alte, treue

Butler gekauft worden war? War MacKinnon wirklich sein Neffe? Beide waren groß gewachsen und hatten breite Schultern, aber ansonsten konnte sie keine Ähnlichkeit erkennen. Andererseits: Wie sehr ähnelte ein Mann von fast siebzig Jahren einem Dreißigjährigen?

Als sie kurz darauf vor Gaspards Zimmertür stand, war sie noch immer nicht zu einem Schluss gekommen. Sie klopfte leise, aber nichts rührte sich. In der Hoffnung, dass ihr Koch noch nicht schlief, klopfte sie ein wenig lauter.

Endlich öffnete die Tür sich einen Spaltbreit. Die Augen des Küchenchefs leuchteten auf, als er sie sah, und er öffnete die Tür weiter. „Sie haben etwas für mich?“, flüsterte er auf Französisch.

Anstelle einer Erwiderung gab sie ihm die Papierrolle.

Er nahm sie ohne ein Wort und schloss die Tür. Céline drehte sich um und ging wieder in ihr Zimmer hinauf.

Erst als sie in ihrem Schlafgemach war, wurde ihr bewusst, dass sie MacKinnons merkwürdigen Ausgang Gaspard gegenüber nicht erwähnt hatte. Das musste sie bei der nächsten Gelegenheit nachholen. Er konnte den Butler besser im Auge behalten.

Und sie und ihre Landsleute würden von jetzt an in ihrem eigenen Haus noch vorsichtiger sein müssen.

„Und? Was haben Sie herausgefunden?“, fragte der Mann mit der sanften Stimme, dessen graues Haar unter einem flachen Hut verborgen war.

Rees saß in der Taverne unweit der Themse seiner Kontaktperson am Tisch gegenüber. Der Mann, den er nur als Bunting kannte, saß über seinen Zinnkrug gebeugt und hatte den Kragen seines Mantels bis über die Ohren hochgeschlagen.

Bis jetzt war Rees ihm nur einmal begegnet, kurz bevor er den Auftrag angenommen hatte. „Nicht viel“, sagte er leise. „Lady Wexham ist nicht die einzige französische Person im Haus.“

Der Mann zog eine buschige, graue Augenbraue hoch und wartete.

Rees räusperte sich. „Da sind noch ihre Zofe, eine gewisse Valentine Simonette, und ihr Koch, Gaspard Guignoret. Soweit ich weiß, sind sie beide schon mehrere Jahre im Dienste von Lady Wexham. Ich konnte beide Zimmer durchsuchen."

„Und?"

Er zog das Stück Papier heraus, das er in Gaspards Kammer gefunden hatte. „Der Küchenchef scheint Monarchist zu sein. In seinem Zimmer stapeln sich royalistische Zeitungen. Und das hier habe ich gefunden." Er überreichte dem anderen Mann den Zettel. Dieser nahm ihn und betrachtete ihn eine Weile.

Dann gab er Rees das Stück Papier nicht zurück, sondern steckte es ein. „Es könnte eine Tarnung sein."

„Lady Wexham hatte heute Abend ein Diner, das erste, seit ich dort bin. Sie hat gute Beziehungen."

Bunting hörte zu, während Rees aufzählte, wer zu Gast gewesen war und worüber die Anwesenden gesprochen hatten. „Sehr gut", sagte Bunting anschließend und lehnte sich zurück. „Ich werde nächste Woche wieder hier sein. Halten Sie Augen und Ohren offen. Sollten Sie aus irgendeinem Grund daran gehindert werden, mich hier zu treffen, kommen Sie zu meiner Unterkunft." Er nannte Rees die Adresse.

Rees verließ die Taverne und atmete die kühle Nachtluft ein. Ihm war, als hätte er der Inquisition Rede und Antwort stehen müssen, obwohl Bunting freundlich gewesen war und kaum etwas gesagt hatte. Waren es nur Rees' widersprüchliche Gedanken in Bezug auf Lady Wexham, die ihn besonders sensibel machten, als würde er etwas vor seiner Kontaktperson verbergen? Aber er hatte dem Mann alles erzählt, was er wusste.

Alles außer den Gefühlen, die Lady Wexham in ihm hervorrief, wenn er hinter ihr stand und ihr den Mantel abnahm oder wenn er in ihre wunderschönen, klugen Augen blickte, während sie ihm ihre Handschuhe reichte.

Am nächsten Nachmittag nutzte Rees die Gelegenheit einiger freier Stunden, um seine eigenen Räumlichkeiten aufzusuchen, die sich in einem Backsteingebäude in einer schmalen Straße unweit der

Regierungsgebäude von Whitehall befanden. Er konnte nicht lange fortbleiben, denn er hatte zu Tom gesagt, er wolle gehen, um eine Zeitung zu kaufen.

Zum Glück begegnete er niemandem, der ihn kannte. Schnell lief er die Treppe hinauf, schloss seine Tür auf und betrat sein Zimmer. Obwohl es riskant war, sich hier blicken zu lassen, musste er sehen, ob Post von seiner Familie eingetroffen war, denn seine Angehörigen wussten nichts von dem Doppelleben, das er führte.

Rees hatte seinem Vermieter erklärt, dass er einige Wochen abwesend sein würde, um sich um einen kranken Verwandten zu kümmern, dass er aber gelegentlich vorbeischauen würde, um nach seiner Post zu sehen. Er hatte seine Miete weiter bezahlt, damit er sein Zimmer behalten konnte und Briefe unter seiner Tür hindurchgeschoben wurden.

Als er sich bückte, um die Post aufzuheben, sah er sogleich, dass er zwei Briefe erhalten hatte – einen von seiner Mutter und einen von seiner Schwester. Er durchquerte das kleine Wohnzimmer, an das ein noch kleineres Schlafzimmer grenzte, und erbrach zuerst das Siegel auf dem Schreiben seiner Mutter. Schnell überflog er den Inhalt.

Der Brief war im Plauderton gehalten und erzählte von den jüngsten familiären Ereignissen und dem Dorfklatsch. Dort änderte sich eigentlich nie viel, worüber er froh war. Seine Mutter hatte mit dem Tod von Rees' Vater und dem Verlust seines Geschäfts genug Traurigkeit und Aufruhr in ihrem Leben durchgemacht.

Erst die letzten Zeilen weckten seine besondere Neugier.

Ich werde es deiner Schwester überlassen, dir ihre Neuigkeiten zu berichten. Sowohl ihre als auch die von Jessamine. Sie können von gar nichts anderem mehr reden.
Jessamine ist zu einer hübschen jungen Frau herangewachsen. Sie ist ein liebes Mädchen und ein großer Trost für uns.

Angesichts des wenig subtilen Winks seiner Mutter runzelte Rees die Stirn. Doch dann glättete sich seine Stirn und er überlegte, warum die Nachricht ihm unangenehm sein sollte. Er hatte Jessamine, die Nachbarin und beste Freundin seiner Schwester, bei seinen

Besuchen zu Hause durchaus zu schätzen gelernt. Hatte er nicht letztes Jahr sogar überlegt, sie könnte vielleicht eine geeignete Ehefrau für ihn sein?

Während er sich noch fragte, was seine Schwester und ihre Freundin für Nachrichten haben könnten, legte Rees den Brief seiner Mutter nieder und brach den seiner Schwester auf.

Liebster aller lieben Brüder,
wir kommen Dich besuchen!

Schon bei den ersten Worten erschrak er. Schnell las er weiter.

Was soll ich sagen: Jessamine und ich kommen nach London!!!

Die Begeisterung seiner Schwester drückte sich in dem Brief in vielen Unterstreichungen und Ausrufezeichen aus.

Mutter hat Dir gewiss schon alle Neuigkeiten aus unserem verschlafenen Dorf erzählt, also werde ich gleich auf das zu sprechen kommen, worauf momentan mein ganzes Augenmerk gerichtet ist.
Jessamines Mutter verbringt mit ihr eine Woche in London und sie hat mich eingeladen, sie zu begleiten! Ich kann vor Aufregung kaum schlafen! Die beiden besuchen einen Bruder von Mrs Barry, der im Urlaub ist. Sie plant schon länger einen Besuch in der Stadt …

Im Folgenden beschrieb der Brief, wie es zu der Reise gekommen war. Mit jedem begeisterten Satz wurde ihm das Herz schwerer.

Du kannst anfangen, alle möglichen Ausflüge für uns zu organisieren. Ich sage Dir gleich, dass ich mindestens zweimal ins Theater gehen will. Wird nicht gerade ein Stück von Scott aufgeführt? Außerdem möchte ich die Tiere in Astley's Amphitheater *sehen und das* Bullock's Museum. *Wie ich gehört habe, hat es gerade erst eröffnet. Und* Faraday's. *Ich habe gehört, dass man das Lachgas ausprobieren und schrecklich albern sein kann. Na-*

türlich kann ich mir nicht vorstellen, dass so etwas sich mit Deiner Würde vereinbaren lässt, liebster Bruder.
Mrs Barry hat für uns Zimmer im Grillon's *gebucht, also werde ich in einer feinen Umgebung wohnen. Ich hoffe, das kommt Dir gelegen. Wir reisen am 25. des Monats ab. Ich hoffe, Du kannst uns am Tag darauf besuchen.*
Vielleicht kannst Du uns eine Kutsche mieten, für einen Ausflug in den Hyde Park am späten Nachmittag, wenn alle dort promenieren. Ich bin sicher, Du kennst Dich mit solchen Dingen aus und kannst uns helfen, all die Feinheiten des West Ends zu verstehen.
Ich freue mich so darauf, Dich zu sehen, und ich weiß, dass Jessamine es ebenfalls tut. Sie sagt es nicht, aber ich weiß, dass sie Deine Gesellschaft vermisst. Wenn auch nicht so sehr wie ich! Bitte sag, dass das Außenministerium Dir ein wenig freigeben wird, damit Du uns herumkutschieren kannst. Vormittags werden wir zweifellos die Geschäfte besuchen. Wenigstens hat Mrs Barry mir versichert, dass das Hotel in der Nähe der Bond Street ist.

Rees faltete den Brief wieder zusammen. Da er ihn nicht mitnehmen konnte, legte er ihn zu dem Schreiben seiner Mutter auf den Schreibtisch. Er warf einen Blick auf seine Taschenuhr. Ihm blieb nichts anderes übrig, als sofort zu antworten, bevor seine Schwester in der Stadt eintraf.

Es tat ihm leid, dass er sie nicht sehen würde, aber das ließ sich nun einmal nicht ändern. Sie durfte nicht erfahren, was er tat.

Also nahm er seine Feder und tauchte sie in das Tintenfass.

Liebe Mutter, liebe Megan,
ich war froh und bekümmert zugleich, als ich Deine Nachricht las, Megan, dass Du Ende nächster Woche nach London kommst. Ich hätte Dich so gerne gesehen. Natürlich hätte ich mir freigenommen, um Dich, Mrs Barry und Jessamine auszuführen.

Er hielt inne und überlegte, welche überzeugende Ausrede er vorbringen könnte, warum er sie nicht würde sehen können. Dann holte er tief Luft, tauchte die Feder erneut in die Tinte und schrieb weiter.

Doch ich fürchte, dass ich …

Wieder zögerte er, die Feder über dem Briefpapier. Lieber auf Nummer sicher gehen, da er nicht wusste, wie lange sein Auftrag dauern würde.

… einige Wochen nicht in London sein werde. Das Außenministerium schickt mich zum Landhaus eines Abgeordneten, um als sein Sekretär zu dienen. Er arbeitet an einem Gesetzentwurf und braucht Hilfe bei den Recherchen und der Ausformulierung.

Merkwürdig, wie leicht ihm das Lügen fiel – ihm, der immer bemüht gewesen war, bei allem, was er tat, offen und ehrlich zu sein. Er las noch einmal, was er gerade geschrieben hatte.

Würde seine Schwester die Erklärung glauben? Er wusste nicht einmal, ob ein solcher Grund überhaupt plausibel war. Aber ihm fiel auf die Schnelle nichts Besseres ein. Wenn er vorgab, krank zu sein, würde sowohl seine Schwester als auch seine Mutter kommen und ihn gesund pflegen wollen.

Er fügte noch einige Zeilen hinzu, ein paar Neuigkeiten aus der Stadt und über die jüngsten Ausschweifungen des Prinzregenten. Dann versprach er, später mehr zu schreiben, und ließ es so klingen, als hätte er im Moment besonders viel Arbeit. Noch einmal brachte er seine Enttäuschung zum Ausdruck, weil er sie nicht sehen würde – und das war durchaus ehrlich gemeint –, dann lehnte er sich zurück und fühlte sich, als hätte er einen anstrengenden Hindernislauf hinter sich gebracht.

Würde eine von beiden zwischen den Zeilen lesen? Seine Mutter war sehr scharfsinnig. Würde sie spüren, dass er etwas zu verbergen hatte? Wenn, dann würde sie es hoffentlich der sensiblen Natur seiner Arbeit im Außenministerium zuschreiben.

Sensibel. Genau das war es, dachte Rees, während Lady Wexham vor seinem geistigen Auge auftauchte.

In der Ferne hörte er die Turmuhr zur vollen Stunde schlagen. Mit Schrecken wurde ihm bewusst, dass er gehen musste.

Nachdem er seinen Brief noch ein letztes Mal gelesen hatte, faltete er ihn zusammen und holte etwas Wachs heraus, um ihn zu versiegeln. Er hatte gerade noch genug Zeit, das Schreiben in die Post zu geben.

Und dann musste er beten, dass er seiner Schwester nicht über den Weg lief, wenn sie in London war. Bei dem Gedanken, wie unwahrscheinlich es war, dass sie einem Butler begegnete, zog er eine Grimasse. Obwohl sie beide in Mayfair wohnen würden, lagen Welten zwischen ihnen.

Auf dem Weg zum Postamt kehrten Rees' Gedanken zu Jessamine zurück. Er empfand lediglich ein leichtes Bedauern darüber, dass er eine Bekannte, die nach London kam, nicht sehen würde.

Warum war er gar nicht erpicht darauf, sie zu sehen?

Bislang hatte er nur wenig Zeit und Gelegenheit gehabt, romantische Beziehungen zu knüpfen. Erst jetzt, mit einunddreißig Jahren, nach zehn Jahren Arbeit, hatte er das Gefühl, einer Frau ein angemessenes Auskommen bieten zu können. Rees hatte ein wenig Geld zurückgelegt – von dem, was er nicht an seine Mutter und Schwester schickte –, indem er selbst sehr sparsam gelebt hatte.

Er bewegte sich nicht in irgendwelchen gesellschaftlichen Kreisen, deshalb war die einzige Frau, die für ihn von Interesse war, die beste Freundin seiner Schwester – Jessamine, ein junges Mädchen, das ihr ganzes Leben im selben Dorf gelebt hatte. Sie hatte seine Schwester kennengelernt, als seine verwitwete Mutter sich wieder in ihrem Elternhaus niedergelassen hatte.

Bis vor Kurzem hatte Rees in Jessamine nie etwas anderes gesehen als ein nettes Mädchen, aber jetzt waren sie und Megan zu jungen Frauen aufgeblüht. Wann immer er zu Hause auf Besuch war, sah er sie. Irgendwie waren sie Freunde geworden, ohne dass sie sich besonders bemüht hätten. Seine Schwester und seine Mutter schienen diese Freundschaft eindeutig zu ermutigen.

Jessamine war eine gut erzogene junge Dame, ruhig, bescheiden – kurz gesagt, alles, was ein Mann sich bei einer Gattin nur wünschen konnte.

Alle Gedanken an eine Familiengründung hatten bislang zurückgestellt werden müssen, erst des Krieges wegen und dann, bis seine Schwester eine respektable Mitgift hatte und seine Mutter für ihr Alter versorgt war. Ohne bewusste Entscheidung hatte die Idee allmählich Wurzeln geschlagen, sodass er kaum noch sagen konnte, wann ihm der Gedanke zum ersten Mal gekommen war, dass Jessamine eine geeignete Kandidatin sein könnte.

Bislang hatte er ihr noch nicht offiziell den Hof, geschweige denn einen Heiratsantrag gemacht. Aber er hatte das Gefühl, dass sie nicht abgeneigt wäre, sollte er eine tiefere Freundschaft anstreben. Es gab nichts, was dagegen sprach, also hatte er sich an den Gedanken gewöhnt. Zugleich aber hatte er seiner Schwester und seiner Mutter stets deutlich gesagt, dass er keine Frau um ihre Hand bitten würde, bevor er die Schulden seines Vaters beglichen und genug gespart hatte, um für eine Frau und gegebenenfalls Kinder zu sorgen.

Und dennoch empfand er nur leises Bedauern angesichts der Tatsache, dass er Jessamines Besuch in London verpassen würde. Sollte ein Mann die Abwesenheit seiner Auserwählten nicht stärker spüren?

Seine Gedanken kehrten zu Lady Wexham zurück und er empfand ein Bedauern, das so heftig war, dass er mitten auf der Straße wie angewurzelt stehen blieb. Was fiel ihm eigentlich ein?

Er schüttelte den Kopf, entschlossen, solche Gedanken an seine Arbeitgeberin – seine *vorübergehende* Arbeitgeberin – zu vertreiben.

Zu viele Dinge standen derzeit auf dem Spiel – national und international betrachtet –, als dass er sich nach einer Frau verzehren durfte, auf die er keinerlei Anspruch hatte.

Céline machte einen Schritt zurück, um die Wirkung der Girlanden und Banner in Rot, Weiß und Blau, die unter der Decke des Salons angebracht waren, zu begutachten. An einem Ende des Saals hing der Union Jack.

Mit einem zufriedenen Seufzer, weil alles ausgesprochen patriotisch aussah, wandte sie sich an William. „Hier vor den Grünpflanzen möchte ich Lilien.“ Sie zeigte auf eine Ecke des Salons und sagte zu Virginia, die mit einem Staubwedel vor ihr stand: „Räumt auf jeden Fall alle Gegenstände von den Tischen, bevor die Hausdiener sie umstellen."

Es herrschte ein ziemliches Durcheinander in dem Raum, weil die meisten Möbel für den Ball hinausgetragen werden sollten. Céline blickte zu Tom hinauf, der auf einer Leiter stand und den Kronleuchter putzte. „Tom, ich möchte, dass Sie William helfen, die gelieferten Blumen heraufzutragen."

Sie blickte zu MacKinnon hinüber, der auf einer anderen Leiter unter einem zweiten Kronleuchter stand. „Ich bin sicher, Mr MacKinnon wird Sie einige Minuten entbehren können."

Der Butler nickte. „Natürlich, Mylady." Eine Sekunde lang trafen sich ihre Blicke und sie fragte sich, was hinter diesen aufmerksamen grauen Augen vor sich ging. Sie war noch immer zu keinem Schluss gekommen, wie sie seinen nächtlichen Ausgang beurteilen sollte. Zudem war sie von den Vorbereitungen für den Ball vollständig in Beschlag genommen.

Die nächsten Minuten verbrachte Céline im Gespräch mit Mrs Finlay, bevor sie den Hausdienern Anweisung gab, wo die Topfpflanzen platziert werden sollten, die sie von *Tubbs' Gärtnerei* in Chelsea hatte kommen lassen.

„Was meinen Sie?" Sie trat zurück und betrachtete zufrieden die Wirkung der Grünpflanzen und bunten Lilien und Orchideen, die die Ecken des großen Raumes zierten. „Das Orchester wird dort zwischen diesen Reihen aus Farnen und Palmen sitzen", sagte sie und deutete auf die entsprechende Stelle. „Dort drüben stellen wir Stühle für die älteren Damen auf und die Türen zum Empfangszimmer nebenan werden für das Büfett geöffnet", fügte sie zu den Hausdienern gewandt hinzu.

„Sehr wohl, Ma'am." Mrs Finlay nickte. „Es ist einige Jahre her, dass Sie einen Ball gegeben haben."

Céline lächelte reumütig. „Das ist wahr – und ich bin nicht sicher, ob ich es vorgeschlagen hätte, wenn ich mich an die ganze Arbeit erinnert hätte."

Mrs Finlay schenkte ihr ein seltenes anerkennendes Lächeln. „Ach, Mylady, ich bin sicher, es tut uns allen gut, den Raum in diesem Glanz zu sehen. Der verstorbene Earl wüsste die Mühe, die Sie sich für seine Nichte machen, gewiss zu schätzen."

Céline lächelte kurz, erwiderte aber nichts. Die Dienstboten waren dem alten Earl zutiefst ergeben gewesen und sie hatte sich niemals anmerken lassen, dass sie anders empfunden hatte. Sie warf MacKinnon einen Blick zu, der jetzt am Fuß der Leiter stand und sich die Hände an einem Lappen abwischte.

„Mr MacKinnon?"

Sofort wandte er ihr seine ganze Aufmerksamkeit zu. „Mylady?"

Obwohl sie von mittlerem Körperwuchs war, hatte sie, wenn sie neben ihm stand, immer das Gefühl, klein zu sein. Seine Schulter befand sich etwa auf der Höhe ihrer Schläfe. „Ich würde gerne die Gästeliste mit Ihnen durchgehen. Mir ist bewusst, dass Sie noch nie einem Ball in London vorgestanden haben, und ich möchte gerne so viel wie möglich mit Ihnen absprechen. Haben Sie einen Augenblick?"

„Wie Sie wünschen." Er folgte ihr in das benachbarte Gesellschaftszimmer.

Als sie sich an den Sekretär setzte und er stehen blieb, zeigte sie auf einen Stuhl, der in der Nähe stand. „Es ist mir nicht lieb, wenn Sie mich so überragen", sagte sie mit einem Lächeln.

Er holte den Stuhl und setzte sich.

Sie legte die Gästeliste so, dass er sie ebenfalls einsehen konnte. „Ich habe sie nach ihrem gesellschaftlichen Rang geordnet. William soll die Gäste an der Tür in Empfang nehmen. Tom kann die Damen zu Virginia und Sally in die Garderobe begleiten, wo sie ihre Umhänge ablegen können. Wenn die Gäste im Salon ankommen, werden Sie gleich am Eingang die Ankunft der jeweiligen Person verkünden. Haben Sie das alles in Ihrer vorigen Anstellung schon einmal gemacht?"

„Ich fürchte nein."

Céline befeuchtete ihre Lippen. „Sehen wir uns die ersten Namen an, den Herzog und die Herzogin von Marlborough. Sie müssen laut genug sprechen, damit man Sie trotz des Stimmengewirrs und der Musik hört. Die vornehmsten Gäste neigen dazu, recht spät zu erscheinen, wissen Sie."

„Ich verstehe, Mylady."

Ihre Blicke trafen sich; wieder fühlte sie sich von seinem ruhigen Blick beobachtet. Einen Augenblick lang hatte sie den überwältigenden Drang, ihn rundheraus zu fragen, was für ein Spiel er spielte. Aber nein, so dumm durfte sie nicht sein. Schließlich war ihr eigenes Leben nicht das Einzige, was auf dem Spiel stand. Sie musste Gaspard und Valentine um jeden Preis schützen.

Aber sie konnte nicht widerstehen, ihren geheimnisvollen Butler ein wenig auf die Probe zu stellen. Sie legte die Liste mit den Namen nieder und lehnte sich auf ihrem Stuhl zurück. „Wie geht es Ihrem Onkel?"

Fast unmerklich zuckte der Blick seiner grauen Augen, als hätte ihre Frage ihn überrumpelt. „Es geht ihm schon besser, vielen Dank."

Er hatte sich schnell wieder erholt, das musste sie ihm zugutehalten. Céline lächelte. „Vielleicht sollte ich ihn besuchen. Er ist schon seit vielen Jahre in der Familie – lange, bevor ich in dieses Haus kam."

Den Bruchteil einer Sekunde lang weiteten sich seine Augen – vor Schreck? –, doch dann war sein Blick wieder verschlossen und er senkte ihn auf die Gästeliste. „Ich bin sicher, mein Onkel wäre zutiefst gerührt, aber ich versichere Ihnen, dass es nicht notwendig ist. Sie planen Ihren Ball. Ich bin sicher, es wäre ihm gar nicht recht, wenn Sie so viel Zeit und Mühe aufwenden würden, um seinetwegen nach Yorkshire zu reisen."

Jetzt sah er sie erneut an, sein Blick wieder ganz gelassen.

„All die Jahre wusste ich gar nicht, dass er eine Nichte hat, ist das nicht seltsam? Sie muss ein großer Trost für ihn sein."

„Sie ist seine Schwester, wenn ich Sie berichtigen darf."

Ein Punkt für MacKinnon. „Ja, natürlich." Céline nahm eine Schreibfeder und ließ sie zwischen ihren Fingern kreisen. „Es tut mir leid, dass er so weit fort war, sodass er nach seinem Sturz nicht hierher zurückkommen konnte. Wir hätten uns um ihn gekümmert … und Sie hätten ihn in der Nähe gehabt."

Sein Blick blieb standhaft. „Das ist äußerst freundlich von Ihnen, Mylady, aber es geht ihm sehr gut in … Leticias Haus."

Sie zog die Augenbrauen hoch. „Ihre Tante Leticia?"

„Ja."

„Ist Ihre Familie groß?", fragte sie unschuldig. Sie war fasziniert von der Anspannung, die sie bei ihm spürte. Vielleicht war er nur nervös, weil es für ihn immer noch ungewohnt war, in diesem Haus zu sein und ihre Anweisungen zu befolgen. Einerseits wünschte sie, es wäre so … dass er nichts als ein einfacher Butler war.

„J-nein. Beziehungsweise“, sagte er mit einem kleinen Räuspern, „es gibt nicht viele Sprösslinge in … in … in meiner Generation, aber wir sind überall verteilt.“ Eine leichte Röte färbte den oberen Teil seiner glatt rasierten Wangen.

„Hat Leticia Kinder?“

Jetzt hatte die Röte sich bis zu seinem Unterkiefer ausgebreitet – einem markanten, kräftigen Kiefer. Sie ließ ihr Kinn auf einer Hand ruhen, mehr denn je fasziniert von diesem geheimnisvollen Fremden in ihrem Haus. „Nein“, sagt er, nachdem einige Sekunden verstrichen waren.

Sein leichtes Zögern und seine Verlegenheit machten ihn nicht weniger attraktiv, sondern eher noch reizvoller. Bei dem Gedanken wurden ihre eigenen Wangen ebenfalls warm. Und ihr wurde bewusst, dass sie das Spiel genoss – zu sehr genoss.

Céline faltete die Hände und setzte sich wieder aufrecht, um sich auf die Liste zu konzentrieren. „Also gut, ich werde mich bemühen, zuerst diesen Ball hinter mich zu bringen. Vielleicht anschließend …“ Sollte er ruhig in dem Glauben bleiben, sie hätte vor, seinen „Onkel“ zu besuchen.

„Wenn der Herzog und die Herzogin eintreffen, kündigen Sie die beiden an als Seine Gnaden und …“

8. Kapitel

Rees unterdrückte ein Gähnen. Er war es leid, wie eine Statue herumzustehen und die Paare auf der Tanzfläche zu beobachten.

Eins hatte er in den vergangenen Wochen im Haus Seiner Ladyschaft gelernt: Der Butler und die Hausdiener standen viel auf Abruf bereit.

Lady Wexhams Ball war ein großer Erfolg, gemessen daran, wie voll der Saal war – und wie warm. Rees hätte gerne seine enge Krawatte gelockert, aber er musste unverändert würdevoll und reglos bleiben.

Das Haus war voll hochrangiger Gäste: vom Herzog bis zum Marquis, vom Offizier der Kavallerie bis zum Parlamentsabgeordneten – dazu natürlich all die herausgeputzten und juwelenbehangenen Damen, die sie begleiteten.

Würde Lady Wexham eine solche Veranstaltung nutzen, um Staatsgeheimnisse in Erfahrung zu bringen? Rees bezweifelte es. Bislang hatte er nur gesehen, wie sie die Gäste, die er ankündigte, begrüßte und dafür sorgte, dass niemand allein blieb. Sie hatte eine Gabe, ihren Gästen das Gefühl zu geben, dass sie sich entspannen konnten; sie brachte Personen zusammen und ging dann weiter, sobald sie sich davon überzeugt hatte, dass ihre Schützlinge ins Gespräch vertieft waren. Sie schien förmlich durch die Menschenmenge zu schweben.

Schweben war ein angemessenes Wort, überlegte er, angesichts des luftigen Kleides, das um sie herumwirbelte, wenn sie tanzte. Er wusste nicht viel über Damenmode, aber Lady Wexham beeindruckte ihn immer wieder mit ihrer Erscheinung. An diesem Abend trug sie einen zarten weißen Überrock über einem blassrosafarbenen Gewand.

Straußenfedern im gleichen Rosaton zierten ihre dunklen Haare. Tropfenförmige Perlenohrringe baumelten an ihren Ohrläppchen und Perlenschnüre schmiegten sich um ihren Hals.

Auch wenn sie die Aufmerksamkeit aller auf den Ehrengast lenkte – eine schüchterne junge Blondine, die alle anlächelte, denen sie vorgestellt wurde, aber nur wenige Worte erwiderte –, stellte Lady Wexham sie in den Schatten, ob sie wollte oder nicht.

Rees zwang sich, seinen Blick von der Countess abzuwenden, beunruhigt von der Erkenntnis, wie intensiv er sie wahrnahm. Er konnte sich nicht länger einreden, dass er sie nur im Auge behielt, um sie bei irgendeinem verdächtigen Verhalten zu ertappen.

Sie faszinierte ihn mit ihrer Schönheit und Weiblichkeit, mit ihrem Charme und ihrem Intellekt, wie es noch keine Frau getan hatte. Manchmal hatte er das Gefühl, dass die Anziehungskraft wechselseitig war. Gelegentlich ertappte er sie dabei, wie sie ihn prüfend ansah, als wollte sie ihn einschätzen. Als er vor einigen Tagen neben ihr am Schreibtisch gesessen hatte, war es ihm vorgekommen, als spiele sie irgendwie mit ihm. Oder lag es daran, dass ihre Zofe ihn beim Herumschnüffeln erwischt hatte?

Rees betete unablässig um Weisheit und Klarheit. Er durfte sich von ihrer Schönheit nicht betören lassen. Und er musste sehr vorsichtig sein. Warum hatte Lady Wexham ihn nicht zur Rede gestellt? Spielte sie ein Spiel mit ihm?

Sah sie ihn deshalb so nachdenklich an?

Abrupt verließ er den Ballsaal und beschloss, nach Tom zu sehen, der immer noch am Eingang stand und auf mögliche Nachzügler wartete. Auf dem Weg ins Foyer warf Rees einen Blick in den Speisesaal, wo für einen mitternächtlichen Imbiss der Tisch gedeckt war.

Er ertappte Tom dabei, wie er gähnte, und lächelte mitfühlend. „Meinen Sie, Sie halten bis zum Ende durch?“

Weil er einen Tadel erwartete, hatte Tom den Mund schnell geschlossen und die Lippen aufeinandergepresst. Jetzt verzogen sich diese Lippen zu einem Grinsen. „Jawohl, Sir. Gaspard hat für später ein komplettes Menü für uns vorbereitet.“ Er zeigte auf die Treppe. „Drinnen alles in Ordnung?“

„Alles läuft wunderbar.“ Um seine eigene Müdigkeit zu lindern, öffnete Rees die Tür und trat in die milde Nacht hinaus. Die Straßenlaternen waren angezündet. Die Dienstboten hatten einen Teppich über die Stufen bis zur Straße gelegt und Fackeln am Wegrand aufgestellt, die den Weg zum Eingang erleuchteten.

Kutschen reihten sich auf der Straße aneinander, während die

Kutscher auf ihre Arbeitgeber warteten. „Hat man ihnen etwas zu essen gebracht?"

„Oh ja. In den letzten Stunden ist ein steter Strom von Kutschern und Pferdeknechten durch die Küche geflossen."

Rees blickte die Straße hinauf und hinunter. Alles sah ruhig aus. Er hielt inne, als er die Silhouette einer Person im Schatten an der Ecke sah. Die Gestalt trat einen Schritt zurück und tauchte tiefer in den Schatten ein.

Rees zog eine Augenbraue hoch und wandte sich an Tom. „Wie lange steht der schon da?"

Tom, der eine Kutsche betrachtet hatte, drehte sich um. „Wer?"

Rees deutete mit dem Kinn in die entsprechende Richtung. „Da drüben, sehen Sie die Person?"

Tom blinzelte. „Nein."

„Warten Sie. Er hat sich gerade in den Schatten zurückgezogen."

Rees verwickelte Tom in eine sinnlose Unterhaltung über das Wetter und wies ihn dabei an, in die betreffende Richtung zu schauen, während er selbst absichtlich den Blick abwandte.

Nach einigen Augenblicken murmelte Tom: „Ja, jetzt sehe ich jemanden."

„Haben Sie ihn schon einmal gesehen? Ist er vielleicht einer von den Kutschern?"

„Nein, das glaube ich nicht. Aber es lässt sich schwer sagen, weil so viele Leute kommen und gehen."

„Natürlich." Rees überlegte, was er tun sollte – falls er überhaupt etwas unternehmen sollte.

„Vielleicht geht er, wenn die Wache kommt."

„Vielleicht." Rees sah auf die Standuhr im Foyer. „Das dauert noch eine Viertelstunde. Dann komme ich zurück. Lassen Sie mich wissen, was passiert."

„Ja, Sir."

Rees ging einmal durch die Räume im Untergeschoss und begab sich dann in den Keller, um nach den Aktivitäten in der Küche zu sehen. Die Mägde und die Haushälterin waren pausenlos beschäftigt, während Gaspard wie ein Kapitän von der Brücke aus Befehle erteilte – es schien alles reibungslos zu laufen. Rees trat an ihnen vorbei in die Spülküche und von dort auf den Hof hinaus. Anders als bei den meisten anderen Häusern, bei denen der Hof als Lager für Kohlen und andere Dinge genutzt wurde, gab es hier einen großen Bereich, der sowohl einen Küchengarten als auch Blumenbeete umfasste.

Nach der stickigen Luft im Haus war es draußen angenehm frisch. Rees ging den Schotterweg hinunter, bis er die Gasse erreichte, die den Hof von den Stallungen trennte. Einige Lichter brannten noch in den Kammern über dem Stall.

Nachdem er nichts Ungewöhnliches entdeckt hatte, wanderte sein Blick in die Richtung, in der er die schemenhafte Gestalt gesehen hatte. Niemand war zu sehen.

Vorsichtig schritt er die dunkle Gasse entlang, bis er das Ende des Häuserblocks erreicht hatte. Dort bog er ab und ging bis zur Straße, wobei er so leise auftrat, wie er konnte, als er sich der Straßenecke näherte.

Er blieb stehen und entdeckte eine Gestalt, die am Gebäude lehnte.

Um dem Mann keine Zeit zur Flucht zu geben, trat er plötzlich vor ihn hin.

Der Mann zuckte zusammen und wich einen Schritt zurück.

„Guten Abend, Sir", sagte Rees, während er sein Gegenüber musterte. Er sah aus wie ein Gentleman, obwohl er Reitkleidung trug – einen dunklen Frack, Reithosen aus Wildleder und hohe Stiefel.

Der Mann nickte kurz. Er trug einen Hut, deshalb waren seine Züge im Dunkel unter der Krempe kaum zu erkennen.

„Ich bin Butler in dem Haus dort drüben." Rees zeigte auf den erleuchteten Eingang. „Und ich habe Ihre Anwesenheit in der Nachbarschaft bemerkt. Sind Sie ein Gast?", fragte er, obwohl er aus der fehlenden Abendgarderobe schloss, dass der Fremde kein Gast sein konnte.

Der Mann zögerte einige Sekunden und sagte dann: „Nein – das heißt, ich bin mit ... Lady Wexham bekannt. Offensichtlich gibt sie eine Gesellschaft." Er sprach mit französischem Akzent. Jetzt zeigte er auf seine Kleidung. „Wie Sie sehen, war ich darauf nicht vorbereitet."

Rees überlegte. „Wenn Sie warten möchten, kann ich Lady Wexham Ihre Karte geben."

Wieder zögerte der Mann. Sein ganzes Verhalten erschien Rees immer verdächtiger. Schließlich nickte der Fremde. „Also gut, ich werde Sie zu Lady Wexhams Residenz begleiten und auf ihre Antwort warten. Aber ich möchte sie nicht stören, wenn sie beschäftigt ist."

Die beiden Männer gingen den Gehweg hinunter, bis sie am Eingang angelangt waren. Tom war überrascht, als er Rees von der Straße kommen sah.

„Tom, wenn Sie diesen Gentleman bitte in den kleinen Salon führen würden, werde ich Ihre Ladyschaft von seiner Ankunft informieren." Rees nahm die Karte, die der Mann ihm gegeben hatte, und überließ ihn mit einer Verbeugung dem Hausdiener. Erst als die beiden anderen die Treppe hinaufgegangen waren und der Mann ihn nicht mehr sehen konnte, blickte Rees auf die Karte.

Roland de Fleury.

Er betrat den Salon und blickte sich suchend um. Schließlich entdeckte er Lady Wexham, die bei einem Herrn in Uniform stand. Ein gewisser Major Clarendon, wenn Rees sich richtig erinnerte.

Langsam und möglichst unauffällig bahnte er sich einen Weg durch den Saal, bis er bei seiner Arbeitgeberin angekommen war. Sie sah ihn an, während sie weitersprach. Er neigte den Kopf und wartete.

Die beiden sprachen nicht über Kriegsdinge, sondern über die Vorzüge des Kurortes Bath gegenüber Cheltenham.

Als in der Unterhaltung eine Pause eintrat, berührte sie den Arm des Majors. „Entschuldigen Sie mich einen Augenblick, Sir."

„Natürlich, natürlich, meine Liebe."

Als sie sich Rees zuwandte, beugte er sich ein wenig vor, sodass ihm ein Hauch ihres Parfüms in die Nase stieg. „Draußen ist ein Gentleman, der Sie sprechen möchte." Er gab ihr die Karte. „Er sagt aber, dass er nicht stören möchte."

Sie warf nur einen kurzen Blick auf die Karte und ließ sie dann irgendwo in den Falten ihres Kleides verschwinden. „Wo ist er?"

„Unten im kleinen Salon."

„Gut. Sie können ihm sagen, dass ich gleich herunterkommen werde."

Als Rees sich gerade abwenden wollte, sagte sie seinen Namen.

Aber das hier – was war dieses plötzliche Verlangen, in seinen Armen zu liegen, das sie spürte, wann immer sie MacKinnon in die Augen sah? Einem Butler oder einem Spion? Sie musste verrückt sein.

Céline wurde sich der Visitenkarte bewusst, die in der Tasche ihres Kleides steckte. Verstohlen blickte sie sich um, um festzustellen, ob jemand ihre Unterhaltung mit MacKinnon bemerkt hatte. Es war Roland, ihre Kontaktperson. Sie konnte kaum glauben, dass er das Risiko eingegangen war, so unvermutet bei ihrem Haus zu erscheinen. Dass er es getan hatte, verriet ihr, wie wichtig sein Anliegen sein musste.

Sie tat so, als hätte sie auf der anderen Seite des Raumes jemanden entdeckt, und begab sich in die entsprechende Richtung. Im letzten Moment wandte sie sich jedoch der Tür zu und schlüpfte aus dem Salon, bevor irgendjemand ihr in den Weg treten konnte.

Bis sie schließlich vor der geschlossenen Tür des kleinen Salons direkt neben dem Eingang stand, in den ihre Besucher normalerweise gebeten wurden, um zu warten, hatte sie etwas Zeit zum Nachdenken gehabt.

Mr MacKinnon stand nicht weit vom Eingang entfernt neben Tom. Es wäre zu gefährlich, hier mit Roland zu sprechen.

Als er sie sah, sprang der Butler herbei, um ihr die Tür zum Salon zu öffnen. Sie nickte kurz und betrat den kleinen Raum.

Beim Geräusch der Tür wandte Roland sich vom Kaminsims um. Er war im gleichen Alter wie sie und ein Waffenbruder von Stéphane gewesen, als Céline ihn damals in Paris kennengelernt hatte.

Als er sie sah, erschien ein strahlendes Lächeln auf seinem Gesicht und er trat auf sie zu.

Sie warteten beide einen Moment lang, um sich zu vergewissern, dass sie allein waren. Dann umarmte Céline ihn und flüsterte: „Was führt Sie her?“

Er küsste sie schnell auf beide Wangen und flüsterte, bevor er sich von ihr löste: „Ihr Butler hat mich dabei erwischt, als ich auf der Straße herumlungerte. Mir blieb nichts anderes übrig, als mit ins Haus zu kommen.“

Sie riss erschrocken die Augen auf. „Wie um alles in der Welt …?“

„Kommen Sie.“ Roland nahm ihre Hand und führte sie zu dem Sofa am Kamin, ein ganzes Stück von der Tür entfernt. „Ich habe ihm gesagt, dass ich nicht stören will, da ich sehen konnte, dass Sie beschäftigt sind. Ich darf nicht bleiben. Ich wollte später herkommen und Gaspard sprechen. Mir war nicht bewusst, dass Sie eine so große Gesellschaft geben.“

Céline setzte sich neben ihn, doch seine Worte nahm sie kaum wahr. Die Tatsache, dass ausgerechnet MacKinnon ihn entdeckt hatte, machte sie nervös. Sie würde etwas wegen ihres Butlers unternehmen müssen …

„Wer ist dieser Kerl überhaupt?“

Sie blinzelte und zwang sich, Roland wieder ihre Aufmerksamkeit zuzuwenden. „Wer?“

„Dieser Butler.“

„Er ist nur vorübergehend hier.“ Sie schürzte die Lippen und fragte sich, wie sie MacKinnons Absichten zunichtemachen sollte. Sie konnte nicht länger die Augen davor verschließen, dass er ganz offensichtlich in ihr Haus geschickt worden war, um sie auszuspionieren. Vielleicht wusste nicht einmal Rumford, wer dieser Mann in Wirklichkeit war. Könnte es sein, dass sein Neffe von der Regierung als Spion rekrutiert worden war und seinem Onkel nichts davon erzählt hatte? Aber das ergab keinen Sinn.

Sie fuhr sich mit der Zunge über die Lippen und erzählte Roland in wenigen Worten von der Verletzung ihres eigentlichen Butlers.

Der Franzose rieb sich das Kinn. „Sein Neffe, hm?“

„Wie hat er Sie entdeckt?“

„Er kam von hinten durch die Gasse und hat mich überrumpelt. Ein patenter Kerl.“

Céline runzelte die Stirn. „Das ist wahr.“ Ein patenter Kerl, der das Zimmer ihres Küchenchefs durchsucht hatte, in den frühen Morgenstunden ausgegangen war …

Roland machte eine lässige Handbewegung. „Unwichtig. Sie können ihm sagen, ich sei ein entfernter Cousin, der gekommen ist, um Ihnen zu sagen, dass Ihre Tante in Frankreich schwer krank ist. Sagen Sie ihm, ich hätte die Überfahrt riskiert, um Ihnen eine Nachricht von ihr zu bringen und eine von Ihnen mit zurückzunehmen.“

„Gut. Ist sie so krank, dass ich zu ihr reisen muss?“ Sie hatten über die Möglichkeit gesprochen, dass Céline eventuell nach Frankreich fliehen musste, wenn ihre Rolle aufgedeckt wurde.

Roland lächelte. „Im Moment noch nicht. Es ist immer noch viel zu gefährlich, die Überfahrt zu wagen. Zu viele britische Kutter, die jedes französische Schiff anhalten, das sie sehen. Aber ‚Tante Bette‘ würde sich sicher über einige tröstliche Worte von Ihnen freuen.“ Er seufzte übertrieben. „Ich hoffe nur, dass sie bis zu meiner Rückkehr durchhält. Es geht ihr nicht gut.“

Céline sah ihn prüfend an. Sie war unsicher, ob er sich jetzt auf die Zustände in Frankreich bezog. „Ach, du liebe Güte. Kann man denn etwas tun?“

„Heute Abend nicht, meine Liebe. Sie können zu Ihrem Ball zurückgehen und ihr vielleicht morgen scheiben.“ Er stand auf und nahm ihre Hand. „Ich werde Ihnen jetzt eine gute Nacht wünschen.“ Als er sich über ihre Finger beugte, flüsterte er: „Kommen Sie heute Nacht, wenn Ihre Gäste fort sind, zum *Boar and Rabbit*. Ist zwei Uhr spät genug?“

Die Gastwirtschaft war ihr üblicher Treffpunkt, obwohl normalerweise Gaspard derjenige war, der dorthin ging. „Sagen wir lieber drei Uhr, dann ist hier alles ruhig.“ Céline überlegte fieberhaft. „Warten Sie“, flüsterte sie und berührte seinen Unterarm. „Es könnte sein, dass mein ‚patenter‘ Butler mir folgt.“ Sie murmelte Roland einige Anweisungen ins Ohr.

Er drückte ihre Hand und ließ sie los, um anschließend einen Schritt zurückzutreten. „Ich finde selbst hinaus. Machen Sie sich keine Mühe.“

Bevor sie sich noch rühren konnte, hatte er den Raum durchquert und die Tür geöffnet. „Ah, guter Mann, ich mache mich auf den Weg.“

MacKinnon stand gleich hinter der Tür, was an sich nicht ungewöhnlich war, wie Céline sich einredete.

Während ihr Butler Roland zur Haustür begleitete, erhob sie sich und ging ins Foyer hinaus, wo sie wartete, bis MacKinnon die Tür wieder geschlossen hatte.

Er zog eine Augenbraue hoch. „Stimmt etwas nicht?“

Sie knetete ihre Hände und sah mit einem stummen Appell zu

ihm auf. „Ich habe gerade eine … verstörende Nachricht erhalten."

„Was ist denn – Mylady?"

Sie holte tief Luft. „Monsieur de Fleury war hier, um mir die Nachricht zu überbringen, dass eine Verwandte krank ist – eine Tante von mir." Sie schniefte ein wenig und kramte nach ihrem Taschentuch. „Er hat viel riskiert, um von Frankreich herzukommen."

„Das tut mir leid, Mylady. Ist es sehr ernst?"

„Ja. Ich stand ihr sehr nahe, als ich einige Zeit in Paris lebte." Sie entfernte sich von ihm. „Ich muss zu meinen Gästen zurückkehren. Danke, dass Sie mich über Monsieur de Fleurys Besuch informiert haben, Mr MacKinnon. Ich bin oben im großen Salon, falls jemand mich sucht."

„Sehr wohl, Mylady."

Sie stieg die Treppe hinauf und spürte den Blick ihres Butlers in ihrem Rücken, bis sie außer Sichtweite war. Hatte er ihre Geschichte geglaubt? Sie hatte kaum einen klaren Gedanken fassen können, während seine Adleraugen sie ansahen.

Jetzt musste sie dafür sorgen, dass bei dem Rendezvous mit Roland alles nach Plan lief. Céline betrat den Salon, wobei sie in Gedanken schon mit den Einzelheiten des Treffens in der Taverne nach dem Ball beschäftigt war.

Wenn ihr Butler tatsächlich in ihr Haus geschleust worden war, um sie auszuspionieren, würde dieser Abend es eindeutig bestätigen.

Rees stand im Flur vor seinem Zimmer. Er strengte sich an, um auch das kleinste Geräusch zu bemerken. Er musste noch heute Bunting wiedersehen.

Er hatte nicht hören können, was Lady Wexham und der geheimnisvolle Franzose miteinander gesprochen hatten, aber ihre Geschichte von einer kranken Tante tat er sogleich ab. Es war eine zu offensichtliche Ausrede. Der ganze Besuch war merkwürdig gewesen.

Im Haus war endlich Ruhe eingekehrt. Rees wusste, dass es fast drei Uhr war. Die Gäste hatten erst nach ein Uhr begonnen, sich zu verabschieden. Danach waren die Bediensteten damit beschäftigt gewesen, alles wieder herzurichten. Die Möbel waren noch nicht in den Salon zurückgebracht, aber sie hatten den Boden gekehrt und alles aufgeräumt.

Rees und die Hausdiener hatten schließlich alle Türen abgeschlossen und die Fenster überprüft. Er hatte gehört, wie die Dienstboten in ihre Zimmer hinaufgegangen waren.

Anschließend hatte er einige Minuten in seinem eigenen Zimmer gesessen, vollständig bekleidet, obwohl er sich danach sehnte, sich auf seinem Bett auszustrecken.

War der Franzose gekommen, um Lady Wexham eine Nachricht zu überbringen? Wie konnte er das herausfinden? Seine Herrin war zu ihren Gästen zurückgekehrt und hatte sich verhalten, wie man es von einer Gastgeberin erwartete: Sie hatte sich unter die Leute gemischt, selten getanzt und nie zu lange einem einzigen Gast ihre Aufmerksamkeit gewidmet.

Rees erstarrte, als er über sich Schritte auf der Treppe hörte.

Ja, jemand – dem leichten Gang nach zu schließen eine Frau – kam die Haupttreppe hinunter.

Wieder vernahm er die fast lautlosen Schritte. Wenn er nicht so angespannt gelauscht hätte, hätte er sie wahrscheinlich gar nicht gehört.

Einige Augenblicke später hörte er, wie der Riegel der Eingangstür zur Seite geschoben wurde und die Tür aufging.

Konnte es sein, dass Lady Wexham das Haus verließ? Zu dieser Stunde? Sein Herz hämmerte so laut, dass er kaum noch etwas anderes hörte, während er die Dienstbotentreppe hinaufschlich.

Als er oben ankam, hörte er gerade noch die Haustür leise ins Schloss fallen.

Nachdem er der Person gerade genug Zeit gelassen hatte, um ein Stück weiterzugehen, eilte Rees zur Tür und öffnete sie einen Spaltbreit. Als er nichts hörte oder sah, öffnete er sie ganz und trat auf die Treppe hinaus, um die Straße entlangzublicken.

An dem einen Ende konnte er eine schmale Gestalt mit Umhang erkennen. Sekunden später war die Frau um die Ecke gebogen.

War es Lady Wexham? Traf sie sich mit Monsieur de Fleury? Oder mit jemand anderem? Ohne lange zu überlegen, folgte er ihr die Straße hinunter. Da sie bereits außer Sichtweite war, musste er sich keine Mühe geben, sich zu verstecken.

Aber als Rees ebenfalls um die Straßenecke gebogen war, blieb er stehen. Die Frau lief hastig eine Seitenstraße in Richtung Osten entlang. Er überlegte, wie er ihr am besten folgen konnte, ohne gesehen zu werden. Zum Glück war es nebelig geworden und zwischen den Laternen war es dunkel.

Als sie ungefähr einen Häuserblock Vorsprung hatte, folgte er ihr, froh über die weichen Sohlen, die zu seiner Butleruniform gehörten. In Stiefeln wären seine Füße trockener geblieben, aber damit hätte er auf dem Pflaster zu viel Lärm gemacht.

Anstatt eine direkte Route zu nehmen, bog die Frau immer wieder ab, erst links, dann rechts, als folgte sie einem Zickzackmuster. Die Unterstände der Wachmänner mied sie. Irgendwann erkannte Rees, dass die geheimnisvolle Person in Richtung Piccadilly ging. Sie sah häufig über ihre Schulter, deshalb musste er viel Abstand lassen und die Lichtkegel der Straßenlaternen meiden.

Aber als sie Piccadilly erreicht hatte, blieb sie auf dieser Hauptstraße und lief weiter in Richtung Osten. Wenn sie nicht bald anhielt, würde sie das West End verlassen und in ein recht gefährliches Viertel gelangen.

Seine Besorgnis nahm mit jedem Schritt zu. Die Straße, auf der sonst reger Verkehr herrschte, war jetzt beinahe menschenleer. Nur Personen mit zwielichtigen Motiven waren noch unterwegs. War ihr nicht bewusst, wie ungeschützt und verletzlich sie hier war, ganz allein zu dieser Stunde? Wie konnte der Franzose sie zu einem so gefährlichen Rendezvous schicken?

Mit stetig wachsender Sorge beobachtete Rees, wie die Frau die relative Sicherheit Mayfairs hinter sich ließ und einen Bogen entlang Leicester Square machte. Sie sah sich immer wieder um, als kenne sie die Gefahren, die in den Ecken lauerten, und schritt energisch aus.

Einmal rief jemand etwas aus dem Dunkel und sie eilte weiter.

Rees fragte sich, was er tun würde, wenn jemand versuchte, sie zu belästigen. Er würde sein Möglichstes tun, um sie zu retten, auch wenn er keine Waffe trug.

Im Moment konnte er nur für sie beten – und für sich selbst.

Sein Atem ging schnell und flach, doch noch immer machte die Frau keine Anstalten, ihre Schritte zu verlangsamen. Sie erreichten die dunklere und gefährlichere Gegend um Covent Garden. Das Theater war längst aus. Die einzigen Aktivitäten zu dieser Stunde waren die von Frauen, die in den Gassen ihre nächtlichen Dienste anboten, und ihren Kunden, die aus verrufenen Spielhöllen und schäbigen Tavernen wankten.

Ein streunender Hund überquerte die Straße und der Gestank von faulendem Obst und Gemüse stieg Rees in die Nase, als sie sich dem Markt von Covent Garden näherten. Die Verkaufsstände waren dunkle, eckige Silhouetten, die auf dem Pflaster aufragten und auf die Dämmerung warteten, in der sie wieder zum Leben erweckt wurden.

Die Gestalt, der Rees folgte, bog so abrupt in eine schmale Seitenstraße ab, dass es ihm beinahe entgangen wäre. Vor einer Taverne blieb sie einen Moment stehen und ging dann hinein. Rees wartete einige Minuten draußen, bevor er sich der schweren, mit Nägeln versehenen Tür näherte. Er konnte kaum glauben, dass Lady Wexham sich an einen solchen Ort begeben würde. Er wünschte, er hätte daran gedacht, einen Umhang mitzunehmen, unter dem er sein Gesicht verbergen könnte. Die Nachtluft war kühl, aber er schwitzte von dem langen, raschen Marsch.

Nachdem er ein kurzes Stoßgebet gesprochen hatte, betrat er die Bar. Lärm und Rauch schlugen ihm wie ein schwerer Vorhang entgegen. Zum Glück war der Raum nur schwach beleuchtet und noch immer voller Menschen. Da Rees wusste, dass seine Körpergröße Aufmerksamkeit auf sich ziehen würde, sah er sich eilig nach einem freien Platz um, um unauffällig in der Menge unterzutauchen.

Erst nachdem er sich zwischen zwei andere Männer auf eine grobe Holzbank gequetscht hatte, sah er sich etwas genauer um. Es war gar nicht so einfach, in dem schummrigen Licht die Gesichter zu erkennen. Er reckte den Hals, um auch in die hintersten Ecken blicken zu können. Wohin war sie gegangen? Er wagte nicht, wieder aufzustehen. Er fragte sich, ob sie im Hinterzimmer verschwunden war, als er beobachtete, wie eine Kellnerin durch eine Nebentür verschwand.

„Was darf's sein?" Eine stämmige Bedienung erschien neben ihm, ihre Schürze war mit Ruß und Fett beschmiert.

„Ein halbes Pint Porter, bitte."

Sie verschwand wieder in der Menge. Rees suchte weiter die Gesichter der Anwesenden ab. Was er sah, ließ ihn nur noch mehr um Lady Wexhams Sicherheit fürchten.

Er zuckte zusammen, als der Zinnkrug vor ihm auf den Tisch geknallt wurde. Schnell kramte er in seiner Tasche nach einer Münze.

Wenigstens füge ich mich jetzt besser ein, dachte er, als er das dunkle Gebräu an die Lippen führte.

Sein wandernder Blick hielt inne und huschte dann zu einer Gestalt mit Umhang zurück, die in einer dunklen Ecke der Taverne saß. Die Person bewegte sich und er sah die Umrisse einer zarten Wange. Handelte es sich um einen Jungen oder um eine Dame?

Über den Rand seines Bierkruges hinweg beobachtete er die Gestalt, die über den dunklen Tisch gebeugt saß. Schließlich war er überzeugt, dass es sich um dieselbe Person handeln musste, der er durch die Stadt gefolgt war.

Er fühlte sich unbehaglich bei dem Gedanken, dass die elegant gewandete und frisierte Lady Wexham aus dem Ballsaal sich in diese … diese Person verwandelt hatte, die in einer zwielichtigen Spelunke saß und mit einem Mann von äußerst zweifelhaftem Charakter sprach. Wenn es der Franzose war – und wer sonst sollte es sein? –, dann würde es Rees schwerfallen, die Beweise für Lady Wexhams Spionagetätigkeit, die er mit eigenen Augen sah, zu entkräften.

Erst in diesem Moment wurde ihm bewusst, wie sehr er gehofft hatte, dass Lady Wexham keine Spionin war.

Er versuchte, einen Blick auf ihr Gegenüber zu erhaschen, aber die Sicht war ihm versperrt. Und er wagte nicht, selbst zu offensichtlich in Erscheinung zu treten. Er würde sich einfach gedulden und warten müssen, bis die beiden aufstanden, um zu gehen. In der Zwischenzeit nippte er gelegentlich an seinem Bier und achtete darauf, dass ihm die Hutkrempe tief über die Stirn hing.

Zum Glück musste er nur wenige Minuten warten, bis die Gestalt im Umhang die Hände hob und die Kapuze zurückschob.

Rees sog scharf die Luft ein.

Es war Valentine.

Céline stützte die Unterarme auf die Tischplatte und sah Roland an. „Und? Ist er gekommen?"

Roland lächelte nur und schob ihr einen Krug zu. „Hier, das hilft gegen die Kälte."

Sie fächelte sich mit der Hand Luft zu. „Sie meinen, es könnte mich erfrischen. Es war eine lange Fahrt vom Berkeley Square in einer stickigen Droschke." Sie trank einen Schluck und konzentrierte sich wieder auf das, was sie gerade am meisten beschäftigte. „Was ist vorhin passiert? Hat Valentine bemerkt, ob ihr jemand gefolgt ist?"

Roland lächelte. „Ja, sie ist sich ganz sicher, dass Ihr neuer Butler ihr auf den Fersen war. Ich habe getan, was Sie mir geraten haben, und auch jemand anderen an meiner statt geschickt." Jetzt wurde sein Lächeln breiter. „Ich glaube, sie hatten beide ihren Spaß. Valentine sagte, sie hätte getan, was Sie ihr aufgetragen haben, und ihr Gesicht so lange verborgen, bis sie sicher war, dass der Mann sie sehen konnte."

Céline seufzte unwillkürlich. War MacKinnon ihr tatsächlich gefolgt? Selbst jetzt fand sie es schwer zu glauben.

„Die Einzelheiten müssen Sie von Valentine erfragen. Aber sie schien sich köstlich zu amüsieren."

Das konnte Céline sich lebhaft vorstellen. Valentine hatte nur auf eine Gelegenheit gewartet, sich für die Kränkung – welcher Art auch immer sie gewesen war – zu rächen, die sie durch MacKinnon erfahren hatte. Céline selbst griff nicht gerne auf solche Taktiken zurück, aber sie hatte keine andere Möglichkeit gesehen.

Jetzt trank sie einen großen Schluck von dem Bitter Ale, dann stellte sie den Krug vorsichtig ab. „Und nun erzählen Sie mir bitte, warum Sie das Risiko eingegangen sind, heute Abend bei meinem Haus zu erscheinen. Es wird bald dämmern und ich muss zurück."

Roland lehnte sich zurück und ein Lächeln umspielte seine Lippen. „Keine Sorge, ich werde dafür sorgen, dass Sie sicher nach Hause kommen. Valentine sagte, sie wird Ausschau nach Ihnen halten, um Sie hereinzulassen. Ihnen wird nichts zustoßen."

„Danke, aber das ist nicht notwendig. Ich habe den Fahrer gebeten zu warten."

„*Bon.*" Roland beugte sich vor und senkte die Stimme. „Wir wissen, dass Bonapartes Tage gezählt sind. In Paris gibt es eine wachsende royalistische Fraktion." Dann verdüsterte sich seine Miene. „Leider werden sie von den Briten unterstützt. Wenn Louis zurückkehrt und zum König gekrönt wird, bedeutet es das Ende der Demokratie in Frankreich. Das müssen wir mit allen Mitteln verhindern."

Céline nickte, weil ihr bereits bewusst war, was Roland ihr gerade erzählte.

Nachdem er sich umgesehen hatte, senkte er seine Stimme zu einem Flüstern. „Sie müssen nach *Hartwell House* reisen."

Sie verzog die Mundwinkel. Schon der Gedanke an diesen Ort verdarb ihr die Stimmung. „Muss das wirklich sein?"

Ihr Gegenüber nickte. „Wir müssen wissen, was der Comte plant. Sie stehen in seiner Gunst. Liverpool und Castlereagh arbeiten enger denn je mit ihm zusammen, damit er den Thron in Frankreich besteigen kann, sobald Napoleon besiegt ist."

Wahrscheinlich würde ihr nichts anderes übrig bleiben. „Also gut. Wann soll ich abreisen?"

„Auf der Stelle."

9. Kapitel

Während Rees den Heimweg antrat – diesmal langsamer –, fühlte sich die Nachtluft kalt auf seinen Wangen an. Er rieb die Hände aneinander, um sie zu wärmen, und schritt die Straße hinunter. Nun musste er ja keine Sorge mehr haben, entdeckt zu werden. Es herrschte dichter Nebel und er wusste, dass es bis zur Dämmerung nicht mehr lange dauern würde. In dieser Nacht würde er keinen Schlaf bekommen.

Immer noch versuchte er, die Ereignisse zu deuten. War Valentine an Lady Wexhams Stelle gegangen? Doch offenbar hatte es sich nur um ein romantisches Stelldichein gehandelt. Als Valentine sich vom Tisch erhoben hatte, war der Mann, der sie begleitete, ebenfalls aufgestanden. Es war nicht Monsieur de Fleury gewesen, sondern ein Fremder. Rees war ihnen bis zur Ecke gefolgt. Verborgen in einem dunklen Hauseingang hatte er beobachtet, wie die beiden einander zärtlich umarmten. Ihr leidenschaftlicher Kuss hatte an dem Wesen ihrer Beziehung kaum Zweifel gelassen, bevor sie Hand in Hand mit schnellen Schritten in der Dunkelheit verschwanden.

Der Nebel um ihn herum hatte sich ein wenig gelichtet, als Rees endlich Lady Wexhams Haus erreichte. Mit einem Frösteln wegen der feuchten Kälte blickte er zu allen Fenstern hinauf und vergewisserte sich, dass noch niemand auf war, bevor er zur Haustür ging.

Erschrocken stellte er fest, dass die Tür verschlossen war. Er versuchte es noch einmal, aber ohne Erfolg.

Wie konnte das sein, wenn Valentine nicht vor ihm hier angekommen war?

Ohne große Hoffnung ging er zum Dienstboteneingang hinunter, aber auch der war zugesperrt und verriegelt, so wie er ihn am Abend hinterlassen hatte.

Mit einem resignierten Seufzer rüttelte er vorsichtig an allen Fenstern im Erdgeschoss, aber sie waren ebenfalls geschlossen. Auch die Hintertür und das Tor zu den Stallungen waren verriegelt.

Schließlich betrat er den Gemüsegarten und legte sich auf eine kalte, feuchte Bank gegenüber einem Blumenbeet. Er rollte seine langen Gliedmaßen, so gut es ging, zusammen, um sich gegen die Kälte zu schützen. Es würde nicht mehr lange dauern, bis die Dienstmädchen oder die Hausdiener aufstanden und die Türen aufsperrten. Müde sank Rees in einen leichten, unruhigen Schlaf. Als er die Tür zur Waschküche sich quietschend öffnen hörte, schreckte er hoch. Schnell sprang er auf und kauerte sich hinter die Bank, die jedoch hinter einem Sichtschutz aus Büschen stand.

Gähnend rieb er sich die Hände, um sie zu wärmen. Dann holte er seine Uhr aus der Tasche und zog sie auf. Fünf Minuten später begab er sich zum vorderen Dienstboteneingang, immer darauf bedacht, nicht gesehen zu werden.

Erleichtert stellte er fest, dass die Tür nicht mehr verschlossen war. Schnell öffnete er sie und blickte in den Kellergang. In der Ferne hörte er die Stimmen einiger Dienstboten, aber auf dem Weg zu seinem Zimmer war niemand zu sehen. Wieder einmal war er froh darüber, dass er im vorderen Teil des Hauses untergebracht war.

Als Rees in seiner Kammer war, entledigte er sich seiner Kleidung. Eine Magd hatte einen Krug mit Wasser vor seine Tür gestellt, so wie sie es immer tat. Zum Glück würde sie niemals überprüfen, ob er in seinem Zimmer war oder nicht.

Nachdem er sich gewaschen und umgezogen hatte, hängte Rees seinen schwarzen Anzug auf und betrachtete ihn prüfend. Da er das Kleidungsstück eine ganze Nacht lang getragen und eine Stunde darin im Freien geschlafen hatte, war es feucht und zerknittert. Er würde warten, bis der Anzug trocken war, und ihn dann kräftig ausbürsten.

Als Nächstes nahm er seine Bibel zur Hand und widmete sich seiner morgendlichen Andacht. Es versprach ein langer Tag zu werden und er würde alle Kraft brauchen, die er bekommen konnte.

Als Céline nach Hause zurückkehrte, öffnete Valentine ihr die Tür und zog sie eilig ins Haus.

Céline lehnte sich kurz an die Haustür. „Du liebe Güte, was bin ich erschöpft!“

Valentine nahm ihr den Umhang ab und verriegelte die Tür wieder sorgfältig. „Kommen Sie, ich habe Ihr Bett aufgedeckt und Ihr Nachthemd bereitgelegt."

Als sie in Célines Zimmer waren, begann Valentine sogleich, ihr aus dem Kleid zu helfen. Doch Céline wehrte die helfenden Hände ab. „Erzähl mir erst von deinem Abend. Roland sagt, MacKinnon sei dir gefolgt."

Valentine zuckte mit den Schultern. „Wenn er es nicht war, dann war es sein Zwillingsbruder."

„Erzähl mir genau, was geschehen ist. Roland konnte mir nur wenige Einzelheiten sagen."

Valentine lachte leise. „Ich habe ihn durch ganz Mayfair gelotst. Was für ein *imbécile*, dass er sich so leicht an der Nase herumführen lässt! Wenn das Innenministerium solche Leute einstellt, ist es kein Wunder, dass die Briten uns nicht geschlagen haben."

„Lass gut sein. Was ist geschehen, nachdem du in der Taverne angekommen warst?"

Valentine verschränkte die Arme vor der Brust, ein selbstzufriedenes, spöttisches Lächeln auf den Lippen. „Er hat den Köder geschluckt. Ich sah ihn sofort, als er in die Taverne kam." Die dunklen Augen der Zofe sprühten. „Ich habe gewartet, bis ich ganz sicher war, dass er mich gesehen hatte, und dann ..." Sie begleitete ihre Worte mit einer Handbewegung, als streife sie eine Kapuze ab, „... *voilà*, habe ich mich gezeigt."

Als sie merkte, dass sie die Luft angehalten hatte, atmete Céline aus. „Glaubst du, er hat dich gesehen?"

Ihre Zofe nickte entschlossen. *„Mais oui!"*

Aus dem hinterlistigen Gesichtsausdruck schloss Céline, dass das noch nicht alles war, doch Valentine ließ sie zappeln. „Als wir wieder gingen, habe ich dafür gesorgt, dass er es mitbekommt." Ihre Lippen verzogen sich zu einem Grinsen. „Ich habe Antoine direkt auf den Mund geküsst." Kichernd klatschte sie in die Hände. „Arm in Arm sind wir gegangen. Ich bin sicher, dass MacKinnon uns gesehen hat. Nach meinem Verhalten kann er mich keiner Spionage verdächtigen."

Céline verschränkte die Arme, die Lippen nachdenklich geschürzt. Würde das genügen?

„Eh bien, wir sind beide erschöpft." Wieder machte Valentine sich daran, die Knöpfe am Kleid ihrer Herrin zu öffnen.

Céline ließ sie gewähren, zu tief in Gedanken versunken, um noch etwas zu sagen.

Als sie unter ihrer Bettdecke lag und allmählich schläfrig wurde, lachte Valentine leise. „Ich glaube, wir haben uns an Ihrem herumschnüffelnden Butler gerächt, *Madame.*"

Céline schlug die Augen auf. „Wie meinst du das?"

„Ich habe die Tür verriegelt, als ich wieder hier war."

„Was willst du damit sagen?" Doch bevor Valentine noch antworten konnte, wurde Céline bewusst, was das bedeutete. „Du meinst ...?" Sie holte tief Luft. „Mr MacKinnon konnte nicht ins Haus zurück?"

Valentine nickte zufrieden. „Ich habe dafür gesorgt, dass ich früher hier war als er. Er mag gedacht haben, dass ich mit meinem Liebsten gegangen bin, aber stattdessen habe ich einen Haken geschlagen und bin hierher zurückgekommen. Haha!"

Céline dachte daran, wie viel Arbeit ihr Butler seit Tagesanbruch mit dem Ball gehabt hatte. „Der arme Mr MacKinnon!"

„Bah! Er will Ihnen Schaden zufügen, *ma chère.* Sie dürfen mit dem Mann kein Mitleid haben."

Warum tat er ihr dann trotzdem leid? Ihr Butler war eindeutig darauf aus, sie zu entlarven, und doch empfand sie Mitleid mit ihm.

Warum wurde ihr Herz nach all den Jahren so weich?

Wie Rees befürchtet hatte, wurde es ein langer, anstrengender Vormittag, an dem er ständig treppauf und treppab lief, um Blumen und Karten zu Lady Wexhams Privatgemächern hinaufzubringen, die von den vielen Gästen ihres Balls eintrafen.

Seine Herrin hingegen hatte sich bis zum Mittag noch immer nicht gerührt. *Wie schön, nach all den Stunden auf der Tanzfläche den Luxus des Schlafens zu haben*, dachte Rees bitter. Lady Wexham hatte nicht quer durch die Stadt laufen und dann den Rest der Nacht im Freien verbringen müssen.

Wieder einmal unterdrückte er ein Gähnen und trug einen Blumenstrauß hinauf. Er warf einen Blick auf die Karte, inzwischen ungerührt von den vielen Gentlemen, die einen Gruß schicken ließen.

Lord Delamare dankte Lady Wexham für einen reizenden Ball und hoffte, sie bei einer anderen Gelegenheit zu besuchen, hieß es auf der Karte.

Rees stellte den Strauß neben die Dutzenden anderen, die bereits auf den Tischen standen. Die Dienstmädchen hatten die teuren Blumen in Vasen verschiedener Form und Größe gestellt, sodass der Salon wie ein Gewächshaus aussah.

Was für ein ausschweifendes, nutzloses Leben.

Aber besser als ein Leben als Verräterin, sagte er sich immer wieder.

Er sollte doch eigentlich erleichtert sein, dass die Person in der Taverne am Abend zuvor nicht Lady Wexham gewesen war.

Trotzdem wurde Rees das Gefühl nicht los, dass sie in irgendwelche Heimlichkeiten verwickelt war. Immer wieder kehrten seine Gedanken zu dem geheimnisvollen Besucher zurück. Doch noch mehr erstaunte ihn – und das konnte er vor sich selbst nicht länger leugnen –, wie sehr er sich eine Erklärung wünschte, die jeglichen Verdacht von Lady Wexham nahm.

Die Tatsache, dass sie nicht die Gestalt in der Taverne gewesen war, ließ sie nicht über jeden Verdacht erhaben sein. Es schien ein zu großer Zufall zu sein, dass ihre Zofe genau an dem Abend, an dem ihre Arbeitgeberin einen geheimnisvollen französischen Besucher empfangen hatte, zu einem Stelldichein ging.

Dieses Zusammentreffen war einfach zu seltsam. Nein, Rees bezweifelte nicht, dass Valentine einen Liebhaber hatte. Aber warum sollte sie ausgerechnet die Nacht nach einem anstrengenden Ball wählen? Nach den Vorbereitungen waren alle Dienstboten erschöpft, aber natürlich war die persönliche Zofe nur dafür zuständig, ihre Herrin für das Ereignis zu kleiden und zu frisieren. Und doch fühlte es sich nicht richtig an …

Ein weiterer Knoten, den er zu entwirren versuchte, war die Frage, was er Bunting sagen sollte, wenn er das nächste Mal Bericht erstattete. Nach dem Debakel der vergangenen Nacht war Rees auf direktem Wege nach Hause gegangen. Bunting würde sich fragen, warum er nicht in der Taverne erschienen war. Also würde er an diesem Abend erneut ausgehen müssen und darauf hoffen, dass sein

Kontaktmann wieder am Treffpunkt war. Wenn nicht, würde er es bei seiner Wohnung versuchen.

Doch was sollte er Bunting über Monsieur de Fleury erzählen?

Konnte er dessen Besuch verschweigen? Der Mann war Franzose. Wenn man Lady Wexhams Worten Glauben schenken konnte, war er gerade erst über den Ärmelkanal hergekommen, um ihr Nachrichten von einer kranken Tante zu bringen.

Rees schnaubte ungläubig, während er sich bückte, um eine Karte aufzuheben, die aus einem der Blumensträuße gefallen war.

Als er Schritte hörte, drehte er sich um. Aus irgendeinem Grund erwartete er beinahe, Lady Wexham zu sehen, als könnte der bloße Gedanke an sie ihre Anwesenheit bewirken. Aber es war nur ihre Schwägerin. Er verdrängte die Enttäuschung, die er verspürte. Lady Agatha blickte in seine Richtung, ließ aber in keiner Weise erkennen, dass sie ihn wirklich wahrnahm. Sie wanderte durch den Raum, nahm hier und da eine Karte zur Hand, um sie zu lesen, und stieß gelegentlich ein „Hmpf!“ aus. Rees tat so, als würde er eine Schale mit weißen Rosen arrangieren, während er die ältere Dame insgeheim nicht aus den Augen ließ.

Nachdem sie den Raum einmal umrundet hatte, ging sie wortlos wieder. Was für ein Kontrast zu Lady Wexhams Verhalten, überlegte Rees, die immer ein freundliches Wort für ihre Bediensteten fand. Was Lady Agatha betraf, könnte er genauso gut ein Sessel oder Diwan sein.

Wenige Augenblicke später betrat Valentine das Zimmer. Auch die Zofe ignorierte ihn und fing stattdessen an, die Sträuße zu inspizieren, wobei sie keinen Hehl daraus machte, dass sie die Karten las. Schließlich wählte sie zwei Blumengestecke aus und wandte sich zum Gehen.

„Ist Ihre Ladyschaft schon auf?“ Die Worte waren heraus, bevor er sie abwägen konnte.

Valentine blieb stehen und sah Rees mit Verachtung und irgendetwas anderem – war es Belustigung? – an. „Das geht Sie überhaupt nichts an. Wenn Mylady Sie braucht, wird Sie nach Ihnen läuten.“

Bevor er etwas erwidern konnte, rauschte sie aus dem Zimmer.

Wut flackerte in ihm auf. Sein Kopf pochte, seine Füße schmerzten und er war dementsprechend gereizt.

Doch dann beschloss er, dass es sich nicht lohnte, sich über eine unverschämte Zofe aufzuregen, und ging wieder hinunter.

Es läutete am Eingang. Rees eilte zur Tür und öffnete. Davor stand ein Gentleman, den er aus Lady Wexhams gesellschaftlichen Kreisen kannte – einer, für den sie zu sprechen war.

Rees trat einen Schritt zurück, seine Miene förmlich. „Guten Tag, Mylord."

Baron Winifred Shelbourne hob sein Monokel. „Guten Tag ... MacKinnon, nicht wahr?", fragte er und trat ein.

Er reichte Rees seinen Zylinder und den Gehstock. Mit einer schwungvollen Geste entledigte er sich seines Mantels und händigte auch diesen an Rees aus. „MacKinnon, seien Sie so gut und sagen Sie Lady Wexham, dass ich hier bin."

Rees nahm die Gegenstände wortlos entgegen, während er sich angesichts der Arroganz des Mannes auf die Zunge biss. Mit seinem hellgrünen Rock und der gemusterten Weste sah der Besucher aus wie ein Geck. Sein gestärktes weißes Halstuch wirkte so steif, dass er den Kopf nicht neigen konnte, sondern auf seltsame Art und Weise auf Rees hinabblickte, obwohl dieser einige Zentimeter größer war als der adelige Gast.

„Ihre Ladyschaft empfängt zu dieser Stunde keinen Besuch."

Der junge Baron ließ das Monokel fallen, sodass es an seinem Samtband baumelte, während er Rees musterte. „Mich wird sie empfangen."

Rees schenkte ihm das, was er für seinen eisigsten Butlerblick hielt. „Meines Wissens ist sie noch nicht auf, Mylord."

Der Besucher verbarg ein Gähnen hinter vorgehaltener Hand. „Ach, seien Sie ein Schatz und sagen Sie ihr Bescheid. Wenn sie auf ist, wird sie mich in ihrem Boudoir empfangen; wenn sie noch nicht auf ist, in ihrem Schlafgemach."

Rees beherrschte seinen Zorn nur mit Mühe. „Sehr wohl, Mylord. Wenn Sie im Salon warten wollen ..." Er führte den Mann zu demselben Raum, in den er am Abend zuvor den Franzosen gebeten hatte, und öffnete die Tür.

Immerhin hatte er nun einen triftigen Grund, um sich zu Lady Wexhams Räumen zu begeben und nach ihr zu fragen.

Er klopfte an die Schlafzimmertür, hinter der er murmelnde

Stimmen vernahm. Es wurde aber auch langsam Zeit, dass sie aufstand.

Valentine öffnete die Tür einen Spaltbreit. „Sie? Was wollen Sie?"

„Baron Shelbourne ist unten und besteht darauf zu erfahren, ob Ihre Ladyschaft Besuch empfängt."

Bevor Valentine antworten konnte, ertönte Lady Wexhams Stimme aus dem Zimmer. „Wer ist es?"

Valentine schlug Rees die Tür vor der Nase zu.

Eine Sekunde später ging die Tür wieder auf. „Also gut, bringen Sie den Baron herauf."

Wieder schloss sie die Tür, bevor er Gelegenheit hatte zu fragen, wohin er den Besucher führen sollte. Doch gewiss nicht in ihr Schlafzimmer?! Er hatte Shelbourne nicht geglaubt, als dieser den Vorschlag gemacht hatte. Vielleicht in ihren privaten Wintergarten.

Als er mit Baron Shelbourne im Schlepptau wieder erschien, nahm dieser ihm die Entscheidung ab, indem er vor Rees an Lady Wexhams Tür trat und davor stehen blieb. „Kündigen Sie mich an."

Wieder klopfte Rees. Valentine öffnete sofort, als hätte sie hinter der Tür gewartet. Sie lächelte zwar nicht, hatte aber auch nicht die finstere Miene aufgesetzt, mit der sie Rees immer bedachte. Sie knickste. „Kommen Sie doch herein, Mylord."

Rees konnte einen Blick auf Lady Wexham erhaschen, die mit mehreren Kissen im Rücken im Bett saß. „Guten Morgen, Winnie", rief sie fröhlich. „Sie können sich mit mir unterhalten, während ich meine Schokolade austrinke."

Wieder fiel die Tür vor Rees' Nase ins Schloss.

Wie konnte es sein, dass eine Frau einen Mann in ihrem Schlafzimmer empfing? Rees konnte sich nicht vorstellen, dass seine Mutter oder Schwester – oder irgendeine andere anständige Dame – sich so unziemlich verhielt. Wenn Jessamine so etwas täte …!

Es war nicht der letzte Schock, den Rees im Laufe des Nachmittags versetzt bekam. Weitere Besucher wurden nach oben gebeten. Diesmal führte er die Herren in Lady Wexhams Boudoir – den Raum, den er durchsucht hatte –, wo sie am Frisiertisch saß und Valentine ihr die Haare richtete.

Lady Wexham trug ein mit Spitzen und Rüschen besetztes Kleidungsstück, das eher einem Nachthemd glich als einem Morgenmantel. Aber keinen schien das zu stören. Die Gentlemen wurden zu weichen Sesseln gewunken, in denen sie es sich bequem machten und über den vergangenen Abend tratschten.

Rees war angewidert, als er ins Erdgeschoss zurückkehrte, und fest entschlossen, diese Frau aus seinen Gedanken zu verbannen. Er wusste, dass die Franzosen andere Vorstellungen, Sitten und Gebräuche hatten, aber dies ging eindeutig zu weit.

Wenn sie keine Verräterin war, dann war sie auf jeden Fall eine Frau von zweifelhafter Moral und jemand, an den er keinen Gedanken verschwenden sollte – und keinesfalls so viele, wie er es in letzter Zeit getan hatte.

Er musste alles tun, um Bunting so schnell wie möglich Bericht zu erstatten. Rees würde ihm alles erzählen, was er wusste. Je eher er diesen Auftrag hinter sich brachte, desto eher würde er diesen moralisch und politisch zweifelhaften Haushalt verlassen, seine Beförderung erhalten und hoffentlich dann etwas tun, was einen echten Wert für die Sicherheit des Landes hatte.

Céline saß an ihrem Schreibtisch und tippte nachdenklich mit einem Federhalter an ihre Wange, während sie überlegte, was sie ihrer Mutter schreiben sollte.

Da Roland sie dazu aufgefordert hatte, nach *Hartwell House* zu reisen, musste sie ihre Mutter informieren, die Besuche ohne Vorwarnung nicht mochte.

Wie Céline es hasste, das riesige Anwesen zu besuchen, das dem Comte de Provence für seine Jahre im Exil außerhalb von Frankreich vermietet worden war! Er war von zahlreichen Mitgliedern der émigré-Gesellschaft umgeben. Sie stammten aus adeligen Familien, die nach der Schreckensherrschaft der Jakobiner aus Frankreich geflohen waren.

In den Jahren seit ihrer Hochzeit hatte Céline sich von ihren französischen Landsleuten in England zurückgezogen. In ihren Augen repräsentierten sie all das, was an ihrem Land alt und rückständig war. *L'ancien régime*. Verarmte Aristokraten, die sich für besser hielten als alle anderen und sich auf den Lorbeeren ihrer Vergangenheit ausruhten. Sie verbrachten ihre Tage im Dunstkreis der Erwartungen des Comte de Provence und setzten ihre Hoffnungen und Ambitionen darauf, dass er irgendwann einmal den französischen Thron besteigen würde.

Doch was Frankreich wirklich brauchte, war eine wahre Demokratie. Das Land musste zu den Idealen der Revolution zurückkehren, aber nicht zu den Exzessen der Anführer, die die Macht an sich gerissen und die schreckliche Herrschaft des Terrors mit sich gebracht hatten.

Céline war immer noch fest davon überzeugt, dass es Männer und Frauen gab, denen man zutrauen konnte, die Nation zu führen.

Männer wie Stéphane, den einzigen Mann, den sie je geliebt hatte, dessen Leben aber im Kampf ein vorzeitiges Ende genommen hatte. Jetzt setzte sie ihr Vertrauen in Roland und andere, die dafür kämpften, die Demokratie in Frankreich am Leben zu erhalten. Es waren Männer, deren Ideale nicht durch die Macht korrumpiert werden würden.

Stéphane war ein solcher Mann gewesen – idealistisch, aber zugleich mit der Kraft und dem Pragmatismus, die nötig waren, um einen Staat zu errichten, in dem alle vor dem Gesetz gerecht und gleich behandelt wurden.

Céline seufzte und ließ ihre Gedanken wieder in die Gegenwart wandern. Es hatte keinen Sinn, über Dinge nachzudenken, die vor so langer Zeit geschehen waren. *Chère Maman*, begann sie ihren Brief.

> *Ich werde Sie in einigen Tagen besuchen kommen. Bitte machen Sie sich keine Umstände. Sie wissen ja, dass ich meine Dienstboten mitbringe. Bitte informieren Sie den Comte über meine Ankunft.*

Wieder hielt sie inne und dachte an all die Vorbereitungen, die zu treffen waren. Wenn sie nach *Hartwell House* reiste, war es, als würde sie vorübergehend umziehen. Sie musste Bettlaken mitnehmen, ein kleines Aufgebot an Bediensteten, eine Kutsche und Pferde und sogar Lebensmittel.

Die Dienstboten, die zurückblieben, würden ruhige Tage genießen können, da es nicht viel zu tun gab, wenn sie nicht zu Hause war. Außer natürlich ihre Schwägerin zu bedienen. Céline stieß einen angewiderten Laut aus. Vielleicht konnte sie einer ihrer „Freundinnen“ Agatha als Hausgast aufbürden …

Ihre Gedanken kehrten zu der bevorstehenden Reise zurück. Wen würde sie diesmal mitnehmen? Ihr letzter Aufenthalt in *Hartwell House* lag schon mehrere Monate zurück. Die Dienstboten reisten nicht gerne mit, da alle Angestellten des Comte Franzosen waren und die Briten sich dort fehl am Platze fühlten, als wären sie im Ausland.

Valentine würde natürlich mitkommen; zudem Jacob, ihr Kutscher, mit einem Knecht, entweder Tom oder William. Eines der Hausmädchen und eine Küchenhilfe. Mrs Finlay würde in London bleiben und sich um Agatha und das Haus kümmern.

Und ihr Butler? Wenn Mr Rumford hier wäre, würde sie entweder ihm oder Mrs Finlay Urlaub geben. Im Haus war nicht viel zu tun. Wenn Agatha blieb, würde sie keine Gesellschaften geben, also brauchte sie nur wenig Personal.

Aber was war mit Mr MacKinnon? Sollte sie ihn hierlassen oder mitnehmen?

Während Céline nachdachte, fuhr sie sich mit der Schreibfeder über die Wange. In *Hartwell House* konnte sie ihn im Auge behalten – oder sie konnte ihn zurücklassen und dadurch sicher sein, dass er *sie* nicht im Auge behielt.

Auch wenn ihr Verstand ihr sagte, er solle in London bleiben, wünschte sie zugleich, ihn mitzunehmen.

Sie sagte sich, dass ihr Butler in *Hartwell House* wenig Schaden anrichten konnte. Er verstand kein Französisch und das war die Sprache, die dort ausschließlich gesprochen wurde. Seit dem Ball am vergangenen Abend hatte sie noch keine Gelegenheit gehabt, mit MacKinnon zu sprechen. Sie hatte ein schlechtes Gewissen wegen der falschen Fährte, die sie für ihn gelegt hatte, obwohl sie wusste, dass es ein notwendiger Schritt gewesen war.

Ohne auf die Stimme der Vernunft in ihrem Kopf zu hören, traf Céline ihre Entscheidung. MacKinnon sollte mitkommen.

Sie würde ihm sagen, dass er sich für die Reise bereit machen sollte. Seine Aufgabe war es, das restliche Personal zu beaufsichtigen. Damit dürfte er so viel zu tun haben, dass er nicht jede ihrer Bewegungen beobachten konnte.

Céline beendete ihren Brief und fing an, eine Liste mit Dingen anzufertigen, die vor der Reise erledigt werden mussten.

Rees war mit William in der Kammer, die dem Butler unterstand, und inspizierte das Silber, das am Abend des Balls beim Essen benutzt worden war, als sie beide von Lady Wexhams Erscheinen überrascht wurden.

„Guten Tag."

„Guten Tag, Mylady", antworteten die beiden Männer wie aus einem Mund und verbeugten sich leicht.

Wie immer sah Ihre Ladyschaft hübsch aus und ihr pfirsichfarbenes Kleid brachte frische Farbe in die dunkle Kammer.

Mit einem Lächeln wandte sie sich an den Hausdiener. „Würden Sie so gut sein und uns einen Moment allein lassen, William?"

„Natürlich, Mylady."

„Danke."

Als der junge Mann gegangen war, sah sie Rees ebenfalls lächelnd an, die Hände locker vor sich gefaltet. In ihrem kastanienbraunen Haar trug sie ein zum Kleid passendes pfirsichfarbenes Band, das ihre frische Gesichtsfarbe besonders gut zur Geltung brachte.

Es fiel Rees schwer, die schöne, unschuldig aussehende Frau, die eher wie ein Mädchen wirkte anstatt wie eine Witwe von achtundzwanzig Jahren, mit dem Bild der Frau zu vereinbaren, die Herrenbesuch empfing, während sie sich noch im Bett befand.

Er räusperte sich und versuchte, dieses Bild, das ihm schon den ganzen Tag zu schaffen machte, aus seinen Gedanken zu verdrängen. „Ja, Mylady?"

„Ich werde nach *Hartwell House* reisen."

„Aha?" Rees kannte natürlich diesen Namen. *Hartwell House* war ein Anwesen auf dem Land, nicht weit von London entfernt, auf dem der Bruder von Louis XVI. sich schließlich niedergelassen hatte, nachdem er viele Jahre seines Exils unter dem Schutz verschiedener Staatsoberhäupter auf dem europäischen Festland verbracht hatte.

Lady Wexham fuhr sich mit der Zunge über die Lippen, was ihre rosige Farbe verstärkte. „Für gewöhnlich reise ich mehrmals im Jahr dorthin, um meine Mutter zu besuchen. Dort leben viele meiner Landsleute“, fügte sie erklärend hinzu.

Er schwieg und fragte sich, worauf sie hinauswollte. Würde sie ihm Anweisungen für die Zeit geben, in der sie abwesend war? Er grub die Finger in seine Handflächen und überlegte fieberhaft, wie er es bewerkstelligen konnte, dass er der Reisegesellschaft angehörte.

„In der Regel nehme ich einige wenige Dienstboten mit. Es ist ein sehr großes Anwesen und die *émigrés* dort sind zum größten Teil verarmt. Deshalb ist es für gewöhnlich notwendig, eigenes Personal mitzunehmen.“

„Welche Bediensteten wollen Sie denn mitnehmen, Mylady?“

Sie zählte die Namen an ihren schmalen Fingern ab. „Valentine, Sally, eine der Küchenhilfen, ein Mädchen, das die Wäsche macht, Tom – da William mich beim letzten Mal begleitet hat – und Jacob, den Knecht. Ich werde meine Reisedroschke mitnehmen und für die Bediensteten eine zweite Kutsche mit Postillionen mieten.“

„Sehr wohl, Mylady.“ Während Rees versuchte, seine Enttäuschung darüber, dass er nicht mit von der Partie sein sollte, zu verbergen, fragte er: „Und Gaspard?“

Sie schüttelte den Kopf. „Nein. Der Comte hat seinen eigenen Koch und die beiden sind ständig aneinandergeraten, wann immer ich den Fehler gemacht habe, Gaspard mitzunehmen. Sie können den Dienstboten Anweisung geben, die nötigen Reisevorbereitungen zu treffen. Sie wissen, was zu tun ist. Wir müssen Leinen und Vorräte mitnehmen. Genug für mindestens vierzehn Tage.“

„Sehr wohl, Mylady.“

„Und ich möchte, dass Sie mich ebenfalls begleiten.“

Rees konnte nicht verhindern, dass man ihm seine Überraschung anmerkte. „Ich?“

„Ja. Sie können Tom bei seinen Pflichten helfen.“ Die Countess zog die Augenbrauen zusammen und blickte ihn mit ihren bernsteinfarbenen Augen fragend an. „Können Sie reiten?“

Die Frage überrumpelte ihn, weil er immer noch die Neuigkeit verdaute, dass er nach *Hartwell House* reisen würde. „Ja.“

Ihre Augen weiteten sich ein wenig. „Ach ja? Das ist gut. Sie und Tom können mit der Ausrüstung reiten. Ich möchte natürlich meine Stute mitnehmen. Da wir nur wenig Personal mitnehmen, können Sie Tom bei seinen Pflichten als Hausdiener unterstützen und Jacob mit den Pferden helfen, falls Sie nichts dagegen haben."

„Natürlich, Mylady, warum sollte ich etwas dagegen haben?"

Ihre vollen Lippen wanderten nach oben. „Weil Sie Butler sind, oder nicht?" Ihr Ton war neckend – derselbe Tonfall, den sie im Umgang mit den Gentlemen in ihrem Boudoir gebraucht hatte.

Rees erwiderte das Lächeln nicht, sondern sagte steif: „Ich bin hier, um Ihnen in jeder Funktion zu dienen, die Sie wünschen, während mein Onkel verhindert ist."

Das schelmische Lächeln schwand aus ihrer Miene. „Ich habe Sie doch hoffentlich nicht beleidigt?"

Der sanfte Ton ließ ihn blinzeln. Sie hatte natürlich keine Ahnung, warum er beleidigt war – und sie durfte es auch nie erfahren. Bis er herausgefunden hatte, wo die wahre Loyalität der Lady Wexham lag, musste Rees seine Rolle als einfacher Butler spielen. „Natürlich nicht. Es wird mir ein Vergnügen sein, Tom und Jacob zu unterstützen."

„Gut. Sie können sich mit Jacob besprechen, was die Reise betrifft. Und Mrs Finlay wird Ihnen zeigen, was eingepackt werden muss."

„Sehr wohl, Mylady."

„Als Entschädigung für diese zusätzlichen Pflichten werden Sie in *Hartwell House* mehr freie Zeit haben, als es hier der Fall ist. Ich brauche nur sehr wenig, daher empfinden die Bediensteten, die mich begleiten, den Aufenthalt dort mehr als einen Urlaub und nicht als Last."

„Ich verstehe."

„Packen Sie passende Kleidung für die ländliche Umgebung. Es gibt ausgedehnte Parks und wir sind nicht weit von dem Marktflecken Aylesbury entfernt. Außerdem ist ein kleines Dorf in der Nähe."

„Sehr wohl, Mylady. Wann sollen wir zur Abreise bereit sein?"

„So bald wie möglich. Vielleicht übermorgen?"

Als Lady Wexham den kleinen Raum verlassen hatte, hatte Rees Mühe, seine durcheinanderwirbelnden Gedanken zu sammeln.

Warum fühlte er sich immer wieder von ihrem Charme umgarnt, sobald er mit ihr sprach, auch wenn es nur eine kurze Unterhaltung war? Er musste sich auf seinen Auftrag konzentrieren.

Trotzdem verspürte er vor allem große Erleichterung. Aus irgendeinem Grund hatte Lady Wexham beschlossen, ihn nach *Hartwell House* mitzunehmen.

Den nächsten Tag brachte Rees damit zu, kreuz und quer durch London zu eilen, um verschiedene Dinge zu erledigen. Ihre Ladyschaft brauchte eine besondere Teemischung von *Fortnum and Mason's*, ein Paar Schuhe, die sie bei *Wood's* hatte anfertigen lassen, einen Schirm von *Cohen's* sowie die neuesten Romane von *Lackington, Allen & Co.*

Da im Haus Trubel herrschte, kümmerte er sich um die Besorgungen, die er sonst den Hausdienern aufgetragen hätte, denn sie waren damit beschäftigt, unter Gaspards aufmerksamen Blicken Lebensmittel und Wein in Kisten zu verpacken.

Gerade verließ Rees den *Pantheon-Basar*, zu dem Lady Wexham ihn geschickt hatte, um ein Paar Damenhandschuhe zu kaufen, und trat auf die Oxford Street hinaus.

„Rees!“

Beim Klang der Frauenstimme fuhr er herum.

Einen halben Häuserblock entfernt rief seine Schwester ihn. „Rees!“, rief sie erneut und winkte. Gleich hinter ihr standen Jessamine und deren Mutter, Mrs Barry.

Alle drei starrten ihn überrascht und mit ungläubigem Blick an.

Rees hatte den bevorstehenden Besuch seiner Schwester vollkommen vergessen. Im selben Augenblick fiel ihm ein, dass er wie ein Butler gekleidet war. Er war so darin vertieft gewesen, Lady Wexhams Aufträge zu erledigen, dass ihm die Tatsache entgangen war, dass er sich in genau der Gegend befand, in der seine Schwester und Jessamine sich höchstwahrscheinlich aufhalten würden.

Die Panik ließ ihn wie angewurzelt auf dem Gehweg stehen bleiben.

Und Jessamine! Was sollte er zu ihr sagen?

Ohne nachzudenken, drehte er sich um und schob sich an den

herausströmenden Passanten vorbei wieder in die Markthalle. Er konnte sie als Abkürzung zur anderen Seite des Häuserblocks benutzen – wichtig war nur, dass sie ihn nicht noch einmal sahen.

Einige Minuten später gelangte er zur Marlboro Street. Dann verfiel er in Laufschritt und bog um mehrere Ecken, bis er beinahe in Seven Dials war, einem Viertel, das seine Schwester und ihre Freundin ganz gewiss nicht betreten würden.

Rees blieb stehen, um wieder zu Atem zu kommen, während er aufmerksam auf Taschendiebe achtete.

Hatten sie ihn deutlich erkannt oder war er weit genug entfernt gewesen, um als jemand durchzugehen, der ihm nur ähnelte? Wie sollte er die Sache erklären, wenn Megan ihm das nächste Mal schrieb? Zum Glück würde er am nächsten Tag nach *Hartwell House* aufbrechen. Er musste seiner Schwester schreiben, sobald er dort angekommen war, und ihr sagen, dass das Außenministerium ihn dorthin geschickt hatte.

Seine Mutter und seine Schwester würden sich freuen und glauben, er wäre befördert worden, wenn er so viel reisen musste. Wenn sie nur die Wahrheit wüssten – ein Butler!

Wieder dachte er an die unverhoffte Begegnung von vorhin. Er hatte einen Hut getragen, sodass seine Züge nicht so leicht zu erkennen gewesen sein konnten. Aber sie hatten möglicherweise seine Augen gesehen. Wenn Megan ihm von der Begegnung berichtete, würde er gezwungen sein zu leugnen, dass er in der Stadt gewesen war. Der Poststempel von Hartwell würde es beweisen. Wenigstens hatte er sie vorgewarnt, dass er verreist sein würde. Das sollte sie davon überzeugen, dass sie sich geirrt hatte.

Aber was war, wenn alle drei Damen sich einig waren, dass er es gewesen war?

Wie er diese Maskerade hasste!

Seufzend wandte er sich wieder in Richtung Mayfair. Je eher er zum Haus zurückkehrte, desto sicherer würde er sein.

Aber heute Abend musste er Bericht erstatten, damit Bunting wusste, dass er nach *Hartwell House* reisen würde.

Das sollte seinen Kontaktmann erst einmal zufriedenstellen, hoffte Rees.

10. Kapitel

Die Fahrt nach Hartwell dauerte nur einige Stunden, obwohl die Reisegesellschaft wegen der vielen Vorbereitungen erst am späten Vormittag fortgekommen war.

Die Kutschen fuhren in gemächlichem Tempo und hielten auf dem Weg an zwei Poststationen, um die Pferde zu wechseln. Am frühen Nachmittag durchfuhren sie Aylesbury und die sich anschließende malerische Landschaft. Bald darauf bogen sie in das Tor zu den gewaltigen Ländereien ein, die die momentane Residenz des französischen Comte umgaben.

Céline schob die Gardine vor dem Droschkenfenster beiseite und betrachtete die Landschaft. Seit Februar, als alles hier vom Schnee bedeckt gewesen war, hatte sie ihre Mutter nicht mehr besucht.

Mit jedem Kilometer sank ihre Stimmung. Das war jedes Mal so. Ihre Besuche hier erinnerten sie zu sehr an die Vergangenheit.

Wenigstens war die Landschaft jetzt grün und die belaubten Buchenwälder warfen Flecken aus Licht und Schatten auf die Kutsche. Nach einigen Kilometern Parklandschaft trafen sie schließlich auf die Grand Avenue, die zum Palast führte.

Etwa anderthalb Kilometer weiter wurde der Wagen vor dem weitläufigen Gebäude, das aus großen Steinquadern erbaut war, langsamer. Abgeschrägte Erkerfenster an beiden Enden schufen ein Gleichgewicht zwischen den jakobinischen und georgianischen Elementen des Herrenhauses.

Es war schade, dass das elegante Anwesen immer mehr verfallen war, seit sein Eigentümer es dem Comte de Provence überlassen hatte. Die Büsche mussten dringend beschnitten werden, Scharen von Hühnern und Kleinvieh kreischten und quiekten von der Brüstung, die das bleierne Dach umgab – kurz gesagt, der Gesamteindruck war schäbig.

Die Kutsche hielt schließlich am Haupteingang. Ein Hausdiener mit einer verschlissenen Livree und einer gepuderten Perücke öffnete Célines Tür und ließ die Trittstufe herunter.

Zwei weitere Hausdiener standen an der Tür stramm. Der Butler, den sie gut kannte, kam Céline entgegen, um sie zu begrüßen.

„*Bonjour, Madame.*" Er verbeugte sich. „Willkommen. Ihre Mutter hat uns von Ihrer Ankunft unterrichtet. Wir haben Sie in Ihrer gewohnten Suite im Ostflügel untergebracht, wenn dies in Ihrem Sinne ist."

„Ja, natürlich, Monsieur Denfort. Meine Dienstboten werden sich um das Gepäck kümmern. Ist meine Mutter zu Hause?"

„Ja, in ihren Gemächern. Tee wird um fünf Uhr serviert."

„Ist der Comte wohlauf?"

„Ja, Mylady, es freut mich, dies sagen zu können. Seine Gicht macht ihm nicht allzu sehr zu schaffen. Soweit ich weiß, wird er zum Tee erscheinen."

„Dann werde ich ihn bei dieser Gelegenheit begrüßen. Sie sorgen für meine Dienstboten, nicht wahr?"

„Natürlich, *Madame.*"

Céline wurde die breite Treppe hinauf und einen langen Gang entlang zu den Räumlichkeiten ihrer Mutter geführt. *Hartwell House* hatte Dutzende und Aberdutzende Zimmer.

Der Hausdiener klopfte an die Tür und kündigte Célines Ankunft an. Sie musste sich an die förmlichen Abläufe hier erst wieder gewöhnen. Immerhin war es ein königlicher Hof – oder gab jedenfalls vor, es zu sein.

Als ihre Mutter sie sah, lächelte sie und streckte die Hände aus. „Ah, Céline, da bist du ja endlich."

Sie berührten zur Begrüßung flüchtig die Wange der jeweils anderen und traten dann einen Schritt zurück. „*Bonjour, Maman.* Sind Sie wohlauf?" Céline musterte ihre Mutter, die auf altmodische Art in ein offenes Mantelkleid aus brauner Seide mit einem dunkelgelben Unterkleid darunter gekleidet war, mit einem prüfenden Blick. Ihr Dekolleté war von einem hochgeschlossenen Spitzentuch verhüllt und ihr ergrauendes braunes Haar war gepudert und mit einer Morgenhaube aus Spitze bedeckt.

Ihre Mutter seufzte. „So wohlauf, wie man es in meinem Alter erwarten kann." Sie lud Céline ein, neben ihr auf dem Sofa Platz zu nehmen. „Wie war deine Reise?"

„Ereignislos."

Nachdem ihre Mutter die Dienstboten angewiesen hatte, welche Erfrischungen heraufgebracht werden sollten, plauderten die beiden Damen über belanglose Dinge.

Céline machte sich keine Gedanken um ihre eigenen Bediensteten; diese wussten, was sie zu tun hatten. Valentine würde Sally beim Auspacken und Herrichten der Betten beaufsichtigen und die Küchen- und Waschmädchen waren gewiss dabei, sich in der Küche nützlich zu machen. Was MacKinnon betraf, hoffte sie, dass er zurechtkam, vor allem, da hier so viele Franzosen waren. Doch zweifellos würde Tom ihm alles erklären.

Sie konnte später hinuntergehen und nach ihm sehen – nach allen ihren Bediensteten. Aber zuerst musste sie diese Unterredung hinter sich bringen und dann den Tee. Sie wandte sich an ihre Mutter. „Gibt es irgendwelche Neuigkeiten?"

„Es gibt immer Neuigkeiten, meine Liebe. Unsere Hoffnung, dass dieses Ungeheuer Bonaparte bald besiegt sein wird, wächst. Ich bete jeden Tag, dass unser Louis auf dem Thron sitzen wird, auf dem dieser Emporkömmling es gewagt hat, sich zum Kaiser auszurufen. Was für eine Unverschämtheit!"

Bevor ihre Mutter sich in Rage reden konnte, lenkte Céline das Gespräch auf andere Dinge. „Wie geht es Tante Louise?", fragte sie nach der engen Freundin ihrer Mutter, die zwar keine Blutsverwandte war, von Céline aber schon lange Tante genannt wurde.

„Oh – sie klagt, wie immer … wenn es nicht die Gicht ist, dann ist es das Rheuma."

Sie unterhielten sich noch eine Weile über die verschiedenen Bewohner von *Hartwell House*, die teilweise schon seit Jahren hier lebten, bevor Céline ein weniger angenehmes Thema anschnitt. „Ich habe Ihre Bitte um einen Vorschuss auf Ihre nächste Unterhaltszahlung erhalten, *Maman*."

Ihre Mutter machte eine abwehrende Bewegung mit ihrer schmalen Hand. „Und was ist damit? Warum sollte ich mich nicht an mein einziges Kind wenden, wenn ich knapp bei Kasse bin? Du bist gut versorgt. Warum solltest du deiner armen Mutter etwas abschlagen? Mir, die alles für dich geopfert hat!" Sie legte eine Hand an ihre Stirn. „All die Jahre, als dein geliebter Papa gestorben und ich ganz allein auf der Welt war, ohne Freunde und ohne einen Franc, weil diese Schurken uns alles weggenommen hatten …"

Céline lehnte sich zurück und lauschte resigniert der vertrauten Tirade gegen die Jakobiner, die ihrer Familie Ländereien und Wohlstand geraubt hatten. Als ihre Mutter innehielt, um Luft zu holen, ergriff Céline rasch das Wort. „Ich missgönne Ihnen nichts, *Maman*, das wissen Sie. Mir missfällt allerdings, dass Sie Ihren großzügigen Unterhalt für Glücksspiele ausgeben. Warum können Sie nicht so wie die Pensionäre zufrieden sein, die nur um ein paar Pennys spielen?"

Ihre Mutter warf ihr einen verächtlichen Blick zu. „Du willst, dass ich mich mit diesen Bettlern abgebe!" Ihre Stimme wurde lauter. „Warum gönnst du mir die wenigen Freuden nicht, die mir im Leben noch geblieben sind? Ich kann nicht als bettelarme Witwe am Tisch erscheinen, wenn alle wissen, dass meine Tochter die reichste Französin in London ist!"

„Ich will nichts dergleichen. Ich bitte Sie nur, sich zu beherrschen und vom Kartentisch aufzustehen, wenn Ihre Glückssträhne zu Ende ist."

Die Unterhaltung endete unerfreulich, nämlich mit Tränen ihrer Mutter, wie Céline es hatte kommen sehen. Irgendwann entschuldigte sie sich mit den Worten: „Regen Sie sich bitte nicht auf, *Maman*. Ich werde einen Scheck für Sie ausstellen."

Nach dem Besuch bei ihrer Mutter war Céline endlich frei, um in ihre eigenen Räume zu gehen, die sich in einem anderen Stockwerk befanden. Sie lagen ein Stück von denen ihrer Mutter entfernt, die eine ständige Bewohnerin des Palastes war.

„Da sind Sie ja endlich", sagte Valentine, als sie eintrat. „Sie werden sich zum Tee verspäten. Wie geht es Madame de Beaumont?"

„Gut." Céline hätte sich liebend gern in einen Sessel gesetzt und eine Weile ausgeruht, aber sie wusste, dass Valentine ihr das nicht erlauben würde. Also ergab sie sich ohne Proteste in ihr Schicksal, ausgekleidet zu werden.

„Ich habe das blaue Kleid aus indischem Musselin mit der cremefarbenen Schärpe herausgelegt. Es gibt heißes Wasser, wenn Sie sich waschen wollen. Hoffentlich ist es noch nicht kalt geworden."

„Also gut." Céline trat hinter den Paravent, um den Staub der Reise abzuwaschen.

Eine Stunde später verließ sie gewaschen, geschnürt und neu frisiert ihr Zimmer, um sich über die unzähligen Durchgänge und Treppen nach unten in den großen Salon zu begeben. Sie wusste, dass der alte Comte dort am späten Nachmittag seine Gäste empfing.

Als sie dort ankam, waren bereits einige ihr bekannte Besucher und Bewohner in dem Korridor versammelt, dessen ehemals eleganter Marmorfußboden mittlerweile schon recht abgestoßen aussah.

Nachdem Céline die Anwesenden begrüßt hatte, betraten sie gemeinsam den Salon und standen oder saßen in dem großen Raum mit den Erkerfenstern, die vom Boden bis zur Decke reichten und auf den Park hinausgingen, während sie darauf warteten, dass der Comte erschien.

Eine Viertelstunde später trat er ein, begleitet von seinem engsten Gefolge aus Beratern und Dienstboten. Nachdem er auf einem samtenen Sofa Platz genommen hatte, näherte Céline sich ihm. Ein Fuß, von der Gicht geplagt, ruhte auf einem bestickten Fußbänkchen vor ihm. Weiße Seidenstrümpfe bedeckten dicke Knöchel und Waden.

Der Comte war beinahe sechzig Jahre alt. Sein massiger Körper füllte das Sitzmöbel, das für zwei Personen gedacht war, völlig aus. Grau gepuderte Locken umrahmten sein Gesicht. Er trug das Haar in einem langen Zopf auf dem Rücken. Sein Gesicht wurde von roten, runden Wangen und einer scharf gebogenen Nase beherrscht; seine Augen und Augenbrauen waren dunkel und bildeten einen auffälligen Kontrast zu seinen gepuderten Haaren.

Seine Augen leuchteten auf, als er sie erkannte. „*Ma chère* Céline, mein Kind!" Er streckte eine plumpe, mit Ringen besetzte Hand aus.

Céline nahm seine Hand und versank in einem Hofknicks. „Euer Gnaden."

„Kommen Sie, erzählen Sie mir die Neuigkeiten aus der Stadt."

Ein Hausdiener brachte einen Stuhl. Céline setzte sich und berichtete von den Ereignissen, von denen sie wusste, dass sie den Comte amüsieren würden.

„Und der Regent benimmt sich immer noch nicht?"

„Wie üblich. Er wagt es kaum, sein Gesicht auf der Straße zu zeigen, weil er Angst vor dem Pöbel hat. Aber die meiste Zeit verbringt er heutzutage in Brighton."

„Ah, das Meer. Wenn ich reisen könnte, würde es mir dort gewiss auch gut gefallen." Der Comte zeigte auf seinen Fuß. „Aber Sie sehen, wie sehr ich hier gefangen bin."

Sie murmelte etwas Mitfühlendes. „Und Madame Royale ist wohlauf, hoffe ich?", fragte sie nach der Nichte des Comte, die einzige Überlebende aus der Familie von Louis XVI. und Marie Antoinette.

„Es geht ihr sehr gut. Das werden Sie selbst feststellen." Er deutete in den Raum hinein. „Und der Duc d'Angoulême ist aus London hergereist. Wir freuen uns alle auf unsere Rückkehr nach Frankreich, wie Sie sich denken können."

„Meinen Sie, diese Möglichkeit wird bald bestehen?"

„Niemand kann es genau sagen, aber wir haben jetzt große Hoffnung, nachdem der Korse solche Rückschläge an der russischen Front erlitten hat."

Nachdem sie noch einige Minuten geplaudert hatten, machte Céline den anderen Mitgliedern des königlichen Hauses ihre Aufwartung. Ihre Mutter erschien und führte sie zu einigen weiteren Bekannten.

Dann wurde schwacher Tee serviert. Céline stellte sich auf mehrere Tage voller Langeweile ein. Sie bezweifelte, dass sie in dieser fest der Vergangenheit verhafteten Umgebung irgendwelche neuen Informationen von Wert würde sammeln können.

Sie begrüßte einige Personen und ging dann auf die Terrasse hinaus, weil sie sich drinnen zu eingeengt fühlte. Der Garten strahlte trotz der Vernachlässigung immer noch eine gewisse Eleganz aus.

Vielleicht könnte sie einige schöne Ausritte und Spaziergänge genießen, wenn das Wetter mitspielte. Obwohl es schwierig war, hier in *Hartwell House* ohne Begleitung auszureiten. Die Damen ritten oder fuhren für gewöhnlich in Gruppen. Seit sie Witwe war, hatte Céline sich an ein weniger förmliches Leben gewöhnt, bei dem nicht jede ihrer Aktivitäten reguliert und beaufsichtigt wurde.

Die Erinnerungen, denen sie in London nur selten nachhing, kamen immer mit Macht, wenn sie sich in *Hartwell House* aufhielt. Céline würde nie vergessen, welche Rolle ihre Mutter dabei gespielt hatte, die einzige Liebe zu zerstören, die sie im Laufe ihrer achtundzwanzig Lebensjahre jemals erlebt hatte. Stéphane Delacroix.

Céline hatte den jungen französischen Kadetten während der kurzen Friedenszeit kennengelernt, als sie und ihre Mutter nach Paris zurückgekehrt waren, weil Madame de Beaumont hoffte, etwas von dem Reichtum zurückzubekommen, der während der Revolution verloren gegangen war.

Céline war noch immer davon überzeugt, dass der Hass ihrer Mutter auf Bonaparte nicht nur politische Gründe hatte, sondern mindestens ebenso sehr der Tatsache geschuldet war, dass die Regierung nicht bereit war, ihr den Familiensitz ihres Ehemannes zurückzugeben.

Bei einer Freundin ihrer Mutter war Céline dem attraktiven Kadetten vorgestellt worden. Er besaß weder den Titel noch den nötigen Reichtum, um die ehrgeizigen Pläne ihrer Mutter zufriedenzustellen, und so war Stéphane als Verehrer rundherum abgelehnt worden. Mit Valentines Hilfe hatte Céline sich jedoch heimlich weiter mit ihm getroffen. Als ihre Mutter davon erfuhr, brach sie ihren Aufenthalt ab und brachte Céline umgehend nach London zurück, ohne Rücksicht auf Célines Drohungen, ihre hysterischen Anfälle oder ihr mürrisches Schweigen.

Bald darauf hatten die Kämpfe zwischen den beiden Ländern erneut begonnen. Zurück in London hatte ihre Mutter jeden Penny, den sie besaß, für Célines Debüt genutzt und ihr eingeschärft, wie wichtig es war, eine hervorragende Partie zu machen.

„Du bist hübsch und charmant, *chérie*. Nutze beides zu deinem Vorteil, wenn du nicht willst, dass wir beide unsere restlichen Tage in dem schäbigen Etablissement eines Hutmachers fristen."

Die Saison verstrich, doch keine geeigneten jungen Herren hielten um Célines Hand an. Händeringend war ihre Mutter im Zimmer auf und ab geschritten. „Du musst mehr tun, um sie zu ermutigen. Du kannst nicht dastehen wie eine tragische Gestalt, die ihren Zenit bereits überschritten hat. Du musst dich bemühen."

Aber es war Céline unmöglich gewesen, so lebhaft zu sein wie die anderen Debütantinnen, nachdem man ihr das Herz gebrochen hatte.

Die Erinnerung an diesen aufgelösten Zustand im Alter von siebzehn Jahren entlockte ihr aus ihrer jetzigen Perspektive einen Schauer des Ekels. Jetzt, wo sie etliche Jahre älter und erfahrener war, konnte sie nur Mitleid mit diesem unerfahrenen Kind empfinden, das so viele nutzlose Tränen vergossen hatte.

Valentine hatte ihr das Leben gerettet, denn sie hatte ihr und Stéphane eine geheime Korrespondenz ermöglicht.

Aber ihre Mutter hatte nicht aufgegeben. Da keiner der jungen Männer ihren Ansprüchen genügte, hatte sie Ausschau nach einem älteren Mann gehalten – also nach jemandem, in dessen Augen die Jugend und Schönheit ihrer Tochter ihren Mangel an Mitgift ausreichend wettmachten, um zu einem Heiratsantrag zu führen.

Nachdem sie die wohlhabenden Junggesellen, die ihre besten Jahre hinter sich hatten, sorgfältig begutachtet hatte, hatte ihre Mutter den Earl of Wexham ausgewählt, einen Witwer mit einem riesigen Vermögen. Es spielte kaum eine Rolle, dass er dreimal so alt war wie Céline.

Als Céline sich weigerte, den alten Earl zu empfangen, hatte ihre Mutter sich auf Herzrasen und Ohnmachtsanfälle verlegt. Sie hatte sich ins Bett gelegt und geklagt, Céline werde für ihren Tod verantwortlich sein, so wie sie auch die Schuld an ihrer voreiligen Rückkehr nach England trage, bevor sie den Reichtum und den Wohnsitz ihrer Familie hatte zurückerlangen können. Céline hatte entgegnet, sie würde alles andere tun, als sich an einen Mann zu verkaufen, den sie abstoßend fand.

In dieser Pattsituation hatte ihre Mutter jede Nahrungsaufnahme verweigert, doch dann erhielt Céline die Nachricht von Stéphanes Tod. Roland war es, der Céline geschrieben hatte. Stéphane war in der Schlacht von Ulm in Bayern gefallen, ein nationaler Triumph für Napoleon, der für Céline zu einer persönlichen Tragödie wurde.

Valentine hatte sie im Arm gehalten, als Céline sich die Seele aus dem Leib geschluchzt hatte, ihre Träume und Hoffnungen durch einen einzigen Satz zunichtegemacht. *Gefallen in der Schlacht; der Tod eines Helden, aber er ist nicht mehr am Leben …*

Valentine war ihre einzige Vertraute gewesen. Sie war es, die dafür gesorgt hatte, dass Céline morgens aufstand; dass sie sich in die prachtvollen Gewänder kleidete, auf denen ihre Mutter bestand, obwohl sie am liebsten nur Schwarz getragen hätte; die ihr Vorträge darüber hielt, dass sie lächeln und weitermachen musste, ganz gleichgültig, wie ihre innersten Gefühle aussahen.

„Sie müssen nicht nur an Ihr eigenes Überleben denken, sondern auch an das Ihrer Mutter. Was soll aus ihr werden, wenn Sie sich dem Selbstmitleid hingeben? Sie werden auf der Straße landen", schimpfte die Zofe, die Augen voller Wut, als hätte sie es selbst erlebt. „Sie glauben, Sie sind das erste Mädchen, das sich verliebt und ihren Verehrer verliert? Ha! Ein gebrochenes Herz werden Sie überleben – aber die Straße überleben Sie vielleicht nicht, *ma chère*. In einigen Jahren wird Ihr Körper gebrochen sein und dann werden Sie sich wünschen, dass ein reicher Mann kommt und um Ihre Hand anhält – aber dann werden nur diejenigen kommen, die sich ohne Hochzeit bei Ihnen bedienen!"

Am Ende hatte Céline den Antrag des Earls angenommen. Es schien ihr kaum etwas anderes übrig zu bleiben. Erst später erfuhr sie, wie hart ihre Mutter verhandelt hatte, um einen großzügigen Ehevertrag für ihr einziges Kind zu erwirken.

Der Earl war alt genug, um ihr Vater zu sein – er war sogar noch älter, als ihr eigener Vater gewesen wäre –, aber während er ihr den Hof machte, war er stets aufmerksam und freundlich zu ihr gewesen.

In ihrer Unschuld damals hatte sie daraus geschlossen, dass ein väterlicher Mann wie der Earl an sie als Ehefrau keine Forderungen stellen würde.

Wie naiv sie doch gewesen war!

Céline hatte anfangs versucht, ihn zu lieben, und sich bemüht, jede Abscheu oder die Tatsache zu verbergen, dass sie seine Gefühle einfach nicht erwidern konnte.

Aber am Ende hatte das keine Rolle gespielt. Als sie ihm nach einem Jahr und dann nach zwei Jahren noch immer keinen Erben geschenkt hatte, war seine eigene Zuneigung abgekühlt, bis nichts mehr übrig war als kalte Verachtung, wenn sie zu Hause waren, und eine zerbrechliche Höflichkeit, wenn sie gemeinsam in der Öffentlichkeit erschienen. Der Earl hatte den Großteil seiner Zeit im

Oberhaus und auf seinem Landsitz zugebracht, wo er mit seinen Kumpanen auf die Jagd ging.

Nur zufällig hatte sie von seiner Geliebten erfahren, der ersten in einer ganzen Reihe von Schauspielerinnen oder Tänzerinnen. Céline konnte sicher sein, dass irgendeine wohlmeinende Freundin ihr stets die neuesten Gerüchte zutrug. Sie war erleichtert gewesen, weil sie dachte, er würde sie nun in Ruhe lassen, aber zu ihrem Kummer forderte ihr Ehemann weiterhin regelmäßig seine Rechte ein, wenn auch ohne Erfolg. Sie blieb unfruchtbar und er tobte, weil er sich von ihr und ihrer Mutter hintergangen fühlte.

Sieben lange Jahre ertrug Céline dieses Leben und bewegte sich in der Gesellschaft, als wäre alles in Ordnung, obwohl sie an den Blicken der anderen merkte, dass diese sie verurteilten. Wo war der Erbe? Es war kein Geheimnis, dass der Earl geheiratet hatte, weil er einen Sohn brauchte. Seine erste Ehe hatte keine Kinder hervorgebracht.

Niemand würde ihm Vorwürfe machen. Es war die Pflicht der Ehefrau, Nachwuchs zu gebären.

Dann hatte sie mit den Gerüchten über ihr eigenes Leben zurechtkommen müssen, wann immer sie irgendeinem Gentleman besondere Aufmerksamkeit zuteilwerden ließ. Da sie Französin war, ging man ganz selbstverständlich davon aus, dass sie eine Reihe Liebhaber hatte. Nach einer Weile wurde ihr der Tratsch gleichgültig. Céline lernte es, mit dem Getuschel hinter ihrem Rücken zu leben und in der Gesellschaft zu lachen und zu glänzen, während ihre Träume starben und ihre Seele in ihr vertrocknete.

Aber ihre Mutter war gut versorgt und zog mit der Crème der Emigrantengesellschaft nach *Hartwell House*, während Céline ihre Tage in der Stadt zubrachte und lieber den Umgang mit der britischen Oberschicht pflegte.

Als der Earl bei einer Jagd einen Herzanfall erlitt und tot umfiel, hatte Céline zunächst nur einen Schock empfunden, gefolgt von einem Gefühl der Taubheit. Die Erleichterung war erst später gekommen, als ihr bewusst wurde, was ihr das Leben als Witwe in Verbindung mit Reichtum bringen würde – kein Glück, aber Unabhängigkeit.

Allmählich fing sie an, diese Unabhängigkeit zu genießen. Ihre Freiheit wurde nur dadurch getrübt, dass die Schwester des Earls zu ihr zog. Seither war Agatha ein Dorn in ihrem Fleisch gewesen – wenn auch kein besonders großer.

Als Entschädigung hatte Céline ein beträchtliches Vermögen geerbt. Das Anwesen war an den nächsten männlichen Verwandten, einen Neffen gegangen, den neuen Earl of Wexham. Aber Céline hatte lebenslanges Nutzungsrecht des Hauses in der Stadt und ein großzügiges Erbteil in Form eines jährlichen Unterhalts.

Durch ihre Ohnmachtsanfälle und ihre Neigung zur Hysterie hatte Madame de Beaumont sich als zähe Verhandlungspartnerin erwiesen, als sie in Célines Eheschließung eingewilligt hatte.

Aber das alles war jetzt Vergangenheit. Céline schüttelte die Erinnerungen ab, eine bewusste Anstrengung, die sie bei jedem Besuch in *Hartwell House* unternehmen musste.

„Sie sind aus der Stadt angereist?", sagte eine Männerstimme hinter ihr.

Céline wandte sich von dem Anblick des Gartens ab und sah sich einem anderen Bewohner von *Hartwell House* gegenüber, Monsieur de la Roche. Er war einer der engsten Vertrauten des Möchtegernkönigs. „Ja, um meine Mutter zu besuchen."

„Natürlich", murmelte er. „Was für eine hingebungsvolle Tochter."

„Und Sie leben noch immer in *Hartwell House*?", fragte sie und musterte ihn. Sie fühlte sich in de la Roches Nähe immer unbehaglich. Der Mann war vielleicht Anfang sechzig, schlank und nicht sehr groß gewachsen. Er hatte dünne graue Haare und seine Haut wirkte zu straff über seinem Gesicht, das vermutlich einmal attraktiv gewesen war.

Die Augen, mit denen er sie ansah, hatten eine undefinierbare Farbe, ein ausgewaschenes Blau oder Grün oder Grau mit gelben Flecken. „Ja. Ich diene dem zukünftigen König."

Ihr Blick wanderte zu dem alten Comte. „Glauben Sie, seine Rückkehr steht kurz bevor?"

„Vielleicht Ende dieses Jahres oder Anfang des nächsten."

Sie zog eine Augenbraue hoch. „So bald?"

„Bald? Ich würde sagen, er hat schon zu lange gewartet."

„Ja, wenn man es an den Jahren seines Exils misst. Aber wenn man die Nachrichten vom europäischen Festland liest, scheint es, als wäre Napoleon immer noch unangefochten."

„Aber das ändert sich."

„Seit der Invasion Russlands, ja … so scheint es wenigstens." Céline lächelte. „Wenn Sie mich entschuldigen wollen, *Monsieur*, es gibt jemanden, den ich begrüßen muss."

Er verneigte sich über ihrer Hand. „Natürlich, Mylady."

Wahrscheinlich hätte sie bleiben sollen, um weitere Informationen aus de la Roche herauszubekommen, aber irgendetwas an ihm machte sie nervös. Es war, als hätte alles, was er sagte, eine doppelte Bedeutung. Angesichts der vielen Bewohner von *Hartwell House* sollte es leicht sein, ihm während ihres Aufenthalts aus dem Weg zu gehen.

Als das lange Abendessen endlich vorüber war, fühlte Céline sich völlig erschöpft von der Anstrengung, über Belanglosigkeiten zu reden und bei allem, was sie sagte, nicht ganz ehrlich zu sein – vor allem, wenn es um die Ereignisse in Frankreich ging, um die sich die meisten Gespräche der *émigrés* drehten.

Valentine hatte auf sie gewartet und erhob sich jetzt, als Céline ihr Zimmer betrat.

„Sie sehen müde aus, *Madame*."

„Wenn, dann liegt es daran, dass ich müde bin", erwiderte sie und ließ sich mit einem Seufzer in einen Sessel fallen.

„*Non, non*", schimpfte Valentine. „Kommen Sie, ich helfe Ihnen zuerst aus Ihrem Kleid. Im Morgenmantel werden Sie sich besser fühlen."

„Also gut."

Während Valentine ihr beim Auskleiden half, fragte Céline: „Haben die Dienstboten sich eingerichtet?"

„Ja. Sie haben die üblichen Zimmer."

„Findet Mr MacKinnon sich zurecht?" Jetzt erst wurde ihr bewusst, dass sie gar keine Zeit gehabt hatte, nach ihrem Butler Ausschau zu halten. Beim Essen hatte sie ihn auch nicht gesehen.

Valentine schnaubte und begann, Célines Frisur zu lösen. „Machen Sie sich um den mal keine Sorgen."

„Ich habe bemerkt, dass er bei Tisch nicht serviert hat, deshalb habe ich mich gefragt, wo er ist."

„Sie haben ihm in der Küche zu tun gegeben, wo er die Vorbereitung der Servierplatten überwacht hat.“ Valentine riss an Célines Haaren. „Warum haben Sie diesem Kerl erlaubt mitzukommen?“

Céline war zu müde, um mit ihrer Zofe zu streiten. „Es schien mir das Beste.“

„Ha!“

„Autsch!“ Céline berührte ihr Haar dort, wo Valentine es energisch mit der Bürste bearbeitete.

Wahrscheinlich war es jetzt zu spät, um nach MacKinnon zu schicken. Gleich morgen früh würde sie es tun. Sie suchte Valentines Blick im Spiegel. „Bitte sag ihm, dass ich ihn morgen Vormittag sprechen will.“

Valentine presste missbilligend die Lippen zusammen, sagte aber nichts weiter.

Als Céline im Bett lag, kehrten ihre Gedanken zu MacKinnon zurück. Der Mann hatte sich zu Pferde auf dem Weg nach *Hartwell House* durchaus bewährt. Sie hatte unwillkürlich bemerkt, was für eine gute Figur er auf ihrer rotgrauen Stute machte, während Tom und er die Kutschen begleiteten. Sie konnte sehen, dass ihr Aushilfsbutler ein guter Reiter war. Bei den Poststationen war er aufmerksam gewesen und an ihrer Droschke erschienen, bevor die Dienstboten des Gasthauses sie fragen konnten, ob sie eine Erfrischung wünschte. Hatte Valentine recht, wenn sie sagte, dass es ein Fehler gewesen sei, ihn hierher mitzunehmen? Gab sie ihm damit nur noch mehr Gelegenheit, sie bei ihren Spionagetätigkeiten zu beobachten und sie auszuliefern?

Céline drehte sich um und versuchte, auf der ungewohnten Matratze eine bequeme Schlafposition zu finden. Sie würde Roland warnen müssen, damit er einen Fluchtplan schmieden konnte, falls es zum Schlimmsten kam.

Sie seufzte, weil sie zu müde war, um jetzt darüber nachzudenken. Ihre Mutter hatte an diesem Abend nach dem Essen beim Kartenspiel wieder einmal eine größere Summe verloren. Wenn sie am Spieltisch doch nur ein Auge auf ihre Mutter haben könnte! Die Frau, die in ihrem Leben so stark und dominant gewesen war, wurde zunehmend kindisch und abhängig. Es war, als hätte sie sich heute absichtlich unpassend benommen, nachdem Céline sie wegen ihrer großen Spieleinsätze gerügt hatte.

Sie starrte in die Dunkelheit und fragte sich, was sie tun sollte. Manchmal wurde die Last der Verantwortung einfach zu schwer …

Spät am nächsten Morgen, als Lady Wexham zum Frühstück erschien, wartete Rees vor dem Morgensalon auf sie.

„Sie wünschen mich zu sprechen, Mylady?"

Wie immer sah sie aus, als wäre sie gerade aus der Modeseite einer der Damenzeitschriften gestiegen, die seine Schwester so liebte. An diesem Morgen trug sie ein hübsches Kleid aus rosa und grün geblümtem Musselin mit einer hellgrünen Schärpe, die hoch über ihrer Taille gebunden war.

Sie lächelte ihn an. „Das stimmt." Sie wandte sich in Richtung Korridor. Rees folgte ihr den Gang hinunter, wobei sie geschickt den Dienstboten auswich, die Essen brachten, um die Schüsseln beim Frühstücksbüfett aufzufüllen. In einer kleinen Nische mit Blick auf den Rasen neben dem Palast blieb sie stehen. „Ich hatte gestern keine Gelegenheit, Sie zu sehen, und wollte fragen, wie Sie zurechtkommen."

Wieder einmal überraschte seine Arbeitgeberin ihn. Seit er in dieser französischen Enklave angekommen war, staunte er sowohl über die Größe des Anwesens als auch über die Zahl der Dienstboten und Gefolgsleute. Trotzdem hatte sie an ihn gedacht. „Sehr gut, Mylady, danke."

„Behandelt das Personal Sie gut? Es tut mir leid, dass sie alle Franzosen sind. Ich hoffe, das ist nicht zu lästig." In ihren honigfarbenen Augen lag echte Besorgnis.

„Nein, Mylady. Wir … verständigen uns schon irgendwie."

„Das ist gut." Sie sah ihn noch ein wenig länger an, bis er das Gefühl hatte, als wollte sie noch mehr sagen.

„Außerdem wollte ich Ihnen sagen, dass Sie das Gelände nutzen können, als wären Sie hier zu Gast. Es gibt ausgedehnte Wanderwege durch den Wald. Tom kann sie Ihnen zeigen."

Rees ertappte sich dabei, dass Enttäuschung in ihm aufstieg, weil das alles gewesen war. Er neigte den Kopf. „Ich danke Ihnen für Ihre Großzügigkeit, Mylady."

„Und natürlich können Sie ausreiten. Ich habe gesehen, dass Sie ein guter Reiter sind. Haben Sie in Telford irgendwann im Stall gearbeitet?"

Er überlegte schnell. „Ja, als ich noch sehr jung war."

„Wie Sie sehen werden, können Sie über Ihre Zeit recht frei verfügen, abgesehen von den Mahlzeiten, bei denen Sie beim Servieren helfen."

„Danke." Hatte sie sich wirklich die Zeit genommen, um über seine Freizeit nachzudenken? Er dachte an Oglethorpe und fragte sich, ob der junge Aufschneider jemals einen Gedanken daran verschwendet hatte, wie Rees seine Sonntage verbrachte.

Jetzt schwiegen beide und Lady Wexham sah aus, als wollte sie ihn entlassen, doch dann ergriff er das Wort. „Wenn ich Sie etwas fragen dürfte?"

Sie blinzelte mit ihren schönen Augen. „Natürlich."

„Auf dem Weg hierher habe ich einige Bäche entdeckt. Wäre es mir erlaubt zu fischen?"

Sie schürzte ihre feinen Lippen. „Ich sehe nicht, was dagegen sprechen sollte. Ich werde es in Erfahrung bringen, aber bis dahin haben Sie meine Erlaubnis."

Wieder verneigte er sich. „Danke, Mylady."

„Gern geschehen."

Bevor er sich entfernen konnte, hob sie einen Finger. Er erwartete, dass sie etwas sagen würde, aber das tat sie nicht sofort.

Stattdessen befeuchtete sie ihre Lippen und er bemerkte, dass eine leichte Röte in ihre Wangen stieg. „Auch ich habe noch eine Bitte."

Rees spürte, dass es ihr schwerfiel, die richtigen Worte zu finden. Er wartete geduldig.

„Es geht um meine Mutter."

Er blinzelte, weil er etwas Derartiges nicht erwartet hatte. „Wie kann ich Ihnen da behilflich sein?", erwiderte er und fragte sich, warum sie zögerte.

„Sie spielt gerne Karten."

Rees zog die Augenbrauen hoch. „Das ist doch gewiss für eine Dame in ihrer Position nicht ungewöhnlich, oder?"

„Natürlich nicht." Die Countess zog eine kleine Grimasse. „Leider wird im Gegensatz zu England die Wettleidenschaft unter Franzosen von Männern und Frauen gleichermaßen geteilt."

Er fragte sich, warum sie ihm das erzählte.

„Sie lässt sich beim Spiel sehr leicht hinreißen."

Allmählich dämmerte ihm, was sie meinen könnte. Hatte sie Angst, dass ihre Mutter zu viel Geld verlor? „Was kann ich diesbezüglich tun?"

Sie lächelte verlegen. „Ich bin mir nicht sicher. Meine Mutter verbringt den ganzen Abend im Spielsalon."

Er überlegte. „Sie möchten Ihre Mutter vom Spieltisch fernhalten?"

„Das wäre unmöglich. Was ich mir wünsche, ist …" Wieder fuhr sie sich mit der Zunge über die Lippen und er verspürte plötzlich Mitgefühl angesichts der Tatsache, dass es ihr so schwerfiel, ihre Bitte auszusprechen. Sie holte tief Luft. „Ich wünsche mir, dass jemand sie ablenkt … oder … oder mich warnt, wenn sie mehr verliert, als sie sich leisten kann. Vielleicht könnten Sie sich abends in der Nähe ihres Tisches aufhalten und zu mir kommen, wenn Sie sehen, dass sie über einen bestimmten Betrag hinausgeht?" Eilig fügte sie hinzu: „Ich möchte ihr natürlich nicht den Spaß verderben, aber sie …"

Rees neigte den Kopf, sodass Lady Wexham nicht gezwungen war, den Satz zu beenden. „Ich werde tun, was Sie wünschen."

„Ich danke Ihnen." Die Worte klangen wie ein Seufzer der Erleichterung.

Er wünschte, er könnte noch mehr für sie tun. „Wenn es sonst nichts mehr gibt?"

Sie erschrak, als wäre ihr mit einem Mal bewusst geworden, dass sie ihm unverwandt in die Augen starrte. „Nein, das war alles." Mit einem Nicken gab sie ihm die Erlaubnis, sich zurückzuziehen.

Rees spürte ihren Blick, als er sich abwandte und ging, während er sich fragte, wie um alles in der Welt er eine passionierte Spielerin davon abhalten sollte, ihr Geld zu verschleudern … und doch wünschte er sich zugleich, er könnte noch mehr Drachen für seine Dame erlegen.

11. Kapitel

Rees war mittlerweile seit einigen Tagen in *Hartwell House*. Er konnte sich nicht beklagen. Die Anlagen waren herrlich und er hatte reichlich Zeit, sie zu erkunden. Das Wetter war bisher warm und sonnig gewesen und für gewöhnlich hatte sich der Nebel im Laufe des Vormittags gehoben.

Außerdem war Tom ihm am Anfang sehr behilflich gewesen, damit er sich zurechtfand.

„Wir freuen uns immer, wenn wir nach Hartwell kommen. Abgesehen von all den Franzosen, mit denen wir uns abgeben müssen", sagte er, „ist es fast wie Urlaub."

Rees sah Lady Wexham bei den Abendmahlzeiten, bei denen er den Hausdienern assistierte. Sie achtete stets darauf, kurz bei ihm und Tom stehen zu bleiben und sich nach ihrem Befinden zu erkundigen. Ihre Fürsorge für ihre Bediensteten rührte ihn immer wieder.

Die restliche Zeit sah er sie nur gelegentlich aus der Ferne – wenn sie mit anderen Damen ausritt oder mit zwei Herren im Garten spazieren ging oder mit einer gemischten Gruppe Croquet spielte.

Es war gar nicht so einfach für Rees, sich vor den Dienstboten des riesigen Anwesens nicht anmerken zu lassen, dass er ihre Sprache verstand – vor allem Tom gegenüber, der es anstrengend fand, unter den Franzosen zurechtzukommen. Tom und die anderen Dienstboten aus Lady Wexhams Haushalt verbrachten ihre Abende zusammen wie Einwanderer in einem fremden Land. Selbst wenn sie in London stritten oder einander nicht leiden konnten, hielten sie hier zusammen wie Busenfreunde.

Das französische Personal seinerseits verachtete diese „ignoranten *Anglais*".

Valentine war ganz in ihrem Element. Sie plauderte auf Französisch und flirtete mit den männlichen Bediensteten des Palastes. Hin und wieder warf sie Rees böse Blicke zu, als wollte sie sagen: *Sieh nur, was du dir hast entgehen lassen!*

Rees verspürte nicht den Drang, sich mit seinen Kollegen anzufreunden. Er musste auf Distanz bleiben, um keinen Fehler zu machen und zu verraten, dass er die französischen Unterhaltungen mühelos verstand.

Also verbrachte er einen Großteil seiner Zeit allein. Er war ein paarmal ins Dorf gelaufen und hatte zweimal am Ufer eines Flusses, der über das Grundstück floss, geangelt. Vor allem hatte er aber das Haus und die Gärten genau ausgekundschaftet, wobei er stets Augen und Ohren offen hielt, falls etwas Verdächtiges geschah.

Aber im Großen und Ganzen war er frustriert, dass er keinen besseren Zugang zu Lady Wexham oder zu den Vertrauten des Comte hatte. Sie könnte ohne Weiteres Informationen sammeln oder weitergeben, ohne dass er etwas davon mitbekam.

Wenn Lady Wexham vorgehabt hatte, ihm die Hände zu binden, dann hatte sie das sehr erfolgreich getan, indem sie ihn gebeten hatte, auf ihre Mutter zu achten. Nach dem Abendessen musste Rees sich stets in der Nähe ihres Kartentisches aufstellen. Es war ein hervorragender Platz, um die Gespräche der Spieler zu belauschen – was nützlich gewesen wäre, hätte es sich nicht um ein Quartett älterer Herrschaften gehandelt, die ihre Zeit damit zubrachten, einander für ihr Spiel zu kritisieren oder von ihrem Leben in Frankreich zu schwärmen.

Bis jetzt hatte er Madame de Beaumont noch nicht an ihre Tochter verraten müssen. Célines Mutter hatte eine Glückssträhne gehabt und war jeden Abend mit einem ansehnlichen Gewinn aufgestanden. Aus irgendeinem Grund hatte sie einen Narren an Rees gefressen, was ihm half, sie davon zu überzeugen, den Tisch zu verlassen, während ihr Glück anhielt.

Er hatte es sich zur Gewohnheit gemacht, nach dem Essen eine Runde durch den Park zu drehen. Das geschah für gewöhnlich erst sehr spät, da er in der Regel zuerst Madame de Beaumont bei einem Spaziergang auf der Terrasse begleitete. Lady Wexham hatte er kaum gesehen, außer gelegentlich mit irgendwelchen Gästen, aber soweit er das beurteilen konnte, führte sie dabei belanglose Gespräche.

Was blieben ihm noch für Möglichkeiten, wenn er diesen Auftrag nicht mit zufriedenstellenden Ergebnissen erledigte? Dann konnte er immer noch als Butler anheuern.

Der bittere Scherz half auch nicht, seine pessimistischen Gedanken zu vertreiben.

Ohne eine Beförderung konnte er niemals hoffen, im diplomatischen Dienst Karriere zu machen.

Seine Gedanken wanderten zu Jessamine. Ohne eine Stelle mit Perspektive würde er niemals in der Lage sein zu heiraten. Wieder stand Rees vor einer Sackgasse und er hatte keine Ahnung, in welche Richtung er sich wenden sollte oder wie die Antwort lautete.

Stundenlang hatte er am Ufer des Flüsschens gesessen, war durch Felder und Wälder geritten oder gelaufen, während seine Gedanken sich im Kreise drehten. Er hatte um Führung gebetet und doch hatte er immer nur das Gefühl, dass er warten musste.

Abwarten und weitermachen, auch wenn seine Zukunft düster aussah.

Céline lenkte ihre Stute zwischen den wenigen Bäumen eines Waldstücks am Fluss hindurch. Endlich war es ihr gelungen, dem Rest der Gesellschaft zu entfliehen und allein auszureiten.

Die Bäume standen im vollen Laub, obwohl sie noch das helle Grün des Frühlings zierte, und der Boden war weich und feucht vom Regen.

Sie fragte sich, wann und wie Roland mit ihr Kontakt aufnehmen würde.

Sie hatte ihm eine Menge zu erzählen, obwohl sie nicht wusste, wie viel davon stimmte oder überhaupt nützlich war. Der Comte und seine engsten Vertrauten verbrachten ihre Tage damit, ihre siegreiche Rückkehr nach Paris zu planen. Louis vertraute ihr, weil ihre beiden Eltern lange und adelige Stammbäume hatten und er sie schon in Frankreich gekannt hatte.

Céline hatte kein schlechtes Gewissen, wenn sie Informationen weitergab, die sie in *Hartwell House* erhielt. Sie betrachtete dieses Anwesen nicht als Teil der britischen Regierung, sondern als Teil des alten französischen Regimes. England und die anderen Alliierten würden auf dem europäischen Festland die Macht haben, wenn Napoleon gestürzt wurde. Louis war vollständig von ihren Goldmünzen abhängig, vor allem von denen aus England, wenn er in Paris den Thron besteigen wollte.

Obwohl sie ihn mochte, war Céline davon überzeugt, dass der Comte als König für Frankreich eine Katastrophe wäre. Er hatte wirklich kein Anrecht auf den Thron. Noch bevor sein Bruder und der Kronprinz hingerichtet worden waren, hatte er sich zum Regenten erklärt und seither hoffte er auf den Titel des Königs.

Aber – was noch wichtiger war – die Rückkehr des alten Systems wäre für Frankreich ein Schritt zurück. Ihr Aufenthalt in *Hartwell House* hatte Céline davon überzeugt, dass es Frankreich den Todesstoß versetzen würde, wenn das Land nach so großen Opfern und so viel Blutvergießen, um die Ungerechtigkeit des *Ancien Régime* zu beseitigen, einfach wieder in die alten Muster zurückfiel.

Bonaparte hatte sich in einen wahren Despoten verwandelt, aber wenigstens hatte er einen Großteil dessen beibehalten, was das Direktorium als Gesetz verabschiedet hatte.

Céline seufzte, während sie sich fragte, was aus Frankreich werden sollte und was, wenn überhaupt, ihre eigene Rolle dabei sein würde. Würde sie ihre Tage in London fristen, mit endlosen gesellschaftlichen Anlässen und Besuchen, während der Saison in der Stadt leben und in den warmen Monaten und der Jagdzeit von Landhaus zu Landhaus ziehen, weil sie den Landsitz des Earls nicht mehr für sich in Anspruch nehmen konnte, nachdem der neue Earl sich dort niedergelassen hatte? Oder würde sie gar am Galgen enden?

Sie schob die düsteren Gedanken beiseite und bemühte sich, die schöne Landschaft zu genießen.

Als sie die Hand hob, um ihre Augen gegen das Sonnenlicht abzuschirmen, entdeckte sie jemanden, der am Flussufer angelte. Vielleicht war es MacKinnon. Sie hatte ihm die Erlaubnis gegeben, hier zu fischen. Aber der flache Hut mit der breiten Krempe warf einen Schatten auf die Züge des Mannes, sodass sie ihn nicht genau erkennen konnte.

Mit einem Mal empfand sie eine unerklärliche Heiterkeit und sie lenkte ihre Stute in seine Richtung.

Als der Mann aufblickte, lächelte sie. Es war tatsächlich ihr Butler. Sie genoss den Anblick eines Menschen, der sich in seiner Umgebung ganz und gar wohlzufühlen schien. „Guten Tag." Wie wenig er in seinen Hosen aus Wildleder, den hohen Stiefeln und der dunkelblauen Jacke ihrem würdevollen Angestellten glich – und doch passte diese Kleidung zu ihm.

MacKinnon machte Anstalten aufzustehen, aber sie winkte ab. „Bleiben Sie sitzen, sonst scheuchen Sie noch die Fische fort." Ohne ihm die Gelegenheit zu einer Reaktion zu geben, glitt sie von ihrem Pferd und warf die Zügel über den Sattel. „Haben Sie etwas gefangen?"

„Nein, heute nicht, aber bei einer anderen Gelegenheit habe ich ein paar Karpfen gefangen, was dazu geführt hat, dass der Küchenchef mich mag."

Céline fand einen Felsbrocken in der Nähe und beschloss, sich eine Weile zu ihm zu setzen – ein guter Zeitpunkt, um etwas mehr über ihn zu erfahren, fand sie. Dabei ignorierte sie, dass ihr Puls schneller ging, jetzt, wo sie ihm in dieser entspannten Umgebung abseits von allen anderen so nahe war.

Als er ihre Absicht erkannte, wollte er sich erneut erheben. „Hier, ich werde meine Jacke auf den Fels legen, wenn Sie sich setzen wollen."

„Nein, machen Sie sich bitte keine Umstände. Der Stein ist ganz sauber." Sie zog einen Handschuh aus und fuhr prüfend mit der bloßen Hand über die Oberfläche des Felsbrockens. Nachdem sie sich darauf niedergelassen hatte, tat sie so, als würde sie die Landschaft genießen, während sie überlegte, wie sie am besten vorgehen sollte.

Schweigend saßen sie so, während ihr Butler sich wieder seiner Angel widmete.

„Wie geht es Ihrem Onkel?"

Diesmal hatte die Frage keine offensichtliche Reaktion zur Folge. MacKinnons Blick ruhte weiter auf dem Wasser, die lange Angelrute in Händen. „Es geht ihm gut."

„Hat er gesagt, wann er zurückkommen wird?"

Jetzt warf er ihr einen schnellen Blick zu. „Er möchte so bald wie möglich wieder arbeiten. Vielleicht in vierzehn Tagen."

Anstatt erleichtert zu sein, erschrak Céline bei dem Gedanken, dass MacKinnon ihr Haus schon so bald wieder verlassen könnte. „Bitte sagen Sie ihm, dass er sich keine Sorgen machen soll …

ein Mann in seinem Alter … da brauchen Knochen lange, um zu heilen. Er soll nichts überstürzen." Sie lächelte und sprach dann langsamer weiter. „Sie müssen ihm versichern, dass sein Neffe seine Aufgaben hervorragend erfüllt."

„Ich danke Ihnen, Mylady. Ich muss gestehen, dass ich etwas … nervös war, als ich seine Stellung übernahm, wenn auch nur vorübergehend." Während er sprach, konzentrierte er sich auf seine Angel aus Schilfrohr.

Sie zog auch den zweiten Handschuh aus und legte beide auf ihren Schoß. „Nun, Sie machen Ihre Arbeit ausgezeichnet." Nach einer Pause fügte sie hinzu: „Gefällt es Ihnen hier in *Hartwell House*?"

„Ja." Bildete sie sich das ein oder war sein Tonfall ein wenig misstrauisch?

„Das freut mich", erwiderte sie, während sie mit den Handschuhen auf ihre Knie schlug. Sie wusste, dass ihr smaragdgrünes Reitkleid ihr sehr gut stand. Was hielt er wohl von ihrem Aussehen? Ach du liebe Güte, was für ein alberner Gedanke! Um ihre Verwirrung zu verbergen, konzentrierte sie sich auf ihre Handschuhe und faltete sie ordentlich zusammen, während sie krampfhaft nach einer anderen Frage suchte. „Wollten Sie eigentlich schon immer in Anstellung sein?"

Er musterte sie von der Seite. „Warum fragen Sie?"

Sie erwiderte seinen Blick und spitzte die Lippen. „Sie wirken auf mich nicht wie ein Butler."

MacKinnon sagte nichts, sondern sah sie mit dem ruhigen Blick an, der ihm eigen war.

„Ich meine, Sie erledigen Ihre Pflichten einwandfrei, verstehen Sie mich nicht falsch. Es ist nur … Sie scheinen … wie soll ich sagen …" Céline berührte ihre Lippen mit einem Finger, während sie nach Worten suchte. „Sie scheinen mehr als ein Butler zu sein. Zum einen drücken Sie sich sehr gewählt aus." Ihre Lippen verzogen sich zu einem Lächeln. „Sie könnten als echter Gentleman durchgehen."

Etwas flackerte in seinen grauen Augen. „Ich hatte gute Lehrer."

Sie zog eine Augenbraue hoch und fragte sich, ob er von sich aus weitere Einzelheiten über seine Person offenbaren würde. „Ach ja?"

„Also, meine Vorgesetzten haben meine Sprache immer verbessert", fügte er schnell hinzu. „Ich glaube, meine Mutter wollte tatsächlich, dass ich es weit bringe. Sie hat mich immer ermahnt, meine … meine Herrschaften nachzuahmen."

Sie versuchte sich vorzustellen, was für eine Mutter er gehabt hatte. „Sie muss eine bemerkenswerte Frau gewesen sein. War sie auch Hausangestellte?"

„Ja." Bevor sie ihn weiter über seine Verwandten ausfragen konnte, sagte er: „Ich war nicht immer in Stellung." Seine Stimme war jetzt leise, als würden die Worte gegen seinen Willen aus ihm herausgezogen.

„Ich wusste es!" Sie beugte sich vor, die Ellbogen auf die Knie gestützt. Ihr Interesse war neu angefacht. „Was haben Sie denn noch gemacht?"

„Als junger Mann war ich in der Marine Seiner Majestät."

„Wie romantisch!" Ein Seemann. „Waren Sie sehr jung?"

Er zuckte mit den Schultern. „Fünfzehn – nicht so jung."

„Haben Sie unter Nelson gekämpft?"

Er nickte kurz.

Jetzt faszinierte er sie mehr denn je. „Wie spannend! Erzählen Sie mir, wie er war."

MacKinnons Blick wanderte über den Fluss hinaus, tauchte als der Admiral vor seinem geistigen Auge auf. „Er war ein mutiger Kommandeur, ganz und gar furchtlos. Seine Männer vertrauten ihm in jeder Schlacht, egal, wie unterlegen wir zu Beginn zu sein schienen."

Céline nickte. „Ich habe ihn während meiner ersten Saison einmal in London kennengelernt. Nach seinem Sieg auf dem Nil wurde er in der Gesellschaft von allen gefeiert. Aber er hatte nur Augen für Emma Hamilton. Selbst mit nur einem Arm und einem Auge war er eine so beeindruckende Figur."

Als MacKinnon nicht weitersprach, hakte sie vorsichtig nach: „Aber Sie sind nicht in der Marine geblieben?"

Sie wartete mehrere Sekunden.

„Ich wurde verwundet."

Céline sog scharf die Luft ein. „Du liebe Güte. War es schlimm?"

„Schlimm genug." Nach einer Weile fügte er hinzu: „Es hat einige Monate gedauert, bis ich wieder auf den Beinen war."

„Und dann sind Sie entlassen worden?"

Er nickte.

„Sind Sie danach Hausdiener geworden? Gab es keine anderen Tätigkeiten?"

Jetzt konzentrierte er sich wieder auf seine Angel. „Meine Mutter brauchte mich damals zu Hause."

„Sie waren ihr einziger Sohn?"

„Ja."

Céline wurde immer neugieriger. „Haben Sie Schwestern?"

Es dauerte lange, bis er antwortete. „Eine."

„Wie schön das sein muss", sagte sie wehmütig.

„Sind Sie Einzelkind?" Jetzt sah er zu ihr hinüber und ihr war, als wäre der Spieß umgedreht, als würde sie ihm in diesem Augenblick alles erzählen, was er wissen wollte. „Ja." Es klang mehr wie ein Flüstern.

Er wandte den Blick ab und sie konnte wieder atmen. „Vergeben Sie mir meine Aufdringlichkeit." Jetzt klang er wieder wie ein Butler.

„Es gibt nichts zu vergeben."

MacKinnon zuckte mit den Schultern. „Ich war nur ein Matrose. Während des Friedens war kein Aufstieg in der Armee möglich. Mein Vater, der Knecht war, hat mir eine Stellung als Hausdiener in *Telford House* verschafft, wo ich seither bin."

Céline spürte, wie sich Enttäuschung in ihr breitmachte. Wann waren seine Worte Lügen geworden? Wie viel davon war die Wahrheit? Stimmte überhaupt etwas von dem, was er gesagt hatte? „Nach einem Leben auf See kann es nicht leicht gewesen sein … an einen Ort, einen Haushalt gebunden zu sein."

„Es ist gar nicht so viel anders. Ein Schiff ist auch ein begrenzter Raum und die Disziplin natürlich sehr streng, manchmal sogar rau." Wieder zuckte er mit den Schultern. „Das Leben auf einem großen Anwesen auf dem Land hat auch gewisse Vorteile." Seine Stimme klang tonlos.

„Ja, das ist wahr." Céline biss sich auf die Lippe und fragte sich, wie sie ihn dazu bringen konnte, ihr mehr zu erzählen. „Wären Sie in Frankreich geboren, hätten Sie etwas Größeres erreicht, vielleicht sogar einen Posten in der Regierung."

„Wenn ich nicht in Bonapartes Kriegsmaschinerie eingezogen worden wäre."

Sie konnte erkennen, dass er durch und durch Brite war und in Napoleon nichts als ein Ungeheuer sah. Es war ernüchternd. Sie musste an Stéphanes frühen Tod denken. „Ja, da haben Sie recht. Wahrscheinlich wären Sie auf dem Schlachtfeld gefallen."

Wieder folgte Schweigen. Eine Grille zirpte in der Nähe.

„Vermissen Sie Frankreich?"

Wollte MacKinnon herausfinden, ob sie eine Bonapartistin war? Céline ließ sich Zeit mit ihrer Antwort und fuhr mit der Hand über den Stein, auf dem sie saß. „Es ist sehr lange her, dass wir Frankreich verlassen haben. Ich war noch ein Kind." Lächelnd schüttelte sie den Kopf. „Also nein, ich vermisse Frankreich nicht jeden Tag. In vielerlei Hinsicht betrachte ich mich als Britin."

„Würden Sie zurückgehen, wenn der Krieg nicht wäre?"

Wann genau hatte er die Befragung übernommen? Céline war eher amüsiert als alarmiert. Der Mann hatte eine unterschwellige Kraft und sie wollte das Spiel, das sie spielten, fortführen, was auch immer es damit auf sich hatte. „Für einen Besuch gewiss." Sie seufzte und ließ den Blick über das dunkle Wasser wandern. „Obwohl ich Angst vor dem habe, was ich dort vorfinden würde."

Als sie seinen fragenden Blick sah, erklärte sie: „Der Krieg hat das Land zweifellos zerstört, aber es hat in seiner langen Geschichte schon viel überlebt. Ich weiß, dass es sich wieder erholen wird." Sie lächelte. „Ja, ich würde gerne nach Frankreich reisen. Und Paris ist natürlich eine wunderschöne Stadt. Ganz anders als London. Waren Sie jemals dort?"

Er schüttelte den Kopf. „Wir haben viele französische Häfen blockiert."

„Die britische Marine hat den Franzosen eindeutig verheerenden Schaden zugefügt."

„Wenn Bonaparte nicht so unvernünftig gewesen wäre, allen Handel zu unterbieten …"

„Es ist ein Elend, dass er zu diesem Zeitpunkt kam. Wer weiß, wo Frankreich heute wäre, wenn es sich als … Republik hätte entwickeln können." Sie musste vorsichtig sein, damit er nicht Verdacht schöpfte, wo ihre wahre Loyalität lag. „Dann hätten Hausdiener vielleicht die Möglichkeit gehabt, Staatsmänner zu werden … und Tausende junger Männer hätten nicht ihr Leben verloren."

Ihre Blicke begegneten sich. „Ja, es ist ein Elend … Aber dann hätte Frankreich mit seinem extremen Jakobinismus weitergemacht."

„Mein Vater war ein Opfer dieser Schreckensherrschaft", sagte sie leise.

„Das tut mir leid."

In diesem Augenblick glaubte sie echtes Mitgefühl in seinen Augen zu sehen, aber sie war nicht mehr sicher, was echt war und was zu seiner Maskerade gehörte. Wenn MacKinnon tatsächlich ein Spion war, dann wusste er zweifellos alles über ihre Vergangenheit. Es wäre nicht schwer, die passenden Emotionen vorzutäuschen.

Doch warum sehnte sich ihr Herz so sehr nach etwas Wahrhaftigem und Ehrlichem in ihm?

Rees machte sich mit seiner Angel auf den Weg zurück vom Fluss, aber die Landschaft um sich herum nahm er nicht wahr, denn seine Gedanken waren erfüllt von seiner Begegnung mit Lady Wexham.

Die Frau faszinierte ihn mehr denn je. Welche andere feine Dame würde sich eine Stunde lang mit einem Dienstboten unterhalten? Lag es daran, dass sie tatsächlich eine französische Republikanerin war, die keinen Klassenunterschied zwischen ihnen sah – oder wusste sie, dass er kein Butler war? Wahrscheinlich Letzteres.

Seine Finger krallten sich um die Angelrute. Er war so dumm gewesen, Einzelheiten aus seiner Vergangenheit preiszugeben, wobei er Wahrheit und Erfindung miteinander verwoben hatte. Leicht konnte er sich einreden, dass sie ihn mit dem mitfühlenden Blick in diesen dunkel umrandeten Augen umgarnt hatte. Sie hatte sich als so aufmerksame Zuhörerin erwiesen, dass er das Bedürfnis gehabt hatte, ihr mehr von sich zu erzählen – und zwar mehr von seinem wahren Ich und nicht von dem Mann, der so tat, als wäre er als Dienstbote aufgewachsen. Wie dumm und eitel war er doch gewesen! Spielte sie mit ihm wie eine Katze mit einer Maus?

Wenigstens hatte er sich gebremst, bevor er von seiner Zeit in dem französischen Gefängnis erzählt hatte.

Rees näherte sich den verschiedenen Nebengebäuden, die *Hart-*

well House umgaben. Viele der verarmten *émigrés*, die von der Großzügigkeit des Comte lebten, hatten von ihm die Erlaubnis erhalten, die Nebengebäude in alle möglichen Läden zu verwandeln, wo von handwerklichen Spezialitäten wie Spitzenweberei und bemalten Porzellanvasen bis zu praktischeren Geschäften wie Bäckerei und Pastetenladen alles Mögliche angeboten wurde. Auch das Haupthaus wurde von hier beliefert.

Rees war noch nie in Versailles gewesen, aber er stellte sich vor, dass *Hartwell House* eine Miniaturversion dessen war, was er über das berühmte Schloss gelesen hatte.

Seine Gedanken kehrten zu dem zurück, was er von Lady Wexham erfahren hatte. Vor allem drehten sie sich um eine ihrer Bemerkungen. Sie schien keine Anhängerin von Bonaparte zu sein. Besonders bemerkenswert war, dass sie die Frage gestellt hatte, was gewesen wäre, wenn es den Kaiser nicht gegeben hätte.

Je mehr er über ihre Worte nachdachte, desto mehr klangen sie nach der abstoßendsten politischen Fraktion Frankreichs, den Jakobinern. Grimmig presste er die Lippen aufeinander, wenn er an diese Revolutionäre dachte, die alle Traditionen des Landes niedergerissen, ihren eigenen König getötet und alle, die anderer Meinung waren als sie, unter die Guillotine gelegt hatten.

Aber das konnte er von Lady Wexham kaum glauben. Schließlich war ihr eigener Vater von diesen Radikalen hingerichtet worden.

Sie und ihre Mutter hatten aus Frankreich fliehen, ihre Heimat verlassen und ihre Ländereien zurücklassen müssen, um als verarmte Einwanderer in einem fremden Land zu leben.

Er seufzte, als er den Palast erreichte. Es war höchste Zeit, dass er seine persönlichen Gedanken über Lady Wexham beiseiteschob und sich überlegte, wie er Bunting diese Informationen zukommen lassen konnte.

Rees betrat einen der Seitenflügel von *Hartwell House* und ging in Richtung Lagerraum, aus dem er die Angel geborgt hatte. Der Raum war mit allerlei Sport- und Jagdausrüstung, Stiefeln, Schirmen und Croquetschlägern gefüllt – alles lag durcheinander und war staubig und schmutzig.

Er legte die Angel auf ein Regal zu den anderen Ruten, während ihm das Bibelwort „Zieht nicht an einem Joch mit den Ungläubigen" in den Sinn kam. Er hatte keine Ahnung, welche religiösen Überzeugungen Lady Wexham hatte, aber er hatte keine Anzeichen dafür gesehen, dass sie in London einen Gottesdienst besucht hätte.

Er kniete sich hin, um seinen Angelhaken in einer Kiste mit Zubehör zu verstauen. Während er die Sammlung von Ködern und Fliegen betrachtete, erstarrte er, als er draußen vor der Tür eine Männerstimme vernahm.

„Ich beobachte sie."

Die Worte waren auf Französisch gesprochen worden. Ohne nachzudenken, duckte Rees sich und kroch hinter einen Stapel Kisten.

Die Stimmen der Männer kamen näher, als hätten sie den Raum betreten. „Céline Wexham? Glauben Sie, das ist nötig?"

Rees' Herz begann, schneller zu schlagen.

„Ich traue ihr nicht."

Er versuchte, die leise Stimme einzuordnen.

Der andere Mann protestierte. „Aber sie ist eine von Louis' Lieblingen. Sie ist Sophies Tochter! Eine treuere Untertanin kann es gar nicht geben. Nein, diesmal geht Ihre misstrauische Natur mit Ihnen durch."

„Wir werden es ja sehen." Der Tonfall des ersten Mannes blieb kühl.

Da ihre Stimmen sich wieder entfernt hatten, vermutete Rees, dass sie nun am anderen Ende des kleinen Raumes standen. Deshalb wagte er sich ein Stück vor, um hinter den Holzkisten hervorzulugen. Die beiden Männer hatten sich einem Fenster zugewandt.

Monsieur de la Roche. Den anderen, einen untersetzten Mann in einem dunkelblauen Gehrock, erkannte er nicht sofort. Bei ihm musste es sich um einen Besucher handeln. Rees verbarg sich wieder hinter den Kisten.

Der fremde Mann ergriff das Wort. „Hat sie irgendetwas getan, was Ihr Misstrauen rechtfertigt?"

„Vielleicht. Aber ich bin sicher, dass wir uns einem kritischen Zeitpunkt nähern und nicht zulassen dürfen, dass irgendwelche Informationen nach draußen gelangen. Wir dürfen nicht erlauben, dass jemand uns im Wege steht. Viele wollen nicht, dass das Haus von Bourbon den Thron wieder besteigt."

Der andere Mann seufzte. „Schade, wenn die reizende Céline sich als Verräterin unserer Sache erweisen sollte."

„Ob schade oder nicht, wir dürfen nicht zulassen, dass sie dieser Sache hinderlich ist. Ich werde sie weiter beobachten, und wenn sie sich als schädlich erweist, werde ich sie aufhalten."

Die Worte von Monsieur de la Roche jagten Rees einen Schauer über den Rücken.

Die Männer drehten sich um und verließen den Raum.

Während der Nachhall ihrer Schritte verklang, richtete Rees sich aus seiner Hocke wieder auf. Sein Herzschlag beruhigte sich allmählich wieder.

Worin war Lady Wexham verwickelt? War sie sich der Gefahr nicht bewusst?

Ein Bild tauchte vor seinem geistigen Auge auf – ihr lächelndes Gesicht, diese leuchtenden Augen voller Lebenslust, während die Sonne auf ihre kastanienbraunen Locken fiel.

Bei dem Gedanken, dass ihr etwas Böses zustoßen könnte, zog sich seine Brust zusammen.

Das konnte nicht sein.

Er ballte die Hände zu Fäusten.

Das durfte er nicht zulassen.

Von jetzt an musste er nicht nur ihr Schatten sein, um sie zu beobachten.

Von jetzt an musste er ihr Schatten sein, um sie zu beschützen.

12. Kapitel

Nach dem Abendessen wanderte Céline rastlos durch die Salons. Sie betrat das Spielzimmer. Ihre Augen suchten die verschiedenen Tische nach ihrer Mutter ab.

Als sie Mr MacKinnon einen Meter hinter ihr stehen sah, wurde ihr sofort leichter ums Herz. Seit sie ihn gebeten hatte, sich um ihre Mutter zu kümmern, hatte diese die Tische immer zu einer annehmbaren Zeit verlassen.

„*Chérie*, was für ein reizender Mann dein neuer Butler ist. *Que beau! Que large! Que gracieux!*", hatte ihre Mutter zu ihr gesagt, nachdem sie MacKinnon kennengelernt hatte.

Céline hatte ein sorgloses Lachen vorgetäuscht angesichts der Lobeshymnen ihrer Mutter. „Ja, er macht eine ganz ordentliche Figur."

„Du musst einen Weg finden, ihn zu behalten, wenn dein alter Butler zurückkommt." Sie drohte Céline mit dem Zeigefinger. „Vielleicht kann ich ihn hierbehalten." Sie zwinkerte ihrer Tochter zu. „Wenn du mir genug Geld für einen Diener gibst."

„Das würde ich liebend gerne tun, aber ich fürchte, MacKinnon ist mir nur geborgt. Er hat eine Stellung, mit der er sehr zufrieden ist, wie ich höre." Eine Stellung, von der sie fürchtete, dass sie etwas mit dem Innenministerium zu tun hatte.

Jetzt beobachtete sie die beiden. Ihre Mutter wandte sich um und sagte etwas zu MacKinnon. Er beugte sich vor und neigte den Kopf ein wenig. Es sah aus, als nähme er alles, was sie sagte, mit äußerster Konzentration auf.

Sie musste daran denken, ihm etwas Gutes zu tun, weil er ihrer Mutter gegenüber so rücksichtsvoll war. In Gedanken schüttelte sie den Kopf und ermahnte sich, dass er kein Diener war und wahrscheinlich nicht mehr lange in ihrem Haushalt sein würde. Die Frage war nur – wer hatte gewonnen, wenn er ging?

Jetzt näherte Céline sich dem Tisch ihrer Mutter und erwiderte höflich die fröhliche Begrüßung der anderen. Als Letztes bedachte sie MacKinnon mit einem kleinen Lächeln und einem Nicken.

Der alte Monsieur Villier blickte von seinen Karten auf. „*Ma chère* Céline, was meinen Sie?“

Sie betrachtete seine Karten. „Hmmm ... *Maman*, Sie müssen aufpassen.“

Ihre Mutter schüttelte ihre gepuderten Locken. „Ach was, er blufft nur. Ich kenne alle seine Tricks.“

Céline blieb neben MacKinnon stehen. Sie wusste, dass sie ihn nicht anders behandeln durfte als ihre anderen Bediensteten, aber zugleich wurde sie von ihm angezogen wie ein Tier von einer Falle. „Ich hoffe, es ist nicht zu langweilig für Sie.“

„Ganz und gar nicht. Madame de Beaumont wird nur noch eine oder zwei Runden spielen und mich dann bitten, mit ihr auf der Terrasse zu flanieren.“

„Zum Glück spielt sie kein Faro mehr.“

„Das ist wahr. Sie wurde überredet, sich an Quadrille mit diesen netten Herren zu halten“, murmelte er mit einer kleinen Kopfbewegung in Richtung der Pensionäre, die an ihrem Tisch saßen.

Sie wagte es, ihm unter den Wimpern einen verstohlenen Blick zuzuwerfen. „Ich bin sicher, dass Sie dafür verantwortlich sind. Mein tiefster Dank ist Ihnen gewiss.“

Sein Blick blieb unverwandt auf die Kartenspieler gerichtet. „Sie hat sich davon überzeugen lassen, dass ein Spaziergang auf der Terrasse vor dem Schlafengehen der Gesundheit dient.“

Céline unterdrückte ein Lachen. „Hoffen wir, dass das Wetter schön bleibt.“

„Wohl wahr.“ Sein Tonfall spiegelte die Belustigung in ihrer eigenen Stimme. „Ich habe noch nicht darüber nachgedacht, was ich tun werde, falls es regnen sollte.“

„Oh, es gibt hier kilometerlange Galerien, auf denen Sie schlendern können.“

Er lachte leise.

Schnell sah Céline sich um, um sich zu vergewissern, dass niemand bemerkt hatte, wie sehr sie beide ihre Unterhaltung genossen. Sie erblickte Monsieur de la Roche, der auf der anderen Seite des Raumes von seinen Karten aufgesehen hatte.

Sofort verbannte sie das Lächeln aus ihrem Gesicht und richtete den Blick auf ihre Mutter. „Ich danke Ihnen sehr, dass Sie nach meiner Mutter sehen. Es ist eine ungeheure Beruhigung für mich."

„Es ist mir ein Vergnügen." Sie sprachen beide leise, als hätten sie das verabredet.

Obwohl sie wusste, dass sie weitergehen musste, fügte sie hinzu: „Meine Mutter überlegt, wie sie Sie in *Hartwell House* behalten kann, wenn wir abreisen."

„Ich bin sehr zufrieden mit meiner jetzigen Stellung."

Im Innenministerium oder in ihrem Haus? Trotz der Erkenntnis, dass er sicher Ersteres meinte, konnte sie nicht verhindern, dass sich aufgrund seiner knappen Worte Freude in ihr breitmachte. Wieder einmal hatte sie das Gefühl, als würden sie auf zwei verschiedenen Ebenen miteinander sprechen, als würde in den ausgesprochenen Sätzen noch jede Menge Unausgesprochenes mitschwingen. „Das habe ich ihr auch gesagt", antwortete sie beiläufig, obwohl ihr Herz kräftig hämmerte.

„Wissen Sie schon, wann Sie nach London zurückkehren werden?"

Céline warf MacKinnon einen Blick zu, aber er blickte weiter geradeaus. „Noch nicht." Sie befeuchtete ihre Lippen. „Haben Sie es eilig, in die Stadt zurückzukehren?"

„Es war lediglich eine Frage", er räusperte sich, „damit ich die Dienstboten informieren kann."

War MacKinnon genauso nervös wie sie? Céline hatte das Gefühl, als würden sie beide auf einem Drahtseil balancieren – und doch wollte keiner von ihnen die Sicherheit des Netzes darunter. Widerstrebend entfernte sie sich einen Schritt von ihm. „Jetzt werde ich Sie nicht länger ablenken. Ich wollte Ihnen nur danken – für Ihre Geduld mit meiner Mutter." Sie hob ihren Blick zu seinem auf. „Guten Abend."

Einen Moment lang traf der Blick seiner grauen Augen auf ihren und er nickte einmal. „Das ist nicht nötig … Mylady."

Sie neigte den Kopf ein wenig.

Mit einem unbekümmerten Tonfall wünschte sie ihrer Mutter und ihren Spielpartnern eine gute Nacht und ging zu einem anderen Tisch, als hätte sie keinerlei Sorgen. Während sie eine andere ältere Dame begrüßte, sah sie verstohlen zu de la Roche hinüber.

Er legte gerade eine Karte ab. Als hätte er ihren Blick gespürt, sah er genau in dem Moment auf und zog eine Augenbraue hoch. Sie nickte und zwang sich zu einem steifen Lächeln, bevor sie sich wieder abwandte.

Sie verließ das Kartenzimmer mit langsamen Schritten, obwohl sie spürte, dass sie von mehr als einer Person beobachtet wurde.

MacKinnon und de la Roche? Oder andere mögliche Feinde?

Später am Abend ging Céline auf die Terrasse hinaus und redete sich dabei ein, es hätte nichts damit zu tun, dass sie einen Blick auf MacKinnon werfen wollte, wie er ihre Mutter begleitete.

Aber weder von ihm noch von ihrer Mutter war etwas zu sehen. Die beiden mussten bereits hineingegangen sein. Céline schüttelte ihre Enttäuschung ab.

Sie ging einmal um die Terrasse herum, blieb gelegentlich stehen und plauderte mit einigen Personen, die sich noch dort aufhielten. Es war beinahe Mitternacht, deshalb hatten sich die meisten Gäste für die Nacht zurückgezogen.

Als sie wieder allein war, schlang sie die Arme um ihren Oberkörper und kämpfte gegen ihre Enttäuschung an, während sie sich an die Balustrade lehnte. Die Skulpturen und die beschnittenen Büsche waren schemenhafte Umrisse zwischen den letzten Fackeln.

„Céline?" Das Flüstern war so leise, dass sie es zuerst für den Wind in ihren Ohren hielt. „Sagen Sie nichts." Sie hatte es sich nicht eingebildet. „Hören Sie nur zu."

Sie stand so still wie eine Statue, während sie nicht wagte hinunterzublicken, um zu sehen, woher die Stimme kam.

„Treffen Sie mich in einer Stunde beim Tempel des Apollo."

Céline blieb noch einige Minuten an derselben Stelle stehen, aber die Stimme erklang nicht wieder. Endlich wagte sie es, sich zu entfernen. Dabei schlang sie ihr Tuch fester um ihre Schultern, um ihr Zittern zu verbergen.

Die nächste Stunde verbrachte sie in ihrem Zimmer, in dem sie nervös auf und ab ging, dann wieder in Gedanken versunken stehen blieb und zu den Sternen hinaufblickte. Schließlich schlüpfte sie in ein dunkles Kleid und legte sich ein passendes Tuch um die Schultern.

„Seien Sie vorsichtig", warnte Valentine sie. „Soll ich mitkommen?"

„Besser nicht." Céline lachte nervös. „Wenn ich nicht innerhalb einer Stunde wieder hier bin, weißt du, wo ich bin. Wahrscheinlich ist es Roland, obwohl ich seine Stimme nicht erkennen konnte."

Valentine stemmte eine Hand in die Hüfte. „Und wenn er es nicht ist?"

Céline verdrängte ihre Angst und zuckte mit den Schultern. „Das werde ich ja bald sehen."

Bevor Valentine weiter protestieren konnte, verließ Céline den Raum. Auf dem Gang war niemand zu sehen. Schnell huschte sie die hintere Treppe hinunter, wobei sie sich mehrmals umsah, um sich zu vergewissern, dass niemand sie beobachtete oder ihr folgte.

Aber im Haus war alles still, als sie zu einem Seitenausgang hinausschlüpfte. Die kühle Nachtluft berührte ihre Haut. Das Knirschen des Kiesweges unter ihren weichen Sohlen klang in ihren eigenen Ohren übermäßig laut, also verließ sie den Weg und lief stattdessen daneben auf dem Gras weiter. Schon bald waren ihre Schuhe von der Feuchtigkeit durchnässt.

Als ihre Augen sich an die Dunkelheit gewöhnten, konnte Céline den Weg besser erkennen. Ein schmaler Halbmond warf sein schwaches Licht auf ihren Weg. Sie durchquerte den Garten, vermied aber den Weg mit seinen Fackeln. Der besagte Tempel stand hoch oben auf einem Hügel und bot einen Blick über das ganze Gelände.

Immer wieder blickte sie sich um, aber sie konnte niemanden sehen. Sie bezweifelte, dass noch jemand auf war. Nur noch wenige Lichter waren hinter den Gardinen in den oberen Stockwerken des Haupthauses zu sehen. Die meisten Fenster lagen im Dunkeln, die Bewohner dahinter schliefen längst tief und fest.

Endlich erreichte Céline den Tempel mit seinem gewölbten Dach und den Säulen. Das weiße Mauerwerk glänzte wie ein Leuchtturm in der Nacht.

Da sie den letzten Teil des Weges im Laufschritt zurückgelegt hatte, war sie außer Atem, als sie durch den bogenförmigen Eingang trat. Sie wandte sich um und suchte die Gegend mit ihren Blicken ab, aber nichts rührte sich.

Sie war allein. Sie schauderte, so verletzlich und ungeschützt fühlte sie sich. Der Tempel war von Gebüsch umgeben, das dunkel und bedrohlich aussah. Sie ging weiter in den Tempel hinein, überlegte aber zugleich, ob sie lieber draußen warten oder sich im Gebüsch verstecken sollte. Das wollte sie gerade tun, als ein Schatten sich hinter einer der Säulen hervorschob und auf sie zukam.

Ihr Herz klopfte wie wild, während sie wartete und ihr Tuch fest um sich zog.

Als der Mann so nah war, dass sie ihn erkennen konnte, wäre Céline vor Erleichterung beinahe zu Boden gesunken. „Roland!"

„Ja", sagte er mit derselben leisen Stimme wie zuvor bei der Terrasse. „Ich hielt es für das Beste, selbst zu kommen. Wir können niemandem trauen."

Sie nickte.

Er nahm sie am Arm und führte sie hinaus in ein Gebüsch. „Was können Sie mir über die Lage hier berichten?"

Schnell sammelte Céline ihre Gedanken und erzählte alles, was sie seit ihrer Ankunft gehört hatte.

Ein- oder zweimal nickte er. Als sie geendet hatte, sagte er nur: „Gut." Er trat einen Schritt zurück.

„Ist das alles?", fragte sie. Ihr war, als hätte man sie ausgesetzt, im Stich gelassen.

„Ja. Ich werde Ihre Informationen nach Frankreich weitergeben." Roland drückte ihre Hand. „In ein paar Tagen werde ich zurückkommen. Gibt es Pläne für eine abendliche Veranstaltung, bei der alle abgelenkt sind?"

Céline überlegte kurz. „In drei Tagen wird es eine nächtliche Maskerade geben."

„Perfekt. Wir treffen uns dort bei der höchsten Eibe." Roland zeigte auf ein Gebüsch gegenüber des Tempels. „Es ist besser, wenn wir an dem Abend nicht gesehen werden. Zur selben Zeit."

„Gut."

Als sie sich umdrehte, war er verschwunden.

Rees stand hinter einem Baum und sah zu, wie Lady Wexham das Gebüsch verließ und beinahe im Laufschritt zum Haus zurückeilte.

Er behielt sie weiterhin im Blick, um sich zu vergewissern, dass ihr sonst niemand folgte. Dann wartete er, bis er sicher war, dass ihre Kontaktperson ebenfalls fort war. Schließlich machte er sich mit schwerem Herzen langsam auf den Weg zurück zu *Hartwell House.*

Wenigstens hatte de la Roche sie nicht gesehen. Darüber war er ungeheuer erleichtert. Aber wie lange würde sie ihm entwischen können? Die Countess spielte ein gefährliches Spiel. Die Briten verdächtigten sie und jetzt hatten auch die royalistischen Franzosen Verdacht geschöpft.

Wo wäre sie in Sicherheit?

Rees stockte.

In Sicherheit.

Wann hatte sich sein Ziel, ihre heimlichen Aktivitäten aufzudecken, zu dem Ziel gewandelt, sie vor ihren Feinden zu schützen?

Céline saß auf einer Decke im Gras und hielt einen Sonnenschirm über sich. Eine Gruppe der *émigrés* veranstaltete auf dem Rasen im Süden von *Hartwell House* ein Picknick.

„Mylady, noch etwas Champagner?“ Monsieur de la Roche hob die Flasche und schenkte ihr etwas ein. „Er wird die Blüte in Ihre Wangen zurückkehren lassen.“

Sie sah ihn fragend an. Der Mann hatte etwas an sich, das sie abstoßend fand. Vielleicht lag es daran, dass er aussah, als hätte er kein überflüssiges Fleisch an den Knochen. „Sehe ich etwa krank aus?“

Seine blassen Augen musterten sie. „Ein wenig müde vielleicht. Zu viele späte Abende, hm?“

Sie lächelte unverwandt weiter. Was wollte er damit sagen? „Hier? Wenn Sie Mitternacht für spät halten, sind Sie zu lange aus London fort.“

Seine Lippen verzogen sich zu etwas, das sie nur als Abklatsch eines Lächelns bezeichnen konnte, und seine Augen lächelten nicht.

„Was halten Sie von Wellingtons Aussichten, jetzt, wo er wieder in Spanien ist?"

„Ich verstehe nicht viel von militärischen Dingen, Monsieur." Warum bedrängte er sie dieses Mal so? Es schien, als könnte sie keinen Schritt tun, ohne dass er ihr folgte wie ein Schoßhund.

„Ich denke, dass Sie eine sehr intelligente Frau sind. Ihre Salons sind über London hinaus bekannt."

Céline zuckte nachlässig mit den Schultern. „Das Geheimnis erfolgreicher Salons ist es, Menschen einzuladen, die intelligenter sind als man selbst, und gutes Essen und Trinken zu servieren."

Monsieur de la Roche lachte – ein trockener, kaum hörbarer Laut – und hob sein Glas. „Darauf trinke ich."

Sie trank einen kleinen Schluck aus ihrem Glas, um eine Entschuldigung dafür zu haben, dass sie den Blick abwandte. Der Champagner kitzelte in ihrer Kehle, während sie den Blick über die Gesellschaft wandern ließ. Tische, die mit Speisen beladen waren, standen an einem Ende des Rasens und im Gras waren Decken und Teppiche ausgebreitet. Kellner liefen herum und bedienten die Gäste. Sie entdeckte MacKinnon, der sich vorbeugte, um ihrer Mutter etwas von einer Servierplatte anzubieten.

Mit Mühe riss Céline ihre Aufmerksamkeit von ihm los.

Das Picknick fand unweit des Gewässers statt, an dem sie neben MacKinnon gesessen hatte, nur etwas näher am Haus. Hier war der Fluss breiter und eine hübsche Brücke im orientalischen Stil führte hinüber auf die andere Seite. Eine Gruppe Kinder – Kinder, die in England geboren und von ihren aus Frankreich eingewanderten Eltern großgezogen worden waren – stand auf der Brücke und blickte ins Wasser. Andere tobten auf dem Rasen herum, während ihre französischen Gouvernanten versuchten, sie zur Ordnung zu rufen.

Würden diese Kinder so aufwachsen wie sie selbst – hin- und hergerissen zwischen der Treue zu zwei Ländern? Oder waren sie durch und durch britisch? Céline hörte aus ihren Gesprächen eine Mischung aus Englisch und Französisch. Ein Streichquartett, das im Hintergrund spielte, wetteiferte mit ihren hellen Stimmen.

In Wirklichkeit fiel es ihr schwer, an diesem Nachmittag entspannt auf der Wiese zu sitzen und so zu tun, als hätte sie nichts anderes im Sinn, als die Hummercreme und das Zitroneneis zu probieren. Ihre Gedanken drehten sich vor allem um *Hartwell House*. Als sie am Morgen von ihrem Ausritt zurückgekehrt war, hatte sie einen Boten für den Comte aus London angetroffen.

Von einem Diener hatte sie erfahren, dass der Kurier unmittelbar vom Büro des Premierministers gekommen war.

Was konnte so wichtig sein, dass jemand den ganzen Weg von London hierher zurücklegte, um es Louis auszurichten? Sie musste irgendwie herausfinden, was für ein Kommuniqué der Bote gebracht hatte.

Céline klopfte mit dem Finger im Takt der Musik an den Rand ihres Glases.

„Eine Erdbeere, Mylady?"

„Wie …" Als sie sich umdrehte, schwebte eine pralle Erdbeere nur wenige Zentimeter von ihrem Mund entfernt. Sie nahm die Gabel aus de la Roches Hand, weil sie nicht wollte, dass er sie fütterte, und achtete darauf, dass ihre Hand nicht seine berührte. „Danke."

„Die ersten Erdbeeren der Saison."

Sie biss in das saftige, zarte Fruchtfleisch. „Köstlich."

Während sie die Beere genoss, wanderten ihre Gedanken zu ihrem Problem zurück. Der Comte hatte während ihrer Anwesenheit nur selten seine Privatgemächer verlassen, da er sehr an der Gicht litt. Aber sie hatte gehört, dass er eine strenge Diät befolgte, um für die Maskerade gesund genug zu sein.

Der *bal masqué* bot ihr die ideale Gelegenheit. Alle nahmen daran teil, auch die Bediensteten. Céline hatte bis jetzt vorgehabt, sich als einfache Schäferin zu verkleiden. Aber nun dachte sie an etwas anderes, das ihre Identität besser verbergen würde, ohne ihre Bewegungsfreiheit einzuschränken. Sie musste irgendwie einen Weg finden, um in das Studierzimmer des Comte zu gelangen und es schnell wieder zu verlassen.

„Lady Wexham? Könnten Sie uns vielleicht sagen, wer Ihre Kleider schneidert?"

Céline riss sich aus ihren Gedanken. Zwei junge Damen, Schwestern, hatten sich ihr genähert. Auch sie waren Töchter von Einwanderern, mindestens zehn Jahre jünger als Céline. Sie spürte einen Anflug von Mitgefühl. Die beiden Mädchen waren in einem Alter, in dem sie normalerweise ihr Debüt in London haben sollten, aber wahrscheinlich konnten ihre Eltern sich das nicht leisten.

„Natürlich. Kommen Sie, setzen Sie sich." Céline klopfte neben sich auf die Decke, froh darüber, dass sie einen Grund hatte, ihre Unterhaltung mit de la Roche zu beenden. „Ich habe eine sehr kluge Französin, die meine Kleider näht. Alle in London beneiden mich um sie, aber sie ist sehr wählerisch, wenn sie entscheidet, für wen sie arbeitet."

„Ihre Kleider sind so hübsch und ganz anders als das, was wir tragen müssen."

Céline betrachtete die weißen Musselinkleider der Schwestern, die bis auf die Farbe der Schärpe identisch waren.

„Ihr Kleid hat eine so leuchtende Farbe und ein wunderschönes Muster! Darf ich es bitte einmal anfassen, *Madame*?"

„Gerne." Sie lächelte und hielt dem jungen Mädchen den Stoff ihres Rockes hin, während sie erleichtert feststellte, dass de la Roche gegangen war. „Die Farbe heißt Türkischrot. Madame Delantre hat mir versichert, sie sei besonders *en vogue*."

„Das Muster sieht fröhlich aus."

Sie sprachen über die Vorteile von besticktem Musselin gegenüber den neueren bedruckten Baumwollstoffen. Während des belanglosen Geplauders kehrten Célines Gedanken zu dem Dilemma zurück, wie sie an die Botschaft des Kuriers an den Comte gelangen konnte.

Plötzlich rissen Schreie vom Fluss die drei Damen aus ihrer Unterhaltung.

„Er ist hineingefallen! Jacomo ist ins Wasser gefallen!" Einige Kinder sprangen auf der Brücke auf und ab und zeigten auf den Fluss.

Sofort stand Céline auf und blickte zum Fluss hinüber. Sie nahm nicht an, dass das Wasser hier besonders tief war. Doch für ein Kind, das nicht schwimmen konnte, konnte selbst ein flaches Gewässer tödlich sein.

Da entdeckte sie MacKinnon am Rand der mit Gras bewachsenen Böschung. Er hatte Jacke und Stiefel ausgezogen und lief bereits ins Wasser. Sekunden später reichte es ihm bis zur Taille; also war es tiefer, als Céline gedacht hatte.

Ihr Butler schwamm in die Mitte des Flusses und erreichte den Jungen, der panisch mit den Armen ruderte, während sein Kopf abwechselnd auf- und wieder untertauchte. MacKinnon packte ihn unter den Armen und zog ihn heraus. Als die beiden das Ufer erreichten, jubelten die Zuschauer auf dem Rasen.

Tropfnass trug er den Jungen zu dessen wartender Mutter.

Die Frau zog den Jungen an ihre Brust und dankte MacKinnon in einer Mischung aus Französisch und gebrochenem Englisch.

„Ist schon gut. Ich bin sicher, Ihrem Jungen geht es gut; er hat nur einen ziemlichen Schreck bekommen."

Die anderen Kinder kamen von der Brücke angerannt und drängten sich um ihren Gefährten.

Endlich sah der Junge von der Schulter seiner Mutter auf. Tränen mischten sich mit dem Wasser, das aus seinen dunklen Haaren tropfte. Doch dann lächelte er und die Anwesenden applaudierten.

Céline hatte sich zu den anderen gesellt und trat jetzt zu MacKinnon, als dieser sich von Mutter und Kind abwandte. Sie reichte ihm die Decke, auf der sie gesessen hatte. „Da haben Sie sehr schnell reagiert."

Er nahm die Decke, murmelte einen Dank und rieb sich über Brust und Kopf, sodass seine Haare in alle Himmelsrichtungen abstanden.

„Danke, aber viele andere hätten genauso gehandelt", sagte er, während er versuchte, seine durchnässte Kleidung mit der Decke zu trocknen. „Ich war einfach als Erster bei dem Jungen."

Sie erschauerte, als sie zu dem Fluss hinübersah. „Ich hätte nicht gedacht, dass das Wasser so tief ist, aber das Kind hätte ertrinken können."

„Ja, das dauert nur wenige Minuten. Ich habe genügend Männer auf See ertrinken sehen."

Seine Geschichte, dass er unter Nelson gedient hatte, musste also immerhin wahr sein. Sein Tonfall war zu ernst, als dass es anders hätte sein können. Im direkten Sonnenlicht war die kleine Narbe an seinem Kinn besser zu sehen. Céline fand ihren Anblick faszinierend. Hatte er sie im Kampf auf See davongetragen?

„Es ist kein schöner Tod, aber andererseits ist kein Tod im Krieg schön."

Sie ballte die Hand zur Faust und wünschte, sie könnte ihn irgendwie trösten. „Es tut mir leid."

Dann schien MacKinnon seine Erinnerungen abzuschütteln. „Das ist lange her." Mit einem reumütigen Lächeln blickte er an seinem Anzug hinunter. „Ich sollte wohl besser gehen und mich umkleiden."

„Ja, bitte tun Sie das, bevor Sie sich verkühlen."

Er hielt die nasse Decke hoch. „Ich bringe Ihnen eine neue Decke."

Sie schüttelte lachend den Kopf. „Das ist nicht nötig. Ich komme schon zurecht."

„Danke für Ihre Fürsorge. Sobald ich mich umgezogen habe, werde ich auf meinen Posten zurückkehren."

„Bitte machen Sie sich keine Umstände. Es gibt mehr als genug Bedienstete hier." Céline lächelte ihrem Butler zu. „Immerhin sind Sie der Held des Tages. Sie haben sich ein wenig Erholung verdient. Nehmen Sie sich den Nachmittag frei."

Mit einer knappen Verbeugung wandte MacKinnon sich um. Céline blickte ihm nach, wie er mit langen, selbstbewussten Schritten in Richtung Haus ging. Wie wenig sie doch über ihn wusste – und wie sehr sie sich trotzdem zu ihm hingezogen fühlte! Er ähnelte Rumford nicht im Geringsten. Welche Schrecken hatte er in der Schlacht erlebt? Wie hatte ihr alter Butler ihn tatsächlich kennengelernt?

Sie sollte Valentine bitten, sein Zimmer zu durchsuchen. Gleiches Recht für alle. Während Céline sich umwandte, um zu der Mutter zu gehen und sich nach ihrem verunglückten Sohn zu erkundigen, überlegte sie, ob das ein guter Weg wäre, um mehr über ihren Butler zu erfahren.

13. Kapitel

Rees hatte ein Auge auf de la Roche gehabt, seit er die Unterhaltung im Lagerraum belauscht hatte. Und was er sah, ließ seine Sorge um die Countess nur noch wachsen.

De la Roche näherte sich Lady Wexham bei jeder Gelegenheit. Der Mann schien beim Essen an ihrer Seite zu sein, am Abend im Salon war er auch nie weit entfernt, und wenn er nicht mit ihr sprach, dann beobachtete er sie.

Rees gefiel das Interesse des Mannes gar nicht. Lady Wexham jedoch, das musste er zugeben – und widerwillig auch bewundern –, schien sich von seinen Aufmerksamkeiten nie aus der Ruhe bringen zu lassen. Sie lächelte und grüßte de la Roche, wann immer er auf sie zutrat. Aber wenn er gegangen war, verschwand ihr Lächeln und die Freundlichkeit in ihren Augen wich einem nachdenklichen Blick.

Nach allem, was Rees wahrnehmen konnte, waren ihr die Annäherungsversuche des Mannes nicht recht. Und die Tatsache, dass sie sich das nicht anmerken ließ, überzeugte Rees mehr als alles andere davon, dass niemand davon wissen sollte. Jede andere Frau würde hinter dem Rücken schlecht über den Mann reden. Je länger Rees Lady Wexham beobachtete, desto mehr erkannte er, dass sie nur wenigen Menschen ihre wahren Gedanken offenbarte.

Am meisten beunruhigte ihn seine Überzeugung, dass sie früher oder später einen Fehler machen würde.

Deshalb beschloss er, an dem Maskenball als Gast teilzunehmen und nicht als Diener am Rand zu stehen. Er würde es tun, um Lady Wexham zu beschützen.

Was auch immer Valentine ihrer Herrin über ihn erzählt hatte – Lady Wexham schien ihn zu schätzen. Besonders auffällig war das gewesen, als er den kleinen Jungen aus dem Wasser gerettet hatte. Lady Wexham war gleich zur Stelle gewesen, aber sie war nicht zu dem Kind geeilt wie die anderen Zuschauer, sondern zuerst mit einer Decke zu ihm gekommen. Rees würde sich nicht gestatten, ihr

Verhalten als Zeichen dafür zu deuten, dass sie ihm mehr Aufmerksamkeit schenkte, als eine Lady es normalerweise bei ihrem Dienstboten tat – aber es fiel ihm immer schwerer, seine Hoffnungen und Sehnsüchte in Schach zu halten.

Er versuchte, diese Gedanken abzuschütteln. Er musste objektiv bleiben, wenn er diesen Auftrag bis zum Ende ausführen wollte. Die Nacht, in der er ihr gefolgt war, hatte bewiesen, dass sie in irgendeine Heimlichkeit verwickelt war.

Sie hatte einen Mann getroffen, so viel stand fest. Rees war sich nicht sicher, ob es sich um ein Stelldichein gehandelt hatte oder ein Treffen mit einem französischen Kontaktmann, aber er tippte auf Letzteres. Er hatte jedenfalls nicht bemerkt, dass Lady Wexham irgendeinem männlichen Gast besondere Gunst gewährt hätte.

Obwohl sie ihre männlichen Besucher nach dem Ball ihrer Nichte in ihr Schlafgemach gelassen hatte, war Lady Wexhams Verhalten nach allem, was Rees mitbekommen hatte, vorbildlich. Je länger er in ihrer Gesellschaft war, desto mehr war er davon überzeugt, dass sie keinem Mann irgendwelche Gefälligkeiten erwies – ganz gleich, welcher Art. Diese Tatsache wäre eine Erleichterung für ihn gewesen, wenn die bloße Vorstellung von Lady Wexham und einem Liebhaber nicht so abstoßend gewesen wäre.

Was ihn zu seiner Entscheidung zurückbrachte. Heute Abend sollte der Maskenball stattfinden. Er hatte sich jeden Abend nach Mitternacht draußen versteckt und nach Lady Wexham Ausschau gehalten, aber sie hatte keine einsamen Spaziergänge zum Tempel mehr unternommen. Wenn sie diese Person noch einmal treffen wollte, hielt Rees es für wahrscheinlich, dass sie es während des Balls tun würde.

Indem er eine Maske trug und sich ungehindert unter die Gäste mischte, würde er beobachten können, ohne selbst gesehen zu werden. Von den Dienstboten hatte er genug in Erfahrung gebracht, um zu wissen, dass viele Gäste eingeladen waren und zum Teil sogar aus London anreisten. Eine zusätzliche kostümierte Person unter hundert Gästen würde kaum auffallen.

Und zweifellos würde de la Roche ebenfalls jeden Schritt von Lady Wexham beobachten.

Rees ging ein Risiko ein, das wusste er. Wahrscheinlich erwartete Lady Wexham, dass er ein Auge auf ihre Mutter hatte, obwohl sie ihm keine konkreten Anweisungen diesbezüglich gegeben hatte. Was würde er sagen, wenn sie ihn während des Balls suchte? Er beschloss, irgendeine Ausrede zu erfinden, dass man ihn in der Küche gebraucht habe. Der Palast war riesig und so würde sie kaum erfahren, ob er sich in der Küche aufhielt oder nicht. Rees setzte seine Hoffnung darauf, dass am nächsten Tag alles vergessen sein würde. Er wusste nur, dass er Lady Wexham an diesem Abend beschützen musste.

Seinen Plan in die Tat umzusetzen, hatte sich als gar nicht so einfach erwiesen. In *Hartwell House* hatte er kein Zimmer für sich, sondern teilte sich eine kleine Kammer mit Tom. Also musste er einen Weg finden, ein geeignetes Kostüm zu besorgen und es bis zu dem Ball zu verstecken. Außerdem musste er einen Ort finden, an dem er irgendwann im Laufe des Abends seinen Anzug gegen seine Maskerade tauschen konnte.

Zum Glück war Tom seit dem frühen Abend in Speisesaal und Küche beschäftigt. Auch Rees war dort im Einsatz gewesen, aber jetzt, wo der Ball in vollem Gange war, verließ er seinen Posten an der Wand des Ballsaals und schlich zu einer der vielen Dachkammern im Obergeschoss hinauf.

Er holte die Kleidung hervor, die er zuvor in Aylesbury besorgt hatte. Dort hatte er ein Geschäft gefunden, in dem er ein Piratenkostüm ausleihen konnte. Nach reiflicher Überlegung hatte Rees sich für diese Verkleidung entschieden – nachdem er eine Weile zwischen dem Piraten und einem orientalischen Gewand mit einem Turban geschwankt hatte. Beide Kostüme hatten den Vorteil, dass die Kopfbedeckung seine Haare verbergen würde. Er hatte die Kleider und das Schwert in einer alten Truhe auf einem ungenutzten Dachboden verstaut. Als er jetzt die schwarzen Kniebundhosen, die glänzenden schwarzen Stiefel und ein weißes Hemd mit einer breiten, farbigen Schärpe um den Leib anlegte, verspürte er ein Gefühl der Freiheit, das er lange nicht mehr erlebt hatte.

Rees hielt inne und betrachtete sein Bild in einem alten, fleckigen Spiegel. Jetzt war er kein ernster Butler mehr, sondern ein waghalsiger, gefährlicher Schurke. Er nahm die Schwertattrappe, einen Krummsäbel, und schob sie in seine Schärpe. Dann band er sich einen Schal um den Kopf und verknotete ihn fest im Nacken. Als Letztes platzierte er die Maske über Augen und Nase. Sie reichte beinahe bis zu seiner Oberlippe.

Würde irgendjemand ihn nur an seinen Lippen und seinem Unterkiefer erkennen?

Er rückte die Maske noch einmal zurecht und zog sie ein wenig nach unten. Dann vergewisserte er sich, dass der Knoten seines Kopftuches festsaß. Zum Schluss nahm er den schwarzen Filzhut mit der breiten Krempe und setzte ihn vorsichtig in einem verwegenen Winkel auf.

Würde Lady Wexham ihn erkennen? Er konnte sich keine Figur vorstellen, die weniger einem Butler ähnelte. Seine Augen schienen in der Maske zu funkeln, fast schwarz wirkten sie in dem Dämmerlicht seines Kerzenleuchters.

Rees hatte nicht in Erfahrung bringen können, was für ein Kostüm seine Arbeitgeberin tragen würde. Er seufzte und zog eine Grimasse. Es hatte also auch Nachteile, sich mit der Zofe einer Dame zu überwerfen.

Schließlich nahm er ein Paar schwarze Handschuhe, rückte den Hut noch einmal zurecht und verließ den Dachboden.

Als er den Ballsaal wieder betrat, war dieser voll mit Menschen in fantasievollen Kostümen, mit halben und ganzen Masken, grotesken und eleganten Verkleidungen. Das Orchester spielte auf einer Galerie über dem riesigen Raum. Die zahlreichen Kerzen auf den massiven Kronleuchtern ließen den Stuck an der Decke in vollem Glanz erstrahlen.

Mit einem Gebet, dass seine Maskerade bis zum Ende des Abends halten möge, stürzte Rees sich in das Meer aus Piratenkollegen, Harlekins, Türken, Mönchen und Damen mit gepuderten Perücken und in Reifröcken aus dem siebzehnten Jahrhundert, während seine Augen die Menge fieberhaft absuchten.

Céline sah sich kurz auf der überfüllten Tanzfläche um. Es war beinahe halb zwölf und der Ball war in vollem Gange. Der Comte war vor einer Weile erschienen, umgeben von seiner üblichen Entourage.

Céline musste über sein Kostüm lächeln, das einem türkischen Pascha nachempfunden war. Die Pumphose ließ die ohnehin dicken Beine des Comte gigantisch aussehen und unter dem Turban wirkte sein Gesicht noch runder.

Jetzt oder nie.

Sie sah an ihrem eigenen Kostüm hinunter und bezweifelte, dass irgendjemand sie erkennen würde. Ihr Körper steckte in einem Harlekinkostüm, dessen Jacke, die ihr bis auf die Oberschenkel reichte und in der Taille mit einem weißen Gürtel gehalten wurde, von auffälligen Rauten bedeckt war. Ihre Beine steckten in Strumpfhosen in Blau und Rot und eine schwarze Maske bedeckte eine Hälfte ihres Gesichts. Die Haare hatte sie unter einer großen weißen Kappe verborgen, an deren aufgeschlagenem Rand eine rote Feder steckte.

Glücklicherweise war sie nicht der einzige Harlekin, obwohl jedes Kostüm eine andere Farbe hatte.

Bevor sie es sich anders überlegen konnte, schlüpfte Céline aus dem Ballsaal und eilte den Korridor hinunter, bis sie den Dienstbotenaufgang erreicht hatte. Dort hielt sie inne und sah sich kurz um. Die Privatgemächer des Comte befanden sich in einem anderen Teil des Palastes. Es schien ewig zu dauern, bis sie in den entsprechenden Flügel gelangte. Ein- oder zweimal musste sie sich in einem Türrahmen oder einer Nische verstecken, als sie Schritte kommen hörte. Aber es waren nur Bedienstete, die ihre eigenen Rendezvous abhielten, während ihre Herrschaften feierten.

Endlich kam sie zu der Suite des Comte. Céline näherte sich der Tür und presste ein Ohr daran. Als sie nichts hörte, wagte sie es, die Tür einen Spaltbreit zu öffnen. Eine kleine Flamme brannte in einer Lampe. Dann entdeckte sie in einem gestreiften Sessel einen schlafenden Diener, dessen leises Schnarchen erklang, und öffnete die Tür weiter. Gut. Valentine hatte offenbar genügend von dem Schlafmittel in sein Getränk gemischt.

Céline trat ein und schloss leise die Tür hinter sich. Sie ging weiter in das Studierzimmer des Comte und betrat es. Ein zweiter Diener saß zusammengesunken auf dem Fußboden, sein Kopf hing schlaff nach vorne.

Mit bebenden Fingern durchsuchte sie den Schreibtisch, bis sie auf einen Stapel Papier stieß.

Sie entfaltete die Bögen und sah, dass sie Briefe an den Comte enthielten, die vom Earl of Liverpool und Viscount Castlereagh höchstpersönlich unterzeichnet waren, also vom Premierminister und vom Außenminister. Sie faltete die Dokumente wieder zusammen, knöpfte ihre Jacke auf und schob die Briefe in ihr Mieder. Dann schloss sie mit zitternden Fingern die Knöpfe an ihrem Kostüm, während ihr Herz so laut schlug, dass es jedes andere Geräusch übertönte.

Nachdem sie sich einmal umgesehen hatte, schloss sie die Schreibtischschublade und verließ das Zimmer.

Erst als sie weit genug entfernt war, gestattete Céline sich, auf einem Gang stehen zu bleiben und wieder zu Atem zu kommen, während sie sich die Stirn mit einem Taschentuch trocknete.

In wenigen Stunden würde sie diese Papiere zu ihrem Treffen mit Roland mitnehmen. Lächelnd stellte sie sich sein Erstaunen vor, wenn er die Briefe sah. Endlich hatte sie etwas, das für die Franzosen von echtem Wert war.

In der Zwischenzeit würde sie in den Ballsaal zurückkehren, sich unter die Gäste mischen und sie mit ihrer falschen Identität necken, als hätte sie nichts anderes zu tun, als die ganze Nacht zu tanzen.

Sie fragte sich, wo MacKinnon war. Vorhin hatte sie ihn gesucht, aber seit dem Abendessen hatte sie ihn nicht mehr gesehen. Er war nicht in der Nähe ihrer Mutter gewesen, aber es konnte sein, dass er sie später noch aufgesucht hatte. Vielleicht hatte er sich auch den Abend freigenommen, wie manche anderen Bediensteten es getan hatten. Aber er machte auf sie nicht den Eindruck eines Mannes, der seine Pflichten vernachlässigte. Immerhin spielte ihre Mutter an diesem Abend nicht. Vielleicht war MacKinnon deshalb nicht an ihrer Seite.

Céline verdrängte das Gefühl der Enttäuschung darüber, dass sie ihren Butler nicht sah, und betrat den Ballsaal mit einem aufgesetzten Lächeln.

Rees zügelte seine zunehmende Enttäuschung. Es kam ihm vor, als hätte er den Ballsaal ein Dutzend Mal umrundet und noch immer hatte er Lady Wexham nicht entdeckt.

Wo war sie – oder *was* war sie?

„Ein Pirat! Ich habe immer davon geträumt, von einem Piraten entführt zu werden."

Rees musterte die Frau, die ihn direkt angesprochen hatte. Sie war wie eine spanische Tänzerin gekleidet mit einer tief ausgeschnittenen weißen Bluse und einem bunten Rock, der ihre Waden nur halb bedeckte. Eine dunkle Lockenpracht wurde von einem leuchtend gelben Schal um ihren Kopf gehalten. Sie war zu klein, um Lady Wexham zu sein. Er verbeugte sich. „Ich fürchte, ich muss Sie enttäuschen, da es nicht meine Angewohnheit ist, Jungfrauen zu entführen."

Die temperamentvolle Spanierin kam näher, bis sie beinahe seine Brust berührte. Rees trat einen Schritt zurück. „Vielleicht wird sich Ihnen nie wieder eine so günstige Gelegenheit bieten."

Er wich zur Seite aus. „Ich danke Ihnen, reizende Dame, aber ich werde der Versuchung entsagen." Ohne auf eine Antwort zu warten, verschwand er schnell in der Menge.

Dies war etwas, das er an Maskenbällen nicht mochte. Sie führten zu ungeordnetem, unziemlichem Verhalten. Manche Menschen glaubten, sich ein zügelloses Benehmen erlauben zu können, nur weil man ihr Gesicht nicht sehen konnte.

Rees setzte seine Suche nach Lady Wexham fort, wobei er jede Dame, an der er vorbeikam, genau musterte. Aber da fast alle eine Augenmaske trugen, war es beinahe unmöglich zu erkennen, um wen es sich handelte. Er konzentrierte sich auf Frauen, die etwa die Körpergröße und die Gestalt von Lady Wexham hatten.

Herr, bitte hilf mir, sie zu finden. Es ist schon spät und ich habe das Gefühl, dass sie in Gefahr ist. Bitte gib, dass ich sie erkenne.

Nach einer weiteren ergebnislosen Runde durch den Ballsaal, bei der er sich durch die Menschenmenge geschlängelt und die Frauen, die ihn ansprachen, bewusst ignoriert hatte, blieb Rees an einer Säule stehen, hinter der er sich halb verbergen konnte. Er ließ den Blick über die Tanzfläche schweifen, der Verzweiflung nahe, weil er das Gefühl hatte, nichts erreicht zu haben. Je mehr er sich bewegte, desto mehr schwappte die Menschenmenge um ihn herum wie ein endloser Strom, als suchten sie Unterhaltung bei immer neuen Gruppen.

Er war es leid, unverschämte Weibsbilder abzuwimmeln. Seine Lippen verzogen sich spöttisch. Als würde eine dieser hochgestellten Damen ihn auch nur eines Blickes würdigen, wenn sie ihn morgen im Rock eines Butlers oder als kleinen Angestellten im Außenministerium sähen!

Wahrscheinlich war es das Beste, das zu tun, was er für gewöhnlich als Butler tat – sich an einer Wand zu postieren und einfach die Personen zu beobachten, die vorbeigingen. Andererseits wollte er nicht noch einmal angesprochen werden.

Rees wählte einen abgelegenen Platz hinter einigen Palmen, die in Kübel gepflanzt waren und als Sichtschutz dienten, während er von dort aus fast die gesamte Tanzfläche im Blick hatte.

Nachdem er eine Viertelstunde lang jede Frau in seinem Blickfeld gemustert hatte – Schäferinnen, Marie Antoinettes, Haremsdamen mit Pluderhosen und knappen Miedern, Jägerinnen mit Bogen und einem Köcher auf dem Rücken –, hatte er noch immer keine entdeckt, hinter der er seine Arbeitgeberin vermutete. Allmählich glaubte er, dass Lady Wexham eine Perücke tragen musste, da keine der Frauen, die er gesehen hatte, ihre Haarfarbe hatte.

„Was für einen adretten Piraten Sie abgeben!" Ein Pierrot im weiten Clowngewand und breiten Kragen erschien mit einem Sprung vor seiner Nase.

Rees wich unwillkürlich zurück und war erstaunt, dass ein Mann ihn auf diese Weise ansprach. Doch dann bemerkte er die Stimme des Clowns. Sie gehörte einer Frau. Er sah die Gestalt prüfend an, um weitere Hinweise zu finden. Er konnte unmöglich erkennen, um wen es sich handelte. Die Person war groß genug, um ein Mann von mittlerem Wuchs zu sein. Ihr Gesicht war weiß geschminkt und eine schwarze Augenmaske bedeckte die obere Hälfte ihrer Züge. Ein runder weißer Hut saß auf Haaren, die kurz erschienen, bis er sah, dass sie unter einer Stoffmütze versteckt waren.

„Danke", war alles, was er herausbrachte.

Als spürte sie sein Unbehagen, warf sie den Kopf in den Nacken und lachte glockenhell, dann entfernte sie sich zu seiner Erleichterung.

Das war nicht Lady Wexham gewesen, dessen war er sich sicher. Ihre Stimme hatte anders geklungen; ihre Figur war ihm etwas draller erschienen, obwohl das bei dem weiten Kostüm nicht leicht zu beurteilen war.

Während Rees zusah, wie der Pierrot davonhüpfte, kam ihm der rettende Gedanke. Er begann, den Saal nach anderen Kostümen zu durchsuchen, die eine weibliche Figur verbergen könnten.

Es gab mehrere Personen aus der Commedia dell'Arte. Er sah den einen oder anderen Pantalone mit roten Hosen und kurzem Hemd, der einen weiten schwarzen Umhang trug. Harlekine huschten in ihren leuchtend blauen, roten und goldenen Kostümen herum; der Dottore, der Capitano, Scaramuz – sie alle waren männliche Gestalten. Rees musterte alle aufmerksam, aber es war schwierig, hinter den grotesken Halbmasken, breiten Rüschenkragen, schweren Umhängen und großen, weichen Hüten etwas zu erkennen.

Er suchte bei den Silhouetten dieser Personen nach irgendetwas Weiblichem, vor allem bei jenen, die Lady Wexhams Wuchs hatten.

Es kam ihm vor wie eine Ewigkeit, aber schließlich wurde seine Geduld belohnt. Rees' Blick fiel auf einen Harlekin-Clown und er beobachtete, wie er sich durch die Menge bewegte. Es war eine perfekte Tarnung: der Körper von einem bunten Rautenmuster bedeckt, die Beine von einem farbigen Beinkleid. Eine runde weiße Kappe mit einer weichen Krempe, die nach oben geschlagen war, bedeckte das Haar des Clowns vollständig. Eine schwarze Halbmaske verbarg die obere Gesichtshälfte. Als der Clown in seine Richtung kam, beugte er sich ein wenig vor. Kinn und Kiefer könnten Lady Wexham gehören. Auch der Wuchs und die Konturen stimmten.

Als die Menge sich einen Augenblick lang vor dem Harlekin teilte, wanderte Rees' Blick nach unten. Unwillkürlich bemerkte er die wohlgeformten Beine und runzelte die Stirn. Wenn es sich tatsächlich um eine Frau handelte, trug sie ein unschicklich freizügiges Kleidungsstück. Obwohl ihr Körper vollständig bedeckt war – im Gegensatz zu einigen äußerst durchscheinenden Kleidern jener Frauen, die sich als die Göttin der Jagd verkleidet hatten –, zeigte es zu viel von ihrer Figur.

Während er sie weiter beobachtete – denn je länger er es tat, desto überzeugter war er davon, dass dieser Harlekin eine Frau war –, bewunderte er widerwillig die Kühnheit, mit der sie die Maskerade auf die Spitze trieb. Einmal forderte sie sogar eine Dame zum Tanz auf!

Es war eine französische Gavotte, die in lebhaftem Tempo getanzt wurde. Sie übernahm den männlichen Part ohne jede Mühe, verbeugte sich, stolzierte und drehte ihre Partnerin im Kreise. Es war klug von ihr gewesen, eine zierliche Dame zu wählen, die als Schäferin verkleidet war.

Wie es der Brauch war, tanzte das Paar zweimal hintereinander, bevor beide sich verbeugten beziehungsweise einen Knicks machten und sich trennten.

Rees' Blick folgte dem Harlekin, damit er die Gestalt in der Menge nicht aus den Augen verlor.

Wenige Augenblicke später stimmten die Musiker die ersten Töne eines neuen Stücks an. Die Tänzer formierten sich auf dem Parkett zu Gruppen.

Leise verließ Rees sein Versteck und folgte dem Harlekin, bevor dieser die Gelegenheit hatte, wieder jemanden zum Tanz aufzufordern.

Er wusste selbst nicht genau, was er damit beabsichtigte.

Im nächsten Moment verbiss er sich einen Aufschrei, als eine Dame mit einer riesigen gepuderten Perücke und einer gefederten Halbmaske vor ihn trat. Ihr Reifrock war auf beiden Seiten so breit, dass er ihm den Weg versperrte. Sie ignorierte seinen offensichtlichen Wunsch, an ihr vorbeizugehen, und schwenkte ihren Fächer aus Straußenfedern vor sich. Dadurch versperrte sie ihm auch noch den Blick. „Ich wette, ich weiß, wer Sie sind."

Diese Worte ließen ihn aufmerken. „Ich bitte um Verzeihung", sagte er, wobei er versuchte, seine Stimme zu verstellen.

Mit einer Handbewegung schloss die Reifrock-Dame den Fächer und tippte ihm damit auf die Schulter. „Sie sind der Marquis de Lalande."

Er atmete erleichtert aus und konnte sich ein Lächeln über ihren triumphierenden Tonfall nicht verkneifen. „Ich fürchte, Sie haben es erraten."

Sie trat einen Schritt näher, ihre rot gefärbten Lippen zu einem Lächeln geöffnet. Aber jetzt hatte er die Situation wieder in der Hand und schnell verbeugte er sich und trat zur Seite. „Wenn Sie mich entschuldigen wollen, *Madame*, ich muss fliehen. Es darf nicht sein, dass meine Identität bekannt wird."

Ohne auf eine Antwort zu warten, ließ er sie stehen und ging, während er den Raum nach seinem Harlekin absuchte. Gut – die Gestalt stand noch immer dort und musterte die Menge, als suche sie einen Tanzpartner.

Er war bei ihr, bevor der Tanz begann. An der quadratischen Aufstellung der Tänzer sah er, dass die Musiker einen Kotillon spielen würden.

Einen Moment lang schwankte er, denn er war sich plötzlich nicht mehr sicher, ob es sich tatsächlich um Lady Wexham handelte. Die Halbmaske bedeckte einen Großteil ihres Gesichts und hatte grotesk übertriebene Falten auf der Stirn. Die Augenschlitze waren so schmal, dass er ihre Augen nicht richtig sehen konnte.

„*Monsieur?*" Die Stimme klang tief und fragend, aber etwas an ihrem Klang war ihm vertraut.

Er trat dicht vor die Person, sodass sie nicht fliehen konnte, und verneigte sich. „Darf ich um die Ehre dieses Tanzes bitten?" Er sprach sie auf Französisch an und hoffte, dass sein Akzent nicht zu britisch klang und ihn verraten würde.

Ihr Kopf zuckte ein wenig, so als hätte seine Bitte sie erschreckt. Aber sogleich fasste sie sich, stemmte die Hände in die Hüften und lächelte. Das waren ihre Lippen, stellte Rees zufrieden fest.

„Ich glaube, Sie verwechseln mich mit einer Dame, *Monsieur le pirate.*" Mit ihrem Arm machte sie eine Bewegung in die Runde. „Es gibt hier zahlreiche schöne Damen, die von Ihrer Bitte geschmeichelt wären."

Sie sprach französisch, noch immer mit verstellter Stimme.

Rees wusste, dass er ein großes Risiko einging, wenn er offenbarte, dass er Französisch sprach. Er verstand nicht, was ihn dazu gedrängt hatte, die Countess anzusprechen, und er nahm sich auch nicht die Zeit, um seine Entscheidung zu hinterfragen. Er wusste nur, dass er an diesem Abend mit ihr tanzen wollte. Eine Gelegenheit wie diese würde sich nie wieder bieten. „Zweifellos, aber ich wünsche mit dem Harlekin zu tanzen."

Sie neigte den Kopf ein wenig zur Seite und starrte ihn an. Noch immer konnte er die Farbe ihrer Augen nicht klar erkennen. „Die Leute werden Sie für sehr merkwürdig halten."

Hinter seiner Maske fühlte Rees sich kühn genug, um dieses

Schauspiel fortzuführen. Kein Butler oder kleiner Angestellter mehr, sondern ein Pirat, der Beschützer einer Dame – oder ein Entführer. Es war eine Person, die er kaum kannte, die er aber gewähren lassen wollte. „Ein *bal masqué* fördert das merkwürdigste Verhalten in Menschen zutage. Eine Dame im Harlekinkostüm."

Ihr Atem stockte. „Ich hoffe, Sie werden mein Geheimnis nicht verraten."

Rees streckte seine Hand im schwarzen Handschuh aus. „Kommen Sie, die Musik beginnt. Niemand wird Sie in der Menge bemerken."

Er führte sie auf die Tanzfläche zu einer Stelle, an der ein weiteres Paar stand. Gemeinsam bildeten sie ein Karree.

Rees konzentrierte sich auf die Tanzschritte. Seit seinem letzten Besuch zu Hause hatte er nicht mehr getanzt. Aber Lady Wexham war eine hervorragende Tänzerin, wie er bereits gesehen hatte, und sie vollführte die Bewegungen und Figuren mühelos.

Er nahm ihre Hände und zog sie in eine Allemande-Drehung, wobei ihre Schultern ihn streiften, als sie die Bewegung beendeten.

Während des Tanzes ahnte er plötzlich, wie Aschenbrödel sich bei dem Ball des Prinzen gefühlt haben musste. In diesen Augenblicken war er Lady Wexham ebenbürtig. Ihre Bewegungen waren elegant und höflich, doch darunter brodelte etwas anderes, Lauerndes.

Sein Blick begegnete ihrem. Keine Maske der Welt konnte diese bronzefarbenen Augen verbergen.

„Ich glaube nicht, dass wir uns bereits kennengelernt haben", sagte sie, als sie aufeinander zuschritten.

„Das ist wahr." So hatte sie ihn in der Tat noch nie kennengelernt.

„Sie sind Franzose?"

Rees zögerte den Bruchteil einer Sekunde. „Ich bin der Sohn von Einwanderern."

Sie nickte. „Das erklärt den Akzent."

Er erwiderte nichts.

„In diesem Fall müsste ich Sie kennen", beharrte sie.

Er verneigte sich. „Vielleicht."

Die Countess betrachtete ihn einen Moment lang. „Irgendetwas kommt mir bekannt vor."

Er antwortete nicht, sondern führte sie lächelnd durch eine Drehung.

ꕥ

Als der Tanz zu Ende war, versank Céline in einem Knicks vor dem groß gewachsenen Piraten mit dem durchdringenden Blick und machte Anstalten zu gehen. Es war zu gefährlich, als Frau weiterzutanzen, auch wenn die Identität des Piraten sie neugierig machte. Etwas an ihm wirkte seltsam vertraut.

Aber der Pirat hielt sie mit einer Berührung am Ellbogen auf. „Es folgt noch ein Tanz."

Es war Ehrensache, sich zu fügen. In Wirklichkeit hatte sie auch gar nichts dagegen. Es würde ihr die Gelegenheit geben, herauszufinden, wer er war. Sie hatte seine Stimme nicht erkannt, aber je länger sie sich unterhielten, desto mehr wuchs das Gefühl der Vertrautheit.

Wenn sie doch nur seine Augen besser sehen könnte, aber unter der breiten schwarzen Hutkrempe und hinter der Maske mit den schmalen Augenschlitzen war die Farbe seiner Augen nur schwer auszumachen.

Beim Kotillon hatte sie keine Gelegenheit gehabt, ihren Tanzpartner näher zu betrachten, aber an den Tönen, die jetzt erklangen, erkannte sie, dass die Musiker einen Walzer spielen würden. Die Franzosen hatten diesen deutschen Tanz rasch übernommen, während er sich in britischen Kreisen noch nicht durchgesetzt hatte.

Céline lächelte. Bei diesem Tanz im Arm ihres Gegenübers würde sie herausfinden, wer ihr geheimnisvoller Partner war. Sie hoffte, dass er diesen neuen Tanz ebenso gut beherrschte wie den Kotillon. Als Sohn von Einwanderern kannte er gewiss die Schritte.

Als sie die Hände ausstreckte, zögerte er und lauschte der Musik. Langsam drehte er sich um und sah zu den anderen Paaren hinüber, die bereits auf der Tanzfläche waren. „Sie spielen einen Walzer."

„Ja, kennen Sie diesen Tanz nicht?"

„Ich habe ihn noch nicht getanzt." Die Worte waren das erste Anzeichen von Unschlüssigkeit, das der geheimnisvolle Pirat an den Tag legte.

„Es ist ganz einfach“, sagte sie und legte die Hände auf seine breiten Schultern. Langsam hob er seine Hände an ihre Taille. Er war ein groß gewachsener, gut gebauter Mann, obwohl sie wusste, dass eine Maske ein hässliches Gesicht verbergen konnte. „Sie haben doch gewiss schon gesehen, wie man Walzer tanzt.“

„Natürlich.“

Er warf noch einen Blick auf die tanzenden Paare, dann wagte er die ersten Schritte im Takt der Musik. Zuerst waren seine Bewegungen sehr konzentriert, doch dann wurden sie flüssiger.

Céline entspannte sich und genoss die Musik. Während ihr Pirat sie zu den Klängen des Walzers führte, hob sie den Blick zu dem Teil seines Gesichts, den sie sehen konnte. Sein Kinn und sein Kiefer waren kantig, seine Lippen geschwungen und weich. Sie erinnerten Céline an … MacKinnon.

Sobald ihr dieser Gedanke gekommen war, suchte sie nach dem untrüglichen Zeichen.

Ihr stockte der Atem, als sie die winzige Narbe an seinem Kinn entdeckte. Es war ihr Butler! Ihr Blick wanderte hoch zu der Maske, die alles verbarg außer seinen Augen. Diese beobachteten sie mit derselben Intensität, die sie von MacKinnon kannte.

Wie konnte das sein? Seine Pupillen waren groß und schwarz, aber das Grau, das sie umgab, war trotzdem zu sehen.

Es war absurd, ganz und gar unpassend.

Er konnte kein Butler sein. Nicht dieser Mann, so schnittig in seinem Piratenkostüm. Aber wirkte MacKinnon in seiner Butlerkleidung nicht auch elegant und männlich?

Doch dass er die komplizierten Schritte des Kotillons so fehlerfrei beherrschte – kein Butler konnte das. Wer war er in Wirklichkeit? Möglicherweise ein Gentleman?

Ihr Blick wanderte wieder hinunter, weil sie sich noch einmal davon überzeugen musste. Die winzige Narbe bestätigte ihr, dass ihr Partner tatsächlich Mr MacKinnon war. Niemand sonst konnte genau die gleiche Narbe an der gleichen Stelle haben.

Aber – MacKinnon sprach kein Französisch. Dieser Mann hingegen sprach es fließend.

Sie dachte an vergangene Gelegenheiten zurück, bei denen er sie hatte französisch sprechen hören. Sie achtete normalerweise strikt darauf, auch mit Valentine oder Gaspard niemals französisch zu sprechen, wenn andere zugegen waren. Aber was hatte er womöglich durch Lauschen erfahren? Sie musste Valentine warnen!

Als Nächstes fragte sie sich, wie MacKinnon ihre Verkleidung an diesem Abend durchschaut hatte. Sie war sicher, dass niemand sonst sie erkannt hatte, nicht einmal de la Roche.

Sie musterte MacKinnon und vergaß einen Moment lang ihren anderen Feind. Hatte MacKinnon sie vielleicht gar nicht erkannt? War es ein bloßer Zufall, dass er sie zum Tanz aufgefordert hatte? Nein, das konnte nicht sein.

Aber während die Musik spielte und seine Schritte immer sicherer wurden, hatte Céline Mühe, ihre Gedanken auf die Motive für MacKinnons Verhalten zu lenken. Zu sehr war sie von dem Zauber gefangen, in seinen Armen über die Tanzfläche zu schweben.

Es war vollkommen leichtsinnig und unvernünftig, mit jemandem zu tanzen, dessen Absicht es war, sie zu verraten – und es zugleich so sehr zu genießen. Wenn nicht um ihrer selbst willen, musste sie doch an Valentine und Gaspard denken und an die anderen, die von ihr abhängig waren.

Und doch wollte Céline nicht, dass dieser Augenblick endete. Was, wenn er von den Papieren wusste, die sie in ihrem Mieder trug? Was würde er tun, der standhafte, aufrechte Engländer, von dem sie sicher war, dass er sich hinter der Piratenmaske verbarg? Sie tanzten weiter und sahen einander in die Augen, als wären sie die beiden einzigen Personen im Ballsaal.

War es die Gefahr, die den Moment so unwiderstehlich machte, oder war es etwas Tieferes … ein unerklärliches, unvernünftiges Gefühl, dass sie diesem Mann sogar ihr Leben anvertrauen könnte?

14. Kapitel

Mitternacht war längst verstrichen. Beinahe glaubte Rees, dass Lady Wexham einfach nur ihr Vergnügen haben wollte, indem sie sich als schlanker junger Mann ausgab, der als Harlekin verkleidet war. Nachdem er sich ein letztes Mal über ihre Hand gebeugt hatte, tanzte sie weiter und bewegte sich in der Menge wie jeder andere Gast.

Rees beobachtete sie auch danach von der Nische mit den Topfpflanzen aus. Jetzt bereute er, sie zum Tanz aufgefordert zu haben. Warum hatte er diesem Impuls nachgegeben? Was für ein Narr er doch gewesen war! Er konnte sich nicht genug schelten. Hatte sie seine Tarnung durchschaut?

Das Lächeln, das während des Walzers ihre Lippen umspielt hatte, war irgendwie beunruhigend gewesen.

Beunruhigend! Beunruhigend war es gewesen, sie im Arm zu halten und sich zu beherrschen, damit er sie nicht an sich zog und alles verriet. Er hatte nur um Kraft und Selbstbeherrschung beten können.

Lieber Gott, du hast gesagt, dass du uns nicht mehr aufbürden wirst, als wir tragen können, und uns neben der Versuchung auch einen Fluchtweg zeigen willst. Wo ist mein Fluchtweg? All die Jahre bin ich einer unmoralischen Verbindung mit einer Frau aus dem Weg gegangen. Rees dachte an seine Jahre auf See als junger Mann, wenn das Schiff im Hafen lag und all die anderen Matrosen in die Taverne gingen, um zu trinken und sich mit Weibsbildern zu vergnügen. Er hatte sich ferngehalten und war stattdessen in eine kirchliche Mission oder Bücherei gegangen, an einen stillen Ort, an dem er gelesen und seine Gedanken auf andere Dinge gelenkt hatte.

Und jetzt, im reifen Alter von einunddreißig Jahren, war er wie besessen von einer Dame, die nicht nur gesellschaftlich unerreichbar weit über ihm stand – sondern auch noch das Land verriet, für das er bereit gewesen war, sein Leben zu opfern!

Und doch musste er immerzu daran denken, wie es gewesen war, sie im Arm zu halten, sie zu beobachten, wie sie vorgab, ein Mann zu sein, sich über die Hand einer jungen Dame beugte und sie zum

Tanz führte. Rees ballte die Fäuste und sagte sich zum hundertsten Mal, dass er sie vergessen musste.

Seine einzige Aufgabe war es herauszufinden, welche Informationen Lady Wexham nach Frankreich sandte. Er durfte niemals vergessen, dass ihre beiden Nationen Krieg gegeneinander führten. Sie waren Feinde.

Sich diese Tatsachen immer wieder vor Augen zu führen, half allerdings nicht, seine Entschlossenheit zu stärken. Es füllte lediglich seine Seele mit einer abgrundtiefen Verzweiflung, während er dabei zusah, wie sie die Schritte eines Menuetts vollführte.

Es war schon spät und er wollte nur noch gehen und Trost in einem tiefen, traumlosen Schlaf suchen, als Lady Wexham unauffällig in Richtung eines Türbogens ging und sich verstohlen umsah.

Rees erstarrte, alle Sinne sofort wach.

Dann stieß er sich von der Wand ab, um sich einen Weg um die Tanzfläche herum zu bahnen, während er mit klopfendem Herzen hoffte, dass er die Person, der er folgte, nicht aus den Augen verlor.

Als er den Ballsaal verließ, blickte er schnell in alle Richtungen, aber er sah das leuchtend blau-rot-goldene Kostüm nicht länger.

Doch, da war es – gerade huschte es die breite Marmortreppe hinunter.

Noch immer waren zahlreiche Menschen auf der langen Galerie unterwegs, stellte er frustriert fest, während er sich zwischen ihnen hindurchwand und hoffte, dass er nicht zu spät kam, um zu sehen, in welche Richtung Lady Wexham ging.

Oben an der breiten Treppe blickte er über die Balustrade. Der Harlekin war im Erdgeschoss angekommen und wandte sich dem Westflügel zu.

Er stieg ebenfalls die Treppe hinunter, wobei er darauf achtete, dass er erst unten ankam, als sie bereits ein ganzes Stück des Korridors zurückgelegt hatte.

Wohin wollte sie? Zu einem Treffen? Einem Rendezvous?

Rees verwünschte die schweren Stiefel, die er trug, weil er langsam gehen musste, damit seine Schritte nicht so laut erklangen. Plötzlich bog sie um eine Ecke. Er folgte ihr bis zu der Ecke, blieb stehen und hörte dann, wie eine Tür sich öffnete. Dann spähte er um die Ecke und sah gerade noch, wie die Tür sich schloss.

Schnell lief er zur Tür auf der rechten Seite in der Mitte des Ganges und presste ein Ohr an das Holz. Er glaubte das Klicken eines Schlosses zu hören. Mit angehaltenem Atem wartete er noch einige Sekunden und drehte dann vorsichtig den Türknauf. Der Raum dahinter wurde von den Fackeln im Garten schwach erleuchtet.

Eine feine Gardine blähte sich in einem Windstoß, dann fiel sie wieder in ihre gewohnte Position.

Rees eilte darauf zu und schob den dünnen Stoff ein wenig beiseite. Lady Wexhams Gestalt überquerte den Hof, der unter dem Fenster lag.

Er wartete nur so lange, bis er gesehen hatte, in welche Richtung sie ging – von der Terrasse zu den Gärten. Dann verschwand sie hinter einem Gebüsch.

Im nächsten Augenblick bewegte sich etwas zu seiner Rechten. Er rührte sich nicht. Eine Gestalt trat von der Terrasse und folgte ihr.

Rees verschwendete keine Zeit mehr und kletterte durch das Flügelfenster, das offen stand. Er sprang hinunter auf die Erde, die kaum mehr als einen Meter unter ihm war, und landete mit einem leisen Geräusch im Gras.

Sofort eilte er im Laufschritt über den Rasen, bis er den Sichtschutz einiger Büsche erreichte, dann hielt er einige kostbare Sekunden inne, um zu überlegen.

Er durfte auf keinen Fall gesehen werden. Einer Eingebung folgend bog er abrupt nach links ab. Da er vermutete, dass Lady Wexham wieder zum Tempel des Apollo ging, wollte er einen Bogen schlagen und sie noch vor dem Hügel überholen, der zum Tempel führte.

In dem weichen Gras lief er schneller, wich Bäumen aus und schlängelte sich an Hecken vorbei, bis er atemlos an dem Weg ankam, der zum Tempel hinaufführte. Er blickte in beide Richtungen, sah und hörte aber nichts. Hoffentlich war keine der beiden Personen schon eingetroffen.

Doch dann vernahm er leise Schritte auf dem Weg. Schnell trat er zur Seite. Im Dämmerlicht des Mondes konnte er genügend erkennen, um sicher zu sein, dass es tatsächlich der Harlekin war.

In dem Augenblick, als Lady Wexham näher kam, trat er ihr mit hämmerndem Herzen in den Weg.

Sie sog scharf die Luft ein und blieb gerade noch rechtzeitig stehen, bevor sie mit ihm zusammenstieß.

Er beugte sich vor und hielt sie leicht an der Schulter, damit sie nicht schwankte. „Wir sehen uns wieder, Harlekin", sagte er mit leiser Stimme.

„So sieht es aus, Pirat." Ihr Atem ging schnell, als wäre auch sie geeilt. Sie machte keine Anstalten, sich aus seinem Griff zu befreien.

„Welches Spiel spielen Sie?"

Sie legte den Kopf schief und blickte durch ihre Maske zu ihm auf. „Ich spiele keine Spiele."

„Dann ist Ihnen vielleicht nicht bewusst, dass jemand Ihnen folgt?", flüsterte er, jetzt näher an ihrem Gesicht.

Ihr Atem stockte und sie schaute sich um, um den Weg abzusuchen.

„Bemühen Sie sich nicht, ihn zu finden. Er wird sich nicht zeigen … es sei denn, Sie erwarten ihn."

Sie schüttelte den Kopf und wandte ihre Aufmerksamkeit wieder ihm zu. „Sind Sie mein Schutzengel?", fragte sie genauso leise wie er.

Er starrte in ihr Gesicht, aber auch wenn er ihre Miene nicht sehen konnte, verblüffte ihre Frage ihn. „Vielleicht", erwiderte er, während ihm bewusst wurde, dass er die ganze Zeit nur daran gedacht hatte, sie vor ihrem Verfolger zu warnen.

„Sind Sie sicher, dass er mir folgt? Heute Nacht sind viele Personen unterwegs."

„Er ist Ihnen vom Haus gefolgt."

Wieder atmete sie tief ein.

„Oder ist er vielleicht derjenige, den Sie treffen wollen? Ein Rendezvous?" Er sah ihr in die Augen und sein Herz schlug wie wild, während er auf ihre Antwort wartete.

Sie schien ein Lachen zu unterdrücken, bevor sie energisch den Kopf schüttelte. „Natürlich nicht!"

Ein Gefühl der Erleichterung durchströmte ihn bei ihren Worten. „Warum sonst sollte eine Dame so spät am Abend noch ausgehen?", knurrte er nichtsdestotrotz.

„Ich wollte nur einen Spaziergang machen."

Angesichts dieser absurden Antwort musste er unwillkürlich lächeln. In der nächsten Sekunde erstarrte er jedoch und seine Hände umklammerten ihren Arm fester, als er Schritte hörte. Er versuchte, die Gestalt hinter ihr zu sehen, und flüsterte: „Hier kommt Ihr Schatten." Plötzlich kam ihm ein Gedanke. „Vielleicht können Sie ihn täuschen, indem Sie so tun, als hätten Sie ein Rendezvous ..."

Noch bevor er den Satz beenden konnte, streckte die Countess die Arme aus und umfasste seinen Nacken. „Was für eine perfekte Tarnung", hauchte sie und zog sein Gesicht zu ihrem hinunter. „Aber wir müssen es echt aussehen lassen." Ihr Duft betörte alle seine Sinne. Die Gestalt, die ihr folgte, würde sehen, wie sie einen Mann umarmte. Würde der Verfolger sich täuschen lassen? Er musste nur stillstehen, sich zurückhalten und um Selbstbeherrschung beten, sagte Rees sich, während er unter ihrer leichten Berührung erstarrte.

Doch er hatte nicht mit ihrem Flüstern gerechnet. „Sie dürfen mich küssen."

Sie küssen? Hatte er richtig gehört? Er stand wie gelähmt da, während die Zweifel ihn überwältigten. Sie küssen? Wie? Wo? Mit einem flüchtigen Kuss auf die Wange? Oder sollte er sich so weit herunterbeugen, dass es aussah, als würde er sie auf die Lippen küssen? Im Dunkeln würde das niemand genau erkennen.

Das Blut pochte in seinen Ohren und er senkte den Kopf, bis seine Lippen beinahe die ihren berührten. Der Duft von Rosen stieg ihm in die Nase. Bevor er noch entscheiden konnte, was er tun sollte, legten ihre Lippen sich auf seine.

Es war reiner Instinkt, dass seine Lippen tastend auf ihre reagierten. Er erwartete, dass sie sich jeden Augenblick angewidert zurückziehen würde.

Stattdessen öffnete ihr Mund sich bei seiner Berührung.

Und dann verlor er allen Verstand.

Seine Finger gruben sich in ihre Schultern und zogen sie näher. Ihr Mund war mehr, als er sich jemals erträumt hatte – weich, geschmeidig, warm, süß. Er konnte einfach nicht anders – er schlang die Arme um sie, bis ihr Körper an seinen gepresst war.

Doch anstatt schockiert zurückzuweichen, griffen ihre Hände in seinem Nacken fester zu und sie erwiderte seinen Kuss.

In der nächsten Minute wurden alle Gedanken von dem Rauschen seines eigenen Blutes vertrieben. Nichts kümmerte ihn außer der Wärme ihrer Lippen, die leidenschaftlich die seinen suchten.

Rees berührte ihre Wangen, so zart wie Daunen, und fuhr mit dem Finger über ihre Rundung, ihren gebogenen Hals entlang bis zu dem Pulsschlag an ihrer Kehle. Mit dem Daumen streichelte er ihr Kinn, während seine Fingerspitzen ihr Ohrläppchen berührten, als wollte er sich jede Einzelheit ihres Gesichts einprägen.

Seine Hände wanderten ihren Rücken hinunter und spürten die Konturen ihres Körpers durch die dünne Seide des Kostüms. Er vergaß den Grund, warum er hier war, vergaß den Krieg, seine Arbeit im Außenministerium, all seine Ambitionen und Ziele ... alles, was er wollte, war Céline. Am liebsten hätte er ihren Namen laut hinausgeschrien.

Er stellte sich vor, wie er mit ihr lachte, redete, alles teilte. Aber wo, wie? Wie konnten sie jemals hier auf der Erde zusammen sein, wenn doch ihre Länder im Krieg waren? Wenn er sein eigenes Land verriet, indem er sie so küsste?

Wusste sie überhaupt, wer sie gerade küsste? Würde sie einen Fremden mit einer solchen Hingabe küssen oder spielte sie nur mit ihm? Diese Gedanken kollidierten mit dem überwältigenden Verlangen, das er für sie empfand, und sie ernüchterten ihn so weit, dass er wieder so etwas wie eine Wirklichkeit um sich herum wahrnahm. Mit größter Willenskraft löste Rees sich und sah ihr in die Augen. Célines Brust hob und senkte sich wie seine und sie erwiderte seinen Blick. Aber die Hände nahm sie nicht von seinem Hals.

„Glauben Sie, er ist fort?“, flüsterte sie.

Die Worte versetzten ihm einen Stoß, wie nichts anderes es hätte tun können. Er hatte den Grund für ihren Kuss völlig vergessen, war ganz in seinen Träumen gefangen gewesen.

Aber sie nicht.

Im Gegensatz zu ihm hatte sie nicht den Kopf verloren. Wahrscheinlich war sie solche Täuschungsmanöver gewohnt. Der bittere Gedanke breitete sich in seinem Magen wie Säure aus.

Rees löste sich etwas mehr von ihr, diesmal sowohl äußerlich als auch innerlich, obwohl er sie immer noch nicht ganz loslassen konnte. Er ließ die Blicke über den dunklen Weg und die Büsche am Wegrand gleiten. „Ich glaube, davon können wir ausgehen. Oder wenigstens davon, dass ihn unsere … Vorstellung überzeugt hat."

„Würden Sie … mich bitte zum Haus zurückbegleiten?"

Er verbarg seine Überraschung darüber, dass sie weiterhin seine Gesellschaft wünschte. Was war mit ihrem geheimen Treffen? „Natürlich." Beinahe automatisch bot er ihr den Arm und sie schob eine Hand in seine Armbeuge. Ohne nachzudenken, legte er seine Hand auf ihre, als könnte er sie damit naher zu sich ziehen. Er wollte den Kontakt zwischen ihnen nicht aufgeben, selbst jetzt nicht. Dann führte er sie den dunklen Pfad hinunter.

Keiner von beiden sprach. Seine Gedanken waren zu benebelt von dem, was er gerade erlebt hatte, als dass er daran hätte denken können, warum Lady Wexham überhaupt hier draußen gewesen war.

Als sie sich der Terrasse näherten, blieb die Countess stehen, bevor sie den von Fackeln erleuchteten Teil des Weges erreicht hatten, und zog ihre Hand unter seiner fort. Er ließ sie los und trat einen Schritt zurück.

„Ich glaube, hier trennen wir uns besser", sagte sie leise.

„Sehr wohl …" Rees hielt inne, bevor ihm der Zusatz „Mylady" entwich.

Sie streckte die Hand aus, die sie gerade von seinem Arm genommen hatte, und legte sie auf seine Wange. Die warme Berührung ließ ihn zusammenfahren.

„Merci, mon cher pirate."

Er blickte auf sie hinunter, erfüllt von tiefer Enttäuschung – und sehnsüchtigem Verlangen. Mit größter Kraftanstrengung verdrängte er diese Gefühle. Zu viel stand auf dem Spiel, um sie gewähren zu lassen. „Zu Ihren Diensten." Er verbeugte sich und zwang sich dann, sie zu verlassen.

Céline wartete nur so lange, bis MacKinnon im Palast verschwunden war, dann ging auch sie hinein. Ihre Knie zitterten so sehr, dass sie fürchtete, zu Boden zu sinken, bevor sie ihre Gemächer erreicht hatte.

Was hatte sie nur getan? Sie hatte einen Mann, der sie vernichten wollte, nicht nur umarmt, sondern leidenschaftlich geküsst. In dem Augenblick, in dem seine Lippen ihre berührt hatten, hatte sie sich ganz und gar hingegeben, ohne an ihre eigene Sicherheit zu denken.

Noch nie hatte sie einem Mann eine solche Leidenschaft entgegengebracht, nicht einmal Stéphane, auch ihrem eigenen Ehemann nie.

Dieser Mann sprach beinahe fehlerloses Französisch. Er war in ihrem Haushalt beschäftigt und nach diesem Abend war klar, dass er jede ihrer Bewegungen beobachtete.

Wo hatte er so gut Französisch gelernt? Wieder wurde Céline bewusst, wie wenig sie über ihn wusste.

Die Fragen wirbelten in ihrem Kopf umher, ohne auf eine Antwort zu warten. Und doch war es ihr gleichgültig, denn sie würde alles geben, um wieder in MacKinnons Armen zu sein. Dann unterdrückte sie ein hysterisches Lachen – sie kannte ja nicht einmal seinen richtigen Namen! Sie konnte nur an den Kuss denken, den sie gerade genossen hatte … mit diesem Mann, der so stark, aufmerksam und … freundlich war. Er hatte sie davor gewarnt, dass jemand ihr gefolgt war.

Céline konzentrierte sich auf diese Tatsache, die sie bis jetzt verdrängt hatte. Es konnte nicht Roland gewesen sein. Er wäre vor ihr beim Tempel gewesen.

Aus einer Nische im Flur nahm sie sich eine Kerze und entzündete sie an einem Kerzenleuchter, bevor sie ihr Zimmer betrat. Sie musste nachdenken.

Sie schloss die Tür hinter sich und befestigte die Kerze in einem Ständer, ohne weitere Lichter anzuzünden. Im Moment wollte sie kein helleres Licht, in dem sie sich sah. Würde ihr die Liederlichkeit deutlich ins Gesicht geschrieben sein?

Froh darüber, dass Valentine nirgends zu sehen war, sank Céline auf ihre Bettkante, setzte den Hut ab und zog sich die Maske vom Gesicht. Im Dämmerlicht betrachtete sie die Maske. Dieses schreckliche Ding, das einen unbekannten bösen Geist in ihr geweckt hatte.

Jahrelang hatte sie gelebt, ohne sich einem Mann hinzugeben. Was hatte dieser … dieser Butler – dieser Spion – dieser Brite – nur an sich, dass sie allen Anstand, alle Vorsicht vergaß?

Wie hatte sie ihn so küssen können? Ihre Wangen wurden heiß, als sie daran dachte, wie kühn sie MacKinnon ihre Lippen dargeboten hatte. Warum hatte er so leidenschaftlich reagiert? Hatte sie ihm vor dem heutigen Abend irgendeine Andeutung gegeben, dass sie einen so unziemlichen Annäherungsversuch ihres Angestellten dulden würde? Scham und Bestürzung erfüllten sie. Was musste er von ihr denken?

Und warum spielte das überhaupt eine Rolle? Céline legte die Finger auf ihren Mund und vergaß alles andere bei der Erinnerung daran, wie seine Lippen sich auf ihren angefühlt hatten.

Und wenn er tatsächlich ihr Feind war – warum hatte er sie dann nicht verraten? Warum war er an diesem Abend gekommen, um sie zu warnen?

Der Gedanke ließ sie stocken. Warum tat ein Engländer, der sie für eine Verräterin hielt, so etwas für sie?

Sie wusste nicht, wer dieser MacKinnon war oder was für ein Spiel er spielte. Sie erinnerte sich an seine Frage: *Welches Spiel spielen Sie?* Sie legte eine Hand auf ihre Brust und spürte das Knistern von Papier. Es war kein Spiel.

Sie würde sich einen anderen Weg überlegen müssen, wie sie Roland die Papiere geben konnte, bevor jemand merkte, dass sie verschwunden waren.

Nachdem er noch einige Minuten lang das Gelände abgesucht hatte, kehrte Rees in den Ballsaal zurück. Er hatte niemanden mehr gesehen – außer einigen Paaren, die tatsächlich ein Stelldichein hatten.

Wieder ließ er den Blick durch den Ballsaal schweifen, aber Lady Wexhams Harlekinkostüm konnte er nicht entdecken. Als er zum Eingang blickte, entdeckte er Monsieur de la Roche. In ein schlichtes schwarzes Gewand mit dem weißen Rüschenkragen des Dottore aus der Commedia dell'Arte gekleidet, stand er dort und tat genau das, was Rees auch tat: Er beobachtete die Gesellschaft.

Ein Schauer lief Rees über den Rücken. Er hatte etwas Weißes wie einen Kragen im Dunkeln schimmern gesehen und der Hut mit der breiten Krempe ähnelte dem, den die dunkle Gestalt getragen hatte, die Lady Wexham gefolgt war.

De la Roches Blick wanderte über Rees hinweg und kehrte dann ruckartig zu ihm zurück, als hätte er etwas Interessantes gesehen. Rees senkte schnell den Blick und tat so, als würde er eine Dame ansehen. Er ging zu ihr, verneigte sich und bat sie um den Tanz.

Als er von seiner Position auf der Tanzfläche das nächste Mal zum Eingang hinübersehen konnte, war de la Roche verschwunden.

Da er gezwungen war, den Tanz zu beenden, konnte Rees nicht den Ballsaal verlassen, um dem Franzosen zu folgen. Er konnte sich lediglich Sorgen um Lady Wexhams Sicherheit machen.

Als er schließlich von seiner Tanzpartnerin befreit war, verließ Rees den Saal, aber von Lady Wexham war nirgends etwas zu sehen. Also stieg er zum Dachboden hinauf, zog das Kostüm aus und schlüpfte wieder in seine Butlerkleidung.

Eine Rolle abgelegt und eine andere eingenommen. Harrison MacKinnon, Butler. *Zu Ihren Dienst, Mylady. Wie Sie wünschen, Mylady. Ihr Wort ist mir Befehl …*

Genau das hatte er an diesem Abend getan. Sie hatte geführt und er war ihr brav gefolgt. Er hielt das Piratengewand in der Hand und durchlebte noch einmal die Augenblicke in ihren Armen. Was hatte er nur getan? *Willenlos wie ein junger, dressierter Hund, der seiner Herrin folgt …* Rees stieß ein trockenes, freudloses Lachen aus. Abgesehen davon, dass er nicht unschuldig war und behaupten konnte, er wäre zu etwas gezwungen worden. Er war freiwillig mitgegangen und hatte den Kuss sehr bewusst genossen.

Widerstrebend kehrten seine Gedanken zu Jessamine zurück, der jungen Dame, der er sich versprochen fühlte, obwohl bislang nichts zwischen ihnen beiden erklärt war.

Wie wenig Romantik doch seine Wahl einer Ehefrau beeinflusste. Er hatte Jessamines Gesellschaft stets als angenehm empfunden, aber darüber hinaus hatte er lediglich sehr rational ihre Vorzüge betrachtet: eine wohlerzogene junge Dame, sittsam, bescheiden, in der Lage, den Haushalt eines Mannes zu führen, und zufrieden mit einem Mann, wie er es war – jemand, der für sie sorgen konnte, aber der beileibe nicht wohlhabend war. Jessamine war in einfachen Verhältnissen groß geworden. Er kannte ihre Mutter und wusste, dass sie ihre Tochter all die wichtigen Dinge gelehrt hatte, die man brauchte, um einen Haushalt zu führen.

Jetzt runzelte Rees die Stirn angesichts der Kleidung in seiner Hand. Er dachte an den Mann, der er heute Abend gewesen war, und verglich ihn mit dem, mit dem er vertraut gewesen war in all den Jahren der Enthaltsamkeit und der selbstlosen Arbeit für ... ja, wofür eigentlich? Damit seine Mutter und Schwester wieder so leben konnten, wie sie es gewohnt waren – und verdienten –, bevor das Geschäft seines Vaters im Bankrott geendet hatte ... und damit er irgendwann Frau und Kinder unterhalten konnte?

Rees hatte sich nie für einen Romantiker gehalten ... jedenfalls nicht, seit er sich als blutjunger Soldat Hals über Kopf in die Tochter eines reichen Barons verliebt hatte.

Priscilla Edgecomb. Damals hatte seine Familie in Bristol gelebt und sein Vater war ein erfolgreicher Kaufmann gewesen. Rees war auf einen kurzen Urlaub von der Marine nach Hause gekommen, voller Ehrgeiz mit seinen achtzehn Jahren. Obwohl das Glück seines Vaters sich durch die Blockade noch nicht ins Gegenteil verkehrt hatte, hatte der Baron ihm unmissverständlich klargemacht, dass ein Kaufmannssohn als Verehrer seiner hübschen Tochter nicht willkommen war.

Damals hatte Rees die schmerzliche Lektion gelernt, dass er sich keine Dame in den Kopf setzen sollte, die gesellschaftlich über ihm stand. Ein Baron und ein Kaufmann kamen aus verschiedenen Welten.

Seine Gedanken wanderten zurück zu ihrem Ausgangspunkt. Was war mit seiner Zuneigung zu Jessamine? Er konnte es nicht einmal Liebe nennen. War er so kaltherzig?

Ein Bild von Céline als seiner Ehefrau erschien vor seinem geistigen Auge.

Nein! So etwas durfte er nicht einmal denken.

15. Kapitel

Céline zwang sich zu überlegen, was sie als Nächstes tun musste. Damit verbannte sie alle dummen Sehnsüchte aus ihrem Herzen, nahm die Kerze, die schon halb heruntergebrannt war, und verschloss ihre Tür. Diesmal entzündete sie die Lichter an einem Leuchter und stellte ihn auf ihren Schreibtisch.

Nachdem sie ihr Kostüm aufgeknöpft hatte, zog sie die Unterlagen heraus, die sie aus dem Zimmer des Comte gestohlen hatte, und breitete sie vor sich aus. Bis Sonnenaufgang musste sie den Text in Chiffre übertragen haben, gleichgültig, wie lange es dauerte.

Dann sollte sie besser nach London zurückkehren. Es wurde allmählich zu riskant, sich mit Roland in *Hartwell House* zu treffen.

Seufzend nahm sie ihre Feder und zog das Tintenfass näher. Es würde eine lange Nacht werden.

Einige Stunden später lehnte Céline sich zurück und lockerte ihre verspannten Muskeln. Der Himmel wurde am Horizont schon rosa. Aber sie war fertig. Zufrieden blickte sie auf das hinunter, was sie geschrieben hatte.

Dann faltete sie die Originaldokumente zusammen und erhob sich, während sie fieberhaft überlegte.

Es war zu spät, als dass sie hätte versuchen können, die Papiere in das Zimmer des Comte zurückzuschmuggeln. Das war zu riskant. Inzwischen waren die Dienstboten gewiss aufgestanden. Zu viele Menschen umgaben ihn. Bei Tag würde man das Fehlen der Dokumente entdecken. Also musste Céline die Briefe vernichten und hoffen, dass niemand das Verschwinden der Unterlagen mit ihrer Abreise in Verbindung brachte. Da viele Menschen nach dem Maskenball *Hartwell House* verließen, würde sie nur einer von Dutzenden abreisender Gäste sein. Sie musste eine dringliche Angelegenheit erfinden, die ihre sofortige Rückkehr nach London erforderte. Dem Comte würde sie eine Nachricht schreiben, die Valentine später seinem Diener geben konnte.

Sie sah sich in ihrem Zimmer um. Bald würde Valentine erscheinen. Céline kniete sich vor den Kamin, legte die Blätter auf die rußigen Steine und hielt dann ihre Kerze an eine Ecke des Papiers. Erst begann das Dokument zu rauchen und sich aufzurollen, dann fing es schließlich Feuer.

Die Flammen loderten auf und kurz darauf brannten die Blätter lichterloh. Mit einem Stück Reisig stocherte sie darin, um sich zu vergewissern, dass alles vernichtet war.

Es war eine lange Nacht gewesen, aber sie war noch immer nicht vorüber. In den Stunden vor Tagesanbruch musste Céline einige Entscheidungen treffen.

Sie würde ihre eigene Reisedroschke nehmen und Valentine zurücklassen, damit diese alles zusammenpacken und die anderen Dienstboten beaufsichtigen konnte, um mit ihnen zusammen anschließend zu folgen. Sie wusste, dass Valentine protestieren würde, aber Céline musste darauf bestehen.

Sie würde nur Jacob und MacKinnon mitnehmen – er konnte wieder die Begleitung der Kutsche übernehmen. Tom sollte hierbleiben, um Valentine und die anderen Dienstmädchen bei ihrer Rückreise in einer gemieteten Kutsche zu begleiten.

Wie sie jedoch MacKinnon unter die Augen treten sollte …

Céline biss sich auf die Unterlippe und blickte auf die Asche im Kamin hinunter, während sie beschloss, sich nicht anmerken zu lassen, dass sie ihn erkannt hatte. Sie stellte sich seine winzige Narbe vor und wünschte, sie könnte sie jetzt berühren.

Nein! Sie musste diesen Kuss vergessen.

Die letzte Nacht war eine Verirrung gewesen und der neue Tag hatte ihre Vernunft zurückkehren lassen. Diese Person, die sie für ein paar Minuten aus sich hatte ausbrechen lassen, war jetzt wieder an ihrem geheimen Ort verborgen.

Céline schüttelte sich den Ruß von den Fingern und ging zum Waschbecken, um sich die Hände zu waschen und die Kleidung von Traum und Fantasie abzulegen. Nachdem sie die chiffrierten Unterlagen unter dem Einband einer Mappe mit anderen Briefen und Haushaltsnotizen versteckt hatte, zog Céline ihr Nachthemd an. Sie ließ sich ins Bett fallen und hoffte, noch eine oder zwei Stunden schlafen zu können.

Ihr war, als hätte sie gerade erst die Augen zugemacht, als sie Valentines Stimme hörte, die ziemlich schief ein französisches Lied sang. Aber ein Blick auf die Uhr verriet Céline, dass es beinahe acht Uhr war. Sie hatte viel zu tun und sehr wenig Zeit. Mit einer entschlossenen Bewegung schlug sie ihre Bettdecke zurück und wappnete sich dafür, Valentine ihre Anweisungen zu geben. Wie erwartet, war Valentines erste Reaktion ein Protest. „Ich werde nicht hierbleiben! Wie sollen Sie denn auch nur einen Tag ohne mich zurechtkommen?“ Wie um ihre Worte zu unterstreichen, riss sie an den Korsettschnüren.

„Autsch!“ Céline stützte die Hände in ihre Taille, um das Gleichgewicht wiederzuerlangen. „Ich komme sehr gut ein paar Tage alleine zurecht. Virginia kann mir bei den Kleidern helfen, die ich nicht selbst zuknöpfen kann.“

Valentine schnaubte verächtlich. „Das tollpatschige Mädchen. Ich möchte nicht wissen, wie Ihre Schränke aussehen, wenn ich wiederkomme!“

„Es tut mir leid, aber du musst hierbleiben. Ich verlasse mich darauf, dass du meine Sachen packst und dich um alles andere kümmerst.“ Sie seufzte, müde und gereizt. „Ich muss mich von *Maman* verabschieden.“ Keine Aufgabe, der sie mit Freude entgegensah.

Valentine zeigte auf den Frisiertisch, damit sie Céline die Haare machen konnte. „Ich kümmere mich um Ihre Frau Mutter, wenn Sie abgereist sind.“

Céline warf ihrer Zofe im Spiegel einen Blick zu. „Danke.“ Trotz ihrer mürrischen Art würde Valentine alles tun, um Céline zu beschützen.

Jetzt sah die Zofe sie prüfend an. „Sie sehen blass aus. Wann sind Sie denn zu Bett gegangen?“

Céline konnte ein Gähnen nicht unterdrücken. „Spät, mehr sage ich nicht. Aber es spielt keine Rolle, ich kann auf der Fahrt ein wenig schlafen.“ Beim Blick in den Spiegel starrten sie ihre müden Augen mit unübersehbaren Ringen darunter an. „Vielleicht ein wenig

Rouge." Würde MacKinnon durch Worte oder Blicke andeuten, dass sie einander erst vor wenigen Stunden innig umarmt hatten? Unwillkürlich berührte sie ihre Lippen, auf denen sie noch immer den Kuss der seinigen spürte.

Würde es ihn aus der Fassung bringen, wenn sie so tat, als wäre die vergangene Nacht nie geschehen?

Oder war er ein so abgebrühter britischer Agent, den ihr Verhalten überhaupt nicht schockierte? War es ihm nur eine Bestätigung für die lockere Moral einer jungen Witwe? Ihr Gesicht brannte bei dem Gedanken, dass er denken könnte, sie würde sich von jedem Mann so küssen lassen.

Langsam ließ sie die Hand sinken. Besser, er hielt sie für liederlich, als dass er sie der Gefühle verdächtigte, die sein Kuss in ihr geweckt hatte.

„Also gut." Valentine begann, Célines Haare zu bürsten, was die Kopfschmerzen wegen des mangelnden Schlafs nur noch verstärkte.

„Bitte gib meine Anweisungen an die anderen Dienstboten weiter", sagte sie plötzlich zu Valentine, nachdem sie beschlossen hatte, MacKinnon noch nicht gegenüberzutreten. Sie ignorierte den Wunsch in ihrem Herzen, ihn wiederzusehen. Nein! Sie würde einer solchen weiblichen Schwäche nicht nachgeben.

Um acht Uhr half Rees, den Esstisch für das Frühstück zu decken. Außer den Bediensteten war noch niemand auf und die Dienstboten sahen alle genauso aus, wie er sich fühlte. Verklebte Augen und ein brummender Kopf, der sich anfühlte, als steckte er in einem Schraubstock. Er hatte zwar keinen Tropfen Alkohol getrunken, aber als er endlich in sein Zimmer zurückgekehrt war, hatte er kein Auge zugetan. Er hatte immerzu an Lady Wexhams Kuss und an die Gefahr denken müssen, in der sie sich befand.

Er ging in die riesige Küche zurück, um eine Tasse Kaffee zu trinken, bevor er sich erkundigte, was zu erledigen war. Wahrscheinlich würde er helfen müssen, die Folgen des Balls zu beseitigen.

Als Rees die Küche betrat und zu dem Tisch ging, auf dem für gewöhnlich Kaffee und Tee in großen Behältern für alle bereitstanden, unterdrückte er ein Gähnen. Er hatte sich gerade eine Tasse starken Kaffees eingeschenkt, als er jemanden hinter sich hörte.

Er drehte sich um und sah Valentine vor sich. War sie gerade aus Lady Wexhams Zimmer gekommen? Wie ging es der Countess heute Morgen? Die Gedanken stolperten schnell aufeinanderfolgend durch seinen Kopf, während er sich bemühte, eine unbeteiligte Miene aufzusetzen.

Valentine kam auf ihn zu und ihr missbilligender Blick war unmissverständlich. Mit einem knappen „Guten Morgen" trat er zur Seite, um sie an den Tisch zu lassen.

Anstatt sich zu bedienen, blieb sie jedoch vor ihm stehen und verschränkte die Arme. Er zog eine Augenbraue hoch und ließ die Kaffeetasse etwas sinken.

„Sie sollen *Madame* heute Morgen nach London begleiten."

Es war gut, dass er noch nicht von dem Kaffee getrunken hatte. „Wie bitte?"

Valentine schnaubte und warf den Kopf in den Nacken. „Sie haben mich genau verstanden."

„Lady Wexham fährt heute nach London zurück?" Wann hatte sie das entschieden?

„Ja." Als würde sie Rees keinen Krümel der Informationen gönnen, die sie ihm geben musste, wandte die Zofe sich dem Teegefäß zu und warf ihm über die Schulter weitere Anweisungen zu. „Sie packen Ihre Sachen und gehen zum Stall, um Jacob zu helfen. Sie reiten die Stute Ihrer Ladyschaft, wie auf dem Hinweg."

„Soll ich noch eine Kutsche mieten?"

„*Non* – wir anderen kommen in ein, zwei Tagen nach."

Rees runzelte die Stirn, seine Verblüffung wurde immer größer. „Sie fahren nicht heute zurück?" Was würden die anderen sagen? Würde es merkwürdig aussehen, dass Lady Wexham so plötzlich nach London aufbrach?

Dann unterbrach er die schnelle Folge seiner Gedanken. Dass es der Countess gut ging, schien ihm wichtiger zu sein als die Tatsache, dass sie für ihre plötzliche Rückkehr nach London einen wichtigen Grund haben musste – und seine Aufgabe war es, diesen Grund in Erfahrung zu bringen.

„*Non*", blaffte Valentine ihn an. „Ihre Ladyschaft reist alleine mit der Droschke."

„Ich verstehe." Kein Wunder, dass die Zofe so übel gelaunt war. Wahrscheinlich passte es ihr nicht, dass sie hierbleiben musste.

Was hatte Lady Wexham vor? Was hatte diese Entscheidung mit der letzten Nacht zu tun? Das Ganze gefiel Rees überhaupt nicht. Nicht, wenn jemand ihr zu ihrem nächtlichen Treffen gefolgt war.

„Na, was stehen Sie hier rum? Madame will in einer Stunde abreisen."

„Weiß Jacob Bescheid?"

„*Non*. Das ist Ihre Aufgabe."

„Ich weiß nicht, ob er in einer Stunde bereit sein wird."

Sie schniefte. „Das ist Ihre Sache." Sie schenkte sich Tee ein und ignorierte ihn.

Als ihm klar war, dass er von Valentine nicht mehr erfahren würde, schüttete Rees seinen Kaffee hinunter und ging zu den Stallungen hinaus.

Das gefiel ihm ganz und gar nicht.

Mit einiger Mühe von Valentines Seite war Céline endlich zufrieden mit ihrer Erscheinung. Ein wenig Puder und etwas Rouge verbargen einen Großteil der Verwüstung, die eine durchwachte Nacht angerichtet hatte. Wenigstens brachte ihr dunkelgrünes Reisekleid ihren Teint gut zur Geltung.

Nachdem sie ihren Hut zurechtgerückt hatte, nahm sie ihr Ridikül und wandte sich an Valentine, um sich zu verabschieden.

„Schau nicht so düster drein. Wir sehen uns doch schon bald wieder."

„Ha! Sie lassen mich schließlich mit all der Arbeit hier." Die Zofe warf einen verächtlichen Blick auf den kleinen Koffer zu Célines Füßen. „Das ist alles, was Sie mitnehmen – und ich muss dafür sorgen, dass nichts hierbleibt."

„Ich habe zu Hause mehr als genug."

Valentine nahm den Koffer. „Ich werde ihn zur Kutsche hinunterbringen – wenn dieser Butler es geschafft hat, Jacob zu sagen, dass er den Wagen fertig machen soll."

Céline blieb an der Tür stehen. „Du hast ihm von meinen Plänen erzählt?"

„Natürlich." Valentine sah sie prüfend an. Doch bevor sie eine Frage stellen konnte, verließ Céline das Zimmer.

„Ich werde bei meiner Mutter vorbeischauen und dann zur Droschke gehen."

„Gut. Wir sehen uns draußen."

Céline klopfte an die Tür zum Wohnzimmer ihrer Mutter. Ihre Zofe öffnete die Tür einen Spaltbreit.

„Ist meine Mutter schon wach?"

„Ja, Mylady, sie trinkt gerade ihre Schokolade." Das Mädchen trat beiseite, um Céline eintreten zu lassen.

Céline ging ins Schlafzimmer, in dem ihre Mutter in Nachtmütze und Frisiermantel saß, ein Tablett auf dem Schoß.

Ihre Mutter blinzelte sie über ihre Lesebrille hinweg an. „*Chérie*, gehst du nach dem gestrigen Abend heute schon so früh aus?"

Céline beugte sich vor und gab ihrer Mutter einen Kuss auf die Wange. „Guten Morgen, *Maman*. Ich fahre nach London zurück."

„Was? Wieso denn das? Warum hast du mir nichts davon erzählt?"

„Ich habe es erst gestern Abend entschieden."

„Warum denn nur? Du bist doch gerade erst angekommen."

Céline lachte und setzte eine Unbekümmertheit auf, die sie nicht empfand. „Das ist doch schon eineinhalb Wochen her. Ich habe viele Dinge in der Stadt unerledigt zurückgelassen. Keine Sorge, ich komme bald wieder." Auch wenn sie nicht sicher war, wann das sein würde. Sie tätschelte die Hand ihrer Mutter. „Passen Sie auf sich auf. Valentine bleibt hier, um meine Sachen zu packen. Sie wird sich um alles kümmern, was Sie brauchen."

Ihre Mutter schüttelte den Kopf. „Ich werde dich nie verstehen. Immer unterwegs." Sie scheuchte Céline mit einer Handbewegung fort. „Dann geh jetzt. Ich möchte, dass du vor Sonnenuntergang ankommst."

Céline richtete sich auf. „Gut. Ich werde schreiben, wenn ich zu Hause bin." Nach einem letzten Handkuss wandte sie sich zum

Gehen und wie jedes Mal, wenn sie sich von ihrer Mutter verabschiedete, spürte sie eine vage Leere in ihrem Innern.

Als Céline die Haupttreppe erreicht hatte, hörte sie jemanden ihren Namen rufen.

Sie drehte sich um und sah, dass Monsieur de la Roche hinter ihr stand. Der Mann hatte eine Art, lautlos aufzutauchen, wo er am wenigsten willkommen war.

Doch sie verbarg ihre Abneigung und lächelte. „Guten Morgen, *Monsieur*. Wie geht es Ihnen heute?"

Er neigte sein graues Haupt. „Sehr gut, meine Liebe. Und wie geht es Ihnen … nach den Aktivitäten der vergangenen Nacht?"

Unter seinem prüfenden Blick versteifte sie sich. Im Geiste sah sie vor sich, wie MacKinnon und sie einander umarmten und küssten, und sie hatte Mühe, ihr Lächeln beizubehalten. „Ein wenig abgeschlagen, aber nichts, was ein guter Nachtschlaf nicht beheben könnte."

„In der Tat." Sein Blick wanderte an ihr hinunter. „Ich habe bemerkt, dass der Harlekin sich auf der Tanzfläche verausgabt hat."

Die Härchen in ihrem Nacken stellten sich auf, ein Zeichen für ihre Angst. Hatte er sie erkannt? Bevor sie reagieren konnte, fragte er: „Sie fahren aus?"

„Ja."

Er wartete, während seine blassen Augen unverwandt auf sie gerichtet waren. „Eine weite Reise?"

Sie lachte sorglos. „Ich fürchte, London ruft mich zurück."

Er zog eine graue Augenbraue hoch. „London." So wie er das Wort sagte, erschien vor ihrem inneren Auge das Bild seines Gehirns, das das Wort von allen Seiten betrachtete, katalogisierte und für irgendeinen schändlichen Zweck zu den Akten legte.

Céline schüttelte das fantasievolle Bild ab. Der Schlafmangel machte ihr offenbar mehr zu schaffen, als sie geglaubt hatte. Mit einem lässigen Winken ging sie die Treppe hinunter. „Wir sehen uns gewiss bald in der Stadt."

„Zweifellos werden wir das, vielleicht eher, als Sie denken."

„Ich werde die Tage zählen!" Ohne einen weiteren Blick nahm sie die Stufen mit würdevollem Schritt.

Rees stand neben seinem scharrenden Pferd und wartete auf Lady Wexham. Es war erst kurz nach neun, als sie erschien.

Er wappnete sich, bevor er sie ansah, und hoffte, dass er sich gut im Griff haben würde, bevor sie näher kam. Aber bei ihrem Anblick stockte sein Atem und ein Knoten formte sich in seiner Brust. In einem dunkelgrünen Reisemantel mit passendem Hut und Straußenfedern sah sie eleganter aus als jede andere modebewusste Dame der Gesellschaft – und hatte keinerlei Ähnlichkeit mit dem spitzbübischen Harlekin von letzter Nacht. Sie lächelte und nickte Tom zu, bei dem sie stehen blieb, um ein paar Worte mit ihm zu wechseln.

Rees stand zu weit entfernt, um zu hören, was sie sagte. Er hatte sein Pferd absichtlich hinter der Droschke platziert, damit er sie beobachten konnte, bevor sie ihn erblickte. Jetzt tat er so, als würde er den Sattelgurt der Stute einstellen.

Valentines mürrische Stimme drang an sein Ohr, dann Lady Wexhams ruhige Antwort, doch auch diese Worte konnte er nicht verstehen.

Rees hielt den Kopf gesenkt und konzentrierte sich auf den Lederriemen in seinen Fingern, während er darauf lauschte, ob die Kutschentür geöffnet wurde. Vielleicht würde er an diesem Morgen überhaupt nicht mit ihr sprechen müssen.

Stattdessen war jetzt das Knirschen vom Kies zu hören und dann ihre sanfte Stimme. „Guten Morgen, Mr MacKinnon. Geht es Ihnen gut?"

Langsam blickte er auf und spürte sofort die Wirkung dieser cognacfarbenen Augen, deren Blick auf ihm ruhte. Er drängte den nagenden Schmerz in seinem Bauch zurück.

„J-ja. Ja", wiederholte er mit festerer Stimme.

„Verzeihen Sie diese plötzliche Entscheidung, in die Stadt zurückzukehren. Ich hoffe, Sie hatten keine Schwierigkeiten, sich auf die Abreise vorzubereiten?"

Ganz eindeutig hatte sie keine Ahnung, dass er der Pirat gewesen war, der sie in der vergangenen Nacht auf dem Weg angesprochen hatte.

Er war nicht sicher, ob er enttäuscht oder erleichtert sein sollte, und sah sie prüfend an, während er sich wieder fragte, warum sie nach London zurückreiste. „Ganz und gar nicht, Mylady."

„Dann sind Sie also bereit für die Abreise? Nicht zu müde nach dem Ball letzte Nacht? Ich hoffe, Sie mussten nicht zu lange aufbleiben." Sie hielt inne und legte den Kopf ein wenig schief. „Ich habe Sie nach dem Abendessen gar nicht gesehen."

Steckte etwas hinter ihren Worten? Oder wartete sie auf seine Erklärung dafür, warum er seine Pflichten als Butler vernachlässigt hatte?

„Ich wurde im Untergeschoss gebraucht", brachte er schließlich heraus.

Sie sah ihn noch einen Moment lang an, bevor sie leise sagte: „Ich verstehe."

Die Worte erinnerten ihn an ihre geflüsterte Anweisung der letzten Nacht. *Sie dürfen mich küssen.*

Schließlich nickte sie und trat einen Schritt zurück, sodass er wieder atmen konnte. „Dann machen wir uns auf den Weg."

Céline lehnte sich zurück, während die Kutsche ruckartig anfuhr.

Das war geschafft. Sie war nicht sicher gewesen, wie sie sich MacKinnon gegenüber verhalten sollte. Nun war sie erleichtert, weil er keine Ahnung hatte, dass sie seine Verkleidung durchschaut hatte. Jedenfalls nahm sie an, dass sie erleichtert war.

Allein in dem Gefährt und mit einigen Stunden Zeit, nicht viel anderes zu tun, als nachzudenken, hatte sie Mühe, den Wunsch tief in ihr zu ignorieren, MacKinnon hätte auf irgendeine Weise ihre Begegnung in der vergangenen Nacht erwähnt. Wieder berührte sie ihre Lippen und durchlebte diese Augenblicke voller Leidenschaft.

Sie versuchte, ihre Gefühle im Zaum zu halten, indem sie sich sagte, dass sie in London entscheiden musste, was sie mit ihrem Butler tun sollte. Sie würde Gaspard und Roland zu Rate ziehen müssen, um den entstandenen Schaden einzuschätzen.

Und Valentine? Ihre Zofe würde sofortige Maßnahmen gegen MacKinnon fordern.

Warum widerstrebte es Céline noch immer, ihn zu entlarven? Er war ihr Feind und doch … immerhin hatte er sie in der vergangenen Nacht beschützt. Sie beugte sich zum Fenster vor und fragte sich besorgt, ob de la Roche – oder wer auch immer ihr nächtlicher Verfolger gewesen war – ihr auch jetzt wieder folgte.

Aber sie sah niemanden außer MacKinnon auf ihrer Stute, deren Hufe Staubwolken aufwirbelten, und sie fühlte sich merkwürdig sicher.

Seufzend nahm Céline ihr Buch und schlug es auf. Sie konnte sich genauso gut ablenken, bis sie die erste Poststation erreichten.

Sie waren bereits eine ganze Weile geritten, als sie an dem letzten Schlagbaum im Norden des Marktfleckens Watford anhielten. Rees rechnete sich aus, dass sie bald nach Middlesex kommen würden, dann waren es nur noch wenige Kilometer bis London. Aber davor lagen Bushey Heath und Stanmore Commons, offene Landschaften mit wenigen Bauernhäusern.

Er ritt dicht hinter der Kutsche und versuchte, den Anblick von Lady Wexham so weit wie möglich zu vermeiden. Die Marktstraße nach London war in einem entsetzlichen Zustand, weil schwere Wagen tiefe Spurrillen hinterlassen hatten.

Wie sehr er doch wünschte, er könnte woanders sein! Selbst eine Arbeit auf einem Marineschiff mit der lästigen Aufgabe, die französischen Häfen zu blockieren, wäre ihm in diesem Augenblick lieber gewesen.

Den Großteil des Weges hatte er damit zugebracht zu überlegen, was er tun würde, wenn sie wieder in London waren. Was sollte er Bunting erzählen?

Er würde die Wahrheit sagen … soweit er das konnte. Dass es bestimmte verdächtige Anzeichen, aber keine echten Beweise gegen Lady Wexham gab. Wenn sie den Comte de Provence ausspionierte, war das kein Verrat. Sollten die Franzosen ihre Thronfolgeprobleme doch selbst lösen – solange Bonaparte besiegt wurde. Rees bezweifelte, dass irgendetwas, was Lady Wexham tat oder nicht tat, dieses Endergebnis beeinflusste.

Napoleon hatte mit seiner Invasion Russlands seinen Niedergang selbst besiegelt. Der Verlust seiner Soldaten war dramatisch. Und Spanien erwies sich als beständige blutende Wunde.

Es würde noch einige Monate dauern, vielleicht auch ein Jahr, aber Bonaparte würde besiegt werden.

Und was war dann mit ihm selbst? Würde er eine Beförderung erhalten? Konnte er auf einen Diplomatenposten hoffen – einen Platz in Castlereaghs Mannschaft auf dem europäischen Festland?

Je länger er seinem kleinen Büro im Außenministerium fern war, desto weniger wollte Rees dorthin zurückkehren. Doch er sah keinen Ausweg. Und welche Zukunft hatte er ohne die Stelle im Außenministerium?

In diesem Punkt hatte er Lady Wexham die Wahrheit gesagt: Mit fünfzehn war er zur See gegangen. Den Grund dafür hatte er ihr nicht genannt, nämlich dass er nicht bereit gewesen war, in die Fußstapfen seines Vaters zu treten und Kaufmann zu werden.

An das Leben an Bord hatte er sich schnell gewöhnt und sich innerhalb weniger Monate vom Kanonenjungen zum Oberfähnrich hochgearbeitet. Er hatte viele Kampfhandlungen gesehen – genug, um ihn davon zu überzeugen, dass es für die Staaten und Fürstentümer Europas einen besseren Weg geben musste, ihre Meinungsverschiedenheiten zu regeln, als das Blut ihrer Männer zu vergießen. Damals war in ihm der Traum geboren worden, in den diplomatischen Dienst zu gehen.

Aber nachdem er zehn Jahre im Außenministerium geschuftet hatte, war Rees zu dem Schluss gekommen, dass er dort verschimmeln würde, wenn nicht ein Wunder geschah.

Und dann hatte Oglethorpe ihm die Aussicht auf eine Beförderung geboten, wenn er Lady Wexham ausspionierte.

Aber jetzt stellte er fest, dass er seine eigene Loyalität infrage stellte – er, der nie in seiner Treue zu König und Vaterland geschwankt hatte.

Rees umklammerte die Zügel mit den Händen. Er musste Oglethorpe etwas liefern, wenn er sich Hoffnungen auf eine Beförderung machen wollte. *Lieber Gott, was soll ich tun? Warum bin ich in dieser Lage – hin- und hergerissen in meiner Ergebenheit wie nie zuvor? Zeig mir, was ich tun soll … Soll ich Lady Wexham entlarven?*

Beschütze sie. Die Worte ließen ihn stutzen, so klar und nachdrücklich hatte er sie innerlich vernommen. Die Stute schien seine Verwirrung zu spüren, denn sie wieherte leise. Rees klopfte ihren Hals, während er versuchte, seine eigenen Gedanken zu ordnen.

Beschütze sie. Waren das die Worte Gottes gewesen oder sein eigener Antrieb? Wie konnte er sicher sein?

Noch nie zuvor hatte er mit Recht und Unrecht ringen müssen. Er war ein britischer Untertan. Sein Land wurde seit beinahe zwei Jahrzehnten von Frankreich bedroht. Frankreich war der Angreifer, nicht England. Er hatte in der Marine Seiner Majestät gekämpft, war im Dienst für sein Vaterland verwundet worden und jetzt wusste er, dass seine Arbeit, obwohl sie ihm vage und unwichtig erschien, für die großen Zusammenhänge wertvoll war.

Informationen zu sammeln, war für Militär und Regierung lebenswichtig. Jede durchgesickerte Information konnte für die Kriegsanstrengungen von Bedeutung sein. Sie konnte eine Verlängerung der Kämpfe bedeuten, die noch mehr Soldaten das Leben kosten würde.

Es war einfach. Er würde Bunting sagen müssen, was er wusste. Er hatte keine Wahl.

Rees war so in seinen Gedanken versunken, dass die Stute sich hatte zurückfallen lassen. Erschrocken sah er, wie groß sein Abstand zu der Droschke geworden war. Rasch trieb er sein Pferd an, doch er hatte noch nicht wieder zu der Kutsche aufgeschlossen, als plötzlich eine Gruppe Reiter waffenschwingend aus dem Gebüsch am Wegrand sprang.

Rees gab seinem Pferd die Sporen und galoppierte näher, während er Jacob zurief, die Pferde anzutreiben. Er bereute, keine Knechte zum Laden der Donnerbüchse zu haben, und betete, dass Jacob die fünf Reiter würde abhängen können.

Die Männer riefen dem Kutscher zu, er solle stehen bleiben. Dann sah einer von ihnen, wie Rees sich der Droschke näherte. Rees zügelte die Stute und verließ die Straße, um einen Teil der Gruppe abzulenken. Der Wegelagerer riss sein Pferd herum, hob eine Pistole und zielte auf Rees. Der Schuss warf ihn zurück, sodass ihm die Zügel aus der Hand glitten. Er stürzte von seinem Pferd und landete mit einem dumpfen Aufprall am grasbewachsenen Wegrand, wo er verzweifelt nach Atem rang. Ein stechender Schmerz durchfuhr seine rechte Schulter.

In der Ferne schrie Jacob, die Pferde wieherten und die Räder pflügten durch den festgefahrenen Schlamm. Rees versuchte, sich auf die Seite zu rollen. Erschrocken stellte er fest, dass die Kutsche stehen geblieben war. „Fahr, Jacob – fahr!", rief er, aber seine Stimme war nur ein heiseres Krächzen.

Gleich darauf flog die Tür der Kutsche auf und Lady Wexham sprang heraus, lief zu ihm und kniete sich neben ihn. Die Rufe der Wegelagerer ignorierte sie einfach.

„Warum … warum sind Sie nicht weitergefahren?", keuchte er.

„Still." Sie raffte ihre Röcke und fing an, Stoffstreifen von ihrem Unterrock abzureißen. Die knüllte sie zusammen und presste sie auf seine Schulter. Bei der Berührung unterdrückte Rees einen Aufschrei. „Tut mir leid", sagte sie sogleich, ihre Augen voller Besorgnis.

Jacob erschien keuchend hinter ihr, zusammen mit einem der maskierten Banditen, der eine Pistole in den Händen hielt.

„Sie, *Madame*, stehen Sie auf!" Der Wegelagerer schwenkte seine Waffe.

Sie würdigte ihn keines Blickes, sondern konzentrierte sich auf Rees' Wunde. „Dieser Mann braucht Hilfe."

Der Angreifer drückte die Pistole an ihre Wange und sie zuckte zurück.

Trotz der brennenden Schmerzen in seiner Schulter ergriff Rees ihren Arm. „Tun Sie, was er sagt."

Ihr Blick wanderte von ihm zu dem Wegelagerer. Schließlich ließ sie das Stoffbündel los und trat zurück, während sie dem Kutscher die Anweisung gab: „Drück das auf seine Schulter, Jacob."

Der ältere Mann kniete sich neben Rees. „In Ordnung, Mylady. Geben Sie den Männern, was sie verlangen", sagte er mit einem finsteren Blick auf die Banditen. „Sie haben die Pferde."

Trotz der Schmerzen, die seinen Verstand benebelten, bemerkte Rees, dass der Angreifer, der die Pistole auf ihn gerichtet hielt, einen französischen Akzent hatte. Waren die Männer von jemandem in *Hartwell House* geschickt worden? Er dachte an den Mann, der Lady Wexham am Abend zuvor gefolgt war. Sie hatte recht daran getan abzureisen, doch es war zu spät gewesen.

Als der Stoff blutdurchtränkt war, drückte Jacob neue Stoffstreifen auf Rees' Schulter. „Das wird entsetzlich wehtun, aber ich muss das verbinden, bevor Sie verbluten."

„In Ordnung." Rees wappnete sich, als Jacob anfing, die Knöpfe von Mantel und Weste zu öffnen. Als er die Kleidungsstücke über seine Schulter streifte, biss Rees die Zähne zusammen, um nicht laut aufzuschreien. Jacob grunzte. „Wenn Sie nichts dagegen haben, schneide ich Ihr Hemd weg. Ich muss Ihnen ja nicht mehr wehtun als nötig."

Rees nickte nur kurz.

Der Kutscher zog ein Taschenmesser heraus und durchtrennte den Stoff. „Also dann, beißen Sie die Zähne zusammen."

Rees erwiderte nichts, während er gegen die Übelkeit ankämpfte und für Lady Wexhams Sicherheit betete. *Lass sie keine Dummheit machen, Herr.*

Jacob nahm die letzten Streifen von dem Unterrock und schlang sie um Rees' Schulter. Dabei musste er ihn stützen, während er den Verband über den Rücken und unter dem Arm hindurchführte. Rees betete, dass er nicht ohnmächtig werden würde, bevor er wusste, was mit Lady Wexham geschah.

Er blickte über Jacobs Schulter und stieß unwillkürlich einen Schreckensschrei aus. Einer der Männer bedrängte Lady Wexham.

„Immer mit der Ruhe", warnte Jacob, „sonst geht der Verband wieder ab."

Rees' Augen suchten die anderen. Einer der Wegelagerer stand immer noch dicht hinter Jacob, die Pistole im Anschlag. Ein weiterer hielt die Pferde der Kutsche, während ein anderer Rees' Stute am Zaum hatte. Der letzte Mann befand sich in der Kutsche.

„Es sind nur fünf Männer", brachte Rees heraus. „Du hättest sie abhängen können."

„Nein, Sir, nicht, als Lady Wexham den Schuss gehört hat und Sie fallen sah. Da hat sie gesagt, ich soll anhalten."

„Hoffentlich wollen sie nur Wertsachen und lassen uns weiterziehen." Doch noch während er diese Worte aussprach, fürchtete er, dass es sich nicht um einen normalen Raubüberfall handelte.

„Das hoffe ich auch."

Rees schalt sich selbst dafür, dass er nicht besser aufgepasst hatte.

Er hatte nicht gesehen, dass jemand der Kutsche gefolgt war, aber das musste nicht bedeuten, dass sie tatsächlich aus einer anderen Richtung gekommen waren. Was hatte Lady Wexham Wertvolles dabei? Und wenn sie es fanden, was würden sie ihr dann antun? Bei dem Gedanken brach ihm der kalte Schweiß aus. Jetzt würde er nicht viel tun können, um sie zu verteidigen. Also betete er weiter.

Jacob richtete sich auf, nachdem er den letzten Knoten gemacht hatte. „So, das müsste halten, bis wir Sie zu einem Arzt bringen können. Irgendwo in Ihrer Schulter sitzt die Kugel."

Rees versuchte sich aufzusetzen. Jacob legte den Arm um ihn und half ihm. „Danke. Meinst du, du kannst mir auch helfen aufzustehen?"

Jacob sah zu dem Angreifer hinüber, der wenige Schritte von ihnen entfernt stand, seine Pistole auf sie gerichtet. „Besser nicht. Sie haben viel Blut verloren. Warten wir ab, was passiert."

Schwindelig von der Anstrengung des Aufsetzens blickte Rees zu der Droschke hinüber und fragte sich, was der Mann darin wohl finden würde. Schließlich erschien der Maskierte wieder und sprach auf Französisch mit dem Mann, der der Anführer sein musste. „Da drin ist nichts. Wir müssen sie durchsuchen."

Rees beugte sich vor, doch Jacob hielt ihn zurück. „Was ist los?"

Rees überlegte und sagte schließlich: „Das gefällt mir nicht. Wie es aussieht, hat er nichts", er zögerte, „Wertvolles gefunden. Ich hoffe, er will Ihre Ladyschaft nicht durchsuchen."

Der Kutscher stieß einen Fluch aus und drehte sich um, damit er die Männer sehen konnte.

Die beiden maskierten Männer standen vor Lady Wexham. Man musste ihr zugutehalten, dass sie keine Angst zeigte, sondern aufrecht vor ihnen stand und sie voller Verachtung ansah.

„Wo ist es?"

Sie reckte das Kinn vor. „Ich weiß nicht, wovon Sie sprechen."

„Ich glaube, das wissen Sie sehr wohl, *Madame*. Wenn Sie es nicht freiwillig herausgeben, werden wir Sie durchsuchen müssen." Der Mann, der das sagte, machte einen bedrohlichen Schritt auf sie zu.

„Wenn Sie das tun, sind Sie ein Feigling." Sie hielt ihm ihr Ridikül hin. „Hier, nehmen Sie, was ich an Schriftstücken und Schmuck bei mir habe."

Nachdem der Mann darin gekramt hatte, warf er den Beutel auf den Boden. „Ich glaube, Sie wissen, was wir wollen."

„Ich habe keine Ahnung, wovon Sie reden."

Er zeigte auf seinen Gefährten. „Nimm sie mit in den Wagen."

Lady Wexham wehrte sich, aber die Männer waren stärker. Rees versuchte aufzustehen, doch Jacob hielt ihn wieder zurück, und er war zu schwach, um ihn zu überwältigen. „Wir müssen sie beschützen!"

„Wir haben keine Wahl. Sie haben die Waffen. Wir brauchen nicht noch eine Kugel in einem von uns. Hoffen wir, dass sie finden, was sie suchen, und uns dann gehen lassen."

Rees konnte nur weiter beten ... und hoffen, dass Jacob recht hatte und die Männer nur haben wollten, was auch immer die Countess mit sich führte, und ihr sonst nichts antun würden.

Erleichtert atmete er auf, als sie kurz darauf ohne Lady Wexham wieder ausstiegen. „Sie hat nichts. Gehen wir, bevor jemand kommt."

Rees stieß Jacob in Richtung Kutsche. „Sieh nach, ob Lady Wexham wohlauf ist."

Rees selbst versuchte erneut aufzustehen, aber sofort wurde ihm schwindelig. Wenige Sekunden später saßen die Angreifer auf und galoppierten davon, eine Staubwolke war alles, was sie zurückließen. Sie ritten jetzt auf der Straße direkt auf *Hartwell House* zu.

Jacob erhob sich mit einem Grunzen. „Ist gut." Bevor er jedoch die Kutsche erreicht hatte, stieg Lady Wexham aus und richtete ihren Mantel. Gleich darauf eilte sie an Rees' Seite.

Sie kniete neben ihm nieder und betrachtete seine bandagierte Schulter.

„Sind Sie wohlauf, Mylady?", fragte Jacob.

„Ja, ja", antwortete sie ungeduldig und scheuchte ihn davon. Dann sah sie Rees an. „Ist es sehr schlimm?"

„Ich werde es überleben. Es ... sieht schlimmer aus ... als es ist ..." Doch das Sprechen fiel ihm schwer, weil der Schmerz ihn in Wellen überkam.

Bevor er sie fragen konnte, was die Männer mit ihr gemacht hatten, wandte sie sich an Jacob. „Bitte hilf mir, ihn hochzuheben. Wir müssen so bald wie möglich Hilfe für ihn finden." Sie sah sich um, während sie auf ihrer Unterlippe kaute. „Was ist hier in der Nähe?“

Jacob überlegte. „Bentley Priory ist ein Stückchen von hier.“

„Wir wissen nicht, ob die Marquise zu Hause ist.“ Die Countess schüttelte den Kopf und stand auf. „Nein, es ist das Beste, wenn wir gleich nach London fahren.“ Sie sah Rees an. „Bei diesen furchtbaren Straßen riskieren wir, dass es noch mehr blutet, aber wenn wir dort sind, kann ich meinen Hausarzt rufen lassen.“

Rees wäre auch lieber in London, wo er vielleicht die Gelegenheit hatte, weiter über Lady Wexham zu wachen. „Ich … schaffe das schon.“

Die beiden bückten sich, um ihn hochzuheben. „Mylady, ich kann … selbst … laufen … mit Jacobs Hilfe.“

„Unsinn. Wir werden Sie beide stützen.“ Während sie das sagte, half sie ihm bereits auf die Beine, ihr Arm lag fest um seine Taille.

Als er versuchte zu gehen, wäre er beinahe ohnmächtig geworden.

Jacob stützte ihn auf der anderen Seite. „Langsam, mein Junge … stützen Sie sich auf mich … nur ein paar Schritte …“

Als sie schließlich die Tür zur Kutsche erreicht hatten, war Rees nur noch durch schiere Willenskraft bei Bewusstsein.

Er schüttelte Lady Wexhams Arm ab und machte sich an die Herkulesaufgabe, die Stufe zur Droschke hinauf aus eigener Kraft zu erklimmen. Endlich war er in der Kabine und sank auf die Sitzbank.

Jacob half ihm, sich in einer Ecke der Kutsche anzulehnen, und legte seine Beine über den Sitz, während Lady Wexham Kissen unter seinen Kopf und seine Schulter schob.

Gleich darauf verließ sie die Kusche. Bevor er sich fragen konnte, wohin sie gegangen war, kam sie auch schon zurück, ihr Ridikül in einer Hand und eine Flasche in der anderen. „Diese Schurken haben alles ausgeleert, aber ich habe meine Sachen gefunden. Hier, trinken Sie einen Schluck davon.“ Sie beugte sich näher, goss einen Fingerhut voll von dem Inhalt der Flasche in deren Deckel und führte diesen an seine Lippen. Brandy brannte in seiner Kehle.

„Danke“, brachte er heraus und ließ den Kopf dann wieder gegen das Polster fallen.

Sie antwortete nicht, sondern breitete eine Decke über ihm aus.

„Es tut mir leid …"

Sie hielt dabei inne, die Decke um seine Beine zu wickeln. „Was tut Ihnen leid?"

Er machte eine Handbewegung. „Das hier."

Lady Wexham zog ihre dunklen Augenbrauen zusammen. „Dass Sie eine Kugel abbekommen haben, als Sie mich verteidigen wollten? Seien Sie nicht albern. Mir tut es leid, dass ich Sie in Gefahr gebracht habe." Wieder wandte sie sich ab, bevor er etwas sagen konnte, und lehnte sich aus der Tür. „Wir müssen fahren."

Jacob schloss die Tür und im nächsten Augenblick setzte die Kutsche sich in Bewegung.

Jedes Schwanken und Holpern des Wagens versetzte seiner Schulter einen Stich. Rees schloss die Augen und hoffte nur, dass er sich nicht übergeben musste.

Dann fühlte er ihre Hand auf seiner Stirn. „Wir werden bald zu Hause sein. Ich weiß, dass Jacob uns schnell dorthin bringen wird."

Er nickte, zu schwach, um die Augen zu öffnen.

Sie setzte sich auf den Sitz ihm gegenüber.

Ihm fielen die Worte wieder ein, die er in seinem Innern gehört hatte. *Beschütze sie.* War es dies, was Gott gemeint hatte?

Was für ein Beschützer war er denn gewesen? Als sie ihn am meisten gebraucht hätte, hatte er sie im Stich gelassen. Wer würde sie jetzt beschützen?

16. Kapitel

Céline saß gegenüber von MacKinnon und zuckte bei jedem Ruckeln der Kutsche zusammen. Der notdürftige Verband, den Jacob angelegt hatte, war schon wieder blutig. Während der frische Blutfleck sich auf dem weißen Baumwollstoff ausbreitete, faltete sie die Hände und betete.

Lieber Gott, bitte lass ihn leben. Bitte …

Sie biss sich auf die Lippe und blickte zum Fenster hinaus. Sie hatte so lange nicht mehr gebetet, dass sie unsicher war. Gott hatte keinen Grund, ihre Gebete zu erhören. Das letzte Mal hatte sie wirklich ernsthaft für etwas gebetet, als sie hoffte, mit Stéphane vereint zu werden. Stattdessen hatte Gott ihn sterben lassen.

Ihr Blick wanderte zu MacKinnon zurück. Seine Haut war beinahe so weiß wie der Verband. Wie viel Blut konnte er noch verlieren? *Bitte lass ihn leben. Das ist alles meine Schuld. Ich hätte ihn nicht mitnehmen dürfen.*

Wenn er starb, würde sie genauso schuldig sein wie der Wegelagerer, der auf ihn geschossen hatte.

Von wegen Wegelagerer! Schergen, die von *Hartwell House* geschickt worden waren. Wie hatten sie den Verlust der Dokumente so schnell entdecken können – und ihr zugeschrieben?

Céline erinnerte sich an ihre Begegnung mit de la Roche.

Natürlich. Er konnte einige seiner Bediensteten losgeschickt haben. Mit guten Pferden und einem Querfeldeinritt wäre es ein Leichtes für sie, die Kutsche zu überholen.

MacKinnon stöhnte leise.

Sie kniete sich vor ihn hin und nahm eine seiner Hände. „Wir sind bald da."

„Ich … bitte … um Verzeihung. Wollte nicht … so viel … Ärger … machen."

Céline zog ihren Handschuh aus und berührte seine Stirn, die sich klamm anfühlte. Seine Haare waren schweißnass. Seine Lider öffneten sich blinzelnd, die grauen Augen von Schmerzen getrübt.

„Unsinn", sagte sie mit einer Forschheit, die sie nicht empfand. „Ärger macht es nur, wenn Sie es wagen, mir unter den Händen wegzusterben."

Er zog eine Grimasse. „Kommt gar nicht infrage. Nicht, solange ich Ihr Schutzengel sein soll ..."

Ihr Blick wanderte zu der Narbe an seinem Kinn und sie dachte daran, wie er sie in der vergangenen Nacht gewarnt hatte. Dann sah sie seine Lippen, die er vor Schmerzen zusammengepresst hatte. Würde sie diese Lippen jemals wieder auf ihren spüren? Ihre Wangen röteten sich bei dem Gedanken, wie sehr sie sich das wünschte.

Wie konnte sie an solche Dinge denken, wenn sein Leben auf dem Spiel stand?

„Ich habe ... Sie nicht sehr ... gut beschützt ... vorhin."

Céline legte einen Finger auf seine Lippen. „Schhh. Sie sollten nicht reden."

Trotz der guten Federung holperte und schaukelte die Kutsche über die unebene Straße. Aber sie hatte Jacob gesagt, er solle die Pferde nicht schonen, sondern in aller Eile nach London zurückkehren.

Jetzt lehnte Céline sich aus dem Fenster. Würden sie denn nie ankommen? Gerade fuhren sie durch St. John's Wood. Bald würden sie Tyburn erreichen, den letzten Schlagbaum, bevor sie nach London kamen.

Diesmal stöhnte MacKinnon lauter. Sofort war sie wieder an seiner Seite. „Wir sind gleich in London", murmelte sie.

„Haben die ... haben die Männer ...", er schluckte, als kostete ihn jedes Wort unendliche Mühe, „... Ihnen etwas angetan?" Als er die Augen aufschlug, sahen seine grauen Augen sie fragend an.

Weil sie sich solche Sorgen um ihn machte, dauerte es einen Augenblick, bis sie begriff, was er meinte. Sie errötete, als sie an die Angreifer dachte, die sie bei der Suche nach den Unterlagen berührt und abgetastet hatten. Dann schüttelte sie den Kopf. „Nein. Sie haben nichts – nichts wirklich Unangenehmes getan. Bitte machen Sie sich darüber keine Gedanken."

Er tastete nach ihrer Hand und sie ergriff seine. Sein Griff war erstaunlich kraftvoll. „Schurken! Wenn sie irgendetwas getan haben ..."

Sie legte die andere Hand auf seine Finger. „Schhh! Sie haben nichts getan, außer mir gesagt, dass ich den Mantel ausziehen soll, und mich ein wenig abgetastet. Es schien ihnen peinlich zu sein, genauer zu suchen." Noch ein Grund anzunehmen, dass es sich nicht um normale Wegelagerer gehandelt hatte.

MacKinnons Griff lockerte sich und er schloss die Augen, als hätte die Anstrengung ihn seiner letzten Kräfte beraubt. Céline kramte in ihrem Ridikül und zog ein Fläschchen mit Ungarisch Wasser heraus. Sie befeuchtete ihr Taschentuch damit und betupfte seine Schläfen.

Jacob hatte MacKinnons Jacke und Weste ausgezogen und sein Hemd aufgeschnitten. Als sie bemerkte, dass der Verwundete fröstelte, zog sie die Decke fester um ihn.

„D-danke."

Die Kutsche wurde langsamer. Céline blickte aus dem Fenster.

„Wo … sind wir?"

„Am Schlagbaum von Tyburn." *Gott sei Dank.* Sie drückte sanft MacKinnons Hand.

„Sie … sollten nicht … hier knien … Ihr Kleid …"

„Still." Sie biss sich auf die Lippe, als sie sah, dass das Blut durch die Decke sickerte. Wenn sie in Mayfair ankamen, würde das Blut aus seiner Wunde gewiss bereits auf den Boden tropfen. Sie schlug ihren Rock hoch und fing an, weitere Streifen von ihrem Unterrock abzureißen.

„Was … machen Sie … da?" Seine Stimme klang undeutlich.

„Reden Sie nicht, sondern sparen Sie sich Ihre Kraft." Céline faltete die Streifen zusammen und drückte sie auf seine Schulter.

Aus seinem Gesicht schien alles Blut gewichen zu sein. Wie viel davon konnte ein Mensch verlieren und … und …

Stéphane war auf dem Schlachtfeld verblutet.

Nein, daran würde sie jetzt nicht denken! Oh – wann kamen sie denn endlich an? Endlich setzte die Droschke sich wieder in Bewegung.

Sie kniete weiter vor ihrem Patienten und drückte die Stoffstreifen auf die Wunde, obwohl ihre Knie taub wurden, während sie für sein Leben betete.

MacKinnon murmelte etwas, was sie nicht verstand.

„… den guten Kampf gekämpft …“ Seine Worte wurden immer schwächer.

„Das haben Sie nicht. Sie haben noch nicht einmal mit dem Kampf begonnen!“

„Mein ganzes … Leben … gekämpft.“

Was meinte er damit? Wie sehr sie doch wissen wollte, wer er war und woher er gekommen war!

Wie konnte ein Fremder, ein Feind, ihr so wichtig werden? *Bitte, Gott, lass ihn nicht sterben! Du hast Papa und Stéphane sterben lassen. Ich weiß, dass dieser Mann mir niemals gehören kann, aber bitte lass ihn nicht meinetwegen sterben.*

Wieder legte sie eine Hand auf seine.

Er rührte sich und versuchte zu sprechen.

Sie drückte seine Hand. „Schhh.“

„Ich … habe Sie … nicht … beschützt …“

„Doch, Sie haben mich sehr gut beschützt. Sie waren ein wunderbarer Schutzengel. Und jetzt sind wir gleich zu Hause und Sie werden den besten Arzt von ganz London bekommen.“

Endlich bogen sie in ihre Straße ein. Die neue Kompresse war inzwischen auch durchgeblutet und MacKinnon hatte das Bewusstsein verloren. Sein Puls war schwach, aber er war noch am Leben. Dafür war sie dankbar.

Bevor die Kutsche ganz zum Stehen gekommen war, stieß sie die Tür auf. „Wir brauchen sofort einen Arzt“, sagte sie, als William die Hand nach der Tür ausstreckte. „MacKinnon wurde angeschossen.“

Ihr Hausdiener starrte sie mit offenem Mund an.

„Lauf zu Mr Simmons“, drängte sie ihn. Simmons war der beste Chirurg von Mayfair. „Beeile dich!“

„Ja, Mylady. Ich laufe sofort los.“

Als er davoneilte, trat Jacob an ihre Seite. „Ich werde ihn hineintragen.“

„Bring ihn in sein Zimmer“, rief sie ihm über die Schulter zu, während sie bereits auf den Dienstboteneingang zulief.

Am Ende des Korridors entdeckte sie eine Küchenhilfe und wies sie an: „Bring Schüsseln mit heißem Wasser und saubere Handtücher und Verbände. Schnell!“

Als sie in MacKinnons Zimmer war, trat Céline zu dem schmalen Bettgestell und schlug die Decken zurück. Jacob folgte ihr, keuchend unter der Last des Butlers auf seinen Armen. Sie bedeutete ihm, MacKinnon aufs Bett zu legen. „Vorsichtig, er hat so viel Blut verloren."

„Aye, Mylady", schnaufte Jacob.

„Beweg ihn nicht mehr als nötig."

„Am besten holen wir ihm einen Schluck Brandy, wenn er wieder aufwacht", sagte der Knecht.

Inzwischen lugten noch andere Dienstboten zur Tür der kleinen Kammer herein. Céline winkte Gaspard zu sich. „Wir brauchen Cognac."

„Oui, Madame." Er verschwand und kehrte einen Augenblick später mit einem Becher zurück.

Jacob machte sich daran, MacKinnon die Stiefel auszuziehen. Zum Glück rührte ihr Butler sich nicht, dachte Céline. Doch dann überlegte sie, ob er tot war, und geriet in Panik. „Geht ... geht sein Atem noch?"

Jacob beugte sich über ihn und hielt sein Ohr an MacKinnons Mund. „Ja, zwar flach, aber er ist noch bei uns. Warum warten Sie nicht oben auf Mr Simmons, Mylady? Wir werden uns hier unten gut um MacKinnon kümmern."

Widerstrebend willigte Céline ein, weil sie einerseits nicht von der Seite des Verwundeten weichen mochte, andererseits jedoch nach dem Chirurgen Ausschau halten wollte.

Oben im Erdgeschoss ging sie im Eingangsbereich auf und ab und blickte alle paar Minuten durch das schmale Fenster hinaus. Als der Arzt schließlich mit seiner Tasche eintraf, führte Céline ihn sogleich die Treppe hinunter und erklärte unterwegs die Lage.

Mr Simmons schnalzte mit der Zunge. „Ein Überfall am helllichten Tage? In Bushey Heath hat es keine Wegelagerer mehr gegeben, seit sie einen vor mehr als zehn Jahren gehängt haben. Das ist dieser schreckliche Krieg. Harte Zeiten bringen das Schlimmste im Menschen zum Vorschein."

MacKinnon stöhnte, als sie an sein Bett traten. Mrs Finlay, die an seiner Seite gesessen hatte, erhob sich von ihrem Stuhl.

„Wie geht es ihm?", flüsterte Céline.

„Unverändert, Mylady."

Mr Simmons schnitt den blutigen Verband durch und untersuchte die Wunde, indem er mit den Fingerspitzen tastete. Schließlich richtete er sich auf und drehte sich zu ihnen um. „Die Kugel muss heraus."

Céline knetete ihre Hände, als spürte sie die Klinge des Messers am eigenen Leibe. „Wird er es überleben?"

„Das kann ich nicht sagen, Mylady. Aber er scheint kräftig genug zu sein. Und er hat Glück gehabt, weil keine wichtigen Organe getroffen wurden."

Die Angst lähmte ihre Glieder. Mrs Finlay tätschelte ihren Arm. „Ich bin sicher, Mr Simmons wird alles in seiner Macht Stehende tun, Mylady. Wir sollten ihn seine Arbeit machen lassen."

Der Chirurg öffnete seine Tasche und zeigte auf William. „Sie können ihn halten, junger Mann. Gehen Sie auf die andere Seite des Bettes."

Dann wandte Mr Simmons sich an die anderen Personen, die noch im Zimmer waren. „Wenn Sie mich bitte entschuldigen wollen, Lady Wexham."

„Vielleicht kann ich Ihnen assistieren?"

Der Arzt schüttelte den Kopf. „Es wird kein schöner Anblick sein. Ich bin sicher, unser Patient würde nicht wollen, dass eine Dame anwesend ist."

Céline holte tief Luft. Neue Kraft durchströmte sie, jetzt, da MacKinnon die ärztliche Versorgung erhielt, die er brauchte. Weil sie die Sache nicht verzögern wollte, nickte sie. „Also gut. Bitte lassen Sie es mich wissen, wenn Sie fertig sind."

Sie beschloss, in Mrs Finlays Salon zu warten, der im Keller lag und damit näher an MacKinnons Zimmer.

Die Haushälterin begleitete sie und zog einen bequemen Sessel heran. „Hier, Mylady, trinken Sie erst einmal eine Tasse Tee. Der wird Ihre Nerven beruhigen."

„Danke, Mrs Finlay."

„Wir haben Sie gar nicht so bald zurückerwartet. Gut, dass ich hier war. Ich habe einigen der Mädchen Urlaub gegeben, da nicht viel zu tun war. Aber wenn ich gewusst hätte, dass Sie heute zurückkommen, hätte ich …"

Céline hatte Mühe, sich auf das zu konzentrieren, was ihre Haushälterin sagte. „Das spielt jetzt keine Rolle. Es – es war eine spontane Entscheidung meinerseits. Ich bin sicher, für alles wurde gut gesorgt."

„Wie kam es denn, dass Mr MacKinnon angeschossen wurde?" Mrs Finlay erschauerte. „Ich habe etwas von Wegelagerern gehört."

Céline trank einen Schluck von dem heißen Tee und wappnete sich, um die Geschichte noch einmal zu erzählen. Wenigstens konnte Mrs Finlay dann die anderen Bediensteten informieren.

Die Haushälterin schüttelte entsetzt den Kopf, als Céline die Ereignisse schilderte. „Ich sage ja immer, dass das Reisen gefährlich ist. Es ist besser, zu Hause zu bleiben. Wenigstens haben wir hier in London die Wache."

Nachdem sie ihren Tee getrunken hatte, stand Céline auf. Sie war zu rastlos, um sitzen zu bleiben. Sie sah aus der Tür zu MacKinnons Zimmer hinüber, aber dort war alles still, die Tür noch immer geschlossen.

Hatte der Chirurg die Kugel gefunden? Sie wusste, dass Mr Simmons ein überaus fähiger Arzt war. Er hatte Rumford wieder zusammengeflickt, als dieser auf dem Eis gestürzt war; und Tom, nachdem ein Zugpferd ihn vor einigen Jahren getreten hatte.

Ihre Gedanken kehrten zu dem Überfall zurück. Sie hatte keine der Stimmen erkannt, auch nicht die Gesichter der Männer hinter den Strumpfmasken, aber in *Hartwell House* gab es sehr viele Diener. Wie sie zu MacKinnon gesagt hatte, waren die beiden, die sie durchsucht hatten, sehr verlegen gewesen, sodass sie ihre Arbeit nicht gründlich gemacht hatten. Sie hatten jeden Zentimeter der Kutsche abgesucht und alles aus ihrem Ridikül und ihrem Koffer ausgeleert, aber das Versteck der chiffrierten Dokumente hatten sie nicht gefunden.

Jemand in Hartwell hatte herausgefunden, dass sie für die Republikaner spionierte. Und MacKinnon arbeitete für die Briten. Céline war vor keiner Seite in Sicherheit. Sie fröstelte. Was sollte aus ihr werden?

Als sie eingewilligt hatte, die Ohren aufzuhalten, um Informationen aufzuschnappen, hatte sie die Sache nicht zu Ende gedacht. Es war fast ein Spaß gewesen, eine Abwechslung, um ihrem Leben, das eine öde Folge von Bällen und gesellschaftlichen Verpflichtungen geworden war, einen Sinn zu geben.

Und jetzt würde sie vielleicht dafür hängen.

Das oder ins Exil gehen.

Die Aussicht, die sie bisher verdrängt hatte, starrte ihr nun direkt ins Gesicht. Sollte sie für immer nach Frankreich zurückkehren?

Ihre Gedanken wanderten zu MacKinnon zurück. Würde sie ihn jemals wiedersehen? Und spielte das überhaupt eine Rolle?

Mitten in dem kleinen Salon blieb sie stehen, erfüllt von einer überwältigenden Traurigkeit, als wäre ihr eine Gelegenheit verweigert worden, bevor sie die Möglichkeit gehabt hatte, sie zu erforschen.

Sie würde sich mit Roland und den anderen beraten müssen und dann entscheiden, was zu tun war.

Die Tür ging auf. Céline fuhr zusammen. William steckte den Kopf durch die Tür. „Entschuldigen Sie, Mylady, ich wollte Sie nicht erschrecken."

Sie eilte zur Tür. „Ist es vorbei?"

„Der Doktor ist fertig. Er sagt, Sie können jetzt reingehen, wenn Sie wollen."

„Ist – ist er wohlauf?"

William lächelte. „Schläft wie ein Baby."

Sie schlug sich die Hand vor den Mund, um die Tränen zurückzuhalten. „Gott sei Dank", flüsterte sie.

MacKinnon lag auf dem Rücken, seine nackte Brust in einen dicken Verband gehüllt. Er schien ruhig zu schlafen und auf den weißen Binden war kein Blutfleck zu sehen. Céline wandte sich an den Arzt. „Wie geht es ihm?"

„Er ist schwach. Aber ich konnte die Kugel entfernen und es war eine glatte Eintrittswunde."

„Was müssen wir tun, um ihn richtig zu versorgen?"

Der Arzt wischte das letzte chirurgische Instrument ab und verstaute es. „Achten Sie darauf, dass die Wunde sauber ist, und wechseln Sie den Verband jeden Tag. Ich habe Ihnen etwas Basilikumpuder dagelassen, um es daraufzustreuen. Sie können ihm Laudanum oder Weidenrindentee geben, wenn er zu starke Schmerzen hat." Mr Simmons schloss seine Tasche und nahm sie vom Stuhl. „Sorgen

Sie dafür, dass der Patient viel Ruhe bekommt, damit er sich von dem großen Blutverlust erholen kann. Es wird eine Weile dauern, bis er wieder auf den Beinen ist. Vierzehn Tage sollte er besser nicht aufstehen. Und seinen Dienst kann er erst wieder aufnehmen, wenn er zu Kräften gekommen ist."

„Natürlich." Céline trat näher an das Bett. Mrs Finlay war damit beschäftigt, die Schüssel und das schmutzige Leinen zu entfernen.

MacKinnon sah immer noch unnatürlich blass aus.

„Ich habe ihm etwas Laudanum gegeben, also dürfte er einige Zeit schlafen", sagte der Arzt hinter ihr. „Das ist das Beste für ihn. Wenn er aufwacht, vielleicht ein wenig Brühe und einen kleinen Brandy."

„Wir werden uns gut um ihn kümmern."

„Sehr gut, Mylady. Dann mache ich mich jetzt auf den Weg. Morgen komme ich wieder, um die Wunde zu inspizieren und zu sehen, wie er sich macht." Mr Simmons holte tief Luft. „Die größte Gefahr ist das Fieber, aber wenn Ihre Dienstboten sich an meine Anweisungen halten, müsste der Patient wieder ganz gesund werden."

Bei dem Wort „Fieber" zog sich Célines Herz zusammen. Würde MacKinnon in seinem geschwächten Zustand eine Infektion überleben?

Nachdem der Chirurg gegangen war, betrachtete Céline MacKinnon von Neuem. Er schlief weiter und William saß an seinem Bett. Am liebsten wäre Céline selbst bei ihm geblieben, aber sie wusste, dass das nicht klug war. Es war nicht schicklich für die Dame des Hauses, einen Bediensteten zu pflegen – nicht einmal ihren Butler.

Einen Augenblick lang zögerte sie noch, weil sie ihn nicht aus den Augen lassen wollte. Und während sie seine schlafenden Gesichtszüge betrachtete, betete sie still: *Lieber Gott, danke, dass du ihn nicht hast sterben lassen. Ich verstehe dich nicht, warum du dem einen das Leben nimmst und es einem anderen schenkst, aber ich danke dir dafür, dass du MacKinnon verschont hast.*

Widerstrebend entfernte sie sich vom Bett. „Lass mich wissen, wenn er aufwacht oder es irgendeine Veränderung gibt", sagte sie zu William.

„Sehr wohl, Mylady."

Leise schloss sie die Tür hinter sich.

Als Rees erwachte, wünschte er sofort, er könnte wieder einschlafen. Sein ganzer Körper schmerzte von Kopf bis Fuß, aber als seine Sinne wacher wurden, wurde ihm bewusst, dass der heftigste Schmerz von seiner rechten Schulter kam.

Dann kam die Erinnerung zurück. Er war vom Pferd gefallen, nachdem ein Schuss ihn getroffen hatte. Der Sturz erklärte, warum ihm alles wehtat. Er hob die linke Hand und betastete vorsichtig die rechte Seite seines Brustkorbs.

Er war in eine dicke Lage Bandagen gewickelt. Nach und nach fielen ihm die Einzelheiten wieder ein. Die schreckliche Kutschfahrt … Lady Wexham … ihre Hand auf seiner … die sanfte Berührung ihrer Fingerspitzen auf seiner Stirn … ihre geflüsterten Worte der Ermutigung, als er wirklich das Gefühl gehabt hatte, sein Ende wäre gekommen.

Jetzt erst nahm er seine Umgebung wahr. Er konnte sich nicht daran erinnern, wie er in sein Bett in London gekommen war. Aus dem schwachen Licht, das durch das schmale Fenster fiel, schloss er, dass der Tag angebrochen war.

Er trug nur seine Unterwäsche. Die leichten Decken waren bis zu seiner Brust hochgezogen. Sein Mund fühlte sich trocken an, deshalb drehte er sich zur Seite, um zu sehen, ob ein Krug mit Wasser an seinem Bett stand.

Bei der Bewegung fuhr ein unerträglicher Schmerz durch seine Schulter. Auf dem Tisch standen ein Wasserkrug und ein Glas. Als er noch überlegte, ob er versuchen sollte, den rechten Arm zu heben, klopfte es leise und die Tür öffnete sich. William lugte herein. Als er sah, dass Rees wach war, trat der Hausdiener ein, ein breites Grinsen auf dem Gesicht.

„Wie geht es Ihnen? Lady Wexham wollte, dass ich gleich morgens nach Ihnen sehe, um mich zu vergewissern, dass Sie wohlauf sind."

„Mir geht es gut", krächzte er. „Nur etwas Schmerzen."

William fühlte seine Stirn. „Ein wenig warm. Der Arzt sagte, Sie könnten Fieber bekommen. Möchten Sie etwas Wasser?"

Rees nickte kaum merklich. „Ja, bitte."

William stützte seinen Kopf und hielt ihm das Glas an die Lippen.

„Danke. Genau das, was ich brauchte."

„Wie fühlt sich die Schulter an?"

Er seufzte. „Wie zu erwarten war, vermute ich. Hat man die Kugel entfernen können?"

„Ja. Ich war hier und habe dem Doktor geholfen." William grinste. „So wie der darin herumgewühlt hat, können Sie von Glück sagen, dass Sie ohnmächtig waren. Aber er hat die Kugel gefunden und als Souvenir hiergelassen, sagt er." Er nickte in Richtung Tisch. „Er sagt, Sie werden wieder, wenn Sie brav liegen bleiben." William zog einen Stuhl näher und setzte sich, die Augen leuchtend vor Neugier. „Jacob hat uns erzählt, dass kurz hinter Bushey Heath, bei Stanmore Common, eine Bande Räuber plötzlich aufgetaucht ist. Woran erinnern Sie sich?"

Rees fuhr sich mit einer Hand über die Augen. „Ja. Sie haben uns unerwartet überfallen."

„Jacob sagt, Sie haben Ihr Pferd angetrieben und sind auf die Kerle losgegangen."

Ein verächtlicher Laut entwich Rees' Lippen. „Nein … ich wollte wenigstens einen von ihnen von der Kutsche weglocken, um es Jacob zu ermöglichen, ihnen zu entkommen. Aber das war eine vergebliche Hoffnung." Er sah William an. „Hat Jacob noch mehr darüber erzählt?"

William beugte sich vor. „Einer von ihnen hat sich die Kutsche vorgenommen und wollte sogar Ihre Ladyschaft selbst durchsuchen! Er sagte, es waren Franzosen und er hat kein Wort von dem verstanden, was sie gesagt haben."

„Das stimmt …" Dabei beließ Rees es. Er hatte bislang nicht darüber nachdenken können, aber jetzt wollte er allein sein und sich seine Gedanken dazu machen. Woher waren die Männer gekommen? *Hartwell House?* Er dachte sofort an Monsieur de la Roche.

Hatte er irgendwelche Schläger angeheuert, die Lady Wexham folgen sollten? Wonach hatte er gesucht? Es war eindeutig irgendetwas Bestimmtes. Was hatte sie mitgenommen? Rees konnte sich nicht erinnern, ob die Männer etwas von Lady Wexhams Wertsachen gestohlen hatten. Er würde sie fragen müssen.

Würde sie kommen, um ihn zu sehen? Er fürchtete es und sehnte sich doch zugleich danach.

Céline wartete so lange, bis sie es nicht mehr aushalten konnte, bevor sie zu MacKinnons Zimmer hinunterging. Wenn es nach ihr gegangen wäre, hätte sie schon bei Tagesanbruch nach ihm gesehen – sie hätte sogar die ganze Nacht bei ihm gesessen. Zum Glück war ihre Schwägerin nicht zu Hause und so musste Céline nicht Agathas ätzende Bemerkungen ertragen, was ihre Sorge um ihren Aushilfsbutler betraf.

Um neun Uhr stand sie endlich vor MacKinnons Tür. Diese stand einen Spaltbreit offen und sie klopfte leise.

„Herein." Beim Klang seiner Stimme durchströmte Céline eine Welle der Erleichterung, die sie so überwältigte, dass sie sich einen Moment lang am Türrahmen festhalten musste. Seine Stimme war etwas schwach, klang aber ansonsten normal.

Ihr Herz schlug heftig, als sie die Tür aufstieß und eintrat, unsicher, was sie sehen würde. MacKinnon lag von einigen Kissen gestützt im Bett, die Decke war bis zur Taille zurückgeschlagen. Der weiße Verband bedeckte einen Großteil seiner nackten Brust, aber jetzt, wo sie nicht mehr um sein Leben bangte, bemerkte sie unwillkürlich seine breiten Schultern und seinen muskulösen Bizeps. Sie fragte sich flüchtig, was er wohl im „richtigen" Leben tat.

„Guten Morgen", sagte sie und ließ ihren Blick zu seinen Augen hinaufwandern, während ein vorsichtiges Lächeln auf ihren Lippen lag.

„Guten Morgen, Mylady." Er versuchte, sich weiter aufzusetzen.

Céline eilte zu ihm und drückte ihn sanft wieder in die Kissen. „Bitte, machen Sie sich keine Umstände. Ich wollte mich nur vergewissern, dass Ihnen nichts fehlt." Dann ließ sie ihn los, trat einen Schritt zurück und faltete die Hände, während ihre Wangen warm wurden. „Hat heute früh schon jemand nach Ihnen gesehen?"

„Ja … ich wurde gut versorgt, danke, Mylady."

Sie sah eine leere Schüssel und einen Löffel neben Krug und Glas auf dem kleinen Tisch. „Gut, ich bin froh, dass jemand Ihnen Frühstück gebracht hat." Dann räusperte sie sich. „Wie fühlen Sie sich?" Niemand war gekommen, um ihn zu rasieren, und so bedeckten dunkle Stoppeln seine Wangen und sein Kinn, das gleiche dunkle Haar, das auf dem, was von seiner Brust zu sehen war, spärlich wuchs.

Sein Mund verzog sich zu einem schiefen Lächeln. „So gut, wie es zu erwarten ist, nehme ich an – für jemanden, in dem ein Chirurg ‚herumgewühlt' hat, wie William es ausdrückt."

Sie erwiderte sein Lächeln. Einige Sekunden lang erfüllten Freude und Licht nach einer Nacht voller Dunkelheit und Vorwürfe ihr Herz. „Haben Sie sehr große Schmerzen?"

Er zuckte mit den Schultern und zog sogleich eine Grimasse. Plötzlich mussten sie beide lachen.

„Au – das tut weh", sagte er, als ihm das Lachen im Halse stecken blieb.

Sie schlug sich die Hand vor den Mund. „Es tut mir leid, ich wollte Ihnen nicht noch mehr Schmerzen verursachen."

Er schüttelte den Kopf. „Das war es wert."

Während er sie ansah, dachte sie an ihren Kuss zurück. Ob er sich auch daran erinnerte?

Um zu verbergen, dass ihr sein halb entblößter Zustand und sein vom Schlaf zerzaustes Haar immer mehr bewusst wurden, beugte Céline sich vor und begutachtete den Verband. „Ich bin froh, dass die Wunde nicht wieder aufgegangen ist. Der Arzt sagte, er werde heute vorbeikommen, um zu sehen, wie es Ihnen geht. Vielleicht wird etwas Weidenrindentee helfen, die Schmerzen zu lindern."

„Es tut mir leid, dass ich Ihnen so viele Umstände mache. Ich bin sicher, in ein paar Tagen werde ich wieder auf den Beinen sein."

Mit Bedauern stellte sie fest, dass sein Tonfall wieder der eines Butlers war, sein Gesicht eine Maske. Sie faltete die Hände und erwiderte seinen Blick unverwandt. „Das kommt überhaupt nicht infrage. Sie sollen mindestens vierzehn Tage das Bett hüten."

Seine dunklen Augenbrauen zogen sich zusammen. „Das wird gewiss nicht nötig sein. Es ist doch nur eine Fleischwunde."

„Wollen Sie Mr Simmons' Behandlung infrage stellen? Ich versichere Ihnen, dass er ein Mitglied des *Royal College* und Chirurg im *Guy's Hospital* ist." Es fiel ihr schwer, eine strenge Miene beizubehalten, als sie die Bestürzung in MacKinnons Gesicht sah. Erbarmungslos nutzte sie ihren Vorteil aus. „Mein lieber Mr MacKinnon, Sie wären beinahe gestorben und wir werden nicht riskieren, dass Sie Fieber bekommen oder dass die Wunde wieder aufgeht, nur weil Sie versuchen, Ihren Pflichten im Haushalt nachzukommen." Angesichts seines schlechten Gewissens fügte sie mit sanfterer Stimme hinzu: „Ihre Pflichten können noch die eine oder andere Woche warten. William kommt mit den meisten davon gut zurecht. Ich habe nicht vor, eine Gesellschaft zu geben, also wird nichts außer der Reihe zu tun sein …"

„Nicht meinetwegen, hoffe ich, Mylady."

MacKinnon sah so zerknirscht aus, dass sie sich beeilte, ihn zu beruhigen. „Du liebe Zeit, natürlich nicht. Ich bin von der strengen Etikette in *Hartwell House* selbst so erschöpft, dass ich wenigstens einen Monat lang gar keine Diners oder Bälle geben will." Wenn sie in einem Monat überhaupt noch am Leben war. Sie versuchte, nicht zu zeigen, dass ihr ein Schauer über den Rücken lief. Jetzt, wo MacKinnon außer Lebensgefahr war, musste sie sich um ihr eigenes Überleben und das von Valentine und Gaspard kümmern.

Seine Miene verriet ihr, dass er von ihren Worten nicht so recht überzeugt war, aber er widersprach nicht.

Céline musterte den kleinen Tisch, der mit der Porridgeschüssel, einem Buch, Wasserkrug und Glas übervoll war. „Ich sage William, dass er einen größeren Tisch bringen soll, damit Sie alles in Reichweite haben können. Außerdem ein Tablett, wenn Sie aufrecht sitzen können. Soll ich Ihnen frisches Wasser einschenken?"

„Das ist nicht nötig, danke. Ich kann das selbst machen … oder jemand kommt gleich vorbei …"

Sie sah ihn kopfschüttelnd an. „Meinen Sie, ich könnte einem Invaliden kein Glas Wasser reichen?" Bei seinem erschrockenen Blick angesichts des Wortes „Invalide" lachte sie. Sie nahm das Glas, ging damit zum Waschtisch und goss das abgestandene Wasser in die Schüssel. Dann trat sie wieder an sein Bett und füllte Wasser aus dem Krug nach. „Ist das Wasser frisch?"

„Ja, Virginia hat es heute Morgen gebracht."

„Gut." Während Céline das jetzt volle Glas so auf den Tisch stellte, dass MacKinnon es erreichen konnte, überlegte sie, ob es etwas gab, weshalb sie noch bleiben könnte. Sie wollte noch nicht so bald wieder gehen. Schließlich hatte sie kaum einen Grund, den Patienten erneut zu besuchen, außer vielleicht, wenn der Arzt eintraf.

Sie nahm das schwarze, in Leder gebundene Buch in die Hand und schlug es auf. Es war eine Bibel. „Vielleicht möchten Sie noch andere Bücher haben, um sich die Zeit zu vertreiben."

„Machen Sie sich keine Umstände. Ich ... habe die Bibel, wie Sie sehen."

„Ja, das sehe ich." Sie erinnerte sich daran, wie inständig sie am Tag zuvor für ihn gebetet hatte, und fuhr mit der Hand über den Einband, während sie MacKinnon musterte. „Gott war Ihnen gnädig."

Ihre Blicke trafen sich einige Sekunden lang. „Ja, das war er", antwortete er leise.

Céline seufzte, weil seine Worte in ihr ein Gefühl des Friedens auslösten. „Aber Sie werden viele Stunden füllen müssen, bevor Sie aufstehen dürfen. Wenn das alles ist, was Sie als geistige Nahrung haben, fürchte ich, dass Sie werden aufstehen wollen, bevor Sie dazu in der Lage sind."

„Es ist mein täglich Brot."

Sein ruhiger, selbstbewusster Ton machte sie nachdenklich. Der Gott, an den er glaubte, und der, den sie am Tag zuvor angefleht hatte, schienen zwei ganz unterschiedliche Wesen zu sein. „Vielleicht könnte der eine oder andere Roman dann als Dessert dienen", scherzte sie.

„Sie klingen wie Ihre verstorbene Königin."

Sie zog die Augenbrauen hoch und neigte dann den Kopf, als sie begriff, was er meinte. „Ah. *‚Sollen sie doch Kuchen essen.'*" Erfreut über den Anflug von Belustigung in seinen grauen Augen nutzte sie ihren Vorteil. „Keine Angst, Mr MacKinnon, ich werde Ihnen nichts bringen, was Ihren Anstand verletzt oder Ihre Moral gefährdet. Vielleicht einige Gedichte von Scott, erbaulich und unterhaltsam zugleich." Sie zögerte. „Und als Gegenleistung könnten Sie mir vielleicht von diesem Gott erzählen, von dem Sie sich jeden Tag ernähren."

Sein Blick suchte ihren. „Es ... wäre mir ein Vergnügen."

Weil sie fürchtete, was er sonst noch in ihren Augen lesen könnte, blickte sie auf ihre Hände hinunter. „Ich habe gestern für Sie gebetet. Ich hatte Angst, Sie würden es nicht schaffen – Sie hatten so viel Blut verloren." Sie hielt inne, weil es ihr schwerfiel, weiterzusprechen. „Dabei habe ich Gott eigentlich nicht mehr um etwas gebeten seit … ich einen sehr lieben Menschen verloren habe." Langsam, widerstrebend hob sie den Blick, um dem seinen erneut zu begegnen. „Sein Leben hat Gott nicht verschont."

MacKinnons Blick ruhte unverändert auf ihr. „Ich dachte, er würde meines auch nicht verschonen."

Sie schluckte. „Und doch hat er es getan."

„Vielleicht hat er Ihr Gebet gehört."

Céline schüttelte den Kopf, besorgt, er könnte die Tränen in ihren Augen sehen. „Ich weiß nicht. Er hatte keinen Grund dazu."

„Vielleicht können Sie mir etwas aus der Bibel vorlesen. Es ist noch etwas schwierig für mich, ein Buch zu halten."

„Natürlich." Sie trug die schwere Bibel zum Bett. „Wo soll ich denn zu lesen beginnen?"

„Ah … vielleicht einen Psalm. Ich kann für vieles dankbar sein." Als sie sich setzte und das Buch aufschlug, sagte er: „Psalm 103 ist ein guter Dankpsalm."

Sie blätterte in den Seiten und erinnerte sich an ihren Unterricht im Internat. Schließlich fand sie den besagten Psalm und begann, die Verse zu lesen. „‚Lobe den Herrn, meine Seele, und was in mir ist, seinen heiligen Namen!'"

Während sie die Worte las, fragte sie sich, was sie bedeuteten. „‚Der dir alle deine Sünde vergibt und heilet alle deine Gebrechen … Barmherzig und gnädig ist der Herr, geduldig und von großer Güte … Wie sich ein Vater über Kinder erbarmt, so erbarmt sich der Herr über die, die ihn fürchten.'"

Als sie den Psalm zu Ende gelesen hatte, lehnte Céline sich mit einem Gefühl tiefer Zufriedenheit zurück. Der Text drückte das aus, was sie nicht mit eigenen Worten hatte sagen können.

„Danke."

MacKinnons Stimme ließ sie zusammenzucken. Einen Augenblick lang war sie allein gewesen … mit ihrem Herrn und Schöpfer. „Gern geschehen. Sie hatten recht; die Worte waren sehr tröstlich", sagte sie, auch wenn sie fand, dass diese Beschreibung ihnen nicht gerecht wurde.

„In diesem Buch habe ich in Zeiten der Not und Prüfung ebenso wie in Zeiten voller Dank und Freude alles gefunden, was ich brauchte."

Ihr Blick wanderte zu seinem und sie fragte sich, ob er mit ihr sprach oder nur mit sich selbst. Spielte er auf die Gefahr an, in der sie sich befand? Wie leicht es doch wäre, ihm alles zu beichten und ihn um Hilfe zu bitten.

Aber was konnte er schon tun? Er war immer noch in einer schutzlosen Lage. Jetzt musste sie diejenige sein, die ihn beschützte.

Widerstrebend schlug sie die Bibel zu und legte sie wieder auf den Tisch. Dann sagte sie mit einem Lächeln und forscherer Stimme: „Ich werde daran denken. Also, meine Bibliothek enthält Lektüre im Überfluss und es macht mir keinerlei Mühe, Ihnen ein paar Romane und leichtere Kost zu bringen."

„Ich habe Ihre Bibliothek bemerkt." Wenn er ihren bewussten Themenwechsel ebenfalls bemerkt hatte, ließ er es sich nicht anmerken. „Lesen Sie gerne? Oder … war das der verstorbene Earl?" Bei der letzten Frage zögerte er.

„Ja, ich lese sehr gerne. Gewiss bin ich eine von *Hookman's* fleißigsten Kundinnen, da ich dort immer stapelweise Bücher kaufe."

Er nickte, während seine Augen sie aufmerksam betrachteten.

Weil sie Sorge hatte, dass sie ihn überanstrengte, überlegte sie, was sie sagen sollte, bevor sie ging, aber stattdessen füllte er die Stille. „Wurde gestern irgendetwas gestohlen?"

Der Schrecken des vergangenen Tages kehrte zurück. „Nein, nichts", sagte sie mit einem Kopfschütteln. „Ich hatte kaum etwas Wertvolles bei mir", fügte sie hinzu. „Valentine bringt meine Schmuckschatulle mit. Ich habe heute Morgen einen Boten geschickt, um die anderen zu warnen, damit sie besser bewaffnet reisen."

Er nickte. Die Finger seiner linken Hand zupften an seiner Decke und er wandte den Blick ab. „War … hat der Schurke es sehr … unangenehm für Sie werden lassen … als er Sie … durchsucht hat?"

Dasselbe hatte er sie gestern gefragt. Vielleicht erinnerte er sich nicht daran. Wieder errötete Céline, mehr jedoch angesichts seiner

Besorgnis und der diskreten Art, wie er sie fragte, als aufgrund der beschämenden Situation selbst. „Nein … das heißt, er … hat sich wie ein … ein Gentleman verhalten, obwohl er ein … Bandit war."

Seine Augen suchten ihre, als wollte er sich vergewissern, dass sie die Wahrheit sagte. „Gut." Nur dieses knappe Wort. Dann fügte er hinzu: „Es waren Franzosen."

Wieder einmal hatte er sie aus der Fassung gebracht. „Wer?", fragte sie zögernd. Ihr wurde bewusst, dass MacKinnon inzwischen Zeit gehabt hatte, über den Überfall und seine Bedeutung nachzudenken. Sie würde vorsichtig sein müssen.

„Die *Wegelagerer.*" So wie er das Wort aussprach, klang es, als glaubte er nicht, dass die Männer welche waren.

Sie rieb sich das Kinn und tat so, als würde sie über seine Äußerung nachdenken. „Ja, ja, das waren sie, nicht wahr?"

„Finden Sie das nicht merkwürdig?"

Sein prüfender Blick war erbarmungslos. Ihr Puls beschleunigte sich, weil die Aufgabe, seinen Fragen auszuweichen, sowohl schwierig als auch reizvoll war anstatt beängstigend. Sie schürzte die Lippen und neigte den Kopf ein wenig, als wägte sie die Frage ab. „Ich weiß nicht. Es gibt so viele émigrés hier und viele sind genauso arm wie die Einheimischen. Im Krieg sind die Zeiten hart."

Schließlich nickte er. „Das ist wohl wahr. Sie glauben also, es waren einfach Räuber auf der Suche nach Wertsachen?"

Sie riss die Augen auf. „Aber ja, wer sollte es denn sonst gewesen sein?"

„Jemand von *Hartwell House?*"

Céline schlug sich die Hand vor den Mund. „Von *Hartwell House*? Kann das möglich sein? Sie meinen, jemand wäre so hinterhältig, dass er glaubte, ungestraft meine Kutsche überfallen zu können?" Sie erschauerte. „Oh, das ist schändlich! Der Comte wäre entsetzt über ein solches Unterfangen."

„Vielleicht hatten die Männer gar nicht vor, Sie auszurauben. Vielleicht haben Sie dort einen Feind."

Sie begegnete MacKinnons unerbittlichen Blick und ihr wurde klar, dass sie ihn nicht wie einen Dummkopf behandeln konnte. Er wusste Bescheid. Vielleicht wusste er sogar, wer sie verfolgt hatte.

Als sie schwieg, fügte er hinzu: „Ich kann mir vorstellen, dass an einem Ort wie *Hartwell House* viele Intrigen gesponnen werden. Immerhin ist es ein königlicher Hof."

„Das stimmt", flüsterte sie. Dann ermahnte sie sich, dass er nichts tun konnte, um sie zu beschützen. Ja, womöglich würde er sogar alles in seiner Macht Stehende tun, um sie zu verraten! Widerstrebend erhob sich Céline und strich ihren Rock glatt. „Ich darf Sie nicht zu sehr anstrengen. Versuchen Sie noch etwas zu schlafen. Ich werde Ihnen die Bücher aus meiner Bibliothek bringen. Danke für den Bibeltext."

„Vielleicht können Sie mir morgen noch einen vorlesen."

Sie nickte, froh über die Ausrede, bei ihm sitzen zu dürfen. „Ja, das würde ich sehr gerne tun. Aber nun verlasse ich Sie. Und bitte läuten Sie nach einem Diener, wenn Sie etwas brauchen." Sie blickte sich um und sah, dass er keine Möglichkeit hatte, jemanden zu rufen. „Ich lasse Ihnen eine Glocke bringen."

Als Céline den Raum verließ, spürte sie seinen Blick, der noch immer auf ihr lag. Wenn sie nicht vorsichtig war, würde sie nicht nur sich selbst und die französische Sache verraten, sondern auch ihre Freunde. Sie musste an Gaspard und Valentine denken.

Rees saß in seinem Bett und blickte Lady Wexham nach, während sein Herzschlag sich allmählich wieder beruhigte. Bildete er sich das ein oder wirkte seine Gegenwart auf sie ebenso aufwühlend, wie ihre auf ihn wirkte? Er schüttelte den Kopf. Das konnte nicht sein.

Er dachte an ihre Unterhaltung zurück und wusste nicht so recht, was er glauben sollte. Ahnte sie wirklich nicht, dass die Angreifer von *Hartwell House* gesandt worden waren? Wenn sie log, dann war sie in dieser fragwürdigen Kunst sehr geübt.

Frustriert versetzte er der Bettdecke einen Fausthieb, bereute diese Bewegung aber sogleich, als der Schmerz ihn durchzuckte. Lady Wexham hatte ihm verboten aufzustehen. Wie sollte er dann Bunting benachrichtigen? Wie lange würde es dauern, bis die Nachricht von seinem Unfall das Außenministerium erreichte? Wenn er nicht bald erschien, würde man sich fragen, was er im Schilde führte.

Man würde jemanden schicken und das könnte für ihn gefährlicher werden als eine blutende Wunde.

Rees ließ sich langsam wieder in die Kissen zurücksinken, während seine Gedanken sich überschlugen. Was sollte er tun? Dies war der ungünstigste Zeitpunkt, um außer Gefecht zu sein. Jemand anders wusste von Lady Wexhams Rolle und die französischen Monarchisten würden vielleicht weniger verständnisvoll mit ihr umgehen als die Briten. So oder so, fürchtete er, könnte ihre Zukunft ihr den Galgen einbringen.

Er blickte zu der Bibel hinüber und dachte an Lady Wexhams Worte. Sein Herz zog sich zusammen, wenn er daran dachte, wie gebrochen ihre Stimme geklungen hatte. Ihre Worte und Emotionen hatten echt gewirkt. Sie hatte tatsächlich Angst um ihn gehabt. Konnte sie eine so gute Schauspielerin sein? Oder empfand sie etwas für ihn? Genug, um nach Gott zu fragen?

Trotz des stechenden Schmerzes streckte Rees den Arm aus und nahm seine Bibel zur Hand. Nur Gott konnte sie beide aus diesem gefährlichen Dilemma befreien.

Als er das Buch aufschlug, freute er sich schon auf Lady Wexhams nächsten Besuch, bei dem sie ihm wieder aus der Bibel vorlesen würde.

17. Kapitel

Virginia benachrichtigte Céline, als der Chirurg eintraf – so wie es ihr aufgetragen worden war. Céline machte sich auf den Weg ins Untergeschoss und blieb im Foyer vor einem Spiegel stehen, um einen prüfenden Blick auf ihr Äußeres zu werfen, bevor sie die Treppe zum Quartier der Bediensteten hinabstieg.

Ihre Wangen waren gerötet. Sie berührte ihre Haare, die von einer dünnen Spitzenhaube bedeckt waren. Sah sie damit zu matronenhaft aus? Ihrer Meinung nach nicht. Das hellgrüne Morgenkleid brachte ihren Teint gut zur Geltung. Sie zupfte das durchscheinende Schultertuch aus feinem Musselin zurecht und wandte sich von ihrem Spiegelbild ab.

Seit wann war es ihr in Bezug auf MacKinnon so wichtig geworden, wie sie aussah?

Als sie sich seinem Zimmer näherte, drang Stimmengemurmel heraus. Der Arzt legte gerade einen neuen Verband um Schulter und Brust an. Virginia und William standen hinter dem Chirurgen und sahen zu.

Als der Arzt fertig war, richtete er sich auf. „Das müsste für einen Tag genügen, wenn Sie keine unnötigen Bewegungen vollführen." Er sah die beiden Dienstboten an und ignorierte MacKinnons Dankesäußerungen. „Diese beiden können sich beim Erneuern der Verbände abwechseln. Und immer daran denken: sauber halten, die Wunde großzügig mit Basilikumpuder bestreuen, so wie ich es gemacht habe, und jeden Tag einen frischen Verband. Wenn sich etwas ändert – wenn die Wunde aufplatzt oder eitrig aussieht – schicken Sie nach mir. Verstanden?"

„Ja, Sir", murmelten die beiden und Virginia vollführte einen kleinen Knicks.

Céline trat von der Tür in den Raum. „Guten Tag, Mr Simmons, wie geht es unserem Helden?"

Alle wandten sich zu ihr um. „Gut“, sagte der Arzt, während er die Puderdose in seine Tasche steckte. „Solange er sich benimmt, bis die Wunde verheilt und richtig geschlossen ist.“

Erst jetzt wanderte Célines Blick zu MacKinnon. Nach ihrem Gefühlsausbruch von diesem Morgen war sie verlegen, aber er nickte ihr zu. „Dann werden wir dafür sorgen müssen, dass er brav ist“, sagte sie und trat ans Bett.

„Ich mache mich jetzt auf den Weg; es sei denn, Sie haben noch irgendwelche Fragen an mich?“ Als der Arzt sich davon überzeugt hatte, dass seine Anweisungen befolgt werden würden, schloss er seine Tasche und wandte sich zum Gehen.

„William, begleiten Sie Mr Simmons bitte hinaus.“

Bevor Céline Virginia irgendwelche Anweisungen geben konnte, machte das Mädchen einen Knicks vor MacKinnon. „Gibt es etwas, was ich Ihnen bringen kann, Mr MacKinnon? Gaspard hat mit Schinken gefüllte Pasteten zum Abendessen gemacht. Davon könnte ich Ihnen etwas holen und eine Tasse Tee, wenn Sie möchten.“

MacKinnon schüttelte den Kopf, lächelte aber. „Nein danke, Virginia. Vielleicht später.“

Wieder vollführte sie einen Knicks. „Dann sehe ich später wieder nach Ihnen.“

„Du brauchst dir meinetwegen keine Umstände zu machen.“

„Oh, das sind keine Umstände. Bis bald.“ Mit einem kurzen Blick in Célines Richtung ging Virginia zur Tür und verließ das Zimmer.

Céline lächelte, obwohl sie insgeheim eine ungewohnte Verärgerung dem Dienstmädchen gegenüber verspürte. „Bald wird jedes Dienstmädchen im Haus Sie bedienen.“

„Das müssen sie nicht“, sagte er abweisend. „Ich bin nicht hilflos.“

Sie lachte. „Aber Sie wollen ihnen das Vergnügen rauben?“

Seine Augen weiteten sich in etwas, das wie ungläubiges Staunen aussah.

Ihr Ärger über Virginias dienstbeflissenes Gehabe schwand. „Gestehen Sie – Sie wissen, wie beliebt Sie bei den weiblichen Bediensteten sind.“

„Ich weiß nichts dergleichen!"

Céline amüsierte sich über seine Entrüstung. Er schien sich seiner Reize tatsächlich nicht bewusst zu sein. „Bei allen außer Valentine, vermute ich." Sie beschloss, ihn noch ein wenig weiter zu necken, und trat näher an sein Bett. „Was haben Sie nur getan, dass Valentine Sie so wenig leiden kann?"

Er runzelte die Stirn. „Ich versichere Ihnen, dass ich ihr nichts getan habe." Misstrauisch sah er sie an.

„Keine Sorge, es ist wahrscheinlich nicht persönlich gemeint. Sie mag aus Prinzip keine Engländer. Dass Sie attraktiv und unnahbar sind, hat Ihnen gewiss sogleich Valentines Abneigung garantiert. Sie haben nicht zufällig irgendwelche Avancen von ihr abgewiesen?"

MacKinnons Gesicht rötete sich bis hinab zu Hals und Schultern, aber er erwiderte nichts.

Sie seufzte triumphierend, während sie ihn zugleich dafür bewunderte, dass er nichts sagte. „Dachte ich es mir doch. Sie müssen es meiner lieben Valentine nachsehen. Sie kann einfach nicht anders."

Nachdem sie auf dem Stuhl Platz genommen hatte, konnte sie der Versuchung, mehr über ihren Aushilfsbutler in Erfahrung zu bringen, einfach nicht länger widerstehen. Die Erleichterung, die sie nach der optimistischen Einschätzung des Arztes empfand, genügte, um einen Augenblick lang die Gefahren zu vergessen, die nach wie vor lauerten. Céline stützte das Kinn auf die Hände und ließ den Blick über seine nackten Schultern schweifen. „Warum haben Sie eigentlich nicht geheiratet?" Sie sah ihn prüfend an, als wäre sie misstrauisch. „Oder sind Sie ein Weiberheld?"

Seine funkelnden Augen ließen sie zusammenzucken. „Ich versichere Ihnen, das bin ich nicht!"

Sie lächelte, beruhigt von seinen Worten. Konnten sie als Bestätigung gelten, dass sein Kuss vielleicht doch seine wahren Gefühle für sie offenbart hatte?

Sobald die Worte über seine Lippen gekommen waren, begriff Rees, dass Lady Wexham ihn neckte. Wieder wurde ihm die Ungehörigkeit ihrer jeweiligen Situation bewusst, erst recht in seinem halb bekleideten Zustand.

Sie beobachtete ihn mit belustigtem Blick, obwohl er schwieg. Nach einer Weile fragte sie: „Ist sie hübsch?“

„Wer?“, antwortete er schroffer, als er es normalerweise getan hätte. Er war immer noch verärgert von ihrer Annahme, dass er mit den weiblichen Bediensteten flirtete.

Ihre Mundwinkel wanderten nach oben, obwohl der Schalk aus ihren Augen gewichen war. „Ihre Liebste.“

„Ich habe keine Liebste.“ Aber er senkte den Blick und dachte an Jessamine.

„Jetzt zieren Sie sich aber, Mr MacKinnon.“

Rees strich über seine Decke. „Ich versichere Ihnen, dass ich das ganz und gar nicht tue.“ Warum leugnete er seine Freundschaft zu Jessamine?

„Dann verhalten Sie sich wie jemand, der nicht die ganze Wahrheit sagt. Sind Sie heimlich verlobt?“

Sein Blick fuhr hoch. „Nein – jedenfalls habe ich mich keiner Frau gegenüber erklärt.“

Die Countess zog eine Augenbraue hoch. „Ich bin überrascht. Wie alt sind Sie, Mr MacKinnon?“

„Einunddreißig.“

Sie musterte ihn mit nachdenklichem Blick. „Die meisten Männer in Ihrem Alter sind verheiratet.“

„Um eine Familie zu gründen, braucht man Geld“, erwiderte er kurz angebunden.

„Ach du liebe Güte, das tut mir leid. Braucht man so viel dafür?“, fragte sie leise.

Was wusste sie schon über Geld? Sofort fiel ihm ein, dass sie und ihre Mutter als verarmte émigrés aus Frankreich hergekommen waren. Er zog eine Grimasse, als er daran dachte, wie sie mit achtzehn Jahren an einen reichen Earl verheiratet worden war, der mehr als dreißig Jahre älter gewesen war als sie.

Froh über einen Grund, an seinem Ärger festzuhalten, fügte er hinzu: „Außerdem sorge ich für meine Mutter und eine Schwester“, um sogleich wütend auf sich selbst zu sein, weil er nicht den Mund halten konnte.

Sie blickte auf ihre gefalteten Hände hinunter. „Natürlich. Ich könnte Ihnen helfen, wissen Sie …"

Jetzt war er wirklich zornig. „Ich brauche keine solche Hilfe. Ich bin sehr wohl in der Lage, selbst für meinen Lebensunterhalt aufzukommen."

„Verzeihen Sie mir, ich wollte Sie nicht beleidigen."

Er wusste nicht, wie er darauf antworten sollte. Ihr ernsthafter Tonfall entwaffnete ihn.

„Also haben Sie Ihr Glück zum Wohl anderer zurückgestellt."

„Es war kein Opfer."

Mehr sagte Rees nicht – denn wie sollte er die Sache mit Jessamine erklären, wenn er doch selbst seine Gefühle nicht mehr verstand? Im Augenblick konnte er an nichts anderes mehr denken als an den Kuss, der ihn mit Lady Wexham verband.

„Ich verstehe."

Dachte sie auch an diesen Kuss? Oder war ihr gar nicht bewusst, dass er der Pirat gewesen war, an den sie sich so leidenschaftlich geschmiegt hatte?

Ihre nächsten Worte zerstreuten all diese Gedanken. „Sie müssen sie einmal sonntags mitbringen, wenn es Ihnen wieder besser geht. Ich würde sie gerne kennenlernen."

Woher wusste sie …? War sie auch noch eine Hellseherin? Er suchte krampfhaft nach einer Ausrede. „Äh … das wird nicht möglich sein."

Lady Wexham zog eine anmutige Augenbraue hoch. „Warum denn nicht?"

„Sie wohnt … zu weit entfernt."

„Ach so, das tut mir leid. Ich … ich könnte die Fahrt bezahlen – bitte verstehen Sie das nicht als Beleidigung."

„D-danke", brachte er heraus, bemüht, nicht wieder die Beherrschung zu verlieren. Glaubte sie, es ginge nur ums Geld? „Ich – sie würde das niemals annehmen. Es sind auch nicht die Kosten. Sie … sie reist ungern."

„Wenn ich einen Verehrer wie Sie hätte, einen solchen Gentleman, würde ich quer durch Europa reisen."

Gentleman. Sah sie ihn so? Es klang, als meinte sie es ernst. Und so wie sie ihn ansah, könnte er beinahe glauben, sie meinte ihn.

Oder … der Gedanke schlich sich ein wie ein unangenehmer Geruch, der alles durchdrang … sprach sie von jemandem, der ihr nahestand? „Das würden Sie tun?“

„Früher jedenfalls.“ Lady Wexham sagte es so leise, dass er es beinahe nicht gehört hätte. Jetzt sah sie ihn auch nicht mehr an, sondern betrachtete ihre gefalteten Hände.

Sie *hatte* also von jemand anderem gesprochen. Rees schluckte, nicht sicher, ob er mehr wissen wollte. Er dachte an ihre Worte von vorhin. Jemand, den sie sehr geliebt hatte, war ihr genommen worden. „War er jung und attraktiv?“ Er sagte es wie beiläufig, heiter – ein Teil seines Innersten war bereit, die Antwort zu hören, der andere Teil wehrte sich mit aller Gewalt. Wer war er? Konnte es sein, dass es neben dem Earl einen anderen gegeben hatte?

Hatte sie sich während ihres kurzen Aufenthalts in Paris in einen jungen Franzosen verliebt?

Sein Blick wurde nachdenklich, als er sie beobachtete. Oder hatte sie sich in einen anderen verliebt, nachdem sie geheiratet hatte? War sie dem alten Earl untreu gewesen? Es geschah in ihren Kreisen ständig – und sie war noch so jung gewesen!

Lady Wexhams Antwort, als sie schließlich kam, erschreckte ihn, weil er so sehr in Gedanken gewesen war. „Ja.“

Einen Moment lang hatte Rees Mühe, sich an seine ursprüngliche Frage zu erinnern. Lady Wexhams Liebster war also jung und schön gewesen. Er spürte, wie etwas in ihm zusammenfiel, eine Hoffnung oder ein Ideal, das er von ihr gehabt hatte. Er bemühte sich, sachlich zu klingen. „Was ist mit ihm geschehen?“

„Er starb.“ Die Worte bestätigten, was sie an diesem Morgen gesagt hatte. Sie hatte jemanden verloren, den sie geliebt hatte – einen Mann. Und ihre Worte trafen Rees umso mehr, weil sie so schlicht waren. Aller Zorn, alles Misstrauen schwand und es blieb nur eine tiefe Traurigkeit, als würde er ihre Trauer teilen.

War sie erst siebzehn gewesen? Oder hatte es sich um eine verbotene Liebe gehandelt, während sie in einer Ehe ohne Liebe gefangen gewesen war? Er wollte wissen, wer ihr Herz erobert hatte.

„Er war französischer Soldat.“

Wieder hatte die Countess ihn überrumpelt. Bevor Rees überlegen konnte, was er sagen sollte, fügte sie weitere Einzelheiten hinzu:

„Es war während des Friedens von Amiens. Meine Mutter wollte nach Frankreich zurückkehren ... um die Ländereien unserer Familie zurückzufordern." Sie lachte freudlos. „Natürlich kam sie nicht weit. Sie war von allem, was sie dort vorfand, schwer enttäuscht."

Seine erste Annahme war also richtig gewesen. Nun war Rees voller Ungeduld, mehr über den jungen Rekruten zu erfahren, und er überlegte, wie er das Gespräch auf ihn zurücklenken könnte. Doch das war unnötig.

„Als ich ihn kennenlernte, war er erst Kadett in der Militärakademie, aber als ich Frankreich verließ, hatte er sein erstes Offizierspatent als *sous-lieutenant* erhalten – ich glaube, das entspricht in Ihrer Armee dem Zweiten Leutnant – und gehörte zu einer Abteilung der leichten Infanterie."

Rees wagte kaum zu atmen, während er darauf wartete, dass sie fortfuhr.

„Wir haben uns verliebt." Sie hob die Hände wie in einem Appell und lachte traurig – oder seufzte sie? „Was tut man sonst mit siebzehn Jahren!"

„Kämpfen." Die Worte kamen ungebeten heraus.

Ihre bernsteinfarbenen Augen betrachteten ihn einen Moment lang. „So wie Sie und Stéphane."

Stéphane. Rees hasste den Namen schon jetzt. Doch gleich darauf schämte er sich für seine Engherzigkeit.

„Sie und Stéphane haben beide zur gleichen Zeit gekämpft, nur auf unterschiedlichen Seiten. Wären Sie im Heer gewesen, wären Sie einander vielleicht auf dem Schlachtfeld begegnet ... einer hätte den anderen töten können." Sie fröstelte und rieb ihre Oberarme. „In was für einer verrückten Welt wir leben."

„Einer gefallenen Welt."

Die Countess holte tief Luft, als wollte sie die Vergangenheit hinter sich lassen. „Sie haben etwas von einem Soldaten an sich ... Stéphane hatte das auch." Sie nickte langsam, als erkenne sie plötzlich die Ähnlichkeit.

Eine Zeit lang schwiegen sie beide. Woran dachte sie wohl gerade? An Stéphane? Der Name hatte sich in Rees' Gedächtnis eingebrannt, die Silben waren unauslöschlich in seinem Gehirn verankert.

Oder dachte sie an die Dinge, die er ihr erzählt hatte, und entdeckte sie die Unstimmigkeiten seiner Geschichte? Vom Stallburschen zum Fähnrich zum Hausdiener. Erkannte sie, wie absurd dieser Werdegang klang? Oder dachte sie nur an ihren verlorenen Kadetten?

Um sie abzulenken, fragte er: „Warum haben Sie nicht wieder geheiratet?"

Anstatt ihn für seine Frechheit zurechtzuweisen, spitzte Lady Wexham nur die Lippen, als wäre ihr der Gedanke zuwider. „Eine Ehe war genug." Dann erhob sie sich abrupt. „Ich habe Sie für einen Tag genügend angestrengt und lasse Sie besser ausruhen, sonst wird Mr Simmons mit mir schimpfen. Brauchen Sie noch etwas, bevor ich gehe?"

Das Thema Ehe hatte sie ganz offensichtlich aus der Fassung gebracht. Er schüttelte den Kopf, noch immer ganz benommen von ihren Enthüllungen.

„Bitte läuten Sie, wenn Sie etwas benötigen", sagte sie und deutete mit dem Kinn auf die Glocke, die sie zuvor von einem der Diener hatte bringen lassen. „Ich wünsche Ihnen einen schönen Nachmittag."

Mit einer Eile, die zu ihrem vorigen Zögern und Verweilen nicht recht passen wollte, drehte sie sich um und verließ den Raum.

Am nächsten Nachmittag nutzte Céline die Ausrede, ihm Bücher bringen zu wollen, um MacKinnon erneut zu besuchen. Obwohl sie bereute, ihm von Stéphane erzählt zu haben, zog irgendetwas sie wieder an seine Seite. Es war, als könnte sie sich einfach nicht von ihm fernhalten – wie eine Motte, die sich von dem angezogen fühlt, was sie zerstören wird.

Niemand außer Valentine und ihrer Mutter hatte von Stéphane gewusst. Und nur Valentine von Stéphanes Tod.

Sie schüttelte den Kopf, um die Erinnerungen abzuschütteln. Erst als MacKinnon sie gefragt hatte, warum sie nicht noch einmal geheiratet hatte, war sie wieder zur Vernunft gekommen. Er wusste jetzt zu viel über sie, sodass sie sich so verwundbar fühlte, wie sie sich seit dem Alter von achtzehn Jahren nicht mehr gefühlt hatte.

Stattdessen machte sie sich daran, ihre eigenen Worte zu analysieren. Den restlichen Tag und Abend hatte sie darüber gebrütet.

Ein Mann, der ernsthaft verliebt war, küsste eine andere Frau nicht mit der Leidenschaft, die er ihr gegenüber gezeigt hatte. Und ein Mangel an Geld hielt eine Person, die sich Hals über Kopf verliebt hatte, auch nicht auf … und das bedeutete, dass Mr MacKinnon noch nie verliebt gewesen war … und das wiederum bedeutete, dass er nicht in die junge Dame verliebt war, von der er gestammelt hatte. Ihre Schlussfolgerung half ihr, die schreckliche Eifersucht zu lindern, die seine Worte in ihr ausgelöst hatten.

Trotz ihres neckischen Tonfalls sah Céline in ihrem Butler keinen Mann, der mit der Zuneigung einer Dame spielte. Dazu war er viel zu ernst und nobel. Außerdem hatte er einen tiefen Glauben und lebte offenbar nach strengen moralischen Werten. Nein … je mehr sie darüber nachdachte, desto mehr bezweifelte sie, dass er die besagte junge Dame tatsächlich liebte. Hatte er die Geschichte erfunden? Oder gab es tatsächlich eine junge Dame, aber er war sich seiner Zuneigung nicht so sicher, wie er glaubte?

Céline näherte sich MacKinnons Zimmer und stellte erleichtert fest, dass seine Tür offen stand. Doch im nächsten Augenblick stutzte sie, als sie kichernde Frauenstimmen hörte. Schnell trat sie an die Tür und sah, dass zwei der Küchenhilfen an seinem Bett standen.

Während sie beim Anblick der beiden stirnrunzelnd im Türrahmen stehen blieb, plauderten und lachten die Dienstmädchen mit MacKinnon.

Sie benahmen sich wie Schankmädchen. Céline öffnete die Tür ganz und trat ein. „Du liebe Zeit, das klingt ja, als würden Sie hier drin eine Gesellschaft geben."

Die Mädchen fuhren herum und sahen sie schuldbewusst an.

Célines Verärgerung legte sich, als sie die Gesichter ihrer Bediensteten sah. MacKinnon sah aus wie ein ungezogener Junge, der dabei erwischt worden war, dass er von einer verbotenen Süßigkeit genascht hatte.

Die Mädchen knicksten und traten vom Bett zurück. „Verzeihung, Mylady … wir wollten niemanden stören …“ In ihrer Verwirrung sprachen beide gleichzeitig.

Céline wischte ihre gestammelten Entschuldigungen mit einer Handbewegung beiseite und trat ein paar Schritte vor. „Ihr müsst nicht mich um Verzeihung bitten, sondern Mr MacKinnon, wenn ihr ihn ermüdet habt.“ Sie sah ihn mit hochgezogenen Augenbrauen an. „Mr MacKinnon – muss ich diese jungen Dinger an ihre Arbeit schicken oder habe ich Sie bei Ihrem Vergnügen gestört?“

„Nein – nein – Sie stören gar nicht. Die beiden haben nur nach mir gesehen – sie waren nur ein paar Minuten hier.“

Beinahe hätte sie über seine Verlegenheit laut gelacht. „Meinetwegen brauchen Sie sich keine Gedanken zu machen.“ Sie hielt die Bücher hoch, die sie auf dem Arm trug. „Ich habe Ihnen etwas zu lesen gebracht, wie versprochen.“

Die Mädchen schlüpften aus dem Zimmer. „Wenn Sie uns entschuldigen, Mylady … Läuten Sie, wenn Sie etwas brauchen, Mr MacKinnon …“

Als die beiden gegangen waren, hing ein unbehagliches Schweigen zwischen ihnen. Céline legte die Bücher auf den Tisch. Zufrieden stellte sie fest, dass der kleine Tisch durch einen größeren ersetzt worden war. Dann wandte sie sich mit einem aufgesetzten Lächeln wieder an MacKinnon und sah, dass er sie beobachtete. „Wie geht es Ihrer Schulter?“

„Besser.“

Sie musterte den Verband. „Nehmen Sie nachts Laudanum oder die Weidenrinde?“

„Weidenrinde. Sie hat geholfen. Ich kann sicher bald aufstehen.“

„Reden Sie keinen Unsinn. Sie werden aufstehen, wenn der gute Herr Doktor es Ihnen erlaubt.“ Ihr Blick wanderte zu dem Tisch zurück. Die Bibel war durch ein zweites Buch ergänzt worden. Sie nahm es in die Hand und las den Titel. *„Die Rechte des Menschen?“*

„Ich habe William gebeten, es aus Ihrer Bibliothek zu holen. Ich versuche nur, Ihre Revolution zu verstehen.“

„Meine Revolution?“

„Die französische.“

„Ah.“ Sie wusste nicht, was sie davon halten sollte. Interessierte er sich tatsächlich dafür? Oder versuchte er nur, sie noch mehr zu belasten? „Dann müssen Sie auch Voltaire und Rousseau lesen. Haben Sie das getan?“

„Nein. Ich den letzten Jahren hatte ich nicht oft die Gelegenheit zu lesen.“ MacKinnon fügte hinzu: „Am meisten habe ich während meiner Zeit auf See gelesen, auch wenn es nicht immer leicht war, Bücher zu bekommen.“

Céline nickte. „Nun, ich habe Ihnen etwas leichtere Kost mitgebracht.“ Sie las die Titel vor, während sie die Bücher eines nach dem anderen erneut in die Hand nahm. „*Stolz und Vorurteil* – das ist erst vor wenigen Monaten erschienen, ich bin sicher, es wird Ihnen gefallen. *Der Abwesende* und *Die Dame vom See* für etwas Lyrik. Vielleicht werden Sie Vergnügen an diesen Büchern finden.“ *Damit Sie nicht auf die Dienstmädchen angewiesen sind*, fügte sie im Stillen hinzu.

„Danke, Mylady, aber das war wirklich nicht nötig.“

„Lesen Sie niemals Romane?“

„Es zählt nicht zu meinen Gewohnheiten.“

„Dann haben Sie sich einige wunderbare Geschichten entgehen lassen. Hier, ich mache Sie mit einer bekannt.“ Spontan nahm Céline eines der Bücher, setzte sich auf den Stuhl und öffnete das Buch auf ihrem Schoß.

„Mylady, ich bitte Sie, es ist …“

Sie blickte von dem Buch auf. „Ja?“

Er knetete den Rand der Decke zwischen seinen Fingern. „Es ist nicht schicklich.“

Sie zog die Augenbrauen hoch und tat unwissend. „Was meinen Sie nur?“

Hilflos zeigte er mit einer Hand um sich. „Sie – hier – in meiner Kammer …“

Sein Sinn für Anstand rührte sie. Es bestätigte nur ihre positive Meinung von ihm. Céline riss die Augen auf und lächelte dann. „Sie meinen, weil Sie ein Mann sind und ich eine Frau bin?“

„Eine *Dame*.“

Sie neigte den Kopf. „Danke, Mr MacKinnon. Sie halten es also nicht für schicklich, dass die Hausherrin den Mann besucht, der in ihren Diensten steht, von einer Kugel getroffen wurde, weil er sie verteidigen wollte, und dabei beinahe sein Leben verloren hätte?“

Sie strich über die Buchseiten. „Pfui denen, die es für unschicklich halten, dass ich an Ihrem Bett sitze und Ihnen ein wenig vorlese, um Sie von den Schmerzen abzulenken, die Sie zweifellos haben."

Er öffnete den Mund, um zu widersprechen, aber kein Laut kam heraus.

Sie zeigte mit der Hand auf die Tür. „Wie Sie sehen, steht die Tür weit offen. Jeden Moment kann jemand hereinkommen. Ich sehe da keine Unschicklichkeit." Und bevor ihr Butler weitere Einwände erheben konnte, begann sie, das erste Kapitel von *Der Abwesende* zu lesen.

Ungefähr eine Stunde später, als Lady Wexham sein Zimmer verließ, wusste Rees nicht, ob er von dem merkwürdigen Verhalten seiner Herrin getröstet, belustigt oder beleidigt sein sollte. Als Mann war er eindeutig so weit unter ihrer Würde, dass sie nichts Unschickliches darin sah, allein in seinem Schlafgemach zu sitzen und ihm vorzulesen.

Er musste zugeben, dass er die Lektüre interessant gefunden hatte. Ihre Stimme war klar und melodiös und bei den Dialogen ahmte sie lustige Akzente nach.

Wie sehr wünschte er doch, er könnte sie verachten, sie auf Abstand halten. Sie war eine Verräterin! Seine Empörung schwand, als sein Blick zu den Büchern wanderte, die auf seinem Tisch lagen. Paines *Die Rechte des Menschen* vermittelte ihm tatsächlich einen Eindruck von den Beweggründen der Revolutionäre.

Lady Wexham hatte versprochen, ihm die Werke der großen französischen Denker des letzten Jahrhunderts zu bringen. Trotz seines Widerstandes ertappte er sich bei dem Wunsch, dass er ihre Überzeugungen besser kennenlernen wollte. Er freute sich darauf zu lesen, was sie ihm brachte. Wenn Lady Wexham tatsächlich eine Jakobinerin war, wie er mehr und mehr glaubte, wollte er ihre Argumente kennenlernen.

Und doch konnte er trotz all des Vergnügens, das er in der vergangenen Stunde empfunden hatte, nicht seine Angst und Sorge um sie vergessen. Wer auch immer den Überfall auf die Kutsche organisiert hatte, um Lady Wexham zu durchsuchen, würde nicht aufgeben.

Wie sollte er sie beschützen, wenn er wie ein Invalide im Bett lag?

Herr, du hast mich aus irgendeinem Grund hierhergeschickt. Bitte hilf mir, bald aufzustehen, damit ich Lady Wexham nützlich sein kann. Bitte bewahre sie und ihre Lieben. Und halte jene auf, die ihr Schaden zufügen wollen.

Wann waren Lady Wexhams Sicherheit und Wohlbefinden sein wichtigstes Ziel geworden – wichtiger als sein Dienst am eigenen Vaterland?

18. Kapitel

Céline verließ MacKinnons Zimmer und ging die Dienstbotentreppe hinauf zum Erdgeschoss.

„Wieder bei dem Butler gewesen?"

Ihre Schwägerin stand oben an der Treppe und zupfte gemächlich, einen Finger nach dem anderen, den Handschuh von ihrer linken Hand. Agatha war erst am Nachmittag zuvor gekommen und schon war ihre Anwesenheit zu spüren.

Céline ignorierte die Bemerkung und blieb auf der Treppe stehen. „Ich hoffe, du hattest eine angenehme morgendliche Besuchsrunde."

„Ja." Jetzt machte sie sich an den anderen Handschuh. „Bis ich nach Hause kam und hörte, dass du schon wieder am Bett deines Butlers sitzt. Das ist unanständig."

Mit Mühe beherrschte Céline ihren Zorn. „Hörst du auf das Geschwätz deiner Zofe?"

„Wenn meine Zofe mir so etwas erzählt, dann deshalb, weil alle im Untergeschoss darüber reden."

Céline schob sich an ihrer Schwägerin vorbei, während sie überlegte, was sie wegen der Bediensteten unternehmen musste. Sollte sie mit Mrs Finlay sprechen oder den Tratsch einfach ignorieren? Wenn sie etwas sagte, machte es die Sache nur schlimmer. Dienstboten tratschten immer über ihre Arbeitgeber, aber Céline war erschüttert darüber, wie schnell ihre Besuche bei MacKinnon die Gerüchteküche zum Brodeln gebracht hatten.

Agatha trat beiseite, folgte Céline dann aber, als diese zum Salon ging. „Du benimmst dich in einer Weise, die der Gattin eines Earls unwürdig ist."

Céline sagte nichts, bis sie den Raum betreten und die Tür hinter ihnen geschlossen hatte. Sie sah ihre Schwägerin an und ihr Tonfall war ruhig. „Würdest du mir bitte erklären, was du damit meinst?"

Agathas graublaue Augen, die denen ihres verstorbenen Bruders so ähnlich waren, durchbohrten sie mit ihren Blicken. „Eine Dame des Hauses sitzt nicht beim Butler, um ihm etwas vorzulesen. Es ist eine Schande."

Céline hatte Mühe, ihre Stimme nicht zu erheben. „Mr MacKinnon hat mir das Leben gerettet. Ich tue nur, was jeder Mensch tun würde, um für jemanden zu sorgen, für den er die Verantwortung hat und dem er zutiefst zu Dank verpflichtet ist." Sie nahm ihren Nähkorb und setzte sich in einen Sessel. „Und wenn du mich jetzt entschuldigst, ich habe zu tun." Ihre Finger zitterten, als sie die Nadel aus ihrem Stickrahmen zog.

„Irgendwann wirst du zu weit gehen!"

Céline hielt inne, die Nadel halb durch das Leinen gezogen. „Wie bitte?"

Hässliche rote Flecken erschienen auf Agathas hageren Wangen. Sie reckte das Kinn vor. „Ich muss dir gar nichts erklären."

Céline verspürte den dringenden Wunsch, mit der Sticknadel auf ihre Schwägerin loszugehen, aber stattdessen stach sie erneut in den Stoff und holte tief Luft. „Und ich dir ebenso wenig."

Einen Moment lang starrten die beiden einander an. Schließlich verzogen Agathas Lippen sich zu etwas, das nur ansatzweise einem Lächeln ähnelte. „Wie du meinst."

Im nächsten Augenblick verrieten die leisen Schritte auf dem Teppich und das Klicken der Tür, dass Agatha gegangen war. Die Worte ihrer Schwägerin, auch wenn sie aus reiner Gemeinheit gesprochen worden waren, hatten Céline erschüttert. In den vergangenen Tagen hatte sie für die wenigen Stunden gelebt, in denen sie an MacKinnons Bett sitzen durfte, als wäre sie seine Krankenschwester – oder seine Ehefrau –, und alles vergessen konnte, was um sie herum geschah.

Ihr Stickrahmen lag vergessen auf ihrem Schoß, während Céline sich darüber wunderte, welches Gefühl der Vertrautheit und Zufriedenheit es in ihr auslöste, an MacKinnons Bett zu sitzen und zu plaudern oder zu lesen.

Wenn sie ihm in einem Salon begegnet wäre, hätte sie ihn eines zweiten Blickes gewürdigt? Hätte er sie bemerkt? Hätten sie sich die Gelegenheit gegeben, einander besser kennenzulernen, wie sie es sich jetzt so sehr wünschte?

War es vielleicht nur der alberne Gedanke, dass er außerhalb ihrer Gesellschaftskreise und somit ihrer Reichweite war, der sie zu ihm hinzog?

Céline schüttelte den Kopf und rieb sich die Schläfe mit den Fingern, als könnte sie so ihre Gedanken in Schach halten. Es war höchste Zeit, dass sie aus dieser Illusion erwachte und sich den Tatsachen stellte. Zu viel stand für sie auf dem Spiel, als dass sie sich einreden durfte, es könnte anders sein.

Sie seufzte und legte ihre Handarbeit zur Seite. Sie musste Roland treffen.

Ihre Schwägerin würde nichts lieber sehen, als dass Céline in Misskredit geriet und ihren Platz in der Gesellschaft verlor. Der Neid auf das Vermögen, das der Earl seiner Witwe hinterlassen hatte, zerfraß Agatha förmlich. Da spielte es kaum eine Rolle, wie großzügig Céline ihr gegenüber gewesen war.

Wenn Agatha wüsste, wie viel ernster die Lage war als nur ein Techtelmechtel mit einem Dienstboten! Zu rastlos, um ihre Handarbeit fortzusetzen, erhob Céline sich und ging zu ihrem Sekretär. Sie betrachtete den Stapel unbeantworteter Korrespondenz, Rechnungen und Einladungen.

Seit sie mit dem verwundeten MacKinnon nach Hause gekommen war, hatte sie weder die Zeit noch das Verlangen gehabt, sich um ihre Post zu kümmern, geschweige denn auszugehen. Je weniger Personen wussten, dass sie wieder in London war, desto besser.

Sie sollte sich mehr Gedanken über ihre Sicherheit machen – und um die Sicherheit ihrer Landsleute –, anstatt sich aufzuführen wie eine Debütantin bei ihrer ersten jugendlichen Schwärmerei.

Früher hatte sie schon einmal ein solches Gefühl gekannt. Damals war sie naiv und unschuldig gewesen. Jetzt galt diese Ausrede nicht mehr.

Sie musste Pläne schmieden … für den Fall, dass die Dinge plötzlich aus dem Ruder liefen. Von Roland hatte sie noch nichts gehört, seit sie ihm eine Nachricht geschickt hatte.

Die Nachtwache verkündete die Stunde, halb drei Uhr morgens, dann entfernte sich die Stimme, während der Mann weiterging.

Rees starrte zur dunklen Zimmerdecke hinauf. Seine Sorge wuchs mit jedem Tag, den er im Bett lag; nicht nur, was Lady Wexhams Sicherheit betraf, sondern auch in Bezug auf seine eigenen Pflichten. Es war jetzt drei Tage her, dass er angeschossen worden war, aber er wusste, dass er es nicht länger hinausschieben konnte, Bunting zu informieren. Als er aufzustehen versuchte, fühlten seine Beine sich wackelig an. Er biss die Zähne zusammen und ignorierte den Schmerz in seiner Schulter, als er sich bückte, um ein Paar Kniebundhosen anzuziehen.

Bevor er sich dem Hemd zuwenden konnte, musste er innehalten und ein paarmal tief einatmen, bis die Welle der Übelkeit sich legte. Vorsichtig hob er die Arme, um das Kleidungsstück über den Kopf zu ziehen, und betete, dass die Wunde nicht aufging. Als er sich vorstellte, wie Lady Wexham ihn tadeln würde, musste er unwillkürlich lächeln. Das Lächeln verging ihm jedoch beinahe sofort, als er daran dachte, warum er dieses Risiko einging.

An diesem Nachmittag hatte Rees beschlossen, dass er sich zu Buntings Pension begeben musste. Es war ein gutes Stück zu laufen, aber er sah keine andere Möglichkeit. Er bezweifelte, dass er zu dieser Stunde eine Droschke finden würde.

Rees knöpfte seinen Mantel zu, während er überlegte, was er seinem Kontaktmann erzählen sollte. Von dem Überfall auf die Kutsche und seiner eigenen Verletzung natürlich. Aber auch von dem Maskenball und dem Mann, der Lady Wexham in *Hartwell House* verfolgt hatte? Was immer er verriet, würde unweigerlich Lady Wexham belasten.

Lieber Gott, betete er, wie er es seit Tagen tat, *gib mir die richtigen Worte.*

Er hatte seine Kräfte überschätzt. Als er am Ende des Häuserblocks angekommen war, stand Rees kurz vor dem Zusammenbruch. Zum Glück gab es an der nächsten Ecke einen Droschkenstand, an dem ein einsamer Wagen wartete, der Kutscher im Schlaf vornüber gesunken.

Rees umklammerte seinen Ellbogen mit der anderen Hand, um

den Druck auf seine Schulter zu verringern. Schließlich erreichte die schwankende Droschke die von Bunting angegebene Adresse, ein schmales Haus in der Nähe des Hafens. Einige Minuten und wiederholtes Klopfen waren nötig, bevor Bunting erschien. Die Nachtmütze schief auf dem Kopf, einen dunklen Morgenmantel mit einer Hand über dem Nachthemd zusammengehalten, riss Bunting die Augen auf, als er Rees sah. Gleich darauf ließ er ihn eintreten und schloss die Tür schnell wieder hinter ihm.

„Du liebe Güte, Mann, Sie sehen ja halb tot aus. Ich hatte in den letzten Tagen jemanden vor Lady Wexhams Haus postiert und hörte, dass Sie verwundet seien. Ich konnte es aber nicht riskieren, jemanden ins Haus zu schicken, um mit Ihnen Kontakt aufzunehmen." Während er sprach, schob er Rees in den dunklen Salon und machte sich an einer Kerze zu schaffen. „Setzen Sie sich, bevor Sie ohnmächtig werden. Sind Sie sicher, dass Sie auf sein sollten?"

Rees sank in den Ohrensessel und hielt dabei seinen Arm, um den Aufprall abzufangen.

Bunting brachte ihm ein Glas und stand neben ihm, während er den Brandy trank, als wollte er sich vergewissern, dass Rees das Glas ganz leerte. „Sie sehen so blass aus, als hätte man Sie nach einer Woche aus der Themse gefischt."

Nachdem er wieder etwas zu Kräften gekommen war, erzählte Rees Bunting, dessen wachsame Augen ihn unverwandt ansahen, wie er Lady Wexham beobachtet hatte, soweit es ihm möglich gewesen war, oft gehindert von all den Leuten, die sie in *Hartwell House* umgeben hatten. Dann fügte er hinzu, dass er einen Großteil seiner Abende damit zugebracht hatte, Madame de Beaumont zu beaufsichtigen, weil ihre Tochter ihn darum gebeten hatte.

„Der ganze Ort scheint voller Intrigen zu sein", schloss er. „Ich habe mehrmals gesehen, wie jemand Lady Wexham gefolgt ist, aber es könnte aus Eifersucht gewesen sein oder aus anderen Gründen. Sie scheint ein Liebling des Comte zu sein und natürlich sind auch alle anderen um ihn und seinen Neffen, den Duc d'Angoulême, um sich gut mit den beiden zu stellen."

Bunting nickte. „Was haben Sie sonst noch bemerkt?"

„Alle warten darauf, dass Louis nach Frankreich zurückkehren kann und zum König gekrönt wird." Rees verstummte.

Bunting kratzte sich am unrasierten Kinn, während er nachdenklich die Augen zusammenkniff. „Was ist mit dem Schuss?"

Rees holte Luft und betete um die richtigen Worte – dass er die Wahrheit sagen und zugleich Lady Wexham so wenig wie möglich belasten möge.

„Wir wurden in der Gegend von Bushey Heath von Wegelagerern überfallen. Es waren fünf Männer, zu viele, um sie abzuhängen. Sie schossen auf uns, als ich dem Kutscher zurief, er solle weiterfahren. Dabei wurde ich in der Schulter getroffen." Er versuchte ein Achselzucken, fuhr aber von dem Schmerz zusammen. „Die Kugel hat nur eine Fleischwunde verursacht, aber der Kutscher musste anhalten. Die Banditen haben die Kutsche durchsucht." Seine Miene war grimmig, als er daran dachte, wie sie Lady Wexham abgetastet hatten.

„Was haben sie mitgenommen?"

„Nichts, soweit ich weiß. Lady Wexham hatte keine Wertsachen bei sich." Als Bunting die Augenbrauen hochzog, erklärte er diesen Umstand. „Sie war ein, zwei Tage vor ihren Dienstboten aufgebrochen. Das restliche Gepäck sollte die Zofe mitbringen."

Bunting rieb sich wieder am Kinn. „Warum ist sie vorausgefahren?"

„Das weiß ich nicht. Vielleicht hatte sie eine Verpflichtung in London, wegen der sie zurückkehren musste." Würde Bunting das schlucken?

Der schüttelte langsam den Kopf. „Das ergibt keinen Sinn. Damen reisen nicht ohne ihre Zofen und ohne Entourage." Er musterte Rees. „Erzählen Sie mir mehr von diesen Wegelagerern. Um welche Uhrzeit war das?"

„Gegen drei Uhr."

„Am Nachmittag? Heutzutage ist es selten, dass jemand am helllichten Tag überfallen wird. Und Sie sagen, die Männer haben nichts von Wert bei Lady Wexham gefunden?"

„Nein." Rees verlagerte seine Sitzhaltung, weil seine Schulter zu pochen anfing. Er wusste, dass er die nächste Tatsache besser zugab, bevor offensichtlich wurde, dass er Informationen zurückhielt. „Sie sprachen französisch."

Der andere blickte nachdenklich auf ihn hinab. Seine Züge wurden vom flackernden Kerzenschein erhellt, sodass er wie ein gruseliges Gespenst wirkte, das bis in Rees' Seele blicken konnte. „Aus *Hartwell House*?"

„Möglich."

„Haben Sie jemanden erkannt?"

„Die Männer waren maskiert. In Hartwell gab es sehr viele Diener – wegen des Balls und der vielen Gäste noch mehr als sonst."

Bunting zog eine graue Augenbraue hoch. „Ein Ball?"

Rees nickte langsam. „Ein Maskenball, an dem Abend, bevor wir nach London zurückgekehrt sind."

„Wie viele Gäste waren Ihrer Schätzung nach dort?"

„Mindestens einhundert, vielleicht auch mehr."

„Ist irgendetwas Außergewöhnliches vorgefallen?"

Rees schluckte und zwang sich, nicht den Blick zu senken. „Nichts Außergewöhnliches, soweit ich das sehen konnte. Alle waren verkleidet und es war schwierig, jemanden zu erkennen. Der übliche Übermut, der sich bei solchen Gelegenheiten einstellt." Er wagte kaum zu atmen, während er auf Buntings Reaktion wartete.

„Ja …", murmelte dieser nachdenklich. Dann, als käme er zu einem Schluss, fuhr ein Ruck durch Bunting und sein Blick richtete sich wieder voller Konzentration auf Rees. „Sie sehen aus, als würden Sie jeden Augenblick umfallen. Sehen Sie zu, dass Sie nach Hause kommen und sich ins Bett legen."

„Ja." Froh darüber, dass die Befragung vorüber war, erhob Rees sich mit Mühe aus dem Sessel. Einen Augenblick lang war ihm schwindelig. Bei der plötzlichen Bewegung meinte er, eine feuchte Stelle in seinem Verband zu spüren.

„Hier, trinken Sie noch einen Schluck, wenn Sie den Rückweg überstehen wollen." Bunting schenkte ihm erneut einen Fingerbreit von dem Brandy ein.

Rees trank den Branntwein in einem Schluck aus. Er half ihm, einen klaren Kopf zu bekommen, und wärmte ihn von innen, als er in die kühle Nacht hinaustrat.

Als er zu Hause ankam, war der Verband bereits durchnässt. Während der Fahrt zurück hatte er unter dem Mantel ein Taschentuch auf die Stelle gedrückt, damit nichts sein Hemd durchweichte, aber auch das Tuch fühlte sich allmählich feucht an, als er aus der Droschke stieg.

Zurück im Haus verriegelte er den Dienstboteneingang und wankte in sein Zimmer. Mit der Linken knöpfte er seinen Mantel auf und streifte ihn mit Mühe ab, ebenso seine Weste. Schließlich wappnete er sich dafür, sein Hemd über den Kopf zu ziehen.

Das erste fahle Licht der Dämmerung erhellte sein Zimmer ein wenig. Rees starrte auf den großen roten Fleck, der die obere rechte Seite seines Hemdes bedeckte. Was sollte er mit der blutigen Kleidung anfangen?

Als er sich im Zimmer umsah, blieb sein Blick an der Waschschüssel und dem Wasserkrug hängen. Da er die Indizien nicht würde verstecken können, musste er sich einen Grund überlegen, warum er in der Nacht aufgestanden war und sich angezogen hatte. Vielleicht waren Tom und Virginia die Ersten, die am Morgen kamen, und er konnte sie mit irgendeiner Ausrede abspeisen.

Er ließ Hemd und Weste in die Schüssel fallen und goss Wasser aus dem Krug darauf, so gut er es mit der linken Hand konnte.

Dann betrachtete er den Verband und entschied, dass er ihn nicht würde entfernen können, da er so geknotet war, dass Rees mit einer Hand nicht an den Knoten reichen konnte.

Müde setzte er sich auf sein Bett und zog Schuhe und Strümpfe aus.

Endlich war er wieder im Bett, ein frisches Taschentuch auf den Verband gedrückt.

Lieber Gott, bitte mach, dass es aufhört zu bluten, bevor jemand am Morgen hereinkommt …

Und das würde nur allzu bald der Fall sein.

Valentine, die länger als geplant in *Hartwell House* aufgehalten worden war, beklagte sich seit ihrer Ankunft unaufhörlich. Jetzt riss sie an Célines Haaren, wobei ihre dunklen Augen Céline im Spiegel anfunkelten. „Wenn Sie nicht so eilig aufgebrochen wären, hätte ich eher nachkommen können."

„Aber dann hättest du mir nicht sagen können, wie man dort auf meine plötzliche Abreise reagiert hat." Die meisten Gäste hatten angesichts ihres Aufbruchs keinen Verdacht geschöpft, da so viele von ihnen am Tag nach dem Ball wieder fuhren.

Valentine schnaubte. „Und was hat es genützt? De la Roche hat es bemerkt. Vielleicht hätten sie nicht gewagt, Ihre Kutsche zu überfallen, wenn wir dabei gewesen wären."

Céline war die ständigen Diskussionen mit Valentine leid. Ihr Kopf schmerzte. Gaspard sprach bereits mit Roland darüber, was jetzt zu tun war.

Erleichtert hörte sie ein Klopfen an der Tür. „Herein."

Virginia streckte den Kopf zur Tür herein. „Verzeihung, Mylady." Anstatt wie üblich zu lächeln, schien das junge Dienstmädchen auf der Schwelle zu zögern.

Céline wandte sich um. „Was gibt es?"

Virginia machte einen Schritt in das Boudoir. „Es geht um Mr MacKinnon, Mylady."

Céline fuhr von ihrem Hocker auf, ungeachtet der Proteste von Valentine. „Ist er wohlauf?"

„Ich bin heute Morgen zu ihm gegangen, um ihm sein Frühstück zu bringen – das macht entweder eins der Küchenmädchen oder ich, Ma'am. Heute früh war ich dran."

„Und?" Sie ballte die Hände zu Fäusten, unfähig, ihre Ungeduld zu verbergen.

„Seine Wunde, Mylady."

Der Schreck ließ ihren Atem stocken.

„Sie blutet wieder. Ich dachte, Sie sollten das wissen. Er sagt, es ist nichts, aber ich fand, dass es nicht gut aussieht, und sein Verband ist ganz rot und selbst sein Nachthemd ist blutig …"

Céline eilte zur Tür. „Entschuldige, Valentine, meine Haare müssen warten."

„Aber *Madame*, so können Sie doch nicht …"

Doch Céline war bereits auf dem Gang. „Hat er noch mehr zu dir gesagt?"

Virginia beeilte sich, ihr zu folgen. „Nein, Mylady. Nur dass die Wunde wohl gestern Nacht aufgegangen sein muss. Ich habe nicht gewartet, sondern bin sofort zu Ihnen gekommen. Ich dachte, Sie sollten davon wissen."

„Das war richtig. Hat jemand nach Mr Simmons geschickt?"

Das Mädchen schüttelte den Kopf. „Nein, ich bin gleich hergekommen. Die anderen Dienstboten wissen noch gar nichts davon. Aber ich schicke gleich einen Hausdiener, wenn Sie es wünschen."

„Ja, tu das." Als Céline die Dienstbotentreppe erreicht hatte, war sie bereits in Laufschritt verfallen. Kaum hatte sie an MacKinnons Kammer geklopft, stieß sie die Tür auch schon auf, ohne auf ein „Herein" zu warten, und trat an sein Bett.

Er saß von Kissen gestützt im Bett, sein Frühstückstablett auf dem Schoß. Seine Augen weiteten sich, als er sie sah. „Mylady, was ...?"

Ihr Blick war auf seinen Verband gerichtet. „Virginia hat mir erzählt, dass Ihre Wunde aufgeplatzt ist." Das Mädchen hatte nicht übertrieben. Ein großer Fleck, der in der Mitte noch immer hellrot war, hatte sich über den weißen Stoff ausgebreitet. Auch seine Bettdecke war blutig.

„Virginia hätte Sie nicht stören sollen. Es ... es ist nichts."

Sie presste eine Hand auf ihre Brust, um ihren Atem zu beruhigen. „Wann ist das geschehen?"

„I-ich weiß nicht. Ich meine, ich bin in der Nacht aufgestanden ..."

Sie sah ihn streng an. „Ich habe doch gesagt, Sie sollen läuten, wenn Sie etwas brauchen."

Seine Wangen röteten sich und er machte eine vage Handbewegung. „Ich dachte ... ich wollte keine Umstände machen, nur wegen meiner persönlichen ... Bedürfnisse."

Ohne seine offensichtliche Verlegenheit zu beachten, sagte sie scharf: „Es war eindeutig zu früh, um aufzustehen."

Er machte Anstalten, das Tablett von seinem Schoß zu heben, doch sie packte ihn am Handgelenk und hielt ihn zurück. „Nein, Sie dürfen Ihre Schulter nicht noch mehr belasten. Wir haben nach Mr Simmons geschickt."

„Ich versichere Ihnen, dass das nicht nötig ist."

Céline ignorierte MacKinnons Protest und nahm das Tablett von seinem Schoß. Dann beugte sie sich über ihn und suchte nach dem Knoten seines Verbandes.

„Was machen Sie da, Mylady?"

„Ich nehme den Verband ab. Wir müssen die Blutung stillen."

Er versuchte, ihre Hilfe abzuwehren, doch schon bald gab er auf, weil er offenbar erkannte, dass sie sich nicht beirren lassen würde. Célines Finger zitterten, während die Angst ihren Magen zusammenzog bei dem Gedanken, wie viel Blut er bereits verloren hatte. Wie konnte seine Wunde so stark bluten, nur weil er das Bett verlassen hatte?

„Du liebe Güte, warum haben Sie nicht früher geläutet?" Dunkles, verkrustetes Blut am Rand der Bandagen verriet Céline, dass seine Wunde schon früher in der Nacht geblutet haben musste. Sie nahm die Glocke und lief damit zur Tür, um zu läuten.

Tom erschien beinahe sofort, noch kauend vom Frühstück.

„Hol mir saubere Tücher. Schnell!", rief sie ihm zu.

Nach einem erschrockenen Blick in Richtung MacKinnon riss er sich zusammen. „Sehr wohl, Mylady."

Sobald Tom davongeeilt war, zog sie vorsichtig die letzte Lage des Verbandes ab. Wie sie befürchtet hatte, blutete die Wunde noch immer. Sie kämpfte gegen die Übelkeit an, die in ihr aufstieg, dann ging sie zu MacKinnons Kommode und zog die oberste Schublade auf. „Wo bewahren Sie Ihre Taschentücher auf?"

„Dort in der Lade, Mylady."

Ein ordentlich gefalteter Stapel lag in einer Ecke. Céline nahm so viele Tücher heraus, wie sie mit den Händen greifen konnte, und trug sie zu ihm. Mit einer sanften Berührung legte sie zwei davon auf die Wunde. „Halten Sie die bitte fest, während ich etwas suche, womit ich sie befestigen kann."

Er lächelte schwach. „Ich fürchte, ich habe keine Unterröcke, die Sie in Streifen reißen könnten."

Ihr Blick wanderte bereits durch den Raum, aber bevor sie etwas Brauchbares finden konnte, trat Mrs Finlay mit einem Stapel Leinentüchern ein. „Ach du liebe Zeit, Mr MacKinnon." Sie machte einige Male „ts, ts, ts" und betrachtete seine Wunde mit gerunzelter Stirn.

„Ich versichere Ihnen, dass es gewiss schlimmer aussieht, als es ist", antwortete er, aber in Célines Ohren klang seine Stimme schwach.

Sie wühlte bereits in den Tüchern, die die Haushälterin gebracht hatte. Dann schob sie MacKinnons Hand zur Seite und nahm die Taschentücher fort. „Mrs Finlay, können Sie diese bitte einweichen, bevor sie verdorben sind?“ Als sie die Wunde mit den dickeren Stoffquadraten bedeckte, huschte ihr Blick zu MacKinnon. „Wenn sie ruiniert sind, werde ich sie Ihnen ersetzen.“

Der Blick seiner grauen Augen hielt ihre Augen für einen Moment fest, bevor er sagte: „Das ist wirklich nicht nötig.“

Céline konzentrierte sich auf ihre Arbeit, während sie Stoffstreifen um seine Schulter wand und ihm half, sich aufzusetzen, damit sie den Verband über seinen Rücken führen konnte. Als sie mit dem Ergebnis zufrieden war, verknotete sie den letzten Stoffstreifen und richtete sich auf. „So, das sollte genügen, bis Simmons kommt.“

Dann bemerkte sie, dass er sie anstarrte. „Was ist?“

Er senkte den Blick seiner grauen Augen. „Nichts.“

Jetzt erst fiel Céline ein, dass sie die Haare offen trug. Sie errötete, während sie die langen Locken über ihre Schulter nach hinten schob. „Ach du liebe Güte, ich bin so schnell hergekommen, dass ich meine Haare völlig vergessen habe. Valentine war mit dem Frisieren noch nicht fertig.“

Er räusperte sich. „Sie hätten nicht …“

Sie presste die Lippen aufeinander. „Und was hätte ich tun sollen? Sie verbluten lassen?“

„Danke.“

Erst jetzt, wo die akute Gefahr vorüber war, wurde ihr bewusst, wie warm sich seine nackte Haut unter ihren Fingerspitzen angefühlt hatte.

Sie schluckte und hatte plötzlich das Gefühl, dass das Zimmer sich sehr klein und intim anfühlte. Um ihre Verwirrung zu verbergen, nahm sie einen der blutigen Verbände, den Mrs Finlay vergessen hatte, und brachte ihn zum Waschtisch.

„Oh.“ Seine Waschschüssel war voll. Stirnrunzelnd hob sie das nasse Hemd hoch … und die Weste. Das Wasser war rot vom Blut. Ihre Blicke begegneten sich quer durch den Raum. „Wo waren Sie?“

Er senkte den Blick. „Nirgendwo. Ich … ich war einfach rastlos, nachdem ich hier so lange gelegen hatte.“

Ein Ruf der Verärgerung entwich ihrer Kehle. „Es ist gerade einmal vier Tage her, dass Sie angeschossen wurden. Haben Sie den Verstand verloren?“

MacKinnon schluckte und sah sie immer noch nicht an. Sie

musterte ihn streng, während sie versuchte zu entscheiden, was sie von seinem merkwürdigen Benehmen halten sollte.

„Mir ist klar, dass es dumm von mir war, aber es ist kein großer Schaden entstanden. Ich bitte Sie aber um Verzeihung, denn das bedeutet wohl, dass meine Genesung sich etwas verzögert und ich nicht so schnell meine Pflichten ..."

Céline wischte seine Worte mit einer Handbewegung beiseite und sagte ärgerlich: „Jetzt vergessen Sie doch endlich mal Ihre Pflichten! Sie werden im Bett bleiben, solange der Doktor es befiehlt. Und wenn ich Tom und William anweisen muss, Sie an den Bettpfosten festzubinden, werde ich es tun."

Der erschrockene Blick in seinen Augen wandelte sich in Belustigung. „Da dieses Bett keine Pfosten hat, werden die beiden Mühe haben, Ihre Anweisung zu erfüllen."

Wieder starrten sie einander an. Und die ganze Zeit musste sie an seinen zärtlichen Kuss denken und daran, wie viel er ihr bedeutete – ob er in ihrem Haushalt war, um sie auszuspionieren, oder nicht. Als sie schließlich ihren Blick losriss, legte sie den Verband in das Wasser und trat anschließend wieder ans Bett. „Aber es hat ein robustes Eisengestell", sagte sie trotzig.

„Ich werde die Anweisungen des Arztes bis ins Kleinste befolgen", versprach er kleinlaut.

Sie seufzte. „Sie essen am besten Ihr Frühstück auf, wenn Sie schnell gesund werden wollen. Ich kann nach frischem Tee oder Kaffee läuten, wenn Ihrer kalt geworden ist." Als sie das sagte, wurde ihr bewusst, dass sie gar nicht wusste, was er zum Frühstück trank.

„Der hier ist vollkommen ausreichend, danke", sagte er leise.

Céline nahm das Tablett und stellte es wieder auf seinen Schoß, weil sie vermutete, dass er nach dem Blutverlust ziemlich schwach sein musste. „So." Sie ließ das Tablett los.

MacKinnons Brustkorb hob und senkte sich nur wenige Zentimeter von ihren Fingerspitzen entfernt.

„Ich danke Ihnen, Mylady." Seine Stimme klang angespannt. Sie sagte sich, dass sie zurücktreten musste. Aber bevor ihre Füße ihr gehorchen konnten, fiel ihr Blick auf seinen Mund und wanderte dann weiter hinunter, bis sie die winzige weiße Narbe an seinem

Kinn entdeckte. Wieder wurde ihr bewusst, dass dieser Mann tatsächlich derjenige war, dessen Kuss sie sich am Abend des Maskenballs mit solcher Leidenschaft hingegeben hatte.

Mit Mühe richtete sie sich auf. „Also … dann lasse ich Sie jetzt frühstücken." Sie zwang ihre Füße, einen Schritt vom Bett zurückzutreten. „Bitte läuten Sie nach jemandem, der das Tablett entfernt, wenn Sie fertig sind, sodass es Ihnen nicht im Weg ist. Mr Simmons wird bald hier sein, da bin ich sicher. Versuchen Sie zu schlafen, bis er kommt."

„Sehr wohl, Mylady."

Erst als sie wieder oben war und sich vor ihren Spiegel setzte, während Valentine sich erneut an ihren Haaren zu schaffen machte, konnte Céline über den merkwürdigen Ausflug ihres Butlers nachdenken.

„Zu einem Butler zu laufen! Wenn er verblutet, geschieht es ihm gerade recht …" Valentines empörte Tiraden flossen über Célines Kopf hinweg, während sie MacKinnons Worte in Gedanken noch einmal Revue passieren ließ.

Warum war er ausgegangen? Wenn er es tatsächlich nur getan hatte, um sich die Beine zu vertreten und frische Luft zu schnappen, wäre seine Wunde dann wirklich wieder aufgegangen?

Wo war er hingegangen? Zu seinem Kontaktmann vom Außenministerium?

Gaspard musste unbedingt herausfinden, was Roland beschlossen hatte. Ihr lief die Zeit davon.

Nachdem Lady Wexham das Zimmer verlassen hatte, saß Rees mehrere Minuten lang da und starrte auf die Tür.

Der Schmerz in seiner Schulter ließ allmählich nach, während er über ihren Besuch nachdachte. Sie war aus ihrem Schlafzimmer herbeigeeilt, als wäre sie gerade erst aufgestanden. Ihre Haare – diese herrlichen, kastanienbraunen Locken, die ihr über die Schultern fielen und ihn auf der Brust gekitzelt hatten, als sie sich über ihn gebeugt hatte … Rees ballte die Faust und sehnte sich danach, ihre Haare zwischen seinen Fingern zu spüren.

Hatte sie seine Geschichte geglaubt? Es war nur eine fadenscheinige Erklärung gewesen, aber etwas Besseres war ihm im Moment nicht eingefallen, so sehr hatte sie ihn mit ihrem plötzlichen Erscheinen aus der Fassung gebracht.

Sie schien sich ernsthafte Sorgen wegen seiner Wunde zu machen. Er schüttelte den Kopf und vergaß einen Moment lang seine eigenen Ängste. Sie hatte sich um ihn gesorgt, so wie seine eigene Mutter es früher getan hatte, als er ein Junge gewesen und mit Schrammen oder Beulen nach Hause gekommen war.

Empfand die Countess so viel für ihn? Würde sie für die anderen Bediensteten dieselbe Fürsorge zeigen? Würde sie an deren Bett sitzen, ihnen vorlesen und von ihrer Vergangenheit erzählen? Würde sie einen anderen so ansehen, wie sie ihn angesehen hatte? Sein Bauch schmerzte von der Anspannung, mit der er sich hatte beherrschen müssen, um sie nicht an sich zu ziehen und herauszufinden, ob sie ihm ein zweites Mal so bereitwillig ihre Lippen schenken würde. Gehörte ihr Herz einem anderen? Oder war er lediglich einer von vielen Verehrern?

Noch nie hatte Rees ein solches Verlangen nach einer Frau empfunden, wie er es bei Lady Wexham verspürte. Der Gedanke, jemand anders könnte in ihrer Gunst stehen, quälte ihn. Warum diese Frau, die so völlig unerreichbar für mich ist?, fragte er mit einem Blick nach oben. Bis jetzt hatte er nicht gewusst, was es bedeutete, Leidenschaft, Qual, Verlangen zu empfinden. Er hing über einem Abgrund, der nichts als einen steinigen Aufprall verhieß.

Gestern Abend hatte er den unwiderruflichen Schritt über die Klippe getan, indem er Bunting nicht die volle Wahrheit erzählt hatte. Er hatte sich dafür entschieden, Lady Wexham zu beschützen und nicht sein Land.

19. Kapitel

In dieser Nacht traf Céline endlich Roland. Wie sie es vorhergesehen hatte, war er erfreut über das Dokument, das sie dem Comte gestohlen hatte.

Roland und Gaspard waren sich beide einig, dass sie England so bald wie möglich verlassen musste. Roland versprach, die nötigen Arrangements zu treffen, um sie an der Blockade vorbei in die Normandie zu schmuggeln. Gaspard und er hatten außerdem beschlossen, dass nur Valentine sie begleiten sollte. „Drei Franzosen, die gemeinsam reisen, würden Verdacht erregen."

„Aber was ist mit Gaspard?" Würden die Briten ihn verhaften, wenn er blieb?

„Keine Sorge", versicherte Roland ihr. „Er wird eine andere Route nehmen, ein Stück weiter die Küste hinunter."

Jetzt schritt Céline in ihrem Salon auf und ab und wünschte sich Dinge, die nicht sein konnten. Sie hatte diesen Umzug nach Frankreich als vage Möglichkeit in Betracht gezogen, als sie eingewilligt hatte, für ihre ehemalige Heimat zu spionieren. Nun war es ihre eigene Schuld, wenn sie nicht mehr wusste, was sie glaubte.

Valentine war überglücklich angesichts der Tatsache, dass sie England verlassen würden. Gaspard hatte nur mit den Schultern gezuckt und gesagt, es spiele keine große Rolle, wo er lebte, solange er in seiner Küche frei schalten und walten könne.

Célines Schritte verlangsamten sich. Am Fenster blieb sie stehen und blickte auf den schmalen Garten hinaus. Vor einem Jahr hatte sie zu dieser Zeit Pläne gemacht, für die Dauer der wärmsten Monate aufs Land hinauszuziehen. Für gewöhnlich besuchte sie mehrere Bekannte und verbrachte einige Wochen auf jedem dieser Landsitze, bevor sie dem neuen Earl of Wexham in seinem Wohnsitz in Warwickshire einen Höflichkeitsbesuch abstattete. Dann fuhr sie im August wieder nach *Hartwell House*, um ihre Mutter zu sehen, bevor sie zur Jagdsaison nach Schottland aufbrach.

Sie tippte mit dem Zeigefinger gegen ihre Lippen. Vielleicht …

vielleicht, wenn sie ihre üblichen Vorkehrungen traf und so tat, als würde sie in den Norden und dann Richtung Westen reisen, während sie sich in Wirklichkeit gen Süden zur Küste begab …

Damit könnten sie möglicherweise etwas Zeit gewinnen – bevor herauskam, dass sie den Ärmelkanal überquert hatte.

Rolands neuesten Informationen zufolge würden sich die Dinge in Frankreich schon bald zuspitzen. Napoleons Tage waren gezählt, obwohl er sich nach seinem katastrophalen Russlandfeldzug wieder zu fangen schien. Aber Wellington war weiter nach Spanien vorgedrungen und nach allem, was sie über ihn wusste, war Céline sich sicher, dass er nicht aufgeben würde, bis er die Pyrenäen überquert hatte und vor der französischen Grenze stand. Wie lange würde sich die Sache noch hinziehen?

Roland hatte ihr von der wachsenden Unzufriedenheit in Frankreich und einer regelrechten Revolte gegen Napoleon berichtet. Die Franzosen hatten genug vom Krieg; zu viele junge Männer des Landes waren umgekommen. Die Tausende und Abertausende, die in Russland zurückgeblieben und jämmerlich erfroren waren, waren der Tropfen, der das Fass zum Überlaufen brachte. Jedem war nun klar, dass es Napoleon kaum kümmerte, wie viele seiner Landsleute er für seinen eigenen Ruhm opferte.

Céline straffte die Schultern. Es war Zeit, in ihre Heimat zurückzukehren. Es würde eine neue Regierung geben und sie wollte an der Regierungsbildung beteiligt sein. Es war Zeit, ihre dummen Träume von Liebe und Romantik zu begraben. Sie war schließlich kein unschuldiges junges Mädchen mehr.

Sie musste abreisen, während MacKinnon noch ans Bett gefesselt war. Bald würde er wieder auf den Beinen sein und sie konnte nicht sicher sein, wie lange ihr Ablenkungsmanöver funktionieren würde.

Ihre Hand krallte sich in die Gardine. Und doch konnte sie ihn nicht einfach verlassen. Wie sollte sie ihm Lebewohl sagen?

Als Céline tags darauf am Nachmittag mit ihrem Buch zu seinem Zimmer hinunterging, fand sie ihn wie üblich im Bett aufrecht sitzend vor. Ein Buch lag auf seinem Schoß.

Mit Mühe lächelte sie, wie sie es sonst auch tat, während sie den Gedanken an ihre bevorstehende Abreise verdrängte. „Guten Tag, Mr MacKinnon. Wie geht es Ihnen heute? Keine nächtlichen Ausflüge mehr?"

Er hatte den Anstand zu erröten. „Nein, Mylady, obwohl ich mich mehr als bereit fühle, dieses Bett zu verlassen."

Auch wenn sie vermutete, dass er das Zimmer in seinem Zustand nicht mehr verlassen würde, hatte sie Gaspard von MacKinnon erzählt. Seitdem bewachte ihr Küchenchef in der Nacht die Tür des Butlers.

Sie zog den Stuhl an MacKinnons Bett und setzte sich. Dann strich sie ihren Rock glatt. „Sie haben es allein sich selbst zuzuschreiben, wenn Sie länger das Bett hüten müssen, als wir gehofft hatten." Sie schlug *Der Abwesende* an der Stelle auf, an der sie am Tag zuvor mit dem Lesen aufgehört hatte. „Hoffen wir, dass Mrs Edgeworth Ihnen hilft, ihre Rastlosigkeit zu vergessen."

Nachdem sie ein Kapitel gelesen hatte, schloss Céline das Buch. MacKinnon beobachtete sie, so wie er es meist tat, wenn sie ihm vorlas. „Was haben Sie gelesen, als ich hereinkam?"

Er betrachtete den Band, der auf seinem Schoß las. „Den ersten Band von Voltaires *Philosophischem Wörterbuch*."

Erfreut darüber, wie viel er von den Büchern las, die sie ihm gebracht hatte, nickte sie anerkennend. „Und, wie finden Sie es?"

„Erhellend."

Sie erwiderte das Lächeln, das seine Lippen umspielte. „*En effet.* Aber im Ernst, Mr MacKinnon, mich würde Ihre Meinung interessieren."

Seine Hände ruhten auf der Bettdecke. „Er ist kein antireligiöser Philosoph, wie immer behauptet wird. Er ist nur gegen die Ungerechtigkeiten, von denen er meint, dass die etablierte Kirche, vor allem in Frankreich, sie begangen habe."

„Ist die Kirche in anderen Ländern anders?"

„Vielleicht – vielleicht auch nicht. Sie besteht aus unvollkommenen Menschen. Aber selbst Voltaire leugnete nie eine Gottheit. Er war nur gegen die organisierte Religion."

„Gehören Sie einer Kirche an?"

Sein Blick hielt ihrem ruhig stand. „Ich gehöre zum Leib Christi."

„Und was ist der Unterschied?"

MacKinnon fuhr mit dem Finger über die Ecken des Buches. „Der Leib Christi ist das, was er zurückgelassen hat. Er setzt sich aus denen zusammen, die sich entscheiden, seine Göttlichkeit anzuerkennen und ihm und seinem Ruf zu folgen, ‚alle Menschen zu Jüngern zu machen'."

„Würden Sie sich selbst als Jünger bezeichnen?"

„Ja."

Wie gerne hätte sie ihn gefragt, warum er dann in Spionage verwickelt war. Wie konnte er beides miteinander vereinbaren – ein Mann Gottes zu sein und zugleich ein Spion?

Céline betrachtete ihre polierten Fingernägel. „Das heißt, Ihr Verhalten ist vorbildlich und hält jederzeit einer Überprüfung stand?"

Wieder entdeckte sie eine Röte, die in seine Wangen stieg. „Ich gehe davon aus, dass mein Verhalten jederzeit einer Überprüfung Gottes standhält. Wenn ich Fehler mache, dann vertraue ich darauf, dass sein Heiliger Geist es mir zeigt und Gott mir den Willen schenkt, allem zu entsagen, was nicht seiner Ehre dient."

„Sie beschämen uns alle, Mr MacKinnon."

„Es geht nicht um Beschämung. Es geht um Leben oder Tod."

Sie zog die Augenbrauen hoch. „Wollen Sie mir Angst einjagen?"

„Ganz und gar nicht, Mylady. Ich lebe schon lange genug, um zu wissen, dass alles, was nicht in Christus geschieht, zum Tod führt – ob zu einem körperlichen oder geistlichen Tod, ist nicht so wichtig. Mein Leben hat nur dann einen Sinn, wenn ich mit ihm gehe."

„Das heißt, der ganze Kampf des Menschen um Freiheit …", Céline zeigte auf das Buch auf seinem Schoß, „… ist ganz und gar sinnlos und vergeblich, wenn er nicht von Christus bestimmt wird?"

„So ist es." Seine Stimme klang leise, endgültig. Sie wusste nicht gleich, wie sie antworten sollte.

„Sie scheinen sich Ihrer selbst und Ihrer Überzeugungen sehr gewiss zu sein", sagte sie schließlich.

„Vielleicht weil sie in meinem Leben auf die Probe gestellt wurden." Seine grauen Augen sahen unverwandt in ihre eigenen Augen.

Ihr Blick wanderte zu seinem Kinn und zu der winzigen Narbe, die von dort, wo sie saß, nicht sichtbar war, und dann weiter hinunter zu seinem breiten Oberkörper und seinen muskulösen Armen. Er hatte noch eine Narbe, eine längere, unten an der linken Seite des Oberkörpers. Sie sah aus, als hätte ein Schwerthieb ihn getroffen. Welche Qualen hatte er erleiden müssen?

Jetzt würde sie es nie erfahren. Sie räusperte sich leise. „Übrigens wollte ich Ihnen sagen, dass ich morgen eine kleine Essensgesellschaft geben werde, Mr MacKinnon."

„Ich sollte aufstehen und –"

Céline hob die Hand, um ihm das Wort abzuschneiden. „Das werden Sie auf gar keinen Fall. Nicht, bevor Mr Simmons gesagt hat, dass Sie es dürfen. Nein", fuhr sie fort, als er verstummte, „dies ist eine sehr kleine Angelegenheit. Tom und William werden sehr gut damit fertigwerden. Ich erwähne es nur, damit Sie meine Pläne kennen und sich keine Sorgen machen, weil Sie die Abläufe nicht selbst überwachen können." Sie befeuchtete ihre Lippen und wappnete sich für den Kern der Sache. „Ich werde einige ausgewählte Personen einladen, die ich schon lange kenne … den Duc d'Angoulême und den Duc de Berry, die von Hartwell zurückgekehrt sind, soweit ich weiß, dazu den Viscount Castlereagh und den Earl of Bathurst und ihre Gemahlinnen natürlich." Céline erhob sich. Sollte MacKinnon über diese Namen nachdenken! „Ich hoffe, ich habe Sie nicht überanstrengt. Übertreiben Sie es nicht mit dem Voltaire."

Sein Lächeln war kurz und seine Augen blickten nachdenklich drein. „Keine Sorge, das werde ich nicht. Danke, dass Sie mir vorgelesen haben. Sie sollten mir wirklich nicht so viel von Ihrer Zeit widmen."

Sie ignorierte seine Worte. „Morgen werde ich wieder nach Ihnen sehen. Haben Sie noch einen schönen Tag." Auf keinen Augenblick in seiner Gesellschaft würde sie verzichten.

Rees ließ den Kopf in die Kissen sinken. Er machte sich Sorgen. In der vergangenen Woche war er zunächst frustriert gewesen, dann ungeduldig und schließlich resigniert, was seinen bettlägerigen Zustand betraf.

Aber die Nachricht, dass Lady Wexham die Personen, die sie ihm genannt hatte, zu einem Abendessen einlud, erfüllte ihn mit dunkler Vorahnung. Er musste irgendwie herausfinden, was sie vorhatte.

Er schlug mit der Faust auf die Bettdecke. Wenn er doch nur aufstehen könnte! Aber er durfte nicht riskieren, dass seine Wunde erneut aufging und er noch länger ans Bett gefesselt war.

Wie konnte sie solche Risiken eingehen? Sie musste doch ahnen, dass der Überfall auf ihre Kutsche etwas mit ihrer Spionage zu tun hatte und nicht mit einer Gruppe Banditen, die auf Geld und Juwelen aus waren.

Wusste sie nicht, in welcher Gefahr sie sich befand? Rees konnte seine Informationen nur mit Mühe vor Bunting geheim halten und dabei setzte er seine eigene Integrität, seine Pflicht – ja, seine Zukunft aufs Spiel. Aber es gab ganz offenbar noch jemanden, der von ihren heimlichen Aktivitäten wusste und der nicht zögern würde, Gewalt anzuwenden, um sie aufzuhalten. Monsieur de la Roches beängstigende Worte fielen ihm wieder ein. *Wenn sie sich als schädlich erweist, werde ich sie aufhalten.*

Er schloss die Augen. *Lieber Gott, bitte beschütze Lady Wexham. Sie ist sich nicht im Klaren darüber, was sie tut. Hab Erbarmen mit ihr. Zeig mir, was ich tun kann. Was soll ich tun? Ich habe eine Verpflichtung meinem Land gegenüber … und doch …*

Er hielt inne, öffnete die Augen und starrte quer durchs Zimmer, aber er sah nichts als Lady Wexhams Gesicht, ihre lächelnden funkelnden Augen. *Und doch kann ich den Gedanken, dass ihr etwas zustößt, nicht ertragen.*

Verzweifelt ließ er den Kopf in seine Hände sinken, weil er keinen Ausweg sah. Er wusste, dass er in dieser Sache Gott vertrauen musste. Gott, der so viel mehr sah als das, was er selbst erkennen konnte. Endlich konnte er flüstern: „Ich vertraue dir ihr Leben an, Herr. Bitte führe sie und halte sie in deiner Hand."

An dem Abend ihrer Essenseinladung saß Céline an ihrem Sekretär. Die Gäste würden erst in einer halben Stunde eintreffen, aber sie war bereits fertig angezogen und von Valentine frisiert. Jetzt musste sie sich nur noch um das wichtigste Detail kümmern.

Sie nahm ihre Feder und tauchte sie in das Tintenfass.

Als sie fertig war, streute sie Löschsand darüber und schüttelte das überschüssige Puder ab.

In diesem Augenblick trat Valentine ein. „Ist alles bereit?"

Sie nickte ihrer Zofe zu. „Ja, du kannst es nehmen und Gaspard geben."

Wortlos nahm Valentine das Blatt Papier entgegen und warf einen Blick darauf. Als sie sah, dass es trocken war, faltete sie es einmal und schob es in die Tasche ihrer Schürze, ein grimmiges Lächeln auf den Lippen.

Céline runzelte die Stirn, denn der triumphierende Blick ihrer Zofe missfiel ihr. Natürlich wusste Valentine nicht, was in der Nachricht stand. Sie glaubte nur, dass Céline eine falsche Fährte für MacKinnon legte.

Jetzt stand sie auf und strich ihren Satinrock glatt. „Wie sehe ich aus?"

Valentine sah sie prüfend an und nickte kurz. „Sehr gut."

„Dann gehe ich in den Salon." Céline holte tief Luft. Sie war nervöser, als sie es sonst als Gastgeberin war. Vielleicht lag es daran, dass diesmal so viel auf dem Spiel stand. In wenigen Stunden würde sie wissen, ob ihr Butler auf ihre Finte hereingefallen war. Dann würde die Unsicherheit der letzten Woche beendet sein.

Als sie den Gang hinunter in Richtung Salon ging, versuchte sie das Verlangen nach etwas, das nicht sein konnte, in ihrer Brust zu ignorieren. Was wäre, wenn sie MacKinnon unter anderen Umständen begegnet wäre? Was, wenn er auf ihrer Seite gewesen und ihre Gefühle in Bezug auf ihre Heimat geteilt hätte? Sie lachte bitter. Oder anders ausgedrückt: Was wäre, wenn er kein Brite wäre und schon gar kein Veteran der britischen Marine?

Als er hörte, dass draußen auf der Straße die ersten Kutschen vorfuhren, löschte Rees sein Licht und stellte sich an das schmale Fenster, um die Essensgäste aussteigen zu sehen.

Er sah auf seine Uhr. Etwa eine Stunde wollte er abwarten, dann würden seiner Einschätzung nach alle um den Esstisch sitzen. Unruhig wartete er und stand mehrmals auf, um auf den Flur hinaus und bis zur Dienstbotentreppe zu gehen, wenn niemand zu sehen war. Aber er wagte sich nicht weiter vor, da die Hausdiener und Mädchen noch immer von der Küche hinaufgingen und vom Speisesaal wieder herunterkamen.

Seine Schulter verursachte Rees kaum noch Schmerzen und er wünschte, er hätte Lady Wexham überzeugen können, dass er seine Dienste als Butler an diesem Abend wieder aufnehmen konnte. Aber sie hatte sich nicht darauf eingelassen.

Trotz allem, was sie vor dem Diner noch zu erledigen hatte, war sie auf ein paar Minuten bei ihm vorbeikommen und hatte ihn lachend ermahnt, im Bett zu bleiben und sich keine Gedanken zu machen – als wüsste sie, wie schwer es ihm fiel, dieser Anweisung zu gehorchen.

In ihrem goldfarbenen Kleid, das die Farbe ihrer Haare und Augen so gut zur Geltung brachte, hatte sie wundervoll ausgesehen.

„Und falls Tom oder William Suppe über einem Viscount oder Minister verschütten sollte … dann werde ich einfach lächeln und den Gast von der Unannehmlichkeit einer feuchten Weste oder Hose ablenken."

Als Rees in ihre goldenen Augen gesehen hatte, war er sicher gewesen, dass ihr das gelingen würde. Welcher Mann konnte schon der Kraft dieses Lächelns widerstehen?

Wie sehr er doch wünschte, er könnte sie abstoßend finden – sie verurteilen für das, was sie tat! Aber das konnte er nicht. Mit jedem Tag verfing er sich mehr in ihrem Spinnennetz aus Charme.

Stunden später stand er wieder am Fenster, diesmal, um die Abfahrt der Gäste zu beobachten. Der Letzte, der ging, war der Duc de Berry. Als das Rollen seiner Kutsche verklungen war, wandte Rees sich vom Fenster ab und ging zu seiner Zimmertür. Er öffnete sie einen Spaltbreit und ließ sie angelehnt.

Dann ging er wieder zu Bett und machte sich bereit zu warten – er wusste zwar nicht, worauf, aber wahrscheinlich auf das Geräusch einer Person, die das Haus verließ. Er hatte sich nicht angezogen, sondern saß in Nachtwäsche und Morgenmantel im Bett. Es war vergebliche Liebesmüh, jemandem zu folgen, falls tatsächlich jemand in dieser Nacht das Haus verließ. Aber er wollte wenigstens herausfinden, ob sich jemand auf den Weg machte.

Da er in der vergangenen Nacht nicht viel geschlafen hatte, kämpfte Rees gegen eine wachsende Schläfrigkeit an – und gegen seinen Frust darüber, dass er hier festsaß.

Um die Zeit totzuschlagen, ging er in Gedanken noch einmal die Woche durch, die er im Bett verbracht hatte. Trotz der Schmerzen und der Unannehmlichkeit einer Schusswunde und dem Ärger darüber, nicht arbeiten zu können, hätte er diese Zeit für nichts auf der Welt hergeben wollen.

Rees durchlebte noch einmal jeden Augenblick mit Lady Wexham, jeden ihrer Gesichtsausdrücke, jede Nuance jedes Wortes, das sie gesprochen hatte. Es war ein magisches Zwischenspiel gewesen – von dem er wusste, dass es nicht dauern konnte. Bald musste er seine Arbeit für sein Land fortsetzen – und sie? Was für Pläne hatte sie seit ihrer Begegnung mit den maskierten Männern von *Hartwell House* geschmiedet?

An jedem Nachmittag hatte er sich auf die Stunde gefreut, in der sie aus dem Obergeschoss in seine Kammer im Keller hinunterstieg und ihm vorlas oder sich mit ihm unterhielt. In dieser Zeit konnte er so tun, als wären sie ebenbürtig – zwei Menschen, die ihr Beisammensein genossen, ohne dass jemand oder etwas anderes sie störte.

Rees versuchte, nicht an die Zukunft zu denken.

Was würde mit … Céline geschehen? Er hatte bislang nicht gewagt, sie in Gedanken anders zu nennen als Lady Wexham, aber heute Nacht, so angespannt angesichts der Gefahr, in der sie sich befand, wagte er es, vor sich selbst die Silben auszusprechen. „Céline", flüsterte er im Dunkeln. Ein schöner, weiblicher Name für eine schöne, leidenschaftliche Frau. Er stellte sich vor, wie es wäre, ihr diesen Namen in der Dunkelheit ins Ohr zu flüstern, während ihr Haar um sie beide herum fiel und er ihren Duft einatmete.

Etwas erklang auf dem Flur. Rees erstarrte. Sofort lösten seine Fantasien sich in Luft auf und jeder Sinn war wach.

Da, wieder – diesmal das Geräusch einer sich schließenden Tür. Beinahe hätte er es verpasst, so intensiv hatte er an Lady Wexham gedacht. Zurück zu Lady Wexham und zu dem Grund, warum er sich überhaupt in ihrem Haus befand.

Schritte hallten vom hinteren Teil des Hauses – das musste Gaspards Zimmer sein – durch den Korridor und schlichen an seiner Tür vorbei bis zum Dienstboteneingang. Nur einmal blieben sie stehen.

Sobald das Geräusch verklungen war, eilte Rees zur Tür. Er stieß sie einige Zentimeter weiter auf und spähte hinaus, aber die Person war schon um die Ecke gebogen und nicht mehr zu sehen.

Dann hörte er, wie der Riegel der Nebentür zurückgeschoben wurde, die die Dienstboten benutzten, und ging zum Fenster.

Eine dunkel verhüllte Gestalt kam die Treppe herauf, blieb stehen und sah sich um. Dann trat sie auf die Straße, auch hier wieder auf und ab blickend, und lief den Gehweg hinunter – so wie Valentine es in der Nacht getan hatte, als Rees ihr gefolgt war.

Aber diesmal war er sicher, dass es sich nicht um eine Frau handelte. Die Gestalt war zu groß, um Lady Wexham oder Valentine zu sein. Rees rieb sich das Kinn und überlegte. Die wahrscheinlichste Person war Gaspard. Aber das würde er nur wissen, wenn er zum Zimmer des Küchenchefs ging.

Er zögerte einen Moment, doch dann drehte er sich entschlossen um und ging auf den Korridor hinaus.

Als er vor der Zimmertür des Kochs angekommen war, umfasste Rees den Türknauf und presste ein Ohr an das Holz. Nichts war zu hören. Er drehte behutsam an dem Knauf und hielt inne, bevor er die Tür einige Zentimeter aufstieß. Mit angehaltenem Atem und gespitzten Ohren hörte er immer noch nichts. Erst jetzt wagte er es, die Tür ganz zu öffnen. Stille schlug ihm entgegen.

Er ging langsam weiter, obwohl seine Augen bereits an die Dunkelheit gewöhnt waren. Wenn tatsächlich niemand im Zimmer war, würde er zurückgehen und eine Kerze holen.

Vorsichtig trat er ans Bett und tastete es ab; es war leer, wie er es erwartet hatte, aber noch warm, weil offensichtlich noch vor Kurzem jemand darin gelegen hatte.

Rees eilte schnell in sein Zimmer zurück, entzündete eine Wachskerze und begab sich dann wieder zu dem Zimmer des Küchenchefs. Er schloss die Tür hinter sich, zündete mit der Kerze eine Lampe an und pustete das Wachslicht aus. Er bezweifelte, dass Gaspard so bald wiederkommen würden, deshalb hatte er keine Angst vor der Helligkeit.

Er wusste nicht, was er in dem Zimmer suchte. Wenn es etwas zu finden gab, dann hatte Gaspard es sicher mitgenommen.

Methodisch begann Rees zu suchen, angefangen beim Bett. Unter dem Gestell lagen keine weiteren Zeitungsschnipsel. Er schüttelte die Kleidung aus, die auf einem Stuhl neben dem Bett lag, und versuchte, sie genau so hinzulegen, wie er sie vorgefunden hatte. Dann durchsuchte er den Stapel französischer Zeitungen und anschließend die Kochbücher auf der Kommode. Wieder fielen einige zusammengefaltete Rezepte heraus. Er überflog die Seiten und faltete sie wieder zusammen, um sie zurückzutun, doch dann hielt er inne, als er ein anderes Blatt sah. Das Papier sah neu aus.

33.41.21.72.83.55.65.61.21.17.89.25.41.512.74.512.74 …

Rees' Hände begannen zu zittern. Auf dem Blatt standen zwei Zahlenreihen. Sie sahen genauso aus wie die kodierten Nachrichten, die britische Geheimagenten den französischen Kurieren auf dem Festland entwendeten. Viele enthielten Nachrichten von Napoleon selbst, die an seine Offiziere auf dem Schlachtfeld gerichtet waren.

Rees hatte bei seiner Arbeit als einfacher Angestellter im Außenministerium genug von diesen Chiffren gesehen. Es war seine Aufgabe, sie zu entziffern.

Schnell schob er das gefaltete Papier in seine Brusttasche.

Hier war endlich ein unwiderlegbarer Beweis für Lady Wexhams verräterische Aktivitäten. Dieser Zettel war das Todesurteil für sie und Gaspard.

Nachdem er sich ein letztes Mal im Raum umgesehen hatte, um sich zu vergewissern, dass er ihn genauso verließ, wie er ihn vorgefunden hatte, entzündete er seine Kerze wieder, blies die Lampe aus und schlich aus dem Zimmer.

Als Rees wieder in seiner eigenen Kammer war, faltete er die chiffrierte Nachricht auseinander. Dabei wurde ihm plötzlich etwas bewusst: Gaspards Zimmer war nicht abgeschlossen gewesen.

Einen Moment lang dachte er über diese Tatsache nach, aber zu einem Schluss kam er nicht. Er wusste nicht, ob Gaspard normalerweise die Tür verschloss – so wie beim letzten Mal – oder ob er sie für gewöhnlich offen ließ, so wie heute. Womöglich hatte Gaspard auch nur vergessen abzuschließen, weil er es eilig gehabt hatte, zu seinem Treffen zu gehen.

Rees wandte seine Aufmerksamkeit wieder der wichtigeren Aufgabe zu, die Nachricht zu dechiffrieren. Nachdem er um Weisheit gebetet hatte, studierte er die Zahlen.

Die verschiedenen Zahlenkombinationen standen für Buchstaben. Er musste nur das Muster finden.

Er streckte den Arm zu dem Tisch aus, den Lady Wexham ihm freundlicherweise hatte beschaffen lassen, nahm einen Bleistift und ein Blatt Papier und fing an zu schreiben – hin und her schob er die Ziffern, um zu sehen, ob sie irgendeinen Sinn ergaben.

20. Kapitel

Céline sah zu Gaspard auf, der in ihrem privaten Salon neben ihrem Schreibtisch stand, und wappnete sich für das, von dem sie sicher war, dass es kommen würde. „Sind Sie sicher?"

Gaspard schnaubte abfällig. „*Mais oui!* Das Papier ist fort. Ich habe auch bemerkt, dass ein paar Dinge anders lagen, obwohl er nicht viele Spuren hinterlassen hat. Aber ich hatte alles bewusst so gelegt, dass ich erkennen konnte, wenn jemand in meinem Zimmer war."

Sie seufzte. „Und es hätte niemand anderes aus dem Haus sein können?"

Gaspard presste die Lippen zusammen und seine dunklen Augen blickten sie an, als hätte er Mitleid mit ihr. „Sie lassen sich von Ihrem Herzen täuschen."

Ihre Wangen röteten sich. War sie so leicht zu durchschauen?

Er berührte ihre Wange mit seinem schwieligen Daumen. „Keine Angst. Sie haben nichts Schreckliches getan, aber es wird Zeit, es zu beenden, *non*?"

Sie hob den Blick und sah ihn an. Wie Valentine war er bei ihr, seit sie siebzehn war, und oft hatte er den Vater ersetzt, den sie so jung verloren hatte. „Was meinen Sie damit?"

Er deutete mit dem Kinn auf den gepolsterten Sessel an der Wand.

„Natürlich, setzen Sie sich doch."

Als er ihr gegenübersaß, die Hände über seiner weißen Schürze gefaltet, erklärte er, was er meinte. „Roland sagt, in zwei Tagen ist es so weit."

Céline schluckte, weil sie wusste, dass er von ihrer Abreise sprach. Jeden Tag hatte sie mit dieser Nachricht gerechnet und doch erfüllte die Aussicht sie mit Kummer. „Sprechen Sie weiter."

„Sie müssen alles vorbereiten, wie Sie es gesagt haben."

Roland hatte ihrem Plan zugestimmt, dass sie vorgeben wollte, zu ihren jährlichen Besuchen auf dem Land aufzubrechen. Céline nickte. „Gut."

„Ich werde mit Ihnen bis Deptford fahren und dann nach Westen reisen." Seine raue Hand legte sich um ihre Wange. „Keine Angst, *ma petite*, wir sehen uns in Frankreich."

Ihre Augen wurden feucht. Würden sie alle überleben? „Ja, bitte."

Gaspard erhob sich aus dem Sessel. „Machen Sie sich keine Sorgen. *Bien*, jetzt werde ich Sie verlassen und mich darauf vorbereiten, aufs Land zu fahren."

„Gut."

„Denken Sie daran: zwei Tage."

Céline starrte Gaspard hinterher, als er ihren Salon verließ, und ihr wurde bewusst, dass ihr Herz noch nicht bereit war zu gehen.

Rees ballte die Hand zur Faust und öffnete sie dann wieder. Er hatte das Gefühl, an einem entscheidenden Punkt zu stehen. Obwohl er den Code noch nicht geknackt hatte, war er hin- und hergerissen, was er mit dem Stück Papier, das er gefunden hatte, tun sollte. Im Moment lag es unter seiner Matratze wie ein glühendes Stück Kohle. Rees hatte das Gefühl, als würde es ein Loch durch den Stoff brennen.

Mit diesem Zettel würde er Lady Wexham als Verräterin überführen.

Aber was blieb ihm anderes übrig?

In diesem Augenblick klopfte es an seine Tür. Er wusste, dass es Lady Wexham war, da dies die Uhrzeit war, zu der sie für gewöhnlich zum Vorlesen kam. Den ganzen Vormittag lang hatte er über ihren Besuch nachgedacht, ihn gefürchtet und gleichzeitig herbeigesehnt. „Herein."

Sie trat ein, so frisch und reizend wie immer, in einem bestickten Musselinkleid mit winzigen blauen Blumen und passenden Bändern an Taille und Manschetten. Ihr Haar war schlicht frisiert, als lockerer Knoten im Nacken, nur einige Strähnen waren dem Haarband entwischt.

Einen Moment lang blieb sie auf der Schwelle stehen, das Buch im Arm und ein zaghaftes Lächeln auf den Lippen. „Guten Tag. Ich störe Sie nicht, oder?“

Rees machte eine Handbewegung, die auf seinen halb bettlägerigen Zustand verwies. „Leider nein.“

Sie näherte sich seinem Bett. „Ein bisschen länger müssen Sie sich noch gedulden.“ Ihr Blick wanderte zu seiner Schulter. Wenigstens war er heute angezogen. „War einer der Hausdiener hier, um den Verband zu wechseln?“

„Ja, heute Morgen.“

„Gut. Mr Simmons kommt morgen wieder, nicht wahr?“

„Ja.“ Er spürte heute eine Distanz zwischen ihnen und fragte sich, ob das nur von ihm ausging. Hatte Gaspards nächtlicher Ausflug etwas ergeben? Hatte sie schlechte Nachrichten erhalten?

Die Countess nahm wie gewohnt Platz und schlug ihr Buch auf. „Dann lassen Sie mich beginnen. Ich muss bald mit dem Buch fertig werden.“

„Ja, ich hoffe, der Arzt wird mir die Erlaubnis geben, aufzustehen und wenigstens ein paar leichtere Arbeiten im Haus zu verrichten.“

Sie blinzelte, als überraschten seine Worte sie. „Ach so. Natürlich besteht keine Eile, was die Arbeiten betrifft, aber ich verstehe, wie sehr Sie sich langweilen müssen.“ Sie hielt inne, während ihre Finger das Buch umklammerten. „Aber ich sprach von einem anderen Grund.“

Sie sah ihn mit einem so merkwürdigen Gesichtsausdruck an, dass es ihn beunruhigte. „Ja, Mylady?“

„Ich werde London verlassen.“

Ihre Worte hallten in der Stille wider. Wenn die Zeit stillstehen konnte, dann war er sicher, dass es sich so anfühlte. „Verlassen?“, brachte er nur heraus.

Lady Wexham nickte langsam, den Blick unverwandt auf ihn gerichtet. Wie sehr er doch wünschte, er könnte ihren Blick deuten! Doch er würde nie wissen, was sie dachte, sondern konnte nur davon träumen, dass ihre Überlegungen seine eigenen Gedanken in irgendeiner Weise widerspiegelten.

„Sie … Sie sind doch gerade erst zurückgekommen“, murmelte er.

„Ja, das ist wahr. Aber der Sommer kommt näher." Lady Wexham seufzte. „Ich verlasse die Stadt immer, bevor es zu heiß wird." Während sie sprach, wurde ihre Stimme fester, als wüsste sie wieder, was sie sagen wollte. „Mehrere Freundinnen haben mich eingeladen, sie zu besuchen. Dann werde ich den letzten Teil des Sommers bei dem neuen Earl of Wexham und seiner Familie verbringen. Das Landhaus ist in Warwickshire. Kennen Sie es?"

„Nein." Es klang, als wollte sie ihn nicht mitnehmen. Natürlich nicht. In nächster Zeit war er als Butler unbrauchbar. Außerdem klang es so, als würde sie den Rest des Sommers fort sein. Das Herz wurde ihm schwer. „Wünschen Sie, dass ich Sie begleite?", fragte er trotzdem – er konnte einfach nicht anders.

Sie befeuchtete ihre Lippen und wich seinem Blick aus. „Nein, das ist … nicht nötig. In allen Häusern ist ausreichend Personal vorhanden, das mich unterstützen kann."

Es war also zu Ende, das kleine Zwischenspiel, das in Lady Wexhams Meer nur ein kleines Kräuseln war. Rees riss den Blick von ihr los und starrte auf die Wand am Fußende seines Bettes. „Dann werden Sie das Haus hier gar nicht nutzen?"

„Die Dienstboten können Urlaub nehmen, wenn sie es wünschen. Lady Agatha verbringt den Sommer in der Regel auf dem Anwesen des jungen Earls. Mrs Finlay wird wahrscheinlich das Haus verriegeln, wenn alle zu ihren Familien gefahren sind. Sie hat eine Schwester in Derbyshire, bei der sie gerne die Monate Juli und August verbringt. Valentine und Gaspard nehme ich natürlich mit."

„Ich verstehe."

Eilig sprach Lady Wexham weiter. „Wenn ich zurückkomme, müsste Mr Rumford wieder gesund genug sein, um den Dienst anzutreten. Ich werde erst im Herbst wieder nach London kommen. Im Norden beginnt die Jagdsaison, wie Sie wissen."

Er nickte, obwohl er überhaupt nichts darüber wusste.

Sie schlug das Buch auf und strich über die Seiten.

Er würde ihr die unangenehme Pflicht ersparen, irgendeine belanglose Nettigkeit von sich zu geben, dass er den alten Mann gut vertreten hatte. „Wahrscheinlich ist mein Onkel jetzt schon wieder ausreichend genesen. Ich kann ihm schreiben, wenn Sie es wünschen – oder ich kann noch ein wenig länger bleiben, für den Fall, dass Mrs Finlay Hilfe braucht, wenn sie das Haus für den Sommer abschließt. Das liegt ganz bei Ihnen." Rees war froh, dass seine Worte ruhig geklungen hatten, so als bedeute es ihm nichts, ob er ging oder blieb. Immerhin war er nur ein Mann, der sich als Butler ausgab und der immer gewusst hatte, dass seine Aufgabe zeitlich begrenzt sein würde.

„Oh." Einen Augenblick lang sah sie aus, als wüsste sie nicht, was sie sagen sollte, aber sie sammelte sich schnell wieder. „Das ist sehr freundlich von Ihnen. Sie können Ihrem Onkel schreiben, dass er sich Zeit lassen kann. Ich erwarte nicht, dass er vor dem Herbst zurückkommt. Genau genommen ist es das Beste, wenn er meine Anweisungen abwartet. Und was Sie betrifft …"

Zum ersten Mal war ein Zögern bemerkbar und sie biss sich auf die Unterlippe, während ihre schönen Augen ihn ansahen, beinahe flehentlich, wie es ihm schien, aber das bildete er sich gewiss nur ein. Wahrscheinlich fragte sie sich nur, wie sie sein Arbeitsverhältnis taktvoll beenden sollte.

„Ich kann sofort gehen, wenn Sie es wünschen." Er zwang die Worte durch steife Lippen.

„Wünschen *Sie* es denn, Mr MacKinnon?" Ihre Worte waren kaum zu hören.

Damit schlug sie gewissermaßen den Ball in sein Feld und riss seinen Schutzwall ein. In ihrem Blick lag kein Spott, sondern nur eine ehrliche Frage.

Als er nichts sagte, fuhr sie wieder mit der Zunge über ihre Lippen. „Ich möchte … Sie Ihrer Familie nicht länger berauben. Oder … der jungen Dame, der Ihr Herz gehört."

Jessamine. Wie weit entfernt die Freundin seiner Schwester ihm mittlerweile erschien! Was hatte diese Dame mit ihm angestellt, dass er jetzt versucht war, seine sorgfältig geschmiedeten Pläne für die Zukunft zu ruinieren für – ja, wofür? Für einen stürmischen Traum, der kein Fundament in der Realität hatte, der nie sein durfte? „Es … gibt … keine junge Dame, der mein Herz gehört", sagte er zögernd.

„N-nein?"

Klang Lady Wexham erleichtert oder enttäuscht?

Sie lachte leise. „Neulich hätte ich schwören können, dass Ihre

Worte danach klangen, als warte eine junge Dame auf Sie, bis Sie genug gespart haben, um sie zu heiraten."

Rees schluckte, weil er das Gefühl hatte, als steckte etwas in seiner Kehle. „Ich ... Sie haben mich falsch verstanden." Er fuhr sich mit einer Hand über die Augen und suchte nach einer Erklärung, die befriedigend klang, obwohl er wusste, dass eine solche Erklärung nicht existierte. „Ich ... ich meinte, es gibt – *gab* – eine junge Dame, mit der ich ... also, ich hatte überlegt ... ich meine, falls ich jemals heiraten sollte, wäre sie ... meine Wahl gewesen, aber ... aber ..." Seine Worte verklangen, während er die Hand von den Augen nahm und sie trostlos anstarrte. Was versuchte er zu sagen? Hoffentlich verstand sie es nicht. Entschlossener fuhr er fort: „Aber im Augenblick erwäge ich nicht, eine Ehe zu schließen. Mein Leben ist zu ungewiss."

Sie sah ihn ernst an, kein amüsierter Blick angesichts seiner gestammelten Worte. „Ich ... verstehe Sie sehr gut."

Einige Augenblicke lang starrten sie einander an. Vielleicht waren die einzigen Worte, die zwischen ihnen einen Sinn ergaben, die Worte, die nicht ausgesprochen wurden.

Dann schüttelte sie mit einem kleinen Lachen den Kopf. „Du liebe Güte, ich muss mit dem Lesen beginnen, wenn wir die Geschichte vor meiner Abreise zu Ende bringen wollen. Und, um Ihre Frage zu beantworten: Sie bleiben so lange, wie Sie wollen, bis Mr Simmons Sie für reisetauglich erklärt hat. Und wegen der Arbeit sollen Sie sich keine Gedanken machen." Sie blickte wieder auf ihr Buch hinunter, sodass ihre langen Wimpern ihre Augen verdeckten. „Ich möchte meinen Dank ausdrücken für Ihre Dienste ..."

„Bitte – Mylady!" Rees streckte seinen Arm aus, als wollte er ihre Worte abwehren. „Bitte", fuhr er dann sanfter fort, als sie mitten im Satz verstummte, „sagen Sie es nicht. Ich habe nur getan, was ich tun musste, nicht mehr."

Sie nickte nachdenklich. Dann nahm sie mit einem langen Seufzer das Buch zur Hand und begann zu lesen.

Nach Einbruch der Dunkelheit holte Rees die kodierte Nachricht hervor und brütete erneut über den Zahlen. Er hatte analysiert, welche Zahlen sich am häufigsten wiederholten. Jetzt musste er nur noch herausfinden, welchen Vokalen sie entsprachen. Komplizierter wurde die Sache dadurch, dass er nicht wusste, in welcher Sprache der Code verfasst war. Er vermutete, dass es auf Französisch war, aber es konnte auch Englisch sein. Beide Sprachen hatten unterschiedliche Buchstaben, die besonders häufig vorkamen. Auf eine weitere Komplikation war er in der Vergangenheit beim Entziffern von Nachrichten gestoßen: Manche Verfasser verwendeten mehr als eine Zahlenkombination für denselben Vokal, damit die Chiffre nicht so leicht zu knacken war.

Nach einigen Stunden gab er frustriert und ratlos auf.

Rees bewegte vorsichtig seine Schulter. Er war sich sicher, dass seine Schulterwunde nicht mehr aufgehen würde, wenn er sich langsam und behutsam bewegen würde. Nachdem er Hose und Hemd angezogen hatte, öffnete er seine Zimmertür einen Spaltbreit. Im Haus war alles still, da die Dienstboten sich in ihre Kammern zurückgezogen hatten und Lady Wexham und ihre Schwägerin ausgegangen waren.

Lady Wexham hatte ihre abendlichen Aktivitäten wieder aufgenommen und war nur selten vor Mitternacht zu Hause.

Rees beschloss, die Durchsuchung ihrer Zimmer fortzusetzen. Vielleicht förderte er einen Hinweis zutage, der ihm helfen würde, den Code zu entziffern. Doch als er in ihrem privaten Salon war, fiel es ihm noch schwerer als beim letzten Mal, in ihren persönlichen Dingen zu wühlen. Diesmal kannte er die Person … hatte sie in seinen Armen gehalten …

Nein! Streng untersagte er seinen Gedanken, in diese Richtung zu wandern. Er durfte sich jetzt nicht von sentimentalen Überlegungen ablenken lassen. Dafür stand zu viel auf dem Spiel.

Rees konzentrierte sich auf den Sekretär, dessen Schloss er mit dem Dietrich öffnen musste. Er durchsuchte jedes Fach, jede Schublade, aber er fand nichts als Schneiderrechnungen, Federn, einige Füllfederhalter, ein Federmesser und Stapel von Briefen, die er bereits beim letzten Mal durchgesehen hatte.

Er wusste nicht, was er zu finden gehofft hatte; er würde kaum einen Schlüssel zu dem Code finden, aber vielleicht Informationen über ihre bevorstehende Abreise. Verließ sie London, um de la Roche zu entfliehen?

Nachdem er alles durchsucht hatte, hielt er inne, die Hände auf die Rückenlehne ihres Schreibtischstuhls gestützt. Was ihn verblüffte, war das Fehlen jeglicher Korrespondenz über ihre Reise. Er hätte gedacht, dass sie Einladungen von den Freunden und Bekannten hätte, die sie erwähnt hatte. Aber vielleicht brauchte sie keine Einladungen – vielleicht besuchte sie jeden Sommer dieselben Häuser.

Er schob die Schubladen zu und sorgte dafür, dass der Schreibsekretär wieder verschlossen war.

Dann ging er zu Lady Agathas Zimmer. Er war nicht sicher, warum er sich überhaupt die Mühe machte. Hatte er nicht genügend belastende Beweise gegen Lady Wexham? Was kümmerten ihn die Angelegenheiten ihrer Schwägerin? Nach allem, was er von den beiden Damen mitbekommen hatte, waren sie wie zwei Fremde, die unter demselben Dach lebten und – wie an diesem Abend – jede ihr eigenes Leben führte, von seltenen Ausnahmen abgesehen.

Aber vielleicht fand sich in Lady Agathas Schreibtisch eine Information über die Reisepläne der beiden Damen.

Virginia hatte ihm heute erzählt, dass Lady Agathas Zofe eine leichte Erkältung hatte und früh zu Bett gehen wollte; deshalb wusste Rees, dass er ihre Räume einige Stunden lang für sich haben würde.

Als er Lady Agathas Schlafgemach betrat, blieb Rees überrascht stehen. Es schien so gar nicht zu ihrer strengen, missbilligenden Persönlichkeit zu passen. Denn der Raum, in dem er stand, war eine Explosion aus Spitze und vergoldeten Möbeln, gestreiften Tapeten, weichen Teppichen, Gemälden und Figurinen von Schäferinnen und mythologischen Gestalten.

Nur flüchtig sah er sich in diesem Raum um, der nicht viele Möbelstücke mit Laden oder Fächern enthielt, in denen man Dinge verstauen konnte. Stattdessen ging er gleich weiter in den Salon nebenan. Wie bei Lady Wexham begann er auch hier mit dem Sekretär, dem wahrscheinlichsten Ort für Informationen über Reisepläne.

Ihr Schreibtisch war nicht abgeschlossen und enthielt ähnliche

Dinge wie der ihrer Schwägerin, nur dass es von allem mehr gab. Stapelweise alte Briefe, mit Bändern zu Bündeln geschnürt. Lady Agatha schien überhaupt nichts fortzuwerfen. Mit dem Daumen blätterte er durch eines dieser Bündel, beschloss aber, es nicht aufzuknoten. Der Farbe des Papiers nach zu urteilen, waren die meisten der Bündel schon älter.

Unter den Brieffächern befand sich eine verschlossene Lade. Er zog an den anderen Schubladen, die alle nicht verschlossen waren. Also kehrte er zu der ersten zurück und machte sich mit seinem Dietrich daran zu schaffen.

Als er die Lade öffnete, fand er ein Notizbuch darin. Er zog es heraus und schlug es auf. Ein Tagebuch.

Er las den ersten Eintrag, der vor einem Jahr geschrieben worden war. An den nachfolgenden Einträgen sah er, dass Lady Agatha kaum einen Tag ausließ. Also hatte sie wahrscheinlich irgendwo einen ganzen Stapel Tagebücher mit den Einzelheiten ihres Lebens, von der Anprobe eines Kleids bis zu dem Besuch bei Lady Soundso am Soundsovielten.

Er blätterte in dem Buch und überflog hier und da einen Eintrag. Dann fiel sein Blick auf den Namen Céline.

Céline glaubt, ihr anmaßendes Verhalten werde keine Folgen haben. Sie spielt mir gegenüber schon zu lange die große Dame. Seit Geoffrey gestorben ist, benimmt sie sich, als wäre sie immer noch eine Countess, obwohl sie doch nur eine mittellose Immigrantin ist. Wäre mein Bruder nicht gewesen, würde sie sich jetzt bei irgendeinem Hutmacher die Finger wund arbeiten. Stattdessen stolziert sie bei jeder Gesellschaft herum, als wäre sie das Modevorbild schlechthin.

Aber ihre Tage sind gezählt. Endlich habe ich einen Weg gefunden, um sie aus dem Weg zu räumen. Jetzt dauert es nicht mehr lange!

Rees runzelte die Stirn und fragte sich, was diese bedrohlichen Worte bedeuteten. Er hatte Agathas Abneigung gegen Lady Wexham gespürt, aber das Ausmaß ihres Grolls hatte er nicht gekannt. Er las weiter.

Nach heute Abend wird alles anders sein. Ich habe dem Viscount einen Floh ins Ohr gesetzt. Ha! Ich musste nur das Wort „Spionage" erwähnen und hatte sofort seine volle Aufmerksamkeit. Sie denken alle, ich wäre nichts als eine verbitterte alte Jungfer. Aber ich habe ihm gezeigt, dass ich weiß, was los ist. Wie alle diese kleine Französin hofieren, widert mich an!
Castlereagh hat mir sehr aufmerksam zugehört. Er hat mich in ein Privatgemach geführt, um weitere Nachforschungen anzustellen.
Ich brauchte lediglich anzudeuten, dass Céline in einer guten Position ist, um sowohl die Engländer als auch die Franzosen auszuspionieren. Lord Castlereagh hat meine Hand getätschelt und mir versprochen, der Sache auf den Grund zu gehen. Ich solle alles seinen fähigen Händen überlassen.

Rees hielt das Notizbuch in der Hand und starrte auf die elegante Handschrift. Lady Wexham war also von ihrer eigenen Schwägerin verraten worden. Er fragte sich, ob Agatha irgendwelche Beweise für die Spionage gehabt oder nur aus Gehässigkeit gehandelt hatte. Er könnte sich vorstellen, dass Letzteres der Fall war.

Das Datum des Eintrags war der zweite März.

Nur zwei Wochen später hatte Rees von Lord Oglethorpe seinen Auftrag erhalten, sich in Lady Wexhams Haus einzuschleichen, indem er sich als Butler ausgab.

Rees überflog die restlichen Einträge, ob er Célines Namen noch an anderen Stellen fand, aber es gab nur wenige Hinweise auf Agathas Rolle bei der Verleumdung ihrer Schwägerin beim britischen Außenministerium. Ein- oder zweimal fand sich eine ungeduldige Bemerkung darüber, dass die britischen Behörden Lady Wexham noch nicht als Verräterin entlarvt hatten.

Die jüngeren Einträge verrieten, dass Lady Agatha bei Lord Castlereagh nachgefragt hatte und dieser ihr versichert hatte, die Dinge durchliefen „den üblichen Prozess" und sie solle sich „keine Gedanken machen". Sie war verärgert, weil sie sich abgewimmelt fühlte. Dieser Eintrag war vor vierzehn Tagen gewesen … vor seiner Verletzung.

Rees schloss das Notizbuch und legte es in die Schublade zurück, die er anschließend wieder verschloss. Agatha hatte keine Ahnung, dass er selbst es war, der am Ende dafür verantwortlich sein würde, dass ihre Schwägerin entlarvt wurde – und dass er es nur sehr widerstrebend tun würde … *falls* er es tat.

Er schloss den Sekretär und trat einen Schritt zurück. Die Schlussfolgerung, zu der er kam, gefiel ihm nicht. Wie konnte er auch nur in Erwägung ziehen, seine Pflicht seinem Vaterland gegenüber nicht zu erfüllen?

Céline war eindeutig in Schwierigkeiten.

Am nächsten Tag blickte Céline sich in ihrem Zimmer um. Alles sah ordentlich aus. Es gab keine Anzeichen dafür, dass sie wohl niemals zurückkehren würde. Sally und Virginia hatten bereits das Bett gemacht und aufgeräumt. Céline berührte die Tagesdecke.

Mit diesem Zimmer waren nur wenige Erinnerungen verbunden, anders als mit dem Haus des Earls, das sie bei seinem Tod verlassen hatte. Sie dachte an all die vielen Male, die sie gehofft hatte, sie wäre endlich mit dem Kind des Earls schwanger, nur um immer wieder enttäuscht zu werden.

Ihr Blick wanderte zu den anderen Dingen im Raum, während sie in Gedanken die drei Jahre durchwanderte, die sie in diesen Wänden verbracht hatte. Oft hatte sie nicht gelebt, sondern nur „existiert". Céline war das erst bewusst geworden, als Roland erschienen war und um ihre Dienste gebeten hatte … aber vor allem jetzt – und so viel intensiver –, seit Mr MacKinnon in ihr Leben getreten war.

Die Tatsache, dass er sowohl Feind als auch Lebensretter war, verstärkte das Gefühl nur noch. Würde er sie an die Briten verraten? Noch hatte er es nicht getan. Aber er war nicht ihr einziger Feind. Céline hatte de la Roche seit ihrem Aufbruch aus *Hartwell House* nicht mehr gesehen, aber selbst jetzt spürte sie seinen Blick, als würde er ihr folgen, jedes Mal, wenn sie das Haus verließ.

Gaspard hatte recht. Sie durfte keine Zeit verlieren – gleichgültig, ob es MacKinnon war oder ein Agent des Comte, der sie verriet, ihr Leben in England war nicht mehr sicher.

Sie nahm ihr Ridikül und musterte sich ein letztes Mal im Spiegel, weil sie so gut wie möglich aussehen wollte, wenn sie dieses Haus verließ … ihre Wahlheimat.

MacKinnon würde sie nicht wiedersehen. Sie war entschlossen, nicht in den Keller hinunterzugehen; schließlich hatte sie sich gestern verabschiedet, nachdem sie ihm den Roman zu Ende vorgelesen hatte.

Sie waren als Dame und Dienstbote voneinander geschieden. Dankbarkeit, förmliche Höflichkeit, ein Hauch von Gleichgültigkeit in seiner Stimme, die sie bis ins Mark getroffen hätte, wäre da nicht die Erinnerung an seinen brennenden Kuss.

Welche Geheimnisse verbirgst du tief in deiner Seele, mein geliebter Butler?

Aber es sollte nicht ihr Schicksal sein, diese Geheimnisse zu enthüllen.

Ein Krieg war im Gang und ein Land musste gerettet werden.

Mit einem letzten Blick hob Céline den Arm grüßend zum Abschied und verließ ihr Zimmer.

Lady Wexham würde heute Morgen abreisen.

Rees hatte erst davon erfahren, als er zum ersten Mal seit seiner Rückkehr aus *Hartwell House* beim Frühstück erschienen war. Es war ihm schwergefallen, ruhig weiterzuessen, während seine Miene nichts außer flüchtigem Interesse verriet.

Sie hatte keine Zeit verschwendet, seit sie ihn gestern von ihrer Abreise in Kenntnis gesetzt hatte. Der verliebte Narr, der er war, so bestürzt von ihrer Neuigkeit, hatte nicht einmal daran gedacht, nach dem Datum ihres Aufbruchs zu fragen.

Sobald er sein Frühstück aufgegessen hatte, ging er in sein Zimmer zurück und versuchte die Hoffnung niederzuringen, dass er Lady Wexham ein letztes Mal sehen würde, bevor sie zu ihrem angeblichen Besuch auf dem Land aufbrach. Wahrscheinlicher war, dass sie nach Frankreich reiste! Beim Frühstück hatte er lediglich in Erfahrung gebracht, dass sie nach Somerset reisen würde. Er hätte seine Butlerkleidung anlegen und im Foyer erscheinen können, aber er wollte sich nicht von ihr verabschieden, wenn andere dabei waren, von Diener zu Dame.

Aber der Vormittag verstrich und er hörte keine Schritte vor seiner Tür. Er hielt an seinem Fenster Wache und beobachtete, wie endlich die Postkutsche vor dem Haus hielt. Tom hatte ihm erzählt, dass die Countess nicht ihre eigene Droschke nehmen, sondern diese ihrer Schwägerin überlassen würde, die noch einige Wochen in London blieb, bevor sie selbst ebenfalls aufs Land fuhr.

Tom und William luden die Truhen und anderen Gepäckstücke auf die Ladefläche des gelben Wagens.

Da Rees immer noch schnell müde wurde, ging er schließlich wieder zu Bett und machte sich erneut daran, den Zettel mit dem Code zu bearbeiten. Er machte sich keine Gedanken, dass jemand an seine Tür klopfen könnte. Die Bediensteten waren zu sehr mit Lady Wexhams Abreise beschäftigt.

Er hatte sich an diesem Morgen ohne Hilfe angekleidet und nur seine Jacke noch nicht angezogen. Zum Glück heilte seine Wunde gut, auch wenn sie noch empfindlich war. Er hatte sich viel Mühe gegeben, denn er wollte gut aussehen, wenn Lady Wexham vor der Abfahrt bei ihm vorbeikam.

Aber niemand kam.

Rees starrte auf die Zahlenreihe. Einige Blätter Notizpapier waren bereits mit möglichen Buchstaben gefüllt, für die die Ziffern stehen könnten, nachdem er seine Kenntnisse von früheren Dechiffrierungen angewandt hatte.

Er wusste nicht, wie viel Zeit verstrichen war, vielleicht eine Stunde, als er auf der Straße Stimmen hörte. Er sprang vom Bett auf und trat wieder an das schmale Fenster.

Draußen stand Lady Wexham, Valentine an ihrer Seite.

Er rieb sich den Nacken und sah zu, wie Tom ihr in die Kutsche half und sich dann umwandte, um Valentine zu helfen. Gaspard saß bereits auf der Stute. Diesmal würde Lady Wexham ihn nicht als Beschützer brauchen, dachte er bitte, als er sich daran erinnerte, wie nutzlos er gewesen war. Er betete, dass der Küchenchef seine Sache besser machen würde.

Lady Wexham verschwand in der Kutsche, ohne noch einmal zurückzublicken.

Sie verließ sein Leben so einfach, wie sie es betreten hatte, ohne Fanfare, ohne Vorwarnung, welche Wirkung es auf ihn haben würde.

Rees sollte darüber froh sein.

Stattdessen nahm seine Sorge nur noch zu. Wenn sie vorhatte, nach Frankreich zu fliehen, war sie vielleicht sogar in noch größerer Gefahr. Ihr war nicht bewusst, was ein jahrzehntelanger Krieg angerichtet hatte. Ein Chaos drohte, wenn Bonaparte gestürzt wurde.

Wellington war in Spanien bis nach Vitoria vorgedrungen. Es war nur noch eine Frage von Wochen – vielleicht sogar nur von Tagen –, bis er die französische Grenze erreichen würde. In der Zwischenzeit bedrängten die Preußen und Österreicher Bonapartes Armeen in Deutschland.

Würde sie sich ein letztes Mal umdrehen? Rees schüttelte hoffnungslos den Kopf. Das Letzte, was er wollte, war, dass sie ihn so sah – aus dem Kellerfenster starrend wie ein ungeliebter Hund, der zurückbleiben musste, während seine Herrin eine Reise machte.

Und doch konnte er sich nicht losreißen, bis die Postillione auf ihre Pferde gestiegen waren, einer auf das Leittier, der andere auf das Pferd, das dem Wagen folgte. Die Tatsache, dass sie einen Vierspänner gemietet hatte, bedeutete, dass sie in Eile war. Wohin fuhr sie? Frankreich, Schottland, Amerika? Er musste es wissen.

Mit einem Hornsignal gab der Postillion das Zeichen und die Pferde setzten sich in Bewegung.

Als das Gefährt nicht mehr zu sehen und das Geräusch der Räder und Hufe auf der Straße verklungen war, verließ Rees seinen Wachposten und ging zu seinem Bett zurück.

Er lehnte sich an seine Kissen und starrte lange vor sich hin, ohne etwas zu sehen.

Was nun, Herr? Soll ich zum Innenministerium gehen, meinen Auftrag offiziell als beendet erklären und Oglethorpe im Außenministerium Bericht erstatten? Ihm sagen, dass die Countess das Land verlassen hat?

Stattdessen verspürte er den überwältigenden Drang, sich den Zettel in seiner Hand noch einmal vorzunehmen und daran weiterzuarbeiten. Er rieb das Papier zwischen Daumen und Zeigefinger. Bis jetzt hatte er kaum Fortschritte gemacht. Vielleicht hatte er seine Begabung, Muster zu erkennen, verloren.

Aber wenn Gott ihn dazu drängte, dann sollte er ihn vielleicht um Weisheit bitten. *Lieber Gott, wenn das hier wichtig ist, hilf mir zu sehen, was es bedeutet.*

Mit neuer Entschlossenheit studierte er die Zahlen.

Und plötzlich erkannte er eines der Worte.

Ungefähr eine Stunde später hatte er den Code geknackt und las die Botschaft auf Französisch:

Wenn Sie dies lesen, bin ich fort. Es war eine unvergessliche Erfahrung, Sie kennenzulernen, Mr MacKinnon.

Rees starrte auf die Buchstaben. Lady Wexham hatte es gewusst. Sie hatte es die ganze Zeit gewusst.

Und mit keinem Wort, keiner Andeutung hatte sie es sich anmerken lassen. Sie hatte ihn gewähren lassen. Warum?

Seine Gedanken stockten, als er an die Nacht zurückdachte, in der sie sich geküsst hatten. Hatte sie damals gewusst, dass er der Pirat war?

Sie musste es gewusst haben.

Diese Erkenntnis erfüllte ihn mit einer heftigen Freude, mit Hoffnung – und mit Angst. Angst wegen dessen, was es bedeuten konnte.

Noch einmal las er die Nachricht. Sie hatte gewusst, in welcher Gefahr sie sich befand.

Frankreich. Das Wort kam ihm sofort in den Sinn. Er würde sein Leben darauf verwetten, dass sie vorhatte, den Ärmelkanal zu überqueren.

Wenn die Möglichkeit bestand, dass Lady Wexham nach Frankreich geflohen war, durfte Rees nicht länger hier herumsitzen und spekulieren. Er würde ihr folgen, beschloss er in diesem Moment – wenn auch nur, um sich zu vergewissern, dass niemand ihre Flucht verhinderte. In Gedanken sah er de la Roche und Lady Agatha vor sich, ja sogar Lord Castlereagh selbst.

Er stand auf, den Zettel zerknüllt in der Hand, und trat noch einmal ans Fenster. Sie hatte eine Stunde Vorsprung, und bevor er aufbrechen konnte, würde mit Sicherheit eine weitere Stunde vergehen. Aber ein gutes Pferd war immer schneller als eine vierspännige Kutsche.

Er musste nachdenken … planen. Der nächste Hafen war Dover, aber der war auch besonders gut befestigt gegen eine mögliche französische Invasion und es gab regelmäßige Patrouillen wegen der Schmuggler.

Wenn sie einen der winzigen Häfen an der Südküste ansteuerte, war es, als würde er eine Nadel im Heuhaufen suchen. Aber mit einer Mietkutsche und Postillionen würde sie höchstwahrscheinlich an allen Poststationen auf der Straße durch Kent Halt machen.

Rees suchte ein paar Dinge für die Reise zusammen und stopfte alles in einen Beutel, während er fieberhaft überlegte, was er zu den anderen Dienstboten sagen würde. Er wollte Jacob um ein Pferd bitten – das schnellste, das zur Verfügung stand. Und er musste sich bewaffnen. Mit dem Schlüssel des Butlers würde er eine der wertvollen Pistolen des verstorbenen Earls und genügend Munition für die Reise mitnehmen.

Es war die letzte Freiheit, die er sich als Lady Wexhams Butler herausnehmen würde.

21. Kapitel

Rees überquerte die London Bridge, die nach Southwark führte, und nahm dann die Straße in südöstlicher Richtung nach Dover. Während er am ersten Schlagbaum seine vier Pennys entrichtete, sah er sich um und ihm wurde bewusst, dass er London verließ, ohne dass irgendjemand es wusste. Jacob gegenüber hatte er die fadenscheinige Ausrede gebraucht, Lady Wexham habe etwas vergessen und er wolle versuchen, die Kutsche einzuholen. Niemand wusste, dass er gen Süden ritt.

Jacob hatte angeboten, an seiner Stelle loszureiten oder einen Hausdiener zu schicken. Aber Rees hatte darauf bestanden, es selbst zu tun, und Jacobs Einwände angesichts seiner Schusswunde mit einem scharfen Wort zum Schweigen gebracht. Noch einmal hatte er von seiner Autorität als Butler Gebrauch gemacht.

Er ließ die Häuser der Stadt hinter sich und ritt über offene Felder, die nur gelegentlich von einem Gasthof oder einer Poststation unterbrochen wurden.

Die Reise gab ihm jede Menge Zeit zum Nachdenken. Während er alles durchging, was Lady Wexham seit seiner Verletzung gesagt hatte und was nicht, staunte er erneut über ihre Kühnheit. Sie hatte schon lange gewusst, dass sie einen britischen Spion unter ihrem eigenen Dach beherbergte, und doch hatte sie ihn nicht zur Rede gestellt oder entlassen, sondern sich mit ihm angefreundet! Er schüttelte den Kopf. Sie hatte ihn sogar nach *Hartwell House* mitgenommen – in die Höhle des Löwen.

Sie musste ihn im Verdacht gehabt haben, seit Valentine ihn vor Gaspards Zimmer angetroffen hatte. Er dachte an die Nacht zurück, in der er Valentine in die Taverne gefolgt war. War das eine Falle gewesen? Wahrscheinlich.

Lady Wexham war ihm die ganze Zeit einen Schritt voraus gewesen, wie sich herausstellte.

Selbst ihr letzter Schachzug zeigte, wie sie im Angesicht zunehmender Gefahr einen kühlen Kopf behielt. Was für eine perfekte Methode, ihre Flucht nach Frankreich zu verbergen! Sie hatte die Vorkehrungen für ihre übliche Sommerreise getroffen, bei der sie nicht an einem Ort blieb, sondern mehrere Wochen, ja sogar Monate lang von einem Ort zum nächsten reiste.

Dass sie nicht zurückkehren würde, würde erst langsam durchsickern. Ihre Diener in London hatten keinen Grund, vor dem Ende des Sommers mit ihr in Verbindung zu treten oder irgendwelche Nachrichten von ihr zu erwarten. Sie interessierten sich nur dafür, schnell zu ihren Familien zu kommen.

Lediglich Lady Agatha würde noch eine Weile in London bleiben, doch auch sie würde wahrscheinlich nichts ahnen, bis Lady Wexham im August nicht bei dem Landhaus des Earls erschien.

Die Countess hatte ihre Spuren gut verwischt.

Rees runzelte die Stirn und wunderte sich über den Zeitpunkt. War Lady Wexham vor einer konkreten Bedrohung gewarnt worden? Oder ahnte sie seit dem Überfall auf dem Rückweg von *Hartwell House*, dass ihre Zeit in England dem Ende zuging? Seit der Nacht, als er sich zu der Pension seines Kontaktmannes geschleppt hatte, hatte er nicht mehr mit Bunting gesprochen.

Der Gedanke, dass er an diesem Abend hätte Bericht erstatten sollen, anstatt der Countess nachzulaufen, war ernüchternd.

Am dritten Schlagbaum verließ er Surrey und kam nach Kent, wo er bald darauf die Stadt Deptford erreichte. Dort hielt er bei der Poststation, um sein Pferd und sich selbst eine Erfrischung zu gönnen. Er hoffte darauf, dass Lady Wexham höchstwahrscheinlich an derselben Station Halt gemacht hatte, wenn sie tatsächlich unterwegs zur Küste im Südosten war.

Rees hatte seit seiner Verletzung nicht mehr im Sattel gesessen, sodass ihm nach wenigen Kilometer schon alles wehtat. Er rieb sich die Schulter, deren Wunde pochte, und betete, dass sie nicht wieder aufplatzen würde.

Er folgte einem Stallburschen, der sein Pferd zu einem Wassertrog führte, dann gab er ihm eine zusätzliche Münze und fragte, ob in den letzten Stunden eine Postkutsche hier haltgemacht hatte.

Nachdem der Junge bestätigt hatte, dass eine Kutsche mit einer einzelnen Dame und ihrer Zofe vorbeigekommen war, stieg Rees mit neuer Energie und Entschlossenheit auf sein Pferd. Die Countess konnte keinen sehr großen Vorsprung haben.

Er trieb das Pferd an und hoffte, dass er die Kutsche bei Shooter's Hill überholen konnte. Viele Wagen hatten Probleme mit dem steilen Anstieg. Aber zuerst kamen etliche Kilometer durch Blackheath. An Höfen und Feldern vorbei führte sein Weg, bis die Straße allmählich anzusteigen begann. Es war eine viel befahrene Straße. Rees begegnete mehreren Kutschen, Bauernkarren und hin und wieder einem Reiter, die auf dem Weg nach London waren. Sie alle mussten Lady Wexhams Fortkommen doch gewiss behindern.

Als der Weg steiler wurde, sah er in einiger Entfernung vor sich die Staubwolke eines Gefährts. Er runzelte die Stirn, weil er keine Reiter ausmachen konnte. Was war mit Gaspard geschehen? Die Straße führte durch einen Wald. Bald war die Kutsche aus seinem Blickfeld verschwunden.

Er ließ sein Reittier langsamer gehen, um genügend Abstand zu behalten. Als er auf der Anhöhe ankam, hatte er einen guten Blick über London und die Themse, die in einiger Entfernung hinter ihm lagen. Dann blickte er nach vorne, sah aber keine Kutsche. Sie musste das nächste Waldstück erreicht haben.

In der Hoffnung, dass es sich um Lady Wexhams Wagen handelte, begann Rees den Abstieg, während er sich fragte, ob sie irgendwo übernachten oder die Pferde wechseln und die ganze Nacht bis Dover weiterreisen würden.

Céline sah, wie Kilometer um Kilometer an ihrem Kutschenfenster vorbeizog. In einem oder zwei Tagen, je nach Tide und Wetter, würde sie in Frankreich sein, wenn alles gut ging.

Es war elf Jahre her, dass sie als Siebzehnjährige ihr Heimatland zum letzten Mal gesehen hatte. Wie würde es mit achtundzwanzig sein, als verwitwete Countess? Sie war nicht mehr das Mädchen, das sich in einen attraktiven französischen Leutnant verliebt hatte.

Aber vielleicht war sie immer noch genauso dumm.

Wann und wie sie zugelassen hatte, dass sie sich in einen Mann verliebte, dessen Identität sie nicht einmal kannte, war ihr immer noch ein Rätsel ... es war nicht zu fassen.

„Bereuen Sie etwas, *Madame?*"

Céline drehte sich zu Valentine um und lächelte halbherzig. „Vielleicht, aber ... nein." Sie schüttelte den Kopf. „Mein Leben war nutzlos, eine Gesellschaft und ein Ball nach dem anderen, bevor Roland mich angesprochen hat."

„Was werden Sie in Frankreich tun?"

„Ich weiß es nicht. Ich hatte noch keine Gelegenheit, darüber nachzudenken."

Valentine nahm ihr Nähzeug wieder zur Hand. Die Kutsche schwankte bedrohlich hin und her. „Roland wird etwas für Sie finden."

Céline lächelte. „Und wohin soll ich dann fliehen, wenn mein Leben erneut in Gefahr ist?"

Valentine zuckte mit den Schultern. „In Frankreich werden Sie nicht mehr in Gefahr sein."

„Meinst du nicht? Und wenn die Royalisten an die Macht kommen?"

„Bah! Dieser fette alte Mann? Er beherrscht ja nicht mal diese Parasiten in Hartwell."

Céline schwieg und wünschte, sie hätte die Zuversicht ihrer Zofe. Sie wollte nicht an ihre Zukunft auf der anderen Seite des Ärmelkanals denken, nicht jetzt, wo sie das Gefühl hatte, dass sie irgendwo auf dem Weg die Gegenwart verpasst hatte ... nicht, während sie das Gefühl hatte, haltlos dahinzutreiben.

Doch dann riss sie sich zusammen und lächelte Valentine an. „Und du? Bereust du, England zu verlassen?"

Ihre Zofe zögerte nicht. „Diese neblige Insel voller unwissender Dummköpfe? *Certainement pas!*"

Als sie an einer der Poststationen hielten, klopfte der Postillion an ihr Fenster. „Wollen Sie wirklich bis Dover weiterfahren?"

Céline war bis aufs Mark erschöpft und die Aussicht, noch etliche Stunden über unebene Straßen zu poltern, war wenig reizvoll, aber Gaspard hatte sie gedrängt, sich zu beeilen.

„Ja, wir müssen unsere Reise fortsetzen."

Stunden später erreichte Rees müde und staubig die Ortschaft Sittingbourne. Als er dem Burschen folgte, der herausgekommen war, um sich seines Pferdes anzunehmen, plauderte er ein wenig, wie er es bei jedem Halt getan hatte, und bot ein zusätzliches Trinkgeld bei der Frage, ob eine Postkutsche mit einer eleganten Dame hier gehalten hatte.

„Vor einer halben Stunde oder so", erwiderte der Junge sofort. „Sie haben die Pferde gewechselt und Abendbrot gegessen, dann sind sie weitergefahren."

Jetzt würde es nicht mehr lange dauern. Rees hatte Zeit für ein schnelles Mahl im Schankraum. Schließlich musste er bei Kräften bleiben.

In Canterbury tauschte er sein Pferd gegen ein anderes ein. Mit den Zollstationen, Trinkgeldern und dem Mietstall für sein Pferd stiegen die Kosten allmählich. Zum Glück hatte er erst vor Kurzem seinen Lohn erhalten. Lady Wexham hatte trotz seines Protests noch eine zusätzliche Summe gezahlt, als Entschädigung dafür, hatte sie mit einem neckischen Ausdruck in ihren goldenen Augen erklärt, dass er angeschossen worden war.

Als Rees am letzten Schlagbaum vor Dover ankam, hielt er sich vor Erschöpfung kaum noch im Sattel. Es war beinahe Mitternacht, aber der Himmel war erst vor Kurzem ganz dunkel geworden. Er musterte den Gasthof neben der Zollstation mit einem sehnsüchtigen Blick, weil er sich in diesem Augenblick nichts Besseres vorstellen konnte, als in ein Bett zu sinken.

Stattdessen stieg er ab und läutete, um den Wächter von seiner Ankunft zu unterrichten.

Sobald der Schlagbaum hochgezogen worden war, ritt er weiter. Erst oben auf dem Hügel hielt er an, um einen Blick auf den Hafen zu werfen. Einige Straßenlaternen funkelten in einiger Entfernung zu seinen Füßen. Vor vielen Jahren war er diese Straße schon einmal geritten, als er in der Marine gewesen war und Heimaturlaub gehabt hatte.

Rees wusste, dass Lady Wexham ihre Reise nicht unterbrochen hatte. Also war sie irgendwo da unten in einem der sechs Gasthöfe von Dover. Weil Krieg herrschte, kamen nicht mehr so viele Reisende in die Stadt, wie es in Friedenszeiten der Fall gewesen war. Durch die Blockade war der Schiffsverkehr zum Festland beinahe zum Erliegen gekommen.

Er beschloss, ins Stadtzentrum zu reiten und sich ein Gasthaus in der Nähe des Hafens zu suchen. Mit einem müden Seufzer trieb er sein Pferd an, das auf der dunklen, unebenen Straße seinen Weg finden musste.

Schließlich kam er im *Goldenen Löwen* unter. Nachdem er dafür gesorgt hatte, dass sein Pferd in den Stall gebracht wurde, widerstand er dem Drang, sich auf dem einladenden Bett auszustrecken, das man ihm zuwies. Stattdessen ging er wieder hinunter. Im Schankraum saßen einige schlaftrunkene Gäste – Matrosen, ein paar uniformierte Soldaten und der eine oder andere Bewohner der Stadt.

Der Hafen war eine Garnisonsstadt und zugleich die Zentrale der Zollbeamten, die für die Patrouillen an der Küste zuständig waren. Die Angst, die während seiner Reise immer dicht unter der Oberfläche gesessen hatte und die ihn trotz Schwäche und Erschöpfung hatte weiterreiten lassen, nahm zu, als Rees bewusst wurde, welches Risiko Lady Wexham einging, wenn sie tatsächlich von Dover aus übersetzte. Und wenn Gaspard nicht mehr bei ihnen war, hatten Valentine und sie keine männliche Begleitung.

Lady Wexham befand sich in einer Stadt mit einer Kaserne in der mittelalterlichen Burg auf den Klippen im Norden und einer neu errichteten Soldatenunterkunft auf den Klippen im Süden. Der Hafen war voller Kutter und Kriegsschiffe.

Genauso gut hätte sie sich in eine Schlangengrube begeben können. Was dachte sie sich nur dabei? Sie hätte ein kleineres Dorf ein Stück die Küste hinunter wählen können, dann hätte sie bessere Möglichkeiten gehabt, den Ärmelkanal zu überqueren.

Rees verließ den Gasthof und ging die schmalen, gebogenen Straßen hinunter in Richtung Ufer. Nebel war aufgestiegen. Die wenigen Straßenlaternen verbreiteten einen blassen Schein, konnten aber jenseits ihres schwachen Lichtkegels kaum Licht ins Dunkel bringen.

Es war eine finstere Nacht. Er musste herausfinden, wo Lady Wexham abgestiegen war. Würde sie hier übernachten oder noch vor Tagesanbruch übersetzen? Alles hing von den Gezeiten ab; es sei denn, sie nahm kein Segelschiff. Er wusste, dass einige Schmuggler die dreißig Kilometer in ihren kleinen Booten zurücklegten, beladen mit dem Geld, das Napoleon brauchte, um seinen Krieg zu finanzieren – Gold im Tausch gegen tonnenweise Waren, die vom Festland herübergeschmuggelt wurden, von Fässern mit Brandy bis hin zu Ballen mit Spitze und Seide.

Rees hörte das leise Plätschern der Wellen am Strand, noch bevor er den ummauerten Hafen erreicht hatte. Auf dem Wasser war kaum etwas zu sehen, nur ein kleines Licht hier und dort, das einige Boote weiter draußen in der Bucht markierte.

Er ging zu dem vornehmsten Hotel am Dock, dem *Ship Inn*.

Ein Angestellter döste am Empfang vor sich hin. Rees schlug mit der flachen Hand auf den Tresen, sodass der Angestellte hochfuhr.

„Ja?" Der Mann blinzelte schläfrig.

„Guten Abend. Ich habe eine dringende Nachricht für Lady Wexham. Ist sie als Gast hier?"

Der Mann rieb sich die Augen und gähnte. „Lady Wexham? Niemand hier, der so heißt."

„Eine Dame, die mit ihrer Zofe reist, einer Französin."

Der Hotelangestellte schüttelte den Kopf. „Nein, heute Abend sind keine Franzosen hier abgestiegen."

Rees trat einen Schritt zurück. „Dann muss ich etwas falsch verstanden haben. Für gewöhnlich steigt sie hier ab, wenn sie in Dover ist. Verzeihen Sie, dass ich Ihren Schlaf gestört habe. Guten Abend, Sir."

Mit diesen Worten ließ Rees den Mann stehen, der ihm mit offenem Mund und einem weiteren Gähnen hinterherstarrte. Sie war also nicht in dem Hotel, das für eine Dame ihres Standes die erste Adresse gewesen wäre. Wo konnte sie sein? War es besser, bis zum Morgen zu warten und dann erst Nachforschungen anzustellen? Aber dann konnte sie schon fort sein.

Und wenn nicht? Was wollte er tun, wenn er sie fand? Sein Verstand war von der Müdigkeit zu benommen, um zu wissen, was er tun sollte. Rees stand einen Moment lang auf der stillen Straße und überlegte.

Lieber Herr, zeige mir, wo sie ist. Ich bin bis hierher gekommen …

und jetzt bin ich nicht sicher, was ich tun soll. Ich weiß nur, dass ich sie wiedersehen will. Ich muss wissen, dass es ihr gut geht.

Nachdem er eine Weile gebetet hatte, spürte er, wie sein Geist sich beruhigte. Langsam drehte er sich um und ging zu seinem eigenen Gasthof zurück. Wenn Lady Wexham in der Nacht abfuhr, musste er darauf vertrauen, dass Gott für sie sorgte. Und wenn sie am Morgen immer noch hier war, wollte er darauf vertrauen, dass der Herr ihm zeigen würde, wo sie war.

Rees schlief ein, sobald sein Kopf das Kissen berührte, und wachte erst am späten Vormittag auf. Als er sah, wie hoch die Sonne bereits am Himmel stand, geriet er in Panik, aber dann dachte er an sein Gebet vom Abend zuvor. Nach einem herzhaften Frühstück machte er sich erneut auf die Suche.

Es war ein schöner Tag und eine leichte Brise wehte vom Ärmelkanal herüber – perfektes Wetter für eine Überfahrt mit dem Segelboot nach Frankreich. Beim Anblick der Marine-Fregatten, der Zollkutter und einiger englischer Handelsschiffe, die den Hafen füllten, runzelte Rees besorgt die Stirn.

Anschließend ging er den Kai bis zum Ende hinunter, dann die Hängebrücke zum Nordpier und den ganzen Weg um den Hafen herum bis zum anderen Ende, dem Südpier – zwei Molen, die den Hafen schützten. Wo würde Lady Wexham eine Fahrgelegenheit über den Kanal finden? Zwei allein reisende Damen würden sofort Verdacht erregen.

Sein nächster Plan war, in jedem Gasthaus nachzufragen. Höchstwahrscheinlich war sie zu einem kleineren Fischerdorf ein Stück die Küste hinunter weitergefahren.

Schmuggler würden für den richtigen Preis alles tun.

Systematisch ging er zu jedem Hotel, zuerst zu denen, die besser besucht und dem Hafen am nächsten waren. Nach einer kurzen Mittagspause in einem Gasthaus setzte er seine Suche fort. Wenn Lady Wexham in Dover war, dann würde es nicht lange dauern, zwei Reisende ausfindig zu machen, von denen eine mit einem deutlichen französischen Akzent sprach. Das hoffte er zumindest.

Beim dritten Gasthaus blieb er wie angewurzelt auf der Schwelle stehen, als er eine männliche Stimme mit ebenso französischem Akzent vor sich hörte.

„Ja, ich soll hier eine Dame treffen. Sie ist von Geburt Französin, hat aber einen englischen Titel. Hat sie ihr Zimmer schon bezogen?“

„Nein, Sir. Keine französische Dame hier.“

Rees versteckte sich hinter einer offen stehenden Tür, als er Monsieur de la Roche erkannte. Schnell verließ er den Gasthof und überquerte die Straße, während er seinen Mantel fester um sich zog. In einem anderen Hauseingang fand er eine Nische, von der aus er den Franzosen beobachten konnte.

De la Roche war Lady Wexham also auch auf der Spur. Rees wartete, bis er herauskam. Der Mann betrat das nächste Gasthaus, in dem Rees schon gewesen war. Würde der Franzose herausfinden, dass jemand anders sich ebenfalls nach Lady Wexham erkundigt hatte?

Rees musste sie vor ihm finden.

Endlich entdeckte er sie in dem letzten Gasthaus, dem kleinsten und schäbigsten im westlichen Teil der Stadt. Dort gab es zwar niemanden, der Lady Wexham hieß, aber eine Dame namens Mrs Avery war dort abgestiegen, begleitet von ihrer französischen Zofe.

Er fragte auch nach der Tide und erfuhr, dass in der kommenden Nacht gegen zwei Uhr ablaufendes Wasser sein würde.

Den Abend verbrachte Rees im Schankraum und lauschte den Unterhaltungen um ihn herum. Irgendwann fragte jemand ihn, was er in Dover mache. Er antwortete, dass er hier sei, um jemanden von einem der Paketschiffe aus Holland zu treffen. Der andere Mann schien ihm das abzunehmen.

Kurz vor Mitternacht bewaffnete sich Rees und begab sich zu dem kleinen Gasthaus. Er postierte sich in einer kleinen Nische in der Nähe, wo er im Schatten verborgen bleiben und den Eingang beobachten konnte.

Er hatte noch keine halbe Stunde dort gestanden, als die beiden Frauen in Mäntel gehüllt herauskamen. Auch wenn er nicht viel von ihnen sehen konnte, war er sicher, dass es sich bei den beiden Gestalten um Lady Wexham und Valentine handelte. Sie trugen jede nur einen kleinen Koffer bei sich. Waren ihre Reisetruhen auch nur Teil der Tarnung gewesen?

Sie hielten sich im Schatten und gingen in westlicher Richtung.

Während Rees einen Moment wartete, um ihnen einen Vorsprung zu geben, trat ein anderer Schatten aus einer schmalen Gasse und folgte den beiden.

De la Roche. Er hatte Lady Wexham also auch gefunden.

Ohne nachzudenken, zog Rees seine Pistole heraus und schlich sich an den Franzosen an.

Er gab dem Mann keine Gelegenheit zu reagieren, sondern zog ihm mit aller Kraft den Kolben der Pistole über den Schädel. De la Roche stürzte zu Boden.

Rees schleppte den wehrlosen Mann in die dunkle Gasse zurück. Da er nichts hatte, womit er ihn fesseln konnte, brachte Rees ihn zum Ende der Gasse und schob ihn in ein Gartenhaus, dessen Tür er anschließend verbarrikadierte.

Dann rannte er wieder auf die Hauptstraße hinaus.

Weil er Angst hatte, er könnte entdeckt werden, verlangsamte er seine Schritte. Er war zu der Überzeugung gekommen, dass die zwei Frauen wahrscheinlich zum Shakespeare Beach gehen würden, einem Kiesstrand kurz hinter der Stadtgrenze. Es war der einzig mögliche Ort, an dem ein kleines Boot anlegen konnte. Die Straße teilte sich und die höher gelegene Abzweigung führte zu den Klippen hinauf, gleich unterhalb der Garnison. Trotz der kühlen Seeluft brach Rees der Schweiß aus, als er an das Risiko dachte, das die beiden Damen eingingen, wenn sie tatsächlich unmittelbar unter den Augen der Wachen in ein Schmugglerboot stiegen.

Rees ließ die letzten Straßenlaternen hinter sich und entschied sich für den oberen Weg. Einen Großteil des Nachmittags hatte er damit zugebracht, die verschiedenen Straßen zu erkunden, die in östlicher und westlicher Richtung aus der Stadt hinausführten.

Er war dankbar, dass er sich in der letzten Nacht so ausgiebig ausgeschlafen hatte. Nun war er hellwach, jeder Nerv angespannt. Seine Muskeln schmerzten ihn noch immer von dem langen Ritt von London bis hierher, aber zum Glück war seine Wunde unversehrt.

Als Rees auf der Klippe angekommen war, von der aus man den

Strand am südwestlichen Rand des Hafens überblicken konnte, legte er sich unterhalb der Militärstation flach auf den Bauch.

Die Nacht war rabenschwarz, sodass er nicht einmal die Hand vor Augen erkennen konnte. Lediglich das endlose klatschende und saugende Geräusch der Wellen am Kiesstrand war unter ihm zu hören.

Diese Klippe war im Vergleich zu den anderen weißen Klippen, die so typisch für Dover waren, nicht hoch. Er hatte die beiden Gestalten nicht mehr gesehen, seit sie den Gasthof verlassen hatten, deshalb konnte er nur hoffen und beten, dass sie unten am Strand waren.

Bei Tagesanbruch musste Céline bereits weit von der Küste entfernt sein. Wenn ein Zollkutter sie entdeckte … daran wollte er gar nicht denken.

Plötzlich sah Rees einen kleinen blauen Blitz. Er dauerte nur einen Augenblick, dann war wieder alles in Finsternis gehüllt. Er wusste, was das war. Das blaue Aufblitzen kam von einer Steinschlosspistole ohne Lauf. Es war ein oft gebrauchtes Signal, das Schmuggler an Land darauf aufmerksam machte, dass ein Boot mit Ware am Ufer lag. Rees hatte während seines Militärdienstes genügend Zeit auf dem Ärmelkanal verbracht und vor der Küste patrouilliert, um die Tricks von Schmugglern zu kennen.

Er warf einen Blick über seine Schulter. Hatten die Wachen oben auf der Klippe das Licht gesehen? Und wenn ja, was konnte er dann tun?

Er konnte nur beten.

Nachdem seine Augen sich an das Dunkel unter ihm gewöhnt hatten, bemühte er sich, ein Antwortsignal vom Strand zu erkennen. Aber er sah nichts. Da sich dieser Strandabschnitt so nahe an der Garnison befand, hatten die Schmuggler wahrscheinlich abgeklebte Laternen, die nur ein kurzes Stück weit zum Wasser hin sichtbar waren.

Hörte er da, wie ein Boot auf den Kiesstrand gezogen wurde? Es war ablaufendes Wasser. Er glaubte Schritte auf den Steinen zu hören, aber das monotone Rauschen der Wellen verschluckte das Geräusch.

Dann hörte er ein Ruder, das gegen Holz schlug.

Immer wieder blickte er zu der Garnison hinauf, um zu sehen, ob Wachen erschienen. Über eine Wendeltreppe in einem Schacht, der dort endete, wo er sich versteckt hielt, könnten die Wachen schnell auf seine Ebene heruntergelangen. Und von da aus wären sie in wenigen Schritten am Strand. Wenn er de la Roche nicht aufgehalten hätte, wäre es ihm ein Leichtes gewesen, die Soldaten zu warnen.

Seine Lippen bewegten sich lautlos im Gebet.

Aber er hörte keine Schreie, sondern nur die Wellen, die ans Ufer schlugen. Angestrengt horchte er, ob er Schritte einer Wache über ihm hörte, aber wieder war es nur das Rauschen der Wellen, eine nach der anderen, das an sein Ohr drang.

Eine ganze Weile später verriet die Leere in seinem Herzen ihm, dass Céline fort war. Er blickte über die schwarze See hinaus und dachte daran, dass auf der anderen Seite dieser schmalen Meerenge Frankreich lag. In etwa fünf Stunden würde sie dort ankommen, wenn ihr kleines Boot nicht von einem englischen Schiff entdeckt wurde.

Nach allem, was er am Abend im Schankraum gehört hatte, waren die Ruderer schneller als die Segelboote der Zollleute.

Irgendwann erhob Rees sich, Arme und Beine waren steif und kalt. Langsam richtete er sich auf.

Er ging jedoch nicht zu seinem Gasthaus zurück. Stattdessen machte er sich auf den Weg zum Hafen, stand dort lange und blickte aufs Wasser hinaus. Die Sonne, die am Horizont aufging, verhieß wieder einen schönen Tag. Das Morgenlicht warf einen weißen, glitzernden Streifen auf das silbrig glänzende Wasser. Ein milchiger Nebel lag fern am Horizont und verhüllte die französische Küste.

Allmählich wurde der Himmel hell, erst ein blasses Blau, dann beinahe weiß. Rees atmete tief den schwachen Salzgeruch in der Luft ein. Eine Möwe kreischte und kreiste über ihm, dann setzte sie zum Sturzflug an und tauchte ins Wasser.

Früher hatte er das Meer voller Sehnsucht angesehen – Sehnsucht nach Abenteuern und fernen Ländern.

Jetzt wünschte er sich nur eine Heimat und die Ruhe eines gemeinsamen Hauses … und die Gemeinschaft mit einer Seelenverwandten.

Aber dieser Traum würde ihm für immer verwehrt bleiben.

Würde er Céline jemals wiedersehen?

„Gott beschütze dich auf der Reise", flüsterte er in den Wind. Schließlich machte er auf dem Absatz kehrt und verließ den Hafen.

☙

In den folgenden Tagen ging Rees so gewissenhaft seiner Arbeit nach, als hätte er einen Auftrag. Mit militärischer Präzision organisierte er seine Gedanken und Taten. Es war wie damals, als er so viel Selbstbeherrschung hatte aufbringen müssen – damals, als er Seemann geworden war und zu spät erkannt hatte, wie unromantisch das Leben an Bord eines Schiffs war.

Als er zu Lady Wexhams Stadthaus zurückkehrte, bat er als Erstes Mrs Finlay um Verzeihung dafür, dass er so plötzlich abgereist war – wieder erklärte er, dass Lady Wexham etwas vergessen hatte und er ihr gefolgt war.

Zu Mrs Finlays Beruhigung versicherte er ihr, dass er die Kutsche oberhalb von Biggleswade eingeholt und ihr den vergessenen Gegenstand gegeben habe.

Am selben Abend, nachdem Rees seine Sachen gepackt und sein Zimmer leer und ordentlich zurückgelassen hatte, erstattete er Bunting Bericht und berichtete ihm, dass Lady Wexham nach Frankreich aufgebrochen sei. Bevor Bunting ihn fragen konnte, warum er das nicht eher gemeldet habe, erklärte er, erst in letzter Minute davon erfahren zu haben. Er sei noch ans Bett gefesselt gewesen und habe deshalb keine Zeit gehabt, eine Nachricht zu senden.

Rees verschwieg, dass er Lady Wexham gefolgt war, bis sie das Boot nach Frankreich bestiegen hatte. Er sagte lediglich, er habe ihre Spur in Dover verloren.

Von der codierten Nachricht an ihn sagte er nichts, sondern erwähnte nur, Lady Wexham habe eine Nachricht erhalten, dass eine Angehörige in Frankreich schwer erkrankt sei.

Bunting dachte darüber nach. „Und Sie meinen, das war alles?"

Rees wartete einen Moment. Dann zuckte er mit den Schultern. „Ich weiß es nicht. Ich habe keine Beweise dafür gefunden, dass sie Staatsgeheimnisse weitergegeben hat. Ich glaube, wenn es eine Intrige gab, dann zwischen ihr und dem Hof des Comte de Provence in *Hartwell House*."

„Das würde nicht überraschen. Es gibt gewiss mehrere Interessengruppen, die um die Macht buhlen werden, sobald Napoleon fällt."

Nun hatte er alles getan, was er konnte, um dafür zu sorgen, dass Lady Wexham lediglich als eine Angehörige einer der verschiedenen französischen Interessengruppen gesehen wurde und nicht als Verräterin an der britischen Krone.

„Also doch eine Sackgasse." Bunting lehnte sich seufzend zurück. „Sie sollten besser dem Außenministerium Bericht erstatten. Dort werden Sie mehr nützen."

Rees war erleichtert, dass Bunting mit seinem Bericht zufrieden war, obwohl er zugleich beschämt war. „In Ordnung, Sir."

Am nächsten Morgen kehrte Rees in sein altes Büro zurück. Nachdem er sich mehrere Minuten lang Oglethorpes Monolog über die Entwicklungen auf der Weltbühne und über Oglethorpes herausragende Rolle und Aussichten angehört hatte, folgte eine unangenehme Stille.

Schließlich räusperte Rees sich. „Ich habe mich gefragt, ob ich ein paar Tage Urlaub nehmen könnte, Sir." Als Oglethorpe die Augenbrauen hochzog, fügte er hinzu: „Es gibt eine private Angelegenheit, die ich zu erledigen habe."

„Sie wissen, dass wir in spannenden Zeiten leben, Phillips. Wenn Sie aufsteigen wollen, können Sie nicht einfach gehen, wann immer Sie Lust dazu haben."

Rees rutschte auf seinem Stuhl nach vorne und bemühte sich, seine Ungeduld zu verbergen. „Das verstehe ich, Sir."

„Castlereagh überlegt genau, wer ihn begleiten wird, wenn er irgendwann nach Frankreich vorstoßen kann."

Das weckte Rees' Interesse. „Rechnet er bald damit?" Hatte es neue Informationen gegeben, seit er den Auftrag in Lady Wexhams Haus übernommen hatte?

Oglethorpe zuckte mit den Schultern. „Da Österreich Frankreich den Krieg erklärt hat, steht Napoleon zum ersten Mal vier alliierten Mächten gleichzeitig gegenüber. Das wird er nicht lange aushalten. Außerdem hat der Herzog keine Schlacht verloren, seit er in diesem Frühjahr wieder nach Spanien vorgedrungen ist. Es ist nur eine Frage der Zeit, bis Napoleon besiegt wird."

„Aber das Waffenstillstandsabkommen ..."

Oglethorpe lachte. „Im besten Falle eine prekäre Angelegenheit. Ich habe gehört, dass es eine Schlacht geben wird, noch bevor der Sommer vorüber ist."

Was würde in einem besiegten Frankreich aus Lady Wexham werden? Wieder hoffte Rees, dass seine Aussage Bunting gegenüber half, ihre Sicherheit in der Zukunft zu gewährleisten. „Ich verstehe, Sir. Allerdings habe ich durch diesen ... Auftrag viele Dinge nicht erledigen können. Ich bitte nur um Erlaubnis, einige Tage meine Familie besuchen zu dürfen."

Oglethorpe trommelte mit den Fingern auf dem Schreibtisch. „Also gut. Aber seien Sie am Montag wieder frisch und früh da."

Nachdem er das Büro verlassen hatte, machte sich Rees auf die Reise zum Haus seiner Mutter. Jetzt lag nach der Täuschung von Bunting die zweitschwierigste Aufgabe vor ihm.

Er begrüßte seine Mutter und seine Schwester und bemühte sich, ihre Fragen so gut zu beantworten, wie er konnte. Außerdem ließ er die Schelte seiner Schwester wegen seiner langen Abwesenheit über sich ergehen. Als sie erwähnte, sie habe ihn in London gesehen, sagte er nur: „Du musst dich irren. Ich war damals gar nicht in London." Als sie darauf bestand, sie habe ihn gesehen, blieb er bei seiner Geschichte.

Megan seufzte ungeduldig. „Jessamine sagt, sie hat von dir seit Wochen keinen Brief erhalten."

„Ja, das stimmt. Wo ist sie eigentlich?"

„Zu Hause, vermute ich."

„Vielleicht besuche ich sie gleich."

Die Miene seiner Schwester erhellte sich. „Eine hervorragende Idee. Ich werde dich nicht begleiten", fügte sie mit einem listigen Lächeln hinzu.

Mit schwerem Herzen ging Rees zum Haus seiner Nachbarn.

Als er in den Salon geführt wurde, begrüßte Jessamines Mutter ihn mit einem Lächeln. „Guten Tag, Rees! Wir wussten gar nicht, dass du zu Hause bist. Ich habe dich ja eine Ewigkeit nicht gesehen. Deine Mutter hat gesagt, dass du mit dem Krieg so viel Arbeit hast. Als du die Marine verlassen hast, dachten wir, wir würden dich häufiger sehen." Sie schüttelte den Kopf. „Aber wie es scheint, hast du jetzt sogar noch mehr zu tun."

Mit Mühe erwiderte er ihr Lächeln. „Ja, es scheint so. Deshalb habe ich mir ein paar Tage Urlaub erbeten, damit ich … äh … meine Familie besuchen kann."

Bei den letzten Worten wandte er sich an Jessamine, denn sie war der Grund, warum er hier war.

Das Herz war ihm ganz schwer angesichts der Worte, von denen er wusste, dass er sie aussprechen musste. Ihr schüchternes Lächeln verriet ihm, wie glücklich sie war, ihn zu sehen. Das machte seinen Kummer nur noch größer. Es wäre besser gewesen, wenn er ihr nie Hoffnungen gemacht hätte. „Guten Tag, Jessamine. Es ist schön, dich zu sehen."

Megans Freundin war ein hübsches Mädchen mit dunkelbraunen Haaren, dunkler als die von Lady Wexham, und mit grünen Augen …

Er schob den Vergleich in Gedanken beiseite und zwang sich zu lächeln. „Du bist wohlauf, wie ich sehe?" Er ergriff kurz ihre Hände, dann setzte er sich, während er sich vorkam wie der letzte Schurke.

Nachdem sie ein wenig geplaudert und sich nach anderen Familienmitgliedern erkundigt hatten, bat er Jessamines Mutter um Erlaubnis, mit ihrer Tochter allein in den Garten gehen zu dürfen. Der Wunsch, mit Jessamine unter vier Augen zu sprechen, würde den beiden Damen einen falschen Eindruck vermitteln, aber er musste es ihr sagen und sah keinen anderen Weg, es ungestört zu tun.

Eine Weile gingen sie schweigend nebeneinanderher. Der Sommer war fortgeschritten und der Duft von Rosen lag in der Luft. Sie erinnerten Rees an Lady Wexham, doch sogleich drängte er die Erinnerung zurück mit der Selbstbeherrschung und Konzentration eines Soldaten, der in die Schlacht zieht.

„Wir kennen einander nun schon einige Jahre", begann er.

„Das ist wahr", erwiderte Jessamine mit einem Lächeln. Er hörte es in ihrer Stimme, obwohl er starr auf den Boden blickte.

„Du warst noch ein Kind, als meine Mutter nach dem Tod meines Vaters wieder in diese Gegend zog." Bevor sie etwas sagen konnte, fuhr er fort: „Und du bist in den letzten ein, zwei Jahren zu einer reizenden jungen Dame herangewachsen."

Jetzt blieben sie beide stehen, als hätten sie es verabredet. Endlich wagte Rees es, sie anzusehen. Ihr Blick war offen und ehrlich. Er sah ihre Zuneigung – und die Hoffnung – darin und fühlte sich wie der elendeste Lump, weil er diese Hoffnung gleich zunichtemachen würde. „Ich weiß, dass … irgendwann …" Er räusperte sich, weil es ihm schwerfiel fortzufahren. Er zerstörte nicht nur Jessamines Glück, sondern auch seine eigene Möglichkeit auf Liebe und Kameradschaft. Aber dann sprach er weiter. „Gewiss wird bald ein junger Herr kommen und … um deine Hand anhalten."

Die Hoffnung in ihren großen grünen Augen wandelte sich in Verwirrung, dann in Erstaunen und schließlich in Enttäuschung, als ihr dämmerte, was er meinte. Dann reckte sie das Kinn ein wenig vor. Rees bewunderte sie für ihre Tapferkeit.

„Ich …" Er war nicht sicher, was er noch sagen sollte. Verlegen blickte er zu Boden. „Eine Zeit lang dachte ich … ich wäre vielleicht dieser Mann." Er holte tief Luft und nahm allen Mut zusammen, um ihr in die Augen zu sehen, während er ihre Träume grausam niederriss. „Aber ich bin nicht dieser Mann."

Jessamine öffnete den Mund, aber er beeilte sich, ihr zuvorzukommen, damit sie ihre Gefühle nicht offenlegen musste. Er wollte sie auf keinen Fall demütigen oder in Verlegenheit bringen. Lieber würde er die Last selbst tragen. „Ich bin deiner nicht würdig, Jessamine. Ich weiß, dass ich nie eine Frau finden werde, die dir überlegen ist, aber … aber ich … ich meine, mein Leben ist im Moment … meine Karriere …"

Bevor er wusste, wie er fortfahren sollte, streckte sie eine Hand aus und legte sie auf seinen Arm, um ihn zu unterbrechen, während er krampfhaft nach einem guten Grund suchte. „Du musst nichts weiter erklären."

Ihre Augen glänzten von unvergossenen Tränen. Dieser Anblick zerrte an ihm, sodass er sich nur noch elender fühlte.

„Es tut mir leid, wenn … ich dir Anlass gegeben habe … einen Grund zu glauben …"

Sie schüttelte den Kopf, ein zittriges Lächeln auf den Lippen. „Nein, nein, mach dir keine Gedanken. Du warst immer korrekt und schicklich wie ein … ein älterer Bruder und Freund.“ Jetzt brach ihre Stimme. Er streckte die Hand aus, aber sie zog ihre fort und trat einen Schritt zurück.

„B-bitte entschuldige mich …“ Damit wandte sie sich ab und lief zum Haus zurück.

Und Rees stand dort, sah ihr hinterher und wusste, dass er nichts tun konnte, um ihren Schmerz zu lindern.

Herr, vergib mir, dass ich einen so lieben Menschen verletzt habe. Das hat sie nicht verdient. Habe ich unrecht gehandelt?

Aber tief in seinem Innern wusste er, dass es ein größeres Unrecht Jessamine gegenüber gewesen wäre, etwas vorzutäuschen, was er nicht empfand. Jetzt, wo er wusste, was Liebe war, konnte er eine Ehe nicht durch etwas Geringeres entweihen.

Morgen würde er nach London zurückkehren, zurück zum Außenministerium, um seine Pflichten wiederaufzunehmen. Oglethorpe hatte nichts von der versprochenen Beförderung gesagt und Rees würde sie auf keinen Fall selbst ansprechen. Nachdem er die Treue seinem Vaterland gegenüber um einer Frau willen verraten hatte, war er froh, überhaupt noch eine Arbeit zu haben – auch wenn es bedeutete, dass er ein kleiner Angestellter bleiben würde und keine Hoffnung haben konnte, jemals über das öde Übersetzen von Kriegsnachrichten hinauszugelangen.

22. Kapitel

London, 1. August 1814

Rees stand am Rande von Green Park, ein kleines Stück südlich von Piccadilly. Die Nacht brachte Linderung von der Sommerhitze. Er blieb stehen und blickte zu dem erleuchteten Himmel hinauf, als die ersten Feuerwerkskörper über ihm zerbarsten.

Ganz London schien sich im Park und auf den angrenzenden Straßen versammelt zu haben, um den Sieg zu feiern. Napoleon war im April abgetreten und seitdem hielten die alliierten Armeen Frankreich besetzt.

In London waren die Feierlichkeiten bereits seit Juni im Gange, als die alliierten Herrscher eingetroffen waren. König Friedrich Wilhelm von Preußen, Zar Alexander von Russland, Marschall Blücher und eine ganze Reihe anderer Würdenträger waren von dem Prinzregenten gefeiert worden. Die Menschen hatten die Kent Road gesäumt, um einen Blick auf die königlichen Herrschaften hinter ihren Kutschfenstern zu ergattern.

Vielleicht am meisten bewundert und hofiert hatte man den Herzog von Wellington, als er aus Paris zurückgekehrt war – Wellington, der Kriegsheld, der den Feind besiegt hatte.

Hyde Park war in einen Jahrmarkt verwandelt worden; es gab Stände, Pavillons, Ballonfahrten und alle möglichen anderen Vergnügungen für die Bevölkerung. Aus dem Krieg zurückgekehrte Soldaten füllten die Straßen.

An diesem Abend begann der nächste Feiermonat. Der Prinzregent hatte die Hundertjahrfeier des Hauses von Hannover ausgerufen, der königlichen Familie, die in Großbritannien seit George I. auf dem Thron saß. Heute war außerdem der Jahrestag der Schlacht am Nil, bei der Admiral Nelson Bonapartes Marine vor der Küste von Ägypten besiegt hatte.

Rees war bei der Schlacht dabei gewesen, sein erster Einsatz als junger Matrose, ein Junge von sechzehn Jahren.

Jetzt beobachtete er das Feuerwerk. Rauch verhüllte die große hölzerne „Burg der Zwietracht“, die im Park errichtet worden war, während der Himmel in allen Farben erstrahlte.

Doch die Künste der Pyrotechnik ließen ihn kalt.

Den ganzen Sommer lang hatte er sich den Pomp und Prunk angesehen. Obwohl er vor mehr als zehn Jahren im Krieg gekämpft hatte und von Herzen froh war, dass die Kampfhandlungen endlich vorüber waren, war er kein Teil der Friedensfeiern. Er kam sich wie ein Verräter vor.

Es hatte ihn alle verfügbare Kraft gekostet, jeden Morgen zur Arbeit zu gehen und abends wieder zu seiner Pension. Und jetzt stand er dort und sah zu, wie Raketen in den Himmel schossen und in bunten Formen zerbarsten – Bäume, Schiffe, Feuerräder, Spiralen, Raketen, die aus Raketen schossen – und als feiner Regen auf die Erde niedergingen.

Herr, was mache ich eigentlich hier? Unsere zwei Länder sind nicht mehr im Krieg. Ich muss nach Frankreich. Ich muss sie finden. Auch wenn es keine Hoffnung gibt, muss ich sie sehen.

Rees hatte versucht, Lady Wexham zu vergessen – vergeblich. Stattdessen träumte er immer noch von ihr, manchmal sprach er einen Gedanken sogar laut aus, als säße sie neben ihm.

Er rieb sich die Schulter, die ihn immer noch gelegentlich schmerzte, und dachte an ihre Gefühle für ihn. Hatte sie ihn so schnell vergessen, wie sie jeden anderen Diener vergessen würde, der kurz in ihrem Haushalt angestellt war? Würde sie ihn auf der Straße erkennen und vorübergehen?

Das musste er herausfinden.

Wie konnte er nach Frankreich gelangen? Der Gedanke begeisterte und erschreckte ihn zugleich, jetzt, wo er einmal aufgetaucht war und sich hartnäckig in seinem Kopf festsetzte.

Er würde zu Oglethorpe gehen – oder nein, zu Lord Castlereagh selbst – und sich um einen Posten beim Stab des Herzogs von Wellington in Paris bewerben.

Mit neuer Hoffnung in der Brust und beschwingtem Schritt wandte Rees sich von der staunenden Menge ab und verließ den Park.

23. Kapitel

Paris, 21. August 1814

Céline schloss die Tür hinter sich. Mit einem Seufzer der Erschöpfung sah sie auf die Straße hinaus. Der Tag neigte sich dem Ende zu und die Fußgänger eilten auf ihrem Heimweg an ihr vorbei, viele mit ihren Baguettes für das Abendbrot unter dem Arm. Kutschen und Karren ratterten auf dem unebenen Kopfsteinpflaster an ihr vorbei.

Das Leben in Paris war ganz anders als in London. Auch nach einem Jahr hatte Céline immer noch Mühe, sich daran zu gewöhnen. So viele der Straßen in Paris waren dunkel und schmal und gaben ihr das Gefühl, im Mittelalter zu leben und nicht am Beginn eines neuen Jahrhunderts.

London war lebendig und modern gewesen. Es wuchs ständig über seine Grenzen hinaus, während in Paris jenseits der Stadt gleich Felder und kleine Höfe begannen.

Aber das alles spielte keine Rolle. Dies war jetzt ihr Zuhause und sie würde gut daran tun, ihre Geschäfte vor dem Einbruch der Dunkelheit zu erledigen. Sie umfasste die Papierrolle, die sie in der Hand trug, fester und stieg die Stufen zur Straße hinab.

„Lady Wexham!"

Sie blieb so abrupt stehen, dass ein Fußgänger ihr in die Hacken lief. Nach einem gemurmelten *Pardonnez-moi* blickte sie sich suchend um. Woher kam die Männerstimme, die sie gerufen hatte?

Seit sie England verlassen hatte, war sie nicht mehr mit diesem Namen angesprochen worden. Sie hätte schwören können, dass die Stimme klang wie die von … von … sie wagte kaum, seinen Namen zu denken.

Ihr Blick suchte die Straße ab, während sich ihre Gedanken an die letzten Monate in London überschlugen.

Dann blieb ihr Blick an einem Gentleman hängen, der auf der gegenüberliegenden Straßenseite stand, genauso reglos wie sie, die

Augen unverwandt auf sie gerichtet, während die Menschen an ihm vorbeieilten.

Céline starrte ihn an. MacKinnon? Konnte es wirklich sein? Der Mann glich ihm im Wuchs und hatte die gleichen breiten Schultern, aber sonst war alles anders. Dieser feine Gentleman sah unter seinem hohen Kastorhut genau danach aus – nach einem feinen Gentleman. Sie riss den Blick von seinen Augen los und betrachtete den ganzen Mann. Ein gut geschnittener Gehrock, ein weißes Halstuch, braune Beinkleider in hohen Hessenstiefeln.

Immer noch spürte sie seinen Blick, der auf ihr lag, und ihre Augen suchten seine erneut.

Nur MacKinnon sah sie mit solcher Intensität an.

Sie wartete und ihr Herzschlag dröhnte wie eine Pauke, als er die Straße überquerte, kaum nach rechts oder links blickend, wie ein Mann, der nur ein Ziel hat. Einen Augenblick später stand er vor ihr und seine grauen Augen suchten erneut den Blickkontakt mit ihr.

Ein Kaleidoskop der Gefühle explodierte in Céline – Ungläubigkeit, Schock, Verlangen, Freude, Staunen. MacKinnon hier – warum? Wie? Konnte es wirklich sein?

Sie hatte gedacht, sie würde ihn nie wiedersehen. Viele Monate lang hatte sie vergeblich versucht, ihn aus ihren Gedanken zu verbannen, nur um vom kleinsten Geräusch oder Anblick – die breiten Schultern eines Mannes; graue Augen, die sie anblickten; ein bestimmter Gang; der Tonfall einer Stimme – immer wieder an ihn erinnert zu werden.

Und jetzt stand er keinen halben Meter von ihr entfernt und sah so elegant aus, dass es ihr die Sprache verschlug. Céline hätte am liebsten laut gelacht, als sie daran dachte, wie leidenschaftlich sie einander geküsst hatten und doch nie über die förmliche Anrede hinausgekommen waren.

„Sind … sind Sie es wirklich, Mr MacKin…“ Sie lächelte. „Aber das ist nicht Ihr richtiger Name, nicht wahr? Wie soll ich Sie nennen?“

Seine grauen Augen verrieten ihr, dass sie recht hatte. „Nein … nein, so heiße ich nicht.“ Dann klang seine leise Stimme fester. „Mein Name ist Phillips. Rees Phillips.“

Céline versuchte, sich an den fremden Namen zu gewöhnen. *Rees*. Sie ließ die eine Silbe in ihren Gedanken verweilen und stellte fest, dass sie ihr gefiel.

Ihre Wangen röteten sich, als er sie weiter unverwandt ansah. Gewiss sah er eine Frau vor sich, die ganz anders war als die, die er in London gekannt hatte.

„Was machen Sie …?"

Im gleichen Augenblick sagte er: „Ich habe versucht, Sie zu …"

Beide verstummten. Dann bedeutete sie ihm, er solle weitersprechen.

„Ich bin vergangenen Montag angekommen und habe Sie seither gesucht." Ein Lächeln funkelte in seinen Augen. „Sie sind sehr schwer zu fassen."

Sogleich kehrte Célines Misstrauen zurück. Warum hatte er sie gesucht? Hatten die Briten ihn geschickt? War man in England noch immer hinter ihr her? „Man kann gar nicht vorsichtig genug sein", gab sie zurück.

Ein kleines Stirnrunzeln erschien zwischen seinen dichten dunklen Augenbrauen. „Sie sind doch nicht mehr in Gefahr, oder?"

Sie zuckte mit den Schultern. „Die Ultrakonservativen, die jetzt an der Macht sind, würden alle anderen Stimmen zum Schweigen bringen, wenn sie könnten."

Jetzt sah er ernsthaft besorgt aus. „Das will Großbritannien aber nicht. Deshalb wurde Wellington zum Botschafter ernannt."

Als sie nichts erwiderte, räusperte er sich. „Sie haben London sehr plötzlich verlassen."

„Ich habe versucht, es Ihnen zu sagen."

„Mit Ihrer chiffrierten Nachricht?"

Céline blickte in seine lächelnden Augen. „Mehr wagte ich Ihnen nicht zu geben." Sie lachte unbekümmert. Plötzlich war sie so glücklich, wie sie es seit ihrer Ankunft in Paris nicht gewesen war. „Immerhin haben Sie mir nachspioniert. Ich war zuversichtlich, dass Sie die Nachricht entziffern würden."

Mr Mac… nein, Mr Phillips neigte ein wenig den Kopf, um ihre Vermutung zu bestätigen.

Dann wurde sie wieder ernst, als sie an jene Tage zurückdachte.

„Ich musste nicht nur an meine eigene Sicherheit denken, sondern auch an die von Gaspard und Valentine – und von anderen."

„Und ich hatte ebenfalls meine Treuepflichten."

„Natürlich."

Er schüttelte reumütig den Kopf. „Ich fürchte, ich war kein sehr begabter Spion. Die ganze Zeit, während ich Sie ausspionieren sollte, habe ich zugleich versucht, Sie zu beschützen."

„Vor den Wegelagerern."

Er nickte.

„Ich habe mich immer gewundert. Und doch konnte ich Ihnen nicht ganz vertrauen. Schließlich haben Sie für die andere Seite gearbeitet."

„Wie es aussieht, waren die Briten nicht Ihre einzigen Feinde."

Céline dachte an de la Roche.

„Als Sie London verließen, dachte ich, ich würde Sie nie wiedersehen", sagte er leise.

Die Worte klangen fast wie die eines verliebten Mannes. Konnte er noch immer etwas für sie empfinden – für eine Verräterin seines Vaterlandes?

Ihr Herz begann schneller zu schlagen, als sie sich ermahnte, nicht zu viel in seinen Tonfall hineinzudeuten. Sie fragte leise: „Wollten Sie das denn?"

„Sehr sogar."

„S-sie haben gesagt, Sie hätten mich gesucht?"

Mr Phillips nickte. „Ich konnte nur vermuten, dass Sie nach Frankreich aufgebrochen waren, als Sie London verlassen hatten." Er hielt inne. „Ich habe Ihre Nachricht entschlüsselt, kurz nachdem Ihre Kutsche abgefahren war. Deshalb bin ich Ihnen gefolgt."

Sie riss die Augen auf. „Nach Dover?"

„Ich dachte mir, dass Sie zur Küste fahren würden."

Sie nickte nachdenklich. Er war ein intelligenter Mann, so wie sie es immer vermutet hatte. Dann zog sie die Augenbrauen zusammen, noch immer überrascht, weil er ihr gefolgt war. „Haben Sie mich gefunden?"

„In einem Gasthaus." Er zögerte. „Und dann an einem Strand außerhalb der Stadt."

Céline holte tief Luft, als ihr bewusst wurde, was er getan hatte.

„Sie sind uns in jener Nacht gefolgt – und haben uns nicht aufgehalten?“

Ein Schatten legte sich auf seine Züge. „Sie waren in großer Gefahr. De la Roche war Ihnen auf den Fersen. Frankreich war der einzige Ort, an dem Sie sicher sein würden.“

„De la Roche! Mit ihm hätte ich rechnen müssen. Seinetwegen musste ich England so schnell verlassen.“ Sie schüttelte traurig den Kopf. „Bei dem ganzen Hin und Her zwischen den Briten und den französischen Royalisten ist es ein Wunder, dass ich überhaupt noch am Leben bin.“ Sie runzelte die Stirn. „Woher wussten Sie von de la Roche?“ Sie dachte an *Hartwell House* zurück. „Warten Sie – haben Sie deshalb … in Hartwell …“ Bevor sie die Sache mit dem Kuss hinausposaunen konnte, verstummte sie.

Aber er war ihren Gedanken gefolgt und nickte. „Er hat während unseres Aufenthaltes in *Hartwell House* angefangen, Sie zu verdächtigen. Ich konnte belauschen, wie er sich mit einem anderen Mann über Sie unterhielt. Da beschloss ich, Sie beide im Auge zu behalten und kostümiert zu dem Maskenball zu gehen.“

Jetzt starrten sie einander an. In diesem Augenblick wusste Céline, dass auch er sich an den Kuss erinnerte. „Es hat beinahe den ganzen Abend gedauert, bis ich herausfand, wer Sie waren. Die Wahl Ihres Kostüms war sehr klug.“

Sie fühlte, wie ihre Wangen unter seinem Blick warm wurden. „Und Sie waren ein schneidiger Pirat“, murmelte sie.

Als er nichts von dem Kuss sagte, deutete sie das als ein Zeichen für sein Taktgefühl. „Aber Sie waren auch auf meiner Spur, nicht wahr?“

Mr Phillips zuckte nicht mit der Wimper. „Die britische Regierung hat mich in Ihr Haus eingeschleust, um …“ Er hielt inne und suchte nach dem richtigen Wort.

„Mich auszuspionieren?“

„Herauszufinden, ob Sie Informationen an die Franzosen weitergaben.“

„Ich verstehe.“ Wie sie sich doch danach sehnte, sich in seine Arme zu werfen! Doch gleich darauf zügelte sie ihre Emotionen. Sie wusste noch immer kaum etwas über ihn. War er jetzt verheiratet? Warum hatte er sie gesucht? Sie dachte an den Abend in Dover zurück. „Haben Sie de la Roche in Dover gesehen?“

„Sie sind gerade noch rechtzeitig abgereist. Ich fürchte, sowohl die Briten als auch die französischen Royalisten hatten Verdacht geschöpft, was Ihre Aktivitäten betraf. Der Überfall auf der Heimreise von *Hartwell House* war ein Beweis dafür, in welcher Gefahr Sie sich befanden."

Céline fröstelte, als sie daran zurückdachte. „Ich wollte nie Ihr Leben gefährden."

„Dafür waren Sie nicht verantwortlich. Ich habe für die Briten gearbeitet."

„Hat Rumford bei der Täuschung mitgemacht? Ich muss zugeben, dass ich es ihm kaum zutrauen würde."

Er nickte. „Das Innenministerium hat ihn davon überzeugt, dass es seine Pflicht sei, Ihre Loyalität auf die Probe zu stellen. Nehmen Sie es ihm nicht zu übel. Er war hin- und hergerissen und wollte nicht glauben, dass Sie England verraten würden."

Sie errötete und senkte den Blick. „Der arme Mr Rumford. Es tut mir leid, dass ich ihn in diese schwierige Lage gebracht habe. Vielleicht wird er mir irgendwann vergeben können." Sie seufzte. „Sollte man mich jemals nach England zurückkehren lassen."

„Würden Sie das denn wollen?"

„Jetzt ist das gewiss keine Möglichkeit mehr, nicht wahr?"

„Ich dachte, hier in Paris würde ich Sie schnell finden. Ihre Familie ist doch bekannt, nicht wahr? Und doch schien niemand Sie zu kennen."

Sie lächelte freudlos. „Ich verkehre nicht mehr in den besten Kreisen, seit es in den Tuilerien einen neuen Hof gibt."

Wieder war es eine Anspielung auf ihre politischen Neigungen und den aktuellen Stand der Dinge in Paris. „Ist alles in Ordnung? Sie sind nicht in Schwierigkeiten, hoffe ich?", fragte er besorgt.

Céline lachte und schüttelte den Kopf. „Oh nein. Wenn ich nicht zu den führenden Damen der Gesellschaft gehöre, dann aus freien Stücken."

Sein Blick musterte sie nachdenklich und sie fragte sich, welche Schlüsse er aus ihrem Äußeren zog, das, verglichen mit ihren Kleidern in London, sehr schlicht war. „Ich fürchte, ich halte Sie auf."

Jetzt erst fiel ihr der Artikel wieder ein. Sie musste ihn bis fünf Uhr bei der Zeitung abgegeben haben. „Ich muss gehen." Würde sie ihn wiedersehen? Wollte sie das überhaupt? Gab es denn eine Hoffnung? Ihr schien, als würde sie derzeit mit so wenig Hoffnung leben. Wollte sie die Gefühle, die er in ihr geweckt hatte, wiederbeleben? Wäre es ihm gegenüber anständig? Mit Mühe trat sie einen Schritt zurück. „Ich … muss gehen", wiederholte sie.

Als sie Anstalten machte, sich zu entfernen, schien Mr Phillips plötzlich lebendig zu werden. „Warten Sie! Ich kann Sie fahren lassen. Wohin möchten Sie?"

Céline blinzelte ihn an. „Sie sind nicht zu Fuß?"

Mr Phillips zeigte auf eine Kutsche, die auf der anderen Straßenseite parkte. „Ich war in der Kutsche unterwegs, doch dann meinte ich, Sie erkannt zu haben."

Es schien eine elegante Equipage zu sein. Alles schien so durcheinander, dass es sie völlig verwirrte. Sie sollte diejenige sein, die ihm das Angebot einer Kutsche machte. Céline zog eine Augenbraue hoch und stellte fest, dass es ihr nicht leichtfiel, sich an den Gentleman zu gewöhnen, den sie nur als Butler gekannt hatte. „Ein Butler, der in seiner eigenen Kutsche reist. Wie merkwürdig. Aber andererseits waren Sie ja nie Butler, nicht wahr?"

Ein Mundwinkel wanderte spöttisch nach oben. „Nein, Mylady."

Sie lächelte schwach. „Und ich bin nicht mehr Lady Wexham."

Jetzt zog er eine Augenbraue hoch. „Nein?"

Sie streckte ihm die Hand entgegen. „Einfach nur Céline de Beaumont."

Er schlug mit festem Griff ein. „Freut mich, Sie kennenzulernen." Und dann, bevor sie die Hand wegziehen konnte, beugte er sich über sie. Ihr stockte der Atem, weil sie einen Moment lang glaubte, er würde ihre Hand küssen, wie die Franzosen es taten. Doch er richtete sich wieder auf und ließ ihre Hand los und sie musste ein Gefühl der Enttäuschung unterdrücken.

Dann zuckte er mit den Schultern und grinste. „Aber es ist nicht meine eigene Kutsche. Sie gehört der britischen Botschaft. Der Herzog von Wellington hat mir gestattet, sie zu benutzen."

Sie zog eine Augenbraue hoch. „Wie es scheint, hat das Blatt sich für Sie zum Besseren gewendet, wenn Sie dem Herzog so nahestehen."

„Das hat es tatsächlich."

Was las sie da in seinen Augen? Bevor sie es deuten konnte, ermahnte sie sich, dass er gefährlich sein könnte, wenn er so eng mit dem britischen Botschafter zusammenarbeitete. „Ich muss gehen ..." Wieder zwang sie sich, einen Schritt von ihm fort zu tun.

„Laufen Sie nicht vor mir weg – bitte!"

Dem Flehen in seiner Stimme konnte sie einfach nicht widerstehen. Sie drehte sich um. „Für wen arbeiten Sie denn jetzt, Mr ... Phillips?" Sie musste sich wirklich noch an den anderen Namen gewöhnen.

„Ich arbeite immer noch für das britische Außenministerium."

„Aha. Ich dachte, Sie hätten vielleicht für das Innenministerium gearbeitet, als Sie in meinem Haus beschäftigt waren."

„Für die Zeit meines Aufenthalts in Ihrem Haus war ich vom Außenministerium an das Innenministerium ausgeliehen." Mr Phillips räusperte sich ein wenig, als sei er verlegen. „Aber warum ich Sie gesucht habe, das war ... ausschließlich aus privaten Gründen." Seine Wangen röteten sich ein wenig, als er die letzten Worte sprach. Bei diesem vertrauten Anblick begann ihr Inneres zu schmelzen. Wann hatte sie gelernt, die verräterischen Anzeichen in seinen Zügen zu deuten, vom leisesten Flackern in seinen grauen Augen bis zu der Röte in seinen Wangen?

„Bitte, Lady Wex... *Mademoiselle* ... *Madame* ...", stotterte er verwirrt.

„Mademoiselle de Beaumont", sagte sie mit einer leichten Betonung auf ihrer Anrede als alleinstehende Frau.

„Mademoiselle de Beaumont", wiederholte er. „Bitte." Er zeigte auf die wartende Kutsche. „Erlauben Sie mir doch, Sie zu Ihrem Bestimmungsort zu fahren. Ich verspreche, dass ich Ihnen nichts Böses will. Ich bin kein Spion mehr. Aber es ist mir unangenehm, auf der Straße mit Ihnen zu sprechen."

Sie blickte zwischen Kutsche und ihm hin und her und wog die Risiken ab. Sie befanden sich auf ihrem Grund und Boden. Zwar stand sie in Opposition zur jetzigen französischen Regierung, aber sie hatte nichts Illegales getan – noch nicht.

In der Stadt wimmelte es jetzt schon seit einem Jahr von Briten. Wenn sie Céline hätten verhaften wollen, hätten sie sie mit Sicherheit finden können. Aber was sollten sie ihr jetzt in Friedenszeiten vorwerfen?

Doch noch wichtiger war, überlegte sie mit einem Blick auf Rees Phillips, ob sie wollte, dass er etwas über ihr jetziges Leben erfuhr und sie über seines.

„Der Krieg ist vorbei.“ Seine leise Stimme drang in ihre Gedanken ein, als hätte er erraten, in welche Richtung sie gingen. „Niemand jagt Sie.“

Sie lächelte halb ernst, halb spöttisch. „Die Royalisten würden mich zum Schweigen bringen, wenn sie könnten.“ Als sie seinen fragenden Blick sah, zuckte sie mit den Schultern. „Also gut, Mr Phillips, ich werde Ihr Angebot annehmen.“

Sie überquerten die Straße, wobei seine Hand leicht ihren Ellbogen berührte. „Wohin kann ich Sie begleiten?“

Schnell überlegte sie. Besser an einem öffentlichen Ort. „Place Saint-Germain-des-Prés, bei der Abtei.“

Nachdem er dem Kutscher eine entsprechende Anweisung gegeben hatte, griff er in seine Manteltasche, zog ein Etui mit Visitenkarten heraus und nahm eine heraus. Wortlos reichte er ihr die Karte.

Sie nahm sie. *Rees Phillips, britische Delegation.* „Vom Butler zum Diplomaten. Was haben Sie getan, um das zu verdienen?“

Ein Schatten legte sich auf seine Züge. „Es ist eine lange Geschichte, die ich Ihnen gerne erzählen würde, wenn ich darf. Aber eine ratternde Kutsche ist kein angemessener Ort, um einander auf den neuesten Stand zu bringen.“ Wieder sah er sie mit seinem durchdringenden Blick an. „Würden Sie mir die Ehre geben, heute Abend mit mir zu dinieren?“

„Bevor ich Ihnen darauf antworte, sollte ich Ihnen wohl erzählen, dass ich für die Presse der Opposition schreibe.“ Céline hob die Papiere hoch, die sie in der Hand hielt. „Ihrer Regierung könnte das missfallen.“

Jetzt sah er sie mit großen Augen an. „Sie schreiben?“

„Unter einem Pseudonym, C. de Valois. Die Leser glauben, dass es sich um einen Mann handelt, aber diejenigen, die die Macht haben, uns kaltzustellen, wissen sehr gut, wer ich bin“, fügte sie mit einem bitteren Tonfall hinzu.

Er nickte nachdenklich. „Deshalb hatte ich also solche Mühe, Sie zu finden." Anstatt weiter auf das Thema einzugehen, wiederholte er seine Einladung. „Werden Sie mir die Ehre erweisen, mir heute Abend beim Diner Gesellschaft zu leisten?"

Wieder ertappte sie sich dabei, dass sie der Bitte in seinen Augen nicht widerstehen konnte. „Also gut, Mr Phillips. Wo sollen wir uns treffen?"

„Beim *Palais Royal*. Ich habe gehört, dass es dort verschiedene exzellente Restaurants gibt. Aber bitte erlauben Sie mir, Sie mit der Kutsche abzuholen. Für eine Dame ist es abends zu gefährlich, ohne Begleitung unterwegs zu sein."

Sie willigte ein, warnte ihn jedoch, dass ihre Bleibe hier etwas anders aussah als ihre Residenz in London.

Kurz darauf kamen sie an Célines Zielort an und der Fahrer öffnete ihr die Tür der Kutsche. Sie gab Rees die Hand. *„Au revoir, Monsieur."*

Er hielt ihre Hand einen Augenblick fest, während er ihr tief in die Augen sah. „Bis heute Abend."

Rees wählte das *Café de Chartres*, ein Restaurant, das während der Revolution zu Ruhm gelangt war. Ein Kollege von der Botschaft hatte es ihm einige Tage zuvor gezeigt. Nach dem zu urteilen, was er in seiner ersten Woche in Paris erlebt hatte, verbrachten die Briten einen Großteil ihrer Zeit in der Innenstadt und entdeckten die Vergnügungen des europäischen Festlands.

Wenigstens schien es ein warmer, gemütlicher Ort zu sein, in dem er einige Stunden mit Lady Wexham zubringen konnte. Das kleine Restaurant befand sich unter den steinernen Arkaden des berühmten – oder berüchtigten – *Palais Royal*.

Im Viertel wimmelte es vor Zivilisten hoher oder niederer Herkunft und Soldaten – Briten, Preußen und Kosaken in ihren bunten Uniformen. Aber Rees interessierte sich kaum für die Menschenmassen, die sich draußen auf der Straße drängten. Er hatte nur Augen für die Frau, die ihm an dem kleinen Tisch gegenübersaß.

Nachdem er die Hoffnung fast schon aufgegeben hatte, sie jemals zu finden, war es, als hätte Gott ihn genau zu der richtigen Zeit an die richtige Straßenecke geführt. Zuerst hatte er kaum glauben können, dass es tatsächlich Lady Wexham war, da ihre Erscheinung sich so verändert hatte.

Im Vergleich zu der Lady aus der Londoner Oberschicht, die nach der aktuellsten Mode gekleidet gewesen war, hatte sie in einem grauen Kleid und einer schlichten, nur mit einem einzigen Band verzierten Strohhaube beinahe schäbig gewirkt. Auf den ersten Blick sah sie aus wie eine Gouvernante oder die Gesellschafterin einer feinen Dame. Aber als er dann vor ihr gestanden hatte, dicht vor ihr, war er ebenso schnell von ihr gefesselt gewesen wie in Mayfair. Sie könnte in Sack und Asche gehen und würde ihm immer noch den Atem rauben.

An diesem Abend sah sie wieder mehr wie die Dame aus, die er gekannt hatte, auch wenn ihr Kleid nach ihren Londoner Maßstäben schlicht war. Es war hellgrün und sie trug dazu ein durchscheinendes Tuch lose über den Schultern. Ihre glänzenden Haare waren hochgesteckt, sodass um ihr Gesicht keine verspielten Locken fielen. Der Stil betonte ihre edlen Wangenknochen und dramatischen dunklen Augenbrauen.

Lady Wexham sah sich in dem überfüllten Restaurant um. Die Franzosen gingen viel häufiger zum Essen aus, als die Briten es taten. Rees hatte schnell festgestellt, dass es in der Stadt Restaurants und Cafés im Überfluss gab.

Ein Kellner näherte sich ihrem Tisch. Nachdem sie mit ihm gesprochen hatten, wählten sie ihr Essen aus, wobei Rees gerne den Empfehlungen seiner Begleiterin folgte.

Als der Kellner gegangen war, wandte sie sich an ihn. „Es ist einfaches Essen, aber ich glaube, es wird Ihnen schmecken. Fisch und Wild sind hier sehr frisch. Und die Weine sind gut."

Er fragte sich, ob sie oft hierherkam und mit wem.

„Sie sprechen übrigens sehr gut Französisch", bemerkte sie.

„Danke."

„Diese Tatsache haben Sie geschickt verborgen, als Sie bei mir in Stellung waren."

Rees wusste nicht, ob sie verärgert war oder ihn nur aufzog. Bis jetzt hatte sie ihre Gefühle nicht gezeigt. „Es war nicht immer einfach, das können Sie mir glauben, vor allem, als wir in *Hartwell House* waren." Er lehnte sich auf seinem Stuhl zurück. „Wie lange hat es gedauert, bis Sie wussten, dass ich kein echter Butler war?"

„Nicht lange." Lady Wexham zuckte mit den Schultern. „Valentine hatte mich gewarnt, dass Sie nicht waren, was Sie zu sein vorgaben."

„Natürlich."

Sie trank einen Schluck von ihrem Wein. „Sie haben sich Valentine zur Feindin gemacht."

„Ja, das ist mir bewusst. Wie geht es ihr?"

„Es geht ihr gut – so gut es einem in einer Stadt gehen kann, die zu viele Jahre lang nichts als Mangel gekannt hat." Wieder zuckte sie mit den Achseln. „Sie wird überleben. Das ist ihre besondere Begabung."

„Arbeitet sie immer noch für Sie?"

„Nicht direkt. Sie wohnt noch bei mir und besteht darauf, mich zu bemuttern. Aber ich habe ihr gesagt, dass sie sich eine neue Stelle suchen muss. Ich glaube, sie wird ein Geschäft eröffnen."

Rees ließ diese Information sacken und fragte sich, ob es daran lag, dass Lady Wexham sich keine Zofe mehr leisten konnte. „Und Gaspard?"

Jetzt wurde ihr Lächeln breiter. „Er hat ein eigenes Restaurant eröffnet. Ich sollte Sie dorthin mitnehmen."

Er erwiderte ihr Lächeln und zum ersten Mal hatte er das Gefühl, dass die Mauern, die sie voneinander trennten, zu bröckeln begannen. „Ja. Wenn Sie es mir früher erzählt hätten, hätten wir heute hingehen können."

Dann schwand sein Lächeln wieder. Die Tatsache, dass sie weder Koch noch Zofe hatte, deutete darauf hin, dass sich ihre finanzielle Lage verschlechtert hatte.

Auch ihre Miene war jetzt wieder ernst. „Zuerst musste ich mich davon überzeugen, dass Sie nicht von den Briten gesandt worden sind."

„Ich verstehe." Er rieb sich das Kinn und wünschte, er könnte ihr beweisen, dass sie nicht mehr auf gegnerischen Seiten standen. „Die britischen Behörden haben mich nicht geschickt. Sie haben kein Interesse mehr an Ihnen."

Sie musterte ihn lange, als überlegte sie, ob sie ihm glauben sollte. „Vielleicht nicht, aber sie haben praktisch hier in der Stadt die Macht, solange Louis auf dem Thron sitzt und tut, was die Briten ihm sagen."

„Sie können England nicht vorwerfen, dass es Frankreich in einer stabilen Lage wissen will, bevor es sich zurückzieht."

„Wohl nicht." Lady Wexhams Blick schweifte gedankenverloren durch den Raum. „Manchmal frage ich mich, ob das Regime, das sie hier errichtet haben, nicht schlimmer sein wird als alles andere vorher." Ihre goldenen Augen waren ernst. „Die Royalisten wollen Blut sehen – das Blut all derer, von denen sie glauben, dass sie Bonapartisten oder Jakobiner waren."

„Genau das sind die Dinge, die Wellington verhindern will."

Sie lehnte sich zurück und faltete die Hände auf der Tischdecke. „Aber erzählen Sie mir doch, was Sie gemacht haben, seit ich London verlassen habe."

„Ich glaube, ich sollte Ihnen zuerst erzählen, wie es überhaupt dazu kam, dass ich in Ihrem Haus war." Wenn er für die Zukunft ihr Vertrauen gewinnen wollte, dann musste er ehrlich zu ihr sein, was seine Vergangenheit betraf.

„In Ordnung." Ihr Tonfall verriet nichts.

Rees berichtete, wie man ihm die Gelegenheit gegeben hatte, sie auszuspionieren, und als Gegenleistung eine Beförderung im Außenministerium in Aussicht gestellt hatte. „Ich merkte schnell, dass fleißige Arbeit und Leistung nur wenig damit zu tun haben, wer befördert wird."

Sie spielte mit ihrem Löffel. „Sie mussten also in etwas einwilligen, das Ihnen zuwider war?"

Auch wenn er in ihren Augen dadurch schlechter dastand, zwang er sich, ehrlich zu antworten. „Ja. Ich weiß jetzt, dass ich nicht ehrlich war, aber ich wollte auch mein Land beschützen. Zu viele Männer sind gestorben."

„Das verstehe ich", sagte sie leise. Bei ihren Worten regte sich zaghafte Hoffnung in seiner Brust. Er ballte die Hand zur Faust, um sie nicht auszustrecken und ihre Hand zu ergreifen.

„Ich wollte nicht glauben, dass eine so schöne … und intelligente und gütige Lady wie Sie in Spionage gegen die Briten verwickelt sein konnte." Er räusperte sich, weil er Mühe hatte, seine Gedanken zu ordnen, als er verschiedene Reaktionen in ihren Augen sah – Überraschung, Belustigung, Mitgefühl. „Nicht, nachdem Sie einen Großteil Ihres Lebens in England verbracht hatten und es als Ihr Zuhause betrachteten", fügte er hinzu.

Lady Wexham senkte den Blick auf ihre Hände, als wollte sie gestehen, was sie getan hatte. „Ja, es war mein Zuhause und ich wollte nichts tun, um das Land zu … zu schädigen." Sie biss sich auf die Lippe. „Aber ein Franzose überzeugte mich davon, dass Napoleons Armeen nicht mehr lange überleben würden. Ich sah es als … als meine Pflicht, etwas für die Zukunft meines Heimatlandes zu tun." Wieder begegnete ihr Blick dem seinen, diesmal kummervoll. „Der Comte de Provence war die schlechteste Wahl für Frankreich, aber er war der Einzige, den die Briten in Betracht ziehen wollten. Sie hatten solche Angst vor einer Revolution in ihrem eigenen Land, die die Monarchie hinwegfegen könnte, dass sie bereit waren, jegliche Anzeichen von Demokratie auf der anderen Seite des Ärmelkanals zu unterdrücken."

Wieder wandte sie den Blick ab. Er hatte das Gefühl, als wollte sie noch mehr sagen, und schwieg.

Seine Geduld wurde belohnt.

„Aber das ist nicht der einzige Grund", sagte sie so leise, dass er sich vorbeugen musste, um ihre Worte zu hören. Sie schluckte schwer.

„Es war, als Sie siebzehn waren und nach Frankreich zurückkamen, nicht wahr?"

Lady Wexham sah ihn nachdenklich an, dann sammelte sie sich und holte tief Luft, so als koste es sie große Überwindung, in die Vergangenheit einzutauchen. „Ja. Ich habe Ihnen ja erzählt, dass ich mich in einen jungen Soldaten verliebt hatte. Es war nicht meine Entscheidung – oder seine –, dass ich ihn oder Frankreich verließ. Meine Mutter erfuhr von unserer Liebe und zwang mich, nach England zurückzukehren." Ihre Stimme klang jetzt tonlos. „Wissen Sie, ihr ganzer Ehrgeiz war es, dass ich einen reichen Gentleman heiratete. Sie hatte während der Revolution alles verloren und ich, ihre Tochter, war ihre einzige Hoffnung." Sie verzog die Lippen. „Ich weiß also, wie es ist, etwas tun zu müssen, was gegen die eigenen Neigungen verstößt."

Sie war zur Ehe gezwungen worden. Diese Erkenntnis ließ alles, was er über sie wusste, in einem anderen Licht erscheinen. Die bloßen Ereignisse, nach Datum in einer Akte aufgelistet, wurden der Geschichte einer jungen Frau nicht gerecht, deren Mutter ihre ganze Zukunft auf die Heirat ihrer Tochter gesetzt hatte – eines Mädchens von achtzehn Jahren, die damit die Verantwortung auferlegt bekam, nicht nur für ihre Mutter zu sorgen, sondern auch für ihre französischen Bediensteten.

Rees verspürte ein abgrundtiefes Mitleid mit der jungen Frau, die ihre erste – ihre wahre – Liebe ihrer ehrgeizigen Mutter zuliebe hatte aufgeben müssen.

„Ich war in dem Jahr der Hauptgewinn auf dem Heiratsmarkt." Sie lachte freudlos. „*Maman* konnte durch Prinzessin Esterhazy für mich sogar eine der begehrten Einladungen zu *Almack's* erwirken. Ich bin sicher, es gibt irgendeine weitläufige Verwandtschaft, wenn wir unseren Stammbaum nur weit genug zurückverfolgen."

„Und dort lernten Sie den Earl of Wexham kennen."

Sie nickte.

Der Kellner unterbrach sie mit einer verlockenden Ansammlung heißer Gerichte.

„Gebratene Wachteln", erklärte die Countess mit einer anmutigen Handbewegung. „Eine Rehpastete mit Stachelbeerkompott, Forelle mit Trüffelragout, eine Artischockenquiche und Beilagen, wie Sie sehen."

Rees atmete die verschiedenen Aromen ein. „Es duftet köstlich." Er zögerte und fragte dann: „Würden Sie mir gestatten, ein Tischgebet zu sprechen?"

Sie neigte zustimmend den Kopf.

„Herr, danke, dass du mich zu Lady … zu Mademoiselle de Beaumont geführt hast. Bitte segne unseren gemeinsamen Abend und dieses Essen, das wir jetzt genießen wollen. Das beten wir in deinem Namen, Herr Jesus."

Bevor er sein Besteck zur Hand nahm, blickte er auf, um zu sehen, wie Lady Wexham reagierte.

Sie entfaltete ihre Serviette. „Ich finde, wenn Sie so große Mühe haben, sich meinen Namen zu merken, sollten Sie mich mit meinem Vornamen anreden."

Er schluckte. Wieder war ihm, als wäre eine Mauer zwischen ihnen eingestürzt.

„Céline", wagte er.

Sie lächelte.

„Aber nur, wenn Sie mich auch beim Vornamen nennen."

Er wartete mit angehaltenem Atem darauf, dass sie den Namen aussprach.

„Rees."

Erleichtert atmete er aus. Jetzt erst wurde ihm bewusst, wie lange er darauf gewartet hatte, seinen richtigen Namen aus ihrem Mund zu hören.

„Ihr Name gefällt mir."

„Er kommt aus Wales. Meine Großmutter väterlicherseits stammt aus Wales. Es war der Familienname einer Verwandten. Aber ich benutze die englische Schreibweise." Er verstummte, als er merkte, dass er zu viel redete.

Aber so, wie sie zuhörte, schien es ihr nichts auszumachen.

Sie nahm ihre Gabel. „Sie sind also froh darüber, dass Sie mich gefunden haben?"

Offensichtlich hatte sie bei seinem Gebet zugehört. „Ja, das bin ich. Aber bitte – Ihre Geschichte interessiert mich mehr, bevor wir zu meiner zurückkehren."

„Also gut." Sie zeigte auf seinen Teller. „Und bitte lassen Sie Ihr Essen nicht kalt werden."

Sie aßen eine Weile, bevor Céline wieder das Wort ergriff. „Ich hatte in dem ersten Jahr viele Verehrer. Aber wie man schnell feststellt, meinen es nur sehr wenige ernst, wenn die Eltern erst einmal Nachforschungen über die Mitgift und die Erwartungen einer jungen Dame anstellen. Ich war nur eine arme émigrée. Dem Earl machte das allerdings nichts aus. Er war reich genug, die Braut zu wählen, die er wollte. Er war schon einmal verheiratet gewesen, als junger Mann." Sie hielt inne und blickte auf ihren Teller hinunter. „Er hatte nur ein Anliegen, das wichtiger war als alles andere."

Rees erinnerte sich an ihr Dossier und wagte eine Vermutung. „Er brauchte einen Erben."

24. Kapitel

Céline starrte Rees über die Kerzen hinweg an, die zwischen ihnen auf dem Tisch standen. „Sie haben recht." War ihre Unfruchtbarkeit so deutlich zu erkennen? Sie hatte gedacht, sie hätte sich an dieses Versagen gewöhnt, aber sein wissender Blick machte ihr erneut diese schmerzliche Lücke in ihrem Leben bewusst.

Er hustete hinter seiner Serviette. „Vergeben Sie mir, aber als ich … mich dafür entschied, den Auftrag in Ihrem Haus auszuführen, hat man mir eine Akte zu lesen gegeben."

„Dann wissen Sie also alles über mich?" Irgendwie war es unangenehm, es aus seinem eigenen Mund zu hören.

Rees schüttelte den Kopf und lächelte reumütig. „Wohl kaum. Ich kenne Fakten, die jeder mit ein wenig Nachforschen herausfinden kann. Ich weiß, dass Sie den Earl im Alter von achtzehn Jahren in Ihrer ersten Saison geheiratet haben, und ich weiß, dass er ohne Kinder starb."

Sie fuhr sich mit der Zunge über die Lippen, ein wenig beruhigt. „Sie können sich vorstellen, wie wichtig es für ihn war, eine gesunde junge Frau mit einem makellosen Stammbaum zu heiraten, die ihm ein gesundes männliches Kind liefern konnte."

„Sofern jemand von meinem Stand sich so etwas vorstellen kann, ja."

Sie lächelte schwach über seinen ironischen Tonfall. „Haben Sie nie über einen Erben nachgedacht, Mr – Rees?"

Er legte Messer und Gabel auf den Rand seines Steinguttellers, bevor er antwortete. „Nicht im Sinne von ‚Erbe'. Wie jeder Mann würde ich gerne irgendwann Kinder mit meiner Frau haben."

Natürlich wollte er das. Noch ein Grund, warum sie niemals an eine Zukunft mit ihm denken durfte. Céline schüttelte den Anflug von Selbstmitleid ab und zwang sich zu lächeln. „Ist das so? Und trotzdem haben Sie das Heiraten aufgeschoben."

„Ich war nie verlobt."

Sie erinnerte sich an das, was er ihr an jenem Nachmittag in seinem Zimmer gesagt hatte. „Ich dachte, es wären nur finanzielle Überlegungen, die Sie davon abhielten, um die Hand Ihrer Bekannten anzuhalten."

Er spielte mit der Serviette, seine Worte kamen zögerlich. „Ich hatte vor zu heiraten und eine … eine Familie zu gründen. Aber ich war nie der Frau begegnet, mit der ich mein Leben teilen wollte." Als sie ungläubig die Augenbrauen hochzog, beeilte er sich zu erklären: „Es stimmt, es gab da eine junge Dame. Sie ist eine gute Freundin meiner jüngeren Schwester und ich hatte sie aufwachsen sehen. Ich respektiere sie sehr, und als meine Situation sich so weit verbessert hatte, dass ich endlich an eine Eheschließung denken konnte, schien sie die ideale Kandidatin zu sein."

„Aber?", riskierte sie eine leise Nachfrage, als er nicht weitersprach.

„Ich habe sie nicht geliebt."

Er hielt ihrem Blick stand und sie war wie gebannt von dem, was sie in seinen rauchgrauen Augen las. „Nein?", flüsterte sie.

„Als Sie gingen, Céline … dachte ich, ich würde Sie nie wiedersehen. Ich hatte keine Hoffnung, nach dem Krieg hierherkommen zu können – nicht, nachdem ich meinen Spionageauftrag so gründlich in den Sand gesetzt hatte."

Seine Worte erinnerten Céline daran, welche Rolle er in ihrem Leben gespielt hatte. „In den Sand gesetzt? Das würde ich nicht sagen. Ich würde sagen, dass Sie es zu etwas gebracht haben." Sie betrachtete seine Abendgarderobe, die ihm sehr gut stand.

Eine leichte Röte stieg in seine Wangen, aber sein Blick wich ihrem nicht aus. „Im Gegenteil, ich habe Sie nie an meine Vorgesetzten verraten."

„Nein?"

„Ich habe ihnen nie erzählt, dass ich Beweise für Ihre Spionagetätigkeit hatte und dass Sie zweifellos nach Frankreich geflohen waren, weil Sie wussten, dass sowohl die Franzosen als auch das Innenministerium Ihnen auf der Fährte waren. Ich habe meinen Vorgesetzten nur die nötigsten Informationen gegeben und sie ihre eigenen Schlüsse ziehen lassen." Rees lachte kurz auf. „Ich bin sogar so weit gegangen, ihnen zu erzählen, dass Sie nach Frankreich gereist seien, weil Sie eine Nachricht von einer kranken Verwandten erhalten hätten." Er schüttelte den Kopf.

Das Herz hämmerte ihr in der Brust. „Warum haben Sie das für mich getan?", flüsterte sie.

„Ich glaube, Sie kennen die Antwort auf diese Frage."

Sie sahen einander immer noch in die Augen. Doch bevor Céline sich besinnen und etwas antworten konnte, lächelte er. „Ich hätte nie gedacht, dass ich die Möglichkeit bekomme, nach Frankreich zu reisen und Sie zu finden. Und doch hat es mich nicht davon abgehalten, um die Versetzung hierher zu bitten. Niemand war so überrascht wie ich, als mein Vorgesetzter seine Einwilligung gab." Rees zuckte mit den Schultern. „Vielleicht hat die Tatsache, dass ich Französisch spreche – und administrative Erfahrung habe –, sie davon überzeugt, dass ich in Wellingtons Stab nützlich sein könnte." Er zögerte. „Mein einziges Ziel war, Sie zu suchen." Sein Blick wanderte von ihrem Gesicht zu ihrer Hand. „Obwohl ich erwartete, Sie vergeben vorzufinden."

„Ich trage keinen Ring, wie Sie sehen."

Er räusperte sich. „Nachdem Sie abgereist waren, habe ich diese junge Dame besucht ... und offen mit ihr gesprochen. Obwohl es zwischen uns nie irgendwelche Erklärungen gegeben hatte, bewunderte und respektierte ich sie als liebe Freundin. Ich ... ich wollte nicht, dass sie sich Hoffnungen macht, ich könnte ihr ... eines Tages die Ehe antragen." Er schluckte und an seinen unbeholfenen Worten erkannte sie, wie schwer es ihm fiel, über das Thema zu sprechen.

Céline versuchte, sich diese junge Dame vorzustellen – weitaus jünger als sie mit ihren jetzt neunundzwanzig Jahren, da war sie sicher. Mit einem Mal verspürte sie eine rasende Eifersucht auf diese namenlose Frau. „Wie heißt sie?"

Die Frage überraschte ihn sichtlich. Céline wünschte, sie hätte sie nicht gestellt.

Schließlich erwiderte er: „Jessamine."

„Was für ein schöner Name." Sie hasste ihn. „Reizend."

Sie war kindisch. In dem Versuch, ihre Gefühle in den Griff zu bekommen, sagte sie: „Das war sehr freundlich ... und mutig von Ihnen, Rees. Eine Frau wartet nicht gerne und es war ihr gegenüber nicht recht, ihre Hoffnungen am Leben zu erhalten, wenn sie tatsächlich einen Antrag erwartete."

„Meine Schwester hatte mich immer ermutigt, Jessamine den Hof zu machen, und vielleicht mit ihr darüber gesprochen. Ich fürchte, ich habe sie verletzt, aber es war keine Absicht und doch unverzeihlich …"

Er war ein großherziger Mann. Sie musste sein Verhalten einfach bewundern. „Sie können niemanden heiraten, den Sie nicht lieben."

„Nein." Der Blick, mit dem er sie ansah, verriet ihr, dass er nicht mehr von sich selbst sprach. „Das wissen Sie aus eigener Erfahrung, nicht wahr?"

Céline senkte den Blick. „Das ist wahr." Sie seufzte tief. „Wenn ich nicht Valentines Schulter gehabt hätte, um mich auszuweinen, nachdem ich die Nachricht von Stéphanes Tod erhalten hatte, weiß ich nicht, was aus mir geworden wäre."

Diesmal ergriff er ihre Hand auf dem Tisch und legte seine darüber. Sie rührte sich nicht und genoss das Gefühl, als ob sie die Berührung seiner warmen Hand im ganzen Körper spürte.

Schließlich sprach sie weiter. „Lange Zeit bin ich wie betäubt herumgelaufen. Mir war gleichgültig, was um mich herum geschah. Als meine Mutter darauf bestand, dass ich den Antrag des Earls annehme, dachte ich, es würde wenigstens meiner Mutter helfen – und ich müsste nicht noch eine Saison auf dem Heiratsmarkt über mich ergehen lassen. Ich hatte mir geschworen, das auf keinen Fall noch einmal mitzumachen."

Rees sagte nichts, als wartete er auf mehr. Aber sie wollte nicht über ihre Ehe reden. Nach einer Weile widmete er sich wieder seinem Teller.

Schweigend aßen sie weiter. Als der Kellner kam, um ihre Teller abzuräumen, dankte Rees ihm und ließ dem Küchenchef sein Kompliment ausrichten.

Céline schüttelte lächelnd den Kopf. „Ich kann mich einfach nicht daran gewöhnen, wie gut Sie die französische Sprache beherrschen."

„Das meiste davon habe ich in einem Ihrer Gefängnisse gelernt."

Sie stutzte erschrocken. „Sie waren ein Gefangener der Franzosen?"

Rees lehnte sich auf seinem Stuhl zurück. „Es war die Wahrheit, als ich Ihnen sagte, ich sei bei der Marine gewesen. Ich habe nur ausgelassen, dass ich vor der Küste Frankreichs gefangen genommen wurde. Unser Schiff sank. Ich überlebte und wurde von Ihren Landsleuten verhaftet. Ich vermute, mein Französisch ist nicht von der feinsten Sorte."

Allmählich wurde ihr einiges klarer. „In meinen Ohren klingt es sehr vornehm."

„Als Kind hatte ich eine französische Gouvernante, aber erst in jenem Jahr im Gefängnis lernte ich, die Sprache fließend zu sprechen. Während des kurzen Friedens wurde ich freigelassen und konnte nach Hause zurückkehren."

Céline musterte ihn nachdenklich. „Als Sie die Schusswunde in der Schulter hatten, habe ich eine Narbe bemerkt."

Er blickte an sich hinunter. „Ja. Es war eine heftige Schwertverletzung."

Sie lächelte ein wenig, das Kinn auf die Hand gestützt. „Ich wollte Sie immer fragen, woher die Narbe an Ihrem Kinn stammt. Auch aus Ihrer Zeit bei der Marine?"

Er berührte die Stelle mit dem Finger. „Ja. Eine Prügelei an Deck, das war ein Messer. Ich dachte nicht, dass man die Narbe sieht."

„Nur, wenn man Ihnen sehr nahe kommt."

Ihr Atem stockte, als sie den Blick in seinen Augen sah. Dachte auch er an ihren Kuss?

Rees begleitete Céline zu ihrem Haus und verließ sie dann mit vollem Herzen und vielen Gedanken. Die nächste Stunde wanderte er durch die Straßen von Paris, weil er wusste, dass er viel zu aufgewühlt war, um zu schlafen. Er konnte sein Glück nicht fassen, dass Céline eingewilligt hatte, ihn am nächsten Tag wiederzusehen. Diesmal hatte sie ihn gebeten, zum Jardin du Luxembourg am linken Ufer zu kommen. Sie hatte versprochen, ihn anschließend zu Gaspards Restaurant zu führen.

Zum ersten Mal wagte er, vorsichtig zu hoffen. Er konnte sich kaum vorstellen, dass sie tiefere Gefühle für ihn empfand, aber er hatte den Eindruck, dass er zumindest beginnen konnte, ihr den Hof zu machen. In gewisser Weise war er erleichtert, dass sich ihre finanziellen Verhältnisse geändert zu haben schienen. Er wollte für sie sorgen, sich um sie kümmern, wenn auch nicht in den Verhältnissen, die sie gewohnt war.

Am nächsten Tag traf er zur verabredeten Stunde am Treffpunkt ein und atmete erleichtert auf, als er sah, dass Céline bereits dort wartete. Als sie ihn sah, kam sie lächelnd auf ihn zu. Sofort wurde sein Herz leichter und ihm wurde bewusst, dass er befürchtet hatte, sie könnte nicht erscheinen.

„Wollen wir einen Spaziergang machen?“, fragte sie, nachdem sie einander begrüßt hatten.

„Wenn es für Sie nicht zu warm ist?“

„Keineswegs. Ich habe meinen Parasol.“

Er bot ihr den Arm dar. Gemächlich schlenderten sie über den breiten Weg.

„Paris ist sehr schön. Viel schöner, als ich es mir vorgestellt habe.“

„Unabhängig davon, was ihr Engländer von ihm haltet – Napoleon hat in der Stadt einiges verbessert. Auch wenn es Maria de' Medicis war, die den Palast hat bauen lassen, war es Napoleon, der sowohl den Palast als auch den Park erneuern und vergrößern ließ. Dies war einige Jahre lang sein Zuhause, bevor er sich zum Kaiser erklärte, müssen Sie wissen.“

Sie blieben einige Augenblicke vor dem Palast stehen und Rees musterte die imposante Fassade.

„Und jetzt sitzt er auf einer kleinen Insel und bezeichnet sich immer noch als Kaiser“, bemerkte er.

„Ja.“

„‚Ihr Gedanke ist, dass ihre Häuser in Ewigkeit stehen, ihre Wohnung von Generation zu Generation‘“, zitierte er.

„Das klingt nach einem Bibelvers.“

„Das ist es auch, aus einem Psalm Davids.“

„Ich habe in der Bibel gelesen“, sagte Céline leise.

Er warf ihr einen Blick zu. „Ach ja?“

Sie sah zu Boden. „Seit dem Tag, an dem ich für Sie gebetet habe ...“ Ihre Worte klangen leise und zögernd, als wäre es ihr unangenehm, sie auszusprechen. „Ich wollte Gott besser kennenlernen … den Gott, der Ihnen so wichtig ist."

„Und? Haben Sie ihn besser kennengelernt?"

Sie nickte.

Das berührte Rees mehr, als er in Worte fassen konnte. Er konnte nur die Hand drücken, die in seiner Armbeuge ruhte.

Jetzt blickte sie zu ihm auf. „Vielleicht sind Sie ja jetzt eine Gebetserhörung."

„Warum sagen Sie das?"

Sie wandte den Blick ab und vollführte mit ihrer freien Hand eine vage Geste. „So wie Sie mich gefunden haben …" Sie lachte leise. „Ach, hören Sie nicht auf mich. Es ist albern."

Er überlegte krampfhaft, wie er die Unterhaltung weiterführen konnte. „Nein, das finde ich nicht."

„Warum sagen Sie das?"

Er schluckte. „Weil ich Gott darum gebeten habe, dass ich Sie finden möge."

Ihre bernsteinfarbenen Augen suchten seine und sie fuhr sich mit der Zungenspitze über die Oberlippe. Doch dann wandte sie den Blick erneut ab und sagte entschlossen: „Kommen Sie, gehen wir diese Gasse hinunter. Ich zeige Ihnen noch eines von Maria de' Medicis bleibenden Werken."

Seine Hoffnung schwand. Er machte sich etwas vor, wenn er glaubte, sie für sich gewinnen zu können.

Also begnügte Rees sich damit, in ihrer Nähe zu sein. Doch insgeheim schwor er sich, Geduld zu haben und sie am Ende doch noch zu erobern.

Céline sah wunderschön aus und er war stolz, dass er mit ihr gesehen wurde. Heute trug sie ein Kleid in dunklem Gelb, das den warmen Ton ihres Teints und den rötlichen Stich in ihren dunklen Haaren besonders gut zur Geltung brachte. So ähnelte sie mehr der modischen Dame, die er von London kannte. Hatte sie sich für ihn so gekleidet?

Er schüttelte den eitlen Gedanken gleich wieder ab.

Eine Weile gingen sie im Schatten der Ulmen, die die Straße säumten. Der riesige Park war voller Paare und Familien, die durch die eleganten Gartenanlagen und Alleen schlenderten.

Sie sprachen noch ein wenig über das, was geschehen war, seit sie England verlassen hatte, und wandten sich schließlich dem Thema ihrer jetzigen Arbeit in Frankreich zu.

Entrüstet schüttelte sie ihren Parasol. „Die Briten waren entschlossen, Louis auf den Thron zu setzen. Und sie haben es geschafft."

„Ich weiß, dass es nicht die perfekte Lösung ist."

„Ha! Nicht einmal annähernd perfekt." Ihre Augen funkelten gefährlich.

„Es gab keinen anderen, der damals auch nur ein Minimum an Stabilität in Frankreich gewährleisten konnte", wandte Rees ein, obwohl er wusste, dass es kein überzeugendes Argument war.

„Er wird mehr als nur Stabilität gewährleisten. Sehen Sie nicht, was die Royalisten tun? Sie wollen Frankreich in den vorrevolutionären Zustand zurückversetzen. Die Presse hat schon jetzt Mühe, etwas zu veröffentlichen, das den Ansichten der Royalisten zuwiderläuft. Jeder, der unter Bonaparte gedient hat, wird bestraft."

Rees konnte nur die Leidenschaft bewundern, die in ihrer Stimme lag, in ihren Augen, ihren Gesten, wenn sie von der politischen Situation in Frankreich sprach. „Wellington wird nicht zulassen, dass die Rechtsextremen den Menschen die Freiheit nehmen", entgegnete er.

Céline presste die Lippen aufeinander. „Ihr Engländer könnt manchmal so idealistisch sein." Sie schüttelte betrübt den Kopf und seufzte. „Ich hoffe, Sie behalten recht, aber ich habe so viel Korruption und Rachsucht gesehen, seit ich wieder hier bin, dass ich mich frage, was aus Frankreich werden soll."

Es war das erste Mal, dass er so etwas wie Entmutigung bei ihr entdeckte. „Wenn Menschen wie Sie für die Demokratie kämpfen, hat Frankeich eine Zukunft."

Sie starrte ihn an, den Mund leicht geöffnet. Rees musste alle Selbstbeherrschung zusammennehmen, um diese Lippen nicht zu küssen.

„Ich habe das Gefühl, ein sehr kleiner Tropfen auf den heißen Stein zu sein."

Am Ende des Parks kamen sie an eine Grotte aus Naturstein. Aus zwei Rohren plätscherte ein erfrischender Wasserstrahl in das Becken darunter. Eine Marmorstatue zierte den Bogen.

„Sehr hübsch."

„Ja, das ist es. Diese Grotte wurde von Napoleons Architekt renoviert." Céline tauchte eine Hand in das Becken. „Haben Sie den Arc de Triomphe gesehen? Auch er ist Chalgrins Werk."

„Das habe ich. Ich wohne in der britischen Botschaft, nicht weit von dort. Der Triumphbogen ist sehr beeindruckend, auch wenn er nicht vollendet ist."

Sie lachte bitter. „Vielleicht wird der gute König Louis das ja tun."

„Es tut mir leid, dass die Stadt im Moment von so vielen britischen Soldaten überlaufen ist. Wellington wird sie gewiss zur Ordnung rufen."

Sie erschauerte. „Sie sind nichts im Vergleich zu den Kosaken und Preußen. Die wollen sich dafür rächen, dass die Franzosen ihre Städte zerstört haben."

Er sah sie stirnrunzelnd an. „Für eine Dame ist es gefährlich, alleine auszugehen. Ich hoffe, Sie haben jemanden, der Sie begleitet."

Sie verwarf seine Besorgnis mit einem Kopfschütteln. „Ich habe mich daran gewöhnt, auf mich selbst achtzugeben."

Ihre Antwort stellte ihn nicht zufrieden, aber im Moment konnte er kaum etwas deswegen unternehmen. Wie sehr er doch wünschte, er könnte sie beschützen!

Sie gingen weiter. Der Park war so groß, dass Rees das gegenüberliegende Ende nicht sehen konnte.

Céline wollte mehr über seinen Hintergrund wissen. „Ich hatte schließlich nicht die Gelegenheit, Ihre Akte zu lesen."

Er lächelte über ihre Stichelei und überlegte einen Moment, bevor er begann. „Mein Vater war früher ein wohlhabender Kaufmann, aber die Blockade hatte ihn ruiniert, da er die meisten seiner Geschäfte mit dem europäischen Festland gemacht hatte. Doch da er sich als Christ moralischen Werten verpflichtet fühlte, hielt er nichts davon, in die Schmuggelei einzusteigen."

„Dann weiß ich, woher Sie Ihre Prinzipien haben."

„Er war ein gutes Vorbild als Vater – und als Mann."

Kinderrufe drangen aus der Ferne an ihre Ohren.

„Ich weiß nicht mehr viel von meinem Vater."

„Ich bin sicher, auch er war ein Mann, auf den man stolz sein konnte."

„Danke. Meine Mutter hat immer mit großem Respekt von ihm gesprochen. Vielleicht wollte sie deshalb unbedingt wohlhabend sein. Sie hatte das Gefühl, sie müsste wiedererlangen, was man ihm während der Revolution genommen hat."

Rees lächelte, als er an das Glücksspiel ihrer Mutter dachte. „Wie geht es Ihrer Mutter?"

„Sie ist derzeit hier in Frankreich. Vielleicht werden Sie sie in der britischen Botschaft sehen. Sie verbringt ihre Tage damit, jeden Beamten zu bedrängen, der ihr eine Audienz gewährt. Sie versucht, ihre Ländereien zurückzubekommen." Céline schüttelte den Kopf. „Ich weiß nicht, wie sie das bewerkstelligen will."

„Vielleicht kann ich helfen."

Sie blickte zu ihm auf. „Warum sollten Sie das tun?"

„Weil sie Ihre Mutter ist." Er lächelte reumütig. „Ich habe nicht viel Einfluss und bin ja selbst gerade erst hier angekommen. Aber wenn ich es dem Herzog gegenüber erwähne, dann nimmt er sich vielleicht ihrer Sache an."

„Sie sind wirklich lieb."

Ihr Ton war sanft, aber anstatt sich ermutigt zu fühlen, erfüllte ihre Antwort ihn mit Verzweiflung. War es das, was sie in ihm sah? Einen freundlichen Mann, der es gut meinte, aber trotzdem kaum mehr als ein kleiner Angestellter war, der ein Gentleman sein wollte?

Um seine Gedanken zu verbergen, fragte er: „Wohnt Ihre Mutter bei Ihnen?"

„Oh nein. Mein Haus ist nicht elegant genug. Sie wohnt bei alten Bekannten in einem der imposanten *hôtels* am Place Vendôme. Sie werden ihr bei einem der gesellschaftlichen Anlässe, an denen Sie zweifellos teilnehmen werden, gewiss über den Weg laufen. Junge britische Gentlemen sind bei all den Bällen und Soireen im Moment sehr gefragt."

Rees zog eine Grimasse. „Das bin ich ja wohl kaum."

„Natürlich sind Sie das." Céline sah ihn prüfend an. „Sie meinen, weil Sie der Sohn eines Kaufmanns sind?" Sie lachte laut und unbekümmert. „Du liebe Güte, Sie sind ja schlimmer als die schlimmsten Royalisten! Haben Sie keines der Werke gelesen, die ich Ihnen gegeben habe?"

Er musste unwillkürlich lächeln. Unmöglich konnte er die Freude über ihre Worte – ihren Tadel – verbergen. „Doch, das habe ich."

Bevor er noch etwas sagen konnte, drückte sie seinen Arm. „Aber bitte erzählen Sie weiter."

Er riss die Einzelheiten seiner Jugend und der Rückkehr aus der französischen Gefangenschaft nur an. „Mein Vater musste sein Geschäft verkaufen. Und dann wurde er krank. Damals diente ich in der Marine. Ich war ein rastloser Junge gewesen, der Abenteuer suchte und die Welt sehen wollte. Als der Krieg ausbrach, lief ich von zu Hause fort und meldete mich zum Dienst bei der Marine. Ich glaube, meinem Vater hat es das Herz gebrochen, dass ich nicht weiter zur Schule ging. Aber als ich zum Fähnrich befördert wurde, prahlte er mit mir vor allen seinen Freunden und Geschäftspartnern."

„Ich bin sicher, Sie waren ein tapferer Matrose."

Das unerwartete Lob ließ ihn verstummen, weil er nicht sicher war, wie er es aufnehmen sollte. „Als ich nach Hause kam, war mein Vater nicht mehr am Leben. Er war gestorben, während ich auf der anderen Seite des Ärmelkanals im Gefängnis war. Meine Mutter und meine Schwester brauchten mich damals, also kehrte ich nach Hause zurück.

Meine Mutter war wieder in ihr Heimatdorf an der Südküste gezogen und lebte dort in bescheidenen Verhältnissen. Auf die Empfehlung eines Offiziers, unter dem ich gedient hatte, ergatterte ich eine Stellung als Privatsekretär bei einem Grundbesitzer vor Ort. Mein ehemaliger Offizier und der Baron waren gute Freunde. Und diese Position führte schließlich zu meiner Tätigkeit im Außenministerium." Rees zögerte einen Moment. „Bis zu dem Tag, an dem man mir anbot, mich als Spion in Ihr Haus einzuschleusen. Da ich seit beinahe zehn Jahren geschuftet hatte, ohne Aussicht auf eine Beförderung zu haben, wusste ich, dass ich es tun würde. Wie ich Ihnen erzählt habe, unterstützte ich meine Mutter und meine Schwester einige Jahre lang."

„Sie haben viele Opfer gebracht."

Er schüttelte den Kopf. Das Lob war ihm unangenehm. „Nicht mehr als andere auch."

Sie gingen im Schatten der Bäume weiter, bis sie wieder bei dem

Palast angelangt waren. Vor dem riesigen Wasserbecken, in dem Kinder Segelboote fahren ließen, blieb Céline stehen. „Sollen wir zu Gaspards Restaurant laufen?", fragte sie.

„Wenn Sie nicht zu müde sind."

„Oh nein, ich bin es gewohnt zu laufen."

Rees fragte sich, ob sie keine Kutsche mehr hatte. „Von mir aus gerne." Doch bevor sie weitergehen konnten, erklang eine leise Männerstimme hinter ihnen. „Guten Tag, Mademoiselle de Beaumont."

Sie drehte sich um, doch ohne jedes Lächeln der Begrüßung. Auch wenn es mehr als ein Jahr her war, dass er die Stimme gehört hatte, erkannte Rees sie sofort. Monsieur de la Roche kam näher, wobei sein dünner, ebenholzfarbener Gehstock Geräusche auf dem Weg machte. Sein Blick wanderte zu Rees. „Sie kommen mir bekannt vor, *Monsieur*, aber momentan erinnere ich mich nicht daran, woher ich Sie kenne." Er sagte das auf Englisch, also musste er ihre Unterhaltung belauscht haben, die sie in Rees' Muttersprache geführt hatten.

„Ich habe im vergangenen Jahr für Mademoiselle de Beaumont gearbeitet, als sie in *Hartwell House* war. Zweifellos haben Sie mich dort gesehen."

Céline bewunderte die Souveränität, mit der er freimütig zugab, dass er ihr Angestellter gewesen war.

Eine winzige Falte erschien zwischen de la Roches Augenbrauen. „Ah, ein Privatsekretär vielleicht?", wandte er sich an Céline.

Bevor Rees erklären konnte, dass er ihr Butler gewesen war, antwortete sie: „Das Innenministerium hatte ihn geschickt, um mich auszuspionieren. Er hat so getan, als wäre er ein Butler."

Am liebsten hätte sie über die Miene ihres Gegenübers gelacht. Es war nicht leicht, de la Roche aus der Fassung zu bringen, aber ihr war es gelungen. Er hatte ganz eindeutig keine Ahnung gehabt, was die Engländer im Schilde führten.

De la Roche betrachtete Rees einen Moment lang, als suchte er nach einem Hinweis auf seine damalige Beschäftigung. Rees neigte den Kopf ein wenig. „Ich fürchte, es ist so, wie Mademoiselle de Beaumont sagt. Wir haben für dieselbe Seite gearbeitet, wenn auch nicht gemeinsam."

Der ältere Mann presste die Lippen zusammen, bis sie beinahe nicht mehr zu sehen waren. „Vielleicht hätte es unser aller Arbeit an einem baldigen Frieden gefördert, wenn Ihre Regierung mich von Ihrer Rolle unterrichtet hätte."

„Vielleicht."

Als Rees darüber hinaus nichts sagte, wandte de la Roche sich an Céline. „Und Sie setzen Ihre Aktivitäten fort?"

Sie gab sich unbekümmert. „Wie der Zufall es will, habe ich gerade gestern meinen jüngsten Artikel abgeliefert."

Er sagte nichts, sondern sah sie nur mit seinem typisch ausdruckslosen Blick an. Schließlich trat er einen Schritt zurück und verbeugte sich vor ihnen beiden. „Ich sehe, dass Sie beschäftigt sind. Dann werde ich Ihr *tête-à-tête* nicht länger stören."

Als er gegangen war, schüttelte Céline sich. „Was für ein unerträglicher Mann. Er würde die Zeitung schließen, wenn es nach ihm ginge."

Rees runzelte die Stirn. „Die Zeitung, für die Sie schreiben?"

„Ja." Sie seufzte. „Bis jetzt ist es ihm noch nicht gelungen, aber er arbeitet eng mit dem Polizeipräsidenten zusammen. Sie erfinden immer neue Methoden, uns Geldstrafen aufzuerlegen. Es würde mich nicht überraschen, wenn die Zeitung bald aufgibt und wir alle im Gefängnis enden. In wenigen Monaten wird es in Frankreich keine freie Presse mehr geben."

„Seien Sie vorsichtig."

Sie las echte Sorge in seinen grauen Augen und sie sehnte sich nach …

Wonach? Danach, die Wärme und Freundschaft, die sie in seinen Augen sah, anzunehmen – und mehr als das?

Wie leicht es doch wäre, ihrer Sehnsucht zu folgen.

Aber das konnte sie ihm nicht antun. Er hatte es klar und deutlich gesagt. Er wünschte sich Frau und Kinder.

Und sie konnte ihm nur Ersteres geben.

25. Kapitel

Rees ließ es sich nicht nehmen, Céline nach Hause zu bringen. Es wunderte ihn immer noch, dass sie in einem bescheidenen, beinahe schäbigen Gebäude lebte, während ihre Mutter sich in den höchsten Kreisen bewegte. Hatten die Briten ihr Vermögen konfisziert? Wenn, dann wusste er nichts davon.

Doch es spielte keine Rolle. Ihm war es gleichgültig, ob sie auch nur einen Sou besaß. Genau genommen war ihm das sogar lieber, wenn es ihm dabei half, um sie zu werben.

Zum ersten Mal, seit dieses Abenteuer begonnen hatte, war Rees vorsichtig optimistisch. Gott hatte ihn nur wenige Tage nach seiner Ankunft zu Céline geführt. Und jetzt lagen einige Monate in Paris vor ihm, wenn nicht sogar länger. Er würde alle Zeit haben, um als Verehrer Céline den Hof zu machen.

Doch als er an ihre Begegnung mit de la Roche zurückdachte, runzelte er die Stirn. Das Ganze gefiel ihm nicht. Dieser Mann würde Schwierigkeiten machen, da war Rees sich sicher. Wahrscheinlich wurmte es ihn immer noch, dass Céline nach Frankreich entkommen war.

Je eher Rees Céline heiratete, desto eher würde er sie beschützen können.

Aber zuerst musste er mit dem Herzog von Wellington sprechen.

Es würde eine knifflige Angelegenheit sein, wenn er eine Französin heiraten wollte, die erst vor einem Jahr der Spionage gegen die Briten verdächtigt worden war. Würde er noch einmal seine Karriere und seinen Ruf aufs Spiel setzen? Wer hätte gedacht, dass ein Kaufmannssohn die Ehe mit einer Countess anstreben würde? Bei dem Gedanken schüttelte er den Kopf. Das alles lag nur daran, dass der Krieg und die Revolution alles durcheinandergewirbelt hatten. Oder war es wahre Liebe?

Bei diesem sentimentalen Gedanken musste Rees lächeln, doch dann wurde er wieder ernst. Er konnte Céline nicht bieten, was die Gentlemen in ihren Kreisen ihr bieten konnten, aber immerhin hatte er jetzt zaghaft hoffnungsvolle Erfolgsaussichten. Dass er zu einem kritischen Zeitpunkt Teil der Wellington'schen Delegation in Frankreich war, könnte bedeuten, dass sein Traum von einer diplomatischen Karriere doch noch Wirklichkeit wurde. Er wusste, dass seine Kenntnisse der französischen Sprache ein Hauptgrund gewesen waren, warum man ihn ausgewählt hatte. Und er wusste aus Gesprächen mit Wellingtons Privatsekretär und seinen eigenen Beobachtungen, wie der Herzog mit seinen Untergebenen umging; dass er ein anspruchsvoller, fordernder Mann war, aber dass er jene, die ihre Pflichten treu erfüllten, auch belohnte.

Rees hegte die Hoffnung, dass er gut mit ihm auskommen würde.

Nachdem er Céline bis zu ihrer Haustür begleitet und sie gefragt hatte, ob er am nächsten Tag erneut bei ihr vorsprechen dürfe, ging Rees zum rechten Ufer der Seine zurück und zu den provisorischen Quartieren der neuen britischen Botschaft.

Sie waren in einem schönen Herrenhaus unweit der Tuilerien untergebracht, wo der ehemalige Comte de Provence jetzt als König Louis XVIII. residierte.

Als sich ihm am Nachmittag die Gelegenheit dazu bot, wandte Rees sich an Wellingtons Sekretär, um noch am selben Tag eine kurze Unterredung mit dem Herzog führen zu können.

Schließlich stand Rees vor dem berühmten Feldherrn, um sein Anliegen vorzutragen. Er hatte sich seine Worte zuvor sorgfältig zurechtgelegt. „Euer Gnaden, ich beabsichtige, einer Dame hier in Paris einen Heiratsantrag zu machen."

Wellington zog eine dunkle Augenbraue hoch. „Ach ja? Und wer ist die Glückliche?"

Rees schluckte. „Céline de Beaumont. Lady Wexham."

Wellington dachte kurz über den Namen nach. „Ah, Lady Wexham. Die Dame, die Sie vergangenes Jahr in London ausspionieren sollten."

Sein Vorgesetzter war gut informiert. „Das ist korrekt, Euer Gnaden."

Wellington hörte aufmerksam zu, während Rees erklärte, dass er Céline nach seiner Ankunft in Paris getroffen hatte. Er stellte einige Fragen über Rees' Zeit als Spion im Haus der Lady Wexham, behielt aber seine Gedanken für sich, sodass Rees keine Ahnung hatte, ob sein Vorgesetzter seinen Heiratswunsch billigte oder nicht.

„Möglicherweise bin ich anmaßend – oder voreilig, da ich nicht weiß, ob die Dame meinen Antrag annehmen wird. Aber ich habe ein Gefühl der Dringlichkeit, seit ich Monsieur de la Roche gesehen habe. Es ist offensichtlich, dass er ihr schaden will."

Wellington überlegte. „Er ist ein einflussreicher Mann in der neuen Regierung." Er sah Rees über seinen Schreibtisch hinweg prüfend an. „Was glauben Sie, warum Lady Wexham England so plötzlich verlassen hat?"

Mit dieser Frage hatte Rees gerechnet. „Ich glaube, sie wusste, dass Frankreich vor einer Niederlage stand, und sie wollte hier sein, um sich der Opposition gegen die Royalisten anzuschließen."

„Das ist momentan keine beneidenswerte Rolle. Selbst wenn sie Ihre Frau wäre, wird es in Paris für sie unangenehm sein, da die Ultrakonservativen immer mehr Einfluss auf den König ausüben."

„Ich weiß, Euer Gnaden."

Mehrere Minuten lang saß Wellington schweigend da. Er schien Rees' Anwesenheit vergessen zu haben, denn er blickte auf die Korrespondenz hinunter, die auf seinem Schreibtisch lag.

Dann stand er abrupt auf und sah wieder Rees an. „Sie wissen, dass Castlereagh am Freitag eintrifft."

Rees schüttelte erstaunt den Kopf. „Nein, das wusste ich nicht. Ich nahm an, er würde von Belgien direkt nach Wien reisen."

„Der Duc de Berry hat ihn überredet, auf dem Weg in Paris haltzumachen. Ich habe ihm geraten, die Einladung anzunehmen. Nicht viele Personen wissen von seinem Besuch und das soll nach unserem Wunsch auch so bleiben. Da am Donnerstag das Fest von St. Louis beginnt, wird Paris überfüllt sein." Wellington schob einige Papiere zusammen und legte sie beiseite. „Lord Castlereagh will am Tag darauf eintreffen und am Sonntag wieder abreisen."

Rees nickte, während er sich fragte, was das alles mit ihm zu tun hatte.

„Ich kann Sie zum Gesandten für Castlereagh ernennen. Er kann Ihre Sprachkenntnisse nutzen. Und Ihnen bietet es zahlreiche Gelegenheiten für einen Aufstieg."

Teil der britischen Delegation beim Wiener Kongress zu sein

– Rees wagte kaum, sich das auszumalen. Der Kongress war die Bühne, auf der die führenden Politiker Europas die Landkarte neu zeichneten, um einen weiteren Krieg zu verhindern.

Es war eine Gelegenheit, die ein aufstrebender Diplomat nur einmal im Leben erhielt. Und es würde bedeuten, dass Céline fern von Paris sicher war.

Doch im nächsten Augenblick wurde ihm das Herz schwer. Er würde schon in wenigen Tagen aufbrechen müssen. Wie konnte er Céline jemals davon überzeugen, ihn zu begleiten?

Wellington kam um den Schreibtisch herum. Rees verbeugte sich, denn die Unterredung war offensichtlich beendet.

„Sie müssen mir nicht sofort antworten." Etwas blitzte in seinen Augen auf. „Immerhin kennen Sie die Antwort der Dame noch nicht." Der Herzog geleitete Rees zur Tür seines Büros. „Ich werde Ihnen noch kein Glück wünschen, sondern viel Erfolg dabei, Céline de Beaumont zu überzeugen." Er warf Rees einen Blick zu. „Wenigstens könnten Sie die Dame als ihr Ehegatte rund um die Uhr überwachen."

Rees erstarrte. Hatte Wellington den Verdacht, dass sie die Briten ausspioniert hatte? Einen Augenblick lang lag auf dem ernsten Antlitz des Herzogs der Anflug eines Lächelns. „Mir ist es lieber, wenn sie für uns arbeitet und nicht gegen uns. Vielleicht kann sie dabei helfen, den schlauen Fuchs Talleyrand im Auge zu behalten." Damit war Wellington wieder ganz der geschickte Diplomat. „Es liegt nicht in unserem Interesse, dass Frankreich zu reaktionär wird. Dauerhaften Frieden werden wir nur durch ein Gleichgewicht der Mächte in Europa erreichen – und innerhalb von Frankreich –, bei dem alle Stimmen gehört werden können."

Die beiden verabschiedeten sich. Rees war wie betäubt und konnte kaum einen klaren Gedanken fassen – vor allem die Frage, wie er Céline dazu bringen konnte, ihn zu heiraten und ihn zu begleiten, trieb ihn um. Würde sie bereit sein, alles zurückzulassen und mit ihm ein Risiko einzugehen?

Diese Nacht verbrachte Rees damit zu beten, nachzudenken und auf und ab zu schreiten. Am Morgen stand sein Entschluss fest. Ungeduldig wartete er darauf, dass er Céline wiedersehen würde. Jetzt, wo er entschieden hatte, um ihre Hand zu bitten und sie zu fragen, ob sie mit ihm nach Wien ging, fiel es ihm den ganzen Vormittag über schwer, sich auf seine Arbeit zu konzentrieren.

Am Nachmittag stand er endlich vor ihrem Gartentor. Er öffnete es und ging durch den kleinen Vorgarten vor dem schmalen Sandsteingebäude, das sich zwischen anderen Häusern der gleichen Art drängte. Alles sah etwas heruntergekommen aus und brauchte dringend etwas Pflege, aber ein Großteil von Paris war in diesem Zustand, hatte er bemerkt, mit Ausnahme der Denkmäler und der großen *hôtels*, der Herrenhäuser der Reichen. Die Kriegsjahre hatten ihren Tribut gefordert. Das offensichtlichste Zeichen war die Abwesenheit junger Männer. Auf seiner Fahrt von Calais hatte er die verfallenen Höfe gesehen, die von Frauen und alten Männern geführt wurden.

Und in Paris waren die zurückkehrenden Soldaten, viele von ihnen krank oder verstümmelt und die meisten von ihnen arbeitslos, auf die herumstolzierenden Vertreter der Besatzungsarmeen nicht gut zu sprechen.

Rees läutete. Sein Herz fing an schneller zu schlagen, seine Hände wurden schweißfeucht. Als die Tür aufging und er Valentine gegenüberstand, sank seine Stimmung.

Célines Zofe sah unverändert aus, die dunklen Haare kompromisslos streng zurückgesteckt. „Sie!"

Dieses eine anklagende Wort hätte ihm beinahe ein Lächeln entlockt, aber er verbiss es sich gerade noch rechtzeitig. „Ja", antwortete er nur. „Ist Ihre Herrin zu Hause?"

„*Non, Mademoiselle n'est pas là.*"

„Wissen Sie, wann sie zurückzuerwarten ist?", fragte er in ihrer Sprache.

Valentine musterte ihn von oben bis unten. „Sie sprechen also doch Französisch. Hmpf!" Dann verschränkte sie die Arme vor der Brust. „*Non*, ich weiß nicht, wann sie wiederkommt."

„Darf ich auf sie warten?"

Während sie über seine Bitte nachdachte, fügte er hinzu: „Es ist sehr wichtig."

Mit einem langen, abschätzigen Blick öffnete sie schließlich die Tür ganz. „Kommen Sie herein."

Er folgte ihr in einen Salon. Trotz des äußeren Verfalls des Hauses war dieser Raum erstaunlich hell und gemütlich. Einige ausgewählte Möbelstücke guter Qualität standen um einen dicken türkischen Teppich. An einer Wand befand sich ein Kamin und vor zwei Fenstern, deren Läden geöffnet waren, um Licht hereinzulassen, blühten Geranien in Blumenkästen. Ein Bücherregal stand an einer anderen Wand. Rees erinnerte sich daran, wie gerne Céline las.

Er setzte sich auf das Sofa, auf das Valentine zeigte, während er nervös die Krempe seines Zylinders befingerte. „Tee?"

Die Äußerung erschreckte ihn. Vielleicht fürchtete sie Célines Reaktion, wenn ihre Herrin herausfand, dass sie einem Besucher nichts zu trinken angeboten hatte. „Nein danke."

Dann wartete er.

Es dauerte keine Stunde, bis Céline eintraf. Er erstarrte, als er hörte, wie die Haustür sich öffnete, gefolgt von den Schritten zweier Personen. Eine von ihnen war Valentine, die auf den Gang hinausgetreten war. Dann leise Stimmen auf Französisch.

Eine Minute später erschien Céline mit rosigen Wangen in der Tür zum Salon. „Guten Tag, Rees! Ich hatte Sie nicht so früh erwartet. Warten Sie schon lange?"

Er erhob sich, sobald sie eintrat, und half ihr aus ihrem Mantel. „Nein, nein." Er räusperte sich. *Herr, bitte mach, dass sie meinen Antrag annimmt.* „Ich bin früh dran. Ich … also … etwas hat sich ergeben, das ich mit Ihnen … besprechen wollte."

Sofort war ihr Blick besorgt. „Was ist geschehen?"

Er schüttelte den Kopf. „Nichts. Das heißt, nichts Schlimmes. Bitte, ich will Sie nicht erschrecken, wo Sie doch gerade erst zur Tür hereingekommen sind."

Céline lächelte, offensichtlich erleichtert. „Ich wäre eher zurückgekommen, wenn ich gewusst hätte, dass Sie hier sind. Hat Valentine Ihnen etwas zu trinken angeboten?"

„Ja, das hat sie, aber ich habe abgelehnt. Ich brauche nichts. Aber Sie müssen halb verdurstet sein, wenn Sie gelaufen sind …"

„Nein, mir geht es gut. Bitte setzen Sie sich doch wieder", sagte

Céline und deutete auf das Sofa. „Sind Sie wirklich sicher, dass Sie keinen Tee möchten?"

Er versuchte, beruhigend zu lächeln, aber es gelang ihm nicht. Zu viel stand auf dem Spiel und der Augenblick der Wahrheit war gekommen.

Sie sah ihn prüfend an. „Was ist los?", fragte sie leise.

Rees setzte sich gar nicht erst hin, sondern holte tief Luft. „Man hat mich gefragt, ob ich Castlereagh nach Wien begleiten will."

Sie blinzelte, als hätte sie das nicht erwartet. „Ich dachte, Sie seien Teil der britischen Delegation in Paris."

„Das war ich ... bin ich auch noch. Aber ich habe gerade erfahren, dass Castlereagh auf seinem Weg nach Wien durch Paris kommt. Wellington hat mir angeboten, dass ich Castlereagh für die Dauer des Kongresses begleiten kann."

Céline hatte die Hände vor sich gefaltet. Sie trat einen Schritt zurück und wandte den Blick ab. „Ich verstehe. Du liebe Güte, was für eine Überraschung. Aber das ist doch gut, oder nicht? Ich würde meinen, es ist eine Ehre, mit der Arbeit am Kongress beauftragt zu sein." Sie lächelte und streckte die Hand aus. „Ich ... gratuliere Ihnen. Wann reisen Sie ab?"

Er nahm ihre Hand und hielt sie fest, so als brauchte er ihren Halt. „In drei Tagen – am Sonntag. Castlereagh wird morgen erwartet."

Jetzt sah sie ihn mit großen Augen an. „Oh!"

Als er spürte, dass sie ihre Hand wegziehen wollte, hielt er sie fester und legte die andere Hand darauf. „Ich wollte ... also ... wollen Sie meine Frau werden?" Die Worte überschlugen sich fast.

Célines Augen wurden noch größer. Sie zog an ihrer Hand und er ließ sie los. Dann wich sie einen Schritt zurück und wandte ihm den Rücken zu. „Ich ... ich weiß nicht, was ich sagen soll."

Hatte er zu viel erwartet? Sie missverstanden? „Ich weiß, dass das sehr plötzlich kommt. So hatte ich es auch nicht geplant ..."

„Sie kennen mich doch kaum, Rees."

„Ich weiß, dass Sie eine gütige, mutige, leidenschaftliche Frau sind, die ihren einfachen Butler als einen Menschen angesehen hat, der ihrer Zeit und Aufmerksamkeit wert ist."

Noch immer wandte sie sich nicht um. „Ich ... ich habe nur

getan, was jede … jede Herrin für einen ihrer Bediensteten tun würde."

„Das glaube ich nicht." Obwohl seine Stimme fest blieb, schwand seine Hoffnung. Natürlich würde sie niemals in Erwägung ziehen, ihn zu heiraten.

„Ich will nicht, dass Sie Ihre neue Karriere ruinieren, wo sie doch gerade erst begonnen hat. Ich glaube, dass Sie eine großartige Zukunft vor sich haben. Dabei können Sie keine Verräterin gebrauchen."

Er schnaubte ungläubig. „Niemand hat Sie dessen beschuldigt."

„Aber Sie und ich kennen die Wahrheit. Was würde die britische Regierung sagen, wenn man dort wüsste, dass Ihre Loyalität geteilt ist?"

Mit diesem Problem hatte er selbst gerungen und Frieden damit geschlossen. Wenn er zwischen seiner Arbeit und der Frau, die er liebte, wählen müsste, dann wusste er, dass er den diplomatischen Dienst aufgeben würde. „Unsere Länder befinden sich nicht mehr im Krieg. Im Gegenteil, die Zukunft erfordert es, dass wir zusammenarbeiten. Frankreich wäre ärmer, wenn Menschen wie Sie aufhörten, für die Freiheit des Volkes zu kämpfen. Und …" Er zwang sich weiterzusprechen, trotz seiner Angst. „Und zusammen können wir dafür kämpfen, dass der Friede in Europa von Dauer ist."

Wenn seine Worte Célines Herz berührten, ließ sie es sich nicht anmerken. Stattdessen zog sie eine Augenbraue hoch. „Und wie würden wir einander vertrauen können? Würden wir zuerst einander treu sein oder unseren jeweiligen Ländern?"

„Zuerst würden wir Gott treu sein, hoffe ich."

Céline starrte Rees an. Seine Worte ließen sie verstummen. Sein Antrag überraschte sie. Natürlich hatte sie seine Gefühle erahnt, aber sie hatte sich mehr Zeit erhofft.

Zeit zum Planen … Zeit, ihr Herz zu verhärten. Jetzt traf er sie, während sie verletzlich war. Es wäre so leicht, seinen bewegenden Worten nachzugeben, dem zärtlichen Blick in seinen Augen, ihren eigenen tiefen Bedürfnissen und Sehnsüchten.

Nein! Sie würde ihm keine unfruchtbare Ehefrau aufbürden. Sie würde nicht zulassen, dass er sie irgendwann hasste, so wie der Earl es getan hatte. Während die Minuten verstrichen, wusste sie, dass sie Rees nicht heiraten und damit seine Zukunft zerstören konnte. Sie musste stark sein.

Um seinem durchdringenden Blick zu entfliehen, stand sie am Fenster und blickte auf die Straße hinaus, während sie überlegte, was sie sagen sollte.

Rees machte einen Schritt auf sie zu. „Heiraten Sie mich und kommen Sie mit mir nach Wien. Hier in Paris sind Sie nicht sicher. Ich habe miterlebt, wie de la Roche gestern mit Ihnen gesprochen hat. Er will Ihnen schaden."

Céline lachte traurig. „Ich glaube, er hat mir nicht verziehen, dass ich ihn in England besiegt habe."

„Dann wird es nur eine Frage der Zeit sein, bis er erfährt, wie ich ihn besiegt habe."

Jetzt wandte sie sich um und starrte ihn an. „Wie Sie ihn besiegt haben?"

„Wenn er in der Nacht, in der Sie Dover verlassen haben, in einem Gartenhaus wach wurde, dessen Tür verbarrikadiert war, mit einer riesigen Beule am Hinterkopf, dann kann er mir dafür danken."

Sie sog überrascht die Luft ein. „Was haben Sie mit ihm gemacht?"

„Ich habe ihn aufgehalten, als Sie den Ärmelkanal überqueren wollten."

Bei dem Gedanken daran, dass Rees de la Roche ausgetrickst hatte, schüttelte sie den Kopf. „Dann gibt es also noch viel mehr, wofür ich … meinem Butler Dank schulde."

„Ich will keine Dankbarkeit von Ihnen."

Wie sie sich doch danach sehnte, die Hand auszustrecken und sein Gesicht zu berühren!

„Und es gibt noch etwas, das Sie wissen sollten. Ich habe überlegt, ob ich es Ihnen sagen soll, aber ich meine, zwischen uns sollte immer die Wahrheit herrschen."

Ihr Herzschlag beschleunigte sich. Welche schrecklichen Enthüllungen kamen denn noch? Wann würde ihre schmutzige Geschichte als Spionin beendet sein?

„Es war Ihre Schwägerin, die Sie an die Briten verraten hat. Deshalb wurde ich zu Ihnen geschickt."

„Agatha?", hauchte sie.

„Ja."

Sie legte eine Hand an ihre Stirn, während sie versuchte, alles zu begreifen. „Ich wusste ja, dass sie mich nicht mochte, aber ich hätte nie gedacht, dass sie so weit gehen würde."

„Ich habe ihr Tagebuch gefunden, kurz bevor Sie London verließen. Vielleicht war Ihnen nicht bewusst, wie sehr Lady Agatha Sie gehasst hat."

Céline starrte ihn an und spürte, wie das Blut aus ihrem Gesicht wich.

„Ich wollte Sie nicht noch mehr aus der Fassung bringen."

Sie schüttelte den Kopf. „Nein, ist schon gut. Ich bin froh darüber, dass ich die Wahrheit kenne. Es ist nur …" Worte und Blicke ihrer Schwägerin kamen ihr wieder in den Sinn. Sie hätte darauf kommen müssen. Sie seufzte. „Ich hätte es wissen müssen, aber ich hätte nicht gedacht, dass sie kompetent genug ist."

„Es braucht nicht viel Kompetenz, um jemandem einen Verdacht ins Ohr zu flüstern, vor allem, wenn dieser Jemand Gast in Ihrem Haus ist."

Céline sank in die weichen Kissen des Sofas. „Seit ich England verlassen habe, hatte ich keinen Kontakt mehr mit meiner Schwägerin. Wo ist sie jetzt?"

„Sie lebt immer noch in Ihrem Londoner Stadthaus."

„Gewiss hat sie meinen Ruf in der feinen Gesellschaft in den Schmutz gezogen."

„Eigentlich hat sie wenig gesagt. Soweit ich weiß, hat sie der Geschichte, dass Sie nach Frankreich gereist sind, um einer kranken Angehörigen zu helfen, nicht widersprochen. Vielleicht hat sie jetzt, wo ihr Ziel erreicht ist, das Gefühl, sie und ihr verstorbener Bruder könnten nicht gut dastehen, wenn sie herumposaunt, Sie seien eine französische Spionin gewesen."

Céline lächelte schwach. „Sie haben zweifellos recht. Arme Agatha."

Er wirkte überrascht. „Sie sind ihr nicht böse?"

„Wären Sie es denn? Ist ihre Bitterkeit nicht Strafe genug?"

„Das ist wahr." Er zögerte, doch dann fügte er hinzu: „Sie sind eine wahrhaft edle Frau."

Das Schweigen, das anschließend zwischen ihnen hing, wurde allmählich unerträglich. Céline rang die Hände.

Schließlich trat Rees auf sie zu. „Ich möchte Sie beschützen. Ich weiß, dass de la Roche nicht ruhen wird, bis er seine Sicht der Gerechtigkeit umgesetzt hat. Kommen Sie mit mir nach Wien."

Als sie nichts erwiderte, ihr Herz hin- und hergerissen, kniete er neben ihr nieder. „Ich weiß, dass ich Ihnen nicht viel bieten kann; ich fange ja gerade erst an im diplomatischen Dienst, aber ich habe mit Wellington gesprochen." Er lächelte reumütig. „Verzeihen Sie meine Anmaßung, Ihren Namen zu erwähnen, aber er sollte wissen, welche Absichten ich in Bezug auf Sie habe … für den Fall, dass die Briten etwas gegen Sie haben."

Ah, vielleicht konnte sie ihn so überzeugen. Sein Arbeitsplatz. „Und?"

„Wellington würde Sie mit offenen Armen willkommen heißen. Er hat selbst vorgeschlagen, dass ich Sie nach Wien mitnehme." Er lächelte. „Er sagte, es sei ihm lieber, Sie arbeiten für uns als gegen uns." Dann wurde er wieder ernst. „Selbst wenn die Briten Sie anklagen würden, könnten wir nach Amerika auswandern."

Er würde seine Träume für sie aufgeben?

„Ich hatte nicht vor, Sie auf diese Weise zu fragen, aber plötzlich haben sich die Dinge geändert. Ich wollte die nächsten Monate in Paris verbringen und Ihnen den Hof machen, wie es sich gehört. Mir ist bewusst, dass ich kein Gentleman bin, der eine so vornehme Dame verdient hätte …"

„Was für ein Unsinn!"

Seine grauen Augen starrten sie an. „War ich ein anmaßender Narr, weil ich glaubte, Sie würden etwas für mich empfinden? Sagen Sie es mir – dann werde ich Sie nicht mehr belästigen – das verspreche ich."

Das durfte er nicht denken! „Sie waren gar nicht anmaßend. Aber Sie sollten sich nicht an jemanden wie mich verschwenden! Und schon gar nicht Ihre Karriere für mich opfern. Sie brauchen nur die vorteilhafte Heirat mit einer wohlhabenden Debütantin, dann werden Sie schnell an die Spitze des diplomatischen Korps aufsteigen …"

„Eine Heirat wie die, zu der man Sie gezwungen hat?"

Seine Worte machten Céline sprachlos. Wie konnte sie sich gegen diese Wucht wehren? Auf jeden Einwand hatte er eine Erwiderung. Plötzlich kamen ihr die Tränen. Nein, er durfte nicht sehen, dass sie schwach wurde. Sie blinzelte die Tränen zurück und stand auf. „Bitte machen Sie es nicht noch schwerer für mich!" Sie ging durch den Raum und blieb schließlich vor ihm stehen, während sie mit der Hand hastig über ihre Augen fuhr. „Sie haben sich die Sache nicht gründlich überlegt. Sie sind von so edler Gesinnung und ich bin so ... so frivol ... und ich werde Ihrer Karriere schaden ..."

Rees lächelte nachsichtig. „Glauben Sie, ich hätte zehn Jahre meines Lebens im Außenministerium verbracht, um zuzulassen, dass dieses monströse Gebäude zwischen mich und die Frau, die ich liebe, gerät?"

Sie schluckte, zutiefst getroffen von seinen Worten. „L-Liebe?"

Er legte die Hände auf ihre Schultern und zog sie ein wenig näher an sich heran. „Ja, meine liebe, süße, französische Republikanerin. Liebe. Glaubst du wirklich, all diese Dinge sind es wert, dich zu verlieren – und damit jede Möglichkeit auf Glück?"

Ihre Lippen bebten.

„Was ist denn – warum willst du mich nicht?", fragte er sanft.

Jetzt konnte sie nicht länger schweigen.

„Du hast gesagt, du willst eine Familie haben", platzte sie heraus. Ihre Stimme brach. „Verstehst du denn nicht? Ich bin unfruchtbar!"

Das hässliche Wort stand zwischen ihnen. Aber anstatt zu nicken, hielt er sie nur fester. „Ist das alles?"

Sie starrte ihn an. *„Ist das alles!* Ist das nicht genug?" Ihre Stimme klang jetzt entschlossener. „Nein, Rees, ich werde dein Leben nicht zerstören. Geh nach England zurück und heirate dein englisches Mädchen."

Als Rees schließlich gegangen war – wenn auch widerstrebend –, sank Céline zurück aufs Sofa, das Gesicht in den Händen vergraben. Sie hatte das Richtige getan, sagte sie sich immer wieder.

Warum fühlte ihr Herz sich dann so leer an?

„Sie Närrin!"

Sie hob den Kopf, als sie Valentines verächtlichen Tonfall hörte. Sie hätte wissen müssen, dass ihre Zofe alles mitgehört hatte. „Ich hoffe, du hast nicht dort gestanden, als Rees – Mr Phillips gegangen ist."

„Nennt er sich jetzt so?"

„Das ist sein richtiger Name." Sie lehnte sich zurück, zu müde, um aufzustehen. „Ich dachte, du magst ihn nicht."

„Tue ich auch nicht."

„Warum hast du mich dann eine Närrin geschimpft?"

Valentine verschränkte die Arme und sah Céline liebevoll nachsichtig an, als wäre sie ein trotziges Kind. „Was spielt es schon für eine Rolle, ob ich ihn mag oder nicht? Er ist offensichtlich ganz und gar vernarrt in Sie. Er würde alles für Sie tun." Sie reckte das Kinn vor. „Weiß er von Ihrem Vermögen oder glaubt er, Sie lebten jetzt in Armut?"

„Ich glaube nicht, dass er davon weiß."

„Dann ist er nicht einmal ein Goldgräber! Wenn ich ihn richtig einschätze, wird er es noch weit bringen."

Céline biss sich auf die Lippe, um nicht zu weinen. Selbst Valentine erkannte Rees' herausragende Eigenschaften. „A-aber …" Sie versuchte es noch einmal, aber ihre Lippen bebten zu sehr. „A-aber ich k-kann ihm keine Kinder schenken."

„Ba! Na und? Wenn es ihm doch nicht wichtig ist?"

„Aber das wird es ihm irgendwann sein." Céline hielt sich die Hand vor den Mund, entschlossen, ihren Tränen keinen freien Lauf zu lassen, denn sie wusste: Wenn sie zu weinen begann, würde sie nicht mehr aufhören können.

Am nächsten Tag erhielt sie einen Brief von Rees.

Meine liebste Céline,
gestern wollte ich Deine Angst, kinderlos zu bleiben – oder vielmehr mir keine Kinder schenken zu können –, nicht lächerlich machen. Kinder sind ein Geschenk des Herrn. Auch wenn es

stimmt, dass ich gerne Kinder hätte, würde ich doch, vor die Wahl gestellt, immer Dich wählen. Daran besteht nicht der leiseste Zweifel.

Ich habe Dich beinahe vom ersten Moment an, als ich Dich kennenlernte, geliebt. Obwohl wir uns auf gegnerischen Seiten des Krieges befanden, bewunderte ich Deinen Mut und Deine Fähigkeit, einen sehr gefährlichen Auftrag für Dein Land auszuführen. Ich bewunderte Dich auch als Herrin eines großen Haushalts. Dir war jeder Einzelne wichtig, der für Dich arbeitete. Selbst gestern, als Du von der Niedertracht Deiner Schwägerin erfuhrst, hast Du kein Zeichen des Grolls gegen sie gezeigt. Du bist ein Juwel unter den Frauen. Für jeden Mann wäre es ein Privileg, Dein Herz zu gewinnen. Ich weiß, dass ich Deiner Liebe nicht würdig bin. Ich würde mich auch mit Deiner Zuneigung und Achtung zufriedengeben, wenn Du mir nur die Möglichkeit gewähren würdest, für Dich zu sorgen.

Bitte begleite mich nach Wien. Du wirst unter dem Schutz der britischen Regierung stehen, so wie natürlich auch unter meinem. Ich verspreche Dir mein Leben. Ich weiß, dass wir beide uns zusammen dafür einsetzen können, dauerhaften Frieden in Europa zu schaffen. Die Zeiten während meiner Genesung, in denen wir in Deinem Haus gemeinsam lasen und diskutierten, haben mir gezeigt, dass wir uns in unseren Ansichten und Überzeugungen nicht sehr unterscheiden. Wir wollen beide, was für die Menschheit als Ganzes gut ist. Wir glauben an die Demokratie und die Rechte des Menschen.

Wenn es die Kinderlosigkeit ist, die Du fürchtest – ist Dir nie in den Sinn gekommen, dass vielleicht nicht Du es bist, die daran schuld war, sondern Dein verstorbener Ehemann? Und wenn sich herausstellt, dass Du tatsächlich unfruchtbar bist, dann vertraue ich darauf, was in der Bibel steht: dass Gott aus der unfruchtbaren Frau eine fröhliche Mutter von Kindern machen wird.

Zum Schluss kann ich Dir nur den Rat geben, auf Gott zu vertrauen. Du hast gesagt, dass Du Deinen Frieden mit Gott gemacht hast. Vielleicht ist jetzt der Zeitpunkt gekommen, darauf zu vertrauen, dass er Dir seine Güte erweist. Vertraue darauf,

dass er unsere Verbindung segnet, ob wir Kinder bekommen werden oder nicht.
Ich liebe Dich, Céline. Bitte heirate mich und komm mit mir. Ich reise am Sonntagmorgen ab. Bis dahin findest du mich in der britischen Botschaft.

Dein Diener
Rees

In dieser Nacht konnte Céline nicht schlafen. Stundenlang lag sie wach und starrte in die Dunkelheit. Sie hatte Rees' Brief mehr als ein Dutzend Mal gelesen.

Lieber Gott, wie könnte ich ihn heiraten? Was ist, wenn ich ihn dazu verurteile, nie einen Sohn aufwachsen zu sehen, nie zu erleben, wie eine Tochter ihn voller Liebe und Bewunderung anlächelt?

Endlich kamen die Tränen und durchnässten ihr Kissen.

Der nächste Tag zog sich dahin. Von Valentine erhielt Céline kein Mitgefühl. Als sie Gaspard besuchte, war Valentine bereits bei ihm gewesen.

Ihr ehemaliger Koch sah sie verständnisvoll an. „Überlegen Sie gut, bevor Sie diesen Mann abweisen. Sie waren mit einem Mann unglücklich und zu viele Jahre allein. Vielleicht hat ja *le bon Dieu* Ihnen diesen Mann geschickt."

Sie fand keine Worte, um ihm zu widersprechen.

Er seufzte. „Frankreich ist für Sie im Moment kein sicherer Ort, *ma chère*. Hier werden Sie nur unglücklich sein."

Sie kämpfte mit jeder Faser dagegen an, zur britischen Botschaft zu gehen.

Dann endlich kam der Sonntag. Céline hörte irgendwo in einem Garten einen Hahn krähen und stand auf, als es noch dunkel war. Als Valentine erschien, saß sie bereits in der kleinen Küche.

Zum Glück sagte ihre Zofe nichts, sondern machte sich daran, das Feuer zu schüren und Wasser aufzusetzen.

Céline trank eine Tasse schwarzen, bitteren Kaffee, während ihre Gedanken zu den Vorbereitungen in der britischen Botschaft wanderten. Wie viele Personen würden wohl reisen? Wie früh würden sie aufbrechen?

Hilf mir, stark zu sein, Herr. Hilf mir, ihn loszulassen.

Als sie nach oben ging, zog sie seinen Brief noch einmal aus der Bibel neben ihrem Bett.

Wieder las sie die Worte. *Vertraue auf Gottes Güte.*

Hatte sie jemals auf Gottes Güte vertraut?

Sie hatte gelernt, Gottes Willen anzunehmen. Sie hatte gelernt, Gott selbst anzunehmen.

Aber hatte sie auch gelernt, seine Güte anzunehmen?

Lieber Gott, was bedeutet das? Ihr Blick fiel auf die nächste Zeile des Briefes.

Vertraue darauf, dass er unsere Verbindung segnet … Ich liebe Dich, Céline. Bitte heirate mich und komm mit mir. Ich reise am Sonntagmorgen ab.

Plötzlich trafen diese Worte – „am Sonntagmorgen" – sie mit voller Wucht. Er reiste ab. Vielleicht war er sogar schon fort.

Lieber Gott, nein! Vielleicht sah sie ihn nie wieder.

Nein! Sie musste ihn sehen. Ein letztes Mal.

Es war wie bei Stéphane. Doch diesmal hatte sie die Wahl. Gott hatte ihr die Wahl gegeben.

Mit rasendem Herzen und zitternden Händen zog sie ein Kleid aus dem Schrank und machte sich nicht die Mühe, Valentine um Hilfe zu bitten, während sie betete, dass Gott die Abreise verzögern würde, bis sie bei der britischen Botschaft ankam.

26. Kapitel

Rees war abfahrbereit und wartete vor der Botschaft, während mehrere Dienstboten die letzten Dinge aufluden. Castlereagh war bereits erschienen. Rees wusste, dass es nur noch wenige Minuten dauern würde, bis sie losfuhren.

Castlereagh war Wellingtons Empfehlung gefolgt, Rees als Mitglied der britischen Gesandtschaft zum Wiener Kongress mitzunehmen. Der Außenminister erinnerte sich an eine kurze Begegnung mit ihm im Ministerium, kurz nachdem Céline England verlassen hatte.

Damals war Rees voller Schuldgefühle gewesen, hatte seinen eigenen Patriotismus und seine Loyalität infrage gestellt. Er hatte sogar seine Kündigung eingereicht, aber Castlereagh hatte sich geweigert, sie anzunehmen, und ihm stattdessen einige Wochen Urlaub angeboten.

Jetzt begrüßte der Außenminister ihn und erzählte ihm, dass er jemanden brauchte, der fließend Französisch sprach und außerdem bei den unterschiedlichsten Anlässen Augen und Ohren offen hielt. Denn er hatte den jüngeren Mitarbeitern erklärt, dass sie bei den gesellschaftlichen Aktivitäten, die in Wien zu erwarten waren, ebenso nützlich sein würden wie in den offiziellen Besprechungen und beim Übersetzen von Dokumenten.

Es gab noch zwei andere Männer in Rees' Alter, einer von ihnen war Castlereaghs Privatsekretär. Sie hatten insgesamt drei Kutschen zur Verfügung, die letzte für Dienstboten und einen Großteil des Gepäcks.

Castlereagh würde mit seiner Frau in der ersten Kutsche reisen. Rees war der Ministergattin dankbar, denn jegliche Verzögerung bei der Abreise war auf ihre Vorbereitungen in letzter Minute und ihre Verabschiedungen zurückzuführen.

Aber während die Minuten verstrichen, schwand Rees' Hoffnung, dass Céline ihre Meinung ändern könnte. *Herr, dein Wille geschehe*, sagte er sich immer wieder.

Céline war seit dem Tag, an dem er ihr den Heiratsantrag gemacht hatte, nicht mehr mit ihm in Kontakt getreten. Er wusste nicht einmal, ob sie seinen Brief überhaupt gelesen hatte. Er zog eine Grimasse. Wahrscheinlich hatte Valentine ihn vernichtet, bevor ihre Herrin auch nur die Möglichkeit gehabt hatte, ihn zu sehen.

Die schweren Türen des Botschaftsgebäudes gingen auf. Castlereagh und Wellington traten heraus.

Lord Castlereagh wandte sich an seinen Sekretär. „Alles bereit?"

„Ja, Sir."

Castlereagh gab die Tasche, die er bei sich hatte, dem jüngeren Mann. „Dann werden wir fahren, sobald Lady Castlereagh erscheint", sagte er mit einem kleinen Seufzer. Anschließend wandte er sich an Wellington.

In diesem Augenblick hörte Rees Schritte von der Straße in den großen Innenhof kommen. Sein Herz machte einen Satz, als er Céline erblickte, die am geöffneten Tor stehen blieb und die Kutschen anstarrte.

Mit einem kurzen „Bitte entschuldigen Sie mich" eilte Rees zu ihr, doch er wagte nicht zu hoffen.

Beide ergriffen gleichzeitig das Wort. „Du bist gekommen ..."

„Du bist noch nicht fort ..."

Sie verstummten und lächelten einander schüchtern an, keiner wagte, etwas zu sagen. Rees schaute sich um. Castlereagh sah in seine Richtung. „Komm und begrüße Castlereagh und den Herzog."

Doch sie berührte ihre Haube und zögerte. „Ich bin kaum für eine solche Gelegenheit gekleidet. I-ich bin schnell hergelaufen, weil ich Angst hatte, du könntest schon fort sein."

Er drückte ihre Hand. „Du siehst so schön aus wie immer."

Schließlich erlaubte sie ihm, sie zu der Gruppe Gentlemen zu führen. Sowohl Wellington als auch Castlereagh begrüßten Céline herzlich. Nach einigen Augenblicken belangloser Plauderei warf sie Rees einen Blick zu.

Er räusperte sich. „Wenn Sie uns entschuldigen wollen ..."

„Natürlich, natürlich", versicherten sie ihm sofort.

Er zog sie beiseite und nahm ihre Hände in seine. „Darf ich hoffen, dass du hier bist, weil du deine Meinung geändert hast?"

Sie drückte seine Hände. „Ich ... ich weiß es nicht."

Er verbarg seine Enttäuschung. „Bitte komm mit nach Wien. Ich kann Castlereagh fragen, ob seine Frau etwas dagegen hätte, dich mitzunehmen. Vielleicht würde sie sich über deine Gesellschaft freuen."

Sie schüttelte den Kopf. „Oh nein, heute kann ich nicht mitkommen. Ich habe doch gar nichts vorbereitet."

Heute. Er konzentrierte sich ganz auf dieses eine Wort. „Bedeutet das, du kommst später nach?"

Ihre leuchtenden Augen suchten seinen Blick, während ihre Hände vertrauensvoll in seinen ruhten. „Bist du ganz sicher?"

„Ganz sicher."

Als sie immer noch zögerte, fiel ihm ein möglicher Grund ein. „Ich kann dir Geld geben, wenn dir die Mittel für die Reise fehlen."

Sie schüttelte den Kopf. „Ich habe Geld." Dann lächelte sie. „Ich bin nicht verarmt, weißt du."

Rees erwiderte ihr Lächeln. „Das freut mich zu hören." Dann wurde er wieder ernst. „Wir können heiraten, sobald du in Wien eintriffst."

Immer noch sah er Zweifel in ihren Augen. Wie gerne hätte er sie in seine Arme gezogen! „Bitte komm mit. Ich werde ein Haus für dich – für uns – finden. Wenn du es dir dort anders überlegst, arrangiere ich die Rückreise für dich." Er klammerte sich an jeden Strohhalm, der ihm einfiel, damit sie ihm ihr Wort gab.

Dann wartete er, während er kaum zu hoffen wagte, und sah ihr unverwandt in die Augen.

Endlich holte Céline tief Luft. „Also gut."

Er lächelte, denn sein Herz bekam bei diesen zwei schlichten Worten Flügel. Dann runzelte er die Stirn. „Der Gedanke, dass du allein reist, gefällt mir nicht. Es ist zu gefährlich."

„Ich werde jemanden finden, der mich begleitet. Ich bin sicher, viele Personen werden zum Kongress nach Wien fahren."

Er nickte erleichtert. „Ja, das ist gut."

Sie schien noch etwas auf dem Herzen zu haben. „Was ist?", fragte er leise.

„Du hast in deinem Brief geschrieben", sie zögerte, fuhr sich mit der Zunge über die Lippen und senkte den Blick, „dass es vielleicht nicht meine Schuld war, sondern … sondern …"

Rees wusste sofort, wovon Céline sprach. Mit einem Finger berührte er ihr Kinn und hob es an, bis sie ihn wieder ansah. „Zum einen hat der Earl mit seiner ersten Frau auch kein Kind gezeugt, nicht wahr?"

Sie schüttelte den Kopf.

„Dann könnte es sehr wahrscheinlich sein, dass er ein Problem hatte und nicht du."

Ihre Miene erhellte sich. „Meinst du wirklich?", flüsterte sie.

„Ja", sagte er energisch. Bevor sie noch etwas sagen konnte, hob er einen Finger. „Aber solltest du tatsächlich keine Kinder bekommen können, dann könnten wir ein Kind adoptieren. Bei unseren Krankenhäusern werden jeden Tag genügend Findelkinder zurückgelassen, um eine ganze Dynastie zu gründen." Er lächelte sie zärtlich an. „Du kannst so viele Kinder haben, wie du willst – oder wie deine jetzigen finanziellen Verhältnisse es erlauben, da ich immer noch ein Mann in Anstellung bin. Du bist es, die eine schlechte Partie macht."

Célines Lippen zuckten, dann legte sie die Hände auf seine Brust. „Ach, ich weiß nicht. Deine Karriereaussichten sind recht gut, wenn Castlereagh und Wellington dich mögen."

„Vielleicht werde ich mit dir an meiner Seite in Wien schnell Karriere machen." Er beugte sich vor und flüsterte die letzten Worte ihren Lippen zu. Würde er sie endlich wieder schmecken dürfen?

„Sind das die Liebesbeteuerungen, die ich von dir erwarten kann?", flüsterte sie zurück.

Er berührte ihre Wange zärtlich. „Ich bin kein Franzose mit eleganten Worten. Ich kann dir nur sagen, dass ich noch nie einen Menschen so geliebt habe, wie ich dich liebe."

Jetzt kamen ihre Lippen näher, sodass er ihren Atem spürte. „Erinnerst du dich an das erste Mal?"

„Und ob …", brachte er nur noch heraus, bevor er sich in dem Kuss verlor.

Es war so lange her, doch sobald seine Lippen die ihren berührten, war es, als hätten sie erst gestern im Garten von *Hartwell House* gestanden und sich umarmt.

Wie sehr er sich danach sehnte, alle seine Leidenschaft in diesen Kuss zu legen, aber er wusste, dass sie nicht allein waren.

Langsam, widerstrebend löste er sich von ihr, ließ jedoch die Hand an ihrer Wange liegen. „Beeile dich. Ich werde die Tage bis zu deiner Ankunft zählen."

Sie nickte, ihre Augen warm und liebevoll, ihre Lippen rosig und noch immer halb geöffnet.

Rees hörte ein diskretes Hüsteln hinter sich und drehte sich um, während er Célines Arm in seinen zog. Es war Castlereaghs Sekretär. „Wir sind bereit zur Abreise, Sir."

„Ja, ich komme sofort." Er wandte sich an Céline.

„Geh." Sie zog ihren Arm zurück und trat einen Schritt zurück. „Du darfst sie nicht warten lassen."

Er schluckte. Würde er sie wiedersehen? Er nahm ihre Hand und beugte sich darüber. Dann ließ er sie widerstrebend gehen und wandte sich um.

Als er in die Kutsche gestiegen war, die Tür zugeschlagen wurde und die Hufe der Pferde auf dem Kopfsteinpflaster ertönten, schob Rees das Fenster hinunter und lehnte sich hinaus, den Blick auf Céline gerichtet, bis die Kutsche den Hof verließ und die Straße hinunterfuhr.

Epilog

Keine vierzehn Tage, nachdem Rees Paris verlassen hatte, kam Céline in Wien an.

Er hatte ihr per Kurier einige Briefe geschrieben, von seiner Ankunft und seiner Unterkunft berichtet und schließlich hatte er die Anschrift einer Wohnung geschickt, die er für sie gefunden hatte. Sie befand sich mitten in der Stadt, in der Nähe der Ereignisse rund um den Kongress.

Céline traf spät am Abend ein und schickte ihm am nächsten Morgen eine Nachricht.

Rees kam, sobald er die Botschaft erhalten hatte.

Ein österreichisches Dienstmädchen, das er eingestellt hatte, führte ihn in einen Salon. Zu nervös, um sich zu setzen, stand er am Fenster und blickte auf die Straße hinunter.

Kurz darauf ging die Tür auf. Er wandte sich um und konnte sie nur anstarren. Céline stand vor ihm. Sie war tatsächlich gekommen. Sie blieb in der Tür stehen, zögernd, als wäre sie nicht sicher, wie sie aufgenommen würde.

„Du bist hier", war alles, was sie sagte, während sie mit den Händen über den Stoff ihres Kleides strich.

Mit einem zärtlichen Lächeln ging er zu ihr, voller Angst, dass sie sich jeden Augenblick umdrehen und weglaufen könnte. „Das sollte ich zu dir sagen. Ich hoffe, ich bin nicht zu früh. Gewiss bist du von der Reise erschöpft."

Céline sah Rees an, als er auf sie zutrat, und war plötzlich unsicher. Liebte er sie immer noch?

Ermutigt durch sein Lächeln und seine ausgestreckten Hände ging sie ihm entgegen. „Nein, mir geht es gut, nicht der Rede wert."

Seine Hände umfassten ihre, während er sie anlächelte.

„Bist du froh, mich zu sehen?“, flüsterte sie. Durch die Wärme in seinem Blick war ihr Mut zurückgekehrt.

„Wie kannst du das fragen?“

Dann war sie in seinen Armen, so fest, dass sie zu zerbrechen drohte, und er wirbelte sie herum. „Ich hatte Angst, du könntest es dir anders überlegen“, sagte er, während er sie an sich drückte. Er blickte auf sie herab.

„Und ich hatte Angst, du wärst nach so vielen Tagen ohne mich zur Vernunft gekommen und würdest hoffen, dass ich dir nicht folge.“

„Ich habe meine Meinung auf keinen Fall geändert, wenn du das damit andeuten willst“, sagte er hastig. „Ich habe mir sogar erlaubt, einen Pastor ausfindig zu machen, der uns noch heute trauen kann … wenn dir das nicht zu schnell ist.“ Er suchte in ihren Augen nach einer Reaktion.

Sie lächelte zögernd. „Heute? Und dann … würdest du hier mit mir einziehen?“

Er nickte vorsichtig. „Wenn du keine Einwände hast.“

„Überhaupt keine“, flüsterte sie, während eine deutliche Röte in ihre Wangen stieg.

Rees räusperte sich. „Castlereagh sagte, er und seine Frau könnten die Trauzeugen sein.“

„Ach, du liebe Güte. Du machst aber wirklich Karriere.“

Er lachte. „Wenn sie kommen, dann nur wegen dir, mein Liebling.“

Sie legte die Hände auf seine Brust. „Das muss bedeuten, dass sie mir meine Tätigkeit vom vergangenen Jahr verziehen haben.“

„Du weißt doch, was man sagt – in der Liebe und im Krieg ist alles erlaubt. Außerdem glaube ich, dass er deinen Einfluss und deine Begabungen bei diesem Kongress für die britische Seite nutzen will, bevor Talleyrand dich rekrutiert.“

Ihre Augen funkelten. „Das hat er schon!“

Sie lachten beide und Rees beugte sich vor, bis er ihren Atem spürte. Dann senkten seine Lippen sich auf ihre für den nächsten Kuss.